Maggie Shipstead
Kreiseziehen

Die Zwillinge Marian und Jamie Graves wachsen bei ihrem eigenbrötlerischen Onkel in Missoula, Montana auf, nachdem der Untergang eines Ozeandampfers 1914 sie zu Waisen gemacht hat. Bereits früh ist Marian erfüllt von einer tiefen Sehnsucht nach Unabhängigkeit. Während ihr sanftmütiger Bruder sich in Tagträumereien verliert, streift sie durch die Wälder auf der Suche nach dem nächsten Abenteuer. Eines Tages besucht sie eine örtliche Flugschau – beeindruckt von den Kunststücken der waghalsigen Piloten ist es der Beginn einer lebenslangen Obsession. Um selbst über den Wolken schweben zu können, ist Marian bereit, einen hohen Preis zu bezahlen. Sie lässt sich auf einen mächtigen und wohlhabenden Alkoholschmuggler ein, der ihre Fliegerei fördert und dafür ihre Liebe fordert, und als der Zweite Weltkrieg anbricht, meldet sie sich für den Militärdienst. Bald will sie als erste Person die Erdkugel der Längsachse nach umfliegen. Doch als sie 1950 den Flug antritt, geht sie in der Antarktis verschollen.

2014 wird Hadley Baxter für die Rolle der Marian in einem Hollywoodfilm gecastet, der sich um ihr Verschwinden dreht. Nach einem öffentlichen Skandal und dem Einbruch ihrer Karriere, ist es für Hadley die Chance, sich als Schauspielerin neu zu erfinden. Je mehr sie sich mit der Geschichte von Marian auseinandersetzt, desto verbundener fühlt sie sich mit dieser ungewöhnlichen Frau und ihrem Hunger nach Selbstbestimmung und Freiheit. Eine Spurensuche führt sie an verschiedene Orte und zu ungeahnten Entdeckungen.

Maggie Shipstead, 1983 in Kalifornien geboren, studierte Amerikanische Literatur in Harvard. Anschließend besuchte sie den berühmten Iowa Writers' Workshop, wo Zadie Smith sie unterrichtete. Für ihr Debüt ›Leichte Turbulenzen bei erhöhter Strömungsgeschwindigkeit‹ erhielt sie den Dylan Thomas Prize. ›Kreiseziehen‹, ihr dritter Roman, war ein New York Times-Bestseller und stand auf der Shortlist für den Booker Prize 2021 und den Women's Prize for Fiction 2022.

Harriet Fricke lebt in Hamburg und übersetzt Sachbücher und Romane aus dem Englischen.

Susanne Goga-Klinkenberg lebt als Übersetzerin und Autorin in Mönchengladbach und ist Mitglied des deutschen PEN-Zentrums.

Sylvia Spatz arbeitet als freie Lektorin und Übersetzerin aus dem Englischen, Italienischen und Französischen.

Maggie Shipstead

Kreiseziehen

Roman

Übersetzt von Harriet Fricke,
Susanne Goga-Klinkenberg und Sylvia Spatz

dtv

Die Übersetzung des vorliegenden Textes wurde zum Teil
im Rahmen des Programms »NEUSTART KULTUR«
aus Mitteln der Beauftragten der Bundesregierung für
Kultur und Medien von der VG WORT gefördert.

Von Maggie Shipstead ist bei dtv außerdem lieferbar:
Dich tanzen zu sehen
Leichte Turbulenzen bei erhöhter Strömungsgeschwindigkeit

MIX
Papier aus verantwortungsvollen Quellen
FSC® C019821
FSC
www.fsc.org

Die amerikanische Originalausgabe erschien 2021 unter dem Titel
›Great Circle‹ bei Knopf in New York.

Karten von Joe LeMonnier
Umschlaggestaltung: hißmann, heilmann, hamburg
Umschlagmotive: sotiris bougas / EyeEm / Adobe Stock; Scherl /
Süddeutsche Zeitung Photo;
Timm Ziegenthaler / Stocktrek Images / Getty Images
Satz: Fotosatz Amann, Memmingen
Druck und Bindung: Druckerei C.H.Beck
Printed in Germany · ISBN 978-3-423-14885-6

Für meinen Bruder

Ich lebe mein Leben in wachsenden Ringen,
die sich über die Dinge ziehn.
Ich werde den letzten vielleicht nicht vollbringen,
aber versuchen will ich ihn.

Ich kreise um Gott, um den uralten Turm,
und ich kreise jahrtausendelang;
und ich weiß noch nicht: bin ich ein Falke, ein Sturm
oder ein großer Gesang.

– RAINER MARIA RILKE, *Das Stundenbuch*

Würde man eine beliebige Kugel mit einer Klinge durchtrennen und sie in zwei vollkommene Hälften teilen, so wäre der Umfang der Schnittseite jeder Hälfte ein Großkreis, d. h. der größte Kreis, den man auf einer Kugel zeichnen kann.

Der Äquator ist ein Großkreis. Das Gleiche gilt für jeden Längengrad. Auf der Oberfläche einer Kugel wie der Erde folgt die kürzeste Entfernung zwischen zwei beliebigen Punkten einem Bogen, der ein Segment eines Großkreises ist.

Genau gegenüberliegende Punkte wie Nord- und Südpol werden von einer unendlichen Anzahl an Großkreisen durchschnitten.

Karte von
Marians Flug, 1950

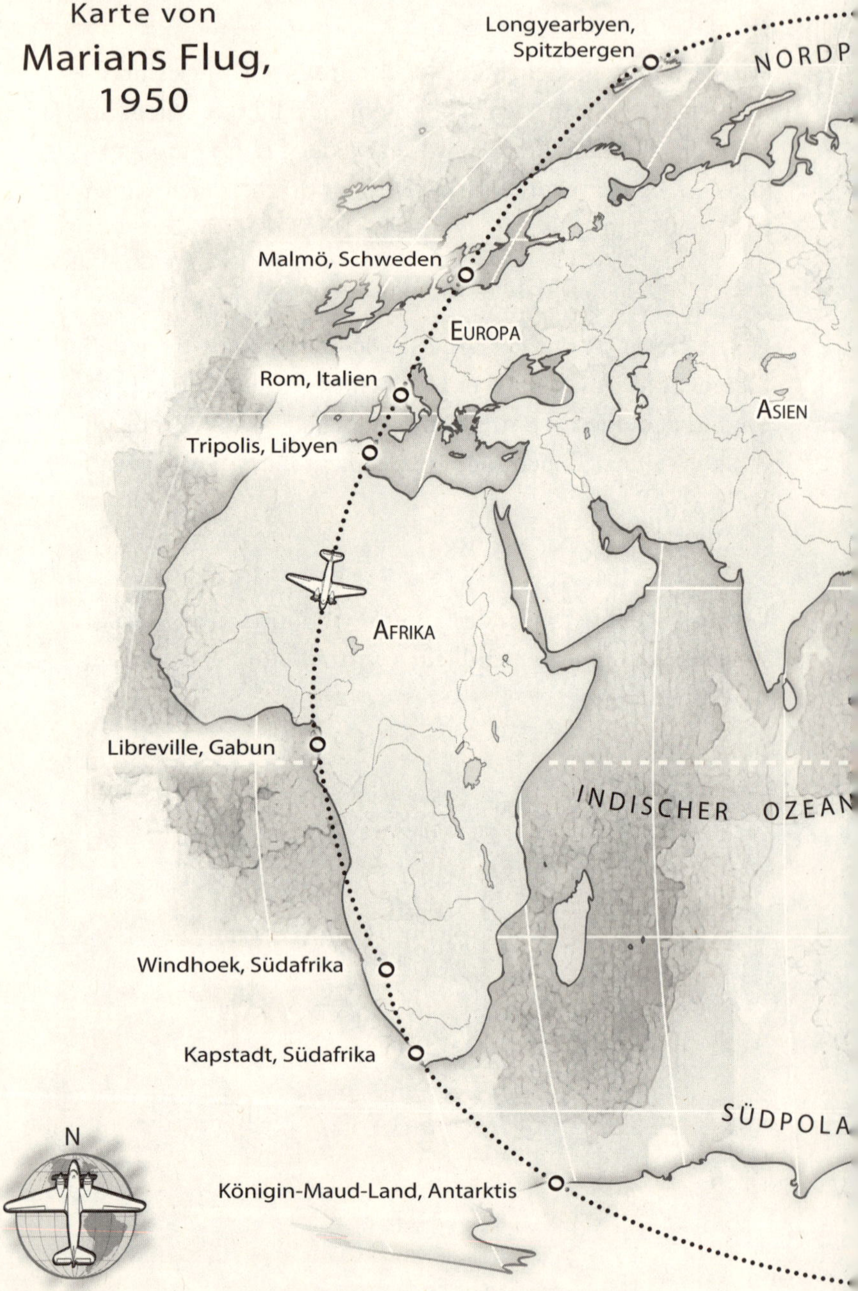

MEER
N
Barrow, Alaska
Fairbanks, Alaska
Kodiak, Alaska
PAZIFISCHER OZEAN
Oahu, Hawaii
Weihnachtsinsel, Linieninseln
Aitutaki, Cookinseln
AUSTRALIEN
Auckland, Neuseeland
R
ANTARKTIS
Little America, Antarktis

Little America III, Ross-Schelfeis, Antarktis
4. März 1950[*]

Ich war zum Wandern geboren. Ich war für die Erde geformt wie ein Meeresvogel für eine Welle. Manche Vögel fliegen, bis sie sterben. Ich habe mir ein Versprechen gegeben: Mein letzter Anflug wird kein hilfloser Taumel sein, sondern der scharfe Tauchgang eines Tölpels – ein gewollter Sturzflug, der auf etwas tief im Meer abzielt.

Ich bin im Aufbruch. Ich will versuchen, den Kreis von unten nach oben zu vollenden, um das Ende mit dem Anfang zu verbinden. Ich wünschte, die Linie wäre ein glatter Meridian, ein vollkommener, straffer Ring, aber unser Kurs wurde von der Notwendigkeit verzerrt: der beliebigen Verteilung von Inseln und Flugplätzen, dem Treibstoffbedarf des Flugzeugs.

Ich bereue nichts, aber nur, weil ich es nicht zulasse. Ich kann nur an das Flugzeug denken, an den Wind und das so ferne Ufer, an dem das Land wieder beginnt. Das Wetter wird besser. Wir haben das Leck so gut es geht repariert. Bald breche ich auf. Ich hasse den endlosen Tag. Die Sonne umkreist mich wie ein Geier. Ich will eine Atempause unter den Sternen.

Kreise sind einzigartig, weil sie endlos sind. Alles Endlose ist wundersam. Aber die Endlosigkeit ist auch eine Qual. Ich wusste, dass man den Horizont nie einholen

---

* Letzter Eintrag aus *Das Meer, der Himmel, die Vögel dazwischen: Das verlorene Logbuch von Marian Graves*, erschienen bei D. Wenceslas & Sons, New York 1959.

kann, und habe ihn dennoch gejagt. Was ich getan habe, ist töricht, aber mir blieb keine Wahl.

Es ist nicht, wie ich es mir vorgestellt habe, nun, da sich der Kreis beinahe geschlossen hat und Anfang und Ende nur noch durch ein letztes furchterregendes Stück Wasser getrennt sind. Ich hatte gedacht, ich würde glauben, die Welt gesehen zu haben, aber es gibt zu viel Welt und zu wenig Leben. Ich hatte gedacht, ich würde glauben, etwas vollendet zu haben, doch nun bezweifle ich, dass irgendetwas vollendet werden kann. Ich hatte gedacht, ich würde mich nicht fürchten. Ich hatte gedacht, ich würde mehr werden, als ich bin, doch stattdessen weiß ich, dass ich weniger bin, als ich dachte.

Niemand sollte dies je lesen. Mein Leben ist das Einzige, was ich besitze.

Und doch, und doch, und doch.

Los Angeles
Dezember 2014

Ich wusste nur deshalb von Marian Graves, weil eine der Freundinnen meines Onkels mich als Kind gern in der Bücherei deponierte und ich mir einmal wahllos ein Buch schnappte, das *Tapfere Damen des Himmels* oder so ähnlich hieß. Meine Eltern waren losgeflogen und nie zurückgekommen, und wie sich herausstellte, hatte ein beträchtlicher Anteil der tapferen Damen das gleiche Schicksal erlitten. Das weckte mein Interesse. Ich wollte wohl von jemandem hören, dass ein Flugzeugabsturz gar kein so übler Tod ist – obwohl ich sicher gedacht hätte, dass derjenige Mist labert. Im Kapitel über Marian stand, dass sie von ihrem Onkel aufgezogen wurde, worauf ich eine Gänsehaut bekam, denn *ich* wurde (gewissermaßen) auch von *meinem* Onkel aufgezogen.

Eine nette Bibliothekarin grub Marians Buch für mich aus – *Das Meer, der Himmel* etc. –, und ich studierte es wie ein Astrologe eine Sternenkarte, weil ich hoffte, dass Marians Leben irgendwie mein eigenes erklären und mir sagen würde, was ich tun und wie ich sein sollte. Das meiste ging über meinen Verstand, hinterließ in mir aber den vagen Wunsch, meine Einsamkeit in ein Abenteuer zu verwandeln. Auf die erste Seite meines Tagebuches schrieb ich in Druckbuchstaben: »Ich war zum Wandern geboren.« Danach schrieb ich nichts mehr, denn wie soll man das umsetzen, wenn man zehn Jahre alt ist und seine Zeit im Haus seines Onkels in Van Nuys verbringt oder für Fernsehwerbung vorspricht? Nachdem ich das Buch zurückgegeben hatte, vergaß ich Marian mehr oder weniger. Eigentlich sind fast alle tapferen Damen des Himmels vergessen. In den 80er Jahren gab es gelegentlich ein gruseliges TV-Special über Marian, und eine Handvoll eingefleischter Marian-Enthusiasten spinnt immer noch Theorien im Internet, aber sie ist nicht so präsent wie Amelia Earhart. Die Leute *glauben* zumindest, etwas über Amelia Earhart zu wissen, selbst wenn sie es nicht tun. Eigentlich ist das auch nicht möglich.

Dass man mich so oft in der Bibliothek ablud, erwies sich als Vorteil, denn während die anderen Kinder in der Schule waren, saß ich bei jedem Casting für kleine weiße Mädchen (oder kleine Mädchen unbestimmter ethnischer Herkunft, was auch weiß bedeutet) im Großraum Los Angeles auf diversen Klappstühlen in diversen Fluren, begleitet von diversen Kindermädchen und den Freundinnen meines Onkels Mitch, zwei Kategorien, die sich bisweilen überschnitten. Ich glaube, die Freundinnen boten manchmal an, auf mich aufzupassen, um mütterlich zu wirken und so als Ehefrau infrage zu kommen, aber das war keine sonderlich gute Strategie, wenn man beim alten Mitch das Feuer am Brennen halten wollte.

Als ich zwei war, stürzte die Cessna meiner Eltern in den Oberen See. Glaubt man zumindest. Man fand nie eine Spur. Mein Dad, Mitchs Bruder, flog die Maschine. Sie waren auf einem romantischen Trip zur Hütte eines Freundes mitten im Nirgendwo, um, wie Mitch es ausdrückte, wieder zueinanderzufinden. Selbst als ich noch klein war, erzählte er mir, meine Mutter habe das Herumficken nicht aufgeben wollen. Seine Wortwahl. Mit Kindheit konnte Mitch allgemein nicht viel anfangen. »Aber sie konnten auch nicht voneinander lassen«, fügte er hinzu. Mit Wortspielen konnte Mitch auf jeden Fall viel anfangen. Er hatte als Regisseur von TV-Schmonzetten wie *Liebe hat ihren Preis* (da ging es um einen Zollbeamten) und *Mord am Valentinstag* (raten Sie mal) angefangen.

Meine Eltern hatten mich bei einer Nachbarin in Chicago gelassen, laut Testament aber an Mitch vererbt. Es gab sonst niemanden. Keine Tanten oder Onkel, und meine Großeltern waren eine Kombination aus tot, entfremdet, abwesend und unzuverlässig. Mitch war kein übler Kerl, aber im Grunde war er ein Opportunist im Hollywood-Format, und nachdem er mich ein paar Monate hatte, forderte er einen Gefallen ein, um mich in einer Apfelmus-Werbung unterzubringen. Dann suchte er mir eine Agentin, Siobhan. Von da an bekam ich ziemlich regelmäßig Werbespots, Gastauftritte und Rollen in Fernsehfilmen (ich spielte die Tochter in *Mord am Valentinstag*) und kann mich an keine Zeit erinnern, in der ich nicht geschauspielert oder es zumindest versucht hätte. Für mich war es das normale Leben: wieder und wieder ein Plastikpony in einen Plastikstall zu stellen, während die Kameras liefen und ein fremder Erwachsener mir sagte, wie ich lächeln sollte.

Als ich elf war und Mitch vom Film der Woche zu Musikvideos wechselte und sich in die Welt der Indie-Filme vorarbeitete, erlebte ich meinen sprichwörtlichen Durchbruch: die Rolle der Katie McGee in einer Zeitreise-Sitcom für Kinder namens *Die ganz große Zeit der Katie McGee*.

Am Set war mein Leben blitzsauber und zuckersüß, mit Wortspielen und ordentlichen Handlungssträngen und nach vorn offenen Zimmern unter einem heißen Himmel aus Jupiterlampen. Ich spielte übertrieben, begleitet von brüllenden Lachkonserven, und trug dabei so extravagant modische Outfits, dass ich wie der fleischgewordene Tween-Zeitgeist aussah. Wenn ich gerade nicht arbeitete, machte ich dank meines nachlässigen Onkels so ziemlich, was ich wollte. In ihrem Buch schreibt Marian Graves: *Als Kinder waren mein Bruder und ich weitgehend uns selbst überlassen. Ich glaubte – und hörte auch einige Jahre lang nichts anderes –, dass ich frei war zu tun, was ich wollte, dass ich das Recht hatte, überall hinzugehen, wohin ich den Weg fand.* Ich war wohl ungestümer und verwöhnter als Marian, empfand aber ganz ähnlich. Die Welt war meine Auster und die Freiheit meine Sauce Mignonette. Wenn dir das Leben Zitronen gibt, schälst du sie und garnierst damit deine Martinis.

Als ich dreizehn war und das *Katie-McGee*-Merchandise sich wie verrückt verkaufte und Mitch bei *Tourniquet* Regie geführt hatte und sich im Erfolg wälzte, zogen wir auf seine Initiative und mit unser beider Geld nach Beverly Hills. Nachdem ich nicht mehr im Valley festsaß, stellte mich der Typ, der Katie McGees großen Bruder spielte, seinen reichen Highschool-Freunden vor, denen alles egal war, die mich herumfuhren, auf Partys mitnahmen und mir an die Wäsche gingen. Mitch merkte wahrscheinlich gar nicht, wie oft ich weg war, weil er meist selbst unterwegs war. Manchmal begegneten wir uns besoffen um zwei oder drei Uhr morgens und nickten uns zu wie Leute in einem Hotelflur, die an derselben wilden Konferenz teilnehmen.

Das Gute aber war: Die Lehrer am Set von *Katie McGee* waren anständig und sagten, ich solle aufs College gehen, und da mir das gefiel, schwafelte ich mich nach dem Ende der Serie in die NYU, wobei mir mein Status als B-Fernseh-Promi beträchtlich half. Ich saß startbereit auf meinen Koffern, als Mitch eine Überdosis nahm, sonst wäre ich wohl einfach in L. A. geblieben und hätte mich auch zu Tode gefeiert.

Das Gute oder Schlechte war: Nach einem Semester

wurde ich für den ersten *Archangel*-Film gecastet. Manchmal frage ich mich, was passiert wäre, wenn ich stattdessen das College abgeschlossen und die Schauspielerei aufgegeben und man mich vergessen hätte, aber es ist ja nicht so, als hätte ich die kolossale Gage für die Rolle der Katerina ablehnen können, was alles andere irrelevant macht.

In meiner kurzen Phase höherer Bildung hatte ich Zeit, Einführungskurse in die Philosophie zu belegen und etwas über das Panoptikum zu lernen, das hypothetische Gefängnis, das Jeremy Bentham erdacht hatte und in dem es ein einziges winziges Wachhaus in der Mitte eines riesigen Rings von Zellen gab. Man brauchte nur einen Wärter, der einen jederzeit beobachten *könnte*, und die Vorstellung, beobachtet zu werden, ist weit wichtiger als die tatsächliche Beobachtung. Dann verwandelte Foucault das Ganze in eine Metapher darüber, dass man eine Person oder Bevölkerung disziplinieren und beherrschen kann, indem man lediglich den Eindruck erweckt, sie *könnte* beobachtet werden. Der Professor wollte offensichtlich, dass wir das Panoptikum beängstigend und schrecklich fanden, aber später, nachdem *Archangel* mich viel zu berühmt gemacht hatte, wäre ich nur allzu gern mit Katie McGees absurder Zeitmaschine in den Hörsaal zurückgekehrt, um ihn zu bitten, das Gegenteil in Betracht zu ziehen. Denn nicht ein Wärter, sondern man selbst steht in der Mitte, und Tausende, vielleicht Millionen von Wärtern beobachten einen – oder könnten es tun –, und zwar immer und überall.

Nicht, dass ich den Mut gehabt hätte, einen Professor irgendwas zu fragen. An der NYU starrten mich alle an, weil ich Katie McGee gewesen war, aber mir kam es vor, als starrten sie mich an, weil sie wussten, dass ich es nicht verdient hatte, dort zu sein. Und vielleicht stimmte das sogar, aber man kann Fairness nicht im Labor messen. Man kann nicht wissen, ob man etwas *verdient*. Wahrscheinlich tut man es nicht. Deshalb war ich auch erleichtert, als ich die Uni wegen *Archangel* verließ, wieder eine Million Verpflichtungen hatte, die ich mir nicht aussuchen konnte, und einen Tagesablauf, den ich nicht selbst bestimmte. An der Uni hatte ich das wörterbuchdicke Vorlesungsverzeichnis durchgeblättert und war völlig verwirrt gewesen. Ich hatte mich durch die Cafeteria treiben lassen und mir all die verschiedenen Speisen angesehen, die Salatbars und die Berge von Bagels und die Müslibehälter und den Softeisautomaten, und war mir vorgekommen, als sollte ich ein monumentales Rätsel lösen, bei dem es um Leben und Tod ging.

Nachdem ich alles ruiniert hatte und Sir Hugo Woolsey (*der* Sir Hugo, der zufällig mein Nachbar ist) ein Biopic erwähnte, das er gerade produzierte, und Marians Buch aus seinem Beutel zog – ich hatte seit fünfzehn Jahren nicht daran gedacht –, saß ich plötzlich wieder in der Bibliothek und schaute auf das schmale gebundene Buch, das womöglich alle Antworten enthielt. Antworten, das hörte sich gut an. Das hörte sich an wie etwas, das ich wollte, auch wenn ich nie so ganz enträtseln konnte, was ich wollte. Nicht, dass ich überhaupt gewusst hätte, was Wollen bedeutete. Meist erlebte ich Begehren als ein Gewirr unmöglicher, widersprüchlicher Impulse. Ich wollte verschwinden wie Marian; ich wollte berühmter denn je sein; ich wollte etwas Wichtiges über Mut und Freiheit sagen; ich wollte mutig und frei *sein*, wusste aber nicht, was das bedeutete – ich konnte nur so tun, als ob ich es wüsste, und genau das macht Schauspielerei wohl aus.

Heute ist mein letzter Drehtag für *Peregrine*. Ich sitze in einer Attrappe von Marians Flugzeug, die an einem Flaschenzugsystem hängt und gleich über einen riesigen Wassertank geschwenkt und fallen gelassen wird. Ich trage einen Parka aus Rentierfell, der jetzt schon tausend Pfund wiegt und eine Million wiegen wird, wenn er nass ist, und versuche mir nicht anmerken zu lassen, dass ich Angst habe. Bart Olofsson, der Regisseur, hat mich vorhin beiseitegenommen und gefragt, ob ich den Stunt wirklich selbst machen will, angesichts dessen, was mit meinen Eltern passiert ist. *Ich glaube, ich möchte mich dem stellen*, habe ich gesagt. *Ich glaube, ich könnte den Abschluss gebrauchen.* Er hatte mir die Hand auf die Schulter gelegt und sein schönstes Guru-Gesicht aufgesetzt. *Du bist eine starke Frau*, hatte er gesagt.

Doch einen echten Abschluss gibt es nicht. Darum suchen wir immer danach.

Der Schauspieler, der meinen Navigator Eddie Bloom spielt, trägt ebenfalls einen Rentierparka und hat wasserfeste Blutschminke auf der Stirn, weil er beim Aufprall bewusstlos werden soll. Im wirklichen Leben saß Eddie normalerweise an einem Pult hinter Marians Sitz, aber die Drehbuchautoren, zwei aggressiv-fröhliche Brüder mit Hitlerjugend-Haarschnitt und Hitlerjugend-Gesichtern, fanden es besser, wenn Eddie für den Todessturz nach vorn kommt. Klar, gut, wie ihr wollt.

Die Geschichte, die wir hier erzählen, ist ohnehin nicht so passiert. Das immerhin weiß ich. Aber ich würde nicht behaupten, dass ich die Wahrheit über Marian Graves kenne. Die kannte nur sie.

Acht Kameras werden meinen Sturzflug filmen: sechs fest installierte, zwei von Tauchern bediente. Ein Take ist der Plan. Höchstens zwei. Die Aufnahmen sind teuer, und unser Budget war nie riesig und ist mittlerweile mehr als ausgeschöpft, aber wenn man so weit gekommen ist, gibt es nur Augen zu und durch. Im besten Fall dauert es den ganzen Tag. Im schlimmsten Fall ertrinke ich, ende *In Me-*

moriam, ende wie meine Eltern, bloß in einem künstlichen Flugzeug und einem künstlichen Ozean und nicht mal auf dem Weg irgendwohin.

»Bist du dir sicher, dass du das machen willst?«

Der Stunt-Koordinator prüft mein Gurtzeug, wühlt ganz geschäftsmäßig in meinem Schritt, tastet zwischen borstigen Rentierhaaren nach Riemen und Clips. Wie es sich für einen Stuntkoordinator gehört, hat er ein ledernes Gesicht, eine lederne Garderobe und eine Stop-Action-Gangart, weil man ihn mehrfach zusammenflicken musste.

»Absolut«, sage ich.

Als er fertig ist, hebt uns der Kran hoch und schwenkt aus. Am Ende des Tanks befindet sich eine Stoffkulisse, die mit dem Wasser eine Art Horizont bildet, und ich bin sie, Marian Graves, und fliege mit leerer Tankanzeige über den Südlichen Ozean und weiß, dass ich nirgendwo anders hingelangen kann als dort, wo ich bin, und das ist nirgendwo. Ich frage mich, wie kalt das Wasser sein mag, wie lange es dauert, bis ich tot bin. Ich gehe meine Möglichkeiten durch. Ich denke an das Versprechen, das ich mir gegeben habe. *Der scharfe Tauchgang eines Tölpels.*

»Action«, sagt eine Stimme in meinem Hörer, und ich drücke das Steuerhorn der Flugzeugattrappe, als wollte ich uns in den Mittelpunkt der Erde fliegen. Die Flaschenzüge kippen den Bug nach unten, und wir stürzen ab.

Die *Josephina Eterna*

Glasgow, Schottland
April 1909

Ein unfertiges Schiff. Ein Rumpf ohne Schornsteine, oben von einem Stahlgerüst und unten von einem Holzgestell in seiner Helling gefangen. Hinter dem Heck, unter den vier machtlosen Blüten der freiliegenden Schiffsschrauben, floss der Clyde grün im unerwarteten Sonnenschein.

Vom Kiel bis zur Wasserlinie war sie rostrot gestrichen und darüber, eigens für den Stapellauf, weiß wie eine Braut. (Weiß machte sich besser auf Zeitungsfotos.) Wenn die Blitzlichter erloschen sind und das Schiff zur Ausrüstung einsam im Fluss ankert, werden Männer auf Brettern stehen, die von dicken Seilen an den Seiten des Schiffes hängen, und die Platten und Nieten ihres Rumpfes glänzend schwarz streichen.

Ihre beiden Schornsteine werden aufgerichtet, verschraubt und festgezurrt. Ihre Decks werden mit Teakholz verschalt, ihre Gänge und Salons mit Mahagoni, Nussbaum und Eiche getäfelt. Es wird Sofas und Polsterbänke und Sessel geben, Betten und Badewannen, Seestücke in vergoldeten Rahmen, Götter und Göttinnen in Bronze und Alabaster. Das Porzellan der ersten Klasse wird mit Goldrändern und goldenen Ankern (dem Emblem der L&O Lines) versehen sein. Für die zweite Klasse: blaue Anker, blauer Rand (Blau ist die Farbe der Linie). Die dritte Klasse muss sich mit einfachem weißem Geschirr begnügen, die Besatzung mit Blech. Güterwagen werden Kristall, Silber und Porzellan, Damast und Samt anliefern. Kräne werden drei Klaviere an Bord hieven, die wie steifbeinige Bestien in Netzen baumeln. Ein Hain aus Topfpalmen wird die Gangway hinaufgerollt. Kronleuchter werden aufgehängt. Liegestühle, die wie Alligatorenkiefer aufklappen, werden gestapelt. Schließlich wird die erste Ladung Kohle durch Öffnungen weit unten im Rumpf gekippt, in Bunker unterhalb der Wasserlinie, weitab der Verzierungen. Das erste Feuer wird tief in ihren Kesseln entfacht.

Doch am Tag des Stapellaufs war sie noch eine Hülle, ein kahler, ungemütlicher Klotz aus Stahl. In ihrem Schatten drängte sich eine Menschenmenge: Schiffsarbeiter in rauen Gruppen, Glasgower Familien, die sich das Spektakel ansehen wollten, Straßenjungen, die Zeitungen und Sandwiches anboten. Ein strahlend blauer Himmel wehte über ihnen wie ein Wimpel. In einer Stadt aus Ruß und Nebel konnte dieser Himmel nur ein gutes Omen sein. Eine Blaskapelle spielte.

Mrs. Lloyd Feiffer, Matilda, die Frau des neuen amerikanischen Schiffseigners, stand auf einer mit blau-weißen Wimpeln geschmückten Plattform, unter dem Arm eine Flasche Scotch. »Sollte es nicht Champagner sein?«, hatte sie ihren Mann gefragt.

»Nicht in Glasgow«, hatte er erwidert.

Matilda sollte die Flasche am Schiffsrumpf zerschmettern und das Schiff auf den Namen taufen, an den zu denken sie kaum ertragen konnte. Sie sehnte das kathartische Zerspringen des Glases ungeduldig herbei, erhoffte, dass ihre Aufgabe erledigt sein würde, doch im Moment konnte sie nur warten. Es gab irgendeine Verzögerung. Lloyd war zappelig und machte Bemerkungen in Richtung des Schiffsbauingenieurs, der starr vor Sorge wirkte. Auf der Plattform drängten sich unglückliche Engländer mit Bowlerhüten, Schotten von der Schiffbaufirma und weitere Männer, die sie nicht identifizieren konnte.

Das Schiff war bereits zur Hälfte fertig, als die L&O Lines, die Lloyds Vater Ernst 1857 in New York gegründet und die Lloyd 1906 geerbt hatte, die insolvente englische Reederei, die es in Auftrag gegeben hatte, übernahm. (Die *sie* in Auftrag gegeben hatte, korrigierte Lloyd stets. Doch für Matilda würden Schiffe immer ein *Es* bleiben.) Die Beplankung war bereits im Gange gewesen, als das Geld ausging, und wurde wieder aufgenommen, nachdem Lloyds Dollar erst in Pfund Sterling und dann in Stahl umgetauscht worden waren. Die Männer mit den Bowlerhüten, die aus London angereist waren und sich mürrisch über das herrliche Wetter ausließen, hatten das Schiff entworfen, über die Baupläne gestritten und einen vernünftigen Namen gewählt, den Lloyd ignoriert hatte. All die Mühe, und nun waren sie überflüssig: Hintergangene mit sorgfältig gebürsteten Hüten auf einer wimpelgeschmückten Plattform, während der mitreißende Marsch der Blaskapelle zu ihren Füßen brodelte. Man hatte die Helling mit Talg bestrichen, um dem Schiff den Weg zu schmieren, und Matilda spürte, wie der starke Tiergeruch in ihre Kleider drang und sich auf ihre Haut legte.

Lloyd hatte ein neues Passagierschiff haben wollen, um L&O wiederzubeleben. Als Ernst starb, war die Flotte müde und veraltet gewesen und hatte hauptsächlich aus Trampdampfern bestanden, die im Küstenverkehr fuhren, einigen Fracht- und Passagierschiffen, die über den Atlantik tuckerten, und ein paar müden Windjammern, die immer noch auf den pazifischen Getreide- und Guanorouten fuhren. Dieses Schiff würde nicht das größte, schnellste oder opulenteste Passagierschiff sein, das von Europa aus den Atlantik überquerte – keine Konkurrenz für die Monster der White Star Line, die in Belfast gebaut wurden –, aber Lloyd hatte Matilda erklärt, es sei ein respektabler Einsatz am Tisch der Bonzen.

»Wie sieht's aus?«, bellte Lloyd, dass sie zusammenschrak. Die Frage war an Addison Graves gerichtet, *Kapitän* Graves, der in der Nähe stand – oder besser emporragte, obwohl er sich gewöhnlich vorbeugte, als wollte er sich vorauseilend für seine Größe entschuldigen. Er war dünn, fast hager, aber mit massiven, schweren Knochen, die wie Keulen wirkten.

»Es gibt ein Problem mit dem Auslöser«, sagte er zu Lloyd. »Sollte nicht mehr lange dauern.«

Lloyd betrachtete stirnrunzelnd das Schiff. »Sie sieht aus, als läge sie in Fesseln. Dabei ist sie dazu bestimmt, auf See zu sein. Findest du nicht auch, Graves?« Er wurde plötzlich übermütig. »Findest du sie nicht auch absolut prächtig?«

Der Bug ragte über ihnen auf, scharf wie eine Klinge. »Sie wird ein gutes Schiff«, sagte Graves milde.

Er würde der erste Kapitän des Schiffes sein und war mit Lloyd und Matilda und den vier kleinen Feiffer-Söhnen zum Stapellauf gekommen – Henry, der älteste, war sieben Jahre, und Leander, das Baby, noch nicht einmal ein Jahr, und dazwischen gab es Clifford und Robert, die allesamt von ihren beiden Kindermädchen betreut und aus dem Weg gehalten wurden. Matilda hatte gehofft, Graves auf der Reise ein wenig näherzukommen. Er war nicht unfreundlich, nie unhöflich, aber seine Zurückhaltung schien undurchdringlich. Selbst ihre kühnsten Versuche, etwas über sein Innenleben herauszufinden, waren fruchtlos geblieben. *Was hat Sie aufs Meer gelockt, Kapitän Graves?*, hatte sie ihn einmal beim Abendessen gefragt. Er hatte geantwortet: *Wenn Sie weit genug in irgendeine Richtung gehen, landen Sie am Meer, Mrs. Feiffer*, und es war ihr wie ein Tadel vorgekommen. Er war für sie zum Sinnbild der grundlegenden Undurchdringlichkeit männlichen Lebens geworden. Lloyd liebte ihn von ganzem Herzen und wie niemanden sonst, schon gar nicht Matilda. *Ich schulde ihm mein Leben*, hatte Lloyd schon oft gesagt. *Dein Leben kann keine Schuld sein*, hatte sie einmal erwidert, *sonst gehört es dir nicht wirklich und kann auch nicht gerettet werden.* Aber Lloyd hatte nur gelacht und gefragt, ob sie schon einmal erwogen habe, Philosophin zu werden.

Graves und Lloyd hatten als junge Männer zusammen auf einer Bark angeheuert. Graves hatte als Seemann gearbeitet, und Lloyd, der gerade seinen Abschluss in Yale gemacht hatte, mehr oder weniger so getan. Lloyds Vater Ernst hatte gesagt, er müsse von der Pike auf lernen, wenn er L&O einmal erben wolle. Als der unglückselige Lloyd vor Chile über Bord fiel, warf Graves ihm schnell und präzise eine Leine zu und hievte ihn zurück an Bord. Seitdem verehrte Lloyd Graves als seinen Retter. (*Aber du hast die Leine gefangen*, sagte Matilda. *Du hast dich daran festgehalten.*) Und als Lloyd nach Chile in der Firma aufstieg, galt das auch für Graves.

Die Plattform lag nicht mehr im Schatten. Matilda schwitzte, ihr Korsett klebte und scheuerte. Lloyd hielt die Fähigkeit, ein Schiff zu taufen, offenbar für angeboren. »Zerbrich die Flasche am Bug, Tildy«, hatte er gesagt. »Es ist ganz einfach.«

Würde sie merken, wenn der richtige Moment gekommen war? Würden sie daran denken, es ihr zu sagen? Sie wusste nur, dass anscheinend ein Zeichen kommen würde (von wem, wusste sie nicht), sobald das Schiff ins Rutschen geriet, und dann sollte sie den Whiskey am Bug zerschlagen und das Schiff auf den Namen *Josephina Eterna* taufen, nach der Geliebten ihres Mannes.

Als sie Lloyd vor Monaten am Frühstückstisch gefragt hatte, wie das Schiff heißen solle, hatte er es ihr gesagt, ohne auch nur die Zeitung zu senken.

Matildas Tasse hatte nicht geklirrt, als sie sie auf der Untertasse abstellte. Immerhin etwas, auf das sie stolz sein konnte.

Mit einundzwanzig war sie jung, aber nicht zu jung gewesen, als der sechsunddreißigjährige Lloyd sie heiratete, und alt genug, um zu wissen, dass er sie wegen ihres Vermögens und ihrer potenziellen Fruchtbarkeit gewählt hatte und nicht aus Liebe. Sie verlangte lediglich, dass Lloyd sich respektvoll und diskret verhielt. Das hatte sie ihm vor der Verlobung erklärt, und er hatte freundlich zugehört und zugestimmt, dass viel für eine individuelle Privatsphäre innerhalb der Ehe spräche, zumal ihm das Junggesellenleben so lange so gut zupassgekommen sei. »Wir verstehen uns also«, hatte sie gesagt und ihm die Hand gereicht. Er hatte sie feierlich geschüttelt und Matilda auf den Mund geküsst, eine ganze Weile, und sie hatte angefangen, sich gegen ihren Willen zu verlieben. So ein Pech.

Aber sie würde ihr Wort halten. Sie fand sich, so gut sie konnte, mit Lloyds außerehelichen Streifzügen ab und richtete ihre Leidenschaft ganz auf die Kinder und die Pflege ihrer Garderobe und Person. Sie wusste, dass Lloyd sie liebevoll behandelte und im Bett zärtlicher war als manch anderer Ehemann, aber auch, dass sie ganz und gar nicht seinem Geschmack entsprach. Er bevorzugte temperamentvolle, unersättliche Frauen, meist älter als Matilda, oft sogar älter als er selbst, auf jeden Fall älter als die Namensgeberin des Schiffes, diese Jo, die erst neunzehn Jahre, dunkel und flatterhaft war. Aber Matilda wusste nur zu gut, dass oftmals gerade die Geliebte, die dem Idealtypus nicht entsprach, einen Menschen aus dem Gleichgewicht brachte.

Die Namenswahl des Schiffes schien ein schlechter Lohn für ihre Toleranz und Großzügigkeit, und sowie sie einen Moment allein war, fern von klirrendem Porzellan und den Augen der Dienerschaft, hatte sie einige Tränen vergossen. Aber dann hatte sie sich zusammengerissen und weitergemacht, so wie immer.

Lloyd drehte sich aufgeregt zu ihr um. »Gleich ist es so weit.«

Sie versuchte, sich zu wappnen. Der Flaschenhals war zu kurz, um ihn sicher zu greifen, zumal mit Seidenhandschuhen, und so rutschte ihr die Flasche aus der Hand und landete mit einem dumpfen Aufprall nah der Plattformkante. Als sie sie aufhob, berührte jemand ihre Schulter. Addison Graves. Er nahm die Flasche behutsam an sich. »Sie sollten besser die Handschuhe ausziehen«, sagte er. Nachdem sie das getan hatte, legte er eine ihrer Hände um den Hals und drückte die andere Handfläche flach auf den Korken. »So«, sagte er und deutete einen seitlichen Bogen an. »Schlagen Sie ruhig kräftig zu, denn es bringt Unglück, wenn die Flasche nicht zerbricht.«

»Danke«, murmelte sie.

Sie wartete am Rand der Plattform auf ihr Zeichen, doch nichts geschah. Der Bug blieb, wo er war, wie die riesige, nach oben gerichtete Nase eines stolzen, hochmütigen Wesens. Die Männer redeten eindringlich miteinander. Der Schiffbauingenieur eilte davon. Sie wartete. Die Flasche wurde schwerer. Ihre Finger taten weh. Unten in der Menge schubsten sich zwei Männer und verursachten einen Aufruhr. Während sie hinsah, schlug der eine dem anderen ins Gesicht.

»Tildy, Herrgott noch mal!« Lloyd zerrte an ihrem Arm. Der Bug rutschte davon. So schnell. Sie hatte nicht damit gerechnet, dass sich etwas so Großes so schnell bewegen konnte.

Sie beugte sich vor und schleuderte die Flasche gegen die dahinschwindende Stahlwand. Unbeholfen, aus dem Obergriff. Sie stieß gegen den Rumpf, zerbrach aber nicht, sondern prallte ab und fiel auf die Helling, wo sie in einer Explosion aus Glas und bernsteinfarbener Flüssigkeit zerschellte. Die *Josephina* glitt davon. Der grüne Fluss wölbte sich hinter dem Heck empor und zerfiel zu Schaum.

Der Nordatlantik
Januar 1914
Vier Jahre und neun Monate später

Die *Josephina Eterna*, ostwärts in der Nacht. Eine juwelenbesetzte Brosche auf schwarzem Satin. Ein einsamer Kristall an der Wand einer dunklen Höhle. Ein prächtiger Komet an einem leeren Himmel.

Unter ihren Lichtern und wabenförmigen Kajüten, unter den Männern, die sich in roter Hitze und schwarzem Staub abmühten, unter ihrem mit Entenmuscheln übersäten Kiel zog ein Kabeljau-Schwarm vorbei, eine dichtgedrängte Meute biegsamer Körper in der Dunkelheit, die Augen weit hervorgewölbt, obwohl es nichts zu sehen gab. Unter den Fischen: Kälte und Druck, leere schwarze Meilen, ein paar sonderbare leuchtende Kreaturen, die Futterfitzelchen hinterherglitten. Dann der sandige Boden, leer bis auf schwache Spuren, die zähe Krabben, blinde Würmer, Lebewesen hinterlassen hatten, die niemals wissen würden, dass es so etwas wie Licht überhaupt gab.

Am zweiten Abend, nachdem sie New York verlassen hatten, kam Addison Graves zum Essen und fand sich bei Tisch neben Annabel. Er war ohne Begeisterung aus der maskulinen Stille der Brücke in die trillernde, funkelnde Kakophonie des Speisesaals hinabgestiegen. Die Luft fühlte sich heiß und feucht an, es roch nach Essen und Parfüm. Die Kälte des Ozeans, die in seiner wollenen Uniform saß, verflüchtigte sich; augenblicklich kribbelte es ihn vor Schweiß. An seinem Tisch verbeugte er sich, die Mütze unter dem Arm. Die Gesichter der Passagiere verströmten eine geradezu räuberische Gier nach seiner Aufmerksamkeit. »Guten Abend«, sagte er beim Hinsetzen und schüttelte die Serviette aus. Er hatte selten Freude an Gesprächen und schon gar nicht an dem selbstgefälligen Geplauder, das Passagiere verlangten, die reich oder wichtig genug waren, um einen Platz am Tisch des Kapitäns zu ergattern. Zunächst bemerkte er nur das blasse Grün von Annabels Kleid. Auf seiner anderen Seite saß eine ältere Frau in Braun. Das erste einer langen Reihe allzu erlesener Gerichte wurde von befrackten Kellnern aufgetragen.

Lloyd Feiffer hatte Addison zum Kapitän befördert, sowie er L&O geerbt hatte, als die Erde auf dem Grab seines Vaters noch frisch war. Bei Steaks im Delmonico's hatte Lloyd ihm das Kommando über ein Schiff übertragen, und Addison hatte nur genickt, damit man ihm die Euphorie nicht ansah. Kapitän Graves! Endlich wäre der unglückliche Junge von der Farm in Illinois für immer verschwunden, unter dem Absatz seines polierten Stiefels zu einem Nichts zermahlen, über Bord geworfen.

Allerdings hatte Lloyd eine kleine Sorge geäußert. »Du wirst *geselliger* werden müssen, Graves. Du wirst dich *unterhalten* müssen. Auch dafür bezahlen sie. Schau nicht so. Es wird schon nicht so schlimm.« Er hatte besorgt innegehalten. »Meinst du, du schaffst das?«

»Ja«, hatte Addison gesagt, wobei sein Ehrgeiz schwerer wog als jede Furcht in seinem Herzen. »Natürlich.«

Die Kellner wirbelten umher, brachten Schalen mit Consommé. Rechts von Addison schilderte Mrs. Soundso im braunen Kleid die detaillierten Lebensgeschichten ihrer Söhne, und zwar so langsam und bedächtig, als verläse sie die Bedingungen eines Vertrages. Lamm mit Minzgelee wurde serviert und verspeist. Danach Brathähnchen. Als seine Nachbarin beim Salat ihren Vortrag kurz unterbrach, wandte sich Addison endlich an die Frau im blassgrünen Kleid. Sie heiße Annabel, hatte sie gesagt. Sie schien recht jung. Er erkundigte sich, ob sie zum ersten Mal nach Großbritannien reise.

»Nein«, sagte sie. »Ich war schon ein paarmal dort.«

»Dann gefällt es Ihnen?«

Zuerst antwortete sie nicht. Als sie dann sprach, klang sie nüchtern. »Nicht besonders, aber mein Vater und ich haben beschlossen, dass es am besten sei, wenn ich New York für eine Weile verlasse.«

Ein seltsames Geständnis. Er betrachtete sie genauer. Sie hielt den Kopf gesenkt, schien sich aufs Essen zu konzentrieren. Sie war älter, als er anfangs gedacht hatte, Ende zwanzig, und ausgesprochen hübsch, obwohl nachlässig aufgetragenes Rouge und Lippenstift ihr ein verschwommenes, fiebriges Aussehen verliehen. Ihr Haar war cremefarben wie die Mähne eines Palomino-Pferdes und ihre Wimpern und Augenbrauen blass und nahezu unsichtbar. Sie sah abrupt auf und begegnete seinem Blick.

Ihre Augen waren hellblau und mit leuchtenden, ineinandergreifenden Ringen durchsetzt, die an Tupfen Sonnenlichts erinnerten. Er las eine unverschämte, unmissverständliche Aufforderung in ihnen. Er kannte die Blicke der Frauen im Südpazifik, die sich barbusig im Schatten räkelten, die der Huren, halb versteckt in den düsteren Gassen der Hafenstädte, die der *Karayuki-San*, die ihn in laternenbeleuchtete Räume führten. Er schaute zu ihrem Vater, der ihnen gegenübersaß, ein rotgesichtiger, drahtiger Mann, der lautstark erzählte und seine Tochter offensichtlich nicht beachtete.

»Sie verachten das alles«, sagte Annabel mit leiser Stimme. »Mit diesen Leuten zu reden. Ich weiß es, denn es geht mir genauso.«

Addison entschuldigte sich beim Dessert. Etwas verlange nach seiner Aufmerksamkeit. Er verließ den Speisesaal, ging zwei Treppen hinauf und trat durch eine Tür – NUR für Besatzung – aufs offene Deck hinter der Brücke.

Er stützte sich mit den Ellbogen auf die Reling. Es war niemand zu sehen. Das Meer war leicht kabbelig. Der marmorierte Saum der Milchstraße wölbte sich über den klaren, mondlosen Himmel.

Er hatte höflich abgestritten, irgendetwas zu verachten, sich von der jungen Frau abgewandt und seine andere Nachbarin gefragt, ob sie noch mehr amüsante Geschichten über ihre Kinder zu erzählen habe. Doch Annabel hatte weiterhin an seiner Peripherie gebrannt. Grünes Kleid, blasse Wimpern. Dieser Blick. So unerwartet. Eine blaue Flamme, unerschütterlich und fremd.

Die arbeitsame Atmosphäre der Brücke bedeutete eine gewisse Erleichterung und auch die Mitternachtskanne Kaffee, die man ihm in die Kabine brachte, doch sie brannte immer noch. In der Badewanne, in der seine knochigen Knie aus dem Wasser ragten, hatte er die Hand zum Unterleib wandern lassen und an ihre geröteten Wangen und die losen, blassen Haarsträhnen in ihrem Nacken gedacht.

Es war weit nach Mitternacht, als sie an seine Tür klopfte. Sie trug immer noch das grüne Kleid, eine Geistererscheinung. Er wusste nicht, wie sie seine Kabine gefunden hatte, doch sie trat zügig ein, als wäre sie schon oft bei ihm gewesen. Sie war kleiner, als er gedacht hatte, ihr Kopf reichte ihm nur bis zur Mitte der Brust, und sie zitterte heftig. Ihre Haut war bläulich und sehr kalt, und in den ersten Minuten konnte er es kaum ertragen, ihre Eiseskälte zu berühren.

New York City
September 1914
Neun Monate später

Die Babys weinten.

Annabel rührte sich nicht. Sie stand am Schlafzimmerfenster in Addisons rotem Backsteinhaus (schwarzes Gesims, schwarze Tür mit Messingklopfer, nahe des Flusses) und schaute über die Straße zu einer schwarzen Katze, die in einem Fenster im zweiten Stock schlief. Sie war oft da. Manchmal beobachtete sie mit zuckendem Schwanz die Tauben, die unter ihr im Rinnstein pickten. Wenn die Katze mit dem Schwanz zuckte, konnte Annabel nicht anders und wackelte mit dem Finger. Hörte die Katze auf, hörte sie auch auf. Wenn sie nachts wach lag, wackelte sie mit dem Finger, bis er angespannt und schmerzhaft war. Die Geste eines zänkischen Weibs. Ticktack.

Das Weinen strebte in sich überlappenden Schüben einem zornigen Höhepunkt entgegen.

Besser am Fenster bleiben statt den schwefelstinkenden Visionen zu begegnen, die emporkochten, sowie sie sich den Zwillingen näherte. Besser nicht in die Küche gehen, wo es Messer gab. Besser nicht die Nähe von Daunenkissen oder Wasserbecken suchen. Besser nicht die Babys auf dem Arm halten, weil sie mit ihnen an dieses Fenster treten und sie hinauswerfen könnte. *Verdorben*, erklang die Stimme ihrer Mutter. *Verdorben, verdorben, verdorben.*

Bei einem ihrer Aufenthalte im Internat war sie am Morgen nach einem Eissturm mit vorsichtig gleitenden Schritten von der Veranda ihres Schlafsaals in eine blendende, brüchige, splittrige Welt getreten. Jeder Ahorn auf dem Mittelrasen der Schule war in einem eigenen, eng anliegenden Glaskasten eingeschlossen, von dem Eiszapfen wie Zähne hingen. Wenn die Babys weinten, wurde sie wie diese Bäume: erst fest verwurzelt, dann gefroren. Ihr Weinen schien so fern und unbeantwortbar wie das Geschrei der Vögel, die über ihren eisgefüllten Nestern kreisten.

Addison war auf der *Josephina* gewesen, als sie geboren wurden. Bei Annabel hatten am 4. September, drei Wochen zu früh, die Wehen eingesetzt, und die Zwillinge wurden mehr als einen Tag, eine Ewigkeit später, am 6. September, dem ersten Tag der Schlacht an der Marne, vor dem Morgengrauen hinausgestoßen. Ihr waren keine Namen eingefallen, und sie hatte zustimmend gewinkt, als die Hebamme Marian vorgeschlagen und der Arzt James, kurz Jamie, ins Spiel gebracht hatte.

Nachdem sie wusste, was es hieß, zu schreien und zu bluten, waren für Annabel das Grauen der Geburt und das Grauen des Krieges miteinander verschmolzen. Die Geburt war das neue Problem geworden, zu dem ihre Gedanken wanderten, wenn sie unachtsam wurde. Die Schüssel mit dem roten Wasser tauchte wieder auf, die Messer, Zange und Nähnadeln. Sie sah wieder die violetten Säuglinge, die mit Blut und einer Art Pudding verschmiert waren, klein wie Hundewelpen, und das anfängliche Entsetzen ihres Anblicks kehrte zurück, ihr flüchtige, wirre Überzeugung, der Arzt hielte ihre Organe in Händen, er habe sie ausgeweidet. Die Hebamme hatte gesagt, die Geburt würde eine Prüfung sein, die Freude danach jedoch überwältigend. Entweder hatte die Frau gelogen, oder Annabel war – was ihr wahrscheinlicher vorkam – eine unnatürliche Mutter.

Als die Babys fünf Tage alt waren, war Addison zurückgekehrt. Er hatte verwundert in den Stubenwagen geschaut und dann zu Annabel, die verschwitzt und mit verfilzten Haaren dalag. Sie hatte sich geweigert zu baden, weil der Arzt gesagt hatte, warmes Wasser rege die Milchproduktion an, und sie unbedingt wollte, dass ihre Milch versiegte.

»Dann eben kühles Wasser«, sagte die Tagesschwester. »Das beruhigt die Weichteile.«

Annabel hatte erwidert, sie würde lieber sterben als kalt baden. »Sie sind für die Babys zuständig, nicht für mich«, sagte sie. »Lassen Sie mich in Ruhe.«

Sie hatte Addisons Schweigen erwidert, und am nächsten Tag war er wieder abgereist.

»Nur ein Anflug von Melancholie«, sagte die Tagesschwester. »Das habe ich schon oft erlebt. Sie werden bald wieder Sie selbst sein.«

Sie selbst.

Eine Erinnerung aus der Düsternis ihrer ersten Lebensjahre. Mondlicht, das die Vorhänge des Kinderzimmers blau färbte; neben ihr der Vater, der sie hielt. Niemand hatte sie je gehalten. Die Wärme eines anderen Körpers war berauschend. Instinktiv hatte sie sich an die seidene Vorderseite seines Morgenrocks geklammert und gespürt, wie er zitterte. Damit endete die Erinnerung.

Sieben Jahre. Sie stand mit hochgezogenem Kleid in der Speisekammer des Hauses in Murray Hill, während der Sohn der Köchin, ein Junge von etwa elf Jahren, vor ihr hockte. Ein rauer Schrei von der Tür, ein großes, flatterndes Hereinstürmen. Die vollbusige Nanny, schwarzberockt und mit Turnüre, füllte den kleinen Raum wie eine Krähe, die man in ein Spatzenhaus gepfercht hat. Der Sohn der Köchin jaulte, als sie auf ihm herumtrat. Nanny stieß nur diesen einen Schrei aus, dann folgte nichts als aufgeregtes Nasenatmen, während sie Annabel die Treppe hinaufzerrte und in einen Schrank sperrte.

Drinnen war es dunkel, aber das Schlüsselloch gab den Blick frei auf den Flur und das Kinderzimmer, ihre gelbe Bettdecke und eine zurückgelassene Puppe, die mit dem Gesicht nach unten auf dem Boden lag. »War ich unartig?«, hatte sie Nanny durch die Tür gefragt.

»Du weißt, dass du unartig warst«, sagte Nanny. »Du bist die schlimmste Sorte Mädchen. Du solltest dich mehr als nur schämen.«

Was lag jenseits der Scham?, fragte sich Annabel, die zwischen Kehrblechen und Dosen mit Möbelpolitur kauerte. Wenn das, was sie getan hatte, so abscheulich war, warum durfte dann ihr Vater, der Gott des Hauses, der weitaus mächtiger war als ihre Mutter oder Nanny, die Stelle bei ihr anfassen, die der Sohn der Köchin für ein Stück Zitronenbonbon nur hatte anschauen wollen, die Stelle, die Nanny als ihre Pflaume bezeichnete? Das bleibt unser Geheimnis, sagte ihr Vater über seine Besuche, und dass Mutter es nicht wissen dürfe, sie sei eifersüchtig, weil er Annabel so liebhabe und weil Annabel ihn so liebhabe und sie es so warm hätten.

An dem Tag, an dem sie dem Sohn der Köchin ihre Pflaume zeigte, schlug ihre Mutter sie auf die nackten Beine und das Hinterteil und nannte sie *verdorben, verdorben, verdorben.*

Der erste Arzt verschrieb ihr tägliche kalte Bäder und vegetarische Ernährung.

Nanny weigerte sich, Fragen nach der Natur der Verdorbenheit zu beantworten. »Solches Gerede ermuntert dich nur.«

Doch als Annabel einmal gefragt hatte, ob die Pflaumen von Jungen auch unartig seien, war Nanny herausgeplatzt:

»Dummes Kind, Jungen haben keine Pflaume. Sie haben eine Möhre.«

Verdorbenheit hatte offenbar mit Obst und Gemüse zu tun.

Beklommen und schuldbewusst aus Gründen, die sie nicht ansatzweise verstand, begann Annabel in unbeaufsichtigten Momenten, im Kinderzimmer oder in der Badewanne ihre Pflaume zu berühren. Die Empfindung betäubte ihren Verstand auf angenehme Weise, wurde zu einer faszinierenden Tröstung und besaß sogar die Macht, unerwünschte Gedanken zu vertreiben: an das gehäutete Lamm mit heraushängender Zunge, das sie in der Küche gesehen hatte, oder ihre Mutter, die sie verdorben nannte. Sie betäubte sogar die Gedanken an ihren Vater. Ihr Vater sagte, er wolle nett zu ihr sein. Dass ihr vor seinen Besuchen graute, hieß wohl, dass mit ihr etwas nicht stimmte. Sie würde versuchen, sich zu bessern.

Neun Jahre. Sie erwachte von einem kalten Luftzug, dem Morgenlicht und der gelben Bettdecke, die ihr entrissen wurde. Ihre Mutter stand über ihr und umklammerte die Bettdecke wie den Umhang eines Matadors. Zu spät erkannte Annabel, dass ihre Hände im Schlaf unter ihr Nachthemd gewandert waren. *Verdorben*, sagte ihre Mutter und richtete sich über ihr auf wie eine Axt, die gleich fallen wird. In der nächsten Nacht fesselte Nanny Annabels Handgelenke, und sie schlief mit verschränkten Fingern, als ob sie betete.

»Deine Mutter ist eine gute Frau«, sagte ihr Vater und tätschelte die Schnüre an ihren Handgelenken, löste sie aber nicht. »Aber sie versteht nicht, dass wir es warm haben wollen.«

»Bin ich verdorben?«, fragte Annabel.

»Wir alle sind *ein bisschen* verdorben«, sagte ihr Vater.

Der zweite Arzt war alt und erinnerte mit den Tränensäcken, der fleckigen Haut und den langen Ohrläppchen an einen Hund. Mit einer Zange beförderte er einen einzelnen Blutegel aus einem Glas. Dann stupste er ihre Beine auseinander.

Ein Klingeln erfüllte ihre Ohren. Weißes Licht verdunkelte den Raum gleich einem Schneesturm und wurde vom grellen Ruck des Riechsalzes zerrissen. Der Arzt ging hinaus, um mit ihrer Mutter zu sprechen, und ließ die Tür offen.

Überreizung, sagte er. *Sehr ernst ... aber noch kein Grund zur Verzweiflung.*

Es sollten weiter einmal wöchentlich kalte Bäder und eine Boraxlösung angewendet werden. Man solle sie von Gewürzen, hellen Farben, schneller Musik, allem Lebhaften und Stimulierenden fernhalten. Vor dem Schlafengehen solle sie einen Löffel Sirup aus einer bernsteinfarbenen Flasche erhalten, der sie in abgrundtiefen Schlaf versetzte. Morgens glaubte sie bisweilen, den schwachen Geruch von Tabak auf ihrem Kissen wahrzunehmen, erinnerte sich jedoch an nichts.

Am Tag, an dem sie als Zwölfjährige erschrocken auf einem blutigen Laken erwachte, erfuhr sie von ihrer Mutter, dass sie nicht sterben, das Blut aber jeden Monat wiederkehren werde, als Mahnung, immer auf der Hut zu sein vor, ja, wieder, immer: der Schlechtigkeit.

Etwa um diese Zeit zwei weitere Ereignisse: Erstens hatte sie schon länger keinen Tabak auf ihrem Kopfkissen gerochen, und zweitens schickte man sie in die Schule. Das heitere Geplauder der anderen Mädchen, ihre Bücher und Nachtgebete, ihr Heimweh und ihre Briefe an die Mütter, die fröhlichen Tänze, die sie miteinander übten, das Herumhantieren an den Haaren und das Kneifen in die Wangen, um ihnen Farbe zu verleihen – all das gab ihr das Gefühl, eine kleine, dunkle Spinne zu sein, die zwischen den fröhlichen Schuhen der anderen umherkrabbelte. Mit einem Anflug von Zorn begriff sie, dass sie nichts von der Welt wusste. Man hatte sie ihr vorenthalten.

Wie die entsetzliche Unwissenheit beheben?

Aufmerksam sein. Lauschen. Hinweise sieben und filtern. Bücher aus der Bibliothek auswählen oder von anderen Mädchen stehlen, vor allem die verbotenen, die sie versteckten. *Sturmhöhe* und *Die Schatzinsel* und *Zwanzigtausend Meilen unter dem Meer* und *Der Monddiamant* lesen. *Dracula* lesen und Albträume von Renfield haben, dem zoophagen Insassen des Irrenhauses, der Fliegen an Spinnen und Spinnen an Vögel verfüttert und die Vögel isst und so viele Leben wie möglich verzehren will. *Das Erwachen* stehlen und davon träumen, ins Meer zu gehen, obwohl sie nie in irgendeinem Wasser außer der Badewanne gewesen war. (Sogar in der Schule sind die Bäder kalt.) Aus diesen Büchern allmählich wirre Theorien basteln, nach denen es noch andere Ansichten über Scham und Schlechtigkeit gibt als die der Mutter. Erahnen, dass manche Frauen von Männern berührt werden möchten. (Die Mädchen seufzten bei bestimmten Büchern und sanken zurück in ihre Kissen. *Wie romantisch*, sagten sie, aber nicht zu Annabel, die sie seltsam fanden.) Wenn sie sicher war, dass alle schliefen, berührte sie wieder das, was sie nicht mehr als ihre Pflaume, sondern als ihr Ding bezeichnete, nicht grün und leblos, sondern animalisch und lebendig. Die Empfindung wurde schärfer, ein prickelnder Angelhaken, der sich in ihren Nerven wie in einem Netz verfing und sie mit sich zog. Sie entdeckte Flackern und Trommeln, Pulsschlag und Blitz.

Einmal in der Woche kam ein junger Mann in die Schule, um den Mädchen Klavierunterricht zu geben. Er beugte sich über Annabel, während sie auf der Bank saß, und erzeugte mit seinen langen Fingern tiefe, klingende Töne. Er war fast so blond wie sie, mit überrascht gewölbten Augenbrauen und Kammspuren im Haar. Eines Tages nahm sie seine Hand und legte sie auf ihr Kleid, über ihr Ding. Sein entsetztes Gesicht verblüffte sie.

Mit Schimpf und Schande schickte man sie auf eine andere, schlechtere Schule, doch nach einem Monat wurde sie nach Hause gerufen, weil ihre Mutter tot war. Ihr Vater begegnete ihr mit distanzierter, irritierter Höflichkeit und schien nicht mehr zu wissen, dass er es mit ihr hatte warm haben wollen. Nanny war weg, und als sie nach ihr fragte, sagte ihr Vater, Annabel sei zu groß für eine Nanny, oder nicht? Annabel badete so heiß, dass sie wie gekocht aussah.

(Erst als sie bei der Beerdigung den Klatsch und Tratsch aufschnappte, erfuhr sie, dass ihre Mutter eine ganze Flasche Schlafmittel getrunken hatte.)

Eine dritte Schule, die mit den Ahornbäumen und dem Eissturm. Ihr Geschichtslehrer war älter als der Klavierlehrer und hatte keine Angst vor ihr. Er bestellte sie unter Vorwänden in sein Büro. »Du bist in deinem Element«, sagte er, nachdem er sie auf einem durchhängenden Sofa ihrer Jungfräulichkeit entledigt hatte. »Ich konnte es dir ansehen. Ich konnte dir ansehen, dass du so sein würdest.«

»Wie meinen Sie das?«

»Es liegt in deinem Blick. Wolltest du mich nicht verführen?«

»Ich denke schon«, sagte sie, obwohl sie nicht *so ganz* gewusst hatte, was sie vorhatte. Sie hatte einfach seine Blicke erwidert, ihn weitermachen lassen, einen dumpfen, sägenden Druck gespürt, während sie beide weitgehend bekleidet blieben. Als sie danach den Schulrasen überquerte, überkam sie jene Traurigkeit, die sie nach jedem menschlichen Kontakt zu spüren schien, doch die Erfahrung war nicht unangenehm gewesen, und sie kehrte bereitwillig in sein Büro zurück, als er sie das nächste Mal zu sich bestellte. Vorher wandte er sich ab und fummelte an sich herum, was, wie er sagte, der Vermeidung eines Kindes diente. Mit etwas Übung konnte sie seinen Bemühungen das Flackern und Trommeln entlocken, gelegentlich sogar Pulsschlag und Blitz, doch die Traurigkeit danach wollte nicht verschwinden.

»Lass uns zusammen weglaufen«, sagte er, und sie starrte ihn vom Sofa aus verwirrt an, weil er zu glauben schien, es gäbe einen Ort, an den sie gehen könnten.

Man verwies sie nicht von dieser Schule, und sie machte mit sechzehn ihren Abschluss und kehrte nach New York zurück. Sie lebte, so gut sie konnte, äußerlich ehrbar als unverheiratete Gesellschafterin ihres Vaters und begleitete ihn zu Abendessen, Partys und auf Reisen. Sie versuchte, gut zu sein, das schlechte Verlangen fernzuhalten. Doch sie konnte es ebenso wenig verjagen, wie sie sich selbst den Kopf hätte abschlagen und weiterleben können. Sie suchte sich Liebhaber, die mehr oder weniger diskret waren.

»Vielleicht solltest du heiraten«, sagte ihr Vater.

Sie wussten beide, dass niemand in New York im Traum daran dachte, sie zu heiraten, so reich ihr Vater auch sein mochte.

Gewiss, die körperliche Liebe brachte Erleichterung, aber auch Schande, Gerüchte und Verachtung. Sie wünschte sich, anders zu sein, sich nicht mit Männern abzugeben, nicht von schwerer Dunkelheit erfüllt oder von Verlangen besessen zu sein. Doch sie versagte. Sie versagte in New York, sie versagte in London (»Vielleicht ein *englischer* Ehemann«, hatte ihr Vater gesagt), in Kopenhagen (»Vielleicht ein *dänischer* Ehemann«) und Paris (»Vielleicht?«)

und Rom (von einem italienischen Ehemann war nicht die Rede). Sie versagte auf der *Josephina*. Sie hatte nicht geglaubt, sie könne ein Kind bekommen, war sich sicher gewesen, dass ihr Schoß verdorben war.

»Addison Graves«, sagte sie zu ihrem Vater, als die Schwangerschaft feststand.

»Wer?«

»Der Kapitän. Der Kapitän des Schiffes.«

An dem Abend, an dem sie Addison kennengelernt hatte, war ihr Vater nach dem Essen ins Raucherzimmer gegangen und hatte Annabel dem Damensalon anvertraut, dem sie leicht entkommen konnte. Sie hatte am Heck der *Josephina* gestanden und das schwarze Wasser betrachtet, die Wolken silberner Blasen, die von den Schiffsschrauben aufstiegen. Angst hatte sie durchströmt, ihre Hände an die Reling gefesselt. Sie stellte sich das Rauschen des Windes vor, den Kälteschock, die gewaltigen, scharfkantigen Flügel, die zurückweichenden Lichter des Schiffes.

Würde sie das Schiff noch am Horizont verschwinden sehen? Würde sie allein im Zentrum einer sternbedeckten schwarzen Kugel bleiben, das Letzte, was sie sah, nur unendliche, stille Lichtpunkte? Nichts könnte einsamer sein. Oder, so dachte sie, wahrhaftiger. Sie hatte die Erfahrung gemacht, dass die Nähe anderer Menschen ihre Einsamkeit nicht wirklich minderte. Sie stellte sich vor, wie sie tiefer, immer tiefer sank und auf dem Meeresboden landete. Ein letztes kaltes Bad, um den Brand zu löschen.

Der Wind schnitt durch ihr Kleid. Sie konnte nie vorhersagen, wann ihre Willenskraft nachließ, doch an diesem Abend rettete sie die Schlechtigkeit, zog sie weg vom Kielwasser des Schiffes und hin zu Addisons Kabine. Beim Abendessen hatte er sie so gesehen, wie sie war. Sie hatte die Kraft seiner Erkenntnis wie einen Schlag gespürt.

Vielleicht, schlug die Tagesschwester vor, würde sie sich besinnen, wie schön ihre Babys waren, wenn sie sie im Arm hielt. Sie hatte Glück, zwei gesunde Kinder zu haben, während andere ihre Babys bei der Geburt verloren, die armen Seelen. »Gott hat Frauen dazu geschaffen, Mütter zu sein«, erklärte die Schwester.

»Wenn Sie bei Verstand sind und Ihren Gott lieben, halten Sie die Kinder von mir fern«, sagte Annabel, und die Schwester hatte mitsamt den Babys verängstigt das Zimmer verlassen und die Tür hinter sich geschlossen.

Gegen den Rat des Arztes hatte sie noch vor der Geburt der Zwillinge Zeitungsannoncen für Ammen aufgegeben und die ersten beiden Frauen eingestellt, die sich beworben hatten. Beide behaupteten, verheiratet zu sein. Keine erklärte, wie es dazu kam, dass ihre Brüste voller verfügbarer Milch waren, und Annabel hatte nicht danach gefragt. »Meiner Ansicht nach ist diese Praxis nicht weit von Prostitution entfernt«, hatte der Arzt gesagt. »Sie bringen ihre eigenen Babys unter den schrecklichsten Bedingungen unter, damit sie ihre Milch verkaufen können. Wahrscheinlich sind es keine anständigen Frauen.« Doch Annabel war an Anstand nicht interessiert.

Als sie im Morgengrauen Addisons Kabine verlassen hatte und in ihre eigene zurückgekehrt war, wartete ihr Vater noch in Frack und Schleife in seinem Zimmer, neben sich ein leeres Glas und einen vollen Aschenbecher, die Verbindungstür offen. »Annabel«, hatte er gesagt. Er sah alt und müde aus, resigniert. »Was hätte ich bei dir anders machen sollen?«

»Du hättest mich schlafen lassen sollen«, sagte sie und schloss die Tür.

New York City
Oktober 1914
Einen Monat später

Lloyd Feiffer in Trauer unterschied sich äußerlich nicht von Lloyd Feiffer in der Blüte seines Glücks. Hut und Mantel waren tadellos. Sein Kragen war an Weiße und Steifheit nicht zu überbieten, der Krawattenknoten ohne Makel. Er ging zügig.

Doch seit einem Monat war der Lloyd Feiffer, der Lloyd Feiffers Leben und Gewohnheiten darstellte, nur noch eine belebte Schale, ein hohles Abbild. Drinnen saß ein Schatten, ein Rauchfähnchen, ein düsterer Geist, der hervorlugte, während er Ladelisten durchging, Kohlepreise aushandelte, Krabben in Newburg zu Mittag aß und seine Geliebte vögelte. Der joviale, aber rücksichtslose, von spöttischer Intelligenz und rastloser Energie erfüllte Mann, der er einst gewesen war, schien mit dem letzten Atemzug seines Sohnes Leander davongeweht.

Diphtherie. Sechs Jahre alt.

Matilda war noch immer nicht aus ihrem Schlafzimmer hervorgekommen (das von Lloyds Schlafzimmer durch ihre Ankleidezimmer und ein gemeinsames Wohnzimmer getrennt war) und hatte kaum etwas gegessen. Die überlebenden Jungen – Henry, Clifford, Robert – wurden von dem Kindermädchen von ihrer Mutter ferngehalten, und Lloyd wusste nicht, ob sie ihre Zeit mit mürrischer Weinerlichkeit verbrachten oder brüllten und rauften. Er hatte sich nie für den Alltag seiner Kinder interessiert und nicht erwartet, dass ein solcher Schmerz, schwarz und urwüchsig wie Öl, aus seinem eigenen Urgestein emporsteigen würde, wenn er eines von ihnen verlor.

Der zwölfjährige Henry war eines Abends in sein Arbeitszimmer gekommen und hatte höflich darum gebeten, aufs Internat geschickt zu werden. Lloyd hatte abgelehnt und gesagt, seine Mutter brauche ihn in ihrer Nähe.

»Aber sie will mich nicht mal sehen«, hatte Henry erwidert. »Sie antwortet nie, wenn ich klopfe.«

»Frauen«, hatte Lloyd gesagt, »flüchten sich ins Theatralische, um die Tiefe und Überlegenheit ihrer Gefühle zu demonstrieren. Nachsicht verlängert nur das Spektakel. Sie wird herauskommen, wenn sie keinen Vorteil mehr darin sieht.«

Der Junge war gegangen, getroffen und bedrückt. In den frühen Morgenstunden hatte Lloyd, des Wachliegens überdrüssig, die Decke beiseitegeworfen und war durch die benachbarten Räume in Matildas Schlafzimmer marschiert, um sie für ihre Trägheit zu schelten und ihr zu befehlen, sich zu erheben. Doch Tildy hatte wortlos die Arme gehoben, bevor er sprechen konnte, und er war hineingefallen und hatte an ihrer Brust geweint. Es war das erste Mal, dass er um Leander weinte, abgesehen von dem Tag, an dem der Junge gestorben war und er sich nach vorn gekrümmt, sein Gesicht in die Wanne getaucht und ins Badewasser geweint hatte. Auch hatte er Tildy nicht umarmt seit ... er konnte sich nicht erinnern. Sie strich ihm übers Haar, während er weinte, und er weinte sich in den Schlaf.

Am nächsten Morgen verließ er wortlos ihr Zimmer. Doch in der nächsten Nacht kehrte er zurück, und ihre Wärme taute ihn auf. In der darauffolgenden Nacht hatte er ihr Nachthemd hochgeschoben und mit ihr geschlafen.

Seitdem war eine Woche vergangen, in der sich Tage und Nächte umzukehren schienen: Am Tag herrschte der dunkle Geist, in der Nacht trieb der Körper seiner Frau ihn aus. Er wusste nicht, was Tildy von seinen Besuchen hielt, doch als er an diesem Morgen das Haus verließ, saß sie mit den Jungen am Frühstückstisch, blass und stumm, aber aufrecht, unter den Lebenden.

Lloyds Chauffeur fuhr ihn fast bis ans Ende des Broadway, dort, wo Manhattan den Zeh ins Meer taucht. Nach der Geburt von Robert, ihrem dritten Sohn, hatten Lloyd und Matilda ihr Haus am Gramercy Park verkauft und waren mit den modischen Seelen nordwärts in ein neues Haus in der Fifty-Second Street gewandert, wodurch sich sein Arbeitsweg verlängerte. Er hatte daran gedacht, die Büros von L&O zumindest ein wenig nach Norden zu verlegen – ein Teil der Geschäfte wurde bereits an den Chelsea Piers abgewickelt –, doch der Gedanke, sich von dem fest verwurzelten, verschworenen Konglomerat der Schifffahrtsbüros und Fahrkartenschalter im Süden zu trennen, bereitete ihm Unbehagen.

Dann aber überkam ihn die Befürchtung, er könne so starrköpfig wie sein Vater werden. Auch als Ernsts Reichtum gewachsen war, hatte er sich geweigert, mit der Familie die beengte Wohnung in der Pearl Street zu verlassen. Nachdem er die Umwälzungen durch ein Kind ertragen hatte, weigerte er sich, seiner Frau ein weiteres zu schenken. Zu langsam und phantasielos ließ er vom Segelschiff ab und wechselte zum Dampfer. Zu Hause sprach er immer nur Deutsch, bezog nur deutschsprachige Zeitungen und schien kein Interesse an dem Land zu haben, in dem er sich niedergelassen hatte und das er lediglich als riesige Maschine betrachtete, die Geld produzierte.

Pünktlich um acht hielt der Chauffeur vor einem stattlichen Kalksteingebäude, und Lloyd öffnete selbst die Autotür und stieg aus. Er ignorierte die überschwängliche Begrüßung durch den Pförtner und ging zügig durch die Säulenhalle zu den Aufzügen. Der achte Stock war zu dieser frühen Stunde menschenleer. An den Wänden hingen riesige Karten, auf denen die Routen eingezeichnet und die täglich aktualisierten Standorte der Schiffe mit Stecknadeln markiert waren. Der wenige verbliebene Platz wurde von gerahmten Gemälden der L&O-Flotte eingenommen, allen voran die *Josephina Eterna* und ihr neueres Schwesterschiff, die *Maria Fortuna*, die beim Stapellauf nach einer alternden Sopranistin getauft worden war, für die Lloyd damals schwärmte.

In Lloyds Büro hatte sein Assistent, ein wunderbar unauffälliger junger Mann, die Frühausgaben bereits auf seinem Schreibtisch arrangiert. Normalerweise rief Lloyd nach einer Tasse Tee und blätterte eifrig in den Zeitungen, doch an diesem Tag saß er regungslos da und starrte auf die Kriegsschlagzeilen. Deutsche, die Belgien plünderten. Schützengräben, die als Gräber für die Lebenden ausgehoben wurden. Der Krieg, der sich in die Erde des Kontinents senkte.

Ein plötzlicher roter Wutausbruch, als stocherte man in Kohle. Er wünschte, Deutschland möge den Krieg verlieren, gedemütigt werden und dass sein Vater von den Toten zurückkäme, um es zu sehen. Er wünschte, jeder möge erfahren, was es hieß, einen Sohn zu verlieren. Er wünschte, ein schwarzer Schlick der Trauer möge den Planeten überziehen.

Tausende hatten New York verlassen, waren eifrig in ihre Heimatländer zurückgekehrt, um sich an dem Blutvergießen zu beteiligen. Umgekehrte Emigration. Die Welle der Begeisterung war jedoch verebbt, und die Schiffe der L&O fuhren mit weniger als halber Ladung Richtung Osten.

Lloyd fragte sich, ob Ernst nach Deutschland zurückgegangen wäre und mit seinen knochigen alten Händen ein Gewehr ergriffen hätte. Vielleicht. Oder er hätte einen anderen Weg gefunden, um heimlich seinem Vaterland zu helfen. Womöglich durch Spionage oder den Schmuggel von Versorgungsgütern und Munition. Oder er wäre zu stur und zu langsam gewesen, um irgendetwas zu tun, und sei es nur, Profit zu machen.

Er drehte sich mit dem Stuhl und schaute aus dem Fenster. Im Westen konnte er zwischen den Gebäuden auf den Hudson blicken. Er hoffte, die *Josephina* zu sehen, wenn sie später auf dem Weg zu den Chelsea Piers vorbeifuhr. Er bekam Lust, sich mit Addison Graves auf einen Drink zu treffen.

Die deutsche Herkunft war Lloyd lästig. Sein zweiter Vorname Wilhelm erschien ihm jetzt belastend, ein Akt von Firmensabotage seitens seines Vaters. Aber der Krieg bot auch neue Möglichkeiten. Er könnte eine Rolle darin spielen. Er war nicht sein Vater.

Da drängte sich die Erinnerung an Henry auf, wie er leise die Tür des Arbeitszimmers hinter sich geschlossen hatte, und wurde beiseitegeschoben.

»Wie geht es deiner Frau?«, erkundigte sich Lloyd bei Addison. Er konnte es nicht ertragen, nach den Babys zu fragen, die nur wenige Wochen vor Leanders Tod geboren waren, ein ungerechter Glücksfall des Lebens.

Addison betrachtete eingehend seinen Whiskey. »Ehrlich gesagt, das weiß nur Gott. Sie scheint die ganze Zeit im Bett zu verbringen. Die Tagesschwester sagt, dass sie sich überhaupt nicht für die Babys interessiert, sie nicht wäscht oder füttert. Die Krankenschwester sagt, junge Mütter hätten manchmal Schwierigkeiten, aber keine habe sie jemals so erschreckt wie Annabel. Sie nannte es eine ›furchtbare Finsternis‹.«

»Sie ist auch in unserem Haus, diese Finsternis. Man sollte die Türen kennzeichnen, wie bei der Pest.«

»Es tut mir leid. Hast du meine Beileidswünsche erhalten?«

»Oh, wahrscheinlich schon. Ich weiß es nicht.« Lloyd trank lieber Gin als Whiskey. Er nahm einen Schluck. »Nichts davon spielt eine Rolle, Beileid und so weiter, aber trotzdem danke. Warum ist Annabel denn so niedergeschlagen? Stimmt etwas nicht mit den Zwillingen?«

»Doch, sie sind kerngesund.«

»Ist sie selbst krank?«

»Sie will nicht zum Arzt. Sie hasst Ärzte. Aber ich glaube nicht, dass eine Krankheit dahintersteckt, zumindest keine körperliche. Sie scheint die Geburt fast zu betrauern, als ob ... nun ja. Ich verstehe es nicht.«

»Schick sie zum Arzt.«

»Vielleicht sollte ich das tun.«

»Du bist zu viel auf See gewesen.«

»Auf dem Schiff weiß ich, was zu tun ist.«

Die Knochen in Addisons Gesicht waren ausgeprägter denn je, die Haut hing schlaff zwischen Wangenknochen und Kiefer, die Stirn beschattete die Augen. Der dunkle Geist regte sich in Lloyd, erbost über Annabel, die sich im Bett räkelte, ihrem Mann zur Last fiel, ihre Kinder vernachlässigte und sich das Leid, das er und Matilda erlitten hatten, gar nicht vorstellen konnte. Plötzlich sehnte er sich danach, daheim zu sein und zu spüren, wie Matilda ihm übers Haar strich. Er hatte Addison nie erzählt, dass er Annabel vor der Hochzeit bei einigen Gesellschaftsessen begegnet war und Gerüchte über sie gehört hatte, die so anstößig waren, dass er sie kaum glauben konnte.

»Du bist zu geduldig«, sagte er zu Addison. »Sag ihr, sie soll aufstehen und sich nützlich machen. Frauen sind gern nützlich. Erinnere sie daran, welches Glück sie hat. Verschaffe ihr einen Tapetenwechsel. Erinnere sie daran, dass sie am Leben ist.« Er spürte, wie er rot wurde. Seine Stimme klang rau. »Kratz sie notfalls mit der Schaufel aus dem Bett.«

Addison sah auf, sein Blick war undurchdringlich. Lag ein Vorwurf darin? Besorgnis? Dann sagte er leise: »Vielleicht hast du recht.«

Der Nordatlantik
Dezember 1914
Sechs Wochen später

Die *Josephina Eterna* brannte. Ein schwimmender Scheiterhaufen, ein flammendes Floß. Langsam, ganz langsam, als wollte sie sich selbst im Meer auslöschen, neigte sie sich nach Steuerbord.

Glattes schwarzes Wasser. Dichter blauer Morgennebel, der die Glut des Feuers streute.

Unter der Oberfläche: Wohin man sah, waren Stahl und geplatzte Nieten zu scharfkantigen Rüschen zerfetzt, Wasser in den Kesselräumen, das die Kessel löschte und die Heizer ertränkte, die vorderen Laderäume überflutete, durch die Rohrleitungen aufstieg und aus Waschbecken, Wannen und Toiletten strömte, durch die Gänge und nach oben in die Aufzugsschächte lief, Wasser, das – langsam, langsam – das Schiff auf die Seite zerrte, den Bug nach unten zog. Die Motoren waren erstorben, die Schrauben standen still. Aus den Treppenhäusern wogte Rauch, und die Passagiere in ihren weißen Nachthemden wogten mit ihm, Geister schon.

Addison war entschlossen zu ertrinken. Er würde stoisch an Deck stehen und warten, dass ihm das Wasser bis zu den Mantelknöpfen stieg, seine goldenen Schulterklappen überflutete und ihn davonschwemmte. Wenn er sich einen solchen Moment ausgemalt hatte, dann immer in dem Wissen, dass er den ehrenhaften Weg einschlagen würde, doch war ihm niemals in den Sinn gekommen, dass er eine Ehefrau an Bord haben könnte, geschweige denn zwei kleine Kinder. Dabei hatte er darauf bestanden, dass Annabel mit auf diese Reise ging. Er hatte sie tatsächlich fast mit der Schaufel aus dem Bett kratzen müssen, wie Lloyd vorgeschlagen hatte, aber irgendetwas musste passieren. »Du kannst nicht ewig so unglücklich bleiben«, hatte er gesagt.

»Ich wüsste nicht, was dagegen spricht«, hatte sie geantwortet.

Die frische Seeluft werde ihr guttun, hatte er zuversichtlich erklärt, ohne Zuversicht zu spüren. Er hatte Befehle erteilt: das Schiff, die Luft. Sie hatte sich gefügt. Keine Schwestern, hatte er gesagt. Sie müsse die Kinder selbst versorgen. Sie hatte sich gefügt. Sie war wie ein Gepäckstück an Bord gekommen, schweigsam und auf passive Weise sperrig.

In gewisser Hinsicht schien das Experiment erfolgreich. Vor der Reise hatte sich Annabel nicht einen einzigen Tag um die Babys gekümmert, aber nun, da sie dazu gezwungen war, instinktiv gewusst, wie man sie wickelte, die Windeln wechselte und ihre kleinen Münder mit Flaschen stopfte, die eine Mischung aus Kuhmilch, Zucker und Lebertran enthielten und zu jeder Tageszeit aus der Schiffsküche gebracht wurden. Addison hätte sich bestätigt gesehen, hätte ihn nicht die Art, in der sie ihren mütterlichen Aufgaben nachging, irritiert: ausdruckslos, mechanisch wie eine Fabrikarbeiterin. Eines Nachts hatte er sie am Heck stehen sehen, wie sie ins dunkle Wasser hinunterschaute.

Sie waren fünf Tage unterwegs, als sich die Explosion ereignete, noch einen ganzen Tag von Liverpool entfernt, aufgehalten durch den Nebel und in einem Seegebiet, in dem es von Periskopen und Minen nur so wimmelte.

Es waren nur fünfhundertdreiundzwanzig Passagiere an

Bord, dabei hätten dreimal so viele Platz gehabt. Die Besatzung war in der Überzahl.

Addison hatte wach gelegen, als sich die Explosion vor der Morgendämmerung ereignete. Es hatte ihn wahnsinnig gemacht, dass ein Zwilling wimmerte, während Annabel den anderen fütterte, und so hatte er sich Flasche und Baby geschnappt und mit zu sich ins Bett genommen.

Sowie der Gumminippel in seinem Mund war, hatte sich das Kind beruhigt und die blassen Augen auf sein Gesicht gerichtet. Addison löste das Wickeltuch, worauf zwei fleckige rosa Händchen zum Vorschein kamen. »Welches ist es?«, fragte er.

Annabels Gesicht lag im Schatten. »Das weiß ich nicht«, sagte sie. »Es ist auch egal.«

Der Körper des Babys pulsierte auf seinem Schoß. Die kleinen Finger streckten und krümmten sich.

Er spürte die Druckveränderung in den Ohren, noch bevor er den Knall hörte. Das Geräusch kam von überall her, durchdrang die Luft. Das Schiff erbebte und schien sich zu verdrehen. Ein Zischen, eine Sekunde Ruhe, dann regnete Wasser herab. Knirschende Vibrationen, gefolgt von Stille.

»Was war das?«, fragte Annabel. Scharf, nicht ängstlich.

Er zog sich hastig an.

Ein Teil der Steuerbordreling war zerfetzt und verbogen; als er nachsehen wollte, trieben ihn Rauch und Dampf zurück. Ein Feueralarm tönte schrill und nervtötend. Auf der Brücke ordnete er an, dem Maschinenraum STOP zu signalisieren, obwohl die Maschinen bereits standen. Er schickte den Dritten Offizier nach unten, um nachzusehen. Die Neigung nach Steuerbord war bereits spürbar. Er stand reglos da, schaute auf seine Stiefel und rechnete. Der Nebel drückte sich flach wie eine Augenbinde an die

Brückenfenster. »Boote klarmachen«, sagte er. »Generalalarm!«

Der Funkraum morste Notrufe. Punkte und Striche. Das nächste Schiff, ein Handelsschiff, war dreißig Seemeilen entfernt und kam mit voller Fahrt. Aber es würde zwei Stunden brauchen.

Er dachte an das Feuer, die Schlagseite nach Steuerbord, den blauen Nebel, das schwarze Wasser. »Alle Mann von Bord«, sagte er zum Ersten Offizier, der es den anderen Offizieren zurief, die es ihrerseits weitergaben. Ein sonderbares Echo, das lauter wurde, statt zu verklingen.

Auf dem Bootsdeck herrschte Chaos. Besatzungsmitglieder mit Megaphonen brüllten Anweisungen über die wimmelnden Passagiere, die knarrenden Davits, den zischenden Dampf hinweg. Addison schritt das ganze Schiff ab und versuchte, Ordnung zu schaffen. Er redete sich ein, er werde nur kurz abtauchen, sich vergewissern, ob Annabel mit den Babys unterwegs zu den Booten war, und sich kurz und stoisch von ihnen verabschieden.

Er bahnte sich den Weg durch Rauch und Getöse.

Die Tatsache, dass Annabel nicht in der Kabine war, dämmerte ihm mit traumwandlerischer Langsamkeit. Die Wickelkinder schrien in ihrem Körbchen. Annabel war weder im Sessel noch im Bett. Sie war auch nicht im Badezimmer, wo Meerwasser aus den Armaturen strömte. Die Gesichter der Babys waren purpurrot und vor Zorn verzerrt, ihre schwammigen rosa Zungen kräuselten sich in ihren schreienden Mündern. Er öffnete den Kleiderschrank, doch Annabel war natürlich nicht drin. Er trat in den Gang, sah sich um, rief ihren Namen, schrie ihn dann.

Addison hatte sich vor langer Zeit angewöhnt, nicht zu zögern. Hätte er gezögert, bevor er Lloyd die Leine zuwarf, wäre sein Freund ertrunken und nie sein Freund geworden.

Nun aber zögerte er mitten in der Kabine und wartete, dass sich etwas veränderte, dass sich eine Lösung abzeichnete. Schließlich trat er zögerlich an den Kleiderschrank und holte seine Pistole aus dem Koffer, lud sie und ließ sie in die Manteltasche gleiten. Dann nahm er die Babys aus dem Korb, eines in jeden Arm.

Er ging die geneigte Treppe hinunter und durch eine schwere, geneigte Stahltür, indem er den Riegel mit dem Ellbogen drückte und mit der Schulter schob. Die schlackernden Köpfe der Zwillinge waren beunruhigend, ihre larvenartigen Körper unhandlich. Auf dem Bootsdeck drängte er sich durch die panische Menge nach achtern und verdrehte den Kopf nach Annabel. Wo war sie? Die Frage dröhnte in seinem Kopf, ohrenbetäubend und unerbittlich. Eine leise Stimme in seinem Inneren antwortete: *Du wirst sie nicht finden.* Wenn sie vorgehabt hätte, zurückzukehren, wäre sie gar nicht erst weggegangen.

Um die Boote, die noch nicht zu Wasser gelassen, in Brand geraten oder auf der schrägen Backbordseite des Rumpfes gestrandet waren, bildete sich ein dichtes Gedränge. Zwischen den Steuerbordbooten und der Reling tat sich eine gefährliche Lücke auf.

Addison sah im Vorbeigehen, wie ein Boot, das gerade an Seilen herabgelassen wurde, zu schwanken begann, sich neigte und seine Insassen ins Meer kippte, in dem es bereits von Menschen wimmelte. Addison empfand wenig Mitleid mit ihnen. Die Menschen starben, aber auch er würde bald sterben.

Bei Boot 12 blieb er stehen. Die Lücke wurde immer breiter. Dieses Boot wäre eines der letzten, die man noch zu Wasser ließ. Mit einem Arm drückte er die Babys an seinen Körper. Mit dem anderen zog er die Pistole und schoss in die Luft.

Die Passagiere schrien und wichen zurück, halb flachgedrückt wie hohes Gras bei einem Windstoß.

Er drängte sich zum Rand des Decks und schwang dabei die Pistole. *Zurück*, rief er, *zurück!* Er machte eine halbmondförmige Fläche frei, damit die, die ins Boot stiegen, einige Schritte Anlauf nehmen und über die Lücke, den Streifen schwarzen Wassers tief unter ihnen, springen konnten. Die Besatzungsmitglieder an den Davits, selbst dem Untergang geweiht, bemühten sich, das Boot mit hakenbewehrten Stangen still zu halten. Die Babys weinten, doch Addison hörte sie kaum.

Der Reihe nach bestimmte er diejenigen, die ins Boot steigen sollten, holte sie aus der Menge und signalisierte mit einer Bewegung der Pistole, wann sie über die Lücke springen sollten. Frauen und Kinder. Die Frauen rafften ihre Röcke und sprangen. Keine fiel. Er suchte nach einer Frau, der er seine Kinder übergeben konnte, der er zutraute, dass sie überlebte.

Als das Boot voll war, hatte er immer noch kein Gesicht gefunden, das ihm gefiel. Sie alle waren Fremde, Frauen mit ängstlichen Augen und Mündern, die plapperten oder zitterten. Er hielt Babys in den Armen, die nun zu Waisen würden. Er trat dicht an die Reling und griff nach dem Wickeltuch des einen Säuglings, bereit, ihn hinunterzureichen. Er wusste nicht, welcher Zwilling es war. Es drängte ihn, die Bürde abzulegen, das steigende Wasser zu spüren.

Dann beging er den Fehler, dem Baby ins Gesicht zu sehen, diesen Knoten hilfloser Empörung. Der eine Blick betäubte ihn wie ein Aufwärtshaken. Das Wasser wich zurück, spie ihn aus. Wie konnte er seine Kinder unbekannten Frauen in einem kleinen, kippligen Boot anvertrauen? Wie konnte er sie auf ein Meer voller Ertrinkender schicken, die nach Rudern und Dollborden greifen würden wie Ungeheuer aus der Tiefe? Er sah schon, wie das Rettungsboot kenterte, die weißen Wickeltücher der Babys in der Tiefe verblassten wie die Leinwand, in die er damals auf den Segelschiffen die Toten eingewickelt hatte, bevor sie über Bord geschoben wurden. Nein, er musste wissen, ob sie überlebten, musste sie an Land oder in den Tod begleiten.

Er drückte beide Zwillinge an die Brust, machte zwei lange Schritte und sprang ins Boot. Die dicht gedrängten Frauen wichen zurück, und er fiel beinahe zwischen sie, den Körper schützend um die Babys gekrümmt. Er fand sein Gleichgewicht wieder und richtete sich auf. »Runterlassen!«, brüllte er in die erstaunten Mienen der Besatzung.

Sie waren zum Gehorsam ausgebildet, erinnerten sich an die Pistole, und so betätigten sie die quietschenden Flaschenzüge. Boot 12 mit seiner Ladung aus Frauen, Kindern und einem Mann löste sich von der Menge und dem Rauch, sank an den Flammen vorbei, die wie die Finger gefangener Dämonen aus den Bullaugen stießen. Langsam und ruckartig bewegte es sich hinab und landete mit einem sanften Platschen.

New York City
Juli 1915
Sieben Monate später

Ein neuer Feiffer-Sohn, nachts nach kurzen Wehen geboren. Das Baby wurde von seiner Mutter abgetrennt, in sein eigenes Ich geknotet, gebadet, gewickelt und gestillt. George, benannt nach dem König, ein fünfter Sohn, obwohl die fünf Feiffer-Jungen nie alle gemeinsam auf dieser Erde leben würden.

Angekleidet, aber mit offenem Kragen, brach Lloyd neben Matilda zusammen, zwischen ihnen der winzige George. »Wie fühlst du dich?«, fragte er.

»Müde«, sagte sie, ein wenig ungläubig, denn das verstand sich wohl von selbst. »Aber glücklich. Und erleichtert, dass ich glücklich bin. Diese Welle der Gefühle – die hatte ich bei den anderen, wusste aber nicht, ob es noch möglich ist.«

Er legte den Finger an die Wange des Säuglings. Seit Matilda kurz vor dem Verlust der *Josephina* entdeckt hatte, dass sie schwanger war, war er ihr in einer Geste der Sühne und des Aberglaubens treu gewesen. In diesen acht Monaten hatte er im Leben mit nur einer Frau eine geradezu mönchische Ruhe gefunden (obwohl es ganz und gar nicht mönchisch schien, dass sich sein neues Vermögen dank des Krieges mehrte und fröhlich auf das alte herunterprasselte).

Bei der *Josephina* war er nachlässig gewesen, übereifrig und dilettantisch, getrieben von der Wut auf seinen Vater und der Trauer um Leander, und hatte einen schrecklichen

Preis bezahlt. Natürlich hatten die Hunderte von Verbrannten und Ertrunkenen einen noch höheren Preis bezahlt. Und Addison Graves hatte man nach Sing Sing geschickt.

Dabei hatte Lloyd nur einen Beitrag zum Kampf gegen die Deutschen leisten, einfach etwas *tun* wollen, und als ihm sein Freund Sir Gerald de Redvers vorgeschlagen hatte, auf seinen Schiffen Rüstungsgüter nach England zu schmuggeln, hatte er die Gelegenheit ergriffen. In der Eile hatte er sich nicht ausreichend beraten lassen, nicht genügend Vorkehrungen getroffen. Er hatte Addison nicht einmal gesagt, was in den Kisten war, und ihn lediglich gebeten – besser gesagt, angewiesen –, ihr Fehlen auf der Ladeliste zu ignorieren.

Inzwischen war ihm klar, dass man Kriegsgerät nicht wie Baumwollballen auf ein Schiff laden konnte, obgleich er immer noch nicht wusste, was die Explosion ausgelöst hatte. Die Kisten hätten sicher sein müssen. Man hatte ihm zugesagt, sie seien ordnungsgemäß gepackt; er hatte angenommen, man habe sie ordnungsgemäß verstaut. Etwas anderes musste schiefgelaufen sein, doch er konnte nicht ergründen, was es gewesen war. Irgendetwas Verrücktes. Etwas, an dem er nicht schuld sein konnte, zumindest nicht direkt.

»Es ist passiert, weil ich die Flasche nicht zerbrochen habe«, hatte Matilda in den Tagen danach gesagt. »Ich habe das Schiff mit einem Fluch belegt.«

»Es hatte nichts mit dir zu tun.«

»Du hättest es nicht nach diesem Mädchen benennen sollen.«

»Da hast du recht«, hatte er gesagt. »Es tut mir *wirklich* leid.«

Er konnte sich nicht erinnern, sich je zuvor bei ihr entschuldigt zu haben. Ihre Schwangerschaft war eine Boje, an die sie sich geklammert hatten, als der erste Schock des Unglücks über sie hereinbrach, der Schrecken, den das klingelnde Telefon im Morgengrauen brachte, die telegrafierten Zahlen der Geretteten und Toten, die Namenslisten, die schmerzlichen Korrekturen der Zahlen und Listen, die Fotografien der überfüllten Decks der Frachter, die Überlebende aufgenommen hatten, darunter auch Addison Graves, lebend, mit seinen beiden Babys.

Lloyd hatte sofort erkannt, dass Addison den größten Teil der öffentlichen Empörung (»Käpt'n Feigling« hatte die Presse ihn genannt) auf sich nehmen und niemals und mit niemandem über die geheimnisvollen Kisten sprechen würde, die auf Lloyds Wunsch hin nicht auf der Ladeliste standen. Addison würde ihn noch einmal retten. Es tat ihm leid – so leid – für seinen Freund, aber was sollte er machen? Addison wollte sicher nicht, dass L&O bankrottging, und würde verstehen, dass Lloyd auf keinen Fall selbst ins Gefängnis gehen durfte. Matilda wusste natürlich nichts von den Kisten, die für Gerald de Redvers bestimmt waren. Sie hatte Lloyd so viel verziehen. Er konnte nicht erwarten, dass sie ihm auch das verzieh.

Als die *Lusitania* fünf Monate nach der *Josephina* sank, war es eine furchtbare Tragödie, aber, das konnte Lloyd nicht leugnen, für ihn durchaus von Nutzen. Wer konnte denn sagen, ob die Deutschen nicht auch die *Josephina* torpediert hatten, versehentlich, im Nebel, und es nicht zugegeben hatten? (Lloyd hatte die Theorie einigen Reportern gegenüber angedeutet und denen, die darüber schreiben wollten, verlockende Anreize in Aussicht gestellt.) Man munkelte, die *Lusitania* habe Munition an Bord gehabt. Die Menschen liebten Verschwörungen und vermuteten ganz richtig, dass sich in Laderäumen von Schiffen wunderbar Geheimnisse verstauen ließen.

Seit dem Unglück hatte Lloyd es vermieden, Waffen zu transportieren. Es gab auch keinen Grund dazu. Die L&O-Flotte wurde für den Transport von Stahl, Holz, Kautschuk, Weizen, Rindfleisch, medizinischen Gütern, Wolle und Pferden eingesetzt – was immer gerade nötig war. Er hatte einige Tanker erworben, worauf er so großes Interesse an der Erdölindustrie entwickelt hatte, dass er still und leise eine kleine Tochterfirma in Texas gründete, einen bescheidenen experimentellen Außenposten, auf dem einige Geologen, Ölsucher und ein Agent arbeiteten, der Pachtverträge für Brachland aushandelte. Liberty Oil nannte Lloyd das Unternehmen.

Die *Maria Fortuna* war als Truppenschiff für die Canadian Expeditionary Force im Einsatz, nachdem er der britischen Regierung einen außergewöhnlich großzügigen Preis gemacht hatte. (Nicht ganz uneigennützig, da er die Kontrolle über die Laderäume behielt.) Ihr ordentlicher Anstrich verschwand unter einer wilden Tarnung: wilde Streifen und Karos und falsche Bugwellen, um Entfernungsmesser zu verwirren. Es war durchaus möglich, dass die Vereinigten Staaten irgendwann in den Krieg eintraten, und wenn das der Fall war, benötigte man mehr Schiffe. Lloyd wäre bereit.

Er würde einige Schiffe verlieren, fürchtete sich aber nicht mehr so davor, war sozusagen dagegen geimpft. Der dunkle Geist hatte ihn verlassen, oder er hatte ihn in sich aufgenommen, ohne es zu merken. Die Traurigkeit lastete noch auf ihm, doch sein Herz schlug weiter; seine Lungen schwollen an und zogen sich zusammen. Sein Kragen war makellos weiß, er ging zügig. Er hatte keine Zeit für Mätressen, für sanfte Nachmittage beim Liebesspiel. Er brauchte seine ganze Würde. (Trotz bester Absichten dauerte dieser Anfall von Treue nur bis Kriegende.) Seinen Hunger auf Abwechslung richtete er ganz aufs Geschäft. Er würde ein Titan. Stand ganz am Anfang. Das schlafende Baby, das den ersten Nachtwind spürte, war der Sohn eines neuen Lloyd Feiffer.

In der Nähe von Missoula, Montana
Mai 1923
Acht Jahre und fünf Monate nach dem Untergang der Josephina

Marian und Jamie Graves wanderten einen Weg entlang, der oberhalb eines Bachs verlief, Marian vorn, Jamie hinten, beide groß für ihr Alter, fast identisch bis auf den Zopf des Mädchens. Blonde, dünne Kinder, die zwischen Bäumen und den schrägen, von Staub und Pollen durchsetzten Sonnenstrahlen aufblitzten. Beide trugen Flanellhemden und hatten die Latzhosen in Gummistiefel gesteckt, die Berit, die norwegische Haushälterin ihres Onkels, ihnen gekauft hatte. Die Stiefel machten ein unverkennbares Geräusch, wenn sie gegen ihre Schienbeine schlugen. *Gup gup gup*.

Weiter flussabwärts saß ihr Onkel Wallace mit seinen Aquarellfarben und einem Skizzenblock aus festem, dickem Papier, auf das er den Bach, die Bäume und die Berge übertrug. Wo die Sonne auf Wasser und Felsen glitzerte, ließ er winzige weiße Lücken. Er nahm nur die Bewegung seiner Augen und des Pinsels wahr. Wenn er malte, vergaß er völlig, dass er zwei kleine Schützlinge aufgenommen hatte und nun in die Wildnis entließ wie Hunde, auf deren Rückkehr er vertraute. Wenn er sich um die Kinder sorgte, konnte er nicht malen, also sorgte er sich nicht.

Noch weiter flussabwärts, auf dem Grund des alten Gletschersees, auf dem Missoula lag, nahe dem Unterlauf des Rattlesnake-Baches, stand ein giebeliges Haus im Queen-Anne-Stil mit einer überdachten Veranda und einem runden

Türmchen. Dort wohnten Wallace und die Zwillinge und an den meisten Tagen Berit, die ihr Bestes tat, um dem Dreck zu trotzen. Obwohl das Haus mit der abblätternden Farbe und den fehlenden Schindeln von außen schäbig wirkte und die Möbel alt und abgenutzt waren, sorgte sie dafür, dass alles zumindest gründlich abgestaubt, geputzt und poliert war. Hinter dem Haus gab es eine Scheune mit einer Box und eine kleine Koppel für den grauen Wallach namens Fiddler und dazu ein Häuschen, das Wallace seinen Freunden zur Verfügung stellte, wenn sie sich mit ihren Frauen gestritten hatten oder knapp bei Kasse waren.

Der Rattlesnake floss am Haus vorbei, unter der Eisenbahnbrücke hindurch und mündete in den Clark Fork River, der durch die Stadt und weiter nach Nordwesten strömte. Wenn der Clark Fork in den Lake Pend Oreille mündete, hatte er bereits den Blackfoot, den Bitterroot und den Thompson in sich aufgenommen, und vom See an wurde er zum Columbia River und der Columbia schließlich zum Pazifik.

Laut Wallace war das Wasser immer auf dem Weg zu etwas Größerem.

»Aber nichts ist größer als der Ozean«, sagte Marian zu ihm.

»Der Himmel schon«, erwiderte Wallace.

Die Zwillinge wussten, dass sie weiter flussaufwärts auf einen alten Schuppen stoßen würden, dann auf ein Stück Wildwasser und dann, das Beste von allem, auf das verrostete Wrack eines offenen Model T, das je nach Wasserstand am Ufer oder halb versunken war.

Wie das Auto in den Bach gekommen war, blieb ein Rätsel. Der Weg, den die Kinder nahmen, war schmal und tief zerfurcht und nur für Menschen und Pferde begehbar. Wallace wusste es nicht. Berit wusste es nicht. Wallaces

Künstlerfreunde von der Universität stellten fantasievolle Vermutungen an, wussten es letztlich aber auch nicht.

Als Marian und Jamie am Schuppen vorbei waren, wurden sie schneller, versuchten aber, sich nichts anmerken zu lassen. Die Hände blieben in den Taschen, die Haltung suggerierte einen gemächlichen Spaziergang, doch die Beine gingen zügiger. Beide wollten sich ans rissige Lenkrad des Ford setzen und tun, als würden sie fahren. Wer nicht am Steuer saß, spielte den Mechaniker, den Banditen oder den Diener, lauter gute Rollen, aber nicht so gut wie die des Fahrers. Manchmal war das Auto zur Abwechslung ein Schiff, und sie taten, als stünde ihr Vater am Steuer. Manchmal sank das Schiff und sie mit ihm.

Sie wussten, was die Leute über ihren Vater erzählten, und waren wütend, weil er sie gezwungen hatte, als Kinder eines berühmten Feiglings zu leben. Die Mutter kam nie in ihren Spielen vor.

Hinter der letzten Biegung rannten sie los, wedelten mit ihren dünnen Armen und schubsten sich gegenseitig in Furchen und gegen Felsbrocken (*GUP GUP GUP*). Doch als sie zwischen den Bäumen hinausstürmten, blieben sie abrupt stehen, statt sich in den Endspurt zu stürzen.

Die Schneeschmelze hatte den Bach ansteigen lassen und das Auto tiefer ins Wasser gezogen, sodass die Hinterräder und die verrotteten Bodenbretter überspült waren. Was von den Vorderrädern übrig war, hatte sich in den Felsen verfangen, wenn auch nicht sehr fest; die Karosserie schwang in der Strömung hin und her.

»So fühlt es sich mehr wie richtiges Fahren an«, sagte Marian.

»Meinst du nicht, es könnte wegrutschen?«

»Hast du Angst?«

»Nein, aber ich will auch nicht ertrinken.«

»Du kannst nicht ertrinken. Es ist doch nur ein Bach.«

Jamie schaute skeptisch aufs Wasser. Die glatte braune Mitte war unruhig und kabbelig und schaumgekrönt, weil das Wasser die Felsen überspülte und Strömungen wie kalte Peitschenenden aufwärts schnappten.

»Wir könnten auch im Schuppen spielen«, sagte er.

»Also hast du Angst«, entgegnete Marian.

Worauf er hineinplatschte. Das Wasser lief ihm in die Stiefel, doch er stapfte weiter, mühte sich wie ein Mann, der einen Felsbrocken mit sich schleppt. Sie schwammen meist nackt, doch das Auto war unfreundlich zur Haut, lauter gezacktes Metall und abblätternder Rost, steife Lederfetzen und Streifen feuchter Wolle, die von rostigen Federn hingen. Daher also: überflutete Stiefel, nasse Latzhose. Er hob ein schweres Bein aufs Trittbrett und kletterte auf den Fahrersitz. Der Bremshebel ragte wie ein Schilfrohr aus dem Wasser.

Marian gefiel es nicht, wie das Auto schon durch Jamies geringes Gewicht ins Rutschen geriet, dass die Schaumkronen mit Gewalt gegen die Stoßstange drückten so wie Wallace, wenn sein Cadillac im Schlamm feststeckte.

»Du musst nicht reinkommen«, rief Jamie. »Ich sag auch nicht, dass du feige bist.«

Doch Marian trat in den Bach. Die Strömung war rasant, das Bachbett uneben, und sie streckte die Arme aus, um das Gleichgewicht zu halten. Eisiges Wasser schwappte in ihre Stiefel.

»Rutsch rüber«, sagte sie, als sie am Auto war.

»Du fährst immer. Geh außen rum.«

»Da ist es zu tief.«

»Dann steig drüber.«

Als Marian sich an die Kante des zerstörten Rücksitzes

klammerte, kippte das Auto, und das rechte Vorderrad löste sich von den Felsen. Sie ließ los, fiel wieder in den Bach. Die Karosserie schwang herum, sodass die Strömung sie jetzt breitseits traf und den Boden überflutete. Jamie starrte sie an, als sein Gefährt schwankte und ins tiefere Wasser, die ungehinderte Strömung glitt. Der Ford trieb dahin, pflügte kreiselnd vorwärts, wobei der Kühler nach und nach ins Wasser sank.

Weit kam der Wagen nicht. Als die Räder wieder an den Felsen hängen blieben, ergoss sich Wasser über Jamie. Marian lief am Ufer entlang und rief nach ihm. Sein blasser Kopf verschwand und tauchte wieder aus der Strömung, glatt und klein, wurde mitgerissen. Marian stolperte über das felsige Ufer, konnte nicht mehr mithalten und verlor ihn einen Moment lang völlig aus den Augen. Sie tauchte keuchend unter Ästen hindurch, lief um eine Biegung. Jamie saß auf einer Sandbank. Er rappelte sich auf, durchnässt und keuchend, die Latzhose dunkel und schwer, die Stiefel hatte er verloren. Er stieß einen wilden Jubelschrei aus, wie sie ihn nur von erwachsenen Männern kannte. Er stampfte mit den Füßen, hob einen Stein auf und schleuderte ihn in den Bach, riss die knochigen Arme in die Luft. Furchtbarer Neid erfüllte sie. Sie wollte diejenige sein, die überlebt hatte.

Ossining, New York
August 1924
Ein Jahr und drei Monate später

Als Addison aus den Toren von Sing Sing trat, erwartete ihn sein Anwalt Chester Fine, der dreiteilige Anzug wie üblich zerknittert, in der Hand ein Buch, in das er sich vertieft hatte. Chester war mit dem Zug aus der Stadt gekommen und fuhr mit Addison zurück, wobei die beiden schweigend auf den Hudson schauten. Chester war jahrelang der Einzige gewesen, der Addison besuchte. An einem Sonntag ganz zu Anfang war Lloyd Feiffer aufgetaucht, doch Addison hatte ihn nicht sehen wollen. Später erzählte der Mitarbeiter der Zahlstelle, Lloyd habe vierzig Dollar auf sein Konto eingezahlt, aber Addison achtete peinlich darauf, sie nicht auszugeben. Lloyd hatte ihm auch einige Briefe geschrieben, die Addison ungeöffnet wegwarf, und ein überhöhtes Angebot für Addisons Haus abgegeben, das Chester ihm eines Sonntags überbrachte.

»Mr. Feiffer hat mich gebeten, Ihnen zu sagen, es sei das Mindeste, was er tun könne«, hatte Chester in dem überfüllten Besuchsraum gesagt. Die beiden Männer saßen auf hölzernen Hockern, Chester in seinem zerknitterten Anzug, Addison in seiner grauen Uniform, durch eine hüfthohe Wand voneinander getrennt. »Er sagt, er wolle etwas für die Zwillinge tun.«

»Die Zwillinge brauchen sein Geld nicht.«

»Irgendwann vielleicht schon. Feiffer hat Sie nie kritisiert oder zum Sündenbock gemacht, zumindest nicht öffentlich. Das ist ein ganz schön lautes Schweigen.«

»Als wir jung waren, habe ich ihn mal aus dem Meer gezogen. Das hat er sich zu Herzen genommen.« Addison rieb sich mit den Handballen die Augen. »Nein, verkaufen Sie das Haus an jemand anderen. Verkaufen Sie alles, was sich verkaufen lässt, und werfen Sie den Rest weg.«

»Alles? Gibt es nichts von sentimentalem Wert? Nichts von der Mutter, was man für die Zwillinge aufbewahren könnte?«

»Nichts.«

Als Addison entlassen wurde (sechs Monate früher, dank Chester Fines unablässigen Bemühungen), händigte man ihm die dreiundvierzig Dollar und sechsundsechzig Cent, die auf seinem Eigengeldkonto verblieben waren, in einem Umschlag aus, den er in die Innentasche seiner Jacke steckte. Ansonsten trug er nur eine Aktenmappe aus dünner Pappe bei sich, die mit einer Schnur verschlossen war.

In der Grand Central Station gab Chester Fine ihm die Hand, wünschte ihm viel Glück und Lebwohl, reichte ihm eine Zugkarte, lüpfte den Hut und war verschwunden. Addison schaute sich um. Fahles Licht fiel in einem majestätischen Winkel durch die hohen Fenster. Noch weiter oben besetzten edle goldene Tierkreiszeichen und verstreute Sterne einen stillen blaugrünen Himmel. Es war fast neun Jahre her, dass er unter echten Sternen gestanden hatte.

Ringsum zerstreuten sich die Menschen auf dem weiten Marmorboden und klapperten durch die Tunnel, als hätte jemand Kugellager fallen lassen. Ihre Zahl, ihre Eile, ihr Wohlstand, ihre Freiheit verwirrten, ja, ängstigten ihn geradezu. Er hatte sich daran gewöhnt, ständig beobachtet zu werden, und unbewusst angenommen, dass er, wenn er in die Welt zurückkehrte, immer noch als feiger Kapitän der *Josephina Eterna* bekannt wäre. Er hatte mit johlenden Menschenmassen vor den Toren von Sing Sing gerechnet, dass man ihn erkannte und beschimpfte, wo immer er sich zeigte. Stattdessen traf er auf geschäftige, gleichgültige Fremde. Unter den gemalten Sternen begriff er mit einem Anflug trostlosen Vergnügens, dass man ihn vergessen hatte.

Er kaufte sich ein Schinkensandwich, warf Lloyd Feiffers vierzig Dollar einem Bettler in den Hut, ging durch einen Tunnel und bestieg den 20th Century Limited nach Chicago. Nachdem er fast einen ganzen Tag herumgestanden und sich nicht aus dem Bahnhof getraut hatte, nahm er einen Zug nach Missoula.

Es war ein klarer, warmer Abend mit einem hellen, beinahe vollen Mond. Wallace Graves wartete am Bahnhof. Er hatte einen seiner Hunde mitgebracht, ein langbeiniges schwarz-weißes Geschöpf, und sie schauten gemeinsam auf die Gleise, als das Scheinwerferlicht des Zuges größer und das Schnaufen lauter wurde. Die Lokomotive fuhr in einem Schwall aus Hitze und quietschenden Bremsen vorbei. Eingerahmt von dahingleitenden, langsamer werdenden Rechtecken aus gelbem Licht erhoben sich Menschen, setzten Hüte auf, sammelten Habseligkeiten ein. Türen öffneten sich, Gestalten stiegen aus, Träger hievten Koffer aus dem Gepäckwagen. Wallace entdeckte Addisons gebeugte Silhouette auf dem Bahnsteig. Er winkte, und Addison nickte, als begrüßte er einen Bekannten und nicht den Bruder, den er seit fast zwei Jahrzehnten nicht gesehen hatte. Als Wallace ihn umarmte, war es, als drückte er ein übergroßes Skelett an seine Brust.

»Wo ist dein Gepäck?«, fragte er.

Addison bückte sich, um den Hund zu begrüßen. »Ich habe keins.«

»Du hast das da.« Wallace deutete auf die dünne Pappmappe unter Addisons Arm. »Was ist da drin?«

Addison räusperte sich. »Deine Briefe und die Fotos, die du geschickt hast. Und deine Zeichnungen von den Kindern.«

Er hatte sich zu keinem der Dutzenden Porträts geäußert, und Wallace hatte jahrelang geglaubt, sie seien im Gefängnismüll gelandet. Es waren nur flüchtige Skizzen in Tusche und Aquarell, schnell gemacht, doch der Gedanke, dass eines seiner Werke zerstört werden könnte, löste in ihm hilfloses Entsetzen aus. Als er die schmale, sorgfältig verschnürte Mappe sah, wurde seine Kehle eng.

Wallace war ein kleiner Junge gewesen, als Addison zur See gegangen war; zehn Jahre und eine kleine Reihe namenloser Grabsteine unter einem Walnussbaum trennten ihn von seinem Bruder. Totgeburten. Als er elf Jahre später selbst vor den schweigsamen Eltern und der ertragsarmen Farm geflohen war, nahm er Kurs auf die Adresse, die Addison in die linke obere Ecke seiner kurzen alljährlichen Briefe kritzelte.

Ein rotes Backsteinhaus nahe des Hudson. Schon als junger Mann war Addison wortkarg und undurchschaubar gewesen, hatte Wallace aber bei sich wohnen lassen, inmitten seiner spärlichen Einrichtung und der verblüffenden Andenken an ferne Orte. Er hatte Wallace sogar das Studium an der Kunstakademie bezahlt.

Wallace deutete zum Lagerhaus. »Komm. Hier entlang.«

Vor dem Gebäude stand sein langer grauer Cadillac Touring Car, sein ganzer Stolz. Er hatte ihn während seiner großen Glückssträhne von 1913 beim Kartenspiel gewonnen, in einem Monat, in dem er sich durch eine Reihe von Bergarbeiterstädten gezockt und dabei nicht nur das Auto, sondern auch genügend Goldstaub gewonnen hatte, um jedes Bordell zu besuchen, an dem er vorbeikam, und sich dazu noch ein Haus zu kaufen. (Wie sich herausstellte, war es eine weise Entscheidung gewesen, sein Vermögen vor der großen Pechsträhne von 1915 in das Haus zu stecken.) Er hatte den Wagen absichtlich unter einer Straßenlaterne geparkt, damit Addison ihn bewundern konnte – die schwarzen Zierleisten, die noch immer glänzten, das schwarze zurückgeschlagene Verdeck, die dicken Reifen mit dem tiefen Profil, die nützlich waren, wenn man im Freien unterwegs war, die Sitze aus schwarzem Leder, ausgiebig zerkratzt von Hundekrallen.

»Marian ist ganz vernarrt in den Wagen«, sagte er zu Addison. »Sie ist ein komischer Kauz. Ich entdecke sie ständig draußen, wie sie den Wagen poliert oder im Motor herumstochert. Wenn ich ihn in die Werkstatt bringe, lasse ich sie da, damit sie zusehen kann.«

»Das hast du in einem Brief geschrieben.«

»Aber du hast nie geantwortet.« Wallace öffnete mit schwungvoller Geste die Beifahrertür und bedeutete seinem Bruder einzusteigen. Der Hund schlängelte sich zuerst hinein und sprang auf den Rücksitz. »Du musst ganz wild darauf sein, die Zwillinge zu sehen. Sie wollten mitkommen, aber ich habe gesagt, wir sollten dich nicht zu sehr belagern. Es ist sowieso schon spät. Sie dürften schon schlafen, aber du kannst einen Blick auf sie werfen. Wenn es nicht kalt ist, schlafen sie draußen auf der Veranda. Na ja, wenn es nicht *gefährlich* kalt ist.«

»Ich weiß«, sagte Addison und zog die Tür zu. »Ich habe die Briefe *gelesen*.«

»Aber du hast nicht *geantwortet*.« Wallace ging um den Wagen und rutschte auf den Fahrersitz. »Trotzdem danke für die, äh, die finanzielle Unterstützung. Die konnte ich gut gebrauchen.« Er ließ den Motor an. »Bis nach Hause ist es nicht weit.« Als er losfuhr, sagte er: »Ich habe Jamie und Marian eingeschärft, dich morgen früh nicht zu wecken. Sie stehen furchtbar früh auf. Sie haben gelernt, sich bis zu einer anständigen Uhrzeit selbst zu beschäftigen, sie laufen am Bach entlang oder in die Berge. Wohin genau, weiß ich nicht. Ich hoffe, das klingt nicht zu nachlässig – ich könnte sie nicht aufhalten, selbst wenn ich wollte. Normalerweise nehmen sie das Pferd. Kannst du Auto fahren?«

»Nein.«

»Auf See braucht man das wohl nicht.«

»Oder im Gefängnis.«

»Nein, wohl nicht, nehme ich an. Du wirst es schnell lernen. Ich bringe es dir bei. Marian kann schon alles, außer die Pedale zu treten und dabei über das Lenkrad zu schauen. Jamie ist weniger am Lernen interessiert – besser gesagt, er ist weniger *hartnäckig* beim Lernen. Im Allgemeinen macht er einen großen Bogen um Marians Leidenschaften. Er ist keiner, der sich vordrängt. Er ist … nun, er ist ziemlich zart. Du wirst schon sehen. Aber das Autofahren – wenn du erst den Dreh raushast, kannst du allein herumfahren. Wir könnten sogar überlegen, ob wir dir ein Auto besorgen. Ich glaube, es würde dir gefallen –«

»Wallace«, unterbrach ihn Addison, »kann man hier irgendwo schwimmen?«

»Schwimmen?«

»Ja.«

»Mal überlegen.« Wallace fuhr langsamer, wollte ihm den Gefallen tun. Nicht der Clark Fork oder der Bitterroot, jedenfalls nicht im Dunkeln. Dann kam ihm eine Idee. »Vielleicht gibt es da etwas.« Er bog nach Westen auf eine Schotterpiste, die zu einem Feldweg wurde. Er war von vereinzelten Bäumen gesäumt, die Luft war kühl. Ein springendes Reh geriet ins Scheinwerferlicht, schien über den zerfurchten Weg zu schweben und verschwand. Addison zuckte zusammen, als sie tüchtig durchgerüttelt und -geschüttelt wurden, und Wallace kämpfte gegen den Drang, sich zu entschuldigen. Als ob diese Expedition seine Idee gewesen wäre, als ob irgendetwas davon seine Idee gewesen wäre.

Er hatte nie Kinder haben, immer nur ein Junggeselle sein wollen und dennoch nicht gezögert, Chester Fines telegrafische Anfrage mit Ja zu beantworten und zwei Babys bei sich aufzunehmen, aus denen dann zwei Kinder wurden, die sein Haus, seine Zeit und einen Teil seiner Aufmerksamkeit beanspruchten. Er hatte seine zwielichtigeren Gelüste an den Rand seines Lebens gedrängt, wo man sie nicht sah. Das alles hatte er bereitwillig getan. Er hatte in Jamie und Marian nach Hinweisen auf den Charakter seines Bruders gesucht, den er nie gut gekannt hatte. Er fragte sich, ob Marian den Eigensinn von ihrem Vater oder der mythischen Annabel hatte und von wem Jamie das geradezu lähmende Entsetzen vor Tierleid geerbt hatte. Vögel, die aus dem Nest gefallen waren, verletzte Kaninchen, streunende Hunde, ausgepeitschte Pferde brachten den Jungen völlig aus der Fassung. Grausamkeit gehörte zum Leben, versuchte Wallace ihm klarzumachen, aber Jamie ließ sich nicht so leicht überzeugen oder trösten. Kein Wunder daher, dass sie selten weniger als fünf Hunde im Haus hatten.

Obgleich Wallace sehr daran gelegen war, dass auch Addison Verantwortung für die Kinder übernahm, hatte es ihn überrascht, dass er das Angebot, nach seiner Entlassung in das Häuschen zu ziehen, (mit knappen Worten) angenommen hatte. Und er war überrascht, wie sehr es ihn erleichterte, dass Addison Jamie und Marian nicht einfach wegholen würde. Ihm war gar nicht bewusst gewesen, dass er Angst hatte, sie zu verlieren.

Der Weg endete auf einer kleinen, grasbewachsenen Anhöhe, die Scheinwerfer leuchteten nach oben ins Nichts. »Da unten ist ein kleiner Teich«, sagte Wallace und stellte den Motor ab. Von überallher erklang eine Kakophonie von Insektenstimmen.

Addison stieg aus, legte die gefaltete Jacke auf den Sitz, den Hut obendrauf und ging zum Wasser. Wallace folgte ihm. Es war nur ein kleiner Altwassersee, ein schlammiger Halbmond, der zurückgeblieben war, als der Fluss seinen Lauf veränderte. Der Mond schwamm in der fetten Mitte. Addison zerrte am Knoten der Krawatte und riss sie über den Kopf, als wollte er der Henkersschlinge entkommen. Das Hemd streifte er ebenso fiebrig ab. Im Mondlicht konnte Wallace die Höcker seiner Wirbelsäule sehen, die Schatten unter seinen Schulterblättern. Addison zog die Schuhe aus, schälte sich aus den Socken, fummelte an Gürtel und Knöpfen, bis ihm Hose und Unterhose auf die Knöchel rutschten und sein blasses Gesäß enthüllten. Auf knubbligen Reiherbeinen watete er ins Wasser. Als es ihm bis zu den Waden reichte, schien etwas in ihm zu zerbrechen, und er stürmte wie ein wahnsinniges Tier los, planschte und galoppierte, tauchte unter. Der Hund jagte ihm bellend hinterher.

Wallace legte seine Kleidung ab und folgte ihm bedächtiger, wobei der Grund des Teiches an seinen Füßen saugte. Er holte tief Luft und sank unter die Oberfläche. Als er auftauchte, konnte er so gerade auf Zehenspitzen stehen. Addison trieb mit ausgebreiteten Armen dahin, die Brust an der Oberfläche, und schaute in den Himmel. Das V-förmige Kielwasser des Hundes störte den Mond auf.

»Ist es gut so? Ist es das, was du wolltest?«, fragte Wallace.

»Ich habe jahrelang nichts gewollt«, sagte Addison. »Aber dann wollte ich schwimmen.«

Addison hatte mehr als neun Jahre in Sing Sing verbracht und sehr wenig geschlafen. Seine Zelle, zwei Meter mal einen Meter, erbaut aus Kalkstein, den längst verstorbene Gefangene gebrochen hatten, war ein Grab, in dem er nach dem Ausschalten der Lichter völlig still und völlig wach lag und dem Schnarchen, Murmeln und den Masturbationsrhythmen der achthundert Männer lauschte, die in identischen Zellen sechsfach übereinandergestapelt lagen. Auf Schiffen hatte er immer schlafen können, so rau die See oder so ungemütlich die Koje auch sein mochte. Im Gefängnis war ihm das beharrliche Wachsein als ein besonders harter Aspekt der Strafe erschienen, den kein Gericht, sondern seine eigene Seele über ihn verhängt hatte.

Auch im Häuschen konnte Addison nicht schlafen, zerknitterte weder das weiße Laken noch die blau-weiße Steppdecke auf dem schmalen Bett, das die berühmte Berit für ihn vorbereitet hatte. Im Häuschen stapelten sich Kisten und Kartons. Wallace sagte, sie seien für ihn und etwa ein Jahr, nachdem er nach Sing Sing gekommen war, als Frachtgut eingetroffen. Auf den Versandetiketten stand Chester Fines Name. Addison schloss die Vorhänge und öffnete wahllos eine Kiste. Sie war voller Bücher aus seinem Haus in New York. In anderen befanden sich die Dinge, die er auf seinen Reisen gesammelt hatte: Masken und Schnitzereien, Tierhörner, Webarbeiten, ein Schildkrötenpanzer, ein Serviertablett aus Brasilien, auf dem Schmetterlingsflügel unter Glas zu schillernden Rädern angeordnet waren. Woanders fand Addison die sorgfältig verpackten und gepolsterten Bilder, die Wallace in New York gemalt und ihm anstelle der Miete überlassen hatte. Schiffe im Hafen. Belebte Straßen. Der Hudson. Das rote Backsteinhaus.

Die Staatsanwälte hatten eingeräumt, Kapitän Graves

haben streng genommen kein Gesetz gebrochen, indem er überlebte, aber darauf hingewiesen, dass das Internationale Übereinkommen zum Schutz des menschlichen Lebens auf See den Kapitän verpflichtete, an Bord zu bleiben, bis alle Passagiere sicher versorgt waren, und er sich andernfalls der groben Fahrlässigkeit schuldig mache. Außerdem habe Graves mit einer tödlichen Waffe gefuchtelt, um Passagiere – darunter sogar Frauen – daran zu hindern, ins Rettungsboot zu steigen, was als Totschlag gewertet werden könne. Fünfhundertacht Passagiere und Besatzungsmitglieder waren gestorben, verbrannt oder ertrunken oder in ihren Rettungswesten erfroren. Nach der vorherrschenden Theorie hatte ein Schwelbrand in einem Kohlenbunker den Kohlenstaub unter Deck entzündet und eine heftige Explosion in einem Kessel ausgelöst, die an Steuerbord ein Loch in den Rumpf gerissen hatte.

Chester Fine entgegnete, Kapitän Graves habe allenfalls einer Person den Platz im Boot genommen und schließlich seine eigenen Zwillinge, einen Sohn und eine Tochter, dabeigehabt. Wer unter uns könne einen Mann verurteilen, der seine eigenen Kinder gerettet hatte?

Wer sei denn, so die Staatsanwaltschaft, letztlich für die Explosion verantwortlich gewesen? Und für die Fähigkeiten der Besatzung? Wer sei dafür verantwortlich gewesen, dass das Schiff heil und unversehrt blieb? Wer?

Ich allein war verantwortlich, sagte Addison zu Chester Fine. Er bat ihn, in allen Punkten auf schuldig zu plädieren und nicht um seine Sühne zu feilschen. Doch Chester ignorierte ihn ruhig und entschlossen, wie es seine Art war. Sie dürften keine Rücksicht auf die Empfindungen der Öffentlichkeit nehmen, die ohnehin verblassen würden. Addison würde eines Tages bereuen, sich zum Märtyrer gemacht zu haben. Und warum die Zwillinge retten, um sie dann im Stich zu lassen? Ein Plädoyer auf Totschlag, dem letztlich alle zustimmten. Zehn Jahre flussaufwärts am Hudson.

Addison war also nahezu erleichtert in Sing Sing verschwunden.

Wallace hatte ein Studiofoto geschickt, das am ersten Geburtstag der Zwillinge aufgenommen worden war: zwei Babys in weißen Kleidern, die ernst in einem Ohrensessel saßen, das feine blasse Haar sorgfältig gekämmt. Es kamen auch gezeichnete Porträts, mit Aquarellfarben übermalt. Addison konnte sich nie festlegen, wer welcher Zwilling war, und schämte sich, danach zu fragen. An jedem Geburtstag bekam er ein Foto, und die Babys verwandelten sich allmählich in langgliedrige, extrem blonde Kinder. Mit ihrem skeptischen Blick und dem kleinen, zögerlichen Lächeln erinnerte ihn Marian an Annabel, was Addison beunruhigte, da Wallace von ihrem Eigensinn berichtete. Jamie hingegen verströmte eine ernste Lieblichkeit.

In einem tief verborgenen, magischen Winkel seines Ichs glaubte Addison, die Explosion wäre nicht geschehen, wenn er Annabel und die Zwillinge nicht an Bord der *Josephina* mitgenommen hätte, obgleich er wenig Zweifel daran hegte, dass Lloyds Kisten schuld gewesen waren. Oder er selbst, weil er nicht darauf bestanden hatte zu erfahren, was darin war, weil er zugelassen hatte, dass Lloyd es mit einer Handbewegung abtat und behauptete, es sei zu kompliziert, den Inhalt zu deklarieren.

Als die Nacht zu Zinn verblasste, öffnete er behutsam den Vorhang. Die Sterne verabschiedeten sich nacheinander, anmutig, geradezu höflich, und eine Erinnerung verschluckte ihn: Morgendämmerung auf der *Josephina*, ein paar Nachzügler in Abendgarderobe verweilten noch an Deck oder verschwanden wankend, stolpernd, funkelnd in den Gängen. Er spürte, wie das Deck unter seinen Füßen vibrierte. Er roch das Meer.

Nein, es war Teichwasser, das er roch. In seinem Haar, auf seiner Haut. Lehm statt Salzwasser.

Als das Licht lavendelfarben wurde, traten zwei kleine Gestalten von der abgeschirmten Schlafveranda, drei Hunde tollten hinterher. Die Kinder trugen die gleichen blauen Schlafanzüge, waren blond und mager und bis auf Marians langes Haar einander zum Verwechseln ähnlich. Sie beobachteten das Häuschen wie vorsichtige Rehe. Addison blieb ganz still. Dann drehte sich Jamie zur Seite, fummelte an seinem Schlafanzug und ließ einen Urinstrahl los. Marian drehte sich in die andere Richtung, ließ die Hose fallen und hockte sich ins Gras. Die Hunde schnüffelten herum und hoben ebenfalls das Bein. Als alle fertig waren, gingen sie in Richtung Pferdestall.

Der Motor in Addisons Brust trieb die Kolben seiner Glieder an. Auf Wallaces Drängen hatte er nachts durchs Fliegengitter der Schlafveranda gelugt und die blassen Köpfe der Zwillinge auf den Kissen gesehen. Er hatte stirnrunzelnd genickt, so wie es Leute taten, wenn man ihnen einen Lieblingsgegenstand zeigte, den sie bewundern sollten, der sie aber nur verwirrte.

Er schlich zu einem anderen Fenster. Marian saß schon im Schlafanzug auf dem ungesattelten grauen Pferd und hielt die Zügel, als Jamie auf den Zaun der Koppel kletterte, sich hinter sie setzte und die nackten Füße baumeln ließ. Sie wandten sich zum Bach, und die Beine des Pferdes verschwanden zwischen den Bäumen, die Hunde trotteten hinterher.

Addison hatte nie so ganz geglaubt, dass die Zwillinge von ihm waren, hatte Annabel aber nicht auf diese Weise beleidigen wollen. Nun aber glaubte er es. Er sah es in ihren Armen und Beinen, der Form ihrer Füße und auch auf weniger greifbarere Weise – wie sich die Morgenluft um sie herum anordnete. Er glaubte aber auch ganz fest, dass er ihnen nichts zu bieten hatte. Er würde nie wissen, was er zu ihnen sagen oder wie er väterlich und warmherzig sein sollte. Er würde sie nur enttäuschen und verletzen.

Draußen war alles still. Er wusch sich in der Schüssel, schlüpfte nach draußen und ging rasch die Straße hinunter, auf der Wallace ihn hergefahren hatte. Er hatte keine drei Dollar in der Tasche, aber noch Geld auf der Bank in New York. Kein Vermögen, aber fürs Erste wäre es genug.

Kurz nach Sonnenaufgang nahm er einen Zug nach Westen.

Los Angeles, 2014

Eins

Ohne die Sache mit Jones Cohen hätte ich Marian Graves nie gespielt. Das konnte ich damals allerdings nicht ahnen. Ich hatte nur so ein enges Gefühl in der Brust, als wollte ich jemandem die Sandburg zertreten. Als Kind hatte ich das Gefühl oft gehabt. Dann wäre ich am Set am liebsten ausgerastet und hätte den Plastikstall mit dem Plastikpony in seine Plastikteile zertrampelt, hatte es aber erst ausgelebt, als ich älter war, als ich Katie McGee war und auf dem Rücksitz eines Range Rover mit hundertachtzig die 405 hinunterraste und nur lachte und kreischte und dennoch das Gefühl hatte, etwas zu pulverisieren.

Jedenfalls weiß ich nicht, warum ich mit Jones nach Hause gegangen war. Damals hätte ich gesagt, weil ich es wollte, aber das stimmte nicht so ganz. Ich war gelangweilt und ruhelos und stinksauer, aber nichts davon war neu, nichts davon brachte mich dazu, Jones' Hand zu nehmen und hinaus ins Licht zu treten. Ich hatte das Licht gründlich satt und zog es doch damit nur stärker auf mich.

Ich erinnere mich nicht an alles. Ich weiß noch, dass ich mit Jones im Club in einer abgetrennten VIP-Nische saß, auf einem komischen 1,5-Sitzer, einem düsteren, viktorianisch anmutenden Ding mit hoher schwarzer Rückenlehne, die sich wie ein Käferflügel über uns wölbte. Ich erinnere mich an das Johnny-Cash-Tattoo auf seinem Unterarm und die Ledermanschetten und Türkisringe. Es hieß, wir hätten *gekuschelt* und *geflirtet*, ich sei *verführerisch* gewesen, hätte mit dem berüchtigten Frauenhelden *schwer herumgemacht*, aber ich kann mich nicht erinnern, wer von uns beiden vorgeschlagen hat, zu gehen. Ich weiß nicht mehr genau, was ich zu ihm gesagt habe, muss ihn aber wohl aufgezogen und nach Details über die berühmten Frauen gefragt haben, mit denen er geschlafen hatte. Ich war wohl ernsthaft, dann hart, dann wieder weich und verletzlich. Ich erinnere mich vage, dass er sagte, sein nächstes Album sei *megareduziert*, nur er und seine Gitarre. Und ich hatte gesagt, das höre sich *großartig* an und sei *absolut das, was du tun musst*, und dazu stehe ich, denn Jones an sich mag uncool sein, ist aber ein echt großartiger Gitarrist. Der Boden war glatt, und ich weiß noch, wie mir auf dem Weg nach draußen ein Schuh zur Seite wegrutschte, gerade als wir an dem shady Garderobentypen vorbeikamen, der in der rot beleuchteten Höhle seinen Schatz aus in L.A. überflüssigen Mänteln hütete. Das könnte der Zeitpunkt gewesen sein, an dem ich Jones' Hand genommen habe. Die Türsteherin wünschte uns einen schönen Abend – ein hübsches, begieriges Mädchen, das mich wie einen Eindringling beäugte –, öffnete die Tür, und die Nacht explodierte.

Obwohl ich betrunken war und alles um mich herum verschwamm und kreiselte, wusste ich, dass sie auf mich wartete, meine Krähenkolonie in schwarzem Leder und dummen Kangol-Mützen, die Scheiße redete und rauchte, während sie hier wachte, die Motorräder und Vespas um den Block herum geparkt. Die Tür ging auf, und ihre Kameras reckten sich wie lange schwarze Schnauzen in die Höhe. Blenden klickten, Blitze drängten näher. Sie rückten heran, bis ich fast am Licht erstickte. Jones' Leute scheuchten sie zurück und bildeten einen Tunnel bis zum Auto. *Hadley! Jones! Hadley! Seid ihr zusammen? Hadley, wo ist Oliver? Habt ihr euch getrennt?* Auf den Bildern ist mein Kleid zu kurz. Ich wirke verschlafen, lächle verhalten, verstohlen, klammere mich an Jones' Hand. Wenigstens habe ich die Beine zusammengehalten, als ich ins Auto gestiegen bin.

Sie folgten uns in einem feierlichen Schwarm zu Jones' Haus, flogen nur so dahin, ließen weißes Licht an meinem Fenster zerplatzen, obwohl es glänzend schwarz und undurchsichtig wie japanische Emaille war. Ich weiß noch, dass Jones im Auto meinen Ohrring mit der Zunge löste, den Haken von hinten durch mein Ohrläppchen schob, bis das zarte Geflecht aus Diamanten von seinem Lächeln baumelte – ein Partytrick, so wie wenn man mit der Zunge einen Kirschenstiel verknotet. Ich erinnere mich an sein höhlenartiges Haus, in dem die obligatorischen riesigen abstrakten Bilder hingen und alles andere weiß wie der Himmel in einem Witz über den Himmel war. Ich erinnere mich an die Tätowierung weit oben an der Innenseite seines Schenkels, winzige, ernste Großbuchstaben, die LIEBE MICH verkündeten.

Oliver war verheiratet, als ich ihn bei den Probeaufnahmen für den ersten *Archangel*-Film kennenlernte. Er war zwanzig und seine Frau zweiundvierzig, eine Theaterregisseurin aus London, die in Nietenstiefeln und asymmetrischen Jacken von avantgardistischen japanischen Designern herumlief, edel wie ein römischer Senator. Er hat sie nicht wegen mir verlassen. Er hat sie überhaupt nicht verlassen. Oliver zufolge verkündete sie nach ihrem zweiten Hochzeitstag, dass ihre Leidenschaft für ihn wie ein übervoller Ballon geplatzt sei und sich selbst zerstört habe.

Ich hatte das Licht nie richtig erlebt, bis Oliver und ich zum ersten Mal öffentlich Händchen hielten. Es war bei der Premiere des zweiten Films. Wir hatten seit drei Monaten heimlich miteinander geschlafen und die Nase gründlich voll von Spionagekunst und Dementis. Er stieg als Erster aus dem Auto, und die Crazy Bitches hinter den Absperrungen schrien, als hätte man sie bei lebendigem Leib verbrannt. Als er nach hinten griff und mich herauszog und meine Hand festhielt, schienen Lärm und Licht mich zu versengen. Mir war, als würde ich verdampfen, als bliebe nichts mehr übrig als mein Schatten, in den roten Teppich eingebrannt. Auf den Bildern schaue ich böse wie eine Kriegsverbrecherin vor Gericht. Oliver lächelt und winkt. Das Licht ist das Medium seiner Schönheit. Klar, im echten Leben ist er über die Maßen attraktiv, im Film aber fasziniert er. Zwischen Projektor und Leinwand verwandelt er sich in etwas, dessen Anblick nahezu unerträglich ist.

Lärm und Licht auf dem roten Teppich galten allerdings nichts uns, jedenfalls nicht so richtig. Indem wir ein Paar wurden, ließen wir die Geschichte real erscheinen, und die Crazy Bitches wollten das so sehr, dass sie sich selbst verloren. Eine besonders radikale Splittergruppe schrieb erotische Hardcore-Fanfiction. Sie wühlten sich durchs Internet und gruben ein Labyrinth, in dem sie ihre Begierden anhäufen und wie Larven füttern konnten.

Sie machten es sich selbst kaputt und merkten es nicht mal. Sie begriffen nicht, dass ihnen die Bücher nicht gefallen würden, wenn sie ihnen genau das gaben, was sie wollten. Menschen mögen Geschichten, die sie ein bisschen enttäuschen, die Wünsche offenlassen. Die Bitches wollten, dass *Archangel* ihre geheimsten Vorlieben bediente, zugleich aber unantastbar blieb. Wann immer wir die kleinste Kleinigkeit in den Filmen änderten, meldeten sie sich bei uns. *Lizveths Haus ist himmelblau, nicht blaugrün, ihr Idioten.* Oder *Gabriel trägt eine Arctibear-Mütze, als er und*

Katerina sich zum ersten Mal küssen, und die ist WEISS und nicht GRAU, was ihr wissen müsstet, weil es so im BUCH steht.

Sicher, auch Oliver und ich wurden gierig. Die Figuren blieben in uns. Wir dachten, wir könnten uns von der Sehnsucht und Leidenschaft, die wir spielten, emportragen lassen. Wir fühlten uns großherzig, als wir ein Paar wurden, und es war, als erfüllten wir eine Verpflichtung gegenüber der Geschichte. Aber die Crazy Bitches schrieben auch über uns. Über uns, die Menschen Hadley Baxter und Oliver Trappman, Schauspieler in L. A., nicht über Katerina und Gabriel, Gwendolyns Fantasiegebilde, die im fiktiven Reich Archangel lebten.

Aus Neugier hatten Oliver und ich mal ein Fanfic über uns selbst gelesen. Ich saß auf seinem Schoß, und zuerst lachten wir über die Tippfehler, wurden aber still, als wir eine klebrigfeuchte Fantasie über unseren ersten Fick lasen. »Ich will nur dich«, sagte Oliver in dieser Geschichte, so wie Gabriel es tausendmal zu Katerina sagt. »Für immer.« Dann aber zog Fanfic-Oliver, was den lieben, höflichen Gabriel zutiefst schockiert hätte, meine »teure Designerrobe« hoch und nahm mich mit seinem »pochenden Schwanz«. *Gib's mir, stöhnte Hadley. Oh ja. Du bist so ein heißer, berühmter Filmstar, und ich lebe dich so sehr.*

Oliver klappte den Computer zu. Vor dem Fenster erschien ein Kolibri, angelockt von der Prunkwinde, die an der Hauswand wuchs. Er schwebte dort und schaute uns wissend an, seine schillernde Brust still im Raum, seine Flügel vor Schnelligkeit fast unsichtbar. Wir befanden uns an einer stark befahrenen Kreuzung der Realitäten. Wir spürten die himmlische Brise.

»Ich lebe dich so sehr«, wurde unser Spruch.

Das *Wir* ist sicherer als das *Ich*, solange man sich in ihm befindet, aber auch wackelig, unzuverlässig und stets bereit, dich wegzustoßen und als *Ich* zurückzulassen. Sobald man ein *Wir* ist, ist man auch ein *Sie*, eine Zielscheibe, die gesichtet und fotografiert werden kann. Ein Volltreffer. Eine Beute, an die man sich anpirschen und die man für seine Zwecke ausweiden kann. Wir wurden in New York, Paris, St. Petersburg, Cabo, Kauai, auf einer Yacht vor Ibiza, beim Après-Ski in Gstaad, im Supermarkt, an der Tankstelle und verkatert bei Umami Burger gesichtet und fotografiert. Sie haben uns ausgeweidet: Geschichten, Leckerbissen, Wahrheiten und Lügen, Lügen und Wahrheiten, Modetipps, Fitnesstipps, Diättipps, Frisurentipps, Beziehungstipps, komm schon, Baby, nur ein Tipp. Sie haben unsere Outfits und Strandkörper bewertet, haben verkündet, dass ich mit Zwillingen schwanger sei, Verzeihung, Korrektur, dass ich mit Zwillingen schwanger sein *wolle*, dass ich einen Entzug machen würde, dass wir verlobt seien, dass unsere Verlobung geplatzt sei. Sie wollten wissen, was ich in der Handtasche, im Kleiderschrank, auf meiner Liste der Beauty-Must-haves hatte. Sie kratzten an uns herum, machten uns zu etwas, das geplündert und leer zurückgelassen wurde.

Als ich mit Jones den Club verließ, wollte ich wohl die Crazy Bitches damit treffen. In meiner trunkenen Überheblichkeit stellte ich mir vor, ich besäße die Macht, ihre Welt zum Einsturz zu bringen. Doch wie mir jeder Volltrottel hätte prophezeien können, haben die Bitches das Trauma bestens überstanden. Es war natürlich meine eigene Sandburg, die ich zertreten und in den schönen, harten, flachen, leeren Strand gestampft hatte.

Der Slogan für den ersten Film lautete *Einmal lieben, für immer lieben.* Beim vierten Film, meinem letzten, hieß er *Einmal fallen, für immer fallen.* Auf dem Plakat waren ein mit Photoshop bearbeiteter, grüblerischer Oliver und meine mit Photoshop bearbeitete, schmollende Wenigkeit vor einer schönen, aber bedrohlichen digitalen Stadt zu sehen, die goldenen Zwiebeltürme ihrer Skyline mit Schnee bepudert. Wie wird der Slogan für den sechsten Film lauten? Den zehnten? *Stirb endlich, Herrgott noch mal, stirb für immer*?

Gwendolyn schreibt weiter. Es sind mittlerweile sieben Bücher. Und schon bevor ich gefeuert wurde, alterten Oliver und ich schneller als unsere Figuren. Wir konnten nicht ewig sie sein. Besser, ich konnte nicht ewig Katerina sein. Jeder weiß, dass Männer nicht altern, und wenn doch, spielt es keine Rolle. Sie drehen gerade den fünften Film. Das Mädchen, das mich ersetzt hat, ist ein Teenager.

Das Gruselige ist, dass Oliver und ich *tatsächlich* zum ersten Mal in einem Auto gefickt hatten. Aber das war nach den Kids' Choice Awards, nicht bei einer Premiere. Der erste *Archangel*-Film hatte alle Preise abgeräumt, die die Kids ihm geben konnten. Hatte es je eine größere Lüge als *Ich will nur dich* gegeben? Oder als *für immer*? Wer hat zuerst gesagt, dass nichts ewig dauert? Wer hat es zuerst bemerkt?

Zwei

Als ich am Morgen nach der Sache mit Jones nach Hause kam, waren Olivers Sachen verschwunden. Mein Leibwächter und meine Assistentin sagten, sein Leibwächter und sein Assistent hätten sie mitten in der Nacht geholt, nachdem die ersten Bilder im Internet aufgetaucht waren. Ich war gerade fünf Minuten zu Hause, als meine Agentin Siobhan anrief und sich höflich erkundigte, was ich mir nur dabei gedacht hatte. Nachmittags rief sie erneut an, um mir eine unvollständige Liste der Leute zu übermitteln, die sauer auf mich waren. Sie selbst stand auch auf der Liste – das war klar, auch wenn sie mich nicht so anschrie wie früher, als wir beide völlig durchgedreht waren, wenn ich mir einen Werbespot für mikrowellengeeignete Pizzaknödel gesichert hatte. Letztes Jahr habe ich zweiunddreißig Millionen Dollar verdient, und sie bekommt zehn Prozent. Wenn man so berühmt ist wie ich, wird man zu einem riesigen, dahingleitenden Meerestier, einem eigenen Ökosystem, das eine Kolonie kleiner Fische mit dem ernährt, was in seinen Zähnen hängen bleibt.

Olivers Agent Alexei Young, mit dem ich zweimal heimlich Sex hatte und in den ich vielleicht immer noch verliebt bin, erzählte Siobhan, Oliver sei untröstlich und am Boden zerstört, was Siobhan wiederum an mich weitergab. Das gesamte Studio sei verärgert, vor allem der Direktor Gavin du Pré, dem ich mal einen geblasen hatte, und zwar nicht aus freien Stücken. Die Investoren seien verärgert, ebenso Gwendolyn, die Autorin der *Archangel*-Romane, der Regisseur des vierten Films, der sich in der Postproduktion befand, sowie der derjenige, der beim fünften Film Regie führen sollte.

»Das Studio«, sagte Siobhan, »befürchtet, dass die Leute – die Fans – das sehr persönlich nehmen könnten.

Das Studio befürchtet, dass du die romantische Illusion durchbrochen hast. Das ganze Franchise hängt offensichtlich an der Vorstellung der vollkommenen Liebe, und man denkt –«

Ich unterbrach sie. »Es ist wirklich nicht meine Schuld, wenn die Leute zu blöd sind, um zwischen Realität und Geschichte zu unterscheiden.«

»Ja, theoretisch stimme ich dir zu, aber man könnte wohl argumentieren, dass wir alle dafür verantwortlich sind, die Marke zu schützen. Ich kann niemandem gegenüber ernsthaft behaupten, du hättest *nicht* die Aufmerksamkeit vom Film auf dich gelenkt.«

Ich sagte nichts.

Dann fragte sie: »Hast du schon mit Oliver gesprochen?«

»Nein. Er ist übrigens auch fremdgegangen. Das habe ich dir erzählt.«

»Aber es ist nie wirklich durchgesickert. Wenn ein Baum im Wald fremdgeht und niemand ihn dabei fotografiert ... Hör zu, ich verurteile dich nicht, aber du hättest diskreter sein können. Anders gesagt: Du hättest nicht weniger diskret sein können. Was PR angeht, war das ein Selbstmordattentat.« Sie hielt inne. »War es nur ein zerstörerischer Impuls?«

»Ist das nicht bei allem so?«

Sie antwortete nicht.

»Du willst den Grund wissen«, sagte ich. »Ich kenne ihn selbst nicht. Jones ist ein Arsch.«

»Sag das bloß nicht der Presse. Okay. Passiert ist passiert. Alle wollen nur ein Update, einen Hinweis darauf, in welche Richtung ihr tendiert, damit wir eine Story entwickeln können.«

»Du meinst, ob Oliver und ich wieder zusammenkommen?«

»Ja.«

Schallendes Gelächter schoss aus meinem Mund, als hätte man es mit dem Heimlich-Griff herausgepresst.

»Okay«, sagte sie. »Gut. Eine letzte Sache noch. Gwendolyn ist so angepisst, dass das Studio ihretwegen noch angepisster wird.«

»Scheiß auf Gwendolyn. Ernsthaft.«

»Sie nimmt den Schutz ihrer Schöpfung –«

»Ich bin nicht ihre Schöpfung. Sie ist nicht Gott.«

»Nein, aber ihr Franchise hat dir und mir und vielen anderen Leuten eine Menge Geld gebracht. Sie will sich nur mit dir treffen. Gavin du Pré hat persönlich darum gebeten, dass du dich mit ihr triffst und die Wogen glättest.«

»Ich habe diese Woche viel zu tun.«

»Hast du nicht.«

Ich legte auf. Auf einem Smartphone mit dem Finger auf das Bild eines Knopfes zu tippen, war nicht eben eindrucksvoll. Ich lag eine Weile im Bett, rauchte Gras und schaute eine Reality-Show, in der Facegeliftete in Hervé-Léger-Bandagenkleidern Martinis schlürfen und übereinander lästern. Einige der Frauen sind so stark operiert, dass sie ganz verschwommen klingen, weil sie die Lippen nicht bewegen können. Mit ihren unheimlich runden Augen und den kleinen Stummelschnauzen erinnern sie an Katzen, die ein unfähiger Zauberer in Menschen verwandelt hat.

Ich überlegte, ob ich den Rest meines Lebens damit verbringen konnte, in diesem Haus herumzuliegen und fernzusehen. Ich überlegte, wie lange es wohl dauern mochte, bis die Prunkwinde die Fenster überwucherte und mich einsperrte.

Ich war kurz davor gewesen, die Rolle in *Archangel* zu bekommen, als Gavin du Pré bei unserem Frühstückstreffen die Kaffeetasse abstellte und mich sehr leise und höflich bat, aufzustehen und mich auszuziehen.

Eine halbe Sekunde war ich überrascht und schämte mich dann, weil ich dumm genug gewesen war, überrascht zu sein. Wir waren allein in einer Hotelsuite in Beverly Hills, zwischen uns ein kleiner, weiß gedeckter Tisch, auf dem ein silbernes Kaffeeservice und eine Etagere mit Miniatur-Quiches, -Torten und -Croissants standen, die Gavin mir immer wieder aufgedrängt hatte, bevor er mich bat, mich auszuziehen. »Ich verspreche dir, von einem kleinen Croissant wirst du nicht dick«, hatte er gesagt. »Sieh nur, wie winzig es ist. Probier einfach mal. Eine Probierhäppchen schadet nicht.«

Es war nicht so, als wäre ich noch keinem Widerling begegnet. Die gibt es an jedem Set und in jeder Chefetage, als wären sie von irgendeiner örtlichen Widerling-Gewerkschaft vorgeschrieben. Doch der Einsatz war nie auch nur annähernd so hoch gewesen. *Das ist ein Wendepunkt*, hatten Siobhan und ich zueinander gesagt, als das Treffen angesetzt wurde. Ich habe nie erfahren, ob sie wusste, wohin sie mich da schickte. Sie hatte ausdrücklich erwähnt, dass Gavin verheiratet sei und Töchter in meinem Alter habe – ich war damals achtzehn.

Gavin war ein harmlos wirkender, beigefarbener Mann um die fünfzig mit vollen, blassen Lippen, einer Brille mit Drahtgestell und Einstecktüchern, die kunstvoll auf seine Krawatten abgestimmt waren. »Ich muss dich ansehen«, sagte er, und ich entschied, es nicht als persönliches, sondern als professionelles Bedürfnis zu verstehen.

Zu Siobhan sagte ich nichts, weil sie nicht erfahren sollte, dass ich es tatsächlich getan hatte. Onkel Mitch war schon einige Monate tot, und obwohl er nie wirklich »engagiert« oder »beschützerisch« gewesen war, verspürte ich ein neues, hartes Gefühl des Alleinseins. Ich hatte nicht einmal gezögert. Ich stellte mich nackt vor Gavin und drehte mich auf seinen Wunsch im Kreis, und als er seinen Schwanz herausholte und mich bat, ihn bitte zu lutschen, tat ich auch das.

Am Tag nach dem Tag nach Jones Cohen lag ich am Pool und beobachtete einen kreisenden Geier. Der Himmel in L. A. ist voller Geier, die sich manchmal als große, spiralförmige Tornados bis hinauf in die Wolken schrauben, nur schauen die Leute normalerweise nicht hin. Ich war ein bisschen überrascht, geradezu beleidigt, dass sie mich nicht mit Hubschraubern ausspionierten. Durften Paparazzi diese kleinen Hobby-Drohnen benutzen? Vermutlich nicht, denn sie würden, wenn sie könnten. Das sollte als Motto über ihrem Wappen stehen: *Wir würden, wenn wir könnten.*

Die Türklingel schreckte mich auf. Ich dachte, die Paparazzi wären übers Tor geklettert, um das Haus zu stürmen. Es klingelte erneut. Ich wartete, dass meine Assistentin Augustina sich darum kümmerte, bis mir einfiel, dass ich sie nach Hause geschickt und ihr ein Päckchen Edibles aufgedrängt hatte, obwohl sie kein Gras mag. Mein Leibwächter, M. G., patrouillierte an der Grundstücksgrenze. Ich rappelte mich hoch und schaute auf den Überwachungsmonitor. Mein Nachbar, *der* geschätzte Sir Hugo Woolsey (*geschätzt, gewissenlos, geschlechtskrank*, wie er zu sagen pflegt), beugte sich dicht an die Kamera, schwenkte eine Flasche Scotch und brüllte »Hühnersuppe für die Seele der Schürzenjägerin« in die Sprechanlage, als traute er ihr nicht zu, seine Stimme tatsächlich zu übertragen oder zu verstärken. Hugo kleidet sich wie ein hipper Nebukadnezar und lebt mit seinem hübschen jungen Freund zusammen, weshalb es mich immer wieder überrascht, wenn er sich in technischen Dingen wie ein alter Mann verhält.

»Hey«, sagte ich und öffnete die Tür. »Wie bist du am Tor vorbeigekommen?«

»Weißt du nicht mehr, du hast Rudy vor einer Ewigkeit den Code gegeben. Er hatte eine kleine Lieferung vorbeigebracht.« Er tat, als zöge er an einem Joint. Die Lebensaufgabe von Hugos Freund Rudy bestand darin, blendend auszusehen und zu wissen, wo es das beste Gras der Stadt gab. »Da unten herrscht das reinste Chaos«, sagte er und stürmte in die Küche. »M. G. sollte mit der Bullenpeitsche auf sie losgehen.«

Er trug Huarache-Sandalen, eine blau-weiße Ikat-Hose mit Tunnelzug und ein orangefarbenes Leinenhemd, weit genug aufgeknöpft, um die Bärenkrallenkette zu entblößen, die in seinem dichten weißen Brusthaar ruhte. Hugo ist groß und für über siebzig beeindruckend kräftig, hat eine sonore, gepflegt klingende Stimme und auf allen großen Bühnen dieser Welt gespielt.

Er schenkte uns beiden einen Scotch ein. »Cin Cin.« Wir stießen an. »Rudy sagt, das Internet brennt lichterloh. Und *du* hättest es in Brand gesetzt.«

»Das hatte es verdient«, sagte ich und folgte ihm ins größte meiner Wohnzimmer.

Er setzte sich auf die Couch und wies mir gebieterisch einen meiner eigenen Sessel zu. »*Ganz* deiner Meinung.«

Ich hob mein Glas. »Danke für das hier. Er ist wirklich gut.«

»Wahrhaft außergewöhnlich, willst du sagen, und gern geschehen. Es ist ja nicht so, als hätte ich ihn mit *Rudy* trinken wollen. An *seinen* Gaumen wäre er verschwendet. Da könnte ich ihn genauso gut einem *Kind* geben. Ich wollte sichergehen, dass du deinen Schmerz stilvoll betäubst.«

»Ich konzentriere mich mehr auf Opiate.«

»Bitte keinen Nervenzusammenbruch. Das wäre furchtbar langweilig. Und natürlich eine schreckliche Verschwendung von Talent.«

»War nur ein Scherz«, sagte ich. »Aber offensichtlich bin ich schon mitten in einem Nervenzusammenbruch.«

»Nein, nein, *nein*. Jones *war* der Zusammenbruch. Jetzt geht es aufwärts.«

»Es ist« – ich überschlug im Kopf – »gerade mal neununddreißig Stunden her.«

»Dies, meine Liebe, ist eine einmalige Gelegenheit – ich hasse den Ausdruck, aber in diesem Fall trifft er zu –, um dich neu zu erfinden. Wenn du nicht erkennst, wie du diesen besonderen Moment für dich nutzen kannst, hast du überhaupt keine Fantasie, und das würde mich sehr enttäuschen.«

»Ich erkenne nicht so ganz, wie ich daraus Kapital schlagen soll, dass mich alle hassen.«

Die Crazy Bitches hatten getwittert, ich sei eine Schlampe, eine Hure, eine Fotze. Ich hätte es verdient zu sterben, schrieben sie, für immer allein zu bleiben, in der Hölle zu schmoren. Gott sei Dank sei Oliver jetzt frei, schrieben sie. Männer mischten sich ein, um mir zu sagen, dass ich hässlich und unfickbar sei, es aber gleichzeitig verdiene, vergewaltigt zu werden, dass ich an ihren Schwänzen ersticken würde. An *Archangel* waren sie überhaupt nicht interessiert. Sie mussten einfach die Gelegenheit ergreifen, einer Frau zu sagen, dass sie sie a) niemals ficken würden und b) ficken würden, bis sie stirbt. Ich hatte gescrollt. Ich stand am Pranger, damit das ganze Dorf vorbeikommen und mich verhöhnen konnte. In den Augen der Crazy Bitches hatte ich einen Terrorakt verübt. Ich hatte ihre Lebensweise angegriffen. Die Bitches schrieben in Grossbuchstaben, ich solle leiden, ich solle ausgelöscht werden. In Wahrheit aber wollten sie, dass ich es in Ordnung brachte, dass ich rückgängig machte, was ich getan hatte, dass ich ihnen ihr altes Leben wiedergab.

Hin und wieder schrieb jemand, hey, bleib stark, Mädchen, und das reichte aus, um mich zum Weinen zu bringen. Dann schrieb jemand, es sei meine Schuld, dass Mitch eine Überdosis genommen habe, oder dass meine Eltern sich glücklich schätzen könnten, tot zu sein, damit sie sich nicht für mich schämen müssten.

»Nicht alle hassen dich«, sagte Hugo, »nur die – wie nennst du sie? Die Crazy Bitches? Die meisten Leute interessieren sich gar nicht für *Archangel* und darum auch nicht *für dich*. Schau mich nicht so an – das ist doch gut. Die Leute, auf die es ankommt, finden vermutlich, dass du gerade interessanter geworden bist, ein bisschen Rückgrat gezeigt hast. Nicht, dass Oliver kein netter Junge wäre, er ist ein göttlicher Junge, aber zu geistlos für dich. Natürlich *verstehe* ich die Anziehungskraft schöner, geistloser Jungen. Rudy ist kein Philosoph, aber ich bin ja auch alt. Ich will jemanden, der jung und frivol ist und dessen tiefstes und kompliziertestes Verlangen dem Spaß gilt, vor allem dem Spaß, den man mit Geld kaufen kann. Das ist ein wichtiger Unterschied. Weißt du eigentlich, wie wenige Menschen man mit Geld tatsächlich glücklich machen kann? Es kommt wirklich selten vor. Rudy ist das, was ich jetzt brauche, aber in deinem Alter wollte ich etwas Nervenaufreibendes, Episches, das« – er fletschte die Zähne, als ob er etwas zerfetzte – »mich zerreißen konnte.« Seine berühmte Stimme hallte von der Decke wider.

Ich wollte ihm von Alexei erzählen, aber Hugo tratscht.

Ich sagte: »Ich habe keinen Ton von Oliver gehört. Er hat nicht angerufen, um mich anzubrüllen oder so. Nur Schweigen. Meine Agentin sagt, sein Agent sage, er sei am Boden zerstört. Aber er hat mich mit mindestens einer Schauspielerin und mindestens einem Model und weiß Gott wem sonst noch betrogen, und ich habe es überlebt.

Die Nummer mit dem gebrochenen Herzen ist ein bisschen übertrieben.«

Er machte eine wegwerfende Handbewegung und richtete seinen durchdringenden Blick auf mich. »Was hat dich überhaupt zu Oliver hingezogen?«

»Hast du Oliver *gesehen*?« Hugo schaute mich noch bohrender an. »Er hat als Einziger verstanden, wie es war, die ganze *Archangel*-Sache durchzumachen. Es heißt doch, man solle sich jemanden suchen, mit dem man im Schützenloch sitzen möchte. Aber bei ihm war es, als säße man schon im Schützenloch und jemand anderes wäre zufällig mit drin. Dann hat man das Schützenloch gemeinsam, was schon eine ganze Menge ist.« Ich leerte mein Glas. Hugo holte die Flasche aus der Küche.

»Und dann?«, fragte er und schenkte mir nach. »Hat das Schützenloch an Glanz verloren?«

»Er wurde Teil der Klaustrophobie.«

Hugo drapierte den Arm elegant über die Sofalehne, das Glas baumelte von seinen Fingerspitzen. »Vergiss die Liebe. Darling, ich bin ein selbstverliebter alter Narzisst, nicht dein Kindermädchen, und daher ist es mir *ziemlich* egal, was du tust. Ich bin vor allem hier, weil ich nicht widerstehen kann, mich einzumischen. Doch als jemand, der im Laufe der Jahre manch beeindruckenden Schlamassel hinterlassen hat, halte ich mich, wenn ich das sagen darf, für bestens geeignet, um dich zu beraten.«

»Das hier ist anders.«

»Verzeihung, aber inwiefern?«

»Zum einen bist du ein Mann, zum anderen gab es noch kein Internet, als du chaotisch warst.«

»Da hast du recht. Es war sehr einfach, ich zu sein.« Er funkelte mich an. »Einmal hätte ich fast eine Frau geheiratet. Eine Frau!«

»Ekelhaft.«

»Darf ich fragen, was das schlimmstmögliche Ergebnis von all dem ist?«

»Ewig am Pranger stehen. Bei *Archangel* gefeuert werden und nie wieder arbeiten.«

»Es wäre nicht für ewig. Die Leute vergessen schneller, als du denkst. Im Grunde ist es ihnen *egal*. Und du brauchst nicht mehr zu arbeiten. Du bist extrem reich. Du könntest aussteigen und dir irgendwo ein Weingut kaufen. Eine Ziegenfarm. Eine Insel. Einfach leben. In Frieden. Was aber *willst* du?«

Mein Verstand war leer, er scharrte und zuckte umher wie ein panisches Tier. Ich wusste nur, dass ich mich nicht mehr so fühlen wollte, wie ich mich gerade fühlte. Ich wollte mich gut fühlen. Ein Bild tauchte in mir auf, wie ich einen Oscar in die Höhe reckte, vor mir einen Saal voller Menschen, die mir stehend applaudierten. »Ich will mehr«, sagte ich. »Nicht weniger. Ich will arbeiten.«

Er verengte die Augen und knurrte leise: »Braves Mädchen. Es gibt keinen Grund, warum du nicht mehr bekommen solltest.«

»Doch, und mehr als einen. Hollywood kümmert es nicht, dass ich Oliver untreu war, sondern dass ich der Marke untreu war.«

Er stöhnte dramatisch. »Du musst dich von diesem *Markengedanken* lösen. Das ist *so* ermüdend. Selbst wenn das nicht passiert wäre, hätte ich dir geraten aufzuhören. Was wäre denn die Alternative? So lange bei *Archangel* weitermachen, bis du zu alt bist und sie dich klammheimlich gegen eine Jüngere austauschen? Immerhin hast du dich jetzt als interessant und unberechenbar etabliert, nicht als hübscher junger Automat. Alle werden gespannt sein, was du als Nächstes machst. Du bist keine Schachfigur mehr. Und die Leute *lieben* Comebacks.«

Drei

Als ich ein wilder Teenager war, bot Onkel Mitch mir an, eine Reise zu unternehmen, nur wir beide, wohin ich wollte. Er dachte, es würde mir guttun, mal wegzukommen; er war ohnehin zwischen zwei Projekten. Ich entschied mich für den Oberen See, wo das Flugzeug meiner Eltern verschwunden war.

»Ist das nicht ein bisschen morbide?«, fragte Mitch.

Ich sagte, ich wolle ihn einfach mal sehen. Was auch stimmte – das hatte ich schon immer gewollt –, und außerdem wünschte ich mir ein Ziel, an dem wir nicht das Übliche machen würden. Ein schickes tropisches Resort wäre kein Urlaub gewesen, weil wir uns nur betrunken und Leute aufgerissen hätten. Das war Dekadenz, und genau davon brauchte ich eine Pause.

Wir starteten in Sault Sainte Marie und fuhren in einem gemieteten Jeep Wrangler mit Stoffverdeck, der laut und unbequem und die gerechte Strafe dafür war, dass wir zu cool für eine Economy-Limousine waren, rund zweitausend Kilometer im Uhrzeigersinn. Ich schwamm jeden Tag, obwohl das Wasser so kalt war, dass ich fast keine Luft mehr bekam. Ich dachte immer wieder an die versunkene Cessna, die irgendwo da draußen lag, und fragte mich, ob winzige Partikel meiner Eltern mich wie Glühwürmchen umschwebten.

»Sind sie nur noch Knochen?«, fragte ich Mitch, wobei ich gegen das flatternde Verdeck des Jeeps und Pearl Jam im kanadischen Radio anbrüllen musste.

»Wahrscheinlich«, brüllte er zurück. »Keine Ahnung, wie lange so was dauert.«

»Warum hat er fliegen gelernt?«

»Was?«

»Mein Vater. Warum hat er fliegen gelernt?«

»Weiß ich nicht. Hab ihn nie gefragt.«

»Warum hast du ihn nicht gefragt?«

»Weiß ich nicht!« Er schien verärgert, gab dann aber nach. »Er war keiner, der sich gern erklärte. Das liegt in der Familie.«

Außerdem vergaß Mitch oft, sich für andere Menschen zu interessieren. Es ist nicht fair, ihm etwas vorzuwerfen, doch so wie manche Eltern ihren Kindern Mantren wie »Behandle andere, wie du selbst behandelt werden möchtest« oder »Taten sagen mehr als Worte« eintrichtern, hieß es bei Mitch: »Man lebt nur einmal.« Das sagte er, wenn er sich nach drei Monaten ohne Alkohol ein Bier genehmigte oder in Santa Anita zu viel auf einen Außenseiter setzte. Er hat dieses Mantra sozusagen erfunden. Als ich klein war, brachte ich Casting-Agenten zum Lachen, indem ich es nachplapperte, wenn ich ihnen mein breitestes Lächeln zeigen oder einen Spot für einen Wasserspielplatz drehen sollte. Bei meinen üblen Freunden aus der Katie-McGee-Ära brauchte ich es gar nicht erst zu sagen. Sie wussten es auch so.

Mitch hätte sich ohnehin nie als Elternteil bezeichnet.

Am Nordufer des Sees las ich auf Infotafeln, dass es dort einst Berge gegeben hatte, die so hoch wie oder sogar höher als der Himalaya gewesen waren, die höchsten Berge, die es je gegeben hatte, aber sie waren zu einem Nichts erodiert, die Zeit hatte diese spezielle Sandburg plattgetreten, Gletscher hatten die Felsen freigekratzt und waren dann ebenfalls verschwunden. Ich fragte Mitch noch andere Dinge über meine Eltern, aber meist wusste er keine Antwort, zumindest keine interessante.

Als wir eines Abends in einem Diner saßen, fragte ich: »Und wenn sie nicht gestorben sind?«

Mitch schlug mit der flachen Hand gegen die Ketchupflasche. »Wie meinst du das?«

»Wenn sie einfach weggegangen und nie mehr zurückgekommen sind?«

Er stellte den Ketchup hin und sah mich ernsthaft an, was angesichts des David-Beckham-Pseuso-Iros, den er damals trug, gar nicht so einfach war. »Hadley, das hätten sie dir nicht angetan.«

»Oder dir?«

»Sie sind tot. Das ist passiert. Du musst das glauben.«

»Klar«, sagte ich. Ich wusste, was ich glauben musste, aber Wissen und Glauben waren nicht dasselbe.

Dort, wo ich saß, hatte es früher Berge gegeben, die höher waren als der Everest. Alles war möglich.

Eine unvollständige Geschichte von Missoula, Montana

Ca. 13 000 v. Chr. – Februar 1927

Vor fünfzehntausend Jahren.

Ein Eisschild rückt von Norden heran. Ein langer Gletscherfinger stößt herab und verstopft den Clark Fork River westlich der Stelle, an der Missoula entstehen wird. Ein See bildet sich, wird riesig und spinnwebartig, siebentausendachthundert Quadratkilometer, über sechshundert Meter tief, er spiegelt die beschatteten Unterseiten der Wolken wider. Berggipfel werden zu Inseln.

Eisberge kalben in den See, treiben und driften. In manchen sind Felsbrocken eingeschlossen, die von weit her nach Süden getragen wurden: eine Reise, die Jahrhunderte, vielleicht Jahrtausende dauerte. Wenn die Eisberge schmelzen, stürzen die Felsen auf den Grund des Sees.

Der See wird zu groß, zu tief, kratzt und wühlt am Eisdamm, bis dieser ins Schwimmen gerät, auseinanderbricht und das Wasser freisetzt. Der See überspült, was einmal Idaho, Oregon und Washington sein wird. Das Ganze leert sich in drei Tagen, leert sich mit der zehnfachen Geschwindigkeit aller Flüsse unserer Welt, wenngleich keine Statistik sein marodierendes Ungestüm, seine sintflutartige Gewalt erfassen kann. Die Ströme schleudern wie vergnügte Kraftmenschen riesige Felsen und Eisbrocken in die Luft. Canyons werden gegraben, Herden weggefegt. Mastodonten und Mammuts werden erfasst, ertränkt und ins Stillwasser gespült. Ebenso Säbelzahnkatzen und grizzlygroße Biber, Canis Dirus und Riesenfaultiere und jene ganze verlorene, überdimensionale Menagerie.

Von Norden kriechen Gletscher die Berge herunter, bis der Fluss wieder blockiert ist. Wieder füllt sich der See. Wieder bricht der Damm. Zwei- oder dreitausend Jahre lang wiederholt sich der Zyklus, bis sich etwas verändert und das Eis zurückweicht. Auf dem leeren Seegrund, wo fünf Gebirgstäler wie die verdrehten Glieder eines Seesterns aufeinandertreffen, wo einmal das Queen-Anne-Haus von Wallace Graves mit Giebeln, Veranda und Türmchen stehen wird, wächst Gras. Schösslinge biegen sich im Wind.

Irgendwann: Menschen. Jäger mit Steinwerkzeugen, die aus Sibirien kamen und Schnitzereien und Felsenmalereien hinterließen. (Was denken sie sich bei diesem Land, das sich endlos vor ihnen abspult? Wer könnte sich eine blaue Kugel vorstellen, in schwarzer Unendlichkeit aufgehängt?) Blätter rascheln, Flüsse schlängeln sich durch Täler. Weitere Jäger ziehen durch, mit besseren Werkzeugen, ausgeklügelteren Sprachen, Mythen über eine große Flut. Mit Tipis und störnasigen Kanus. Hunden und Pferden.

1805 betreten Weiße die Bühne: Lewis und Clark ziehen nach Westen und zehn Monate später zurück, nachdem sie den Pazifik gesehen haben.

Ein enger, bewaldeter Canyon, der sich gut für Hinterhalte eignet, führt östlich aus dem Tal in Ebenen, auf denen es von Bisons wimmelt. Manchmal werden Jäger, die von Westen kommen, dort von Präriebewohnern angegriffen, Blackfeet, die um ihre Herden fürchten, und die Knochen der Toten bleiben zurück.

Wieder schleichen sich Weiße ein. Porte de l'Enfer nennen die französischen Trapper den Canyon wegen der Gebeine. Höllentor.

1855 wird ein Abkommen zwischen Isaac Stevens, dem Gouverneur des Washington-Territoriums, und den örtlichen Stämmen unterzeichnet. (Bitterroot Salish, Pend d'Oreilles, Kutenai.) Das Dokument ist ein Musterbeispiel dieser bösartigen Gattung, voll von Tricks und gegenseitigem Unverständnis und der unausgesprochenen Verheißung von Tod und Verlust. Nachts träumt Stevens von schabenden Schaufeln und klirrenden Hämmern, von Säumen, genäht mit Holz und Eisen.

Die prächtige Metropole Hell Gate mit ihren zwanzig Einwohnern wird zum Sitz des neuen Bezirks Missoula im Washington-Territorium. (*Missoula* ist ein Salish-Wort für kaltes, kühlendes Wasser.) Schon bald gibt es Zelte und Hütten mit Grasdächern, ein paar lausige Farmen, einen Saloon, ein Postamt und von der Bürgerwehr aufgehängte Diebe. 1864 wird Missoula County Teil des neuen Montana-Territoriums. Flussaufwärts werden ein Sägewerk und eine Getreidemühle gebaut, und Hell Gate wird in Windeseile zur Geisterstadt, da alle nach Missoula Mills abwandern.

Mehr Häuser, Geschäfte, Straßen. Banken. Eine Zeitung. Ein Fort, um die braven Menschen von Missoula vor den Indianern zu schützen, die noch nicht weggefegt worden sind. Im August 1877 kommen über siebenhundert Nez Percé auf dem Rückzug vor der US-Armee mit Pferden, Vieh und Hunden über die Berge von Idaho, auf der Suche nach einem Ort, an dem man sie in Ruhe lässt, einem Ort, den es nicht mehr gibt.

Sie kampieren an einem Flussufer und werden von Soldaten geweckt, die auf ihre Tipis schießen. Die Soldaten wollen die Tipis niederbrennen, haben Schwierigkeiten, das Feuer zu entzünden, versuchen es immer wieder. Obwohl der größte Teil der Gruppe flieht, verbrennen einige

Kinder, die sich unter Decken versteckt haben, bei lebendigem Leib. Die Krieger formieren sich neu und greifen an. Die Soldaten ziehen sich zurück. In der Nacht bricht die Gruppe auf, dorthin, wo einmal Yellowstone sein wird. Sie versuchen, Sitting Bulls Lager in Kanada zu erreichen, doch die meisten schaffen es nicht. Die meisten werden nach Fort Leavenworth geschickt.

1883 kommt das blutende Ende der Northern Pacific Railroad von Westen in Missoula an, muss noch knapp hundert Kilometer gezogen und geschoben werden, um die Gleise von den Großen Seen zu erreichen. Sie ist nicht die erste transkontinentale Eisenbahnlinie, aber dennoch ziemlich gut, ziemlich monumental, ziemlich hilfreich, um die Wildnis zu besiedeln. Ulysses S. Grant bindet den Kontinent mit einem goldenen Nagel an sich selbst.

Immer mehr Männer kommen nach Missoula, raue Männer, einsame Männer, durstige Männer. Wollt ihr einen Drink, Jungs? Wollt ihr ein Mädchen? Versucht es in der West Front Street, folgt dem roten Licht. Madame Mary Gleim, fett und furchterregend, gehört der halbe Ort, vielleicht auch mehr. Sie besorgt dir ein Mädchen aus Chicago, ein Mädchen aus China, ein Mädchen aus Frankreich. (Frag nach der französischen Emma.) Sie besorgt dir auch Chinesen, wenn du Arbeiter brauchst. Wenn deine Arbeiter Opium wollen, besorgt sie dir auch das.

Missoula erhält ein Fernsprechamt und Elektrizität, wird eine offizielle neue Stadt in einem offiziellen neuen Staat (Montana, geb. 1889). Ein Farmer steht auf seinem Feld und staunt über den einsamen Felsbrocken, der scheinbar vom Himmel gefallen ist.

Ein Zug durchquert die Prärie. Wallace Graves, hungrig nach Bergen, die er nie gesehen hat, fährt von New York nach Westen. Er steigt in Butte aus, probiert Butte eine

Weile aus, eine Stadt, wild wie ein ungezähmtes Pferd, ein Babel, wo Männer aus fernen Orten gemeinsam in die Kupferminen fahren, wieder herauskommen und ihren Lohn in den Saloon oder zu den Mädchen in der Venus Alley tragen. Jeden Tag und jede Nacht Kämpfe in den Straßen: Bergarbeiter gegen Bergarbeiter, Betrunkene gegen Betrunkene, Iren gegen Italiener gegen Böhmen gegen Schweden, Gewerkschafter gegen Streikbrecher.

Wallace malt die zusammengewürfelten Minenbauten, die grauen Gestalten mit ihren Blecheimern, den Förderturm und die Maschinenhäuser der Neversweat-Mine und ihre sieben schlanken Schornsteine, die wie Zigarillos in der Erde stecken. Aber diese Stadt ist nicht ganz das Richtige für Wallace. Er steigt in einen Zug nach Westen, fährt bis Missoula, bleibt.

1911 geht Wallace und mit ihm fast die ganze Stadt auf ein Feld in der Nähe des Forts, um zu sehen, wie ein Pilot namens Eugene Ely in seinem Curtiss-Doppeldecker aus der berggesäumten Mulde aufsteigt, als würde er die geisterhafte Oberfläche des alten vergessenen Sees durchbrechen. Ely umschwirrt die Menge, neigt die Tragflächen. Eine Gruppe Cree hat ihre Tipis in der Nähe aufgeschlagen. Sie sitzen auf ihren Pferden und sehen zu der Maschine hinauf.

»Was für eine Welt«, sagt Wallace Graves zu seiner Freundin und hält den Hut fest, als er nach oben schaut.

Ein Zug durchquert die Prärie. Addison Graves sieht sich noch einmal die Porträts seiner Kinder an und hält sie vorsichtig an den Ecken fest, damit sie nicht verschmieren.

Wallace geht nach draußen, um seinen Bruder zum Frühstück zu holen, und findet ein leeres Häuschen, in dem sich nichts verändert hat bis auf die aufgehebelten Deckel der Kisten. Er findet seine alten Gemälde und stellt fest, dass sie nicht so gut sind wie in seiner Erinnerung. Er tadelt sein jüngeres Ich für die blumige Pinselführung, die triviale Komposition. Die Kinder sind im Haupthaus, zurück vom Ritt im Morgengrauen, von dem er nichts weiß, weil er sich nicht darum kümmert, wie sie ihre Zeit verbringen. Sie sind gewaschen und gekämmt (gekämmt! von sich aus!), sitzen aufrecht an Berits Frühstückstisch und warten auf ihren Vater.

»Er ist weg«, sagt Wallace ohne Vorrede. »Keine Nachricht oder so.«

Berit, die am Herd steht, sagt: »Was meinst du damit, er ist weg? Wohin denn?«

»Einfach weg.«

»Und seine Sachen? Sind die auch weg?«

»Er hatte keine Sachen.« Wallace erinnert sich an die Pappmappe. Wenigstens die hat Addison mitgenommen.

Jamie springt vom Tisch auf und rennt die Treppe hoch.

»Kommt er zurück?«, fragt Marian starr vor lauter Ernsthaftigkeit.

»Ich weiß es nicht.«

»Vielleicht ist er spazieren gegangen.«

»Um ehrlich zu sein, wohl eher nicht. Bist du wütend?«

Sie denkt nach. »Ich dachte, er wollte uns kennenlernen. Aber es wäre schlimmer gewesen, wenn er uns kennengelernt hätte und dann weggegangen wäre.«

»Ich weiß nicht, ob es schlimmer gewesen wäre.«

»Aber er könnte zurückkommen.«

»Das könnte er.«

»Ich würde nicht wollen, dass er bleibt, wenn er es nicht will.«

»Wohl nicht«, sagt Wallace. Und dann, nicht ohne Bosheit: »Gott bewahre, dass er etwas tun muss, was er nicht will.«

»Also bleibt alles, wie es ist?«

»Ich denke, ja.«

»Das ist schon in Ordnung.«

»Du darfst traurig sein. Das kränkt mich nicht.«

Sie schaut aus dem Fenster und fragt: »Was glaubst du, wo er hingegangen ist?«

»Ich weiß es nicht.«

»Ich glaube, ich wäre trauriger, wenn ich wüsste, wohin er gegangen ist.«

Wallace nickt. Es fällt leichter, sich nur zu fragen, was er statt ihrer gewählt hatte. »Ich weiß, was du meinst.«

Eine Zeit lang, einige Wochen, scheint es möglich, dass Addison zurückkehrt. Aber die Blätter werden orange und die Nächte kalt, und er kommt nicht zurück.

»Warum, glaubst du, ist er nicht hiergeblieben?« Jamie sitzt auf einem Schemel in Wallaces Atelier oben im Türmchen. Der Junge zeichnet mit Holzkohle kleine Fische auf Altpapier, sie schweben über dem felsigen Boden eines Flusses. »Warum ist er überhaupt hergekommen?«

»Ich weiß es nicht.« Wallace steht an der Staffelei, stark riechende Ölfarben auf der Palette, Skizzen an den Wänden. »Ich kenne ihn nicht sehr gut. Wir haben uns nie so nahegestanden wie du und Marian. Ich glaube, er wollte bleiben, und hat dann Angst bekommen.« Er beugt sich vor, um Jamies Zeichnung zu betrachten. »Die ist sehr gut. Es sieht aus, als würde sich das Wasser um die Fische herum bewegen – das hast du clever angestellt.«

»Angst vor was?«

Wallaces Pinsel knabbert an der Leinwand. *Vor euch. Vor der Tatsache, dass es euch gibt.* »Es ist nur eine Vermutung, aber ich glaube, ihm gefiel der Gedanke nicht, uns etwas zu schulden.«

»Warum dachte er, er würde uns was schulden?«

Wallace legt den Pinsel weg. »Du bist ein sehr lieber Junge.«

»Warum?«

»In deiner Frage liegt Vergebung, darum.«

Leise sagt Jamie zu den Holzkohlefischen: »Ich glaube aber *nicht*, dass ich ihm vergebe.«

Das Leben geht weiter wie bisher. Berit müht sich, Ordnung zu halten. Sie versucht erfolglos, Marian zum Kleidertragen zu bewegen. Das Geld reicht nie so ganz. Wallace wird von der Universität nicht schlecht bezahlt, spielt aber gerne Karten. Überall im Haus liegen schlafende Hunde herum.

In ihren Schlafzimmern, in denen sie nur selten schlafen, weil ihnen die Veranda lieber ist, horten die Zwillinge klappernde Haufen aus Geweihen und Elchschaufeln, Knochen und Zähnen. Bröckelnde Vogelnester sind auf den Fensterbänken aufgereiht, zusammen mit Tannenzapfen und interessanten Steinen. Federn sind an die Wände geheftet. Die Zwillinge sammeln auch menschliche Artefakte: Pfeilspitzen, zerbrochenes Geschirr, Kugeln, Nägel. Jamie zeichnet, was er findet, arrangiert Stillleben und koloriert sie mit Pastellkreiden oder Aquarellfarben, die Wallace in der Universität für ihn klaut. »Hier kommen die Naturforscher«, sagt Wallace, wenn sie abends heimkehren, unfassbar schmutzig und mit vollen Taschen. »Die Archäologen kommen von der Ausgrabung zurück.«

Sie gehen nicht immer zur Schule. An herrlich sonnigen oder verführerisch schneereichen Tagen wandern sie vielleicht woanders hin. Sie haben einen Freund, der mit ihnen schwänzt, Caleb, noch wilder als sie, ein paar Jahre älter, der Sohn einer Hure, die in einer windschiefen Hütte am Rattlesnake lebt (Gilda, Calebs Mutter, hatte für sich und ihren Sohn den Namen des Flusses gewählt, der von Süden heraufﬂießt und auf der anderen Seite der Stadt in den Clark Fork mündet: Bitterroot.)

Caleb ist ein anmutiges, katzenhaftes Kind mit langem schwarzem Haar, das ihm offen über den Rücken fällt, so glatt und glänzend, dass die Leute sagen, sein Vater müsse entweder Indianer oder Chinese gewesen sein. Er ist ein Taschendieb. Er stiehlt seiner Mutter schwarzgebrannten Schnaps, Süßigkeiten und Angelhaken aus den Läden in der Stadt. Er hasst die Männer, die in die Hütte kommen, und was seine Mutter mit ihnen tut, duldet aber nicht, dass man seine Mutter beleidigt. Er boxt Marian ebenso bereitwillig in den Bauch oder gegen den Arm wie Jamie, und im Sommer schwimmen alle drei nackt in Flüssen und Bächen.

Obwohl Marian und Jamie beide, wenn auch nicht zusammen, durch einen Spalt in den Vorhängen geschaut haben, als Gilda bei der Arbeit war, haben sie nicht über das Gesehene gesprochen. Jamie war beunruhigt, weil der Mann so viel größer war als Gilda und sich mit der geistlosen Kraft einer Ramme auf sie geworfen hatte. Gildas kleine Füße in ihren schmutzigen Strümpfen wippten. Hilflosigkeit regt Jamie auf. Er rettet ertrinkende Bienen aus dem Bach, bringt streunende Hunde mit nach Hause, füttert ausgesetzte Vogeljunge erst mit einer Pipette, dann mit Würmern, die er Marian zum Zerhacken gibt. Mit ihren faltigen Hälsen und offenen Mündern sehen die Vögel aus wie zornige alte Männer. Manche überleben, manche sterben. Wallace leistet wenig Widerstand gegen die Hunde und die anderen Kreaturen. »Arme Seele«, sagt er mit Blick auf ein Rabenküken, das zu schwach ist, um den Kopf zu heben.

»Mehr aber nicht«, sagt Berit nach jedem Neuzugang, hebt aber die Reste für die Hunde auf. Jamie hat einen wiederkehrenden Albtraum, in dem er sich entscheiden muss, Marian oder einen Hund zu erschießen. Er will kein Fleisch essen. »Du *stirbst*, wenn du kein Fleisch isst«, sagt Berit, und doch lebt Jamie weiter.

Er war beruhigt, als Gilda inmitten des Krawalls die Hand gehoben und gelassen ihr Haar zurückgestrichen hatte.

Als Marian an Gildas Fenster stand, hatte sie gebannt verfolgt, wie der Mann (ein anderer als bei Jamie) zu einem wilden Tier wurde, wie er das Gesicht verzog und den Rücken krümmte, wie er Gilda auf dem Bett hochschob und blind zwischen ihren Beinen fraß. Nachdem er sie bestiegen hatte wie ein Hund oder ein Elch, war er schließlich still geworden. Das Tier verschwand, und er wurde wieder ein Mann, ein freundlich aussehender Mann, der seine Kleidung richtete. Danach fing Marian an, Männer zu studieren – Ladenbesitzer, Nachbarn, Wallaces Freunde, Wallace, den Milchmann, den Postboten –, sah ihnen zu eindringlich ins Gesicht und hielt nach wilden Tieren Ausschau.

Wallace weiß, dass Marian und Jamie heimlich auf Abenteuersuche gehen. Er zieht es vor, nur eine schwache Ahnung davon zu haben und nicht zu fürchten, dass sie nicht zurückkehren könnten. Er erlebt eigene Abenteuer. Manchmal zieht er nach Einbruch der Dunkelheit los, auf der Suche nach einer Pokerpartie, einem Drink in einer Flüsterkneipe oder einem Wirtshaus, einer Frau. Er ist ein stiller, aber leidenschaftlicher Trinker.

Ein Scheck von einer Bank in Seattle trifft ein, eine anständige Summe. Der beigefügte Brief erklärt, dass Mr. Addison Graves regelmäßig Geld für den Unterhalt der Kinder schicken möchte. Wallace zieht los und verliert das meiste sofort in einer Spielhölle. (Einmal, als die Kinder noch sehr klein waren, hatte er einen größeren Scheck bekommen – aus dem Nachlass ihres Großvaters mütterlicherseits. Er hatte ihn zur Begleichung einer Schuld verwendet.) Auf dem Heimweg taucht er in der Morgendämmerung in den Altwasserteich, an dem er mit Addison gewesen ist, doch das Wasser ist kalt und teebraun, und er fühlt sich nicht gereinigt, nur schäbig und durchweicht. Er treibt mürrisch dahin und überlegt, ob Addison das Geld wohl verdient oder aus irgendwelchen Ersparnissen genommen hat. Er denkt, sein Bruder hätte wissen müssen, dass man ihm besser nicht so viel Geld auf einmal schickt, erinnert sich dann aber, dass Addison nichts von seinem Glücksspiel weiß.

Das Häuschen, das für Addison bestimmt war, leuchtet nachts wie ein kräftiger, nachbarschaftlicher Mond, denn Marian hat es zu ihrem Heim erkoren. Nach der Stippvisite ihres Vaters hatte sie alle Kisten ausgepackt. Welche Wunder gab es da zu sehen: Gemälde von Wallace, Bücher in allen Größen und Dicken und dazu die herrliche, verwirrende Vielfalt exotischer Souvenirs. Einige erklärten sich von selbst (Teppiche, Vasen), andere waren rätselhaft, so wie das zwei Meter lange, spitz zulaufende, gedrehte Tierhorn, das in Sackleinen gewickelt und allein in einer langen Röhre verstaut war. Sie hatte das Horn in eine Ecke hinter dem Ofen gestellt, und nun lehnte es dort wie ein vernachlässigter Zauberstab. Sie würde sich gern vorstellen, wie ihr Vater beispielsweise eine ganz bestimmte rotschwarze Holzschale kauft, weiß aber nicht, was sie sich vorstellen soll. Eine belebte Stadt? Ein einsames Fischerdorf? Einen heißen Ort? Einen kalten Ort? Warum hatte er ausgerechnet diese Schale ausgewählt?

Sie hat die Bücher in wackeligen Säulen an einer Wand gestapelt. Sie beschließt, sie nacheinander zu lesen, in der Reihenfolge, in der sie gestapelt sind, und beginnt damit kurz nach ihrem zehnten Geburtstag. Hier und da hinterlässt sie Fettflecken auf den Seiten, wenn sie an Wallaces Auto gearbeitet oder anderen Kindern die Fahrräder repariert hat, denkt sich aber, dass ihr Vater ein Mann ist, den das nicht stört. Tagsüber nimmt sie ein Buch mit in die Schule oder in die Berge. Abends geht sie ins Häuschen und liest im Sessel am Ofen. Hatte ihr Vater auch nur einmal darin gesessen? Vor diesem warmen Regen an Büchern war sie keine große Leserin gewesen und daher nicht gewöhnt, so lange still zu sitzen.

Der erste Band auf dem ersten Stapel ist, nicht ganz zufällig, *Dracula*, und wie ihre Mutter hat sie beunruhigende Träume von Renfield, dem Irren, der Fliegen an Spinnen und Spinnen an Vögel verfüttert und, wenn er keine Katze auftreiben kann, die die Vögel frisst, diese selbst bei lebendigem Leib verspeist. Sie träumt von Gilda mit dem wilden Tier und weiß im Traum, dass es sich dabei um Renfield, den Verschlinger, handelt. Natürlich gibt es niemanden, der ihr sagen kann, dass auch ihre Mutter bei dem Gedanken an einen solchen Appetit erschrocken war. Niemand hatte je davon gewusst.

Unter den Büchern sind Romane und einige Gedichtsammlungen und ziemlich viele Bände mit Abbildungen von Pflanzen, Vögeln und Tieren mit lateinischer Beschriftung, die Jamie sich ansehen, aber nicht mitnehmen darf. Es gibt eine Shakespeare-Ausgabe und ein dickes Wörterbuch, das sie bereithält, um unbekannte Wörter nachzuschlagen. Vor allem aber sind es Reiseberichte. Sie liest von Stürmen und Schiffbrüchen, von Piraten und Armadas, von Besatzungen, die ihre Kameraden essen müssen. (Renfield taucht in ihren Träumen wieder auf.) Sie liest von Bergen auf Tahiti, die sich aus warmen Meeren erheben und deren smaragdgrüne Gipfel in Wolken getaucht sind, vom abweisenden Himalaya und den Hochweiden der Alpen, wo Kuhglocken läuten. Sie liest von James Cook und Charles Darwin und Mary Kingsley und Richard Henry Dana und von Lewis und Clark, die durch dasselbe Tal gezogen sind, in dem sie lebt. Sie liest von den Winden in der Magellanstraße, die ein Schiff so schnell rückwärts treiben können, dass sein Bug ein Kielwasser hinterlässt, und von Winden, die arabischen Sand in erstickenden orangefarbenen Wolken Hunderte von Meilen weit aufs Meer hinausblasen. Sie liest vom Kongo und vom Nil und vom Jangtse und vom Amazonas. Sie liest von wilden, nackten Kindern in heißen Gegenden, die Schauen und Anfassen spielen, ähnlich wie das, was Caleb sich manchmal ausdenkt, wenn Jamie nicht dabei ist. Sie liest von Wellen, die sich wie Berge auftürmen, von unerträglicher Windstille, kreisenden Haien, Walen, die hoch aus dem Meer springen, Vulkanen, die Feuer schwitzen. Es gibt keine Bücher über kleine Mädchen wie sie, doch das merkt sie nicht.

Ihr Vater ist also nicht nur selbst gereist, sondern hat auch gern von den Reisen anderer gelesen. Vermutlich schätzte er Menschen, die Abenteuer erlebten. Ihr gefällt der Bericht von Joshua Slocum, der mit seinem kleinen Austernfischer, der *Spray*, allein in der Welt herumgesegelt und sich wie ein eigener Planet vorgekommen war. So würde sie sich auch gern fühlen.

Am besten gefallen ihr jedoch die Berichte über den hohen Norden und den tiefen Süden, wo die Takelage der Schiffe schwer vom Frost durchhängt und blaue Eisberge frei dahintreiben, mit Türmen und Gewölben wie gefrorene Kathedralen. Sie liest Berichte von Fridtjof Nansen und Roald Amundsen und über den verschwundenen Sir John Franklin, ist aber nicht zufrieden und holt sich weitere Bücher aus der Bibliothek, um sich mit den Entbehrungen von Ernest Shackleton und Apsley Cherry-Garrard vollzustopfen. Tapferkeit an den Polen scheint geradezu verlockend einfach. Wenn man dorthin reist oder es versucht, ist man tapfer. Sie stößt auf eine Radierung von Narwalen, die sich in einem Fleckchen offenen Wassers inmitten des arktischen Packeises drängen und deren Stoßzähne in der Luft aufeinanderprallen wie Säbel im Schlachtgetümmel. Sie holt das lange Horn aus der Ecke hinter dem Ofen und geht durch den verschneiten Garten zum Haupthaus.

Wallace ist oben im Atelier, Beethoven auf dem Phonographen. Er nimmt das Buch auf den Schoß und betrachtet das Bild. »Ja, ich verstehe«, sagt er. »Ich glaube, du hast recht.«

»Ein Narwal-Stoßzahn«, sagt Marian. »Hier in Missoula, Montana.«

Er schaut wieder auf die Radierung. »Kämpfen sie?«

»Hier steht, dass sie atmen. Du glaubst doch nicht, dass mein Vater das Tier, von dem er stammt, getötet hat, oder?«

»Wahrscheinlich hat er ihn gekauft.«

»Wie kommt es«, fragt sie Wallace, wobei sie sich auf den gewundenen Stoßzahn stützt und den langen, hellen Zopf nach vorn über die Schulter zieht, »dass sowohl der Norden als auch der Süden so kalt sind? Warum sind ihre Jahreszeiten vertauscht, und warum ist es manchmal immer dunkel und manchmal immer hell?«

»Das weiß ich nicht«, sagt er. Er blättert im Buch, vorbei an Bildern von Eskimos und Hundeschlitten und Eisbergen und Grimassen ziehenden Walen, die mit den Schwänzen peitschen. Er fragt sich, ob sein Bruder all das gesehen hat. Marian wirkt auf ihn weder wie ein Kind noch wie eine Erwachsene. In ihr steckt eine Gier, die ihn verunsichert.

Sie geht wieder nach draußen in den Schnee, zu dem Häuschen, das in der Dunkelheit schwebt wie eine Laterne am Bugspriet. Mehr als zwei Jahre sind seit dem kurzen Aufenthalt ihres Vaters dort vergangen. Sie hofft, aus den Büchern noch mehr über seine Besitztümer zu erfahren, und dass sie, wenn sie alle gelesen hat, wissen wird, was er gewusst hat. Dass sie ihn in gewisser Weise kennen wird. Und später, wenn sie erwachsen ist, wird sie an die Orte reisen, von denen sie gelesen hat, und die Dinge mit eigenen Augen sehen.

Tage und Nächte, Sommer und Winter.

Himmelsstürmer

Missoula
Mai 1927
Drei Monate später

Es war ein kalter Morgen, aber Marian wärmte sich die Beine an Fiddlers breiten Flanken. Sie ritt ohne Sattel, mit lockeren Zügeln und duckte sich unter den Kieferzweigen weg, die durchs frühe Dämmerlicht peitschten. Sobald Fiddler stehen blieb und nach Grashalmen schnappte, drückte sie ihm die nackten Fersen in die Rippen.

Seit ihrem zwölften Geburtstag im letzten September stand sie fast jeden Morgen vor Sonnenaufgang auf und zäumte das Pferd auf. Jamie kam nur noch selten mit, offenbar spürte er, dass sie lieber allein unterwegs war. Je nach Laune trieb sie Fiddler an den Ufern des Clark Fork oder Bitterroot entlang oder trabte mit ihm durch die Stadt, wo sie die schwerfällige Runde der Milchkutsche beobachtete oder den einsamen Nachhauseweg der Nachtschichtler und Trinker. Lag nicht zu viel Schnee, ritt sie manchmal auch auf einen Berg oder die Klippe eines Canyons hinauf.

An diesem Morgen wandte sie sich vom Rattlesnake ab und begann beim Erlöschen der letzten Sterne unter dem erblauenden Himmel den Aufstieg auf den Mount Jumbo. Auf dem steilen Gipfelpfad verfiel Fiddler in einen Trott, oben angekommen, blieb er stehen und fing sofort an zu grasen. Auf dem Grund des Tals lag tiefer, silberner Nebel, hier und da durchbrochen von einem Dach, einem Baumwipfel. Die Strahlen der aufgehenden Sonne bewegten sich tastend über den Rand der Gebirgskette, neigten sich langsam dem unten liegenden Missoula zu und zerstreuten den Nebel, bis das Licht des Tages den Fluss schimmern ließ.

Marian stemmte die Füße in die Zügel und legte sich zurück, die Hände hinter dem Kopf, auf Fiddlers Hinterbacken gestützt. Sie war halb eingedöst, als sie ein entferntes Motorengeräusch vernahm. Zuerst hielt sie es für eines der Flugzeuge aus der Gegend, klapperige Jennies oder Standards, die die Armee nach dem Krieg zu einem Spottpreis an Freizeitpiloten verkauft hatte. Das Geräusch kam aus dem Osten. Wurde lauter. Noch lauter. Marian stieß sich in dem Moment hoch, als ein rot-schwarzer Doppeldecker über sie hinwegdonnerte, jäh und erhaben wie ein verkündender Engel, und tief genug, wie es schien, um die Reifen berühren zu können.

Die *Flying Brayfogles.* So stand es in geschwungenen weißen Buchstaben auf den Rümpfen der beiden Curtis Jennies. Die Brayfogles, das waren Felix und Trixie, Exilanten von Wilton Wolf's Flying Circus, der sich aufgelöst hatte, nachdem die Regierung entschieden hatte, dass bei den spektakulären Flugschauen, die seit dem Krieg allerorts zu bestaunen waren, zu viele Menschen spektakulär in den Tod stürzten, und kurzerhand die Vorschriften verschärft hatte. Die Brayfogles waren auf dem Weg nach Westen, nach Hollywood, um sich beim Film als Stuntleute zu verdingen.

Vor ihnen waren schon andere Himmelsstürmer in der Stadt gewesen, hatten Rundflüge verkauft, Luftakrobatik und Fallschirmsprünge vollführt, doch Marian hatte sie nie richtig wahrgenommen, hatte nie daran gedacht, dass ein Flugzeug die Berge und den Horizont überwinden und

Menschen woanders hinbringen konnte. Um sie aus ihrer Unwissenheit zu reißen, waren die gefährliche Nähe des Flugzeugs, das Dröhnen des Motors und das rote Blitzen der Flügel nötig gewesen. Vielleicht war auch nur der Zeitpunkt günstig. Sie war in dem Alter, in dem die zukünftige Erwachsene an den Knochen des Kindes rüttelt, als wären es die Gitterstäbe eines Käfigs.

Noch am selben Tag fuhr Wallace sie zu dem Landestreifen am Fuß des Mount Sentinel, eigentlich nur ein halbwegs planes, mit Kreide markiertes und von Dachsbauten durchlöchertes Feld. Wallace hatte kaum angehalten, da schoss Marian wie ein ungestümes Fohlen aus dem Wagen und galoppierte über die Wiese zu den Doppeldeckern hin.

Die Motorhaube des ersten stand offen, ein Mensch im Monteuranzug stand auf einer Trittleiter und hantierte zwischen den Ventilen und Zylindern herum. Eine zweite Person in Reithose und Stiefeln lag, das Gesicht von einem breitkrempigen Hut bedeckt, schlafend im Tragflügelschatten des anderen Flugzeugs. Die Gestalt auf der Leiter richtete sich auf und wandte den Kopf, eine Frau, wie Marian überrascht feststellte. Ein blaues Tuch war um ihre Stirn geschlungen, und sie hatte Flecken von Schmierfett auf dem Gesicht. In einer Hand hielt sie einen Schraubenschlüssel.

»Hallo«, sagte die Frau, schaute auf das Mädchen herunter und dann über das Feld zu Wallace. »Wen haben wir denn hier?«

»Ich bin Marian Graves.«

»Willst du dir die Flugzeuge anschauen? Unser mächtiges Geschwader von zwei Maschinen?«, fragte sie in affektiertem Singsang. Sie zog ein Tuch aus der Tasche und wischte sich übers Gesicht, verrieb die Schmiere aber nur.

»Ich habe sie schon gesehen. Heute Morgen ist eines über meinen Kopf geflogen, als ich auf meinem Pferd saß.« Fiddler hatte gescheut und sie beinahe abgeworfen. Sie hatte sich gerade wieder aufgerappelt, als das zweite Flugzeug über sie hinweggezogen war, höher zwar, aber immer noch laut genug, um Fiddler erneut zu erschrecken.

»Manchmal kommen sie einem sehr niedrig vor, stimmt's? In Wahrheit fliegen wir viel höher, als du denkst. Sicherheit geht vor, wie ich immer …« Sie stutzte. »Ach. Du meinst oben auf dem Berg? Das warst du, Kleines? Du Ärmste, du musst *furchtbare* Angst gehabt haben. Felix ist manchmal sehr töricht.«

»Ich hatte keine Angst.«

»Ich bin froh, dass du hergekommen bist, da kann er sich persönlich bei dir entschuldigen. Aber ich versichere dir, das war nur ein unglückliches Versehen. Ein dummer Fehler. Wie ich sehe, fehlt dir nichts, das freut mich.«

Marian nahm ihren Mut zusammen und sprach aus, was sie den ganzen Vormittag über beschäftigt hatte. »Ich würde gern einmal mitfliegen.«

Die Frau legte den Kopf schief und setzte eine Miene auf, die, wie Marian vermutete, Mitleid ausdrücken sollte. »Ich fürchte, wir werden erst morgen wieder Flüge anbieten können, und dann kosten sie auch Geld. Fünf Dollar. Wir müssen den Treibstoff und was nicht alles bezahlen – so verdienen wir unseren Lebensunterhalt. Dass Felix dir einen Schreck eingejagt hat, tut mir leid, aber wir können nicht jeden, der darum bittet, bei uns mitfliegen lassen, so gern wir es auch täten. Vielleicht können wir dir einen Preisnachlass gewähren, aber du musst erst deinen Vater fragen, ob er dir das Geld gibt. Es sei denn, du hast selbst etwas gespart?« Die letzte Frage klang hoffnungsvoll.

»Das ist mein Onkel.«

»Dann musst du deinen Onkel fragen.«

Wallace hatte sich zu ihnen gesellt, schirmte die Augen mit einer Hand ab und lächelte zu der Frau hoch. »Was soll sie mich fragen?«

»Die beherzte junge Dame möchte mit einem Flugzeug aufsteigen.« Erneut wischte sie mit dem Tuch über die Schmiere, diesmal mit mehr Erfolg, und ein langes, schmales Windhundgesicht kam zum Vorschein.

»Darf ich?«, fragte Marian ihren Onkel etwas zu laut, weil ihr die Peinlichkeit nicht erspart blieb, ihn überhaupt bitten zu müssen. Jamie und sie bekamen von ihm kein regelmäßiges Taschengeld. Wallace schien nicht auf die Idee zu kommen, dass es Dinge gab, die sie kaufen wollten, weshalb die Zwillinge, unter Calebs Anleitung, inzwischen kleine Diebstähle begingen und sich in den Geschäften der Innenstadt mit Süßigkeiten, Angelzeug und anderem Krimskrams versorgten. Auf einer belebten Straße schaffte es Caleb in nur einer Stunde, durch unauffällige Griffe in die Taschen der Passanten genügend Münzen für drei Kinokarten und ein Mittagessen in einer Garküche zusammenzuklauen. Jeden Cent gaben sie sofort aus, weshalb Marian nun, aus einem dummen Mangel an Weitsicht, wie ihr schien, über keinerlei Ersparnisse verfügte.

»Wie viel kostet es?«, fragte Wallace die Frau.

»Fünf Dollar für eine Viertelstunde – für Sie vier fünfzig, weil wir ja jetzt Freunde sind. Ein echtes Schnäppchen.«

Wallace lächelte Marian an, es war derselbe wohlwollende, aber unverbindliche Blick, mit dem er den blauen Himmel und die schmierfleckige Fremde bedachte. »Ich hoffe, Sie fühlen sich durch uns nicht gestört. Marian ist einem Ihrer Flugzeuge heute Morgen sehr nahe gekommen. Das hat einen tiefen Eindruck hinterlassen.«

»Armes Kind. Das war sicherlich beängstigend.«

»War es *nicht*«, beharrte Marian. »Mir hat es gefallen. Haben Sie Probleme mit dem Motor?«

»Nicht mehr als sonst.«

»Ich kenne mich mit Motoren aus. Ich repariere Wallaces Auto regelmäßig – stimmt doch, Wallace?«

»Und ob«, sagte er zu der Frau. »Marian ist die geborene Mechanikerin.«

»Wie *reizend.*«

Die schlafende Person unter dem anderen Flugzeug rührte sich. Ein sonnengebräunter Arm wurde angewinkelt, der Hut vom Gesicht gezogen, dann kroch ein Mann unter dem Tragflügel hervor und streckte sich. Er war schlank, sehnig, hatte einen dichten Schnurrbart und trug, als er im krummbeinigen Schlenderschritt über die Wiese kam, sich den Hut mit der einen Hand weit hinten auf den Kopf setzend und mit der anderen Grashalme vom Hosenboden wischend, eine verwegene Unbekümmertheit zur Schau.

»Felix«, sagte die Frau, »das ist das arme kleine Mädchen, das du heute Morgen beinahe von ihrem Pferd gemäht hättest.«

»Du!« Die Hände auf den Hüften blieb er abrupt stehen. »Ein unmarkiertes Hindernis, das bist du.«

»Entschuldigung.«

»Angenommen. Ich kann ab und zu einen Wink vertragen, nicht immer so zu prahlen, sofern man es denn so nennen kann, wenn niemand zuschaut. Was hast du so früh dort oben getrieben?«

Wallace schaute Marian interessiert an, als wäre er selbst nie auf die Idee gekommen, sie danach zu fragen.

»Manchmal reite ich hoch und schaue von oben runter.«

»Warum auch nicht?« Der Mann schüttelte Wallace die Hand. »Felix Brayfogle.« Er wies mit ausgestrecktem Daumen die Trittleiter hoch. »Trixie, meine Frau. Die Flying Brayfogles.« Jetzt schüttelte er Marians Hand, ließ aber nicht los, als sie damit rechnete. Er fixierte sie mit strengem Blick. »Nicht wie ein toter Fisch. Fester. Na los. Du machst mich schon nicht kaputt.«

Sie drückte so fest zu, wie sie konnte.

»Besser. Hast ein, zwei Knochen gebrochen. Du hast was für Motoren übrig? Willst du dir den hier mal anschauen?«

»Schatz«, mischte Trixie sich ein, »ich fürchte, ich habe hier oben zu tun, und wir haben nur die eine Leiter.«

»Für jedes Problem gibt es eine Lösung.« Felix zog Marian zur Tragfläche und hob sie auf die Stoffbespannung. »Setz dich auf meine Schultern.«

»Felix, bitte«, trällerte Trixie.

»Na los«, sagte er zu Marian. Sie setzte sich auf die Kante der Tragfläche und glitt auf Felix' Schulter. Weil sie nicht wusste, wo sie die Hände lassen sollte, legte sie sie fest auf seinen Kopf.

»Bin ich nicht zu schwer?«

»Du bist doch nur ein halbes Portiönchen.« Er ging mit ihr zur Nase des Doppeldeckers. »Guck dir alles genau an. Aber Vorsicht mit meinen Haaren. Ich würde sie gern behalten.«

Was sie sah, erinnerte zwar an den Motor eines Autos, war aber noch viel wunderbarer. Sie betrachtete die Leitungen für Treibstoff und Wasser, studierte die Ventile, Kolben und Bolzen, während sie gewissenhaft dem hasserfüllten Blick auswich, den Trixie ihr über das Gebilde aus Metall zuwarf. Die hochglänzenden hölzernen Propellerblätter saßen in eleganten Winkeln in der Nabe, um die Luft zu packen und zu führen.

»Ein OX-5«, sagte Felix zwischen ihren Knien. »Sieht

schön aus, leckt aber wie ein Sieb und säuft das Öl nur so weg. Hast du genug gesehen?«

»Ja, danke«, sagte sie, obwohl das nicht stimmte.

Felix ließ Marian wieder auf die Tragfläche rutschen, drehte sich um und hob sie auf den Boden. »Sagen Sie mal«, wandte er sich an Wallace, »Sie kennen in der Nähe nicht zufällig jemanden, der uns beim Benzin nicht übers Ohr hauen würde?«

Marian ging näher an die Motorhaube heran und strich über das Metall, als wäre es ein Pferd. Wallace, der sie beobachtete, bot Felix an, ihn zu einer günstigen Tankstelle zu fahren und mitsamt Benzin wieder herzubringen. Auf dem Weg wollte er ihm gleich ein paar Orte in der Stadt zeigen, wo er Reklame für ihre Flugschau und die Rundflüge aushängen konnte. »Und, nur so als Vorschlag, den Sie natürlich ablehnen können – wenn Sie eine Übernachtungsmöglichkeit suchen, würde ich Sie liebend gern für heute bei uns aufnehmen.«

»Das wäre ja phänomenal«, sagte Felix.

»Und Sie nehmen Marian und ihren Bruder morgen mit auf einen Rundflug?«

»Sicher doch.«

»Und was ist mit Ihnen, Onkel Wallace?«, singsangte Trixie von oben. »Wollen Sie nicht mitfliegen?«

Nach Marians Empfinden wurde das Haus durch die Anwesenheit der Brayfogles verwandelt. Weil sie annahm, Piloten wären nur das Allerfeinste gewohnt, schämte sie sich zum ersten Mal für seine Schäbigkeit. Aber weil Felix sich nun darin aufhielt, schien das Haus gleichzeitig übervoll mit Möglichkeiten zu sein. Ob in Felix auch ein wildes Tier steckte? Fiel er manchmal über Trixie her? Knurrte und grunzte er dann? Sie hatte sich an seinen Haaren festgehalten, hatte seine Schultern unter ihren Schenkeln gespürt. *Ein halbes Portiönchen.* War sie das wirklich? Allein der Gedanke an ihn machte sie zappelig. Kaum im Haus angekommen, hatte sie ihn zu Wallaces Auto geschleift, hatte die Motorhaube angehoben, um ihm die Stellen zu zeigen, die sie geflickt und ausgebessert hatte. Er war auf augenzwinkernde Art nett zu ihr, schien aber von ihrem Autowissen ehrlich beeindruckt. Ihr gefielen sein Schnurrbart, seine schmalen Hüften in der gegürteten Reithose. Als er ein Bad nahm, ging sie häufiger als nötig an dem Zimmer vorbei und blieb einmal sogar stehen, um das Ohr an die Tür zu pressen und dem lakonischen Platschen zu lauschen.

Natürlich kam Trixie ausgerechnet in dem Moment vorbei. Sie trug ein abgetragenes, sackartiges blaues Kleid, das aus der winzigen Reisetasche, ihrem einzigen Gepäckstück, stammen musste. Sie erblickte Marian und hielt an, ihr Lächeln zuckend und geronnen. Ihr Haar, nun ohne Stirntuch und noch feucht vom Baden, war zu einem Bob geschnitten, der zwar in Mode war, aber nicht zu ihrem langen Gesicht passte. Sie hatte dunkelroten, fast violetten Lippenstift aufgetragen, die Augen schwarz umrandet und die Brauen nachgezogen. Nichts davon stand ihr. Ohne den Monteuranzug hatte sie jeglichen Reiz verloren.

»Wenn ich es nicht besser wüsste, würde ich denken, du schnüffelst rum«, sagte Trixie.

»Ich war mir nicht sicher, ob jemand drin ist.«

Die Augenbrauen wanderten in die Höhe; der lila Mund zog sich zusammen. »Neugierige Katzen verbrennen sich die Tatzen.«

Die Feindschaft zwischen ihnen hätte wohl keine von beiden erklären können. Marian hielt dem Ansturm ohne ein Wimpernzucken stand und blieb mit dem Rücken zur

Badezimmertür (ein schwaches Platschen, ein leises Hüsteln) stehen, bis Trixie den gebobten Kopf zur Seite schnellen ließ und davonmarschierte.

Bis auf Jamie, der sich mit einer Backkartoffel begnügte, aßen abends alle Berits Wildeintopf.

»Magst du keinen Eintopf?«, wollte Trixie von Jamie wissen.

»Er isst kein Fleisch«, antwortete Marian.

»Weil er keine Zähne hat«, sagte Caleb, der, wie so oft, unangekündigt und uneingeladen vor der Tür gestanden hatte. »Deshalb isst er nur Kartoffeln. Er zerdrückt die mit dem Mund.« Calebs Mutter gab oft ihr ganzes Geld für Schnaps aus, und wenn er keine Lust hatte, für sich selbst zu sorgen, tauchte er am Tisch der Graves auf. Berit bemutterte ihn gern, gab ihm Zuckerwürfel, geschältes Obst und löffelweise Marmelade zu essen. Glaubte sie, niemand würde hinsehen, strich sie ihm über das lange Haar, dessen Obsidianglanz eine unerwartete Seite in ihrer braven, skandinavischen Seele ansprach.

»Er hat keine Zähne?«, fragte Trixie.

»Jamie hat sehr gute Zähne«, sagte Wallace. »Caleb hat nur einen merkwürdigen Sinn für Humor.«

Trixie warf Caleb einen tadelnden Blick zu und wandte sich an Jamie. »Kein Fleisch? Wieso nicht?«

»Ich vertrage es nicht«, erwiderte Jamie.

»Er will damit sagen, es widerstrebt ihm vom moralischen Gesichtspunkt aus«, sagte Wallace. »Die Vorstellung, Tiere zu töten, um sie zu essen.«

»Warum spricht jeder für den lieben Jungen? Er scheint nicht nur Zähne, sondern auch eine Zunge zu haben.« Wieder an Jamie gewandt: »Wie süß du bist. So ein sanftmütiges Lamm.«

Jamie, gedemütigt, blickte starr auf seine Kartoffel. Caleb lachte.

Wallace erzählte, er habe im Radio gehört, der junge Pilot Charles Lindbergh habe bei seinem Versuch, den Atlantik als Erster zu überfliegen, New York am Morgen verlassen und sei nachmittags über Neufundland gesichtet worden. »Angeblich soll er jetzt irgendwo über dem Ozean sein.«

»Über dem Ozean, wenn er Glück hat«, sagte Trixie. »Im Ozean, wenn er keins hat.« Sie grinste, als hätte sie eine besonders geistreiche Bemerkung gemacht.

»Wäre er älter«, bemerkte Felix, »würde ich ihn für lebensmüde halten. Aber er ist noch ein halbes Kind, da ist er wohl einfach nur verdammt dumm. Ich schätze seine Chancen auf eins zu tausend.«

Marian versuchte, sich das Meer vorzustellen, aber es gelang ihr nicht. Sie dachte an die blauen Flächen im Atlas, die Geschichten in den Büchern ihres Vaters, doch die Unermesslichkeit entzog sich ihr.

Im Esszimmer hing eine Vliestapete, und die Stühle um den rechteckigen Tisch passten nicht zusammen. In dem Geschirrschrank, der fürs Zurschaustellen von Silberwaren und Kristallgläsern gedacht war, lagerte Marians und Jamies Sammlung von Steinen und Knochen. Wallace goss Felix und Trixie aus einer gewöhnlichen Flasche bernsteinfarbene Flüssigkeit ein (mit braunem Zucker gefärbter Schwarzgebrannter, aber sie durften sich gern einbilden, es wäre echter Whiskey).

»Wo haben Sie fliegen gelernt?«, wollte Marian von Felix wissen. Er trug zu große Sachen von Wallace, weil Berit seine eigenen gewaschen und neben Trixies auf die Leine gehängt hatte.

»In Frankreich«, sagte er. »Während des Krieges. Ich

wollte fliegen, und die Franzosen waren bereit, amerikanische Freiwillige zu Piloten auszubilden.«

»Ich würde gern mal einen Krieg sehen«, sagte Caleb.

Felix schaute Caleb an und schien vom Tisch wegzugleiten, sich an einen fernen Ort zurückzuziehen.

»Felix redet nicht gern über den Krieg«, sagte Trixie.

Felix kam wieder im Hier und Jetzt an. »Ich entscheide, worüber ich rede, danke.« Er war im Süden ausgebildet worden, erzählte er, in der Nähe der Stadt Pau. Als er einsatzbereit war, hatte man ihn zu einer Fliegerstaffel, in der hauptsächlich Amerikaner dienten, nach Luxeuil geschickt. Untergebracht waren sie in einem Landhaus in der Nähe eines Heilbads. Bei schlechtem Wetter badeten sie in der warmen Quelle, spielten Karten und tranken. Bei wolkenlosem Himmel schwirrten sie zu Erkundungsflügen aus oder beschossen Spähballons, riesige graue Wasserstoffungetüme, die über der Front schwebten. »Zum Platzen brachte man sie, indem man ganz nah heranflog und eine Salve abfeuerte«, sagte er, »nur rissen sie einen bei der Explosion gern mit in den Tod.«

Er hatte Männer gesehen, deren Körper zerfetzt oder von Kugeln durchsiebt waren, die im Stacheldraht hingen und von Ratten gefressen wurden. Verwundete, die nur noch kriechen konnten. Wo wollten sie hin? Sie versuchten, sich vom Schmerz wegzuschleppen. Ein Mensch konnte auf weit mehr Arten zu Tode kommen, als er gedacht hatte.

Einmal war ein reiterloses, schrecklich verbranntes Pferd von Gott weiß woher in ihren Hangar getrabt, weil es das Gebäude wohl für eine Scheune gehalten hatte. Sie hatten das arme Tier erschossen, um es von seinem Leid zu erlösen.

»Ein anderes Mal«, sagte Felix, »habe ich auf einen deutschen Flieger geschossen, und seine Maschine fing Feuer. Der Pilot kletterte auf die Tragfläche und sprang. Er trug einen braunen Fellmantel und sah aus wie ein Bär, der vom Himmel fällt. Einen Fallschirm hatte er nicht. Er hat sich lieber in den Tod gestürzt, als lebendig zu verbrennen. Ich hätte womöglich dasselbe getan. Sein unbemanntes Flugzeug flog noch eine Weile brennend weiter, bevor es auseinanderbrach.« Wallace schenkte ihm ungefragt nach.

»Trotzdem«, sagte Felix, das Glas hebend, »würde ich lieber das alles noch einmal auf mich nehmen, als mit Lindbergh zu tauschen.«

Die Brayfogles entschieden sich gegen die Schlafveranda und für das schmale Bett im Häuschen. Nach dem Essen verschwand Caleb in die Nacht, und Jamie und Marian wurden in den ersten Stock geschickt. Sie knieten nebeneinander auf Marians Bett, an dessen Fußende ein rostfarbener Coonhound schlief, und schauten aus dem Fenster. Unten hockte Felix auf Fiddlers Gatter und rauchte. Als der Wallach zu ihm trottete, streckte er eine Hand aus und strich dem alten Pferd über eine Ganasche.

»Stell dir vor, du hättest ein Flugzeug und könntest überall hinfliegen«, sagte Marian.

»Warum musste er uns das mit dem verbrannten Pferd erzählen?«

In Jamies Nähe hatte Marian sonst immer das Gefühl einer Symmetrie, als sei ein Gleichgewicht hergestellt. Ohne ihn war sie wie ein zu leichtes Kanu, das dem Willen der Strömung ausgesetzt ist. Er war der Ruhigere von beiden, weniger impulsiv. Ballast. Kein richtiger Teil von ihr, aber auch nicht völlig anders, wie Wallace oder Caleb oder Berit und alle übrigen.

Doch in diesem Augenblick wünschte sie ihn fort. Sie wollte nicht an das verbrannte Pferd denken, sondern nur an Felix.

»Du kannst für das Pferd nichts mehr tun. Denk also lieber nicht daran.«

»Weißt du eigentlich«, sagte er mit Nachdruck, »dass ich mir manchmal wünsche, es gäbe keine Menschen?«

»Aber es sind doch auch Menschen gestorben.« Marian streichelte die schlafende Hündin, die sich auf die Seite drehte, ein Bein anwinkelte und ihren Bauch zeigte. »Millionen von Menschen, oder?«

»Aber das Pferd hat nicht verstanden, wofür das alles war.«

Das eigene Pferd an diesem schönen Abend draußen stehen und ein angenehmes Leben führen zu sehen, tröstete Jamie kaum, denn er konnte sich nur allzu genau vorstellen, wie panisch Fiddler reagieren würde, wenn er Feuer fing und vergeblich versuchte, vor dem Schmerz davonzulaufen.

Marian, die immer noch Felix beobachtete, sagte: »Warum hat er die geheiratet? Besonders nett ist die nicht.«

»Mir egal. Wir sehen die beiden ja doch nie wieder.«

Die Welt hinter dem Fenster – die ordentliche Scheune, das schmucke Häuschen, der matt schimmernde Abendhimmel – kam Jamie vor wie eine Illusion, ein irreführender Schleier, hinter dem Leid und Tod wüteten. Dass Marian es nicht genauso sah, sondern nur das Kinn auf die Faust stützte und versonnen auf den Fremden blickte und davon träumte, von dem Haus wegzufliegen, in dem sie beide sicher aufgehoben waren, gab ihm ein schreckliches Gefühl von Einsamkeit.

Er sagte gute Nacht und ging in sein Zimmer, gefolgt von der Hündin. Sie sprang auf sein Bett, drehte sich im Kreis und legte sich hin. Musste man nicht einfach alles an ihr lieben? Die langen weichen Ohren, das schwarze, an den Flanken ins Rötliche spielende Fell, die Art, wie sie die

Schwanzspitze über die Nase legte. Doch dass auf der Welt dieses unermessliche Leid herrschte, ließ ihm keine Ruhe. Es äußerte sich in einer Hitze und einem Kribbeln in seinem Inneren, sein Herz schlug schneller, und in seinem Kopf war eine Leichtigkeit – ein klägliches, unerträgliches Gefühl. Man konnte nur leben, indem man es ausblendete, doch selbst als er seine Gedanken auf etwas anderes richtete, spürte er es noch, wie ein Mensch, der hinter einem Deich wohnt, weiß, dass auf der anderen Seite die Flut lauert.

Um Trost zu finden, zog er seinen Skizzenblock unter dem Kopfkissen hervor, hockte sich im Schneidersitz hin und fing an, die Hündin zu zeichnen.

Marian lag in ihrem Bett, wollte aber noch nicht schlafen. Sie dachte an Felix, ging ihre Erinnerungen an den Tag durch: seine gebräunten Unterarme, seine schwieligen Hände, sein seifiger Geruch nach dem Baden, seine Schultern unter ihren Schenkeln. Zwischen ihren Beinen baute sich Spannung auf. Sie drückte einen Handballen dagegen, nahm verblüfft wahr, dass in ihrem Inneren eine Kugel aus Funken auseinanderstob wie die Flugschirme eines Löwenzahns.

Von unten leise Stimmen. Sie glitt aus dem Bett, schlich aus der Tür, hangelte sich am Treppengeländer hinunter, um die knarrenden Stufen zu umgehen. Wallace und Trixie saßen auf der Veranda, hinter dem Lichtschein aus der Küche. Marian kauerte sich unter einem offenen Fenster hin.

»Wo kommen all die Sachen im Häuschen her?«, fragte Trixie. »Felix war ganz fasziniert.«

»Das hat alles meinem Bruder gehört«, sagte Wallace.

»Darf ich daraus schließen, dass er Forscher war?«

»Wenn man so will.«

»Ist er tot?«

»Das weiß ich nicht. Ich glaube, nein. Marian sitzt gern im Häuschen und liest.«

»Sie hat was für Felix übrig«, sagte Trixie. »Die Süße. Wirklich niedlich. Aber ich fürchte, sie betrachtet mich als Rivalin.«

»Das kommt, weil sie keine Mutter hat. Sie kennt keine Frauen, weiß nicht, wie man sich in ihrer Gegenwart verhält.«

»Frauen lieben Felix – Ihre Kleine ist da keine Ausnahme. Ich bin es leid, jede zu verscheuchen.«

»Er scheint Ihnen einigermaßen ergeben zu sein, obwohl ich mir natürlich kein Urteil erlauben kann.«

»Das ist er wohl. *Einigermaßen.*« Das Ratschen eines Streichholzes. Leichter Rauchgeruch. »Sagen Sie, es war für Sie sicher nicht leicht, dass man die Kinder bei Ihnen abgeladen hat, oder? Wie lange haben Sie sie schon?«

»Seit sie noch ganz klein waren.«

»Dann sind Sie ein guter Mensch.«

»Nein. Pflichtbewusst. Wäre ich ein guter Mensch, hätte ich – keine Ahnung, was ich getan hätte. Ihnen mehr Aufmerksamkeit geschenkt. Es besser gemacht.«

»Ich hätte sie auf der Kirchentreppe abgestellt. In einem Korb aus Schilf, wie Moses.«

»Ah«, sagte Wallace. »Ich glaube, Moses wurde in einem Korb *im* Schilf abgestellt.«

»Wie auch immer, ich hätte schon irgendwo Schilf aufgetrieben.«

Marians Haut kribbelte wie bei einem Sonnenbrand. Verstohlen schlich sie die Treppe hinauf und machte sich mit jedem Schritt mehr Selbstvorwürfe, weil sie nie zuvor daran gedacht hatte, welches Opfer ihr Vater Wallace abverlangt hatte. Wie hatte sie nur so dumm sein können?

Wieso war ihr nicht klar gewesen, dass Wallace sie gar nicht haben wollte? Er war zum Nein-Sagen nur zu nett gewesen. Sie legte sich ins Bett und schaute zum erleuchteten Fenster des Häuschens hin. Ihr kamen die Tränen, doch sie blinzelte sie weg. Solange sie denken konnte, hatte sie Missoula verlassen wollen, sobald sie alt genug dafür wäre. Doch nun festigte sich ihr Entschluss wie ein straff gespanntes Segel.

Am nächsten Morgen fuhr Wallace alle zum Flugfeld, und nachdem die Brayfogles die Reifen der Flugzeuge aufgepumpt und die Kühler mit Wasser aufgefüllt hatten, schauten die drei Graves zu, wie Felix' Jennie über die löchrige Wiese holperte, Felix am Steuer des hinteren Cockpits, Trixie vorne. Während sie im Tiefflug über die Stadt zogen, kletterte Trixie auf den unteren Tragflügel, hielt sich an den Spanndrähten fest und schrie mit Marktschreierstimme durch ein Megafon: *Die Flying Brayfogles! Nur heute! Zu Ehren Lindberghs nur vier Dollar pro Rundflug! Heben Sie mit uns ab! Luftakrobatik um zwei! Fallschirmsprung um halb drei!*

Nach der Landung forderte Trixie Marian auf, ins vordere Cockpit ihrer Maschine einzusteigen. »Zwei Mädels allein am Himmel«, sagte sie, mehr an Wallace gerichtet als an Marian, die ihre Enttäuschung, nicht bei Felix mitfliegen zu dürfen, nur schwer verbergen konnte. Trixie trug Lederhaube und Schutzbrille, Marian war barhäuptig, dem Wind voll ausgesetzt, so wie sie es sich gewünscht hatte.

Bei seiner Landung hatte Lindbergh dreißigeinhalb Stunden in der Luft verbracht und war fünfundfünzig Stunden wach gewesen. Um nicht einzuschlafen, war er so tief über dem Meer geflogen, dass er die salzige Gischt auf der Haut spüren konnte. Die Wellen waren aus dem Dunklen emporgestiegen wie Furchen, die sich von allein in einen schwarzen Acker pflügten.

Leicht orientierungslos war er über dem Flughafen von Le Bourget gekreist. Aus dem Pariser Lichtersee waren gelbe Nebenflüsse entsprungen und hatten sich um eine Wiese gewunden, die eigentlich leer und über Nacht abgeriegelt hätte sein sollen. Autos, natürlich. Einhunderttausend Menschen waren nach Le Bourget gefahren, um Lindbergh landen zu sehen.

Kurz nachdem die Brayfogles ihre Show mit einem abenteuerlichen Fallschirmsprung von Felix beendet hatten, erreichte Missoula die Nachricht von Lindberghs wohlbehaltener Ankunft. Felix legte gerade seinen Fallschirm zusammen, da begannen die Kirchenglocken zu läuten und Sirenen ertönten. Die Menschen auf dem Flugfeld wurden unruhig, raunten sich Lindberghs Namen zu, aber ganz sicher war man sich erst, als ein Mann in einem offenen Wagen angebraust kam, auf die Hupe drückte und schrie: »Er ist gelandet! Er ist in Paris gelandet!«

Die Leute fielen sich um den Hals, warfen Hüte und Taschentücher in die Luft. In Frankreich hatte die begeisterte Menge auf dem Aerodrom Lindbergh und sein Flugzeug fast in Stücke gerissen, denn Tausende von Menschen wollten den großgewachsenen Mann und die salzverkrusteten Tragflächen berühren.

In Missoula füllte sich die Straße zum Flugfeld mit Autos, Fahrrädern und Fußgängern. Es wollten so viele bei den Brayfogles mitfliegen, dass der Tankwart mit seinem Laster kommen musste, um die beiden Jennies bis zum Sonnenuntergang mit Treibstoff zu versorgen. Jeder wollte den Flugzeugen, dem Himmel nah sein, auf die Stadt herunterschauen und sich wie Lindbergh fühlen (Lindbergh, der nun endlich schlafen durfte, in der Pariser Residenz des amerikanischen Botschafters, von seiner merkwürdigen Zukunft bereits mitgezogen).

Doch morgens, als Marian darauf gewartet hatte, mit Trixie aufzusteigen, war er noch irgendwo über England gewesen.

»Zündung aus«, hatte Felix vor der Maschine stehend gerufen.

»Zündung aus«, hatte Trixie im hinteren Cockpit bestätigt.

Felix drehte den Propeller einige Male herum. Dann hielt er ein Blatt fest und stemmte die Füße in den Boden. »Zündung an!«

»Zündung an!«

Felix setzte das Blatt schwungvoll in Bewegung. Mit sprödem Stottern, einem Geräusch, als würden Karten gemischt, sprang der Motor an. Einzelne Rauchwölkchen, ein beißender Geruch. Dann ein rhythmisches Rattern: das Rotieren der Kurbelwelle, der Trommelwirbel des Propellers. Marian sah durch die Windschutzscheibe, wie die Propellerblätter bis zur Unsichtbarkeit verschwammen. Im Cockpit kam ein Wind auf. Das Flugzeug wackelte unruhig auf der Stelle, wollte fliegen. Marian zurrte den breiten Sicherheitsgurt über ihren Schenkeln fest.

Sie rollten los, nahmen Fahrt auf, ruckelten über Furchen und Erhebungen, dann senkte sich die Nase leicht und das Ruckeln hörte auf, sie streiften das Gras, das bald nur noch ein undeutlicher grüner Streifen war. Etwas drückte die Tragflügel nach oben. Sie stiegen auf. Der Steuerknüppel, der Gashebel und die Pedale in Marians Cockpit (Trixie hatte ihr eingeschärft, ja nichts anzufassen) bewegten sich, als würde ein Geist sie betätigen. Die Erde sackte weg.

Menschen und Autos bewegten sich auf den Straßen von Missoula wie Figuren in einem undurchschaubaren Spiel.

Über dem Fluss flog ein Fischadler, eine Beute in den Klauen, kurz neben ihnen her. Auf dem Weg durchs Tal zog Trixie die Maschine abrupt hoch und vollführte ohne Vorwarnung erst eine Rolle, dann einen Looping. Hoch über den Berggipfeln stürzte sie herab und ging ins Trudeln. Das Tal drehte sich um sie herum, der Motor wechselte die Tonlage, die Spanndrähte pfiffen, heiße Wassertropfen aus dem Kühler stachen Marian ins Gesicht. Trixie zog das Flugzeug noch einmal hoch, stieg weit nach oben, bevor sie erneut in den Sturzflug ging. Marian wusste, Trixie wollte ihr Angst machen, wollte ihr den Wunsch zu fliegen austreiben, doch als die Erde von unten auf sie zuraste, als ihre Eingeweide gegen die Rippen drückten und ihr Körper in den Sitz gepresst wurde, da war ihr nur unendlich leicht zumute.

Missoula
Oktober 1927
Fünf Monate nach dem Besuch der Brayfogles

Jamie«, sagte Marian, »du musst mir die Haare abschneiden.«

Jamie lag auf seinem Bett und blätterte in einem Buch mit Kunstdrucken von Audubon, obwohl Marian ihm verboten hatte, es aus dem Häuschen mitzunehmen. Von der Türschwelle aus sah sie zum Buch hin, sagte aber nichts. In einer Hand hielt sie Berits lange Schere, mit der Spitze auf Jamie zielend. »Bitte.«

»Wo soll ich sie denn abschneiden?«

Sie zog ihren Zopf nach vorne und tat mit zwei Fingern so, als wollte sie ihn am Haaransatz abtrennen. »Ungefähr hier.«

Jamie schaute sie entsetzt an. »Berit bringt uns um.«

»Aber sie kann sie schlecht wieder ankleben. Wenn's sein muss, schneide ich sie selbst.«

»Nur zu.«

»Du kannst das besser.« Davon abgesehen brauchte sie jemanden, der ihr beistand, einen Komplizen.

»Ich habe noch nie jemandem die Haare geschnitten.«

»Du weißt, wie Sachen aussehen müssen.«

»Nicht bei Haaren.«

»Bitte.«

»Nein!«

Sie straffte den Zopf mit der einen Hand und hob die Schere mit der anderen zum Nacken.

»Das traust du dich nicht«, sagte Jamie.

Die Sehnen an Marians Handgelenk traten hervor, während die Blätter der Schere am Haar nagten und sich mit dumpfem Knirschen schlossen. Der bleiche Zopf sank schlaff über ihre Faust wie ein Strauß welker Blumen. Sie berührte ihren Nacken, ertastete eine stoppelige Stelle, um die herum lange Strähnen sprossen wie Unkraut. Der Rest fiel ihr in Büscheln um die Ohren. Sie hatte sich geschmeidige Glätte vorgestellt, nicht das. Jamie schaute sie halb belustigt, halb entsetzt an. »Du hast es getan«, sagte er.

»Du wolltest mir ja nicht helfen! Genau das hättest du müssen!«

Wutentbrannt über die eigene Hilflosigkeit rannte sie die Treppe hinunter und hinaus zum Häuschen. Nach ihrem Empfinden war Jamie verpflichtet, jeden ihrer Einfälle gutzuheißen. Er hätte erkennen müssen, wie entschlossen sie war, und ihr die Bitte erfüllen sollen. Teils hatte sie die Schere nur geschlossen, um ihn für seine Zweifel an ihrer Willensstärke zu bestrafen.

Im Häuschen setzte sie sich auf den Sessel und strich sich über den Hinterkopf. Eigentlich weinte sie fast nie und auch nur, wenn wirklich niemand sie sah (an dem Morgen, als ihr Vater wortlos verschwunden war, hatte sie erst geweint, nachdem sie auf Fiddler kilometerweit am Rattlesnake entlanggeritten war), doch nun riskierte sie ein paar Tränen, bevor sie sich die Nase mit der Hand abwischte und aufstand, um Feuer im Ofen zu machen. Jamie würde bald kommen, um sie zu trösten, und dann wäre alles wieder gut, das wusste sie.

Von der Decke des Häuschens hing ein Geschwader von Pappe-und-Papier-Fliegern. Nach dem Abflug der Brayfogles hatte Marian in der Carnegie-Bibliothek von Missoula alles gelesen, was sie über Flugzeuge und Piloten finden konnte. Seit Lindberghs Rekordflug war das ganze

Land vom Aeronautikfieber erfasst worden, und neben den täglichen Berichten in den Zeitungen erschienen auch immer mehr Zeitschriften zu dem Thema. Auf der letzten Seite eines Hefts, das »fabelhafte Geschichten von furchtlosen Fliegern« versprach, hatte sie Schablonen und eine Bastelanleitung für ein Standard-Doppeldecker-Modell entdeckt. Das Erste war ihr nicht gut gelungen – die Tragflügel saßen schief und waren mit klebrigen Fingerabdrücken übersät, die Streben verbogen. Aber sie hatte noch eines und noch eines gebastelt und war mit einer Hingabe, wie sie sie liebend gern auf ein echtes Flugzeug verwendet hätte, ans Werk gegangen, dass sie irgendwann perfekt gerieten.

Einige Wochen nach dem Besuch der Brayfogles hatte sie auf dem Bett im Häuschen gelegen und sich in berauschenden Erinnerungen an das unter ihr rotierende Tal, an das wohlklingende Pfeifen der Spanndrähte verloren, als ihr mit einem Mal aufgegangen war, dass sie nicht gleich Pilotin werden konnte. Dafür musste sie älter sein. Nicht viel vermutlich, nur eben nicht erst dreizehn. Vielleicht vierzehn oder fünfzehn – dann wäre sie in einem Alter, in dem ihr Wunsch nicht mehr kindisch klingen würde. Außerdem brauchte sie einen Fluglehrer und eine Schulmaschine, aber sie war überzeugt, dass beide schon noch auftauchen würden.

Und noch eine unwiderlegbare Tatsache war ihr bewusst geworden: Wenn sie schon nicht in der Lage gewesen war, den Rundflug bei Trixie zu bezahlen, würde sie sich mit Sicherheit keine Flugstunden leisten können. Deshalb überlegte sie, welche Verdienstmöglichkeiten etwas verlässlicher wären als die kleinen Ladendiebstähle. Für eine richtige Arbeit musste man sechzehn sein, vierzehn, sofern man das Abschlusszeugnis einer Schule vorweisen konnte, nur besaß sie das nicht. Die Bibliothekarinnen würden ihr einen Dime für jeden Handwagen mit Büchern zahlen, die sie wieder ins Regal einsortierte, nur gab es gar nicht so viele Handwagen. Farmer würden kein Mädchen zum Apfelpflücken und Melken einstellen, wenn sich Jungen für dieselbe Tätigkeit anboten. Ihr blieben kaum Möglichkeiten, aber sie würde einen Weg finden, denn sie musste Pilotin werden. Sie begriff nicht, warum andere ihre Zukunft nicht ebenfalls sahen, warum sie ihnen nicht ins Auge sprang wie ein auffälliges Kleidungsstück. Ihr fester Glaube daran, eines Tages fliegen zu können, erfüllte ihre Welt, erschien ihr als absolute Wahrheit.

Es war Caleb, der zum Häuschen kam, nicht Jamie. Sie war im Sessel eingeschlafen und sah ihn beim Aufwachen vor sich stehen, den entwendeten Audubon unter dem Arm. Seine Haare waren zu einem Zopf gebunden, dicker als derjenige, den sie sich abgeschnitten hatte. Er lachte – hoch und keuchend, fast ein Wiehern –, während er ihren Hinterkopf begutachtete. »Was soll das sein?«

»Ich wollte kurze Haare haben.«

Sie fürchtete sich vor seiner Frage nach dem Grund. Was hätte sie antworten sollen? Dass kleine Erhebungen ihre Brust seit Kurzem verunstalteten? Dass sie in einem Buch ihres Vaters von Nonnen gelesen hatte, die sich vor dem Eintritt ins Kloster den Kopf kahl schoren, und sie ein Zeichen setzen wollte, dass es ihr mit dem Fliegen ernst war? Dass sie alles Überflüssige loswerden und geschmeidig und windschnittig sein wollte?

Caleb fragte nicht nach dem Grund. Er legte das Buch hin und sagte: »Hast du geheult, weil deine Haare ab sind oder weil du sie so schlecht geschnitten hast?«

»Ich habe *nicht* geheult.«

Er grinste überheblich.

Sie fuhr sich mit der Hand über den Nacken. »Weil ich sie so schlecht geschnitten habe.« Es war die Wahrheit, wie sie erleichtert feststellte. »Hilfst du mir?«

»Noch mehr verhunzen kann ich es wohl kaum. Jamie hatte zu viel Schiss, um herzukommen und es zu versuchen.«

Sie legten den Boden mit Zeitungsseiten aus, und Marian setzte sich in die Mitte. Caleb schnappte sich einen Kamm und schnippelte mit der Spitze der Schere vorsichtig an ihrem Hinterkopf herum. »Ab und zu schneide ich Gilda die Haare«, sagte er.

»Tatsächlich?«

»Nur die Spitzen. Aber sie sieht auch vorher nicht so zerrupft aus wie du. Wie kurz willst du sie haben?«

»Wie bei einem Jungen.«

»Ich bin ein Junge, und meine sind länger, als deine jemals waren.«

»Du weißt schon. Richtig kurz.«

»Na schön.« Schnipp. »Du ziehst dich sowieso schon an wie ein Junge, da werden dich die Leute jetzt wirklich für einen halten.«

»Ist mir recht.«

»Willst du kein Mädchen sein?«

»Würdest du eins sein wollen?«

»Natürlich nicht.«

»Na dann.«

»Aber manchmal wünsche ich mir, ich wäre richtig weiß.«

Sie spürte kaltes Metall im Nacken, das Kratzen des Kamms, die bedächtige Berührung seiner Fingerkuppen. »Und warum schneidest du dir dann nicht den Zopf ab?«

»Kurze Haaren machen mich auch nicht weiß.«

»Nein, aber mit langen Haaren siehst du anders aus, obwohl du gar nicht so anders bist.«

»Richtig weiß werde ich nie, also kann ich es auch so lassen. Was die Leute denken, ist mir egal, und das sollen sie auch sehen.«

»Dann macht es dir was aus, was die Leute denken.«

»Nein.«

»Aber sie sollen sehen, dass es dir egal ist.«

»Na gut, vielleicht ist es mir nicht ganz egal.«

Einen Augenblick später sagte sie: »Vielleicht schneide ich mir die Haare aus dem gleichen Grund ab, aus dem du deine nicht abschneidest.«

»Vielleicht.«

Stille, bis auf die Schere.

»Hab mal eine Geschichte gehört von einer Frau, die sich richtig in einen Mann verwandelt hat«, sagte er.

»Wie, richtig?«

»Sie war eine Kutenai. Ein alter Mann in Shacktown hat mir die Geschichte erzählt. Vor hundert Jahren hat die Frau einen Weißen geheiratet, der zu einer Gruppe von Pelzhändlern gehört hat. Aber sie hat sich zu sehr wie eine Wilde benommen, und man hat sie weggeschickt. Sie ist zu ihren Leuten zurück und hat behauptet, die Weißen hätten sie in einen Mann verwandelt. Danach hat sie als Mann weitergelebt.«

»Eine Frau kann nicht einfach so ein Mann *werden.*«

»Sie hat sich sogar eine Frau gesucht. Und sie hat sich neue Namen gegeben. Ich erinnere mich nur an einen – Sitting-in-the-Water-Grizzly.«

»Und dann?«

»Sie hat den Leuten erzählt, sie könnte die Zukunft vorhersagen. Sie hat es sich bei allen verscherzt, und am Ende hat einer sie umgebracht und ihr das Herz rausgeschnitten.« Er legte die Schere hin. »Einen Schönheitswettbewerb gewinnst du damit nicht, aber immerhin besser als vorher.«

Sie fuhr sich über den Hinterkopf. Er fühlte sich jetzt glatter an. »Ich habe keinen Spiegel.«

»Traust du mir nicht?«

»Einem Spiegel traue ich mehr.« Sie stand auf, versuchte, sich in der Fensterscheibe zu erkennen. Da war nur ein kleiner Kopf, rund und blass. »Egal, alles ist besser als vorher.«

Beleidigt schob Caleb die Zeitungen zusammen, zerknüllte sie zu einer Kugel und warf sie in den Ofen. »Willst du nicht wissen, was ich fürs Haareschneiden nehme?«

Ein Anflug von Nervosität in ihrem Unterleib. Es war ein paar Jahre her, seit sie sich das letzte Mal auf seine Spiele eingelassen hatte, aber er wirkte wieder so ruhelos und reizbar wie jedes Mal, bevor er eines vorgeschlagen hatte. Spiele, bei denen sie seine Gefangene war, bei denen man sich ausziehen und anfassen musste. »Tust du einem Freund nie einfach so einen Gefallen?«

»Klar«, sagte er. »Manchmal. Dir schon oft.«

Aus dem Ofen drang ein beißender Geruch.

»Caleb! Wieso hast du die Zeitung mit den ganzen Haaren reingeworfen? Das stinkt.«

»Also, es kostet dich einen Kuss.«

Küssen hatte bisher bei keinem Spiel dazugehört. Sie lachte nervös. Hätte er vorgeschlagen, sich nackt auszuziehen, sie wäre nicht so entsetzt gewesen.

»Nicht, weil ich was für dich übrig hätte«, sagte er. »Ich will nur für später üben, wenn ich ein richtiges Mädchen habe.«

»Vielen Dank.«

»Gern geschehen. Jetzt bezahl schon.« Weil sie sich nicht rührte, seufzte er übertrieben laut, ging zu ihr hin und schaute ihr ins Gesicht, spöttisch, furchtlos. Dass sie ihre Münder aufeinanderpressen würden, schien unmöglich, aber dann taten sie es. Vielmehr presste er seinen auf ihren. Sie kniff die Lippen zusammen, zog den Kopf weg. Er grinste. »Wenn du wieder mal einen Haarschnitt brauchst, musst du aber besser küssen.«

»Nächstes Mal gehe ich zum Frisör.«

»Jemand muss dir Küssen beibringen.«

»Nein.«

»Du bist feige.«

»Bin ich nicht.«

»Bist du doch. Du zitterst. Das sehe ich doch.«

Sie spannte den Körper an. »Vielleicht will ich *dich* nicht küssen.«

Wieder das Grinsen. »Daran liegt es nicht.«

Als er fort war, saß sie auf dem Sessel und strich sich über den Kopf. Zwischen ihren Beinen baute sich Druck auf. Sie presste die Faust dagegen. Funken wie bei einer auseinanderstiebenden Pusteblume. *War* sie feige? Sie war sich nicht sicher, ob sie Angst gehabt hatte oder es ihr nur peinlich gewesen war. Hätte sie Calebs Kuss erwidert und seine Zunge in ihren Mund gelassen, dann hätte sie eingestanden, dass sie geküsst werden wollte, dass sie Lust hatte. War das Lust? Wieder dieser Druck. Eine schwache Erkenntnis: Sie hatte mehr Angst davor, es sich einzugestehen, als es zu tun.

Wieder fuhr sie sich mit der Hand über den geschorenen Kopf, empfand einen Anflug von Stolz, während sich der Druck in ihr spannte wie ein Pfeil, der in Stellung gebracht wird. Ihre Haare waren eine Erklärung an die Welt, kein Eingeständnis. Alles sollte so sein, eine Erklärung an die Welt und kein Eingeständnis. Sie verlagerte ihr Gewicht auf die Faust, als würde sie ein Pferd bergauf reiten, rutschte vor und zurück. Bald reichte der Druck nicht mehr aus, sie hockte sich rittlings auf die Sessellehne, dachte an den Tier-

Mann mit dem Gesicht zwischen Gildas Beinen, an Felix Brayfogles Hände auf ihren Schenkeln, an Calebs Mund, und trieb sich an, bis kein Gedanke mehr in ihrem Kopf war.

Eine unvollständige Geschichte von Sitting-in-the-Water-Grizzly

ca. 1790–1837

Sie wird gegen Ende des 18. Jahrhunderts geboren, im späteren Idaho, gleich neben einem Winterlager der Kutenai. Sie fällt aus ihrer Mutter heraus, die eine ganze Nacht lang abwechselnd herumgewandert und in die Hocke gegangen ist, und die frostige Luft des frühen Morgens presst ihr den ersten Schrei ab. Ein Mädchen, das aussieht wie alle anderen.

Die Geschichte ist voller Lücken, Widersprüche, die Gerüchte der Weißen und der Ureinwohner mischen sich, gären zur Legende.

Als es Zeit für eine Hochzeit wird, ist sie dreizehn, grobknochig und aufbrausend. Sie weiß, wie man Zutaten für ein Essen sammelt und zubereitet, wie man Binsenmatten flicht und hundert andere Sachen macht. Doch kein Mann will sie zur Frau. Verschmäht bohrt sie Löcher in das störnasige Kanu des Mannes, der ihr am besten gefällt.

Eine Gruppe Weißer kommt in der Nähe vorbei, die Mannschaft des Händlers und Kartografen David Thompson, und an dem Abend verlässt sie das Lager und sucht sich einen Weg durch den Wald.

Am Morgen darauf tritt Thompsons Bediensteter Boisverd aus seinem Zelt und sieht ein indianisches Mädchen vor sich. Zuerst hält er sie für einen Geist, doch sie geht auf die Knie und kriecht im Sand zu ihm hin. Sein Leben lang hat Boisverd auf eine Frau gewartet, die genau das tut.

Boisverds frisch Angetraute, das Mädchen, das aus dem Wald kam, bereitet ihm anfänglich keinen Ärger. Eifrig hilft sie im Lager, eifrig ist sie auch in Boisverds Bett, Müdigkeit kennt sie nicht. Können die Männer kaum noch einen Fuß vor den anderen setzen, läuft sie munter durch den Wald. Englisch lernt sie schnell, auch ein paar Brocken Französisch. Sie lacht, wenn die Männer auf Tiere schießen und sie verfehlen. Müssen sie einen Fluss durchqueren, legt sie ihre Sachen ab, watet hinein und präsentiert sich den Blicken ohne jede Scham.

Von Thompsons Männern haben viele keine Frau, und Madame Boisverd erweist sich als entgegenkommend, robust und unermüdlich. Jede Nacht dringt ihr lärmendes Lachen aus einem anderen Zelt, obwohl Boisverd sie dafür schlägt oder es zumindest versucht. Sie wehrt sich, verpasst ihm ebenfalls ein blaues Auge, eine geschwollene Lippe.

Sie muss gehen, sagt David Thompson. Er hat Angst, Boisverd könnte sie töten, und möchte sich Unannehmlichkeiten ersparen. Sie muss zurück zu ihren Leuten.

Wieder marschiert sie durch den Wald. Wo ihre Leute sind, weiß sie nicht. Sie muss lange nach ihnen suchen. Mit einer Flinte, die sie von den Weißen mitgenommen hat, geht sie auf Jagd. Während sie zwischen Bäumen umherstreift, stellt sie sich vor, sie wäre ein Krieger. Ihr kommt eine Idee. Nicht nur eine Idee – die Erkenntnis einer Wahrheit.

Wie sich gezeigt hat, verkündet sie nach ihrer Rückkehr zu den Kutenai, besitzen die Weißen Zauberkräfte und haben diese Kräfte genutzt und sie in einen Mann verwandelt.

Nun zieht sie sich auch an wie ein Mann. Dieser Mann gibt sich einen neuen Namen: Gone-to-the-Spirits. Er geht jagen und fischen, weigert sich, die Arbeit einer Frau zu verrichten. Er besorgt sich ein Pferd, nimmt seine Flinte und schließt sich einem Raubzug an. Die Krieger schicken ihn fort, aber er folgt ihnen, kampiert in der Dunkelheit, gleich hinter ihrem Kreis. Im Kampf erbeutet er drei Pferde und zwei Skalps. Gar nicht mal übel.

Ein Mann braucht eine Frau. Gone-to-the-Spirits versucht es bei Mädchen, die wissen, wie man Zutaten für Essen sammelt und zubereitet, wie man webt und flicht, aber sie wollen ihn nicht. Er tobt und wütet. Die Zauberkräfte der Weißen hätten auf ihn abgefärbt, behauptet er, und jeder Mensch solle es sich gut überlegen, bevor er sich mit ihm anlegt, denn wer wisse schon, welche Strafe er sich für ihn ausdenkt.

Es gibt ein Wort: *Berdache*. Perfekt ist es nicht, nicht einmal ansatzweise: Französisch für Katamit, einen Knaben, der von einem älteren Mann ausgehalten wird. Abgeleitet wurde es über den Umweg des Spanischen und Italienischen von der altpersischen Bezeichnung für einen Sklaven. Seit ihren ersten Begegnungen mit den Ureinwohnern des amerikanischen Kontinents waren weiße Trapper, Händler und Forscher auf Menschen gestoßen, die weder Mann noch Frau waren. Wie sollte man sie nennen? Eine längst vergessene Seele empfahl schulterzuckend ein Schimpfwort, mit dem die Mutter in Montreal einst den großen Bruder bedacht hatte. Das Wort machte die Runde, setzte sich fest.

In den Tagebüchern der Händler und Forscher findet Gone-to-the-Spirits immer wieder Erwähnung. Bei den Ureinwohnern versucht er sich als Prophet. Am Anfang ist es nur Aufschneiderei. Er erzählt ihnen, er hätte sich nicht nur von einer Frau in einen Mann verwandelt, sondern besäße nun obendrein Zauberkräfte. Die Kraft der Weissagung, zum Beispiel.

Dann sage uns etwas voraus.

Nun denn, bald werden Riesen kommen. Sie werden die Erde umpflügen und alle Stämme begraben. Auch die Pocken kommen. Wieder einmal. Weiße schleppen sie ein. Wieder einmal. Aber ihr habt Glück, denn Gone-to-the-Spirits kann Zeremonien zu eurem Schutz durchführen. Wenn die Bezahlung stimmt.

Misstrauisch bringen die Menschen ihm im Gegenzug für seine Zeremonien Geschenke. Weil ihnen aber seine Weissagungen nicht gefallen, mögen sie auch ihn nicht.

Er steigt erst im Ansehen, als er einen großen weißen Häuptling voraussagt, der auf die anderen Weißen wütend ist, weil er ihnen befohlen hat, seine Schätze an die Ureinwohner zu verschenken und sie nicht als Tauschmittel zu missbrauchen. Um sich bei ihnen zu entschuldigen, wird der Häuptling ihnen reiche Geschenke machen und die anderen Weißen für ihre Gier bestrafen. Bald schon.

Als er sie zum ersten Mal sieht, sitzt seine Frau an einem See. Sie ist mit keiner Arbeit beschäftigt, und der ungewohnte Anblick einer untätigen Frau lässt ihn vermuten, dass sie keinen Mann hat. Während sie miteinander reden, lässt er Steine übers Wasser hüpfen. Ihr Mann hat sie verlassen. Nun entscheidet sie alles allein.

Er fragt: Willst du einen neuen Mann?

Aus Büffelleder hat er sich einen Phallus gemacht und glaubt, eine Frau damit hinters Licht führen zu können. Doch seine Frau ist nicht dumm. Genau wie er lacht sie gern laut und streitet oft. In der ersten Nacht reißt sie ihm den falschen Schwanz aus der Hand, lacht über die übertriebene Größe. Bevor er sie aufhalten kann, zieht sie sein

Hemd hoch und lacht über seine Brüste. Er setzt sich auf sie und findet einen Weg, sich so an ihr zu reiben, dass es beiden gefällt.

Sie zieht mit ihm umher. Einer Frau erzählt sie von dem Phallus aus Büffelleder, und bald weiß jeder davon. Gone-to-the-Spirits verdächtigt sie, mit andern Männern zu schlafen, und schlägt sie, obwohl sie es abstreitet. Von einem Schwanz wolle sie nichts wissen, beteuert sie. War sie denn nicht deutlich genug?

Irgendwann landen sie in Astoria, an der Küste Oregons.

In ihren Tagebüchern vermerken die Händler aus Astoria die Ankunft eines Mannes und seiner Frau, beide in der Tracht der Plains-Indianer, Gewänder aus Leder, Mokassins, hohe Gamaschen. Der Mann spricht Englisch und Französisch, ein paar Brocken Cree und Algonquin, auch andere Sprachen der Ureinwohner, aber keinen der Küstendialekte. Er verblüfft die Leute aus Astoria, weil er eine genaue Landkarte von den Bergen und Flüssen im Osten zeichnen kann. Sobald ein Mann sich seiner Frau nähert, stößt Gone-to-the-Spirits wilde Drohungen aus, zieht sogar das Messer. Er gibt sich dem Glücksspiel hin. Er verträgt keinen Alkohol. Er lernt die Küstendialekte.

Dann taucht David Thompson in der Stadt auf. Ich fress meine Stiefel, sagt er, wenn das nicht Madame Boisverd ist.

Die Leute aus Astoria reiben sich die Augen, fragen sich, warum es ihnen nicht schon früher aufgefallen ist. Die Hand von Gone-to-the-Spirits zuckt zum Messer, aber eigentlich freut er sich über das Wiedersehen mit diesem Weißen, denn nun kann er ihm zeigen, dass der andere keine Macht mehr über ihn hat.

Juli 1811. Die Männer beschließen, entlang des Columbia River nach Norden zu reisen. Thompson will zurück nach Kanada, die aus Astoria wollen im Landesinneren einen Handelsposten eröffnen, Gone-to-the-Spirits bietet seine Dienste als Führer an.

Am Ufer des Flusses treffen sie eines Tages auf vier Männer, die sieben gewaltige Lachse gegen Waren eintauschen wollen. Die Fische sind am Unterkiefer mit Stangen verbunden, die auf den Schultern der Männer ruhen, ihre Schwanzflossen berühren den Boden. Ist es wahr, wollen die Männer mit finsterem Seitenblick auf Gone-to-the-Spirits von David Thompson wissen, dass ihr die Pocken bringt? Und Riesen, die unsere Lager und Dörfer vergraben wollen?

Nein, sagt Thompson. Nein, nein, nein. Ganz gewiss nicht.

In seinem Tagebuch hält Thompson fest: *Ich habe ihnen gesagt, seid unbesorgt, die weißen Männer haben die Pocken nicht gebracht, und die Eingeborenen sind stark und werden weiterleben, und … so wie es in der Zeit eurer Großväter gewesen ist, so ist es auch heute und wird es noch für eure Enkelsöhne sein.*

Doch für ihre Enkelsöhne wird nichts mehr sein wie früher.

Irgendwann löst sich der Trupp auf. Thompson reist weiter gen Norden und erzählt auf seinem Weg überall die Geschichte des Berdache – eine famose Anekdote, immer ein Volltreffer. Die Leute aus Astoria marschieren weiter Richtung Osten, in Begleitung von Gone-to-the-Spirits und Mrs. Gone-to-the-Spirits. Dank einiger optimistischer Weissagungen ist der Haushalt der Gone-to-the-Spirits auf sechsundzwanzig vollbeladene Pferde angewachsen. Eines Abends reiten die Gone-to-the-Spirits abschiedslos davon und gehen eine Zeit lang ihres Weges, ohne bei den Weißen Erwähnung zu finden.

Als er erneut in Erscheinung tritt, hat Gone-to-the-Spirits sich eine neue Frau zugelegt, die sechsundzwanzig Pferde jedoch verloren. Er taucht beim Flathead-Handelsposten nahe Missoula auf. In den Tagebüchern der Weißen wird er Bundosh genannt. Oder Bowdash. Er kommt mit einer Gruppe Kutenai, um mit Fellen zu handeln und sich Schnaps zu besorgen, von dem er laut und aufbrausend wird. Gegen Bezahlung dolmetscht er die Sprachen der Flathead und Blackfoot.

Eine Geschichte: Gone-to-the-Spirits ist mit einer Schar Krieger unterwegs. Bevor sie eine Furt überqueren, bleibt er immer ein paar Meter zurück, ein anderer Mann schöpft Verdacht, versteckt sich hinter einem Baum und sieht, wie Gone-to-the-Spirits sich auszieht. Obwohl Gone-to-the-Spirits immer behauptet hat, in einen Mann verwandelt worden zu sein, hat er Brüste, aber keinen Schwanz. Gone-to-the-Spirits, nackt im Wasser, entdeckt den Schnüffler, geht in die Hocke und versucht, seinen Körper zu verbergen. Später, als sie den Lake Pend Oreille erreichen, sagt der Häuptling, die Krieger dürften sich neue Namen aussuchen, um die Schmach über die erfolglosen Raubzüge abzuschütteln.

Dann heiße ich Sitting-in-the-Water-Grizzly, sagt Gone-to-the-Spirits, der aus der Not eine Tugend machen will.

Du sitzt zwar im Wasser, aber ein Grizzly bist du nicht, sagt der Schnüffler. Sitting-in-the-Water-Grizzly zieht sein Messer, aber bevor er einen Tropfen Blut vergießen kann, wird er davongejagt.

Trotz allem wird Sitting-in-the-Water-Grizzly zum Friedensboten, er vermittelt zwischen den Stämmen, dolmetscht. Berdache sind die geborenen Mittelspersonen, weil sie nirgendwo ganz dazugehören. (Two-Spirits nennt man sie heute auch.)

1837 wird eine Schar Flathead von Blackfeet umzingelt. Sitting-in-the-Water-Grizzly überbringt den Blackfeet eine irreführende Botschaft, um sie hinzuhalten, damit die Flathead fliehen können.

Als den Blackfoot-Kriegern aufgeht, dass er sie hereingelegt hat, rammen sie ihm ein Messer in den Bauch.

Noch eine Geschichte: Wie durch Zauberei verschließt sich die Wunde von Sitting-in-the-Water-Grizzly wieder und wieder, bis ein Krieger auf eine Idee kommt: Er bohrt ein tiefes Loch in die Brust von Sitting-in-the-Water-Grizzly, greift hinein und schneidet ein Stück seines zuckenden Herzens heraus. Weil sein Herz nun nicht mehr ganz ist, verschließt sich die Wunde nicht mehr, und Sitting-in-the-Water-Grizzly stirbt.

Dann hatte er gar keine Zauberkräfte, sagen einige, als sie die Geschichte hören. Er ist gestorben wie jeder gewöhnliche Mensch. Dann können wir alles, was er vorhergesagt hat, vergessen, denn er kannte die Zukunft genauso wenig wie wir.

Andere wollen jedoch gehört haben, dass sein Körper lange Zeit im Wald lag, ohne zu verwesen oder von Tieren oder Vögeln angerührt zu werden. Sonderbar, oder? Vielleicht hat das etwas zu bedeuten.

Gut möglich, sagen die Leute. Könnte sein. Vielleicht.

Grace Kelly

Vier

Kurz bevor wir uns trennten, hatten Oliver und ich Mützen und Sonnenbrillen aufgesetzt und waren mitten am Tag in einen Superheldenfilm gegangen, den neunten einer Serie. Er hatte alle anderen gesehen, ich keinen. Ich saß im Dunkeln, zerrte an ledrigen Red-Vine-Fruchtgummis, bis ich einen dumpfen Schmerz in meinen Schneidezähnen spürte, und sah mir einen heftigen Fiebertraum aus riesigen, leuchtenden Gesichtern, heranrasenden Körpern, einstürzenden Gebäuden, zerberstenden Maschinen und Feuerstößen an. Irgendwo in einem dunklen, glänzenden Raum stand eine verschlossene Aktentasche, und in dieser Aktentasche befand sich eine Ampulle mit geheimnisvollem weißem Licht, und wer immer die Ampulle besaß, konnte die Welt retten oder zerstören.

Die Fantasie dahinter ist, sagte ich danach zu Oliver, dass du – du, Otto Normalkinobesucher – auch außergewöhnliche Kräfte besitzen könntest, ohne es zu wissen, oder dass du jeden Moment in jemanden verwandelt werden könntest, der welche besitzt. Bei solchen Fantasien geht es aber auch um Eindämmung. Unbeherrschbare Kräfte schlummern in menschlichen Heldenkörpern oder werden geschrumpft und in Ampullen und Aktenkoffern herumgetragen. Das Ende von allem wird in einer winzigen Lichtkugel eingefangen.

»Ja, stimmt«, sagte Oliver. »Aber mir gefällt vor allem,

dass die Geschichte immer größer wird. Als wäre es nicht mehr nur ein Universum. Es ist ein *erweitertes* Universum. Als wüsste man nicht mal, wie viel mehr es noch geben könnte.«

Ich sagte, es gebe kein erweitertes Universum. Ein Universum sei entweder da oder nicht. Nichts könne *mehr* sein als die Unendlichkeit.

»Das ist nur ein Ausdruck«, sagte Oliver.

Man schleppte mich zu einer Sitzung mit einigen Studiomanagern, bei der ich an den Pranger gestellt und dazu verurteilt wurde, mit Gwendolyn, der Autorin von *Archangel*, zu Mittag zu essen und sie zu besänftigen. Dann werden wir sehen, sagten sie. Sie spielten immer wieder bedrohlich auf Entscheidungen an, die künftig anstünden, und Siobhan tat ihr Bestes, um mein Recht auf Privatsphäre zu verteidigen, aber niemand kaufte ihr das ab. Ich saß schmollend da und sagte nichts, bis ich auf Nachfrage erklärte, nein, ich wüsste *nicht*, was ich mir dabei gedacht hätte, und nein, ich glaubte *nicht*, dass Oliver und ich wieder zusammenkommen würden, und nein, es wäre *nicht* meine beste Idee gewesen, den Club durch den Vordereingang zu verlassen.

In Hollywood werden beim Mittagessen Träume gemacht und zerstört; beim Mittagessen kann alles passieren; das Mittagessen ist das Alpha und das Omega. Hinter jedem Film steht ein Berg aus gewürztem Thunfisch, ein Ozean aus San Pellegrino. Kein Dessert für mich, aber haben Sie Cold Brew? Mit Mandelmilch. Danke.

Als ich kam, hatte Gwendolyn bereits Platz genommen. Ihr flauschiges weißes Hündchen lag unter ihrem Stuhl und beobachtete die Füße der Gäste. Weil sie ihren Hund überallhin mitnahm, wählte Gwendolyn immer Restaurants mit Terrasse, und diese ganz bestimmte Terrasse befand sich im dschungelartigen Innenhof eines Hotels, wo man unter eckigen weinroten Sonnenschirmen saß, die wie die Segel eines Piratenschiffs aussahen. Sie schaute mir entgegen, ohne zu lächeln, die Hände im Schoß gefaltet, ihre Plateauabsätze berührten kaum den Boden. Sie ist höchstens einen Meter fünfzig groß, und ich kam mir vor wie ein Höfling, dem man eine Audienz bei einer boshaften kindlichen Königin gewährt.

Die Welle der Aufregung, die mir über die Terrasse folgte, musste Gwendolyn höllisch nerven, auch wenn alle nur darüber redeten, was für eine Hure ich sei, und Pläne schmiedeten, um mich heimlich zu fotografieren. »Heyyy, Gwendolyn«, sagte ich mit langsamer, brüchiger Kifferstimme. »Hey, Hündchen«, sagte ich zu dem Hund, dessen schwarze Knopfaugen vor ängstlicher Empörung funkelten.

Normalerweise stand Gwendolyn mit großem Getue auf, legte ihre winzigen Arme um meine Schultern und hielt ihre Hüften eine Meile weit weg, während ich mich unbeholfen über sie beugte, und normalerweise sagte sie so etwas wie: »Da ist ja mein wunderschönes Mädchen.« Sie war erst Ende vierzig, weshalb ich nicht wusste, warum sie immer sprach, als wäre sie meine Großmutter. Diesmal aber saß sie einfach nur da und starrte mich an, als wollte sie mich mit ihren Gedanken in Stein verwandeln. Oder aber sie konnte ihr Gesicht nicht bewegen. Sie hat angefangen, Dinge machen zu lassen. In zwanzig Jahren ist sie nur noch ein Hautballon mit Augenlöchern.

»Ja, ich weiß«, sagte ich als Antwort auf ihr Schweigen und ließ mich auf meinen Stuhl fallen. »Absolut.« Der Kellner tanzte um mich herum, drapierte die Serviette auf meinem Schoß, reichte mir die Weinkarte und zählte sämtliche Wasseroptionen auf.

Gwendolyns Hund kläffte. Sie zog das Erbsenhirn auf den Schoß und sagte: »Er hält sich für groß.« Buchstäblich jeder Mensch, der einen kleinen Hund besitzt, macht buchstäblich jeden Tag genau diesen Witz.

»Es muss schwer sein, wenn man so dumm ist«, sagte ich und bestellte einen Wodka Soda.

»Da war jemand sehr beschäftigt«, sagte Gwendolyn, als der Kellner weg war.

»Ich?« Ich runzelte die Stirn und überlegte, womit ich wohl beschäftigt gewesen war. »Nicht so richtig. Ich stehe im Grunde unter Hausarrest. Oliver hat immer gesagt, ich solle mir eine unterirdische Bowlingbahn zulegen, und jetzt wünschte ich, ich hätte es getan.«

»Ich hoffe, du erwartest kein Mitleid.«

Eine wichtige Tatsache über Gwendolyn: Gwendolyn hat die *Archangel*-Bücher geschrieben, weil sie Gabriel als alberne Sex-Fantasie erfunden und sich in ihn verliebt hatte. Sie arbeitete in der Nachtschicht in einem Urlaubsresort, in dem Konferenzen über Medizintechnik und Buchhaltungssoftware stattfinden, und verbrachte die meiste Zeit damit, hinter der Rezeption dicke Taschenbücher über Drachen und sexy Zauberer zu lesen. Dort erfand sie eine pseudorussische dystopische Zauberwelt und erzählte sich Geschichten über eine verbotene Teenagerliebe. Dann, eines Tages, sage sie sich: »Scheiß drauf«, und fing an, alles aufzuschreiben. Finanziell gesehen eine gute Entscheidung.

Hier noch eine weitere wichtige Tatsache: Gwendolyn brachte genau wie all die anderen Crazy Bitches etwas durcheinander, verwechselte Oliver-den-Schauspieler mit Gabriel-der-Figur und verliebte sich in ihn. Wann immer er in der Nähe war, leuchtete sie auf wie ein Römisches Licht, zischend und unberechenbar und unheimlich, und flirtete auf eine gruselige, mütterliche Art mit ihm. Sie rechnete sich wohl Chancen aus, weil Oliver schon einmal eine ältere Frau geheiratet hatte, aber Olivers Ex-Frau war übergalaktisch cool gewesen, so wie David Bowie oder Charlotte Gainsbourg, und deshalb alterslos. Außerdem war Oliver ein Teenager, als er seine Ex kennenlernte, romantisch und empfänglich, und jetzt ist er ein Filmstar, der mit anderen Filmstars abhängt und Filmstars mit Models und Sängerinnen und wahrscheinlich auch mit ganz normalen Frauen betrügt.

»Ich will ganz ehrlich sein«, sagte Gwendolyn. »Ich bin zutiefst besorgt über die Art und Weise, in der du *Archangel* repräsentierst.«

»Ich bin mir nicht sicher, was du meinst.«

»Verschone mich damit, Hadley.« Sie sprach mit einer tiefen, rauen Stimme, die ich noch nie gehört hatte und die klang, als würde sie sich allmählich in ein Monster verwandeln.

»Ich …« Plötzlich war ich zu müde, um mich weiter mit Gwendolyn anzulegen. »Ich war achtzehn, als ich mich darauf eingelassen habe«, sagte ich. »Ich wusste nicht, was es bedeutet.«

»Natürlich, wie hättest du auch ahnen können, dass du sehr reich und berühmt werden würdest, als du für eine Filmserie vorgesprochen hast, die auf absoluten Bestsellern basiert? Welche Präzedenzfälle hätte es denn geben können?«

»Ich weiß, aber das ist nicht wie normaler Ruhm. Es ist ein Ruhm-Tsunami.«

»Man sollte Tsunamis nicht auf die leichte Schulter nehmen«, sagte sie.

Der Kellner tauchte mit meinem Wodka Soda auf, ganz fröhlich und professionell, als hätte er nicht gemerkt, wie angespannt wir waren, als hätte er nicht auf den ungünstigsten Moment gewartet, um an den Tisch zu kommen. »Möchten Sie jetzt bestellen?«

»Cheeseburger ohne Brötchen«, sagte ich.

»Pommes oder Salat?«

»Wenn ich Pommes essen würde, würde ich auch das Brötchen essen, Alter.«

Er schürzte die Lippen und kritzelte auf seinen Block.

»Den Ahi-Salat ohne Wontons und das Dressing separat«, sagte Gwendolyn und hielt ihm drängend ihre Speisekarte hin. Als er weg war, sagte sie: »Meinst du, ich wüsste nicht, dass Ruhm kompliziert ist? Ich habe Vollzeit-Security bei mir zu Hause. Ständig tauchen Leute auf und wollen Geld von mir. Ich stehe unter *großem* Schreibdruck.«

»Das ist nicht dasselbe wie bei mir und Oliver. Die Leute kaufen keine Zeitschriften, weil du auf dem Cover bist. Niemand fotografiert dich beim Tanken. Niemand ist so interessiert daran, dich nackt zu sehen, dass er dein Handy hackt. Und so *groß* ist der Schreibdruck nun auch wieder nicht. Hör einfach auf. Bring es zu Ende.«

»Meine Leser wollen mehr. Ich tue es für sie.«

»Ich bitte dich.«

»Ohne mich wärst du ein Nichts.« Sie streichelte dem Hund so fest den Kopf, dass das Weiß seiner Augen zu sehen war und er zu winseln begann. »Ein Gesicht auf einer Brotdose, die niemand auf einem Flohmarkt kauft. Ein totes Mädchen bei *CSI*. Eine Loserin, die Blowjobs gegen neue Porträtaufnahmen tauscht. Ich habe ein ganzes *Universum* erschaffen. Ich habe eine Geschichte erfunden, die Milliarden wert ist. Was hast du je getan? Was hast du je *erschaffen*?«

Bis dahin hatte ich noch nicht entschieden, was ich tun würde, ob ich die Wogen glätten oder alles in die Luft jagen wollte, doch nun sah ich klar. Ich beugte mich vor. »Wann immer jemand deine Bücher liest oder auch nur erwähnt, an wen denkt er dann wohl? An mich.«

Ich hätte nicht gedacht, dass jemand, der so klein ist, so viel Wut ausstrahlen kann. Sie war förmlich spürbar. Hitze und Vibration. Sie war wie eine Raumkapsel, die wieder in die Atmosphäre eintritt.

»Okay«, sagte der herbeisegelnde Kellner, »einen Ahi-Salat und den Cheeseburger. Keine Won-Tons, kein Dressing, kein Brötchen, keine Pommes.« Er stellte die Teller ab. »Darf ich Ihnen noch etwas bringen, bevor Sie Ihr Mittagessen genießen?«

»Nein, danke.« Ich schenkte ihm mein liebenswürdigstes Star-gibt-sich-gnädig-Lächeln. Als er weg war, stand ich auf. »Das war ein angenehmes und professionelles Gespräch«, sagte ich zu Gwendolyn, »aber ich fürchte, ich muss jetzt wirklich gehen.« Sie sah zu mir auf und wusste nicht, wie sie ihren Hass am besten zum Ausdruck bringen sollte. Ich kramte in meiner Tasche und knallte einen USB-Stick auf den Tisch. »Ein Andenken«, sagte ich.

Fünf

Es sieht ungefähr so aus, wie man es sich vorstellt. Wir hatten es mit Olivers Handy aufgenommen, daher gibt es viel unscharfes Geruckel und Aufnahmen von Nasenlöchern, Achselhöhlen und Doppelkinnen, und an einer Stelle fällt das Handy vom Bett. Nicht gerade das hochwertigste filmische Machwerk in unserem erweiterten Universum. Oliver legte immer wieder Pausen ein, in denen ich Däumchen drehte, während er allein eine weitere Nahaufnahme seines Schwanzes machte, als wäre er Hitchcock und sein Schwanz Grace Kelly. Ich wollte das Video löschen, sobald wir fertig waren, aber Oliver ließ mich nicht. »Ich bin sentimental«, sagte er. Also bewahrten wir beide Kopien auf USB-Sticks auf, die wir wegschlossen, damit sie nicht gehackt werden konnten.

»Gegenseitig gesicherte Zerstörung«, sagte ich, obwohl das natürlich nicht stimmte.

Am Abend vor meinem Essen mit Gwendolyn hatte ich mir das Video angesehen, bevor ich die Kopie erstellte. Ich war vielleicht ein bisschen betrunken und rief danach Oliver an, aber er ging nicht ran. Mir war danach, irgendwo hinzugehen, aber mir fiel nichts ein. Mir war danach, jemanden zu ficken, aber der einzige Mensch, den ich ficken wollte, war Alexei, und das würde nicht passieren. »So bin ich nicht«, hatte er gesagt, als er unsere Mini-Affäre beendete. »So was mache ich nicht.«

»Nun«, hatte ich geantwortet, »ich kann nicht umhin, zu bemerken, dass du es sehr wohl machst.«

Ich wusste, dass Alexei ein skrupellos guter Agent war, ein Hai, der nur Geld frisst, aber er war auch ein *Familienmensch*. Er hatte sich für sie entschieden, seine Frau, seinen Sohn und seine beiden Töchter. Ich sage das, als wäre es eine große Überraschung. Wir waren nur zweimal zusammen gewesen. Einmal bei Dreharbeiten in Neuseeland und einmal danach in L. A. Was hatte ich erwartet? Dass er sein ganzes Leben für mich aufgeben würde? Sich auf einen großen Skandal einlassen? Dass er sich an ein Mädchen ranschmeißen würde, das nicht einmal das College abgeschlossen hatte? Wollte ich das überhaupt?

»Du verstehst das nicht«, sagte Alexei. »Ich habe keinen Vertrauensbonus. Niemals. Wenn das herauskäme – du kannst dir nicht vorstellen, welcher Shitstorm mich erwartet. Ich bin nicht weiß, das macht es viel schlimmer.«

»Du machst dir Sorgen, was andere Leute denken?«, fragte ich.

Er sah mich an, als hätte ich angefangen, in fremden Zungen zu sprechen. »Klar.«

Als unsere Geschichte begann, drehte ich gerade den zweiten *Archangel* in Neuseeland, das als Ersatz für Archangels weniger vereiste Kolonie Murjansk diente. Alexei war wegen Oliver gekommen, doch Oliver sagte, er solle sich amüsieren, statt am Set herumzuhängen. Und zu mir sagte er, ich solle mitgehen, da ich den Tag frei hatte. Macht was draus, sagte er. Alexei schlug vor, ein Höhlensystem zu besichtigen, in dem man einen Neoprenanzug anzieht und sich in einem Schwimmreifen durch die Höhlen treiben lässt, in denen es bis auf Glühwürmchen völlig dunkel ist. Sie leben an den Decken und Wänden der Höhlen, und ihre Schwänze leuchten wie Sterne und locken gerade geschlüpfte Fliegen und Mücken an. Die armen Viecher denken, sie flögen in den Nachthimmel, während sie in Wahrheit nur in die Höhe flattern und gefressen werden.

Mein Reifen stieß in der Dunkelheit gegen Alexeis, und ich hielt mich an seinem kalten Neoprenarm fest, als ob ein Boot an einem anderen andockte. Man hörte nur das Tropfen und Schwappen, das glasige Rauschen des Wassers, unseren Atem, alles mit einem leisen Echo. Das schwarze Wasser reflektierte tausend Pünktchen Wurmlicht. Wir drehten uns langsam. Ich schloss die Augen, und als ich sie wieder aufmachte, war es, als würde ich ins Herz des Universums blicken. Meine Augen taten weh, und meine Haut spannte sich über mein Gesicht, weil ich so angestrengt schaute.

»Hattest du auch das Gefühl«, fragte Alexei später im Auto, als wir ins Hotel zurückfuhren, »als ob die Höhle und der Weltraum dasselbe hätten sein können? Als ob der Unterschied nicht wirklich wichtig wäre?«

Ich drehte mich zu ihm, aufgeregt und zugleich besorgt, dass meine Aufregung mich kindlich erscheinen lassen könnte. Aber in seinem Gesicht spiegelte sich meine eigene Begeisterung, meine eigene Verlegenheit, weil ich so fasziniert von einer Touristenfalle war. (Auf unseren Neoprenanzügen und Reifen und den Polohemden der Angestellten prangte der Slogan »Abenteuer Wurmhöhle!«) Unser Wurmlicht erfüllte das Auto. »Genau«, sagte ich. »Genau so habe ich mich gefühlt. Es *war* der Himmel, obwohl er es nicht war.«

Ich erzählte ihm, wie ich als Kind gedacht hatte, die Sterne seien Löcher im Himmel, kleine Nadelstiche in ein anderes, umgebendes Universum, das nur aus Licht bestand.

Er erzählte, sein Vater habe gern gesagt, die Sterne seien Laternen, die von der Vergangenheit aufgehängt würden, damit die Verlorenen den Weg finden konnten. »Er hielt sich für sehr tiefgründig.«

An diesem Abend kamen wir zu spät zum Abendessen mit Oliver, weil wir im Bett gewesen waren. Aber wir hatten keinen Sex, als wir die Zeit aus den Augen verloren. Ich meine, wir hatten Sex gehabt, lagen danach aber da und redeten, machten die ersten großen, sorglosen, vergnügten Ausgrabungen, wenn alles an jemandem noch neu und unbekannt ist, bevor man die kleinen Meißel und Pinsel hervorholen und mühsam um den zerbrechlichen, vergrabenen Kram herumarbeiten muss. Ich wollte alles wissen. Ich wollte alles erzählen. Wir merkten nicht einmal, wie das Tageslicht im Raum verblasste, so hell war das Licht zwischen uns.

»Ihr scheint euch gut zu verstehen«, sagte Oliver später, in einem anderen Bett im selben Hotel, und streichelte meinen Bauch, um mein Interesse an Sex zu wecken, was auch funktionierte, weil ich immer noch total aufgedreht war.

»Er ist ein netter Kerl«, sagte ich. »Wir hatten einen schönen Tag.«

Als ich nach L. A. zurückkam, fragte Alexei, ob er zu mir nach Hause kommen und Mittagessen mitbringen könnte, und ich rasierte mich und überlegte hektisch, was ich anziehen sollte (Cut-offs, ein altes Button-Down-Hemd), bezog das Bett und gab Augustina den Nachmittag frei, und als wir am Pool saßen und Getreide-Bowls aßen, die er in einer überkandidelten Salatbar besorgt hatte, sagte er, dass wir damit aufhören müssten. So bin ich nicht, sagte er. So was mache ich nicht. Ich habe eine Familie.

Ich fragte ihn, warum er es überhaupt getan habe.

»Ich bin schwach«, sagte er.

Ich schaute auf die Avocado und den Amaranth in meiner Schale, auf die papierenen Bougainvillea-Blüten, die wie kleine magentafarbene Boote auf der Oberfläche meines Pools segelten. Rückblickend glaube ich, dass es Alexei leichter fiel, Schwäche einzugestehen als das Wurmlicht. Vielleicht dachte er schon darüber nach, welche Version der

Geschichte seine Frau am ehesten verzeihen würde, wenn sie je davon erführe: einen flüchtigen Irrtum oder eine machtvolle Schwärmerei? Vielleicht überlegte er, mit welcher Version er lieber leben würde. Oder er sagte die reine Wahrheit, und ich hatte mich in der Zwischenzeit eifrig an einem Haufen falscher Sterne abgearbeitet.

Ich machte eine hilflose Geste. »Wenn du das so empfindest.«

»Ich empfinde nicht so. Es ist, wie es ist.«

In diesem Moment musste ich einfach alles tun, um meine Gefühle zu verändern. Also stellte ich mich vor Alexei, zwischen seine Beine. »Hadley«, sagte er resigniert, umfasste aber von hinten meine Oberschenkel und legte seine Stirn auf meinen Bauch. Er hatte die Anzugjacke ausgezogen, und seine Dreadlocks, ordentlich auf dem Rücken zusammengebunden, hoben sich von seinem frischen weißen Hemd ab. »Wenn ich ehrlich bin, ist es wohl das Verbotene«, murmelte er fast bei sich. »Du bist damit überzogen wie mit Zucker. Ohne das –«

»Wäre ich langweilig und abstoßend statt funkelnd und köstlich.« Ich starrte in die entfernte Ecke meines Gartens, wo mein Landschaftsgärtner, ein Experte für trockenheitsresistente Pflanzen, Reihen stacheliger, gezackter Yuccas, Agaven und Palmen gepflanzt hatte, aufgereiht wie marschierende Soldaten, die ihre Waffen schwenken.

»Ich meine nur, wie viel davon ist Nervenkitzel?« Seine Hände bewegten sich auf meinen Beinen.

»Das werden wir wohl nie erfahren.«

Tja, das war das zweite Mal. In Wahrheit wollte ich wohl Alexei eins auswischen, als ich mich mit Jones zum Narren machte.

Haus der Tugend

Missoula
März 1929
Anderthalb Jahre nach Marians Haarschnitt

Tagsüber war es warm gewesen, man hatte spüren (wenn auch noch nicht hören) können, wie es unter dem Schnee im Erdreich taute und tröpfelte. Der in der Mitte offene Fluss zog schwarz und schmal zwischen weiten weißen Ufern dahin.

Doch abends hatte sich die Stadt erneut zusammengezogen und verhärtet. Wolken tauchten über den Bergen auf und versprachen noch mehr Schnee.

Ein Lieferwagen ruckelte über die Eisenbahngleise, weg vom Zentrum der Stadt, an den Seiten Werbung für STANLEYS BÄCKEREI UND KONDITOREI. Am Steuer saß Marian, fuhr in den niedrigen Gängen und orientierte sich an den gefrorenen Spuren, die frühere Reifen gegraben hatten, während sie schlittrige Stellen sorgsam umkurvte. Im Schnee oder Schlamm stecken bleiben durfte sie nicht, durfte andere nicht darauf aufmerksam machen, welch ungewöhnlichen Auslieferfahrer sie abgab, ein vierzehnjähriges Mädchen, inzwischen so groß wie einige Männer, aber mager in ihrer Arbeitskleidung, der Schaffelljacke, dem braunen Strickschal von Berit und der tief übers kurz geschorene Haar gezogenen Mütze. Die Polizei bekam zwar einen Anteil, damit sie sie in Ruhe ließ, doch Unbesonnenheit konnte fatale Folgen haben. Sie fuhr Brot und

Kuchen aus, das stimmte, aber unter den mit Mr. Stanleys Logo versehenen Kattuntüchern lagen in den Körben auch Flaschen.

Flaschen waren die Lösung gewesen.

Seit sie sich die Haare abgeschnitten hatte und als Junge durchgehen konnte (die Stimme zu einem Flüstern gesenkt, das Gesicht starr auf die Stiefel gerichtet), stellten die Farmer sie gelegentlich als billige Arbeitskraft ein, doch ließ sich mit dem Pflücken von Äpfeln und dem Schneiden von Kürbissen nicht viel Geld verdienen. Bücher in Regale zu stellen brachte noch weniger ein. Und ihre anderen Einfälle, um das benötigte Geld zusammenzubekommen (eine Autowerkstatt eröffnen, beispielsweise), ließen sich von einem vierzehnjährigen Mädchen, ganz gleich wie mutig, niemals umsetzen.

Als sie nach einem Tag Feldarbeit sonnenverbrannt und mit schmerzenden Armen auf der Schlafveranda gelegen hatte, war ihr jedoch eine flüchtige Erinnerung gekommen. Caleb hatte früher einmal leere Flaschen an einen Schwarzbrenner im Tal verkauft und mit einer Tour genug verdient, um sich wochenlang Süßigkeiten zu kaufen. Allerdings hatte er die Arbeit als Schinderei empfunden. *Ich wühl doch nicht für den alten Kauz im Müll rum*, hatte er gesagt. Marian dagegen machte ein bisschen Wühlen nichts aus.

Potshot Norman, so hieß der Schwarzbrenner. Marian wusste, wo seine Hütte und der Schuppen mit dem Kessel standen. Im Wald hatte sie die heiße Maische gerochen. Also nahm sie ihren Mut zusammen und klopfte bei ihm an. Die Tür ging auf, dahinter ein wirrer, weißer Schopf und Bart, die erschrockene Augen einrahmten.

»Hä?«, machte er, als hätte sie bereits etwas gesagt und er sie nicht verstanden.

»Brauchen Sie leere Flaschen, Mister? Wenn ja, kann ich Ihnen welche besorgen.«

Er nickte, kaute auf seiner Unterlippe. »Flaschen kann ich wohl immer brauchen.«

Einen Dime für eine Gallone, einen Nickel für eine Quart, zweieinhalb Cent für einen Pint. Sie stöberte in den Gassen hinter den Flüsterkneipen, Sodahallen und Apotheken herum, auf der Müllhalde der Stadt, in den verwahrlosten Gärten der Säufer. Sie füllte Säcke mit leeren Flaschen, grüne, braune, durchsichtige. Auf einigen klebten Etiketten. Kanadischer Premium Whiskey, englischer Premium Gin. Die meisten wohl von Schmugglern gefälscht, aber einige sicherlich echt, auch wenn der Alkohol mit Wasser oder Spiritus verschnitten war. Der auf seine Weise gewissenhafte Potshot entfernte die Etiketten mit kochendem Wasser, bevor er seinen Fusel in die Flaschen füllte. Marian tauschte ihre Säcke gegen Scheine und Münzen ein. Irgendwann sagte Potshot dann, er würde erst einmal keine Flaschen mehr brauchen, und schickte sie zu Mr. Stanley, dem Bäcker, der ihr grinsend alles abkaufte.

Eines Tages stand Mr. Stanley rauchend vor dem Hintereingang seiner Bäckerei, während sie die klirrenden Säcke aus Wallaces Auto zog. (Brot backen, Maische kochen – Gerüche, die man leicht verwechseln konnte, obwohl Stanley übers Tal verteilt weitere Schwarzbrennereien versteckt hatte.) Er fragte: »Hättest du Lust, dein Geschäft zu erweitern, Jungchen?«

»Ich bin immer auf der Suche nach neuen Aufgaben.« Leichte Gewissenskrise: »Dass ich kein Junge bin, wissen Sie.«

»Da ist ein Mädchen drunter?« Er senkte den Kopf, schaute unter ihren Mützenschirm. Verkniffene Augen, ein

Wölkchen Rauch, Mehlstaub auf haarigen Unterarmen. Sie war sich sicher, er zog sie nur auf und amüsierte sich über ihre Verkleidung. »Na schön, hättest du Lust, dein Geschäft zu erweitern, Mädchen?«

Als Marian die Gleise überquerte, hatte sie bereits sechs Häuser, einen Veteranenverein, zwei Arztpraxen und vier Restaurants aufgesucht. Der dämmerige Himmel hing tief vom drohenden Schnee. Bei jedem Halt hatte sie Körbe abgeliefert, einige nur mit Backwaren, andere nur mit Schnaps, etliche mit beidem. Sie hatte an Türen geklopft, war in Keller herabgestiegen, hatte Geld aus bestimmten Vogelhäusern und hohlen Bäumen gezogen und Flaschen dagelassen. Für die Großbestellungen der Flüsterkneipen setzte Stanley sie nicht ein, denn dafür musste man zu viel späterer Stunde unterwegs sein und lief außerdem Gefahr, überfallen und ausgeraubt zu werden. Nur die kleineren Lieferungen vertraute er ihr an. Der Brustbeutel an ihrem Hals füllte sich allmählich mit Scheinen und Münzen, und nach jeder Tour übergab sie das gesammelte Geld an Stanley, der ein paar Dollar für sie abzählte, die sie später in einem Versteck im Häuschen (ausgehöhlte Bücher, ein unter ihrem Sessel befestigter Beutel) deponierte. Dass sie ein Mädchen war, störte Stanley nicht. Seine anderen Fahrer hatten Schnaps geklaut oder wollten ihm die Kunden abspenstig machen. Sie nicht.

Im Sommer zuvor hatte sie Wallace erklärt, sie wolle nach ihrem vierzehnten Geburtstag von der Schule abgehen.

Er war in seinem Atelier gewesen. Hatte den Pinsel weggelegt, sich die Hände an einem Lappen abgewischt. »Wieso, Marian? Du kannst doch noch so viel lernen.«

»Ich will arbeiten. Und ich fahre für Mr. Stanley bereits Waren aus.«

Wallace setzte sich in einen Sessel und wies auf einen zweiten. »Hab davon gehört.«

Er fragte sie nicht, welche Waren sie auslieferte. Er wollte es nicht wissen; wusste es längst. Sie sagte: »Vom Gesetz her muss ich nur die achte Klasse zu Ende bringen, außerdem ist es unfair, dass du immer noch für uns sorgen musst, obwohl du uns damals gar nicht haben wolltest. Ich werde dir Geld für Essen und Unterkunft geben.«

Er blinzelte, als hätte sie vor seinem Gesicht in die Hände geklatscht und ihn aus einer Hypnose geholt. »Ich wollte euch nicht haben? Wie meinst du das?«

»Du hast es für deinen Bruder getan. Aber du hast dir dieses Leben nicht ausgesucht.«

»Aber das stimmt nicht, Marian, du bist hier willkommen.«

»Du hast es dir nicht ausgesucht, für uns verantwortlich zu sein.«

Er schaute zu seinem unfertigen Bild, dem Chaos aus Pinseln und Farbtuben. Dann sah er auf seine Uhr, als hoffe er, ihm würde eine dringende Verabredung einfallen. »Und was willst du ohne richtigen Schulabschluss machen? Bis in alle Ewigkeit Stanleys Lieferwagen fahren?«

Sie hatte es ihm schon tausend Mal gesagt. »Ich werde Pilotin.«

Seine Mundwinkel wurden schlaff. »Fängst du wieder damit an?«

»Ich muss für Flugstunden sparen, aber ich zahle dir fünf Dollar die Woche für Essen und Unterkunft. Sollte mein Geld auch nur einmal nicht reichen, gehe ich wieder zur Schule.« Sie erzählte ihm nicht, dass sie bereits alle Piloten in der Stadt gefragt hatte und keiner ihr Unterricht geben wollte. Hinten bei der Festwiese gab es inzwischen einen richtigen Flugplatz mit ein paar Hangars, einer kleinen Wartehalle, einer Tankanlage.

Noch war ihr Lehrer nicht da, aber er würde eines Tages kommen. Das wusste sie.

Die Aussicht auf fünf Dollar hatte Wallaces Interesse geweckt, das sah sie ihm an, aber er wiederholte nur: »Pilotin.« Die farbverschmierten Hände auf den Knien überlegte er kurz. »Dass du Flugzeuge magst, weiß ich, aber, Marian – ich will dir nicht wehtun, aber selbst, wenn du fliegen lernst ... was soll das bringen? Willst du so leben wie diese Brayfogle-Frau? Von der Hand in den Mund? Alt werden ohne Haus und Kinder? Dieser Lackaffe von einem Ehemann – sofern sie überhaupt verheiratet waren, was ich bezweifle – wird sie eines Tages sitzenlassen, und was wird dann aus ihr? Wo, glaubst du, endet eine Frau wie sie?«

»Ich muss Pilotin werden. Und ich werde es, ob ich zur Schule gehe oder nicht.«

»Dann geh zur Schule.«

»Du bist von zu Hause weggelaufen, weil du Künstler werden wolltest, obwohl das alles andere als vernünftig war.«

»Bei mir war das was anderes.«

»Wieso?«

»Stell dich nicht dumm, Marian. Weil ich ein Mann bin.«

»Mach dir um mich keine Sorgen. Das hast du noch nie getan. Wieso jetzt damit anfangen?«

Er schaute zu einer seiner Leinwände hinüber: eine Hügellandschaft mit flachsfarbenem Gras, einem Streifen Wolken. »Wenn du und Jamie nicht gekommen wärt ...« Er wurde leiser, setzte noch einmal an. »Vielleicht habe ich mir manchmal gewünscht, ich wäre völlig ungebunden, aber dann wäre ich vermutlich noch schlechter dran. Ich meine, es war bestimmt gut, dass ihr gekommen seid, dass ich für jemanden Verantwortung übernehmen musste, auch wenn ich nicht immer ... fürsorglich war.« Er schloss seufzend die Augen und kniff sich in den Nasenrücken. »In Wahrheit ist es mir peinlich, aber wenn du partout nicht willst, werde ich dich nicht zwingen können, im nächsten Jahr zur Schule zu gehen.«

»Nein?«

»Nein.«

Sie war aufgesprungen, hatte ihn umarmt und auf die Wange geküsst. »Danke, Wallace. Vielen Dank.«

»Bedank dich nicht bei mir. Ich tue dir damit keinen Gefallen.«

Jetzt fuhr sie in Stanleys Lieferwagen zu Miss Dollys Salon. Die ersten Schneeflocken schwebten träge durchs Licht ihrer Scheinwerfer.

Miss Dolly, eine vergrämte Frau wie eine abgebrannte Kerze, hatte ihr Bordell an der West Front Street am Laufen gehalten, obwohl alle anderen nach der Säuberungsaktion von 1916 schließen mussten, und ihr anstößiger Taubenschlag hatte seiner Kundschaft über Jahre diskret von einem Häuserblock entgegengegurrt, in dem sonst nur noch Dunkelheit und Stille herrschten. Die Mädchen aus den anderen Häusern, den geschlossenen Häusern, mussten in rußigen, lichtlosen Kellern arbeiten und reckten ihre Köpfe von unten in die Gassen wie laszive Erdhörnchen. Die Mädchen von Miss Dolly hätten alles getan, um nicht in diesen Kellern zu landen, und schufteten schwer, auch wenn sie sich insgeheim über die Schulden beklagten, die sie bei Dolly für Miete und Essen, Wäsche und Badewasser, für das Aufheizen ihrer Lockenstäbe und alles, was der Hausherrin sonst noch einfiel, anhäufen mussten.

Miss Dolly hatte in der Innenstadt die Stellung gehalten, als die Chinesen fortgingen und ihre Nudelimbisse und Wäschereien und die Kräuterfrau, die die Braten aus den Röhren der Mädchen wegmachte, mitnahmen. Sie hielt auch dann noch die Stellung, als die Werkstätten und Polstereien und die Heilsarmee ein paar Blocks weiterzogen und der ehemals edle Salon von nebenan von einem Wurstmacher übernommen wurde. Sie ließ ihre Mädchen nicht mehr in den Fenstern sitzen, wo sie früher bei jedem Passanten mit Stricknadeln oder Fingerhüten gegen die Scheibe geklopft hatten. (Welch wunderbares Geklapper in der guten alten Zeit an Zahltagen doch geherrscht hatte, laut wie das Hämmern der Bergmänner und noch ertragreicher. Wenn sie nur Gläser klirren oder Würfel im Becher hörte, bekam Miss Dolly feuchte Augen.) Schließlich hatte ein Feuer, das Miss Dolly der Polizei oder einer bankrotten Rivalin oder den Tugendwächterinnen der Abstinenzbewegung zuschrieb, dafür gesorgt, dass sie mit ihrem Etablissement in ein unauffälliges Backsteingebäude nördlich der Bahngleise umziehen musste. Vor der Tür wies kein Schild auf freie Zimmer für Frauen hin, geschweige denn auf freie Frauen für Herren. Kunden wussten den Hintereingang zu nehmen.

Marian parkte den Lieferwagen möglichst nah an Miss Dollys Salon, lud einen Holzschlitten ab und stellte die beiden Körbe mit der wöchentlichen Bestellung obendrauf. Den Schlitten hinter sich herziehend, stapfte sie durch die fast dunkle Straße.

Eines der Mädchen, Belle, öffnete die Küchentür. »Du!«, sagte sie. »Komm rein!« Sie war nicht für Gäste zurechtgemacht, trug ein schlichtes blaues Hängerkleid, Wollstrümpfe, graues Umhängetuch und das Haar im Nacken zu einem Knoten. Nur das dick aufgetragene Rouge und die Kajalaugen ließen auf ihren Beruf schließen.

Marian hielt einen der Körbe im Arm. »Auf dem Schlitten steht noch einer.« Belle flitzte in ihren Pantoffeln nach draußen, kam mit dem zweiten Korb zurück und schob Marian in die Küche.

»Gut, dass du da bist. Wir saßen fast schon auf dem Trockenen.« Das sagte Belle jedes Mal, offenbar wusste sie nicht, wie genau Miss Dolly den wöchentlichen Nachschub bemaß. Miss Dolly bezog auch importierte Ware von einem Schmuggler, echten Premium Scotch und Gin für die zahlungskräftigen Kunden, wenngleich sich die meisten mit dem billigen Fusel von Mr. Stanley zufriedengaben. »Bleib doch kurz. Dolly ist nicht da.«

Eigentlich hätte Marian sofort aufbrechen müssen, aber das Entgegenkommen von Miss Dollys Mädchen schmeichelte ihr jedes Mal. Sie legte Mütze und Mantel ab und setzte sich an den Tisch. »Hat Dolly Geld für mich dagelassen?«

»Das kann ich beim besten Willen nicht sagen.« Belle spähte in einen der Körbe, schrie entzückt auf und zog das Kattuntuch herunter. Auf den Flaschen thronte eine Vanillecremetorte. Im anderen Korb entdeckte sie zu ihrer noch größeren Begeisterung ein halbes Dutzend durch Wachspapier geschützte Windbeutel. Geschenke für die Mädchen von Mr. Stanley, der gelegentlich bei ihnen vorbeischaute. »Gönnen wir uns einen«, sagte Belle. »Nur einen, wir teilen.« Sie war aufgesprungen und holte ein Messer. Sobald sie den Windbeutel durchgeschnitten hatte, stopfte sie sich ihre Hälfte mit einer manikürten Hand gierig in den Mund. Marian biss von ihrem Stück ab. Gebäck und Sahne, kalt und fest von der Fahrt, schmeckten köstlich.

Belle, noch kauend, musterte sie. Miss Dollys Mädchen waren so an geschminkte Gesichter und künstlich gelockte Haare gewöhnt, dass sie Marians Jungenhaftigkeit als unschicklich und befremdlich empfanden. Belle strich über Marians Kopf und versuchte, ihr das Haar mit den Fingern zu scheiteln. »Ich hab dir doch gesagt, du darfst es nicht so kurz schneiden«, sagte sie. »Das sieht komisch aus.«

»Mir gefällt's.«

»Und dein Onkel hat nichts dagegen?« Wallace war in Miss Dollys Salon kein Unbekannter.

»Er versucht nicht, mich davon abzuhalten. Unsere Haushälterin schon. Sie versteckt die Scheren.«

»Du schneidest es selber?«

»Nein, ein Freund. Caleb.«

Belle zog eine Schulter kokett hoch. »Muss ein guter Freund sein, wenn du ihn an deine Haare lässt. An meine lasse ich nur Cora. Sie kriegt das so gut hin. Ich hab ihr schon hundert Mal gesagt, sie soll hier aufhören und Frisörin werden.«

Marian dachte an ihren letzten Haarschnitt. Hinterher hatte Caleb ihren nackten Oberkörper betrachtet, während die Haarabfälle sie an den Schultern und im Nacken kitzelten.

Wenn sie bei Dollys Mädchen war, sog sie alles mit geschärfter Neugier in sich auf. Sie beobachtete, welchen Aufwand die Mädchen mit ihren zusammengestückelten frivolen Aufmachungen betrieben, wie sie von jetzt auf gleich von einer verführerischen Pose zum gelangweilten Herumfläzen übergingen. Ihre geballte Weiblichkeit faszinierte sie, auch wenn sie es vorzog, sich als Junge auszugeben. Dollys Mädchen waren klatschsüchtig, träge und unerbittlich, aber etwas an ihnen schien *wichtig* zu sein. Sie waren der Schlüssel zu einem Geheimnis, das Marian noch nicht genau benennen konnte.

Eine Zeit lang hatte Caleb als Bezahlung nur einen Kuss

verlangt. Sie hatte seine Zunge, diesen feuchten Muskel, in ihren Mund eingelassen. Doch nach dem letzten Haarschnitt hatte er ihr das Hemd wortlos aufgeknöpft und von den Schultern gestreift, hatte ihre nackte Brust angegafft. Sie hatte sich gefühlt wie diese Bilder von Jesus, auf denen sein Herz offenliegt und Licht verströmt. Als Caleb aber mit dem Daumen über eine ihrer Brustwarzen strich, hatte sie ihn weggeschubst, und er hatte gelacht, wie er es nach einem Griff in fremde Taschen tat.

Belle stand auf, ging zur Spüle und benetzte ihre Hände, bevor sie sich etwas energischer daranmachte, Marians Haar zu scheiteln und zu glätten. »Das nützt nichts«, sagte sie. »Ich brauche einen Kamm und Brillantine. Warte kurz.«

Marian blieb allein in der Küche zurück und hörte Belle die Treppe hinaufgehen. Von oben leise Stimmen. Aus einem Topf auf dem Herd stieg zwiebeliger Dampf auf. Neben dem Herd führte eine Tür zur Kellertreppe, und diese Tür ging jetzt auf. Mrs. Wu kam herein. Sie war sehr dünn, hatte ein kleines, rundes Gesicht und graue Strähnen im Haar. Sie schaute Marian an, ohne überrascht zu wirken, ging zum Herd und rührte mit einem Holzlöffel im Topf herum. Dann zog sie ein paar Scheine aus ihrer Schürzentasche und gab sie Marian. »Von Miss Dolly«, sagte sie und verschwand wieder im Keller.

Auf der Treppe nach oben waren Schritte zu hören. Belle riss die Küchentür auf. »Komm rauf. Bis auf ein paar Mädchen ist niemand da. Wir wollen dich hübsch machen, dir was Schönes anziehen, nur so zum Spaß. Was meinst du? Sag ja.«

»Ja«, sagte Marian. Stanleys Lieferungen konnten warten. Auf ihrer Liste standen nur noch wenige Häuser.

»Gut.« Belle zog eine Flasche unter der Vanillecremetorte hervor. Zwei Fingerbreit Selbstgebrannter wanderten in ein Glas. Sie füllte die Flasche mit Wasser auf, verkorkte sie und schob sie in den Korb zurück.

In der oberen Etage führte Belle Marian durch einen dunklen Flur. Sie stieß eine Tür auf, dahinter ein kleines Zimmer aus rosigem Licht: ein rosa Tuch über einer Lampe, rosa Tapeten, übersät mit Rosen und Lilien. Cora lag im Morgenrock bäuchlings auf einem ungemachten Bett, die angewinkelten Beine an den Knöcheln gekreuzt, und las ein Buch. Ein Mädchen, das sich Desirée nannte, saß im Schlüpfer an einem Toilettentisch. Sie war winzig, aber drall, das Gesicht verschlossen wie eine Knospe, und bürstete sich das über den Rücken fallende schwarze Haar. Es gab kaum genug Platz für alle. Seide und Spitzen quollen aus den Schubladen einer Kommode.

»Was machen wir bloß mit ihr?« Belle meinte Marian.

Die Mädchen stürzten sich auf Marian und hatten sie im Handumdrehen ausgezogen. Sie waren an Nacktheit gewöhnt und störten sich nicht daran, deshalb genierte auch Marian sich nicht, obwohl die anderen über ihre Männerunterhose lachten. Belle trank von dem Selbstgebrannten und reichte das Glas an Desirée weiter, die ebenfalls einen Schluck nahm und es an Cora weitergab, die für Marian immerhin ein paar Tropfen übrig ließ. Bevor Caleb angefangen hatte, ihr die Haare zu schneiden, war Marian oft mit ihm und Jamie nackt im Fluss geschwommen, aber während dieser Zustand eine unschuldige Reinheit gehabt hatte, fühlte sich ihre momentane Nacktheit an wie ein rituelles Entblößen, etwas ausdruckslos Neutrales. Sie drückte den Geldbeutel an ihre Brust. »Du glaubst, wir sind hinter deinem Geld her?«, fragte Desirée. »Bitte entschuldige, dass ich lache.«

»Ich darf es nur nicht verlieren.«

»Wir verdienen unser eigenes Geld.«

»Wie viel?«

»Kommt darauf an. Mehr als du, wette ich.«

Diese Art von Gelderwerb hatte Marian bisher nie in Betracht gezogen. Calebs Mutter Gilda war immer bitterarm, aber wer wusste schon, wie sie ohne den Schnaps dagestanden hätte.

»Kriegst du endlich Tittis?«, fragte Cora mit irischem Akzent.

»Wo?«, fragte Desirée. »Ich sehe keine.«

»Da sind welche«, sagte Cora. »Du musst nur deine Lupe holen.« An Marian gerichtet: »Blutest du schon?«

Marian hatte, obwohl sie immerzu las, keine Ahnung, wovon die andere redete, und so kam es, dass sie in einem Raum in der Farbe von Rosenquarz von einer Prostituierten über den monatlichen Fluch aufgeklärt wurde, der in Coras von der Furcht vor entgangenem Einkommen gefärbten Erzählung tatsächlich nach einem gar furchtbaren Fluch klang. Ausgestattet mit einem schwarzen Schlüpfer von Desirée, einem elfenbeinfarbenem Negligé, Strümpfen mit Strapsen und hochhackigen Spangenschuhen, starrte Marian sich selbst im Spiegel des Toilettentischs an, während die Mädchen ihr das Haar pomadisierten, das Gesicht puderten, die Augen mit Kajal umrandeten und die Wangen mit Rouge färbten.

»Tut es weh?«

»Nicht so schlimm«, sagte Belle. »Aber einige Mädchen haben schreckliche Bauchschmerzen. Und du musst aufpassen, denn sobald es losgeht, können sie dich anbuffen. Du weißt, was das bedeutet, oder?« Marian wusste es. »Aber wenn das geschieht, kommst du zu uns, und Mrs. Wu hilft dir aus der Klemme.«

»Wie denn?«

»Ein bisschen viel Drachenrauch«, sagte Desirée, »und ein bisschen Geschabe.« Sie saß auf dem Toilettentisch, legte eine Hand unter Marians Kinn. »Mrs. Wu war früher eins von Miss Dollys Mädchen. Sie hat ein kleines Nebengeschäft aufgezogen, indem sie dafür sorgt, dass keine in Schwierigkeiten gerät.«

»Aber dann hat sie geheiratet?«, fragte Marian, weil sie von einem Mr. Wu ausging. Die Mädchen lachten.

»Mach den Mund ein bisschen auf«, sagte Desirée. Ein roter Lippenstift drehte die Runde auf Marians Lippen. Desirée lehnte sich zurück und betrachtete das Werk. »Könnte schlechter sein.«

Im Spiegel sah Marian eine vage vertraute Person. Umgeben von Kajalgräben wirkte das Weiße ihrer Augen unnatürlich hell. Die Sommersprossen verschwanden unter Rouge und Puder. Ihr Gesicht wirkte zugleich weich und hart, die Flächen konturiert, wenn auch noch nicht ganz ausgeprägt. »Und jetzt?«

»Jetzt verkaufen wir dich an den Meistbietenden.« Cora drückte den Zerstäuber eines Parfumfläschchens und sandte einen duftenden Sprühregen auf Marians Brustbein. »Viele Gentlemen sind auf der Suche nach einer wie dir. Wie alt bist du eigentlich?«

»Vierzehneinhalb.«

»Dann bist du älter als ich am Anfang. Bist du noch Jungfrau?«

»Wie viel würde ich kriegen?«

»Du solltest das lassen«, sagte Belle. »Das ist nichts für dich.«

»Da ist Geld zu holen«, sagte Cora.

»Soll sie sich an dir ein Beispiel nehmen?«, fragte Desirée.

Cora wirkte eingeschnappt. »Ich teile mir das Zimmer

nicht mehr mit acht Geschwistern, oder? Wohne nicht mehr neben einem nach Scheiße stinkenden Schlachthof.«

»Jetzt«, sagte Belle zu Marian, »legst du deine Hand so auf die Hüfte und sagst, ›Hallo, der Herr, suchen Sie eine Begleitung?‹«

»Hallo, der Herr«, sagte Marian ernst. »Suchen Sie eine Begleitung?« Die Mädchen krümmten sich vor Lachen.

»Wenn du so fragst, eher eine Begleitung zur Beerdigung«, sagte Desirée.

»Setz dich mal so hin.« Cora schob die Brust vor und schaute über ihre Schulter. »Und sag, ›Keine Möse ist wie diese‹.« Marian gehorchte und errötete, wegen des Gelächters, des schmutzigen Wortes, ihres eigenen Spiegelbildes.

Unten klingelte es an der Tür. Laut und durchdringend. Alle verstummten.

»Ausgerechnet jetzt, wo es mal lustig ist«, sagte Cora.

»Es hat sich keiner angekündigt«, meinte Belle.

»Die müssen sich nicht ankündigen«, erwiderte Cora. Sie hörten, wie Mrs. Wu jemanden ins Haus ließ.

»Verdammt.« Desirée war aufgesprungen und wühlte in einer Schublade herum. »Ist für mich, ich hatte es vergessen.«

»Cora kann übernehmen«, sagte Belle.

»Nein, das ist Barclay Macqueen. Der ist wählerisch.«

»Na, herzlichen Dank auch«, sagte Cora.

»So war das nicht gemeint – für ihn muss alles so sein, wie er es haben will. Belle, geh runter und halte ihn kurz hin. Cora, hilf mir beim Haare Hochstecken.«

»Der Barclay Macqueen?«, fragte Marian.

Cora zwirbelte Desirées Haar bereits zu einem Knoten. »Kennst du ihn?«

»Ich weiß, wer das ist.«

»Nimm das Kind mit«, sagte Desirée an Belle gerichtet, während sie eine rote Patrone Lippenstift aus einem Metallröhrchen schob.

Marian sammelte ihre Sachen vom Fußboden auf. »Komm schon«, sagte Belle. »Ich muss runter. Wenn er abhaut, wird Dolly stinkwütend.«

»Wenn ich so runtergehe, komme ich mir komisch vor.«

Belle musterte sie. »Mal sehen, wie er reagiert, wenn er dich sieht.«

»Ich kann so nicht runter.« Marian machte einen Schritt nach hinten.

Belle ergriff ihren Arm und zog sie mit sich. »Nur so aus Jux. Das wird lustig – wart's nur ab. Die können nicht anders. Sag den Spruch mit der Möse. Wenn du dich traust, kriegst du von mir einen ganzen Windbeutel.«

Unten riss Belle Marian die Sachen aus der Hand und warf sie in den dunklen vorderen Salon, bevor sie die Schwingtür zum hinteren energisch aufstieß. Marian blieb im Flur zurück, mit dem Rücken zur holzvertäfelten Wand. Hinter der Tür sah sie die übereinandergeschlagenen Beine eines sitzenden Mannes, einen glänzend polierten schwarzen Schuh unter einem eleganten Knöchel. Ein Schuh, kein Stiefel, trotz Schnees. Die Tür ging zu. Bis auf eine elektrische Wandleuchte war es im Flur dunkel. Belle sagte großspurig: »Dass ich Sie habe warten lassen, tut mir schreeeecklich leid, Mr. Macqueen. Desirée wird gleich hier sein.«

Eine tiefe Stimme, der Hauch eines Akzents, dem eines schottischen Bergarbeiters nicht unähnlich, aber sauberer, weicher: »Geduld ist eine Tugend, wie ich gehört habe, und dies ist ein Haus der Tugend, nicht wahr?«

Marian kannte den Namen Barclay Macqueen, seit sie für Stanley Lieferungen ausfuhr. Ein Rancher, zumindest nach außen hin. Aus dem Norden. Sein Vater, ein Schotte, hatte sich zu einem der ersten Rinderbarone im Bundesstaat aufgeschwungen, damals, als man noch nicht einmal Zäune brauchte. Seine Mutter war eine Flathead-Salish. Verlor ein Schwarzbrenner oder Schmuggler aus der Gegend durch ein Unglück – eine Razzia, eine Explosion, eine abgefangene Lieferung – seine Einnahmequelle, dann flüsterte man sich den Namen Barclay Macqueen zu. Erst kürzlich hatten die Feds den alten Potshot hochgenommen und seinen sowie ein Dutzend anderer armseliger Brennkessel in der Umgebung von Missoula zerstört, und den Gerüchten nach hatten sie den Tipp von Barclay Macqueen bekommen, als Teil ihrer Abmachung. Mr. Stanley wusste nicht, wie lange man ihn noch verschonen würde. Angeblich war Barclay Macqueen mit allen Wassern gewaschen. Er schaffte Alkohol per Automobil, Zug, Esel, Pferd, Rucksack, Kanu über die Grenze; er war in jeder Stadt in Montana aktiv und auch in Washington, Idaho und den beiden Dakotas; er besaß mehr Flüsterkneipen, als man zählen konnte; auf seiner Gehaltsliste standen Cops, Anwälte, Feds, Zugschaffner, Stadtverordnete, Kongressabgeordnete, Richter sowie alle dazugehörigen Buchhalter; überall lagerte er Alkohol, in Grubenschächten, Kirchenkellern und echten Lagerhäusern. Wie man munkelte, waren die Tausende von Rindern und riesigen Ländereien für ihn nur ein Hobby. Und es hieß, die meisten, die für Barclay Macqueen arbeiteten, wüssten es nicht einmal.

»Wenn Sie es auf Tugend abgesehen haben, werden wir auch da fündig«, sagte Belle mit Nachdruck. »Für Sie, Mr. Macqueen, tun wir doch alles.«

»Vielleicht nächstes Mal. Ist Desirée bald so weit?«

»Ich schaue mal nach.« Belle stürzte aus dem Zimmer,

hastete an Marian vorbei und zuckte übertrieben mit den Schultern.

»Belle«, flüsterte Marian. »Was soll ich tun?«

Belle blieb auf halber Treppe stehen, lehnte sich übers Geländer und sagte leise: »Begrüße ihn. Erzähl ihm, du überlegst, ins Gewerbe einzusteigen.«

Belle hatte nur einen Scherz gemacht, aber Marian dachte, warum nicht? Warum sollte sie ihre Flugstunden nicht mit der Lust der Männer finanzieren? Sie dachte an Gilda, an das wilde Tier. Hinten im Flur zählte eine Standuhr die Sekunden mit dem Geräusch einer missbilligend schnalzenden Zunge. Marian hätte in den vorderen Salon schleichen, die Arbeitskleidung anziehen und verschwinden können, aber die Neugier bannte sie fest. Sie hörte ein ungeduldiges Rascheln, Schuhe, die auf den Boden trafen. Schritte, dann ging die Tür auf.

Was hat Barclay gesehen?

Ein langes, dünnes Geschöpf, vom Lichtschein erfasst. Blassblaue Augen, schwarz umrandet, ein zarter Hals, Strümpfe, die dort etwas schlaff saßen, wo nicht genug Bein war, um sie auszufüllen, schwarze Lackschuhe wie Hufe unter schmalen Fesseln. Eine glänzende Kappe aus elfenbeinfarbenem Haar, eng an einen kleinen Kopf geschmiegt. Schmale Handgelenke, lange Finger. Er sah Bestürzung. Er sah Angst, dann das Aufflackern von etwas anderem – ein Blick wie gefletschte Zähne. Widerstand. Ein Kind sah er nicht. Wieso hätte er an diesem Ort auch mit einem Kind rechnen sollen? Er hatte an Desirée gedacht, hatte lüstern angespannt auf sie gewartet.

Was hat Marian gesehen?

Einen eleganten Mann im schwarzen Anzug, weiße, gestärkte Manschetten, goldene Uhrkette über schwarzer Weste, schwarzes Haar, sorgfältig frisiert und ölglänzend.

Er hatte die breite Nase der Salish, volle Lippen, feste, gerundete Wangen, Sommersprossen wie Nadelstiche. Bräunliche Gesichtsfarbe, dunkelblaue Augen. Nicht unbedingt hübsch. Die Augen zu tief, der Kiefer schwer wie bei einem Kampfhund. Sie sah, wie er sie anschaute, spürte, dass ihr Anblick ihn fesselte.

»Wer bist du?«, fragte er.

Belle kam die Treppe herunter, gefolgt von Desirée, die ein sittsames cremefarbenes Kleid trug und darunter vermutlich ein Arrangement aus Rüschen, Bändern, Strapsen. Marian trat einen Schritt zur Seite, Barclay ebenfalls. Es war dumm von ihr gewesen zu glauben, sie könne es Belle und den anderen gleichtun. Sie war nur ein verkleidetes Kind.

»Wer bist du?«, fragte er wieder.

Hilfesuchend blickte sie zu Belle, die aussah, als verkniffe sie sich ein Lachen. Sie konnte nicht sagen, dass sie Marian Graves hieß, nicht, wenn sie sich nicht wie sie selbst fühlte und er sie auf diese Weise ansah. Sie gab keine Antwort.

»Sie ist nur ein Kind«, sagte Desirée und nahm Barclays Arm. »Keine von uns.«

Er schob Desirée nicht weg, reagierte aber auch nicht auf ihre Berührung. Noch immer schaute er Marian an. Auch Belle sah sie an, biss sich auf die Lippe, Lachtränen in den Augen. Desirée blickte wütend. Die Gesichter der anderen trieben Marian in die Enge wie Jagdhunde einen Fuchs.

»Wollen wir?«, fragte Desirée, jetzt lauter.

Er ergab sich, folgte ihr. Marian drückte sich wieder an die Wand, drehte das Gesicht weg, als er an ihr vorbeiging, nahm den Geruch seines Haaröls wahr und einen anderen, herberen. Sie war keine parfümierten Männer gewohnt. Seine Schritte wurden langsamer. Sie wusste, er wollte sie dazu bringen, ihm ins Gesicht zu sehen, aber sie tat es nicht. »Sie ist nur ein Kind«, sagte Desirée erneut. »Marian, geh nach Hause.«

»Marian«, wiederholte er.

Sie blickte erst auf, nachdem Barclay und Desirée die Treppe erklommen hatten und eine Tür zugegangen war. Belle krümmte sich vor Lachen. »Du sitzt in der Patsche«, japste sie. »Herrje.« Marian raste in den vorderen Salon, streifte fieberhaft Kleid, Schuhe, Schlüpfer und Strümpfe ab. *Wieso in der Patsche*? Sie zog sich Hemd und Arbeitshose an, stieg in die Stiefel, schnürte sie nicht zu, sondern schoss an Belle vorbei in die Küche, wo sie Mantel, Schal und leere Körbe einsammelte.

Mrs. Wu am Herd drehte sich um, sah die Schminke auf Marians Gesicht, überrascht zunächst, dann bestürzt. »Nein«, sagte sie kopfschüttelnd. »Nicht gut.«

Marian war zuhause, bevor heftiger Schneefall einsetzte. Sie ging nach oben, wusch sich das Gesicht. Die Seife brannte in ihren Augen, aber ganz gleich, wie sehr sie schrubbte, den letzten Rest Kajal bekam sie nicht ab.

Berit hatte Hühnerpastete gemacht, die Marian in stillem Aufruhr aß. Für Jamie gab es gedünstete Karotten und Zwiebeln, denn Berit versuchte immer noch, ihn mit kargen Mahlzeiten zum Fleischessen zu zwingen. Wallace war nicht erschienen. Jamie erzählte, er sei nachmittags auf dem Mount Jumbo gewesen. »Elche habe ich keine gesehen. Nur das hier.« Er klappte seinen Skizzenblock auf und zeigte Marian die Zeichnung eines Eichhörnchens, das an der Rinde eines Baumstamms nagte. Die Kohlenstriche waren sparsam, aber sicher gesetzt, Marian spürte die Rauheit der Borke, das Spreizen der winzigen Klauen, das aufgeregte Zappeln des kleinen Körpers.

Den Mund voller Pastete fragte sie: »Weißt du irgendwas über Barclay Macqueen?«

»Über den weißt du bestimmt mehr als ich.« Wie sie ihr Geld verdiente, behagte Jamie nicht, wenngleich er nichts dagegen zu haben schien, dass sie jetzt genug für Süßigkeiten und Kinokarten hatten. Weihnachten hatte sie ihm einen Feldstecher und Aquarellstifte geschenkt. »Wieso fragst du?«

»Ich habe ihn kennengelernt. Oder sagen wir, ich bin ihm über den Weg gelaufen.« Gern hätte sie ihm erklärt, dass zwischen ihnen etwas Beunruhigendes in der Luft gelegen hatte, etwas, das von ihm ausgegangen war und sich an ihr gebrochen hatte. Aber wenn sie es zu beschreiben versuchte, das wusste sie, würde die Begegnung entweder keinerlei oder zu viel Bedeutung haben.

»Wo?«

»Bei Miss Dolly.«

Er errötete. »Man könnte einen falschen Eindruck kriegen, wenn du in solche Häuser gehst.«

»Keiner sieht mich. Es sei denn, er ist sowieso schon drin, und dann sollte er nicht so überheblich tun.«

»Die Leute reden.«

Sie blickte hoch. »Was reden sie denn so?«

»Dass du für einen Schwarzbrenner arbeitest.«

»Stimmt ja auch.«

»Was ist das da an deinen Augen? Du siehst aus wie ein Waschbär.«

Hektisch machte sie sich über den Rest Hühnerpastete auf ihrem Teller her. Selbst wenn sie es zu erklären vermocht hätte, er hätte es nicht verstanden. »Was die Leute sagen, ist mir gleich.«

Auf dem Weg zum Häuschen wirbelten mottengroße weiße Flocken durch die Luft. Drinnen setzte sie sich auf den Sessel, versuchte zu lesen, aber ihre Gedanken wanderten zu Miss Dollys Salon. Äußerlich wirkte sie vollkommen ruhig, doch die Erinnerung an Barclay Macqueen wand sich in ihr wie eine Schlange. Sie zog die Jacke an und ging wieder hinaus, in die Nacht, den Schnee. Als sie auf dem Weg zu Calebs Hütte durch knietiefen Schnee watete, spürte sie das Hüpfen ihres Pulses im Hals. Um sie herum ein undeutliches Schwirren, die unsichtbaren Flügel eines Kolibris. Doch Calebs Fenster war dunkel, und als sie an die Scheibe klopfte, kam er nicht.

Missoula
Mai–Juli 1929
Zwei Monate nach Marians Begegnung mit Barclay Macqueen

Ein früher Sonntagmorgen. Jamie döste in seinem Bett und genoss die kühle Brise in seinem Haar und die Sonnenstrahlen auf seinen zugedeckten Beinen, als die Hunde bellend aufsprangen und durch die Fliegengittertür nach draußen schossen, um Wallace zu begrüßen, der die Auffahrt hochkam. Wallace wankte durch den Wirbel aus Tieren wie ein Mann, der sich ertränken will, achtlos durch wogende Wellen pflügen mochte. Sein Hemdkragen stand offen, der Hut saß ihm hinten auf dem Kopf. Da er am Vorabend mit dem Auto losgefahren war, musste ihm das Benzin ausgegangen oder er in einen Graben gefahren sein. Wenn er morgens in diesem Zustand nach Hause kam, war er unberechenbar. Dann verzog er sich wortlos in sein Bett und tauchte erst zum Abendbrot wieder auf, oder er ergötzte Jamie mit lustigen, zusammenhangslosen Geschichten oder beklagte sich bitterlich über eine geringfügige Schummelei am Kartentisch oder entschuldigte sich überschwänglich für irgendein harmloses Vergehen. Das wusste man vorher nie.

Wallace riss das Fliegengitter auf und plumpste auf Marians Bett. Der schale Gestank von Schweiß und Schnaps stieg von ihm auf. Ein Hund war mit reingeschlüpft, die anderen waren ausgesperrt und liefen jaulend umher, bis Jamie sie hereinließ. »Wo ist deine Schwester?«, fragte Wallace.

Er klang nicht so betrunken, wie er aussah. »Fährt mit

Stanleys Lieferwagen herum«, sagte Jamie und legte sich wieder unter die Decke.

»Dass sie Stanleys Wagen fährt, weiß ich selbst«, erwiderte Wallace mürrisch. »Meiner kann es schlecht sein.«

»Ist er liegen geblieben?«

Wallace winkte die Frage weg. »Kennst du Lena? Die Trapperin?«

»Lena?«

»Ist stämmig wie ein Kerl und trägt Männersachen. Raucht Zigarre.«

Jamie kannte die Frau, nicht aber ihren Namen. »Ich habe sie mal gesehen.«

»Ist hässlich wie die Sünde.«

An ihr Gesicht konnte Jamie sich gut erinnern: kantig, hängebackig, breite Stirn, Nase geädert wie rosa Granit. Sie war hässlich, aber es laut auszusprechen, kam ihm gemein vor. Wallace redete weiter. »Eine hässliche Frau hat was Anstößiges. Ein hässlicher Mann – der hat Pech gehabt, kann ästhetisch aber trotzdem interessant sein. Eine hässliche Frau verstört nur.« Ein verspäteter Hund winselte vor dem Fliegengitter. »Herrgott nochmal.« Wallace schwang sich aus dem Bett und ließ ihn herein. »Da! Zufrieden?« Er legte sich wieder hin. »Gestern meinte Lena, sie jagt jetzt nur noch mit der Flinte, keine Fallen mehr. Spokane Fred saß auch am Tisch – in dem alten Waggon kurz hinter Lolo. Weißt du, wo das ist?« Jamie nickte, weil ihm aufging, dass Wallace eine Straßenkaschemme im Süden meinte, bestehend aus zwei zusammengeschweißten Güterwaggons. »Spokane Fred kennst du auch?« Jamie nickte wieder. Die meisten zügellosen Spieler aus Missoula und Umgebung kannte er vom Sehen. Sie hatten Wallaces alte Freunde von der Universität ersetzt, die früher, als Jamie und Marian noch klein waren, oft vorbeigekommen waren und mit ihrem Onkel diskutiert hatten, ihre Besuche aber irgendwann eingestellt hatten.

»Fred hat gefragt, warum sie das tut, und Lena meinte, sie will nicht, dass aus Versehen Muttertiere im Fangeisen landen. Darauf sagt dieser Fremde, der bei unserem Spiel dabei war, ›ein Herz zu haben, muss teuer sein‹. Aber Lena erwidert, wenn die Jungen jetzt verhungern, kann sie sie später nicht mehr in die Falle locken.«

Jamie war von Wallaces Erzählung zu verwirrt, um sich wie sonst über die Jagd zu empören. »Klingt, als wäre sie weitsichtiger als die meisten anderen. Hast du da das Auto stehen lassen? In Lolo?«

Die Hände hinter dem Kopf starrte Wallace an die Decke. »Glaubst du, wenn Marian Pilotin wird, ist sie irgendwann wie Lena?«

»Hässlich, meinst du?«

»Ja, vermutlich. Knallhart und einsam, mit einer Zigarre im Mundwinkel. Die Natur hat es mit Lena nicht so gut gemeint wie mit Marian, aber Marian ... ich kann sie mir schon jetzt nur schwer im Kleid vorstellen. Siehst du Marian etwa als Braut?« Sein Lachen überschlug sich, endete in einem Hustenanfall.

»Wir sind gerade mal vierzehn«, bemerkte Jamie.

»Ich weiß«, sagte Wallace. »Ich weiß. Noch ist es nicht zu spät.« Er stützte sich auf einen Ellbogen, schaute Jamie an. »Kannst du ihr nicht mal ins Gewissen reden?«

»Sie würde mir eine kleben.«

»Mmm.« Wallace ließ sich wieder auf den Rücken fallen. »Stimmt wahrscheinlich. Wenn bloß Berit noch hier wäre.«

Er hatte Berit so oft auf ihr Geld warten lassen, dass diese schließlich eine Stelle bei der Frau eines Professors in einem stattlichen Haus im Süden von Clark Fork angenommen hatte, allerdings nicht, ohne bei ihrem Abschied von den Zwillingen ein paar seltene norwegische Tränen zu vergießen. Bevor sie weggegangen war, hatte sie Jamie noch beigebracht, wie man ein, zwei Sachen kochte. Fleisch kam bei ihm natürlich nicht infrage, aber er hatte nichts dagegen, einen Fisch zu braten, sofern jemand anderes das Angeln und Ausnehmen erledigte. Seitdem brachten Caleb oder Marian gelegentlich eine Forelle mit. Von Mr. Stanley bekam Marian Brot, und wenn das Haushaltsgeld, das Jamie aus Wallace herauspresste, nicht ausreichte, steuerte sie den Rest bei. Außerdem hatte Jamie sich von Caleb zeigen lassen, wie man einen Gemüsegarten anlegt. Ab und zu verkaufte einer der Souvenirläden in den Hotels der Innenstadt eine Zeichnung von ihm, aber das Geld legte er für sich zur Seite. Er hatte sich bemüht, das Haus sauber zu halten, da aber weder Marian noch Wallace sich an Schmutz und Unordnung störten, kapitulierte er allmählich.

»Berit wollte Marian immer dazu kriegen, ein Kleid anzuziehen«, sagte Jamie. »Das klappt nicht.«

Wallace erwiderte nichts, bedeckte nur das Gesicht mit den Händen.

»Wallace?«

»Du musst was für mich tun.« Wallaces Stimme hinter den Handflächen klang hohl. »Wenn Marian nach Hause kommt, musst du es ihr sagen. Ich schaffe es nicht.«

»Was soll ich ihr sagen?«

»Ich habe das Auto verloren.«

»Verloren? Wo denn?«

»Ich habe es *verloren*. Gestern beim Kartenspielen.«

»*Wieso*?«, stieß Jamie hervor. »Ausgerechnet das Auto!«

Wallace setzte sich auf, stellte die Füße breitbeinig auf den Boden und ließ die Hände zwischen die Knie sinken.

»Ich habe die ganze Zeit gewonnen – gut, zuerst habe ich verloren.« Dann hatte sich das Glück gewendet, als würde eine Wetterfahne vom Wind in die Höhe gerissen. Er hatte einen Drilling gehabt und einen kleinen Pot gewonnen. Dann hatte er erneut gewonnen, mit Königen, diesmal etwas mehr, und *noch einmal*, mit einem Flush. Außer Lena und Spokane Fred hatte noch ein Fremder am Tisch gesessen, rothaarig, in einem protzigen Mantel mit Pelzkragen. Der Fremde hatte eine Flasche kanadischen Whiskey – »Das gute Zeug«, wie Wallace sagte – aus der Tasche gezogen und eine Runde spendiert. Wallace hatte sich mit einem Mal ganz leicht gefühlt. »Dass ich noch ein Spiel gewinnen würde, war höchst unwahrscheinlich, aber ich wusste, es wird klappen. Und das hat es. Eigentlich hätte ich aus Anstand ein paar Mal verlieren und dann abhauen sollen, aber ich konnte nicht mal verlieren, als ich es *versucht* habe.« Die Chips hatten sich um ihn geschart wie Vögel, die instinktiv nach Hause zurückfanden. »Plötzlich fragt der Fremde, ob ich nicht der Onkel von dem Mädchen bin, das für Stanley Schnaps ausfährt. Ich habe gesagt, ich weiß nicht, wovon er redet. Er darauf: Sie sind doch Wallace Graves, oder? Er kannte Marians Namen.«

Wallace holte tief Luft. »Er hat mich durcheinandergebracht. Ich musste an Marian denken. Als ihr klein wart, habe ich nur darauf geachtet, dass ihr irgendwann nach Hause kommt und alles noch an euch dran ist, aber jetzt muss ich mir Sorgen um ihren Ruf machen. Daran habe ich gedacht. Ich hätte gehen sollen. Weil ich wusste, das Glück hatte mich verlassen.«

Aber er war geblieben und hatte ein ums andere Mal verloren. Trotzig, missmutig, entschlossen. Er hatte alle Chips verloren, mehrere Schuldscheine und am Ende noch den grauen Cadillac. Der rothaarige Fremde im Pelzkragenmantel hatte ihn gewonnen. Das Auto war inzwischen uralt, neben dem Haus das einzige Überbleibsel der Großen Glückssträhne von 1913. Eigentlich fuhr es nur noch wegen Marians hingebungsvoller Pflege, und vielleicht hatte er es aus diesem Grund auch gesetzt: um sich an ihr zu rächen, denn der Verlust des Autos würde sie am schwersten treffen. Seiner Überzeugung nach war Pech nichts anderes als eine Form von Trübseligkeit, die aus einer inneren Quelle emporsprudelt, und Marian war – weil Lena ihn an sie erinnert und der Fremde diese verstörende Frage gestellt hatte – die Ursache für seine Trübseligkeit und somit auch für seine Pechsträhne. »Für ein neues fehlt mir das Geld«, sagte er und wischte sich die Nase am Ärmel ab. »Sagst du es ihr? Ich muss jetzt schlafen, aber du sagst es ihr doch?«

Als Marian nach Hause kam, erzählte Jamie pflichtbewusst, dass Wallace das Auto verloren hatte, fing ihre anfängliche Wut auf und hielt sie davon ab, den angeschlagenen Onkel für eine Standpauke aus dem Bett zu holen. Sie wollte wissen, warum er nicht wütend war, er erwiderte, sie könnten sich schließlich nicht beide aufregen.

»Heißt das, wenn ich nicht wütend wäre, wärst du es?«

»Kann sein«, sagte er. »Keine Ahnung.«

Tatsächlich waren sie schon immer wie die beiden Kammern einer Schleuse gewesen; die eine öffnete sich zur anderen hin, gab überschüssige Gefühle ab, wollte ein Gleichgewicht herstellen, wobei Marian immer die Kammer war, die überzulaufen drohte, und er diejenige, die den Überschuss aufnahm. Die Leute glaubten, als Zwillinge wären sie gleich, aber nach Marians Empfinden herrschte zwischen ihnen ein Gleichgewicht, nicht Gleichheit.

An diesem Abend, in ihren Betten auf der Schlafveranda, fragte sie: »Was glaubst du, warum spielt er? Wenn er es bleiben ließe, hätten wir genug Geld.«

»Ich glaube nicht, dass er es will«, kam Jamies Stimme aus der Dunkelheit. »Er kann nicht anders.«

»Es kann doch nicht so schwer sein, damit aufzuhören, das Geld zum Fenster rauszuwerfen.«

»Ich glaube, er sucht den Kitzel.«

»Was für einen Kitzel? Er gewinnt nie.«

»Und wenn er aufhört, wird er auch nie was gewinnen. Ich glaube, er will die Hoffnung nicht aufgeben.«

»Hoffnung sollte nicht so teuer sein.«

»Du weißt, dass es ihm leidtut.«

Marians Bett knarrte, als sie sich umdrehte.

»Ja«, sagte sie. »Nachdem er aufgehört hat, sich vor mir zu verstecken, hat er sogar ein bisschen geheult. Hat behauptet, er würde in der Klemme sitzen. Mehr wollte er mir nicht sagen. Auch nicht, wer das Auto gewonnen hat, er meinte nur, ein Fremder.«

»Darauf kommt es doch nicht an, oder? Besser, du weißt es nicht. Vielleicht siehst du es ja mal auf der Straße.«

»Wohl kaum. Außer mir würde sich nämlich niemand die Mühe machen, es ständig zu reparieren.«

Nach kurzem Zögern sagte Jamie: »Trotzdem war es Wallaces Auto. Es hat ihm gehört. Und wenn er es verspielen wollte, konnte er das einfach tun.«

»Aber es ging bei diesem Spiel um nichts. Er hat es nur verloren, um irgendetwas zu verlieren.«

Am nächsten Morgen holte sie den Großteil ihres Flugstundengelds, das sie Flasche für Flasche, Korb für Korb verdient hatte, aus den Verstecken im Häuschen, ging in die Stadt und kaufte sich bei einem Automechaniker einen gebrauchten Ford. Der Mann war einer von Stanleys Kunden. Seine Frau trank, und er machte ihr einen guten Preis. Weil Marian jetzt ihre Geheimnisse kannte, behandelten die Leute sie anders.

Sie erklärte Wallace, er dürfe den Ford für den Weg zur Uni benutzen, wenn er allerdings zum Spielen oder Trinken wolle, müsse er zu Fuß gehen, bei jemandem mitfahren oder sich ein eigenes verdammtes Auto besorgen. Wenn er sie anlog, würde sie es spitzkriegen, das wüssten sie beide. Wie sie außerdem verkündete, würde sie für Unterkunft und Verpflegung ab sofort nur noch drei Dollar die Woche zahlen. Den Rest würde sie als Miete für ihr Auto einbehalten.

Die Trostlosigkeit des Häuschens, dieser geplünderten Schatztruhe, wog schwerer als die Freude über den flotten Ford, ihre eigene Maschine mit Rädern und einem Motor. Immerhin waren ihre Schuldgefühle gegenüber Wallace nun etwas leichter geworden, erträglicher. Vielleicht hatte man ihm die Zwillinge aufgezwungen, aber Wallace hatte selbst den Hang, sich das Leben unnötig schwerzumachen. Ohne Jamie und sie hätte er sich womöglich schon vor Jahren zugrunde gerichtet. Vielleicht waren sie es gewesen, die ihn am Rand des Abgrunds gehalten hatten.

Die Modellflugzeuge an der Decke des Häuschens wirkten inzwischen wie einsame Relikte eines kindlichen Hirngespinsts. Das Fliegen, der Grund für ihre Schufterei, geriet fast in Vergessenheit, während sie arbeitete und arbeitete, um das verlorene Geld wieder hereinzuholen. Schnell ging es nicht. Mr. Stanleys Geschäft stagnierte. Damit die Prohibition nicht auf ganzer Linie scheiterte, griffen die Feds nun härter durch. Noch dazu wurde Stanley, wie er andeutete, von Barclay Macqueen aus dem Rennen gedrängt.

Seit der Begegnung mit Barclay Macqueen lieferte Marian die Körbe bei Miss Dolly immer schnell ab und ging nie weiter als bis zur Küche.

»Bist du wegen irgendwas eingeschnappt?«, fragte Belle, als Marian sich von den Mädchen kein zweites Mal verkleiden lassen wollte. »Das war doch nur Spaß. Niemand ist dir zu nahegetreten.«

»Ich bin nicht eingeschnappt«, erwiderte Marian. »Ich muss nur noch etliche Häuser beliefern.«

Was mit ihr los war, hätte sie nicht sagen können, aber eingeschnappt war sie nicht. Wenn sie an Barclay Macqueen dachte, kribbelte ihre Haut und ihr Puls raste. Nachts auf der Schlafveranda hatte sie sich manchmal vorgestellt, wie Caleb sie küsste und ihr das Hemd von den Schultern streifte, doch seit Kurzem dachte sie stattdessen an Macqueen, an seinen Blick, mit dem er sie an die Wand genagelt hatte, an seine hartnäckige Frage, *Wer bist du*?

Sie nahm einen zweiten Job an, fuhr mit ihrem Ford für Restaurants Essen aus. Berits Sohn Sigge, der inzwischen für die Feds arbeitete, kam eines Tages zu ihrem Haus und warnte sie, dass bei Mr. Stanley eine Razzia geplant sei. Sie bot ihm ihr gesamtes Geld an, aber er lehnte es vehement ab. »Ich bin nicht käuflich«, sagte er. »Aber ich weiß, du hast es nicht immer leicht gehabt.«

Die Feds fanden bei Mr. Stanley nur Brot und Kuchen.

Ein heißer Junitag. Sie schraubte am Motor des Fords herum, als Caleb auftauchte. »Ich geh schwimmen«, sagte er und lehnte sich ans Auto. »Wenn du willst, kannst du mitkommen.« Er setzte sein bezauberndstes Lächeln auf. »Wenn du lieb bittest, darfst du mich sogar im Auto hinfahren.«

»Jamie kommt in einer Stunde nach Hause. Er wird auch schwimmen gehen wollen.«

Caleb sah sie an wie an jenem Tag, als er den Preis für den Haarschnitt festgelegt hatte. »Ich will keine Stunde warten.«

Kurz überlegte sie, ihn anzulügen und ihm zu erzählen, sie müsse arbeiten. Aber sie wusste, sobald er weg wäre, würde sie es bedauern und sich für ihre Feigheit schämen. Er schaute sie an, wartete. Dann zog er ein silbernes Zigarettenetui aus der Tasche und zündete für jeden eine Selbstgedrehte an.

»Schick«, sagte sie mit Blick auf das Etui.

»Ich war mit so einem Reichen jagen.« Er sah sie immer noch an, wusste, dass sie Angst hatte.

»Schön«, sagte sie. »Gehen wir schwimmen.«

Sie nahmen die Straße in Richtung Westen und fuhren hinter der Stadt weiter nach Süden, wo sich der Bitterroot in engen Windungen durch die Ebene zog. Caleb pfiff vor sich hin. Er zog einen Flachmann aus der Tasche und reichte ihn Marian. Der Fusel brannte in ihrer Kehle. Sie schüttelte sich, gab die Flasche zurück.

»Deine Haare müssen geschnitten werden«, sagte er und legte einen Finger auf ihren Nacken.

»Das hat noch Zeit.« Sie zog den Kopf weg.

Sie hielt zwischen Bäumen an, auf den Ästen zitroniges Sonnenlicht. Während sie zum Wasser gingen, fragte Caleb: »Macht Jamie nächstes Jahr mit der Schule weiter?«

»Warum fragst du ihn nicht selbst?«

»Ich habe ihn in letzter Zeit nicht gesehen. Bin viel unterwegs.« Caleb hielt sich häufig in den Bergen auf, manchmal allein, oft als Jagdführer für Männer, die ihn bezahlten, damit er das Wild aufspürte und erlegte, wenn sie es verfehlten, und hinterher dann so tat, als wäre nicht er es gewesen. Marian hatte ihm eine gute Flinte gekauft, und er hatte ihr das Geld früher als versprochen zurückgezahlt. Die Leute redeten über ihn, den Siebzehnjährigen, der immer wusste, wo die Tiere waren. Sie redeten über die tödliche Ruhe, mit der er die Schüsse abgab. Es kam ihm zugute, wie er selbst sagte, dass Wallace immer auf seine Ausdrucksweise geachtet hatte.

»Dann hätten wir auf ihn warten sollen«, sagte Marian. Weil Caleb nichts erwiderte: »Hältst du Jamie für weich, weil er nicht jagen geht?«

Caleb überlegte. »Als wir letztens angeln waren«, sagte er, »waren da ein paar Kinder, die einen Hund in eine Decke gewickelt hatten und mit Steinen bewarfen. Ich musste eingreifen, weil Jamie einen, der nicht schnell genug weggerannt ist, fast umgebracht hätte. Nein, für weich halte ich ihn nicht.«

Marian kannte die Geschichte. Der Hund wohnte jetzt bei ihnen, schlich hinter Jamie her wie ein Tempeldiener, ließ ihn nicht eine Sekunde aus den Augen. Der Junge hatte ins Krankenhaus gemusst. Jamie hatte Glück gehabt, denn der Vater hatte eine schmutzige Vergangenheit und kein Interesse daran, die Polizei einzuschalten. Sonst hätte man Jamie womöglich in Miles City in die Besserungsanstalt gesteckt.

Ich hatte die Bodenhaftung verloren, hatte Jamie gesagt. Ich war so wütend, ich hätte den Jungen umbringen können und es hinterher nicht bereut. Ich wollte ihn umbringen.

Du hast ihm einen Denkzettel verpasst, hatte Marian gesagt.

Nein. Manche Menschen sind innerlich verdorben, daran lässt sich nichts ändern.

Sie erreichten das Ufer an einer von der Strömung verschonten Stelle. Caleb zog sich ungeniert aus, aber Marian stellte sich hinter einen Baum. Vor Blicken schützte sie nur ihre Schnelligkeit. Nackt rannte sie ins Wasser, die Blöße mit den Händen bedeckend, und schrie auf. Steine stachen in ihre Fußsohlen. Sie kauerte sich hin, war außer Atem vor Kälte und angespannter Erwartung. Caleb stand bis zur Brust im Wasser, unter der Oberfläche bewegte er die Arme in seitlichen Halbkreisen, als würde er die Laken auf einem Bett glattstreichen. Er kam auf sie zu. Den Flachmann hatte er unter Wasser gehalten und reichte ihr nun die tropfende Flasche. Marian schraubte den Deckel ab, hustete vom kalten Fusel.

Caleb legte den Kopf in den Nacken, tauchte die langen Haare ein. Die Haut über seinem Schlüsselbein spannte sich. »Du weißt, dass ich bei einem von Miss Dollys Mädchen war. Ich hatte darauf gespart.«

Sie widerstand dem Impuls zurückzuschrecken. »Woher soll ich das wissen?«

»Ich dachte, sie hätten es dir erzählt. Wieso bist du sauer?«

»Ich bin nicht sauer. Bei welcher?«

»Belle.«

Unwillkürlich verzog sie das Gesicht.

»Was denn?«, fragte Caleb. »Sie ist die Hübscheste.«

»Sie ist nur so ...« Sie wollte *gewöhnlich* sagen, als wäre sie eine blasierte Figur aus einem Roman. Aber was gab ihr das Recht, sich ein Urteil anzumaßen? Schließlich hockte sie nackt neben einem Jungen im Wasser.

»Wie ist sie denn nun?«

»Ach, nichts. Hast du ihr erzählt, dass du mich kennst?«

»Ja. Sie hat gefragt, ob ich der bin, der dir die Haare schneidet, und ich habe Ja gesagt.«

»Warum hast du ihr das erzählt?«, fragte Marian empört.

»Warum nicht?«

Darauf hatte sie keine Antwort, deshalb sagte sie nur:

»Hätte nie gedacht, dass du zu einer Hure gehen würdest.«

»Warum nicht?«

»Das weißt du genau. Und ich hätte auch nie gedacht, dass du jemals Schnaps trinken würdest.«

»Lass meine Mutter aus dem Spiel.«

Bis zum Kinn im Wasser, die Lippen allmählich blau vor Kälte, starrten sie sich grimmig an.

»Entschuldigung«, sagte sie.

Sie sah, wie er seinen Zorn herunterschluckte. »Belle hat mir Sachen gezeigt«, sagte er verschlagen.

»Was für Sachen?«

»Sie hat gesagt, es wäre gut, wenn ich wüsste, wie man ein Mädchen glücklich macht. Aber wenn ich glücklich sein will, dann soll ich lieber zu ihr gehen. Sie meinte, andere Mädchen sind nur um ihren Ruf besorgt, mit denen macht das keinen Spaß.«

»*Ich* bin *nicht* um meinen Ruf besorgt«, sagte sie, ohne nachzudenken.

Er lächelte sein Taschendieblächeln. »Willst du mich glücklich machen?«

»Nein.« Marian hatte keinen Namen für den Teil ihres Körpers, der zum Leben erwacht war und nach ihrer Aufmerksamkeit gierte. *Möse*, sagten Miss Dollys Mädchen. *Muschi*, sagten sie. *Pflaume, Höhle, Schatzkästchen.* Nichts davon schien zu passen. Sie fragte: »Was für Sachen?«

»Du willst wissen, was sie mir gezeigt hat?«

Marian nickte. Er kam näher, drängte sie ins flachere Wasser. Er senkte den Kopf und nahm eine ihrer Brustwarzen in den Mund. Das Gefühl war eher elektrisierend als lustvoll, als hätte sich ein Stromkreis geschlossen. Nur bis zum Bauch standen sie im Wasser, er leicht vorgebeugt, in seine Aufgabe vertieft. Er war ihr so nahe, sie spürte seine

Erektion. Fasziniert schaute sie auf die Stelle, wo ihr Fleisch in seinem Mund verschwand. Er verschlang sie nicht, wie es das wilde Tier mit Gilda getan hatte, war sanfter, aufmerksamer. Und er war derjenige, der sich von ihr löste.

»Hat es dir gefallen?«

»Weiß nicht.« Zugeben konnte sie es nicht.

Er kam auf sie zu, sie wich vor ihm zurück, bis sie im Wasser einen Kreis gezogen hatten. »Belle hat gesagt, Desirée war eifersüchtig, weil du Barclay Macqueen gefallen hast. Stimmt das?«

»Und wenn es so wäre?«

»Weißt du, wer das ist?«

»Natürlich.«

»Würdest du zulassen, dass er Sachen mit dir macht?«

»Wahrscheinlich sehe ich den nie wieder.«

»Also würdest du es zulassen?«

Die Vorstellung, Barclay Macqueen könnte sie berühren, war absurd, irreal. »Alberne Frage.«

»Also ja.« Jetzt bewegten sie sich nicht mehr. Er wirkte ernst, besorgt, als wollte er sie noch etwas fragen, stattdessen sagte er nur: »Ich will dich nicht als Freundin oder so.«

War das die Wahrheit? »Gut, ich will auch nicht deine Freundin sein.«

»Dann nur so zum Spaß«, sagte er. Unter Wasser schwamm seine Hand auf sie zu, doch sie wich zur Seite.

»Mir ist kalt.« Sie stieg ans Ufer, spürte Calebs Blick auf ihrem Gesäß, machte sich aber nichts daraus. Ohne sich abzutrocknen, zog sie sich an, schlug den Pfad durch die Bäume ein und fuhr davon. Gewissensbisse, weil sie ihn so weit von der Stadt allein zurückließ, hatte sie nicht. Caleb fand sich überall zurecht.

Abends im Badezimmer betrachtete sie ihre Brüste, die

eine jetzt so viel erfahrener als die andere, winzige rote Nadelstiche um die Brustwarze, wo sein Mund einen Abdruck hinterlassen hatte.

Ein flimmernder Julitag, der langsam in den Abend überging. In der Nähe des Pattee Canyon, am Ende eines langen, in den Wald geschlagenen Weges klopfte Marian an die Hintertür eines Hauses. Ein schönes Haus, wenn auch nicht groß, mit frischem grünem Anstrich und weiß lackierten Rahmen. Direkte Nachbarn gab es keine. Sie hatte es bisher noch nie beliefert.

Barclay Macqueen öffnete die Tür. Verblüfft starrte sie ihn an. Er trug ein weißes Hemd, eine schwarze Weste. Einer seiner Mundwinkel wanderte nach oben. »Hallo. Wer bist du?«

Seinem Tonfall konnte sie nicht entnehmen, ob er glaubte, ihr die Frage zum ersten Mal zu stellen, oder bewusst auf die Begegnung in Miss Dollys Flur anspielte. »Marian Graves.«

»Dann gibst du mir dieses Mal eine Antwort.«

Er erinnerte sich. Natürlich.

»Ich soll hier was abliefern.«

»Darf ich?« Er nahm ihr den Korb ab. Vier Flaschen Selbstgebrannter. Er hatte sie nur bestellt, damit Mr. Stanley sie zu ihm schickte, so viel war klar. Sie hatte sich selbst abgeliefert. »Komm rein, dann gebe ich dir dein Geld.«

»Ich warte gerne draußen.« Durch die offene Tür sah sie einen rothaarigen Mann mit einer Zeitung an einem Küchentisch sitzen. Er schaute kurz hoch, las weiter. Sie hatte ihn schon mal gesehen, irgendwo in der Stadt.

»Komm rein«, wiederholte Barclay belustigt. »Oder ich beschwere mich bei Stanley, weil sein Lieferant offenbar Lieblingskunden hat und Miss Dollys Mädchen besucht, mich aber nicht.«

Verlegen blieb sie vor der Tür stehen.

»Das ist Sadler.« Barclay nickte in Richtung des Rothaarigen. »Er beißt nicht. Willst du wirklich nicht reinkommen? Dir mein Haus mal angucken?«

Sadler beobachtete sie mit kühlem Lächeln. »Was ist an dem Haus so besonders?«, fragte sie.

»Es gehört mir.«

»Wenn man sich alles angucken wollte, was Ihnen gehört, dürfte man viel zu tun haben.«

»Du hast auf das Geschwätz der Leute gehört. Na schön, dann warte hier.« Er verschwand und kehrte mit dem leeren Korb zurück. Die Tür zuziehend und Sadler ausblendend sagte er: »Ich habe in letzter Zeit häufig in Missoula zu tun und mir das Haus gekauft, weil ich keine Hotels mag.« Er zog ein goldenes Zigarettenetui mitsamt Feuerzeug aus der Tasche, setzte sich auf die Kante der Veranda, die schwarzen Schuhe hüftbreit auf dem Rasen. Er klopfte neben sich auf das Holz. »Setz dich kurz. Rauchst du?«

Sie setzte sich. »Ab und zu.« Er zündete eine Zigarette für Marian an – industriell gefertigt, nicht selbst gedreht – und eine für sich selbst. Sie bemerkte die vereinzelten Sommersprossen auf seiner Hand, die sauberen, sorgfältig geschnittenen Nägel. Sie dachte an Calebs Zigarettenetui, an Calebs Kopf an ihrer Brust. Caleb war diesem Mann nicht unähnlich, nur weniger beherrscht, ungeschliffener. Calebs Nägel waren bis aufs Fleisch abgekaut.

»Ich war gerade in Chicago«, sagte Barclay. »Warst du schon mal da?«

»Ich bin nur mit dem Zug durchgefahren, als Baby.«

»Warst du schon mal woanders? Außer als Säugling.«

»Ich war am Seeley Lake, und mein Onkel hat mich einmal nach Helena mitgenommen.«

»Aber Montana hast du nie verlassen?« Sie schüttelte den Kopf. »Ach, in Montana ist es doch auch schön. So schön wie überall sonst, wo ich bisher war.«

»Ich möchte aber mal etwas anderes sehen.«

»Anderswo ist es nach meiner Erfahrung auch nicht besser.«

»Wo waren Sie denn schon?«

»Ach, an vielen Orten.«

»Außerhalb Amerikas?«

»Ja.«

»Waren Sie schon mal in der Arktis?«

»Nein, Gott sei Dank. Es klingt furchtbar.« Er bemerkte ihr leichtes Stirnrunzeln. »Würdest du da gern mal hin? Glaubst du nicht, dass es da sehr einsam ist?«

»Das würde mir nichts ausmachen.«

Sein Lächeln saß leicht schief. »Ich habe von der Einsamkeit genug.«

Weil sie nichts zu erwidern wusste, nickte sie nur.

»Willst du mich nicht fragen, warum ich einsam bin?«

»Ja?«

»Dann frag mich.«

»Warum sind Sie einsam?«

»Das ist bei mir Dauerzustand. Ich war noch ganz klein, da hat mich mein Vater nach Schottland geschickt, in seine alte Heimat. Auf eine furchtbar kalte, dunkle Schule, die von furchtbar kalten, dunklen Menschen geleitet wurde. Mit dunkel meine ich die Farbe ihrer Seele, nicht die ihrer Haut, denn die war sehr weiß. Ich galt schon immer als Kuriosum. Für einen Schotten zu braun, für einen Salish zu geisterhaft. Meine Mutter ist eine Salish. Wusstest du das?« Unter seiner Zwanglosigkeit nahm sie eine kaum merkliche Nervosität wahr.

»Ja.«

»Dann hast du dich nach mir erkundigt?«

»Nein«, erwiderte sie zu schnell. »Ich habe es irgendwo aufgeschnappt.«

Er wirkte belustigt. »Dann kennst du meinen Namen, obwohl ich mich, unhöflicherweise, noch gar nicht vorgestellt habe.«

»Sie sind Barclay Macqueen.«

»Was weißt du sonst noch über mich?«

»Sie züchten im Norden Rinder.«

»Was noch?«

»Sie sind Geschäftsmann.«

»Was mache ich für Geschäfte?«

Sie schaute ihm ins Gesicht, zog an der Zigarette. Der Tabak war milder als die Selbstgedrehten, die sie sonst rauchte, aber auch würziger. »Sie züchten Rinder, wie ich schon sagte.«

»Was weißt du sonst noch?«

»Gar nichts.«

»Von Diskretion verstehst du was. Das dürfte dir in deinem Geschäft weiterhelfen.« Ein Seitenblick. »Dem Geschäft mit Backwaren.« Sie lächelte, schaute weg, damit er es nicht merkte. »Was erzählen die Mädchen bei Miss Dolly denn so über mich?«, wollte er wissen.

Beklommen, aber mutig sagte sie: »Dass alles so sein muss, wie Sie es haben wollen.«

Sein Lachen war rau, fast wie ein Kläffen. »Stimmt. Genauso ist es. Warum auch nicht? Jeder sollte wissen, was er will.« Sein Blick wanderte über ihr Gesicht. »Marian Graves. Was willst du am liebsten?«

Diese Frage hatte ihr noch niemand gestellt. Pilotin sein. Pilotin sein. Pilotin sein. Es ihm zu erzählen, wäre ein Leichtes, es waren nur zwei Wörter. Stattdessen sagte sie: »Keine Ahnung.«

»Wer zu diskret ist, steht sich manchmal selbst im Weg.« Als sie nichts erwiderte, sagte er: »Wenn du mir nicht sagst, was du willst, kann ich dir dabei nicht helfen. Und das möchte ich.«

»Wieso?«

»Dein Gesicht gefällt mir.« Er warf seine Zigarette auf den Boden und trat sie mit einem blank polierten schwarzen Schuh aus. »Interessiert es dich, was ich über dich weiß?«

»Ja.« Fast ein Flüstern.

»Dein Vater war Kapitän auf der *Josephina Eterna* und musste ins Gefängnis. Deine Mutter gilt als verschollen. Du und dein Bruder wurdet zu eurem Onkel Wallace geschickt, der meiner Meinung nach ein hervorragender Maler ist, aber leider auch ein Säufer und Spieler. Beeindrucke ich dich? Ich weiß, du bist noch keine fünfzehn. Du bist eine gute Fahrerin und Mechanikerin und Stanleys Lieferant. Lieferantin. Dass das jetzt auch mal ein Mädchen macht, scheint Stanley zu gefallen – du bist für ihn so was wie ein Schmuckstück. Dafür, dass er so ein kleiner Fisch ist, hat er echt Stil. Und du klaust nicht, redest nicht. Dass du bisher keinen größeren Ärger mit den Feds oder der Polizei hattest, hat zum Teil mit Glück zu tun, liegt aber auch an der Faulheit und Korruptheit der Gesetzeshüter. Und in den letzten Monaten lag es auch an mir.«

Sie war bemüht, sich die Fassungslosigkeit nicht anmerken zu lassen.

»Alles nur, weil mir dein Gesicht gefällt«, sagte er. »Selbst jetzt, wo du dich, nicht sonderlich überzeugend, als Junge verkleidet hast. Mir gefällt dein Gesicht sehr. Du erinnerst mich an eine Figur bei Shakespeare. Aber du weißt sicherlich nicht, wovon ich rede.«

»Sie meinen wie in *Was ihr wollt*.«

»Und in *Wie es euch gefällt. Der Kaufmann von Venedig*. Ich dachte, du gehst nicht zur Schule.«

»Lernen kann man auch anders.«

»Stimmt.«

Sie drückte die Zigarette an der Sohle ihres Stiefels aus und warf den Stummel weg. Ihre Nervosität war verschwunden, ihre Sinne waren seltsam geschärft. Ohne zu wissen, woher sie es nahm, wusste sie, wie sie in seiner Vorstellung zu sein hatte. Belustigt, reserviert, unerschütterlich. Sie spürte die harte Kante der Veranda unter ihren Händen, merkte, wie er sie ansah, als sie die Beine ausstreckte.

Er redete weiter. »Eins konnte ich mir zuerst nicht erklären – *warum* du für Stanley fährst. Wegen des Geldes, natürlich, aber die meisten Mädchen in deinem Alter sind nicht so aufs Geld versessen, dass sie die Schule abbrechen und stattdessen für einen Schwarzbrenner arbeiten. Und da dein Bruder noch zur Schule geht, kann nicht dein Onkel die treibende Kraft gewesen sein, denn dann hätte er deinen Bruder ebenfalls arbeiten geschickt. Na, liege ich bisher richtig?«

»Einigermaßen.«

»Einigermaßen. Das reicht mir. Dann sage ich dir jetzt, welche Hypothesen ich aufgestellt habe und zu welcher Schlussfolgerung ich gekommen bin. Wenn ich mich irre, darfst du mich gern korrigieren.« Er sah sie an. »Erst dachte ich, du willst deinem Onkel helfen, seine Schulden abzubezahlen, denn er hat viele und mit jedem Tag mehr. Aber ich habe nie gehört, dass du irgendwem Geld gegeben hast. Deshalb dachte ich als Nächstes, dir geht es um den Nervenkitzel. Wieso hättest du dich sonst von Dollys Mädchen ausstaffieren lassen? Du verkleidest dich gern. Als Hure, als Junge.«

»Das ist keine Verkleidung. Es ist bloß nützlich.«

Er lächelte nachsichtig. »Mein nächster Gedanke war, du sparst, weil du weglaufen willst. Doch dann hast du dir ein Auto gekauft und bist trotzdem hiergeblieben. Deshalb kam ich zu dem Schluss, dass du gar nicht auf das Auto gespart hast. Du brauchst das Geld für etwas anderes. Und dann ist mir zu Ohren gekommen, dass du ständig auf dem Flugplatz bist. Ich habe diskret nachgeforscht, und, ja, du treibst dich dort herum und bettelst die Piloten um Flugstunden an und das seit Lindberghs Atlantikflug, also seit nunmehr zwei Jahren. Nur will dir keiner Unterricht geben.«

Sie hatte nicht damit gerechnet, dass er dermaßen methodisch vorgehen würde, um ihren innigsten Wunsch aufzudecken. Es wäre ihr nie in den Sinn gekommen, dass sich dieser mit Geduld und Beharrlichkeit tatsächlich bloßlegen ließe.

»Das muss entmutigend sein«, sagte er sanft, »für jemanden, der um alles in der Welt Pilotin sein will.«

Angst überkam sie. Es war nicht die angespannte Nervosität von vorhin oder der Bammel, den sie gehabt hatte, als sie mit Caleb im Fluss gewesen war, es war nicht nur ein Unbehagen, sondern eine undeutliche Furcht, ein angeborener Widerstand gegen das, was die Luft zwischen ihnen aufwühlte. »Ich will gar nicht Pilotin sein«, sagte sie. »Das war nur so eine Idee von mir. Ich dachte, fliegen zu lernen könnte Spaß machen.«

»Warum traust du mir nicht, Marian.«

»Einem Alkoholschmuggler, den ich aus einem Bordell kenne?«

Es war als Witz gemeint, aber sie hatte sich verschätzt. Barclay wurde ernst. »Ich bin Rancher«, sagte er leise. »Vergiss das nicht.«

Eine Eule glitt über ihren Köpfen hinweg. Sie hielt auf eine Reihe Bäume zu und verschwand. Barclay blickte ihr finster nach.

Das jähe Umschlagen seiner Stimmung beunruhigte Marian. Um ihn zu besänftigen, sagte sie: »Ich hatte keine Lust mehr auf die Schule und wollte Geld verdienen. Wallace wollte nie eigene Kinder haben, aber weil er ein gutes Herz hat, hat er uns bei sich aufgenommen. Außer ihm hatten wir niemanden mehr. Ich wollte ihm etwas zurückgeben, mich nützlich machen.«

»Aber was willst du? Sicherlich mehr als dich ›nützlich machen‹.«

»Keine Ahnung. Nichts. Das Übliche.«

Er lehnte sich in ihre Richtung. »Ich glaube dir kein Wort.«

Sie nahm seine Körperlichkeit wahr, die Selbstsicherheit, die aus seinen fest auf den Boden gesetzten Füßen sprach, den Geruch, der ihr schon in Miss Dollys Salon aufgefallen war, von Haaröl oder Parfum, herb und moschusartig. Sie fragte sich, wie alt er war, konnte es nicht schätzen. (Achtundzwanzig.)

Einer seiner Mundwinkel wanderte nach oben. »Hast du bei deinen Erkundigungen auch in Erfahrung gebracht, dass ich erst neunzehn war, als mein Vater starb? Nach einem Jahr auf einer schottischen Universität musste ich nach Hause zurück. Er hat mir alles hinterlassen. Die Ranch, aber auch die Verantwortung für meine Mutter und Schwester und, zu meiner großen Überraschung, auch jede Menge Schulden. Erst hielt ich es für einen Irrtum. Einer der größten Grundbesitzer im Bundesstaat, ein Mann, der immer sehr darauf bedacht war, als gottesfürchtig und maßvoll zu gelten, der zwar gut gelebt hat, aber nie verschwenderisch war. Dass ein solcher Mensch Schulden anhäufen konnte, war mir unbegreiflich. Doch dann bin ich seine Papiere durchgegangen. Misswirtschaft, das war es. Schlicht und ergreifend. Er hat den falschen Menschen vertraut. Fehlinvestitionen getätigt. Und er hat immer weitergemacht, bis er sich ein schönes, tiefes Grab geschaufelt hatte. Zum Glück hat er sich in ein richtiges Grab gelegt, bevor er uns alle mit in den Abgrund reißen konnte. Meiner Mutter konnte ich es nicht erzählen. Am Ende musste ich das auch nicht. Wie sich gezeigt hat, verstehe ich es, eine günstige Gelegenheit zu nutzen. Das mit meinem Vater war vor acht, neun Jahren – also in einer Zeit voller Gelegenheiten.«

Der Beginn der Prohibition. Er schaute sie an, als wolle er sichergehen, dass sie seine Anspielung richtig deutete.

»Ich habe uns aus dem Sumpf gezogen und mich auf die Arbeit konzentriert. Weil ich nicht wollte, dass mir so etwas noch einmal passiert. Ich habe die Männer ausfindig gemacht, die meinen Vater in den Ruin getrieben haben, und habe sie ruiniert.« Wieder das schiefe Lächeln. »Dass ich es gewesen bin, haben sie allerdings nie erfahren. Bei so etwas nehme ich lieber Umwege.« Seine Miene verfinsterte sich. »Ich erzähle dir das nur, damit du siehst, ich weiß aus eigener Erfahrung, wie es ist, in jungen Jahren die Fehlentscheidungen anderer schultern zu müssen. Ich weiß, wie es ist, unterschätzt zu werden. Aber unterschätzt zu werden kann auch eine Chance sein. Man muss die Gelegenheiten nur beim Schopf packen. Verstehst du?«

Dass sie unterschätzt wurde, hatte sie bisher nirgendwohin gebracht, ganz sicher nicht ans Steuer eines Flugzeugs, trotzdem sagte sie: »Ich glaube ja.«

»Als ich dich zum ersten Mal gesehen habe – wie soll ich es ausdrücken? Mir war sofort klar, dass ich dich unbedingt kennenlernen muss. Du hast mich fasziniert. Sonst hätte ich nicht …« Er sprach nicht weiter, bohrte einen Schuhabsatz missmutig in den Boden. »Mädchen lerne ich überall kennen. Die meisten vergesse ich sofort. Wärst du wie die anderen, hätte ich auch dich längst vergessen. Damit hatte ich eigentlich gerechnet. Ich habe darauf gewartet, dass du verschwindest. Stattdessen bist du immer hier.« Er tippte sich an die Schläfe. »Nach nur einer kurzen Begegnung. Denkst du manchmal auch an mich?«

Weil sie daran denken musste, wie sie an ihn dachte, wurde sie rot. »Ich muss los.« Sie stand auf, nahm den Korb.

Er hielt sie am Bein zurück, umfasste ihre Wade kurz unter dem Knie. Sein Griff war fest, wie das zuschnappende Maul eines Tieres. »Marian. Ich möchte dich doch nur besser kennenlernen. Dein Freund sein.« Er fing sich wieder, ließ los, blickte hoch in ihr Gesicht. »Jetzt, wo wir Freunde sind, gebe ich dir einen Rat. Wenn du Wallace Geld gibst, kannst du es auch gleich in den Fluss werfen. Ich habe seine Schulden einmal überschlagen. Er wird sie niemals zurückzahlen können, aber irgendwann werden sie fällig. Ich könnte euch helfen.«

Zu gern hätte sie gefragt, wie viel Geld Wallace wem zurückzahlen musste. Seine Schulden waren wie ein dunkler Brunnen, in den sie fortwährend spähte, während sie darauf wartete, dass der hineingeworfene Stein endlich aufs Wasser traf. Aber sie sagte: »Nur, weil ich wie eine Hure angezogen war, heißt das nicht, dass ich eine bin.«

Sein Gesichtsausdruck blieb unverändert. »Vergiss nie, du kannst jederzeit zu mir kommen.«

Bei ihrer Ankunft hatte sie keinen Grund gehabt, sich Haus und Grundstück genauer anzusehen, doch bevor sie wieder wegfuhr, hielt sie inne und schaute zu der Garage hin, neben der sie Stanleys Lieferwagen geparkt hatte. Hinter der zugezogenen, mit einem Hängeschloss gesicherten Schiebetür des großen grün-weißen Gebäudes musste Platz für zwei Wagen sein. In den Längsseiten waren jeweils zwei quadratische Fenster eingelassen, und sofern sie etwas zum Daraufstellen fand, würde sie einen Blick hineinwerfen können. Sie war neugierig auf Barclays Auto. Im Umkreis der Stadt hatte sie schon den einen oder anderen Wagen eines Alkoholschmugglers gesehen, leistungsstarke Packards, Cadillacs oder Studebakers, richtige Whiskeykutschen, und sie hatte Geschichten gehört von frisierten Motoren, doppelten Böden, ausgehöhlten Sitzen, gepanzerten Benzintanks und Spurkranzrädern, geeignet für die Fahrt auf Bahngleisen und Gerüstpfeilerbrücken.

Unweit der Garage fand sie einen Eimer und eine Holzkiste, stellte beides aufeinander, kletterte hinauf und legte die Hände wie ein Fernglas an die Scheibe. In der Garage stand ein Wagen, wie sie ihn schon in Zeitschriften, nie aber in natura gesehen hatte, ein glänzend schwarzer Pierce-Arrow Brougham, lang und tief gelegt, mit ausladenden Trittbrettern, geschwungenen Kotflügeln, Weißwandreifen. Ein silberner Bogenschütze auf der Motorhaube richtete seinen Pfeil auf die entgegenkommende Welt. Das Durcheinander, das Barclay in ihr ausgelöst hatte, wurde, zumindest für den Moment, von dem sehnsüchtigen Wunsch verdrängt, die Motorhaube anzuheben und einen Blick auf den Acht(!)-Zylinder-Motor zu werfen. Am liebsten hätte sie noch einmal an Barclays Tür geklopft und gefragt, ob sie sich das Auto ansehen dürfe. Sie wusste, er würde Ja sagen und sie vielleicht sogar damit fahren lassen, doch dann hätte sie bereits in seiner Schuld gestanden.

So hingerissen war sie von dem Wagen, dass sie das

Auto hinter dem Pierce-Arrow zuerst gar nicht bemerkte; es stand im Schatten des anderen, war fast vollständig von einer Plane bedeckt, nur vorne schaute ein winziges Stück heraus, grauer Lack und eine Stoßstange, die ihr nur allzu vertraut war.

»Ich will nicht mehr zu diesem Haus rausfahren«, erklärte sie Stanley. »Jemand anderes soll die Tour übernehmen.«

Stanley, das Haar mehlweiß, die großen Hände über der Schürze gefaltet, wirkte müde. Seit der Kongress den Volstead Act verabschiedet hatte, verdiente er sich dumm und dämlich, nur wofür er das Geld ausgab, war Marian ein Rätsel. Er wohnte noch im selben Haus und arbeitete jeden Tag in der Bäckerei. Seine Frau trug keine extravaganten Sachen. Vermutlich hortete er das Geld irgendwo. »Du musst«, sagte er. »Er hat ausdrücklich nach dir verlangt. Der hat doch nichts Komisches versucht? Wenn nicht, musst du weiter zu ihm rausfahren. Tu's für mich, ja? Ich bin deinetwegen ein hohes Risiko eingegangen, habe eine Menge Vertrauen in dich gesetzt. Wenn er es darauf anlegt, bin ich im Handumdrehen ruiniert. Und er hat ausdrücklich nach dir verlangt. Ja?«

Was hätte sie entgegnen sollen?

Sie konnte sich nur an eine andere Nacht erinnern, in der sie nicht hatte schlafen können. In der Nacht, in der ihr Vater nach Hause gekommen war, hatte sie in ihrem Feldbett auf der Veranda wachgelegen, während Jamie im anderen geschlafen hatte. Er war mindestens so aufgeregt gewesen wie sie, irgendwann aber trotzdem eingeschlummert. Deshalb hatte nur sie die tiefe, unbekannte Stimme ihres Vaters gehört. Sie allein hatte seinen Umriss im Fenster gesehen, als er im Häuschen die Vorhänge zuzog. Im

Mondschein hatte das hohe Gras zwischen den beiden Häusern ausgesehen wie mit Silber überzogen und sie an das Fell eines Wolfs erinnert.

In den fast fünf Jahren, die seitdem vergangen waren, war sie jeden Abend sofort eingeschlafen – *Schlafen kannst du wie keine Zweite*, sagte Wallace oft –, doch nun lag sie wach, dachte an Barclay Macqueen, lauschte Jamies Atemzügen. Eine seltsame Sehnsucht nach ihrem Bruder überkam sie. Wie konnte es sein, dass sie jemanden vermisste, der nur einen schmalen Spalt entfernt in einem Bett lag, fast in Reichweite? Trotzdem kam er ihr weit weg vor, unerreichbar, wie etwas, das man aus einem fahrenden Zug heraus in der Ferne verschwinden sieht.

Barclay Macqueen. Wenn sie die Augen schloss, sah sie wieder durch Gildas Fenster auf das wilde Tier, durch das Fenster in Barclays Garage auf das Stück grauer Motorhaube. Warum hatte er sich das Auto geholt? Weil er es ihr noch schwerer machen wollte? Weil er ihr etwas wegnehmen wollte? Oder weil er es als Tauschmittel für etwas anderes einsetzen wollte? Jamie würde ihr raten, sich von Barclay fernzuhalten. Er würde sagen, er hätte ein ungutes Gefühl, und sie würde sich eine Erklärung dafür abringen, warum sie ebenfalls ein ungutes Gefühl hatte, als würde sie in einem Fluss zu einem Wasserfall hingezogen, von Panik ergriffen zwar, aber auch neugierig, die Gefahr missachtend. Sie drückte die Ferse gegen den blauen Fleck, den Barclay hinterlassen hatte, als er ihre Wade gepackt hatte, und spürte einen dumpfen Schmerz und eine noch größere Wonne.

Sie schlug die Decke zurück, zog sich die Stiefel an und schlich von der Veranda. Der Mond war fast voll. Sicheren Schrittes ging sie im Dunkeln zu Gildas Hütte. Nichts geschah, als sie an das Fenster der winzigen Kammer klopfte, in der Caleb schlief, nur der in der Scheibe gespiegelte

Mond zitterte leicht. Wahrscheinlich war Caleb in den Bergen. Auch in Gildas Fenster war kein Licht, doch als Marian sich auf den Rückweg machen wollte, entdeckte sie auf dem Gras einen Schatten. Caleb hatte sich im Freien schlafen gelegt.

Angst empfand sie keine, nur eine Kühnheit, die sich nicht von Notwendigkeit unterschied. Mit der Entschlossenheit eines Soldaten, der ins Schützenloch steigt, ließ sie sich neben ihm auf die Knie fallen. Er schrak aus dem Schlaf hoch, doch bevor er etwas sagen konnte, drückte sie ihren Mund auf seinen. Seine Anspannung wich. Er hatte begriffen. Sie zog sich den Schlafanzug aus, und er war nach nur einer Handbewegung nackt. Er drehte sie auf den Rücken. Sie spürte, wie sein Penis sie anstupste, als würde er sie beschnüffeln, sie suchen, dann ein fester Druck, Hitze, Reibung. Wie aus weiter Ferne nahm sie den Schmerz und das fremdartige Gefühl wahr, nahm wahr, wie ihm die schwarzen Haare über das Schlüsselbein fielen, wie sich seine Hüften zwischen ihren Knien hoben und senkten. Sie stellte sich Barclays Hüften vor, Barclays Schultern, Barclays Atem an ihrem Hals. Weil sie nicht wusste, was sie mit ihren Händen tun sollte, drückte sie diese ins Gras.

Es war schnell vorbei. Lust hatte sie nicht empfunden, aber jetzt verspürte sie Erleichterung. Sie stand auf, zog sich an. »Ich will trotzdem nicht deine Freundin sein.« Sie schaute auf ihn herunter, er lag ausgestreckt im Mondschein wie eine Katze in der Sonne. Sie wusste, dass sie die Wahrheit gesagt hatte; Barclay hatte es wahr gemacht.

Seine Zähne leuchteten. »Bilde dir bloß nichts ein.«

Sie stieß ihm den Fuß zwischen die Rippen. »Blödmann«, sagte sie und ging zu ihrem Haus zurück, mit jedem Schritt ein wenig taumeliger.

Am Morgen zum ersten Mal: ihre monatliche Blutung.

Missoula
September 1929
Zwei Monate später

Zum Flugplatz?«, fragte Marian beim Blick auf Mr. Stanleys Lieferliste.

»Eilige Bestellung. Von einem gewissen Marx«, sagte Stanley.

»Ich kenne auf dem Flugplatz jeden, Marx heißt da keiner.«

»Jemand bürgt für ihn.«

»Wer denn?«

»Jemand, mit dem ich mich zufriedengebe und mit dem du dich deshalb auch zufriedengeben wirst.«

Bei ihrer Ankunft saßen zwei Piloten auf Ölfässern vor dem zentralen Gebäude, dösten mit dem Rücken zur Blechwand in der Sonne. Der Nachmittagshimmel war tiefblau, ungetrübt von Wolken. Wäre sie einer der Männer gewesen, sie wäre nicht am Boden geblieben. Aus dem Fenster des Lieferwagens rief sie ihnen zu: »Wo finde ich Marx?«

Die beiden rührten sich. »Ach, der Neue«, sagte einer. »Versuch's mal hinten beim letzten Hangar.«

Der andere fragte: »Verteilst du heute Gratisproben, Marian?«

»Hab noch ein paar Brötchen vom Vortag dabei.«

»Nichts, was man in Flaschen abfüllt?«

»Kommt drauf an – fliegt ihr eine Runde mit mir?«

»Kommt drauf an.«

Sie trommelte mit den Fingern aufs Lenkrad. »Erst muss ich zu diesem Marx.«

Der Pilot zuckte die Achseln. »Bis dahin bin ich vielleicht schon zu Hause.«

Sie fuhr zum neuesten und größten Hangar. Drinnen luftige Kühle, Fensterreihen aus Rauchglas. Das Schiebetor an der Rückseite stand offen, das helle Karree aus hereinströmendem Licht war durchschnitten von den langen, orangenen Tragflächen eines Flugzeugs, dessen schwarzer Rumpf sich zum ebenfalls orangenen Heck hin verjüngte.

»Hallo.« Die Füße auf die untere Stufe einer Trittleiter gelegt, saß ein Mann unter dem Backbordflügel auf einem Klappstuhl und las Zeitung. »Du musst Stanleys berühmte Lieferantin sein.«

»Wer will das wissen?«

Ohne die Füße aufzustellen, ließ der Mann die Zeitung in den Schoß sinken und hielt Marian hoheitsvoll eine schmutzige Hand hin, die für den schmächtigen Arm zu groß war und breite Fingerkuppen hatte wie bei einem Frosch. »Harter Kerl, was? Ich bin Trout Marx.«

»Marian.« Sie balancierte den Korb auf dem linken Hüftknochen und beugte sich vor, um die Hand zu ergreifen, einmal fest zuzudrücken und dabei wehmütig an Felix Brayfogle zu denken. Der Mann war bemerkenswert hässlich. Wie er zum Spitznamen Trout, Forelle, gekommen war, erklärte sich von selbst. Sein Mund zeigte an den Winkeln nach unten und war ungewöhnlich breit, eigentlich eher wie bei einem Barsch als bei einer Forelle. Beim Sprechen entblößte er eine schiefe Reihe gelber Zähne. Der Rest seines Gesichts machte das auch nicht wett. Er hatte Schlupflider, ein tiefer hängendes Auge, kurze Ohren, die wie Aufhänger an seinem großen, runden, noch dazu komplett kahlen Kopf klebten. Doch besaß er eine ruhige, heitere Art und koboldhaften Charme. »Schöne Maschine«, sagte Marian.

»Du magst Flugzeuge?«

»Ja.«

»Warst du schon mal mit einem oben?«

»Zwei, drei Mal.«

»Schon mal am Steuer gesessen?«

»Niemand lässt es mich versuchen.«

»Nein? Warum nicht?«

Es lag auf der Hand, sie musste es nicht erklären. Sie entledigte sich des Korbs, stellte sich unter die Tragfläche und schaute hoch zur mit Klarlack überzogenen Stoffbespannung. Das Flugzeug war noch so neu, dass es leicht nach Bananen roch, ein chemischer Witz, verursacht durch ein Lösungsmittel. Sie schloss die Augen, atmete tief ein.

»Du siehst aus, als würdest du an einem Strauß Rosen schnuppern«, sagte Trout.

»Besser als Rosen«

Sie umkreiste das Flugzeug, inspizierte den silbernen Propeller, die schwarz geschmierte Monstranz des Sternenmotors. Ihr Bauchgefühl sagte ihr, wenn sie ihre Karten richtig ausspielte, würde er sie vielleicht mit in die Luft nehmen; sie durfte nur nichts sagen, das für ihn zu sehr nach Kind, nach Mädchen klang. »Was für ein Motor?«

»Ein Pratt and Whitney Wasp. Vierhundertfünfzig PS.«

»Spitzengeschwindigkeit?«

»Zweihundertdreißig, heißt es, aber ich war schon schneller unterwegs, und er hat nicht gebrannt oder so. Die Scheinwerfer sind eine Spezialanfertigung. Praktisch, wenn man nachts landen muss.«

»Müssen Sie oft nachts landen?«

»Ab und zu. Du scheinst dich mit Flugzeugen ja gut auszukennen.«

»Ich lese viel.«

»Ah ja? Was denn so?«

»Alle Fachzeitschriften. Was in der Zeitung steht. Bücher.« Besonders aufmerksam verfolgte sie die Berichte über Pilotinnen und studierte ihre fliegerischen Glanztaten, als würde sie aus Teeblättern lesen. Doch sie vergötterte die Frauen nicht so wie die männlichen Piloten, sondern empfand ihnen gegenüber einen Neid, der bisweilen an Ablehnung grenzte. Die obligatorischen Fotos, auf denen sie sich im Cockpit die Nase puderten, widerten sie genauso an wie der Wirbel, der um Amelia Earhart gemacht wurde, die erste Frau, die den Atlantik in der Luft überquert hatte, obwohl sie in der *Friendship* lediglich als Passagierin mitgeflogen war. Genauso gut hätte man einen Sack Ballast feiern können.

Ihr Vorbild war eher Elinor Smith, die sich mit sechzehn ihre Pilotenlizenz geholt hatte und mit siebzehn in einer Waco-10 unter der Queensboro, Williamsburg, Manhattan und Brooklyn Bridge durchgeflogen war. (Hinterher puderte sie sich auf sämtlichen Zeitungsfotos natürlich die gottverdammte Nase.) Danach hatte Elinor mit einem Soloflug von knapp dreizehneinhalb Stunden einen neuen Rekord aufgestellt und, nachdem ein anderer diesen überboten hatte, die Bestmarke gleich weiter hochgeschraubt. Sechsundzwanzigeinhalb Stunden in einer großen Bellanca Pacemaker. Danach knackte sie den Geschwindigkeitsrekord für Frauen: 307 Stundenkilometer.

»Was für Bücher?«, fragte Trout.

»Von Piloten. Über Piloten.« Stolz: »Ich habe auch eins über Flugtheorie gelesen.«

»Und was stand da drin?«

»Es ging um Isaac Newton, den aerodynamischen Auftrieb und die Bernoulli-Gleichung, so was eben.«

»Ber-nu-wie-Gleichung?«, fragte Trout. »Noch nie gehört. Worum geht's da?«

Marian, die nur etwas Schlaues hatte sagen wollen, kletterte auf eine Fahrwerksstrebe und spähte durchs Seitenfenster ins Cockpit. Im langen Rumpf befanden sich lediglich zwei Korbsitze, die hinter den Steuerelementen im Boden festgeschraubt waren. »Schwer zu erklären, aber es geht darum, dass der Luftdruck das Flugzeug nach oben saugt.« Sie hoffte, er würde nicht nachbohren.

»Also, ich fliege seit vielen Jahren, aber davon habe ich noch nie gehört.« Er legte die Zeitung beiseite und stand auf, und sie sprang auf den Boden. Obwohl ihr der Mann nur bis zur Schulter reichte, wirkte er kräftig. Stämmig. »Willst du mit mir rauf oder die Maschine nur anschmachten?«, fragte er. »Das Wetter könnte nicht besser sein.«

Einen Moment lang starrte sie das Flugzeug an, dann sagte sie: »Ich habe Geld. Wenn Sie mir ein paar Sachen zeigen, kann ich für die Flugstunde auch zahlen.«

Die Hände in den Taschen zeigte er grinsend seine grässlich gelben Zähne. »Glück für dich. Geld kann man ja immer gebrauchen. Aber es kostet dich nichts. Sie ist bereits vollgetankt. Du musst mir nur helfen, sie nach draußen zu schieben.«

Die große Maschine ließ sich erstaunlich leicht bewegen. Marian und Trout postierten sich links und rechts vom Flugzeug und schoben es an den Flügelstreben ins Tageslicht. Durch Marians Körper rauschte so viel Adrenalin, dass sie sich durchsichtig fühlte. Ihr Lehrer war endlich da. Alles war genauso gekommen, wie sie es sich ausgemalt hatte.

»Weißt du, wie man den Check macht?« Er schirmte seine Augen mit einer Hand ab und schaute zu ihr hoch.

»Nur theoretisch.«

»So theoretisch wie diese Gleichung von Ber-wie-auch-immer? Ein Check ist kinderleicht. Du schaust dir das

Flugzeug von allen Seiten gut an, guckst, ob irgendwo ein Loch ist oder Öl raustropft. Und du prüfst die Reifen. Das war's schon.«

Wie sich zeigte, hatte die Travel Air weder Löcher noch tropfte Öl heraus. Trout öffnete die Kabinentür, die sich fast auf Heckhöhe befand, und wies Marian an, sich auf den rechten Platz zu setzen. »Steuerbord«, sagte sie.

»Oha! Wir haben einen echten Ber-huwie an Bord!«

Als sie über den abschüssigen Boden der Kabine ging, musste sie den Kopf einziehen. Es roch nach Benzin. Bolzenlöcher im Boden zeigten an, wo Platz für weitere Sitze gewesen wäre, aber Marian sah nur Gurte und Metallhaken. »Meistens fliegen Sie Frachtgut, oder?«

»Ja.« Er kletterte ebenfalls ins Cockpit.

Sobald sie sich hingesetzt hatten – Ellbogen an Ellbogen, denn selbst für einen kleinen Mann und ein dürres Mädchen reichte der Platz kaum aus –, wies er auf das Instrumentenbrett. »Hier hast du die Kraftstoffanzeige, den Kompass, den Höhenmesser, den Drehzahlmesser, den Öldruckmesser, die Uhr ...«

»Wie eine Uhr aussieht, weiß ich.«

»Du bist echt ein verdammtes Genie. Das ist der Fahrtmesser, der Steigmesser ...« Er zeigte ihr die Hebel, die Pedale, die beiden miteinander verbundenen Lenkräder, die Trimmkurbel, mit der sich das Höhenleitwerk verstellen ließ, die Bremse, die nur von seinem Platz aus betätigt werden konnte. »Du musst dir nicht gleich alles merken«, sagte er.

Aber sie merkte sich alles.

Bisher war sie noch nie in einem Flugzeug mitgeflogen, dessen Propeller nicht per Hand angeworfen werden musste. Ein elektrischer Motor setzte das Schwungrad in Gang, die Maschine sprang an, eine Wolke aus Rauch stieg hoch und löste sich auf. Ein stotterndes Husten steigerte sich zum Rasseln von Kieselsteinen in einer Blechbüchse, zum ungeduldigen Walzertakt eines galoppierenden Pferds, dann zu einem gleichmäßigen metallischen Schnaufen. Die Blätter des Propellers verschwammen.

»Als Schulmaschine wäre ein Doppeldecker besser geeignet«, rief Trout ihr über den Lärm zu, »nur habe ich momentan keinen. Aber das Prinzip ist ja dasselbe.«

Während sie rollten, ließ er Marian das Seitenruder übernehmen, damit sie ein Gefühl für das unangenehme Ausbrechen am Boden bekam.

Am Ende des Felds bremste Trout ab, um noch einmal kurz alle Instrumente zu checken. Er stopfte sich einen Klumpen Kautabak in den Mund, bevor er den Gashebel nach vorne schob. Das Flugzeug rollte los, nahm Fahrt auf. Marian spürte den Auftrieb des Flugzeugs, spürte, wie sich die Räder bald weniger tief ins Gras gruben. Das Spornrad hob ab, der Rumpf kippte in die Waagerechte. Trout zog am Steuerrad, und das Flugzeug löste sich vom Boden.

»Das hätten wir. Jetzt lasse ich die Maschine selbst steigen.« Er schob den Schubhebel langsam nach vorne. »Sie kann steiler hochgehen, aber das ist hier nicht nötig. In den Bergen ist das wichtig, aber hier ist Platz genug.« Unten sah man die Hangars, ein paar am Feldrand geparkte, kreuzförmige Doppeldecker, die langen Hallen und die ovale Rennbahn des Festplatzes.

Trout drosselte den Motor und trimmte das Höhenleitwerk.

Eine neue Angst überkam sie: Was wäre, wenn sie keine Begabung fürs Fliegen hätte? Die ganze Zeit hatte sie sich bereits als Pilotin gesehen und dabei vergessen, dass sie noch gar nicht fliegen konnte. Zum ersten Mal wurde ihr die Tragweite ihrer Entscheidung, von der Schule abzugehen, bewusst.

»Okay«, sagte Trout. »Du übernimmst.«

»Was muss ich tun?«

»Versuche einfach, das Flugzeug gerade zu halten.«

Das erwies sich als schwieriger, als es klang, und sie musste nach Trouts Anweisungen immer wieder gegensteuern. In der Luft zu sein, von unsichtbaren Kräften geschüttelt zu werden, war ein seltsames Gefühl. Das Flugzeug war lebendig, die Luft war lebendig. Auch die Stadt unter ihr war lebendig, aber sie glich mehr einem Ameisenhaufen: überall winzig kleine Punkte und ziellose Betriebsamkeit.

»Willst du mal eine Kurve versuchen?«, fragte Trout. »Du übernimmst das Steuer, ich kümmere mich um das Seitenruder.«

»Ich kann beides übernehmen.«

»Ist aber nicht einfach.«

»Ich weiß, was eine koordinierte Kurve ist.«

»Etwas zu wissen und etwas zu tun, sind zwei Paar Stiefel. Aber wenn du es dir zutraust, nur zu.«

Ihre Angst war verschwunden. Dafür war kein Raum. Sie drückte den rechten Fuß aufs Pedal und drehte das Steuerrad langsam nach rechts. Das Flugzeug legte sich in die Kurve. Natürlich tat es das – es war dazu geschaffen, geflogen zu werden –, aber dass ein Flugzeug ihrem Willen gehorchte, kam ihr dennoch vor wie eine Offenbarung. Im Seitenfenster tauchten die dunklen Windungen des Bitterroot, die Wipfel der Bäume auf. Vom Boden aus war das übergeordnete Muster nicht zu erkennen: Die Schlangenlinie, die der Fluss auf seinem Weg durchs Tal zeichnete, das Wiederzusammenfließen des Wassers, nachdem es durch eine Sandbank getrennt worden war. Doch auch die Vogelperspektive schuf Unklarheit. Details gingen verloren, die Welt war auf einen Flickenteppich reduziert. Alle Bäume sahen gleich aus. Alle Felder waren flach und grün.

»Merkst du, wie sie rutscht?«, fragte Trout. »Gib mehr Seitenruder.« Er spuckte Tabaksaft in eine Kaffeedose.

Sobald sie das Flugzeug wieder in Normallage gebracht hatte, türmten sich vor ihr die Berge auf, und sie musste erneut in die Kurve gehen, bis sie im Tal kreiste wie eine Murmel in einer Schüssel.

Als sie wieder unten waren und mit ausgestelltem Motor und Propeller wenige Meter vor dem Hangar standen, sagte Trout: »Du bist ein Naturtalent.«

Freude. Reinste Freude. Dass sie sich nichts so sehr gewünscht hatte wie diesen einen Satz, konnte er nicht gewusst haben.

»Wirklich?«, fragte sie, in der Hoffnung, er würde ihn wiederholen, ausschmücken.

»Hab schon Schlechtere unterrichtet.« Er bedeutete ihr auszusteigen.

Jetzt, nachdem Marian sie geflogen hatte, sah die Travel Air anders aus. Marian wusste, wie sich das Steuerrad und die Pedale anfühlten, wie die elektrischen Funken dem Motor ein rhythmisches Klackern entlockten, wie die orangenen Flügelspitzen zum Fluss zeigten, wenn sie darüber kreiste. Im Cockpit hatte sie sich zu sehr konzentrieren müssen, um das Wunder zu begreifen, dass sie – Marian Graves – ein Flugzeug führte, doch als sie sich nun daran erinnerte, ergriff sie ein Taumel.

»Beim Fliegen darf man eins nie vergessen«, sagte Trout. »Es ist *nicht* natürlich. Du darfst niemals deinen Instinkten folgen, sondern musst dir neue antrainieren. Nehmen wir ein Beispiel – das einfachste –, was tust du, wenn du das Flugzeug überziehst und an Höhe verlierst?«

»Das Steuer nach vorne schieben, die Nase runterziehen, um wieder schneller zu werden.«

Er nickte. »Das hast du in einem Buch gelesen, aber da oben ist das was anderes. Wenn dir das nämlich passiert, willst du mit Sicherheit nicht nach unten, aber genau dort musst du hin. Du musst mit der Nase dorthin zielen, wo du nicht hinwillst. Man braucht viel Zeit, um wie ein Pilot zu denken. Du musst Geduld haben. Und eine gehörige Portion Mut. Wenn du da oben bist, darfst du nicht die Nerven verlieren und aufhören zu fliegen.«

»Weiß ich.«

»Nein, weißt du nicht. Das kannst du gar nicht.«

Würde er ihr jetzt raten, es bleiben zu lassen? Obwohl er sie soeben als Naturtalent bezeichnet hatte? Hatte ihm etwas an ihr verraten, dass sie nicht zur Pilotin taugte? Das ganze Tal schien zu verstummen. Kein Wind. Kein Vogelgezwitscher.

»Was sagst du also?«, fragte er schließlich.

»Wozu?« Ihr Mund war trocken.

»Willst du immer noch fliegen?«

Einen Moment lang befürchtete sie, ihre Stimme könnte versagen. »Wenn Sie mir sagen, was Sie für die Flugstunden haben wollen, finde ich einen Weg, Sie zu bezahlen.«

Trout zog die Winkel seines breiten Munds so weit nach oben, dass sich seine Schlupflider fast über die Augen senkten. »Ich habe eine gute Nachricht für dich. Eine fantastische Nachricht. Sie ist so gut, dass du mir vielleicht nicht glauben wirst.« Er machte eine Kunstpause.

»Was denn?«

»Es gibt jemanden, der deine Flugstunden bezahlen möchte. Dich kostet es nicht einen Dime.«

Einen Augenblick lang war sie völlig perplex, dann begriff sie. »Nein.«

Das Fischmaul wölbte sich nach unten. »Wie, nein?«

»Nein.«

»Marian!« Er legte eine Hand beschwichtigend auf ihre Schulter. »Jemand meint es gut mit dir. Das ist doch wunderbar.«

»Wer ist es?«

»Die Person möchte lieber anonym bleiben.«

»Barclay Macqueen.«

Trout blickte zu Boden. »Den Namen kenne ich nicht.«

»Jemand anderes kann es nicht sein. Nein. Ich werde selbst zahlen.«

»Ich fürchte, das geht nicht«, erwiderte Trout, aufrichtig zerknirscht.

»Ist mein Geld nicht genauso gut wie das von Barclay?«

»Ich weiß nicht, von wem du redest.«

»Er muss gewusst haben, dass ich sofort auf ihn komme. Die Leute prügeln sich nicht gerade darum, mir was zu spendieren. In letzter Zeit wollte das nur einer.«

»Warum nimmst du das Geschenk dann nicht einfach an und freust dich darüber?«

Sie wandte sich ab. »War schön, Sie kennenzulernen. Danke für die Flugstunde.«

Trout hob die Hände. »Schon gut. Er hat gesagt, du würdest sein Angebot vielleicht nicht sofort annehmen, aber es dir irgendwann anders überlegen.«

Marian kam ein Verdacht. »Das ist sein Flugzeug, oder?«

»Streng genommen gehört es Mr. Sadler. Ich fürchte, ich darf dich den Unterricht nicht selbst bezahlen lassen. Wenn es meins wäre, würde ich es machen. Ich würde eine Menge machen, wenn ich so ein Flugzeug hätte.« Er schien mit jedem Wort kleiner zu werden, sich in sich selbst zu verkriechen. Dann drehte er sich abrupt um und marschierte auf seinen kurzen Beinen zum Hangar.

Marian ging nicht hinterher. Sie wollte mit dem Flugzeug allein sein. Der Motor verströmte noch Wärme und den Geruch von Öl. Mit gesenktem Kopf legte sie eine Hand auf den Propeller. Hätte Barclay ihr etwas Gutes tun wollen, dann hätte er sie zu dem Flugzeug hingelotst und zugelassen, dass sie Trout einen vernünftigen Preis für die Flugstunden zahlte, damit sie sich der herrlichen Illusion hingeben konnte, aus eigener Kraft Pilotin geworden zu sein. Doch, nein, er wollte, dass sie wusste, wem sie zu Dank verpflichtet war. Warum er es tat, wusste sie nicht, aber ihr war klar, dass sie wachsam bleiben musste.

»Die sind leider nicht kalt«, sagte Trout hinter ihr. Er hatte zwei Bierflaschen aus Marians Lieferkorb geholt. »Aber der erste Flug muss gefeiert werden.«

Sie nahm eine Flasche entgegen. »Danke.«

»Auf dem Gras ist es bequemer.« Er setzte sich hin, und sie ließ sich im Schneidersitz neben ihm nieder. Das Bier war warm und malzig. »Ich weiß noch genau, wie das ist, wenn man unbedingt Pilot werden will«, sagte er.

Die tiefstehende Sonne brachte das Flugzeug zum Leuchten. »Als ich monatelang jeden gefragt habe, aber keiner mir Unterricht geben wollte«, sagte sie, »da habe ich fest geglaubt, dass mein Lehrer einfach noch nicht da ist. Dass er eines Tages in die Stadt fliegen wird, wie der erste Pilot, den ich gesehen habe. Als Sie gesagt haben, Sie würden mich mit raufnehmen, da dachte ich …« Verdrossen trank sie einen Schluck Bier.

»Warum machen wir es nicht so, wie er es möchte? Ich kriege mein Geld. Du kriegst deinen Unterricht. Er kriegt das Gefühl, ein Wohltäter zu sein. Und alle sind zufrieden.«

»Er macht das nicht, weil er so ein Menschenfreund ist.«

Der Streifen Sonnenlicht, der sich auf dem Flugzeug spiegelte, wurde kleiner und verschwand. Die Luft kühlte allmählich ab.

»Vielleicht ist das so ähnlich wie beim Fliegen«, sagte Trout leise, während er Grashalme abrupfte. »Vielleicht darfst du das, was dein Instinkt dir sagt, gerade nicht tun. Du würdest am liebsten Reißaus nehmen, aber du wirst es nur überstehen, wenn du das Gegenteil machst.«

»Ich soll also vor Barclay nicht Reißaus nehmen, sondern das Gegenteil machen?« Sie schaute ihm in die Augen.

Er senkte den Blick und hob abwehrend die Hände. »Das geht mich zwar alles nichts an, aber ich glaube, er meint es nur gut.« Er spähte zu ihr hin. »Glaubst du nicht?«

»Ich habe nicht die geringste Ahnung.«

»Kann ich offen mit dir reden, Marian?«

»Klar.«

Trout räusperte sich und verzog den breiten Mund. »Du würdest mir einen Riesengefallen tun. Er hat es sich in den Kopf gesetzt, dass ich dir das Fliegen beibringe. Ich bin ein guter Lehrer. Versprochen. Ich fliege oft für ihn. Transportflüge. Aus dem Norden. Verstehst du?«

Natürlich. Kein Wunder, dass es keine Sitze für Passagiere gab. Das Flugzeug war dafür gedacht, Alkohol aus Kanada zu schmuggeln. Sie schüttelte den Kopf über die eigene Begriffsstutzigkeit.

»Nein?«, fragte er.

»Doch, ich hab's verstanden. Ich komme mir nur so … so dumm vor.«

Er wies mit dem Flaschenboden zum Flugzeug. »Man kann Kufen daran befestigen, die sind im Winter sehr nützlich. Oder man befestigt Schwimmer und kann auf Wasser landen. Was ich über die Grenze bringe, ist nur ein Tropfen in einem Eimer, aber dein Freund weiß, wenn man genug Tropfen hat, ist der Eimer bald voll.«

Kufen! Die Vorstellung war so aufregend, dass sie für einen Moment vergaß, in welcher Klemme sie steckte. »Sie landen auf Kufen?«

»Wenn du bei mir fliegen lernst, kannst du das bald auch.«

Ein neues Bild entstand vor ihren Augen. Sie in der Travel Air, wie sie das Flugzeug im Tiefflug über eine weiße Ebene steuerte und beim Landen pulvrige Hahnenschwänze in die Luft schickte.

»Ich habe Frau und Kinder. Du hättest also eine Menge gut bei mir.« Seine langen Lippen kräuselten sich traurig. Aus seiner Jackentasche zog er ein Heft und einen Stift. »Hier. Darin hältst du alle deine Flüge fest.«

Die Seiten des Hefts waren in Spalten unterteilt, überschrieben mit Datum, Flugzeugtyp, Kennzeichen, Motortyp, Wetter, Gesamtdauer und Anmerkungen. »Na los, füll die erste Zeile aus«, sagte Trout. Als sie bei Gesamtdauer zögerte, sagte er: »Siebenunddreißig Minuten. Bei Anmerkungen trägst du Ausbildung ein. Junge, hast du eine Sauklaue.«

Sie wollte ihm das Flugbuch zurückgeben, aber er sagte: »Nein, das gehört dir. Bewahre es gut auf. Ach, beinahe hätte ich es vergessen. Ich soll dir noch ausrichten ›Alles Gute zum Geburtstag‹.«

»Der war gestern.«

Sie und Jamie waren jetzt fünfzehn.

Marian fuhr vom Flugplatz weg und weiter zum grün-weißen Haus. Sie klopfte an die Tür, bis Sadler öffnete. »Er ist nicht da«, sagte er.

»Dann richten Sie ihm aus, ich stelle eine Bedingung.«

»Aha?«

»Wenn ich mit der Ausbildung fertig bin, arbeite ich für ihn und fliege über die Grenze. Ich brauche kein Almosen.«

»Er wird Nein sagen.«

»Meinetwegen. Ich habe ihm schon gesagt, dass ich nicht unbedingt fliegen muss.«

Sie starrten sich an, und Marian spürte, wie sehr Sadler sie hasste, weil sie ihm unangenehme Aufgaben aufhalste. Ihre Schuld war das nicht, Barclay hätte sie einfach in Ruhe lassen können. »Richten Sie ihm das aus?«

Sadler rieb sich über die Wange, als wolle er seine Rasur prüfen. »Willst du einen Rat von mir?«

»Woher soll ich das vorher wissen?«, erwiderte sie gereizt.

Er musterte sie lange. »Ich richte es ihm aus«, sagte er schließlich und machte die Tür zu.

Auf dem Weg zu Mr. Stanley trat sie das Gaspedal voll durch. Der altersschwache Kastenwagen schwankte in jeder Kurve. Voller Euphorie stellte sie sich vor, sie würde das Lenkrad zurückziehen und spüren, wie die Reifen vom Boden abhoben. Barclay würde Ja sagen. Das wusste sie. Er würde es nicht ernst meinen, sondern sich etwas überlegen, damit er sein Wort nicht halten musste. Aber darauf würde sie sich nicht einlassen. Sie würde fliegen lernen und danach als Pilotin arbeiten. Eine Kraft drückte sie von unten empor. Auftrieb. Das war es.

Manifestieren, manifestieren

Sechs

Als ich fünfzehn war und gerade bei *Katie McGee* Pause hatte, befreiten mein Freund Wesley aus der Highschool-Clique und ich mitten in der Nacht Mitchs Porsche aus der Garage, um in der Wüste Acid einzuwerfen und den Sonnenaufgang zu betrachten. Wir hatten uns vorgestellt, auf großen Felsen unter dem Sternenhimmel zu liegen, aber es war eiskalt und windig, und so landeten wir im Auto, mit hochgedrehter Heizung. Als die Drogen anfingen zu wirken, gefiel mir sein Gesicht nicht mehr. Ich versuchte, mich auf etwas anderes zu konzentrieren, aber sein schreckliches Gesicht kam immer näher, grau und papierartig und leer, als hielte mir jemand ein Wespennest vor die Nase. Die Morgendämmerung war ein roter Schlitz gewesen, ein Skalpell, das die Nacht aufschnitt, und die stacheligen Silhouetten der Josuabäume reckten ihre Keulenarme in die Höhe.

Als ich nach Hause kam, lag Mitch, der sich in einer nüchternen Phase befand, mit der Zeitung am Pool. »Wo war mein Auto?«, fragte er, als ich mich neben ihn auf eine Liege fallen ließ.

»In der Wüste«, sagte ich. »Wesley und ich wollten den Sonnenaufgang sehen. Es war keine große Sache.«

»Wie alt ist Wesley?«

Ich antwortete nicht. Ich wusste es selbst nicht. Mitch blätterte um. Nach einer Weile sagte er leise: »Glaubst du nicht, dass du ein wenig außer Kontrolle gerätst?«

Normalerweise hätte ich mich über seine Heuchelei geärgert, doch da er aus aufrichtiger Neugier heraus zu fragen schien, als wüsste er die Antwort nicht, und ich nie damit gerechnet hätte, dass er überhaupt fragen würde, und ich in der Wüste Ehrfurcht gesucht und Entsetzen gefunden hatte, sagte ich: »Keine Ahnung. Vielleicht.«

Er blätterte weiter. »Du musst diese wilde Phase nicht durchziehen. Du kannst sie auch überspringen.«

Aber ich musste. Ich sah keinen anderen Weg. Ich musste wie ein Schnappmesser in mein Leben schnellen. »Man lebt nur einmal«, sagte ich.

Gwendolyn leakte das Sextape nicht, aber ich wurde trotzdem gefeuert. Und zwar so schnell, dass mich das Tempo ihrer Rache unfreiwillig beeindruckte.

Gavin du Pré rief mich persönlich an.

»Weißt du, wer hier ist?«, fragte er.

»Ja«, sagte ich.

»Weißt du, warum ich anrufe?« Seine Stimme war leise und so angespannt, dass er nur wie durch ein Wunder überhaupt etwas herausbrachte.

»Ich habe so eine Vermutung.«

»Gwendolyn droht, ein Sexvideo von dir und Oliver zu veröffentlichen, wenn ich dich nicht feuere. Weißt du, von wem sie es angeblich hat?«

»Von mir.«

»Das ist richtig. Von dir. Du siehst also, ich befinde mich in einer schwierigen Lage, Hadley. Was würdest du in meiner Lage tun? Wenn du einer Schauspielerin die Chance ihres Lebens gegeben hättest und sie es dir mit *unfassbarer* Undankbarkeit und Respektlosigkeit zurückzahlte?«

»Wenn ich Sie wäre«, sagte ich, »und ich kann nicht behaupten, Sie gut zu kennen, aber nach dem, was ich *weiß*, würde ich ihr wahrscheinlich einen Deal anbieten, der beinhaltet, dass sie mir wieder mal den Schwanz lutscht.«

Er schwieg. Es war die Stille, die in Horrorfilmen herrscht, bevor jemand aus dem Schatten springt und einen ersticht.

Schließlich sagte er: »Ich weiß nicht, wovon du redest, und wenn du solche verleumderischen Andeutungen öffentlich machst, wirst du Gegenstand eines sehr abträglichen und langwierigen Rechtsstreits, der alles, was du getrieben – und *jeden, mit dem* du es getrieben – hast, bloßstellen wird. Aber ja, du bist gefeuert, und ich sorge dafür, dass deine Karriere vorbei ist. Du bist erledigt.«

Ich schaltete mein Handy aus und ging in einen fensterlosen Raum im Keller meines Hauses, eine Art Vorführraum im marokkanischen Stil, legte mich auf ein großes, mit Quasten besetztes Kissen und schaute eine Serie über eine Frau, die verfallene alte Häuser renovierte. Sie war klein und stark und benutzte häufig eine Nagelpistole. Am Ende hatten die Häuser immer Klauenfußwannen, Täfelungen und Subway-Kacheln. Nach meinen Babybildern zu urteilen, hatte mein Elternhaus außerhalb von Chicago wie eines dieser Projekte ausgesehen, das die Frau aber mittendrin aufgegeben hatte. Es gibt ein Foto, auf dem meine Mutter mich in einer Klauenfußwanne badet, aber man sieht, dass der Linoleumboden sich löst und ganz verfärbt ist. Auf einem anderen sieht man schöne Holzböden, aber auch einen traurigen Futon mit zerknittertem Laken. Ich weiß nicht, warum sie es nicht schöner hergerichtet hatten. Am Geld konnte es nicht liegen, jedenfalls hatten sie genug für die Cessna, die sie umgebracht hatte. Ich weiß nicht, ob sie so leben oder sich einfach nicht genug verändern wollten.

Irgendwann schlief ich ein.

Am nächsten Morgen war die Nachricht überall, verbreitete sich vom *Hollywood Reporter* über Promi-Klatschseiten bis hin zu CNN, die Schadenfreude hingetupft wie Sahnehäubchen. Ich hatte dreitausend Twitter-Benachrichtigungen. »Newsflash«, twitterte ich. »Nichts hält ewig. Kommt damit klar.« Dann löschte ich meinen Account und schaltete das Handy aus.

Natürlich hatte ich Gwendolyn ärgern wollen, damit protzen, dass ich nicht nur besaß, was sie am meisten haben wollte, sondern es einfach weggeworfen hatte. Ich hatte in etwa mit diesem Ergebnis gerechnet und wankte dennoch wie ein verkohlter, torkelnder Zeichentrickritter, der soeben von Drachenatem flambiert worden war.

Ich lag auf der Couch und sah mir eine weitere Immobilienserie an, in der unvernünftige Menschen billige Häuser in langweiligen Gegenden kaufen und kleine Endorphinschübe bekommen, weil irgendwelche Fremden Entscheidungen für sie treffen, als Augustina mich daran erinnerte, dass ich einen Termin mit meinem Trainer hatte. Eigentlich sollte ich für den fünften Film in Form kommen, nur Fisch und Grünkohl essen und nur an meinen Trizeps denken, aber das spielte jetzt keine Rolle mehr.

»Du könntest absagen«, sagte Augustina. »Er wird es verstehen.«

Aber ich musste raus. Ich sagte, ich würde selbst fahren. M. G. saß neben mir. Am Ende der Einfahrt kroch ich langsam und vorsichtig, um keine Klage zu riskieren, durch meine Krähenkolonie. Sie füllten die Fenster mit ihren Linsen. Ihre Hände saugten sich wie Seesterne am Glas fest. »Soll ich sie vertreiben?«, fragte M. G. Er spricht nur, wenn es unbedingt nötig ist, und bleibt meist mit steinerner Miene dicht an meiner Seite. Aber ich sagte nein, das sei schon in Ordnung. Ein Fotograf rutschte auf dem Bauch über die Motorhaube und blitzte mir ins Gesicht. Ich wedelte heftig mit der Hand in seine Richtung und rief: »Verpiss dich!« Trotz geschlossener Fenster hörte ich den Lärm der Blenden. Ein Schwarm Roboterinsekten. Spielkarten in Fahrradspeichen. Hundert alte Filmprojektoren, die gleichzeitig laufen.

Manifestieren, sagte mein Trainer. *Manifestieren.* Ich sollte in den Spiegel schauen und im Geist den Körper manifestieren, den ich haben wollte. Mit Gewichten in den Händen beugte ich mich vor, ging in die Knie, öffnete die Arme und streckte sie nach oben. Mein Trainer nannte das den Schmetterling. Ich versuchte, mir den Körper vorzustellen, den ich haben wollte, sah aber nur einen Schmetterling, der sich durch schwere, sumpfig-feuchte Luft mühte. »Aktiviere deine Körpermitte«, sagte mein Trainer.

Vor einer Weile hatte ich einen Psychiater gehabt, der mich aufforderte, mir einen leuchtenden Tiger vorzustellen, wann immer ich an mir zweifelte, mir vorzustellen, der Tiger sei meine Kraftquelle, mein Wesenskern. Ich sollte mir vorstellen, dass der Tiger immer heller leuchtete und eine dicke Staubschicht sich auf alles andere legte und die ganze Welt bis auf meinen Tiger schließlich grau war. Der Tiger war wie die Ampulle mit weißem Licht in dem Superheldenfilm. Der Tiger war absurd. Der Tiger war ich. Der Tiger war alles außer mir.

Jeder weiß, dass Los Angeles eine Stadt der Leugner ist. Jeder weiß, dass es eine Stadt des Silikons und Restylanes ist, der charismatischen Heimtrainer-Prediger und Kugelhantel-Gurus, der Heilkristalle und Klangschalen, der Probiotika und Saftkuren und Darmspülungen und Jade-Eier, die man sich in die Vagina steckt, und des exorbitant teuren Schlangenölpulvers, das man über seinen Kokos-Chia-Pudding streut. Wir reinigen uns fürs Leben, als wäre es das Grab. Diese Stadt hat mehr Angst vor dem Tod als jede andere. Ich habe das mal zu Oliver gesagt, und er meinte, ich sei ein bisschen negativ. Dann sagte ich es Siobhan, und sie gab mir den Namen eines Psychiaters. Ich sagte es dem Psychiater, und er fragte mich, ob ich es für falsch hielte, Angst vor dem Tod zu haben. Ich sagte, ich hielte nicht die Angst für das Problem, sondern den Kampf. Ich sagte, der Kampf solle darin bestehen, den Tod zu akzeptieren, statt sich ihm zu widersetzen.

»Hmmm«, sagte er. »Stellen Sie sich einen Tiger vor.«

Sieben

Ich trieb auf einem Floß in meinem Pool. Ich war wie betäubt, fühlte mich wie irgendein Kriechtier, das von einem Raubvogel aufgelesen und fallen gelassen worden war, ein schlagendes Herz in einem träge hingestreckten Körper. Die Innenseiten meiner Augenlider leuchteten blutorange.

Ich musste geschlafen oder zumindest gedöst haben, denn als eine sehr englische Stimme rief: »Du solltest wirklich nicht im Swimmingpool schlafen«, erschrak ich und kippte vom Floß ins verschwommene Blau. Das Wasser brannte und prickelte in meiner Nase.

»Ich hätte nicht gedacht, dass du *tatsächlich* schläfst«, sagte Sir Hugo, als ich wieder auftauchte. Er hielt die halbleere Flasche Scotch und zwei Gläser in der Hand und hatte einen Stoffbeutel über der Schulter. »Augustina hat mich reingelassen.«

Ich hievte mich am Rand aus dem Pool. »Sind die noch da unten?«

»Die Fotografen? Oh ja.«

Ich wickelte mich in ein Handtuch, und wir setzten uns an den Tisch, an dem Alexei und ich einmal Bowls mit alten Getreidesorten gegessen hatten.

Hugo schenkte Scotch ein und hob sein Glas. »Auf ein Ende.«

Ich stieß mit ihm an.

»Nun, mein Mädchen«, knurrte er sanft. »Was willst du machen? Dir eine Auszeit nehmen?«

Ich stellte mir vor, was ich in dieser Auszeit tun würde. Ich würde im Pool treiben, Gras rauchen, den Körper manifestieren, den ich mir wünschte, mir meinen Tiger vorstellen, Leuten beim Häuserrenovieren zusehen, darauf warten, dass etwas passierte. Es war nicht *un*interessant. Dann aber folgte als Gegenbeweis die Vision meiner selbst, wie ich einen Oscar in der Hand halte, und zerschmetterte die lakonischen Halbgedanken wie ein Zeichentrick-Tresor, der eine Zeichentrick-Katze zerquetscht. Ich stand auf der Bühne, reckte die Statue über den Kopf und lebte den Standardtraum, den ganz Hollywood träumte. Mein Arm und meine Schulter sahen perfekt trainiert aus. Das ganze Theater applaudierte stehend, sogar Gavin du Pré. Alexei war auch da und sah wehmütig aus.

»Ich würde lieber nach vorn schauen«, sagte ich.

»Gut.« Er hielt kurz inne und atmete so heftig ein, dass seine Nase flach wurde, was immer ein Zitat ankündigte. »›Männer sind manchmal Meister ihrer Lose: Die Schuld, mein Brutus, liegt nicht in den Sternen, nur in uns selber, daß wir Knechte sind.‹«

»*Männer* sind Meister ihrer Lose.«

»Frauen passten nicht in die Alliteration.«

»Faule Ausrede.«

»Ich habe was für dich. Es ist vergriffen, also sei vorsichtig damit.« Er zog ein Buch aus dem Stoffbeutel und reichte es mir. Ein altes, dünnes Hardcover mit senffarbenem Schutzumschlag, der an den Rändern eingerissen war. Auf der Vorderseite war ein Flugzeug abgebildet, das über den Ozean fliegt, im Hintergrund die Sonne und ein paar langgestreckte, flache Ms, um Vögel anzudeuten. Der Titel in eleganter Kursivschrift lautete: *Das Meer, der Himmel, die Vögel dazwischen: Das verlorene Logbuch von Marian Graves*. Der Geruch der öffentlichen Bibliothek von Van Nuys stieg mir wieder in die Nase, und ich konnte fast die schwitzige Vinylumarmung des Sitzsacks in der Kinderleseecke spüren.

»Ich habe das Buch gelesen.«

Hugos Buchsbaumhecken-Augenbrauen flogen hoch. »*Tatsächlich*?«

»Guck nicht so verblüfft. Ich lese durchaus.«

»*Tatsächlich*?«

»Haha. Als Kind hat mich das sehr beeindruckt. Du weißt schon, Solidarität unter Waisen. Team Von-Onkeln-aufgezogen. Ich dachte, es wäre voller versteckter Botschaften, wie Tarotkarten oder so.«

»Ah.« Hugo nickte. »Das kann ich mir vorstellen. Klein-Hadley, die Bibliomanin, die den Text nach Zeichen und Omen durchsucht. Es ist das perfekte Buch für so etwas, nicht wahr? Fast nur kryptischer Krimskrams. Was hat es dir verraten?«

»Nichts.«

»Nun, das ist nicht überraschend. Mich fasziniert vor allem die Frage, ob sie überhaupt wollte, dass es gelesen wird. Die Tatsache, dass sie es zurückgelassen hat, lässt zumindest *vermuten*, dass sie es nicht ertragen konnte, es zu zerstören. Was meinst du?«

Ich überlegte, ob ich bluffen sollte, gestand aber stattdessen: »Ich erinnere mich nicht sehr gut. Ich muss zehn oder elf gewesen sein, als ich es gelesen habe.«

»Lies es noch mal. Und dann das hier.« Er holte ein weiteres Buch aus dem Beutel, ein Taschenbuch. Auf dem Einband war der weichgezeichnete Hinterkopf einer Frau zu sehen, die zu einem silbernen Flugzeug schaute, das auf einer flachen weißen Fläche stand. Ein Pelzkragen umrahmte ihren Nacken. Offenbar hatte das *People* Magazine es als *unwiderstehlich ... umwerfend ... hochspannend* beschrieben.

Ich las laut vor: »*Auf Peregrines Schwingen: Ein Roman.* Von Carol Feiffer.«

»Ehrlich gesagt, es ist« – Hugo wippte mit der Hand auf

und ab – »nicht sehr gut. Es lässt Tiefgang vermissen, und die Prosa ist manchmal ziemlich grauenhaft. Aber es ist die Grundlage für das *hier.*« Er holte einen Papierstapel aus dem Beutel, der von einer Foldback-Klammer zusammengehalten wurde, und warf ihn auf den Tisch. Ein Drehbuch. Quer über die Titelseite war der Name von Hugos Produktionsfirma gestempelt. »Die Day-Brüder haben es mir angeboten, Bart Olofsson ist bereits als Regisseur im Boot. Sie haben etwas Unerwartetes gemacht, fast im Stil der Coen-Brüder, ein bisschen schräg, aber weniger düster. Ein winziges bisschen camp, aber immer noch sehr bewegend, wie ich finde.«

»So viele Brüder. Sonst hast du nichts in dem Beutel? Keine Hausaufgaben mehr?«

Er drehte den leeren Beutel um und schüttelte ihn. »Keine einzige Seite.«

Ich zog das Drehbuch zu mir heran.

PEREGRINE
geschrieben von den
Day-Brüdern

basierend auf dem Roman Auf Peregrines Schwingen
von Carol Feiffer

Ich kannte die Day-Brüder. Kyle und Travis, blonde Zwillinge mit Nazifrisur, die auf dem roten Teppich ihre E-Zigaretten rauchten. Sie waren noch keine dreißig, hatten aber eine skurrile, brutale Mini-Serie für HBO gedreht, die in Reno spielte. Sie hatten gerade einen Lauf. Und Bart Olofsson hatte einen redseligen Indie-Film gedreht, der Liebling von Sundance gewesen war, und danach drei Superheldenfilme, also war er wahrscheinlich bereit für eine Rolle rückwärts. Die Leute galten als cool, und wenn ich mit ihnen zusammenarbeitete, wäre ich womöglich auch cool. »Wessen Idee war das?«

Hugo verzog das Gesicht. »Das ist ein bisschen kompliziert. Die Days wurden vom Sohn der Frau beauftragt, die das Buch geschrieben hat.«

»Das kann nicht billig gewesen sein.«

»Nein, aber sie hätten sich nicht darauf eingelassen, wenn ihnen das Projekt nicht gefallen würde. Und das tut es. Der Typ heißt Redwood Feiffer. Er möchte gern Produzent sein. Und er kennt die Days, weil er jung, hip und extrem reich ist. Er ist einer von den Feiffer-Feiffers.«

»Was ist ein Feiffer-Feiffer?«

»Feiffer wie in Feiffer-Stiftung. Wie in Feiffer-Kunstmuseum. Redwoods Vater ist tot – die Eltern waren seit einer Ewigkeit geschieden –, und er hat einen Großteil des Familienvermögens geerbt. Öl, glaube ich? Chemikalien? Irgendwas Schreckliches jedenfalls. Seine Mutter Carol hat den Roman geschrieben, und – jetzt kommt der wirklich interessante Teil – seine Großmutter väterlicherseits hat in den fünfziger Jahren nicht nur Marians Buch veröffentlicht, sondern auch *ihren Flug bezahlt*. Die ganze Familie ist in diese Geschichte verstrickt. Und Redwood ist ein Weltverbesserer-Schrägstrich-Kreativer. Sehr enthusiastisch.«

Da begriff ich, woher der Wind wehte. »Er ist also auf der Suche nach einer sinnvollen Aufgabe und denkt, er könne Hollywood neu erfinden.«

»Das ist wohl der grundlegende Plan.«

Er klang ziemlich emotionslos. Wie ein General, der einen Luftangriff plant, die Zahl der zivilen Opfer schätzen würde. Ein bisschen geschäftsmäßige Härte, um Mitleid vorzubeugen. In L. A. schweben immer ein paar reiche

Kids herum, getragen von Vermögen, die sie nicht verdient haben, so als verliehen die Geister ihrer Ahnen ihnen Auftrieb. Sie sagen, sie wollen gute Filme machen: Projekte, die aufgrund der Qualität des Drehbuchs, der überzeugenden Vision und der originellen Stimme ausgewählt werden und *nicht* wegen ihrer Chancen auf dem asiatischen Markt. Sie wollen etwas neu erfinden, das nicht neu erfunden werden will, wollen ein System aufbrechen, das um ein Vielfaches komplexer, räuberischer und stärker ist, als sie ahnen. Das ist ihr Plan. Hollywoods Plan ist es, ihnen das Fleisch so langsam von den Knochen zu ziehen, dass sie es zunächst nicht merken. Winzig kleine Bissen und am Ende dann ganz große.

Der Fairness halber muss ich sagen, dass auch Hugo gute Filme drehen wollte. Nur brauchte er dafür das Geld anderer Leute.

»Von ihm kommt das ganze Geld?«, fragte ich.

»Ah, nein. Aber ein beträchtlicher Teil. Ehrlich gesagt, ist es mit den Drehorten und den Flugzeugen und dem CGI und allem eine Nummer zu groß für uns, also sind wir damit zu Sun God gegangen.« Hinter Sun God Entertainment standen Hedge-Fonds, und die Firma hatte den Ehrgeiz, Filme zu drehen, die zu teuer für Indies waren, aber nicht teuer genug, um die großen Studios anzulocken. »Sie haben zugesagt. Wir treten uns vielleicht ein bisschen auf die Füße, aber ich glaube, es könnte funktionieren. Mit dem richtigen Star, versteht sich.« Er zwinkerte mir zu. »Wir könnten dir nicht viel zahlen.«

»Wie viel ist nicht viel?«

»Tarif. Und Gewinnbeteiligung.«

»Siobhan wird *begeistert* sein.«

»Scheiß auf Siobhan. Du brauchst das Geld nicht. Das ist deine Chance, den Schwarzmalern zu zeigen, wozu du fähig bist.« Seine Stimme war jetzt besonders volltönend, und er donnerte drauflos, als wäre ich eine mittelalterliche Armee, die er dazu antreiben wollte, eine andere mittelalterliche Armee auszuradieren, die gerade über ein Moor vorrückte.

Wozu war ich fähig? So genau wusste ich das gar nicht. Ich sah mich wieder mit dem Oscar. Hatte ich einen verdient? Nein, aber wer hatte das schon? *Manifestieren.*

Hugo schlug sich auf die Oberschenkel und stand auf. »Denk drüber nach.«

Ich brachte ihn zur Haustür. Dort sagte ich: »Du solltest wissen, dass Gavin du Pré mich auf dem Kieker hat. Das könnte ungelegen kommen.«

»Er ist nicht involviert.«

»Trotzdem. Er hat Einfluss.«

»Woher weißt du, dass er dich auf dem Kieker hat?«

»Nun ja, bei mir ist dieser Eindruck entstanden, als er gestern zu mir sagte, er werde meine Karriere zerstören. Seine genauen Worte waren« – ich verfiel ins raue Knurren eines Comic-Bösewichts und ballte die Faust – »›Du bist erledigt.‹«

Zu meiner Überraschung lachte Hugo nur. »Weißt du, wer Chef von Sun God ist?«

»Ted Lazarus, richtig?«

»Weißt du auch, dass Ted Lazarus und Gavin du Pré sich hassen?«

»Vom Hörensagen.«

»Und weißt du auch, warum?«

»Nein.«

»Gavin hat Teds Frau gevögelt. Es geht also in Ordnung. Alles ist in Ordnung. Die wollen einander ohnehin schon ruinieren.« Er griff nach meiner Hand. »Das wird eine *sehr* gute Rolle für dich, meine Liebe. Sie wird dich *er-*

heben.« Mit einem lauten Schmatz küsste er mir die Hand und marschierte davon. Er stand kerzengerade da, während er darauf wartete, dass das Tor aufging, trat zwischen den auseinandergleitenden Torflügeln hindurch und verbeugte sich tief vor den Paparazzi, die ihm zujubelten.

Acht

Nachdem Hugo gegangen war, legte ich mich in die Badewanne und schlug Marians Buch auf.

ANMERKUNG DER HERAUSGEBERIN

Liebe Leser, das folgende Dokument hat eine höchst unwahrscheinliche Reise hinter sich gebracht, bevor es in Ihren Händen gelandet ist.

Wie wahr, dachte ich.

Im Jahr 1950 verschwand Marian Graves, eine erfahrene Pilotin und Verfasserin dieses schmalen Buches, zusammen mit ihrem Navigator Eddie Bloom bei dem Versuch, die Erde der Länge nach über Nord- und Südpol zu umrunden. Sie wurden zuletzt in Königin-Maud-Land in der östlichen Antarktis gesehen, wo sie in Maudheim, dem Basislager der norwegisch-britisch-schwedischen Antarktis-Expedition, auftankten. Von Maudheim aus sollten sie den Kontinent überqueren und über den Südpol zum Ross-Schelfeis fliegen, wo sich die Überreste der verschiedenen Stationen befanden, die während der Antarktis-Expeditionen von Admiral Richard E. Byrd errichtet und genutzt wurden und alle den Namen »Little America« trugen. Obwohl die Stationen verlassen waren, hätte es dort mehr als genug Benzin gegeben, um das Flugzeug, die *Peregrine*, aufzutanken, bevor Marian und Bloom die letzte Etappe ihrer Reise antraten, die sie nach Neuseeland führen sollte. Tragischerweise wurden weder die Pilotin noch ihr Navigator oder das Flugzeug nach dem Start in Maudheim jemals wieder gesehen. Fast ein Jahrzehnt lang war nichts über ihr Schicksal bekannt. Man ging allgemein davon aus, dass die *Peregrine* im erbarmungslosen Landesinneren der Antarktis abgestürzt war.

Dank eines bemerkenswerten Zufalls wissen wir heute, dass Marian und Eddie tatsächlich das Ross-Schelfeis erreicht haben. Im vergangenen Jahr entdeckten Wissenschaftler, die im Rahmen des Internationalen Geophysikalischen Jahres die vergrabenen Überreste von Little America III erforschten, nicht nur die erwarteten Artefakte von Byrds Expedition aus den Jahren 1939–1941, sondern auch ein seltsames Bündel aus gelbem Gummi. Zu ihrer großen Überraschung stellten sie fest, dass es sich dabei um eine in der Luftfahrt verwendete so genannte Mae-West-Rettungsweste handelte, die sorgfältig um Marians handgeschriebenes Tagebuch gewickelt war, das ihre elliptischen, bruchstückhaften Gedanken während des Fluges enthielt: das Manuskript zu eben diesem Buch.

Leider kann ich nicht erklären, warum sie ihr Tagebuch (und mit ihm eine von zwei Rettungswesten) zurückgelassen hat. Vielleicht hatte sie die Chance, Neuseeland zu erreichen, gegen die Chance abgewogen, dass künftige Besucher von Little America das Buch finden würden, und Letzteres für wahrscheinlicher gehalten, was durchaus beunruhigend erscheint. Es kann als Glücksfall gewertet werden, dass die Station überhaupt noch existierte. Vom Ross-Schelfeis brechen ständig Eisberge ab, was Fachleute als Kalben bezeichnen, und die Hälfte von Little America IV, einer jüngeren Station aus den Jahren 1946–47, wurde bereits ins Meer hinausgetragen.

So aufregend die Nachricht auch sein mag, dass Marian es viel weiter geschafft hatte als bisher bekannt und bis auf 2600 Seemeilen an eine vollständige Nord-Süd-Umrundung herangekommen war, birgt die Enthüllung doch auch eine traurige Wahrheit: Marian Graves und Eddie Bloom flogen in der Antarktis ab und sind seither verschollen. Trotz der fantasievollen Theorien, die manche aufgestellt haben, können wir sicher sein, dass sie gemeinsam tief in kalten, stürmischen Gewässern liegen, in einem Grab ohne Wände, einem Ort, der trotz der Tausenden und Abertausenden, die dort ihre letzte Ruhe gefunden haben, unvorstellbar einsam ist.

In den Büros von D. Wenceslas & Sons wurde in letzter Zeit heftig darüber diskutiert, ob Marian die Veröffentlichung dieses Manuskripts gewünscht hätte, ohne den Text bearbeiten und überdenken zu können. War das Manuskript als posthume Flaschenpost gedacht? Oder wandte sie sich von ihren eigenen Worten ab? Ich gebe zu, dass Marian sowohl in den Gesprächen vor dem Flug als auch auf den Seiten selbst ihre Ambivalenz gegenüber der Vorstellung ausdrückte, eine Leserschaft zu haben. Doch falls sie wirklich nicht wollte, dass sie gelesen werden, warum hat sie dann nicht einfach, so fragte ich meine Kollegen, die Seiten vernichtet, was sie ohne Weiteres hätte tun können? Wir sind uns nicht einig geworden, und von ihr gibt es keine Anweisungen, nur das Tagebuch selbst, das sie an einem eisigen, lebensfeindlichen Ort zurückgelassen hat. Was sie hinterlassen hat, ähnelt weniger einem Buch als dem Gerüst eines zukünftigen Buches, aber ich hatte das Gefühl, dass sie es lieber so veröffentlicht sähe als überarbeitet und aufgehübscht. Von einfachen Korrekturen der Rechtschreibung und

Grammatik abgesehen, habe ich ihren Text unbearbeitet gelassen, da mir das Risiko, ihre Gedanken und Absichten zu verfälschen, größer erschien als mein eigener Ordnungsdrang.

Ich bin froh, Marian gekannt zu haben. Ich wünschte, sie wäre noch bei uns, bin aber dankbar, dass sie vor langer Zeit an jenem trostlosen Ort entschieden hat, Aufzeichnungen ihres letzten Fluges zu hinterlassen. Wenngleich die Aufzeichnungen wie auch der Flug selbst unvollendet bleiben, haben sie uns zumindest dem Ende nähergebracht.

Obwohl, wie Marian in diesem Text betont, ein Kreis kein Ende hat.

Guten Flug!
Matilda Feiffer
Herausgeberin

1959

Eine unvollständige Geschichte von Marians fünfzehntem und sechzehntem Lebensjahr

September 1929 – August 1931

In dem Monat, in dem Marian fünfzehn wird und mit Trout zum ersten Mal aufsteigt, hebt ein Testpilot von einem Flugplatz in Garden City, New York, ab. Er ist bekannt für seine Geschwindigkeitsrekorde, Dauerflüge und luftakrobatischen Einlagen, und in knapp dreizehn Jahren wird er noch mehr Berühmtheit erlangen, weil er ein Geschwader von sechzehn Bombern bei einem gewagten Tagesluftangriff auf Japan anführt.

Jimmy Doolittle dreht eine Runde und landet. Ein kurzer Flug, nur fünfzehn Minuten, nicht weiter ungewöhnlich bis auf die lichtundurchlässige Haube über seinem Cockpit, die ihn von der Außenwelt abschneidet und den Instrumenten überlässt. Blindflug, so nennt man es. Einige der Instrumente sind noch in der Versuchsphase, so der von Sperry entwickelte künstliche Horizont. In der späteren Fassung wird ein von hinten gesehenes Flugzeug (du) über einen vollkardanisch aufgehängten Kreisel gelegt. Unterhalb des Mittelbalkens ist die Anzeige schwarz, darüber blau (die Erde, der Himmel), sodass man die Ausrichtung des Flugzeugs zum Planeten ablesen kann. Dieses Gerät macht die Zukunft möglich. Davor flog niemand bei Schlechtwetter, es gab keine Flugpläne. Zumindest keine verlässlichen. Postpiloten wagten es; viele starben. Wenn du den Boden zu lange aus den Augen verlorst, hattest du sehr schlechte Karten. Wenn du in eine Wolke hineinflogst, konnte das zu einem Steilspiralsturz führen, was viele jedoch erst merkten, wenn es bereits zu spät war. Hoch, runter, links, rechts, nach Norden, nach Süden – ein tödlicher Taumel, der einen vom Himmel zog. Überlebende sprachen vom absoluten Orientierungsverlust.

Als Doolittle mit Sperrys Erfindung aufsteigt, halten viele Piloten ein solches Instrument noch für überflüssig, sie fühlen sich schon von der Idee beleidigt, und das, obwohl etliche ihrer Kollegen in den Tod gestürzt sind. Die etwas Vorsichtigeren behalten ihre Instrumente im Blick, falls sich das Flugzeug unbeabsichtigt in die Kurve legt. Doch bist du einmal kurz abgelenkt und kommst aus der Richtung, leitest du allmählich eine Steilkurve ein, die leicht zum Steilspiralsturz wird. Dann helfen dir auch die Instrumente nicht mehr. Die Glücklichen, die es überleben (darunter Trout), sagen hinterher, die toten Piloten seien nur tot, weil ihnen das magische »Etwas« gefehlt hätte.

Beim Fliegen muss man sich auf seinen Hosenboden verlassen, sagen sie. Was sie meinen: Ein echter Pilot spürt jede Bewegung des Flugzeugs im Hintern.

Doch das Problem ist nicht der Hintern, es ist das Innenohr. Denn das Innenohr lügt.

Ein Mensch mit Augenbinde, der auf einem Drehstuhl im Kreis bewegt wird, wird glauben, der Stuhl hätte angehalten, sobald dieser nur etwas langsamer wird. Bewegt sich der Stuhl dann tatsächlich nicht mehr, wird er glauben, er würde sich in die andere Richtung drehen. Der Irrtum entsteht tief im Ohr, inmitten der winzigen Haarzellen und der trägen Flüssigkeit in den schneckenförmigen Kanälen des knöchernen Labyrinths. Es sind die hochfragilen inneren Instrumente, die das Drehen, Neigen und Kippen des menschlichen Kopfs registrieren – wunderbare kleine Vorrichtungen, nur fürs Fliegen leider nicht hinreichend ausgebildet.

Nehmen wir mal einen Doppeldecker. Überließe man das Flugzeug sich selbst, würde es sich automatisch immer weiter auf die Seite und in eine trügerisch ausgewogene Kurve legen. Ist der echte Horizont durch Dunkelheit oder Wolken verdeckt, nimmt der Pilot diese Kurve zunächst nicht wahr. Weder Hintern noch Innenohr weisen ihn darauf hin, und ohne die entsprechenden Instrumente wird er glauben, geradeaus und in konstanter Höhe zu fliegen. Doch die Nase des Flugzeugs sinkt unaufhörlich; die Maschine fliegt bald immer kleinere Kurven wie in einem Trichter. Erst jetzt merkt der Pilot, dass die Fluggeschwindigkeit zugenommen und die Flughöhe abgenommen hat, dass die Maschine heult und die Spanndrähte pfeifen, dass sich alle Zeiger drehen und er selbst in den Sitz gedrückt wird. Ohne künstlichen Horizont wird er glauben, das Flugzeug befände sich im Sturzflug (Geschwindigkeit steigt, Höhe sinkt) und nicht in einer Kurve. Inzwischen kann das Flugzeug schon eine Schräglage von neunzig Grad oder mehr erreicht haben, und wenn du nun den Steuerknüppel ziehst, um die Nase wieder hochzubringen, wird die Kurve nur noch enger.

Das nennt man eine Friedhofsspirale.

Jetzt gibt es drei Möglichkeiten. Du stößt rechtzeitig aus den Wolken, siehst den Boden, legst das Flugzeug wieder gerade und ziehst es hoch. Oder das Flugzeug bricht unter dem Druck auseinander. Oder du krachst in einer Steilspirale in den Boden oder ins Meer oder in das, was in diesem Moment gerade unter dir ist.

Mit den richtigen Instrumenten hast du wenigstens eine

Chance, das Flugzeug wieder gerade zu legen, selbst wenn die Wolken die Erde streifen wie der Marabu-Saum eines von Gott getragenen weißen Mantels. Doch sich am Horizont auszurichten, ist gar nicht so einfach. Der Himmel ist voller Fallen und Versuchungen. Piloten berichten von Instrumenten, die in Wolken durchgedreht sind, obwohl das natürlich nicht stimmt – es sind die Körper der Piloten, die lügen, nicht die Anzeigen. Das Innenohr gewöhnt sich schnell an den Spiralsturz. Selbst nachdem du die Gefahr abgewendet hast und die Instrumente dir anzeigen, dass das Flugzeug wieder gerade fliegt – denn *das tut es* –, sind die Ohren immer noch anderer Meinung. Du bist dann der Mensch, der mit verbundenen Augen auf dem Drehstuhl sitzt. Die Flüssigkeit in der Hörschnecke dreht sich weiter, und die winzigen Sinneshärchen sind überzeugt, dass auch du es noch tust. Die Ohren flehen dich an gegenzusteuern, damit das Drehen ein Ende nimmt.

Es fällt dir schwer, eher den Instrumenten, diesen seelenlosen kleinen Fenstern im Armaturenbrett zu glauben als dem eigenen Körper, der doch so felsenfest überzeugt ist, dass du in einer Steilspirale in den Tod stürzt.

Zwei Monate nach Marians fünfzehntem Geburtstag bricht der Aktienmarkt zusammen. Schwarzer Donnerstag. Schwarzer Dienstag. Alles befindet sich in der Abwärtsspirale. Alles bricht auseinander.

Marian nimmt davon kaum Notiz. Die Wall Street ist weit weg, und außerdem fliegt sie jetzt.

Aus großer Höhe erinnern die Berge in ihrer herbstlichen Geschecktheit an mit Flechten überzogene Steine, und sie stellt sich vor, die Berge wären tatsächlich nur Steine und sie selbst auf die Größe einer Mücke geschrumpft. Denn, worin unterscheidet sie sich von einer Mücke? Im Verhältnis zu der Entfernung der Planeten? Verglichen mit der Größe der Sonne?

Nein, du kannst nicht jeden Tag fliegen, antwortet Trout, als sie danach fragt. Du kannst nicht so viel auf einmal aufnehmen. Du musst alles erst einmal sacken lassen.

Trout kann ihr ohnehin nicht jeden Tag Unterricht geben. Er muss nach Kanada fliegen, in irgendeinem Weiler Schnaps einladen, zurück über die Grenze fliegen und auf einem Behelfslandestreifen irgendwo in den Bergen landen. Dort warten Männer in schnellen Autos, die seine Fracht zu unbekannten Orten transportieren. Das Land hat Durst. Das Land will sich die Sorgen wegtrinken. Muss Trout nach Anbruch der Dunkelheit landen, beleuchten die Schmuggler den Landestreifen mit ihren Scheinwerfern, bilden ein helles Rechteck im großen überschatteten Nichts der Berge.

Marian arbeitet nach wie vor für Stanley. Als sie mit dem Lieferwagen einmal in eine Kurve fährt und abrupt auf die Bremse tritt, weil sie diese in ihren Tagträumen für das Seitenruder hält, baut sie beinahe einen Unfall.

Übung ist alles, wenn sie eine fähige Pilotin werden will, sagt Trout. Um richtig gut zu sein, tja, dafür braucht es noch viel mehr Übung, eine natürliche Begabung und einen Eimer Geduld. Und um eine der Besten zu sein? Trout zuckt die Achseln. Dazu taugt nicht jeder.

Sie erzählt ihm nicht, dass sie entschlossen ist, die Beste zu werden. Wahrscheinlich würde er nur erwidern, dass man sich so etwas nicht vornehmen könne, dass man sich genauso wenig in einen Vogel verwandeln könne und dass selbst diese sich verirrten oder von schlechtem Wetter überrascht würden, in Hindernisse flögen, ihre Flugbahn falsch einschätzten und starben.

Nach sechs Unterrichtsstunden fliegt sie zum ersten

Mal allein. Trout glaubt, man solle lieber früher als später damit anfangen, weil man im Kopf sonst eine Hürde aufbaut. »Flieg einfach wie immer«, sagt er. Sie steigt auf und ist allein am Himmel, aber zu konzentriert, um sich in einem Hochgefühl zu verlieren. Trouts Stimme hat sich in ihrem Ohr eingenistet, weist sie auf ihre Fehler hin, leistet ihr Gesellschaft. Sie macht eine Bumslandung, und Trout schickt sie mit einem Winken wieder nach oben. Sie dreht eine Runde, fliegt an, setzt aber ein bisschen spät auf. So starr und verlässlich die Erde ist, wenn sie darauf steht, beim Anflug verwandelt sie sich in ein wackliges, schwankendes Etwas. Trout winkt. Noch mal. Probier's noch mal.

»Wenn du Gebirgsflüge machen willst«, sagt Trout, »musst du in der Lage sein, auf einem halben Dime zu landen. Sonst rutschst du einen Abhang runter oder rast in die Bäume.«

»Wann darf ich ins Gebirge?«, fragt sie erwartungsvoll, obwohl sie weiß, sie würde keine Landung hinbekommen, sofern ihr nicht eine flache Piste mit sehr viel Platz zur Verfügung steht.

»So schnell nicht«, sagt er.

Er zieht eine Kreidelinie über den Landestreifen in Missoula. Sie muss früh aufsetzen, um die Linie zu treffen. Wer im Gebirge fliegen will, muss das beherrschen, sagt er. Er verlangt von ihr, bei neun von zehn Versuchen höchstens zwanzig Meter hinter der Kreidelinie zu landen. Ihre Tagträume drehen sich nur noch um Genauigkeit, Präzision, Nerven aus Stahl, ihren Hosenboden.

Und dann ist da noch Barclay Macqueen.

»Trout sagt, ich darf meinen alten Instinkten nicht trauen, sondern muss mir neue antrainieren«, erzählt sie ihm auf der Veranda, den Lieferkorb achtlos neben ihren Füßen abgestellt. »Wenn man nämlich seinem Bauchgefühl folgt, stürzt man in den Tod.«

»Ich weiß nicht, wovon du redest.«

»Na ja, wenn du eine zu lange Landung machst, kannst du die Nase nicht einfach runterdrücken, weil du dann zu schnell wirst und wie ein Ballon wieder abhebst. Oder wenn du nicht eng genug zur Landung einkurvst, dann kannst du nicht einfach mit dem Seitenruder korrigieren, denn sonst gerätst du ins Trudeln. Trout sagt, dann kannst du auch gleich den Friedhof ansteuern und dir und den Leuten eine Menge Ärger ersparen.«

»Klingt gefährlich.«

»Natürlich ist das gefährlich.«

Nach der zweiten Flugstunde war ihr klargeworden, dass sie Barclay als Sponsor hinnahm und somit auch seine Präsenz und die noch offene Frage, was er im Gegenzug von ihr verlangen würde. Doch sie redete sich ein, dass er sich auf anderem Weg in ihr Leben eingeschlichen hätte, wenn sie nie mehr zum Flugplatz zurückgekehrt wäre.

»Hast du keine Angst?«, fragt Barclay.

»Nein.« Dann: »Vielleicht ab und zu, aber das nehme ich gern in Kauf.«

»Mir wäre es lieber, du würdest am Boden bleiben.«

Sie fürchtet sich vor dem Schluss, den er nun eigentlich ziehen müsste: Ihm ist es lieber, sie würde am Boden bleiben, also wird er auch dafür sorgen, dass sie es tut. Stattdessen beißt er in einen der Windbeutel, die Stanley ihm geschickt hat. Ein Regen aus Puderzucker sprenkelt seine schwarze Weste.

Sie reden nie darüber, dass er ihre Flugstunden bezahlt. Er hat das, was sie ihm durch Sadler ausrichten ließ, nie erwähnt, und sie geht davon aus, dass er ihr Vorhaben, die

Schulden bei ihm abzuarbeiten, stillschweigend akzeptiert. Sie hat ihm nie gesagt, dass sie Wallaces Auto in seiner Garage gesehen hat. Sie haben nie wieder über Miss Dollys Salon gesprochen. Sie tun so, als hätten sie sich angefreundet, die junge Lieferantin und der betuchte Rancher. Dieser Zustand des einvernehmlichen Ausblendens kann nicht von Dauer sein. Die Spannung lastet auf ihr.

Sie wartet, aber er beißt nur in den Windbeutel. Zucker klebt an seinem Kinn, und als ihr klar wird, dass er ihr die Flugstunden nicht streichen will, wird ihr vor Zuneigung fast schwindelig. Sie will ihm übers Kinn streichen, aber er packt ihr Handgelenk, hält sie fest.

In der Luft ist das Leben erbarmungslos dreidimensionaler als auf dem Boden. Marian muss sich die drei Achsen des Flugzeugs bewusst machen, muss wissen, wo das Flugzeug gerade ist und wo es in einer Sekunde, in einer Minute sein wird. Trout lässt sie starten und landen, starten und landen, bis das Auf und Ab des Horizonts, das Beschleunigen und Drosseln des Motors sich allmählich anfühlen wie Funktionen ihres Körpers. Sie lernt den Zustand kurz vor dem Abkippen zu genießen, wenn sie den Gleitflug so weit verlangsamen muss, dass die Steuerung flau wird, der Auftrieb aber nicht zusammenbricht. Sie lernt, wie man einen Seitenslip einsetzt, um unerwartete Winde auszugleichen. (Eine Hilfe bei kurzen Landungen, allerdings setzt sie meistens immer noch nicht nah genug an der Kreidelinie auf.)

Die winzigen Straßen und Häuser von Missoula ringen ihr kein Staunen mehr ab. Das Muster der Stadt ist ihr jetzt so vertraut wie das eines alten Teppichs.

»Genug Platzrunden«, sagt Trout eines Tages. »Wir fliegen woanders hin.«

Sie fliegen bis zum Flathead Lake und zurück. Nicht weit, aber immerhin. Zum ersten Mal trägt sie in ihrem Flugbuch in der letzten Spalte »Überland« ein.

»Überland« schreibt sie bald regelmäßig hin. Trout bringt ihr bei, mithilfe der Eisenbahngleise, Straßen und Flüsse, per Kompass und Uhr zu navigieren. Sie hat eine Landkarte an einem Hosenbein festgesteckt und ein Notizheft am anderen, in das sie ihre Berechnungen kritzelt. Sie findet heraus, dass die Luft bei Dämmerung am weichsten ist. Sie lernt, immer nach einem Platz für eine Notlandung Ausschau zu halten, falls der Motor streiken sollte.

Sie hat nicht gewusst, wie leer Montana ist, hat immer an der verträumten Vorstellung festgehalten, sie müsse nur hoch genug hinaufsteigen, um einen spektakulären Blick auf den Rest der Welt zu haben. Bisher hat sie nur Berge und Täler, Bäume, Bäume und noch mehr Bäume und das verblassende Rund der Sonne gesehen. Doch sie sehnt sich nach etwas anderem.

Wenn sie einen Tag lang fliegen würden, wären sie am Meer, sagt sie zu Trout.

Alles zu seiner Zeit, entgegnet er.

Eines Tages, irgendwo zwischen Kalispell und Whitefish, zeigt er auf ein Hausdach. »Da ist Bannockburn.«

»Was soll das sein?«

»Hätte gedacht, du kennst es. Die Macqueen-Ranch.«

Ein großes Haus mit Schornsteinen. Drumherum Wald und Berge und sattgrüne Täler. »Wie viel Land gehört zur Ranch?«, fragt sie.

»Keine Ahnung. Alles, was du hier siehst, und dann noch ein Stück mehr.«

Bannockburn, erklärt Jamie ihr später, ist der Titel eines Gedichts, in dem es um eine erfolgreiche Schlacht der Schotten gegen die Engländer geht. Er hat es in der Schule gelesen und schlägt es für sie in einem Buch nach. Robert Burns.

Was geschah nach der Schlacht? fragt sie. Danach waren sie unabhängig, sagt Jamie. Eine Zeit lang wenigstens.

Jetzt ist die Stunde, jetzt ist der Tag, ist die Zeile, die sich bei ihr festsetzt.

An einem Abend bleibt sie länger als abgemacht allein oben, fliegt Richtung Westen in die untergehende Sonne. Dunkelheit zieht hinter ihr auf, dehnt sich am Firmament aus, bis nur noch ein rostroter Streifen vor ihr ist. Als sie umdreht, ist sie von Sternen umzingelt. Damit sie landen kann, bittet Trout die Männer auf dem Flugplatz, die Piste mit ihren Scheinwerfern zu beleuchten. Er ist zu erleichtert, um wütend zu sein, und zu wütend, um erleichtert zu sein. »Wenn du abstürzt, wem wird er dann wohl die Schuld geben?«, fragt er.

Oktober geht in November über. Die Bäume sind mit Gold überzogen, die Pappeln so hell wie das Fleisch von Aprikosen. Die Landschaft lodert und schimmert.

Aus allen möglichen Verstecken im Häuschen verschwindet Geld. Wallace, natürlich. Sie bringt den Rest zur Bank, obwohl sie ein komisches Gefühl dabei hat, ihr gesetzeswidrig erworbenes Geld bei einer derart gesetzestreuen Institution zu hinterlegen. Als Nächstes verschwinden ein paar der älteren, reicher illustrierten Bücher ihres Vaters und das eine oder andere wertvolle Andenken. Ein Pferd aus Jade. Eine Kette aus geschnitzten Elfenbeinperlen.

»Wo sind sie hin?«, fragt sie Wallace in seinem Atelier. »Wem hast du sie verkauft?« *Barclay Macqueen* wird die Antwort lauten, davon ist sie überzeugt. Auf den Staffeleien sind keine Leinwände. Er hat nicht mehr gemalt. Soweit sie weiß, ist er auch länger nicht mehr in der Uni gewesen, nur hat sie keine Ahnung, ob er gefeuert wurde oder sich dort einfach nicht mehr blicken lässt. Staub bedeckt die rissigen, getrockneten Farbflecken auf seiner Palette.

Wallace trägt den Bademantel über einem kragenlosen, am Hals offen stehenden Hemd, er ist barfuß und verkatert, kauert auf einem Sessel, das Kinn zwischen Daumen und Zeigefinger, auf einen Ellbogen gestützt. Sie steht vor ihm. Jamie ist auf der Türschwelle zurückgeblieben. »Ich habe sie an einen Raritätenhändler in New York geschickt«, sagt Wallace. »Ich kenne ihn noch von damals. Das Pferd war sehr wertvoll.«

»Ich kaufe es zurück. Wie viel hast du dafür gekriegt?«

Er nennt eine astronomische Summe. So viel hat sie nicht.

»Du hättest die Sachen nicht verkaufen dürfen, sie gehörten dir nicht.«

»Marian«, sagt Jamie. »Uns haben sie im Grunde auch nicht gehört.«

Sie schaut wütend auf Wallace herab. »Warum malst du keine Bilder und verkaufst *die*? Du bist doch Maler, oder?«

Wallace versinkt im Sessel. »Ich bekomme es nicht mehr hin.«

»Nein«, sagt Jamie. »Du musst nur wieder in die Berge, wie früher.«

Wallace schüttelt den Kopf. »Ich habe es versucht. Ich versuche es, aber da ist nichts mehr. Als hätte man mir die Malhand amputiert.«

»Unsinn«, sagt Jamie. »Das bildest du dir nur ein.«

»Natürlich bilde ich es mir nur ein«, sagt Wallace. »Aber wenn es so einfach ist, dann mach *du* es doch. Ich habe deine Skizzen gesehen. Nur zu, mal Bilder, die die Leute kaufen wollen.«

»Die Leute kaufen Jamies Aquarelle«, sagt Marian. »Er bringt sie in die Stadt.«

Trotz seines kümmerlichen Zustands gelingt Wallace ein abschätziger Blick. Seit Jamie die Zeichnungen und Aquarelle so gut gelingen, sieht Wallace über sie hinweg.

»Ich gebe mir wenigstens Mühe«, sagt Jamie. »Und Marian auch.«

»Ich doch auch«, sagt Wallace. »Und es tut mir leid, wenn euch meine Bemühungen nicht beeindrucken. Hattest du Verwendung für das Jadepferd? Dann sag mir bitte, wofür.«

»Es reicht«, sagt Marian. »Die Sachen sind weg. Was hast du mit dem Geld gemacht?«

»Ich musste dringend ein paar Schulden begleichen.« Seine Wange wird von der Hand fast zerquetscht, als würde sein Kopf mit jeder Sekunde schwerer.

»Ein paar«, sagt Marian. »Nicht alle.«

»Nein. Nicht alle.«

Sie bringt ein Schloss an der Tür des Häuschens an.

November geht in Dezember über.

Admiral Richard E. Byrd, der Bekanntheit erlangte, weil er mit Floyd Bennett 1926 als Erster den Nordpol auf dem Luftweg erreichte, überfliegt den Südpol. Nach seinem Tod kommt man übereinstimmend zu dem Schluss, dass er und Bennett es wahrscheinlich gar nicht bis zum Nordpol geschafft haben (ausradierte Sextantenwerte in Byrds Flugbuch, keine Antwort auf die Frage nach der Höchstgeschwindigkeit des Flugzeugs, der Dauer des Flugs). Doch Byrd und seine Crew fliegen tatsächlich über die glitzernd weiße Ebene des Polarplateaus bis hin zum Südpol, ihr Flugzeug ist benannt nach Bennett, der zu diesem Zeitpunkt bereits tot ist.

Im stumpfbraunen, dunklen Missoula wartet die Erde missmutig auf Schnee. Eine Staubschicht überzieht sie, dann bildet sich eine dicke, glatte Haut aus Weiß. Bäume und Felsen brechen sie auf wie Schürfwunden.

Hängt die Wolkendecke zu tief, schüttelt Trout den Kopf und schickt Marian nach Hause. Manchmal ziehen die Wolken erst auf, wenn sie schon in der Luft sind, schichten Lagen auf, lassen Wände emporschießen, blockieren den Weg.

»Darin ist nur ein graues Nichts«, erklärt sie Jamie. »Manchmal hat man den Eindruck, man würde gar nicht existieren, die Erde würde gar nicht existieren.«

»Klingt schrecklich.«

»Aber wenn man auf der anderen Seite wieder rauskommt, wirkt alles viel heller, als hätte dir jemand eine Augenbinde abgenommen.«

Manchmal kommen sie aus einer Wolke, und die Tragflügel liegen beunruhigend schief, obwohl Marian sich darauf konzentriert hatte, das Flugzeug gerade zu halten.

»Ich würde es merken, wenn wir zu sehr in Schräglage geraten«, sagt Trout. »Du musst ein Gefühl dafür kriegen. In deinem Hosenboden.«

Doch selbst wenn er am Steuer sitzt, legen sich die Flügel schräg. Ihr kommt es vor, als würde eine feindselige Macht in den Wolken wohnen, die das Flugzeug nur so zum Spaß umkippt. Und sie fragt sich, warum Trout bei besonders bedrohlichen Wolken umkehrt und so schnell wie möglich landet, wenn er seinem Hosenboden doch so sehr vertraut.

Gelegentlich – nicht regelmäßig, nicht oft – wird sie auf der Veranda wach, weil jemand ihre Schulter berührt. Sie erschrickt nie, weiß schon vor dem Aufwachen, dass es

Caleb ist. Bekommt Jamie es mit, wenn Marian aufsteht und mit Caleb zum Häuschen geht? Falls ja, lässt er es sich nicht anmerken.

»Machst du das auch mit Barclay Macqueen?«, fragt Caleb in dem schmalen Bett. Schulter an Schulter liegen sie auf dem Rücken. An der Decke sind die Tragflügel ihrer Modellflugzeuge kreideweiß vom Mondlicht.

»Ich mache gar nichts mit ihm.«

»Du besuchst ihn.«

»Woher weißt du das?«

»Jeder weiß das.«

»Ich liefere ihm das, was er bei Stanley bestellt.«

»Warum sollte er was bei Stanley bestellen? Er hat allen Schnaps der Welt.«

»Er trinkt nicht mal.«

»Ein Alkoholschmuggler, der nicht trinkt?«

»Er tut so, als wäre es unhöflich, ihm gegenüber zu erwähnen, dass er ein Schmuggler ist. Wir tun so, als wäre er keiner. Und wir tun so, als würde er meine Flugstunden nicht bezahlen.«

Er legt eine Hand zwischen ihre Beine. »Und was würde er dazu sagen?«

Ihre Lust meldet sich zurück. »Ich würde es ihm niemals erzählen.«

»Magst du ihn?«

»Was interessiert dich das?«, erwidert sie. Er berührt sie zielstrebiger. Er langt nach dem Umschlag mit den Gummis, den er aufs Fensterbrett gelegt hat. Wenn sie einmal keinen zur Hand haben, zieht er ihn vorher raus. Bei der Vorstellung, ein Kind zu bekommen, müssen beide vor Entsetzen lachen.

»Natürlich magst du ihn. Er ist derjenige, der dich fliegen lässt.«

»Das ist nicht alles.«

»Also magst du ihn?«

»Pscht ...«

»Das hier magst du aber auch.«

»Pscht ...«

Im Winter lernt sie, auf Kufen zu landen. Besonders schwierig ist es nicht, nur verschätzt man sich leicht bei der Höhe, denn ein Schneefeld sieht aus drei Metern Entfernung genauso aus wie aus dreihundert. Manchmal wird sie vom Moment des Bodenkontakts selbst überrascht. Da die Kufen keine Bremsen haben, muss sie einen Trick anwenden und den Schub umlenken, um das Flugzeug anzuhalten.

»Setz dich einen Moment«, sagt Barclay. In den kalten Monaten nehmen sie am Küchentisch Platz. Ob Sadler ebenfalls im Haus ist, weiß sie nie, vernimmt nur hin und wieder das Knarren einer Holzdiele. Barclay fasst sie nicht an, doch in seiner Nähe wird ihr Körper zu einem einzigen Sinnesorgan. Seine Gegenwart erfüllt sie von Kopf bis Fuß. Als wäre sie aus einer Wolke in eine pulsierende, verheißungsvolle Welt geflogen.

»Erzähl mir vom Fliegen«, sagt er.

Und sie erzählt ihm alles haarklein, froh, es endlich loszuwerden. Jamie sorgt sich nur wegen der Gefahren, wegen Barclay. Caleb bringt für technische Details keine Geduld auf. Mit Wallace zu reden, ist, als würde man mit einem Gin-getränkten Mopp reden. Doch Barclay hört sich sogar ihre vertrackten, technischen Vorträge an.

Er war noch nie mit einem Flugzeug oben. Ihm behagt die Vorstellung nicht.

Sie will ihn irgendwann einmal mitnehmen. Es wird Ihnen gefallen, sagt sie. Sie glauben ja nicht, was man von dort oben alles sieht.

Er sagt, ihm würde die Aussicht aus einem Auto genügen.

Er stellt ihr Fragen zu ihrem Leben. Höflich, aber hartnäckig, wie ein Zeitungsreporter.

»Dieser Kunstflieger«, sagt er, »mit dem albernen Namen …«

»Felix Brayfogle. Daran ist nichts albern.«

»Dieser Frederick Breitvogel fliegt also über deinen Kopf, sodass du fast vom Pferd fällst, und danach bist du überzeugt, dass du auch fliegen musst.«

»Ja. Felsenfest.«

»Aber warum?«

»Ich weiß nicht.«

»Es muss doch einen Grund geben.«

»Wissen Sie noch, wie Sie damals meinten, Ihnen war gleich bei unserer ersten Begegnung klar, dass Sie mich unbedingt kennenlernen müssen? Obwohl Sie keine Ahnung hatten, wer ich bin?« Er nickt. »Es ist dasselbe.« Liebe, meint sie damit. Liebe aus dem Nichts heraus.

»Es kann nicht dasselbe sein.«

»Vielleicht nicht. Aber ich wollte mal etwas anderes sehen, und mir ist aufgegangen, dass ein Flugzeug mich woanders hinbringen kann.«

»Ich habe dir schon gesagt, in Montana ist es so schön wie überall sonst.«

Sie überlegt, wie sie es ihm begreiflich machen kann. »Ich habe es langsam satt, mir um Wallace Sorgen zu machen. Früher hatte ich Schuldgefühle, weil man ihm die Verantwortung für uns aufgehalst hat, inzwischen glaube ich, dass er nicht mal auf sich selbst aufpassen kann.«

»Und Jamie?«

»Ich hätte ein schlechtes Gewissen, wenn ich ihn mit allem allein ließe.«

»Ich meine – würdest du ihn nicht vermissen?«

»Ganz schrecklich.«

Barclay blickt ernst. »Weißt du, dass ich eine Schwester habe? Kate? Ich wünschte, ich könnte ihr Leben in meinen Händen halten wie ein rohes Ei und dafür sorgen, dass sie es immer gut hat. Das ist eine Bürde – der Wunsch an sich und die Tatsache, dass er unerfüllbar ist.«

»Genau das meine ich. Vielleicht wäre alles einfacher, wenn man sich um niemanden sorgen müsste.«

Er lehnt sich vor, lässt die aufeinandergelegten Hände über den Tisch rutschen. »Das stimmt nicht. Dann wäre man nämlich furchtbar einsam.«

Im Frühling lernt sie, nachts zu landen. Auf dem Flugplatz gibt es neuerdings Lampen.

Damit sie nicht in Hindernisse kracht, bringt Trout ihr bei, voll ins Seitenruder zu treten und in einem Ringelpiez herumzuwirbeln. Inzwischen landet sie meistens nahe der Kreidelinie, manchmal sogar darauf.

Mai 1930: Die sechsundzwanzigjährige Amy Johnson, Tochter eines Fischhändlers aus Yorkshire, fliegt in einer de Havilland Gipsy Moth allein von London nach Australien. Sechzehntausend Kilometer in einem offenen Doppeldecker bei einer Geschwindigkeit von einhundertdreißig Kilometern pro Stunde, immer ist es zu warm oder zu kalt, die Sonne brennt, es stinkt nach Benzin. Beim Start hat sie lediglich fünfundachtzig Stunden Flugerfahrung und kein Händchen für Landungen. Doch sie kennt sich mit Motoren aus, besitzt eine Zulassung als Flugzeugmechanikerin. Kurz vor Bagdad zwingt ein Sandsturm sie zu Boden, und sie sitzt, Revolver in der Hand, Schutzbrille mit Sand verklebt, auf dem Flugzeugheck und lauscht dem Heulen wilder Hunde, vielleicht ist es auch nur der Wind. Bis Karachi bricht sie den Geschwindigkeitsrekord, doch beim Landen geht ein Flügel kaputt. Die Reparatur verschlingt Zeit. Bei der Landung in Rangun werden die Tragflächen, das Fahrwerk und der Propeller beschädigt. Wieder Reparaturen. Insgesamt ist sie neunzehneinhalb Tage unterwegs, zuletzt hat sie über der achthundert Kilometer breiten Timorsee mit Gegenwinden zu kämpfen und weiß nicht, ob der Treibstoff reichen wird. Dann Darwin, der Ruhm, aber nicht der Geschwindigkeitsrekord, den sie angestrebt hatte.

Kurz vor Marians sechzehntem Geburtstag sagt Trout, sie sei bereit für Gebirgsflüge. Endlich. Sie folgen Canyons, nutzen die Aufwinde an Berghängen. Baumwipfel peitschen fast zum Greifen nah unter ihnen vorbei. Sie erkennt, dass es über den Felsen und Bäumen eine zweite Landschaft gibt, eine unsichtbare Topografie aus Wind. Sie begreift, dass sich die Luft in Treibsand verwandelt und sie hinunterzieht, wenn sie in die Leeseite eines Kamms fliegt und nicht schnell genug abhaut.

Um das Landen in den Bergen zu üben, fliegen sie zu den abgelegenen Behelfspisten in der Wildnis, wo Trout den Schmugglern sonst die Fracht übergibt. Dort muss sie eine richtig kurze Landung hinlegen.

Leider kann Trout ihr keine echten Kunststücke beibringen. »Das große Mädchen eignet sich dafür nicht«, sagt er über die Travel Air. »Aber eigentlich brauchst du darin Übung. Falls mal was schiefläuft, wärst du im Kopf ruhiger, wenn du es gewöhnt wärst, in alle Richtungen geschleudert zu werden.«

»Trout sagt, man muss Trudeln üben, damit man weiß, wie man da wieder rauskommt«, erzählt sie Barclay. »Er sagt, ein Pilot muss lernen, nicht in Panik zu verfallen. Er sagt, mit der Zeit reagiert man schneller.«

Sie weiß, worum sie ihn bittet und wie er darauf reagieren wird. Und richtig. Wenige Wochen später kommt sie zum Flugplatz, und neben der Travel Air steht ein nagelneuer, knallgelber Stearman-Doppeldecker. Trouts Grinsen baumelt zwischen seinen Ohren wie eine ausgeleierte Hängematte, doch als sie um das Flugzeug herumgehen und seine funkelnde Glätte und die eleganten Flügel bestaunen, fragt er skeptisch: »Willst du das wirklich?«

Langsam begreift sie, wie Wallaces Schulden entstanden sind. Nur noch dieses eine Mal, redet sie sich ein. Danach wird sie so weit sein, um über die Grenze zu fliegen und ihre Schulden abzuarbeiten. »So lerne ich immerhin ein paar Kunststücke«, sagt sie zu Trout.

Trout sitzt im vorderen Cockpit, Marian dahinter, beide tragen Helm, Schutzbrille und Fallschirm über der Schulter. Die Stearman hat kein Lenkrad, sondern einen Steuerknüppel, und am Anfang stellt Marian sich etwas ungeschickt an. (»Aus dem Ellbogengelenk, nicht aus der Schulter, sonst verreißt du ihn«, hat Trout unten gesagt. »Du musst ein Gefühl dafür kriegen.« Seine Universalanweisung.) Ihr gefällt das offene Cockpit, das ihren Kopf umgibt, dass sie die Beine ausstrecken muss, um die Pedale zu erreichen. Sie mag den Wind in ihrem Gesicht.

Beim dritten Flug ruckelt der Knüppel in ihrer Hand – Trout gibt ihr ein Zeichen, dass er übernehmen will. Er steigt auf, leitet einen Sturzflug ein. Wie Trixie Brayfogle vollführt er mit ihr einen Looping, nur beobachtet Marian diesmal nicht den Himmel und die rotierende Erde. Sie beobachtet die Anzeigen. Trout legt das Flugzeug wieder gerade. Ohne sich zu Marian umzudrehen, hebt er beide Hände, um ihr zu signalisieren, dass nun wieder sie das Sagen hat. Am Boden ist er alles mit ihr durchgegangen: Die notwendige Höhe und Geschwindigkeit, die Drehzahl, die Grenzen dieser Parameter, die Leichtigkeit und Langsamkeit, die sie am Scheitelpunkt empfinden wird, den Abschwung am Ende auf die Erde zu. »Ein Looping ist auch nur eine Kurve«, sagt Trout. »Nur, dass man sie kopfüber fliegt.«

Sie steigt hoch, leitet den Sturzflug ein.

»Ich bin einen Looping geflogen«, erzählt sie Jamie auf der Schlafveranda. »Eigentlich sogar drei.« Ihr Puls rast, als würde sie ihm ein Geheimnis anvertrauen, dabei verschweigt sie ihm, dass sie danach direkt zu Barclay gefahren ist und ihn, als er die Tür öffnete, am Nacken zu sich gezogen und geküsst hat.

Lange Pause, dann fragt Jamie widerstrebend: »Wie war es?«

»Versprich mir, dass du nicht lachst …«

»Könnte aber sein.«

»… aber mir kam es vor, als wäre ich ein Fixpunkt und würde mit dem Steuer dafür sorgen, dass sich der Rest der Welt um mich dreht. Ich war der Mittelpunkt des Universums.«

Er lacht. »So kommst du dir doch immer vor.«

Sie lacht auch. »Vielleicht bin ich ja der Mittelpunkt des Universums. Schon mal daran gedacht?«

»Und das, was er von dir will, macht dir keine Angst?«

»Doch, aber vor allem, weil ich nicht weiß, was es ist.«

»Das liegt doch auf der Hand.«

»Wenn er nur mit mir ins Bett gehen wollte, wäre ich beruhigt. Das wäre einfacher.« Aber sie weiß, was er will, oder bildet es sich zumindest ein.

Du musst ein Gefühl dafür kriegen. Beim Sturzflug hatte sie sich schwer gefühlt, aber auf dem Scheitel des Loopings war sie in ihrem Gurt frei geschwebt.

Barclay hatte sie an sich gezogen und vom Boden gehoben. Doch als ihr Mund, ihr ganzer Körper an seinen gedrückt wurde und ihre Füße nicht mehr die Festigkeit der Veranda unter sich spürten, da war der Impuls, ihn zu küssen, in ein Gefühl der Angst und Klaustrophobie umgeschlagen. Barclay schien mit einem Mal blind und stumm zu sein, wie ein Lachs, der vom Instinkt getrieben kraftvoll stromaufwärts drängt. Sie wollte sich von ihm losmachen, aber ein, zwei Sekunden lang schien er sie nicht freigeben zu wollen. Sie wand sich, drückte den Rücken durch, und erst das schien ihn aufzuwecken. Er stellte sie so abrupt ab, dass sie taumelte.

»Entschuldigung.« Er hielt beide Hände hoch, wie zum Beweis, dass er unbewaffnet war. »Du hast mich überrumpelt. Ich war nicht auf der Hut.«

Sie versuchte, ihre Fassung wiederzuerlangen. »Schon in Ordnung.«

Sie wichen dem Blick des anderen aus. Marian setzte sich auf die Kante der Veranda, er ließ sich neben ihr nieder.

»Ich wollte dir nur erzählen, dass ich heute einen Looping geflogen bin«, sagte sie.

»Wie ich hörte, hat Trout ein neues Flugzeug. Eins, das für Aerobatik taugt.« Ein hoheitsvolles Lächeln.

»Er hat gemeint, Mr. Sadler brauchte noch eins für seine Sammlung.« Deutlicher hatte sie noch nie auf Barclays Gönnerschaft angespielt, näher hatte sie sich noch nie an die Wahrheit herangewagt.

»Sadler begeistert sich sehr für die Luftfahrt«, sagte Barclay.

»Was Doppeldecker angeht, hat er einen hervorragenden Geschmack.«

»Er meint, er hätte eine vielversprechende Pilotin an der Hand.«

Dass ein anderer Mensch ihre Bestimmung erkannte,

machte sie überglücklich. Barclay hatte ihr Trout zur Seite gestellt, er hatte ihr ein Flugzeug zur Verfügung gestellt, nun ließ er sie wissen, dass er an sie glaubte.

Sie fragte: »Bist du jetzt auf der Hut?«

»Einigermaßen. Warum?«

Dieser Kuss war keine Zwangsjacke wie der erste, sondern eine behutsame Annäherung. Sie nahm seine bedächtigen Atemzüge wahr, merkte, wie sie ihm, ohne es zu wollen, mit dem Kopf folgte, als er seinen leicht von ihr wegbewegte. Etwas zog sie zu ihm, stark und rau wie ein Seil.

Er löste sich von ihr. »Ich will keine Spielchen, Marian. Wir dürfen diesen Weg nicht einschlagen. Du gehst jetzt besser, und wenn du nächstes Mal kommst, machen wir weiter wie bisher.«

Das wäre der Moment gewesen, ihn zu fragen, was er von ihr wollte. Aber das musste sie nicht.

»Er will mich heiraten«, sagt sie zu Jamie.

»Hat er das gesagt?«

»Ich weiß es einfach. Bist du jetzt beruhigt?«

»Nein.«

»Ich auch nicht.«

»Warum will er dich heiraten?«

»Na, herzlichen Dank!«

»Tu nicht so. Warum? Du bist doch noch ein Kind.«

»Bin ich nicht.«

»Klar bist du das.«

Mir war sofort klar, dass ich dich unbedingt kennenlernen muss.

Sie sagt: »Irgendetwas an mir hat ihn angesprochen, und sobald er sich etwas in den Kopf gesetzt hat, lässt er nicht mehr locker.«

»Dann habt ihr ja immerhin etwas gemeinsam. Wirst du ihn heiraten?«

Das Hochgefühl des Loopings ist verschwunden, zurück bleibt nur das mulmige Gefühl des Sturzflugs. Sie wünscht sich, Jamie würde sagen, sie solle es nicht tun. Wünscht sich, er würde andeuten, Barclay wolle sie kaufen, nur damit sie sich über die Vorstellung aufregen und es vehement abstreiten kann. Sie wünscht sich, er würde sie fragen, ob sie Barclay liebt, denn dann würde sie erwidern, vielleicht. Und sie liebt Barclay, wenigstens begehrt sie ihn, spürt gleichzeitig aber auch, dass sie in eine Falle geraten ist, deren Ausmaße und Mechanismen ihr bisher verborgen bleiben.

Aber Jamie sagt nichts dergleichen. Im Licht des Mondes schaut er sie mit der Melancholie eines Menschen an, der ein wildes Tier gepflegt und in die Freiheit entlassen hat, in der Hoffnung, es würde seinen Weg von allein finden.

»Ich sollte wohl besser.« Mehr sagt sie nicht.

Wieder September. Sie ist sechzehn, fliegt inzwischen jeden Tag. Kann sie wegen schlechten Wetters einmal nicht nach oben, läuft sie den Mechanikern hinterher und lernt, Reparaturen vorzunehmen.

»Wie ein Fisch, den man ins Wasser wirft«, sagt Trout über ihr kunstfliegerisches Geschick. Und so fühlt sie sich auch, wenn sie neue Flugfiguren versucht: Als wäre sie nach einer grausamen Trennung wieder mit ihrem natürlichen Element vereint. Dann drängen sich ihr keine Gedanken an Barclay, Caleb, Wallace oder Jamie auf. Im Doppeldecker ist sie der Fixpunkt des Universums und wirbelt es mit Steuerknüppel und Pedalen um sich herum.

Trudeln: hochsteigen, Motor in Leerlauf bringen. Rechtes Seitenruder treten, Knüppel nach hinten und rechts ziehen. Sich drehend nach unten stürzen, heulender Motor,

Schwanz nach oben, brutale Kraft im Fall, unten die rotierende Erde wie die Kuppel eines kreisenden Schirms.

Langsame Rolle: Die Nase auf einen Punkt gezielt halten, den Knüppel nach rechts schieben. Stehen die Flügel senkrecht, nach und nach das linke Seitenruder treten. Das Ruder wieder loslassen und den Knüppel nach vorne drücken. Sobald das Flugzeug auf dem Rücken fliegt, hängt man in den Gurten, die Füße wollen von den Pedalen rutschen, aber das dürfen sie nicht. Dann alles spiegelverkehrt, aber schnell, denn kopfüber ist der Maschine nicht zu trauen. Es ist in etwa so, als würde man ein Fahrrad mit den Händen in die eine Richtung lenken und ein zweites mit den Füßen in die entgegengesetzte.

Turn: Trout weigert sich, ihr diese Figur beizubringen, daher liest sie alles, was sie dazu finden kann, und probiert es allein aus. Senkrecht hochziehen, bis das Flugzeug in der Luft stehen bleibt. Bevor die Erde dich zurückholt, Seitenruder links und um das Flügelende ein Rad schlagen, weiterdrehen, bis die Nase senkrecht nach unten zeigt, und den Sturzflug abfangen.

Trout ist wütend, sagt, er habe schon gute Piloten dabei draufgehen sehen. Eine Woche lang lässt er sie nicht fliegen, bis sie ihm ein paar Flaschen Schwarzgebrannten bringt und verspricht, es nie wieder zu tun. Beide wissen, dass sie lügt, aber es herrscht Waffenstillstand.

Natürlich gibt es noch andere Figuren: Immelmann, Rollenkreis, Fassrolle, Chandelle und alles in Kombination, eine geht in die andere über, während Marian gewaltige, kunstvolle Knoten über Missoula knüpft.

Die Berufspiloten und Hobbyflieger haben längst vergessen, dass sie Marian nicht unterrichten wollten. Sie nennen sie inzwischen Rote Baronin oder Lindy Girl. Sie wollen sie zu einem Flugwettbewerb nach Spokane schicken, aber sie besitzt keine Lizenz, und Barclay möchte nicht, dass sie Aufmerksamkeit auf sich zieht.

Als die Temperaturen fallen, tauchen für sie eine Lammfelljacke und dicke Stiefel auf, damit sie weiterhin in der offenen Stearman fliegen kann.

Wieder Winter. Weitere Landungen auf Kufen. Weitere Gebirgsflüge. In den Wolken einige Beinahezusammenstöße: Die Kufen streifen Baumwipfel, gleiten haarscharf an felsigen Abhängen vorbei.

Im März steigt Elinor Smith, die unter den Brücken des East River durchgeflogen ist, bei dem Versuch, sich einen Höhenrekord zurückzuholen, in einer Bellanca mit Turbolader über New York City auf siebeneinhalbtausend Meter. Der Schlauch ihres Beatmungsgeräts vereist. Irgendetwas stimmt nicht, eine Schraube hat sich gelöst oder die Sauerstoffflasche hat einen Riss. Schwärze senkt sich über sie wie ein Helm. Da die Pilotin bewusstlos ist, verliert das Flugzeug fast siebentausend Meter Höhe. Auf sechshundert Metern erlangt Elinor das Bewusstsein wieder und schafft es, das Flugzeug auf ein offenes Feld zu steuern, wo sie mit der Nase im Boden landet und davonmarschiert.

»Das«, sagt Trout, »sind Nerven aus Stahl.«

Eine Woche später steigt Elinor erneut auf und erreicht neuntausendsiebenhundertfünfzig Meter.

Krank vor Neid schraubt Marian sich mit der Travel Air auf viertausendsechshundert Meter hoch. Und noch etwas höher. Die maximale Flughöhe der Maschine wird mit viertausendneunhundert angegeben, aber Marian hält die technischen Daten für eine zurückhaltende Schätzung. Der Motor stottert, setzt aus, knallt. Sie verstellt das Gemisch, kriegt ihn aber nicht wieder zum Rundlaufen. Er humpelt wie ein dreibeiniges Pferd. Erschrocken leitet sie den Sinkflug ein.

»Glück gehabt«, sagt Trout, als sie es ihm gesteht. »Zu weit oben ist man wie besoffen. Da oben regiert der Wahnsinn. Man sieht Dinge. Man glaubt, es wäre noch jemand im Flugzeug. Aus dem Augenwinkel sieht man eine andere Maschine, direkt neben dem eigenen Flügel, aber es ist keine da.«

Sie braucht eine Aufgabe, erzählt sie Trout, erzählt sie Caleb, erzählt sie Jamie und deutet es Barclay gegenüber vorsichtig an. Inzwischen ist sie eine richtig gute Pilotin. Trout hat sie gedrillt und gedrillt, hat sie auf winzigen Flecken Präriegras oder Bergkies landen lassen. Inzwischen könnte sie wie ein Falke auf einem Zaunpfahl landen und von dort auch wieder abheben.

»Ich könnte über die Grenze fliegen«, sagt sie zu Trout. »Ich möchte mich *nützlich* machen.«

»Ich bin fertig ausgebildet«, erzählt sie Caleb. »Nur, wozu? Sie lassen mich nicht beim Schnapstransport helfen. Ohne Lizenz darf ich nicht an Flugwettbewerben teilnehmen. Ich kann nirgendwo hinfliegen. Was soll das Ganze also?«

»Und wir spielen immer noch diese Komödie«, sagt sie zu Jamie, »dass Barclay mit alldem nichts zu tun hat. Er ist der nette Viehbaron, und ich bin die Lieferantin, die auf ein Schwätzchen bei ihm vorbeischaut. Was soll das Ganze?«

»Du hast doch mal gesagt, dass alles immer so laufen muss, wie er es will?«, fragt Jamie. »Wenn er nicht wollte, dass du bei der Komödie mitspielst, dann gäbe es für dich darin auch keine Rolle.«

Im Februar hat Amelia Earhart ihren Verleger und Förderer George Palmer Putnam geheiratet, den einige auch ihren Einpeitscher nennen. Er hatte ihr sechs Mal einen Antrag gemacht. An ihrem Hochzeitstag schreibt sie ihm einen Brief: Keiner solle vom anderen Treue erwarten, sie müsse sich ab und zu von ihm und den Fesseln der Ehe lösen. Außerdem soll er ihr versprechen, sie nach einem Jahr gehen zu lassen, falls sie zusammen kein Glück finden.

Marian weiß davon natürlich nichts, kann von einer solchen Abmachung nicht einmal träumen.

Vor ihrem siebzehnten Geburtstag drei entscheidende Flüge.

Der Erste.

Schlechtwetter zieht auf. Trouts Travel Air gerät in einer Wolke in den Spiralsturzflug, er bringt die Maschine nicht wieder unter Kontrolle. Das scheint zumindest die naheliegende Erklärung zu sein. Viel ist von ihm nicht mehr übrig.

Marian sitzt die ganze Nacht lang im Häuschen, trinkt echten Scotch, um sich gegen den Schmerz unempfindlich zu machen. Hatte Trout nicht mal zu ihr gesagt, alle Piloten hätten tote Freunde? Hatte er nicht gesagt, auch sie könnte irgendwann die tote Freundin sein? Bei der Beerdigung vermeidet sie es, seine Frau und die Kinder, allesamt klein, froschartig, tieftraurig, anzusehen. (Barclay verspricht, sich um sie zu kümmern.) Sie redet sich ein, Trout wäre so abgetreten, wie er es sich gewünscht hat. Der letzte Sturzflug. Wahrscheinlich hatte er nicht einmal Angst, weil er zu sehr darauf konzentriert war, den Fehler zu beheben. Wahrscheinlich ging es so schnell, dass er nichts gespürt hat.

Sein Körper war schwer verbrannt. Die Schneidezähne hatten sich so tief ins Armaturenbrett gegraben, dass sie dort stecken blieben, als man seine Überreste herauszog.

Barclay hatte ihr für die Trauerfeier ein schwarzes Kleid geschickt, aus feiner, weicher Wolle mit Borten aus schwarzem Ripsband und kleinen, glänzend schwarzen Knöpfen. Doch sie entscheidet sich für ihre Fliegerkluft. Jamie sitzt neben ihr. Barclay, auf der Bank vor ihnen, ignoriert sie bis zum Ende der Predigt, dann dreht er sich um und reicht Jamie die Hand, mit den Worten: »Friede sei mit dir.«

Mit der grimmigen Entschlossenheit eines Duellanten erwidert Jamie: »Und mit Ihnen.«

Hinterher fährt sie mit dem noch verpackten Kleid zum grün-weißen Haus.

»Du kannst es wiederhaben«, sagt sie zu Barclay, »ich habe es nicht getragen.«

»Ist mir aufgefallen.« Er schiebt sie in die Küche. »Magst du es nicht?«

»Trout hätte mich im Himmel ausgelacht.« Sie legt die Schachtel mit dem Kleid auf den Tisch.

»Du glaubst an den Himmel?«

»Nein.«

»Ah ja? Was geschieht dann deiner Meinung nach mit einem?«

»Nichts. Ist Sadler da?«

»Mr. Sadler hat geschäftlich in Spokane zu tun.«

»Ich will endlich über die Grenze fliegen. Ich weiß, wo die Landestreifen sind. Ich habe auf ihnen geübt. Jetzt, wo Trout nicht mehr da ist, bin ich die Einzige, die es kann.«

Er lehnt an der Spüle, zündet sich eine Zigarette an. »Das stimmt nicht. Im ganzen Land wimmelt es nur so von Piloten.«

»Das war von Anfang an meine Bedingung. Das weißt du.«

»Marian, ich habe deiner sogenannten Bedingung nie zugestimmt.«

Sie starrt ihn an. »Doch. Du hast mich weiter Flugstunden nehmen lassen.«

»Nur weil du einen Beschluss fasst, hast du noch lange keine verbindliche Abmachung mit jemandem getroffen.«

»Ich habe damals gesagt, ich nehme nur Flugunterricht, wenn ich meine Schulden bei dir abarbeiten kann. Alles andere ist unfair.«

Belustigt: »Dass du bekommst, was du dir am meisten wünschst, soll unfair sein?«

»Nein, dass ich meine Schulden nicht abbezahlen darf.«

»Findest du es nicht reichlich pietätlos, Trouts Tod ausgerechnet am Tag seiner Beerdigung als Druckmittel einzusetzen, damit du fliegen kannst?«

»Seine Uhr war abgelaufen«, sagt sie herausfordernd. »Er hat immer gesagt, es könnte ihn jederzeit treffen.«

Er raucht, mustert sie. »Bist du wirklich so hartherzig?«

»Trout hätte gesagt, ich bin einsatzbereit. Ich kenne die Berge. Du weißt, du kannst mir vertrauen. Wenn ich nicht fliegen darf, dann lass mich wenigstens für dich fahren. Lass mich *irgendetwas* tun. Ich würde sogar wieder Flaschen sammeln. Alles. Ich komme mir vor wie die Tochter eines Millionärs. Oder als hätte man mir Fliegen beigebracht, weil ein Mädchen im Cockpit so putzig ist wie ein Hund, der auf den Hinterbeinen läuft.«

Langes Schweigen. Sein Blick ist provozierend, sie schaut nicht weg. Dann sagt er: »Ich sehe dich nicht als Tochter oder Hund.« Er wendet sich kurz ab, drückt die Zigarette aus. »Viel kann man mit dem Doppeldecker nicht transportieren. Nicht genug, um ein so hohes Risiko einzugehen.«

Und damit ist die Komödie schlagartig vorbei. »In den Frachtraum passen dreißig Kisten«, sagt sie. »Vielleicht sogar mehr. Das weiß ich von Trout. Wenn es Premium-Marken sind, ist das nicht gerade wenig. Und du hältst dir diesen Transportweg offen, falls du dir irgendwann wieder ein größeres Flugzeug zulegen willst.«

»Es ist aber nicht so viel, dass wir aus dir gleich eine Gesetzesbrecherin machen müssen.«

»Ich breche das Gesetz schon seit Jahren«, sagt sie und kommt sich prahlerisch vor, albern.

»Aber nicht in meinem Auftrag.« Sie will ihn unterbrechen, er schneidet ihr das Wort ab. »Nur dieses eine Mal bekommst du von mir nicht, was du willst. Wenigstens jetzt noch nicht.«

»Aber bald?«

Zögernd legt er eine Hand auf ihre Schulter und drückt sie leicht, als würde er die Reife einer Frucht prüfen. »Wenn selbst ein Pilot mit Trouts Erfahrung sterben musste, wieso bist du dann so sicher, dass dir nichts zustößt?«

»Sicher bin ich mir nicht, aber ich muss es versuchen.«

»Wenn dir etwas zustößt, würde ich mir das nie verzeihen.«

»Es wäre ja nicht deine Schuld.« Sie tritt so nahe an ihn heran, dass ihr linker Stiefel zwischen seinen Füßen steht. »Lass mich über die Grenze fliegen. Bitte.«

Einen Moment lang wirkt es so, als wolle er nachgeben, aber macht dann einen Schritt zur Seite. »Lass das.«

»Was denn?«

»Dich anzubieten.«

»Du bist derjenige, der mich kaufen will.«

»Ich will dich nicht kaufen, ich will dir *helfen*.«

»Dann *hilf* mir, indem du mir erlaubst, mich *nützlich* zu machen.« Sie stürmt aus der Tür. Er kommt nicht hinterher.

In dieser Nacht mit Caleb im Häuschen tut sie etwas, was sie noch nie getan hat: Sie *fickt* ihn. Bisher hat sie das Wort für das, was sie miteinander tun, nie verwendet, doch nun kann sie an nichts anderes mehr denken. Sie sitzt auf ihm, rotiert wütend mit den Hüften.

Zuerst spielt er noch mit, dann wird er passiv, wachsam. Irgendwann stößt er sie weg und kommt in einen alten

Waschlappen. Sie schlägt gegen die Wand – nicht fest – und schreit ihn an. Er hält ihr den Mund zu, aber sie beißt ihm in die Hand. Fast wünscht sie sich, er würde sie verdreschen, wie er es als Kind manchmal getan hat, aber als er die Hand mit schmerzverzerrtem Gesicht wegreißt, weiß sie, er wird es nicht tun. Stattdessen zieht er sie grob an seine Brust und hält sie fest, bis sie den Kampf aufgibt. Vermutlich wartet er auf ihre Tränen. Aber sie wird nicht weinen. Kann es nicht. Schließlich schlafen sie ein.

Im Morgengrauen sitzt er bereits angezogen auf der Bettkante, das Haar offen über dem Rücken. »Wir müssen damit aufhören«, sagt er. »Was immer zwischen dir und ihm läuft, du musst das klären. Ich kann dir dabei nicht helfen.«

»Nein«, sagt sie. »Das kann niemand.«

Der Zweite.

Trouts Tod ist nicht der Auslöser für ihren Plan. Seit Monaten hat sie ihn schon mit sich herumgetragen, mit der Umsetzung aber bisher gezögert, weil sie nicht wollte, dass Trout sich Sorgen macht und Barclay ihn zur Verantwortung zieht. Jetzt wird sie allein die Konsequenzen zu tragen haben.

An einem klaren Junimorgen hebt sie im Doppeldecker ab, der Treibstofftank ist nur halb voll, damit niemand Verdacht schöpft. Sie fliegt einen lässigen Looping, richtet das Flugzeug gerade aus und schlägt einen nordwestlichen Kurs ein, entlang der Eisenbahnschienen.

Jamie hat sich den Sommer über aus dem Staub gemacht. Einige Wochen zuvor, Ende Mai, hat Wallace einen Zettel von ihm auf dem Küchentisch gefunden. Er wolle für eine Weile fortgehen, wäre aber rechtzeitig zum Schulbeginn wieder zurück, schrieb er. Sie sollten sich keine Sorgen machen. Zuerst war Marian gekränkt, weil er sie nicht in seine Pläne eingeweiht hatte, dann neidisch, weil er den Mut gehabt hatte. Hätte sie vorher davon gewusst, sie wäre womöglich mitgekommen. Als ihr aufging, dass er sie aus diesem Grund nicht eingeweiht hat, kränkte sie das erneut.

Sie hat eine Landkarte an ihrer Hose festgesteckt, die Flugroute bereits eingezeichnet. Im Hangar hat sie einen Zettel hinterlegt: *Überland, morgen zurück*. Barclay hat Spione, die die Nachricht finden werden, wenn sie abends nicht zurück ist. Sobald er es erfährt, wird er seine Leute bei sämtlichen Flugplätzen in den angrenzenden Bundesstaaten anrufen lassen und eine hohe Belohnung aussetzen für jeden, der ihm Informationen zu einem Mädchen liefert, das allein in einem Stearman-Doppeldecker unterwegs ist. Den Zettel hat sie nur dagelassen, weil er den Himmel sonst mit Suchtrupps bevölkern würde.

Sie dreht nach Norden ab, folgt dem Clark Fork bis zum Lake Pend Oreille. Hinter einem winzigen Kaff, in dem sie schon einmal war, landet sie unweit einer Tankstelle. Der Besitzer kommt mit seinem Tankwagen zu dem Feld, versorgt sie mit Treibstoff. Ein Risiko, aber leider unvermeidbar. Sie hebt wieder ab. Richtung Westen, dann Norden, immer entlang des Pend Oreille River. Als die Biegung in Sicht kommt, wo der Fluss auf den Columbia trifft, weiß sie, sie hat Kanada erreicht.

Sie behält den westlichen Kurs bei, fliegt tief über die Berge, schält mit den Flügeln Luft von den Hängen. Das Wetter ist fast die ganze Zeit über beständig. Nur einmal überquert sie eine dicke Wolkendecke, der Bauch des Flugzeugs fährt darauf Schlitten, der Propeller ist halb im Nebel vergraben. Mit dem Finger auf eine Landkarte tippen und dort hinfliegen – das ist es, was sie immer schon einmal machen wollte. Wie sie vermutet, ist Jamie ebenfalls nach Westen gegangen, zum Meer.

Bevor er sich davongeschlichen hatte, war sie eines Nachts wach geworden, weil er sanft an ihrer Schulter gerüttelt hatte.

»Du hattest einen Albtraum.«

Sie hatte von Trout geträumt. Sie saß mit ihm in der Travel Air, raste auf den Boden zu, und Trout flehte sie an, ihm zu helfen, nur waren ihre Steuerelemente mit nichts verbunden.

»Ich habe von Trout geträumt.«

»Dachte ich mir schon. Du hast im Schlaf geredet.«

Es war eine kalte Frühlingsnacht, und sie rutschte zur Seite, damit Jamie zu ihr ins Bett schlüpfen konnte.

»Glaubst du, Trout hatte Angst?«, fragte sie.

»Hättest du keine?«

»Ich rede mir ein, er hätte keine gehabt. Aber so wird es wohl nicht gewesen sein.«

»Wenigstens ging es schnell.«

»Selbst, wenn er es vorher gewusst hätte, hätte er das Fliegen niemals aufgegeben.«

»Nicht mal seinen Kindern zuliebe?«

Sie schüttelte den Kopf. »Hoffentlich hat er gewusst, dass Barclay sich um seine Familie kümmern wird.« Sie schwiegen. Dann sagte sie: »Ob er Angst hatte oder nicht, jetzt ist es vorbei.«

Aber Jamie war bereits eingeschlafen.

Je weiter sie fliegt, desto mehr schneebedeckte Gipfel tauchen unter ihr auf. Die Leere des Landes kommt ihr sehr gelegen – so wird man sie nicht so schnell entdecken. Nach etlichen Stunden geht sie in einem langgestreckten Tal mit schachbrettartigem Ackerland nieder. Im Norden Berge. Im Westen die Stadt Vancouver. Dahinter ein von

Wasser blau gefärbter Horizont. Die Straße von Georgia. Am liebsten würde sie darüber hinwegfliegen, über Vancouver Island und hin zum offenen Meer, aber sie hat nicht genug Treibstoff, und es wird bald dunkel.

Hinter dem Hafen, im Norden der Stadt sieht sie einen Flugplatz. Als die Piloten dort wissen wollen, wo sie herkommt, erwidert sie, aus Oregon. Sie fragt, wo sie das Flugzeug über Nacht abstellen kann, wo es ein billiges Hotel gibt. Die Männer werfen ihr komische Blicke zu, aber sie gafft einfach zurück. Als Junge geht sie nicht mehr durch, und so ist sie eben ein merkwürdiges, großes, staubiges, sommersprossiges Mädchen mit sehr kurzen Haaren und Waschbärbräune wegen der Schutzbrille. Ein Mann zieht einen Wachsstift und einen Notizblock aus der Tasche seines Monteuranzugs und schreibt die Adresse einer Zimmervermietung auf. »Sag zu Geraldine einfach, Sawyer schickt dich.« Er reißt den Zettel ab. »Sie ist nett. Ich passe auf dein Flugzeug auf. Wie heißt du?«

»Lustig, ich heiße auch Geraldine«, erwidert Marian. Sie zeigt Richtung Norden, zu den hoch aufragenden Bergen. »Fliegen Sie da manchmal rüber?«

Er schüttelt den Kopf. »Da gibt es für mich nichts zu holen.«

Geraldines Haus liegt auf halber Höhe eines steilen Hügels. Um Mitternacht ist Zapfenstreich, sagt Geraldine, im Haus kein Besuch, kein Alkohol. In Marians Zimmer rahmt ein Fenster dunkelndes Zwielicht ein, in den Lücken zwischen den Häusern ein Streifen schwarzblaues Meer. Schlaflos sitzt sie auf dem Bett, steht am Fenster, setzt sich wieder hin. Ein Klopfen an der Tür. Es ist Geraldine, die ihr ein zusammengelegtes Nachthemd hinhält. »Mir ist aufgefallen, dass du kein Gepäck dabei hast. Dachte, du brauchst was zum Schlafen.«

Eine schlichte Geste, doch Marian ist es nicht gewohnt, dass sich jemand um sie kümmert. »Vielen Dank.« Sie drückt das Kleidungsstück an die Brust. Doch das Zittern in ihrer Stimme hat sie verraten.

»Dafür nicht.« Geraldine ist jünger, als Marian zuerst gedacht hat, fast so blond und sommersprossig wie sie selbst, aber weich und vollbusig. »Geht es dir gut?«

Einen Augenblick lang möchte Marian ihr alles erzählen, von ihren Eltern und ihrem Onkel, von Barclay Macqueen und Trout. Sie möchte Geraldine erzählen, dass sie erst sechzehn ist und von Montana allein hergeflogen ist und morgen übers Meer fliegen will, um es sich einmal anzuschauen, einmal etwas anderes zu sehen. Geraldine würde dann erwidern, dass sie sich wünschte, nur halb so mutig zu sein.

Stattdessen sagt Marian, es gehe ihr gut, sie habe nur nicht damit gerechnet, über Nacht bleiben zu müssen. Probleme mit dem Motor, mehr nicht.

Am nächsten Morgen betankt sie das Flugzeug und steigt auf, kreist über dem Flugplatz, sammelt Mut. Dann nimmt sie Kurs über den Hafen, die Meerenge, Vancouver Island, und ist endlich, endlich über dem Meer. Wind zeichnet ein feines Muster aufs Wasser wie die Webstruktur von Leinen, überzogen von Wolkenschatten. Selbst als sie schon ein gutes Stück von der Küste entfernt ist, möchte sie am liebsten weiterfliegen, obwohl der Horizont sich nur immer weiter von ihr zurückziehen wird. Doch sie muss umkehren, muss nach Hause fliegen und sich dem stellen, was sie dort erwartet. Wenigstens habe ich das Meer gesehen, redet sie sich ein. Auf dem Rückweg folgt sie einem schmalen Meeresarm in Richtung der Berge, nur so aus einer Laune heraus, wie sie sich einredet. Aber eigentlich will sie sich etwas beweisen.

Am Ende der Schlucht ist das Wasser hell und milchig, weil ein Gebirgsfluss mit bleichem Sand gemischtes Schmelzwasser hineinspeit. Sie folgt dem Fluss in Richtung Norden. Derart zerklüftete Berge hat sie noch nie gesehen. Alle anderen »Überland«-Einträge in ihrem Flugbuch waren nur unbedeutende Vorstöße in die Unermesslichkeit des Planeten, doch das hier – das ist ein echter Gebirgsflug. Eigentlich hätte sie umdrehen und nach Montana zurückkehren sollen, aber sie gibt Gas, zieht den Schal über Mund und Nase und steigt auf. Dreitausendsechshundert Meter. Sie fliegt an einem schneebedeckten Bergkamm entlang, überquert ihn und findet sich in einem hochgelegenen Talkessel wieder. Felsen und leuchtend blaues Eis ragen neben ihr empor, umzingeln sie. Unter ihr ist das Eisfeld von Gletscherspalten durchfurcht. Eine ist so breit, dass sie das Flugzeug verschlingen könnte. An manchen Stellen ist der Schnee aufgebrochen, darunter nur noch Schwärze.

Der Motor stottert und hustet missbilligend.

Sie versucht aufzudrehen, doch das Flugzeug ist träge, schwerfällig. Sie verstellt das Gemisch, aber der Motor protestiert, fängt an auszusetzen. Kurz scheint auch ihr Herz auszusetzen. Eine Steifigkeit kriecht ihr in die Glieder. Unter ihren Achseln prickelt es.

Sie kreist und kreist. Der eisige Wind sticht ihr ins Gesicht wie Glasscherben. Ihre Arme sind schwer; sie kann das Pedal kaum noch treten. Niemand wird sie jemals finden. Niemand weiß, wo er nach ihr suchen sollte. Die Schwärze auf dem Grund der Gletscherspalte wird sie verschlingen. Schnee wird sie wie ein Leichentuch einhüllen. Immerhin wird dann zumindest niemand erfahren, dass sie so dumm war, in diesem Gebirge hochzusteigen. Ihren zerschmetterten Körper werden sie nicht bekommen, ihre Zähne werden nicht im Armaturenbrett stecken bleiben.

Barclay wird sich mit offenen Fragen begnügen müssen. In seiner Fantasie wird sie an tausend möglichen Orten tausend mögliche Leben weiterführen. Er wird sie niemals in der Vergangenheit, im Reich der Toten verorten können. Der Motor bleibt weg; das Flugzeug sackt benommen ab.

Jamie wird nie erfahren, welch einsamen, überflüssigen Tod sie für sich gewählt hat.

Der Gedanke an Jamie trifft sie wie eine Ohrfeige. Das Rauschen in ihrem Kopf legt sich. Nein. Sie wird ihn nicht allein in der Welt zurücklassen, wird ihn nicht für seine sommerliche Flucht bestrafen, indem sie für immer verschwindet. Sie zwingt das Leben zurück in ihre bleiernen Arme und Beine, schiebt den Steuerknüppel nach vorne und taucht ab, folgt der Krümmung des Kessels. Als sie das Eis fast schon streift, zieht sie hoch. Mit stotterndem Motor steigt sie über dem Bergkamm auf der anderen Seite auf.

Während sie die Flughöhe verlässt, werden ihr Gesicht und die Hände langsam wieder warm. Entsetzen packt sie. Ihr Zittern überträgt sich auf die Steuerelemente, das Flugzeug wackelt und schaukelt. Sie dreht nach Süden ab.

Die Piloten in Missoula sind erleichtert und wollen wissen, wo sie gewesen ist. »In Vancouver«, erwidert sie hölzern. Auf dem Rückweg musste sie noch einmal übernachten und hat auf einem Feld im Flugzeug geschlafen.

»Hat es sich gelohnt?«, fragt einer, verwundert über ihre Wortkargheit.

»Ja, schon.« Warum hat Trout ihr nie von der Schwärze erzählt, die in den Tiefen des Eises lebt?

»Macqueen kocht vor Wut«, sagt ein anderer. »Er war den ganzen Vormittag hier und hat zum Himmel hochgeschaut, als wollte er raufsteigen und das verdammte Ding runterreißen.«

Sie ist gerade einmal eine Stunde zu Hause, als Barclay auftaucht, im langen schwarzen Pierce-Arrow, den Sadler fährt. An der Tür fragt Wallace kleinlaut, was er will.

»Mit Marian reden.«

Marian hört von der Treppe aus zu. »Schon gut, Wallace«, ruft sie und geht hinunter. Wortlos zieht ihr Onkel sich zurück. Marian führt Barclay zum Häuschen.

Er macht die Tür hinter ihnen zu. Die Wut lässt seine Sommersprossen hervortreten; seine Augen sind fast schwarz. Betont ruhig fragt er, warum sie ihn so schändlich hintergangen hat. Sie sei dumm, töricht, egoistisch, er hätte ihr niemals über den Weg trauen dürfen. Es wäre ein Fehler gewesen, ihr das Fliegen überhaupt zu erlauben. »Ich hätte es wissen müssen«, sagt er, »dass du alles, was ich dir gebe, nimmst und mir ins Gesicht schmeißt.«

Marian hört ihm bis zum Ende stoisch zu und fängt dann an zu weinen. Wie eine Weide biegt sie sich im Wind ihres Kummers. Er wird glauben, es seien Schuldgefühle, die sie aufreiben, wird nicht erraten, dass es Trauer ist – Trauer um den Verlust von Trout, aber auch um den Verlust der Vorstellung, sie würde in der Luft keine Furcht kennen, der Himmel wäre ihr Verbündeter und keine gleichgültige Unermesslichkeit voller unbezähmbarer Kräfte.

Sein Zorn verfliegt. »Nicht weinen«, sagt er. »Bitte, Marian. Ich war doch nur wütend, weil ich Angst hatte, ich hätte dich verloren.« Er zieht sie an sich. »Warum hast du das getan?«, fragt er im erregten Flüsterton. »Warum bist du weggelaufen?«

»Ich bin nicht weggelaufen. Ich wollte etwas anderes sehen. Das habe ich dir schon oft gesagt.« Als sie spürt, dass er sich von ihr lösen will, hält sie ihn fest. »Ich wollte das Meer sehen.«

»Und hast du es gesehen?«

»Nur den Rand.«

»Es sieht überall gleich aus.«

Sie will ihm von der Gletscherspalte erzählen, ihm erklären, dass sie zwar nicht hineingestürzt ist, aber trotzdem davon verschlungen wurde. Doch sie sagt nur: »Oben in den Bergen habe ich Angst bekommen.« Schnell fügt sie hinzu: »Ich bin nur ein wenig zu hoch gestiegen, das war alles. Und ich habe eine Lehre daraus gezogen.«

Er schlingt die Arme fester um sie. »Manchmal wirkst du so vernünftig, dann wieder sehr leichtsinnig.« Die Wärme seines Körpers dringt zwischen sie und das Eis, die Schwärze. Wäre Jamie da gewesen, sie hätte ihm vorher von der Gletscherspalte erzählt und wäre für die Begegnung mit Barclay gewappnet gewesen. Doch Jamie hat sie allein gelassen. Und Caleb hat sich von ihr gelöst.

Sie drückt das Gesicht an Barclays Hals. Er rührt sich nicht. »Ich habe Albträume von Trout.«

Wieder rechnet sie damit, dass er ihr das Fliegen ausreden, ja sogar verbieten wird, doch er sagt: »Erwarte nicht, dass dich so etwas nicht quält, Marian. Sonst würde mit dir nämlich etwas nicht stimmen.«

Seine Güte treibt ihr, wie schon bei Geraldine, die Tränen in die Augen. Nur sind sie jetzt weicher, sickern langsam unter ihren Lidern hervor. Er küsst sie knapp unter dem Ohr.

Bereut sie den Flug? Nein, beschließt sie. Irgendwann hätte sie aus dem Cockpit sowieso ins Bodenlose, Unergründliche geblickt. Wäre an die Grenze ihres Muts gestoßen. Es bleibt ihr nichts anderes übrig, als ihre Erwartungen an sich selbst herunterzuschrauben und bescheidener zu werden. Sie ist nicht der Mensch, für den sie sich gehalten hat. Und wenn schon. Dann wird sie eben ein anderer sein.

Barclay hat einen Arm um ihre Schultern geschlungen,

legt die freie Hand nun unter ihr Gesäß und drückt sie an sich. Er biegt sie nach hinten wie eine Tanzpartnerin und bugsiert sie zu dem schmalen Bett. Sie legen sich hin. Er knöpft ihre Hose auf, schiebt eine Hand hinein. Sie drückt sich dagegen, kreist die Hüften. Seine Augen sind glasig, die Gesichtszüge schlaff. Sie bewegt sich weiter, wendet den Blick nicht von ihm ab.

Vor der Tür hustet Sadler.

Das Geräusch ist so klar, als würde er ein paar Schritte entfernt im Sessel sitzen. Barclay schreckt auf, zieht die Hand weg. Mit einem Mal scheint das, was sie nur wenige Sekunden zuvor getan haben, undenkbar.

Er steht abrupt auf. »Tut mir leid.«

Sie knöpft ihre Hose zu. »Dass du angefangen oder dass du aufgehört hast?«

»Angefangen«, sagt er, als wäre das offensichtlich.

»Hat es dir nicht gefallen?«

»Zu sehr.«

»Warum hast du dann aufgehört?«

»Ich habe kein Recht, dir derart nahezutreten.« Sie dreht den Kopf zur Wand, wartet darauf, dass er geht, aber er setzt sich auf die Bettkante. »Jetzt bist du wütend.«

Sie macht ihrer Empörung Luft. Ja, erwidert sie. Stimmt. Warum hat er sich nicht gefragt, ob es *ihr* gefällt? Ob *sie* aufhören will? Warum will er sie immer *beschützen*? Vor den eigentlichen Gefahren kann er sie nicht bewahren: vor der Dunkelheit, vor der Möglichkeit, jederzeit abzustürzen. Dass er es immerzu versucht, fasst sie als Beleidigung auf. Und ihr zu sagen, dass er ihr nicht nahetreten will, ist der Gipfel. Ist er ihr mit seinen Geschenken, mit den Flugzeugen nicht von Anfang an viel zu nahe getreten? Hat er nicht sogar ihre Träume als Waffe gegen sie eingesetzt? Und wo sie doch beide dasselbe wollen …

Sie hält inne, weil sie mit einem Mal zu schüchtern ist, um ihm zu sagen, dass sie ihn begehrt, dass sie ihn nackt sehen und von ihm berührt werden will, dass sie ohnehin keine Jungfrau mehr ist. (Letzteres darf sie niemals zugeben.) Wenn sie ficken würden, wäre die Katze endlich aus dem Sack.

»Du willst …« Er zögert.

»Ich will über die Grenze fliegen.«

»Ist das alles?« Die Enttäuschung ist ihm deutlich anzumerken.

»Und ich will mit dir ins Bett gehen.«

Gerissenheit und Erregung, Unnachgiebigkeit und Lust, Angst und Blasiertheit, all das meint sie in seinem Gesicht zu lesen. »Na schön.« Er setzt den Hut auf und öffnet die Tür. »Dann sage ich ja. Zu beidem. Nicht heute, aber bald.«

Der Dritte.

Barclay will endlich mit ihr aufsteigen. Es ist sein erster Flug.

An einem heißen Julitag kommt er zum Flugplatz und marschiert nervös auf und ab, zweifelnde Blicke auf die Flugzeuge werfend. Marian und er waren noch nicht miteinander im Bett, aber Sex ist die Falltür, die sich jeden Moment unter ihnen öffnen kann. Seit Kurzem fliegt sie über die Grenze.

Sadler hat ihr gesagt, mit welchen Codes sie arbeiten soll, wenn irgendwo Fracht abzuholen ist, und ihr gezeigt, wie sie eine mit nummerierten Punkten übersäte Landkarte lesen muss. Die meisten Punkte dienen nur als Tarnung, aber einige stehen auch für geheime Lager und Landepisten.

»Sie halten nichts davon«, sagt sie zu Sadler.

Den Blick auf die Karte geheftet, erwidert er in einem Singsang, als würde er einen mäßig interessanten Artikel aus der Zeitung vorlesen: »Ein Urteil steht mir nicht zu.«

Ihr erster Einsatz führte sie zu einem abgelegenen Acker in British Columbia. Der Farmer kam ihr in einem Traktor entgegen, auf dessen Anhänger sich Whiskeykisten stapelten.

Bei ihrem Abflug stand die Sonne schon tief. Wegen des Gewichts der Ladung verbrauchte sie mehr Treibstoff, der Schwerpunkt der Maschine verschob sich, und sie musste ununterbrochen auf die Trimmung achten. Kurz überkam sie wieder die bleierne Schwere, das Gefühl von Leere, aber sie hatten sich nicht verfestigt, sondern waren schnell verflogen. Bei der Landepiste hatten nur zwei Wagen gewartet, ihre Schweinwerfer wie Stecknadelköpfe in der Dämmerung. Sobald Marian unten war, fuhren die Männer rückwärts an das Flugzeug heran und öffneten ihre Kofferräume und Geheimfächer unter den Rückbänken. Routiniert und flink hatten sie die Kisten abgeladen. Wenige Tage danach hatte man ihr mitgeteilt, wo die nächste Lieferung abzuholen sei.

Während Marian das Flugzeug startet und hochsteigt, sinkt Barclay im vorderen Cock immer tiefer, bis die Krone des Flughelms, den sie ihm geborgt hat, kaum noch zu sehen ist. Über der Stadt leitet sie eine Steilkurve ein, weil sie ihn dazu bringen will, einen Blick nach unten zu riskieren, aber die lederne Kuppel seines Kopfs, glänzend wie der Rücken eines Ochsenfroschs, rührt sich nicht. Sie weiß nicht einmal, ob er die Augen geöffnet hat. Eigentlich hatte sie ihn auf einen ruhigen Rundflug über das Tal mitnehmen wollen, doch nun ärgert sie die Vorstellung, dass er die ganze Zeit über zusammengekauert dasitzen und sich in seine Angst verbeißen wird. Sie zieht den Steuerknüppel zurück und zur Seite, tritt aufs Seitenruder. Das Flugzeug dreht sich sauber um hundertachtzig Grad. Barclays Kopf baumelt aus dem Cockpit, und er klammert sich an den Rand, als glaubte er, sich wie ein Krebs festkrallen zu können, sollte der Sicherheitsgurt aufspringen. Noch ein Tritt aufs Seitenruder, und Missoula ist wieder unter ihnen.

Er dreht den Kopf nach hinten, ruft etwas in den Wind, weist mit einem behandschuhten Finger vehement zum Boden. Sie lächelt und richtet die Flugzeugnase nach Nordosten.

Als ihm klar wird, dass sie die Stadt verlassen, wendet er sich erneut zu ihr um und ruft wieder etwas, aber was kann er jetzt noch ausrichten? Er ist ihr ausgeliefert, und sie hat einen vollen Tank.

Nach einer halben Stunde scheint Barclay die eigene Wut und Angst zu langweilen, denn er setzt sich auf und blickt nach unten. Er späht über die eine Kante, dann über die andere. Schließlich kommt das sägezahnige Bollwerk des Glacier-Nationalparks in Sicht, mit den sich in der Ferne verlierenden, zerklüfteten blauen Kämmen. Die Sonne lässt die Gesteinsschichten der Berghänge leuchten. An einigen Stellen liegen sie flach übereinander, an anderen sind sie gestaucht und gefaltet wie Toffee an einem Knethaken. Gletscher klammern sich an die Hänge, kleiner als diejenigen, die sie in Kanada gesehen hat. Darunter leuchtend blau-grüne Seen aus Schmelzwasser, opak wie Emaille.

Sie fragt sich, ob die Furcht wiederkehren wird, spürt aber nur eine Enge in der Kehle, die sie als Angst vor dem, was sie nach der Landung erwartet, deutet. Als sie das Flugzeug auf den Kopf gestellt hat, hat sie nicht bedacht, dass er das Manöver als neuerliche Rebellion, als Beleidigung oder gar Verrat auffassen könnte. Sie kann nur hoffen, dass der erhabene Anblick der Berge seinen Zorn besänftigt. Was würde sie tun, wenn er ihr zur Strafe das Fliegen verböte? Natürlich würde sie aus Missoula weggehen. Zum ersten Mal fragt sie sich, ob er sie davon abhalten würde und es überhaupt könnte.

Die Nadel der Treibstoffanzeige sinkt, und sie steuert die Maschine nach Kalispell. Barclay hat sich nicht wieder zu ihr umgedreht, hat die Wunder, die sie ihm gezeigt hat, nicht gewürdigt. Während sie weniger imposante Berge überqueren, fühlt sie sich ausgelaugt und erschöpft, als wäre sie zu lange auf einem Jahrmarkt oder bei einem Picknick gewesen.

Wolken ziehen auf, verdichten sich, hängen tief. Als sie am späten Nachmittag landen, ist der Himmel bedeckt.

»Wir müssen auf besseres Wetter warten«, sagt sie zu Barclay, als er aus dem Cockpit klettert. Sie tut ungezwungen, als hätte sie ihn nicht eben erst entführt und auf den Kopf gestellt.

Er schaut zum Himmel hoch und sagt wie beiläufig: »Ich habe hier eine Wohnung. Ein Büro. Dort gehen wir hin.«

Auf dem Weg in die Stadt zieht Barclay ein Schlüsselbund aus der Jackentasche. »Zum Glück ist es nicht in Missoula rausgerutscht und jemandem auf den Kopf gefallen.«

Eine Vorahnung hat sich zwischen sie gelegt, macht sie linkisch. Die Luft ist feucht, schwer vom drohenden Regen. Ein Mann, der rauchend in einem Hauseingang steht, grüßt Barclay, und sie tauschen ein paar Sätze aus, während Marian danebensteht und von Barclay nicht vorgestellt wird. Der Blick des Fremden huscht neugierig über sie hinweg.

Das Büro befindet sich in einem schmalen Haus in einer

Seitenstraße. Zwei Zimmer, eng und warm. Im ersten stehen zwei Tische mit Telefonen, Schreibmaschinen und Lampen, ein Aktenschrank aus Holz, ein Ofen, eine Spüle. Alles ist blitzsauber. Barclay geht in den zweiten Raum, ein Schlafzimmer, und zieht die Vorhänge schwungvoll zu. Zögernd geht sie ebenfalls hinein.

»Wohnt hier jemand?«

»Nein.« Er zeigt auf eine geschlossene Tür. »Dort kannst du dich frisch machen.«

Auf dem Boden des Badezimmers weiße, achteckige Fliesen. Darauf eine Badewanne mit Füßen, ein Waschtisch, eine Toilette mit Kettenspülung. Im Spiegel sieht sie ein windgerütteltes Wesen, das Gesicht dreckig, bis auf den Streifen, wo die Schutzbrille saß, die Haare am Kopf klebend wie eine Badekappe. *Frisch machen.* Sie schaut zur Wanne hin. Soll sie ein Bad nehmen? Wäre das eigenartig? Wäre es eigenartig, wenn sie es nicht täte? Ihre Hände riechen nach Öl und Benzin. Natürlich wird sie gleich mit Barclay ins Bett gehen. Wie kann sie es verhindern, dass sich ein Baby in ihr einnistet? Er wird daran gedacht haben – er wird kein Kind haben wollen.

Sie dreht den Warmwasserhahn der Wanne auf, pinkelt im Schutz des Geräuschs. Als das Wasser ein paar Zentimeter hoch steht, steigt sie hinein, planscht darin herum wie ein Vogel in einer Pfütze, versucht, ihr Herz zu beruhigen. Sie hält den Kopf unter den Hahn und wäscht sich mit einem winzigen Seifenstück vom Waschtisch so gut es eben geht die Haare. Sie kommt sich vor, als würde sie sich für ein Ritual, einen Opfergang herrichten. Nach dem Baden wickelt sie sich ein Handtuch um, zögert kurz und zieht die schmutzige Fliegerkluft wieder an. Nur die Stiefel und Strümpfe nimmt sie in die Hand.

Er sitzt auf der Bettkante, doch als sie näherkommt,

steht er auf und geht an ihr vorbei ins Badezimmer, ohne sie auch nur anzuschauen. Verunsichert bleibt sie mitten im Zimmer stehen und hört, wie er nebenan uriniert. Sie tritt ans Fenster und späht durch die Lücke zwischen den Vorhängen, die Stiefel vor sich haltend wie eine alte Frau ihre Handtasche. Zu gern würde sie das Fenster hochschieben und Luft hereinlassen, ahnt aber, dass sie es nicht darf. Das Licht draußen ist jetzt grau, Stille in der Straße. Im Bad läuft nun der Wasserhahn. Ein schwarzer Ford fährt vorbei. Aus ihrem feuchten Haar tropft es in ihren Kragen.

Barclays Schritte hinter ihr. Seine Brust drückt sich an ihren Rücken, und er greift um sie herum, nimmt ihr die Stiefel ab und lässt sie fallen, bevor er ihre Hose aufknöpft und herunterschiebt und Marian zu sich umdreht. Mit zittrigen Fingern löst er die Knöpfe an ihrem Hemd. Marian bedeckt ihre Brüste mit einem Arm, aber er zieht ihn weg und streift ihre Unterhose herunter. Er tritt einen Schritt zurück, betrachtet sie. Die Wildheit in seinem Blick grenzt an Verachtung. *Wer bist du?* Sie ist nicht mehr das Mädchen, das sie im Haus von Miss Dolly gewesen ist. Damals, in den geliehenen, hauchdünnen Sachen hat sie sich entblößter gefühlt als jetzt, nackt.

Auf dem Bett kommt sie sich komisch vor, weil sie nichts anhat, er aber noch vollständig bekleidet ist. Seine Hose reibt rau über die Innenseite ihrer Schenkel, seine Gürtelschnalle drückt gegen ihren Bauch, die Knöpfe an seinem Hemd stechen in ihr Brustbein. Sie will die Knöpfe lösen, aber er stößt ihre Hände weg. Offenbar will er, dass sie nur daliegt. Sobald sie seinen Nacken oder Rücken streichelt, zuckt er beinahe zusammen, also lässt sie die Hände seitlich liegen, bis er eine nimmt und sie durch den Hosenstoff um seinen Penis schließt. Er dringt mit einem Finger in sie ein, doch als sie das Becken vorschiebt, wird seine Miene finster, und er presst die freie Hand fest auf ihren Bauch, hält sie fest. Sie will fragen, wie sie eine Schwangerschaft verhindern sollen, doch sein Gesichtsausdruck lässt es nicht zu.

Als würde er einen Kokon abstreifen, entledigt er sich schließlich all seiner Sachen. Sein Körper ist fast haarlos bis auf die dunklen, spärlichen Nester in seinem Schritt und den Achselhöhlen. Als er sich erhebt, um etwas aus seiner Jackentasche zu holen, steht sein Penis von ihm ab wie ein Zapfhahn.

Mit Erleichterung erkennt sie in dem, was er aus der Tasche gezogen hat, ein Gummi. Von Miss Dollys Mädchen weiß sie, dass die meisten Männer sich nur schwer dazu bewegen lassen, eines zu benutzen. Deshalb bevorzugen die Mädchen Pessare, die aber leider, wie sie sagen, nicht leicht zu bekommen sind. Barclay kriecht zu ihr aufs Bett, treibt ihre Beine mit einem Knie auseinander. Kurz hält er inne, schaut ihr in die Augen, gibt ihr noch einmal die Chance, es sich anders zu überlegen. Zuerst muss sie sich anpassen: Die Muskeln in ihrer Leiste fangen sein Gewicht ab, es ist viel mehr als bei Caleb, ihre innere Architektur verschiebt sich. Sie spürt ihn undeutlich, wie aus der Ferne, doch als er sich in ihr bewegt, merkt sie, wie sich etwas sammelt, schneller wird, als wäre das, was sie tun, zwingend und dringend, als würde etwas Entscheidendes auf dem Spiel stehen.

Vielleicht war ihr von vornherein klar gewesen, dass sie das alles herausgefordert hatte, als sie das Flugzeug auf den Kopf drehte.

»Alles in Ordnung?«, fragt er.

»Ja.«

»Tut es weh?«

»Ein bisschen.«

»Du hast das doch noch nie gemacht, oder?«

»Nein.«

Er starrt sie an. Ob er ihr glaubt, weiß sie nicht. Abrupt zieht er sich aus ihr zurück und dreht sie um, sodass ihr Gesicht nun in Kissen begraben ist, und stößt von hinten in sie hinein. Einen Augenblick später legt er sich hin und zieht sie auf sich. Dann drückt er sie wieder auf den Rücken, schiebt ihre Knie bis zu seinen Schultern hoch.

Während er ihre Gliedmaßen immer wieder neu ausrichtet, wirkt er unzufrieden, und sie findet sich mit der Rolle der verwunderten, stillen Beobachterin ab. Was will er von ihr? Das scheint er selbst nicht zu wissen. Sie fragt sich, ob alle seine intimen Begegnungen so sind, ob sich bei ihm jede Frau wie eine Puppe in der Hand eines ungehaltenen, tyrannischen Jungen fühlt.

Ruhelos dreht er sie hin und her, rätselt an ihrem Körper herum, als wäre er lediglich der Schlüssel zu etwas, das er will, aber nicht die Sache selbst. Überrascht merkt sie, dass seine unpersönlichen Berührungen sie erregen. Doch er, der sich nun an der Position ihrer Arme stört, hat allmählich Schwierigkeiten, seine Erektion aufrechtzuerhalten, eine Eventualität, die sie bisher nie in Betracht gezogen hat. Nachdem er ihr die Arme über den Kopf gehoben und fest in die Matratze gedrückt hat, nimmt er sein erschlaffendes Glied in die Hand und versucht, es in sie hineinzustopfen.

»Scheiße«, sagt er und rollt von ihr herunter. Er hockt auf der Bettkante, ist bemüht, sich selbst wieder hart zu reiben.

»Habe ich was falsch gemacht?«, fragt sie.

Seine Hände halten in der Bewegung inne. »Ich weiß nicht, wie ich dir vertrauen soll.«

»Was soll ich machen?«

»Versprich mir, dass du mit keinem anderen zusammen warst.«

»Das habe ich schon. Was soll ich jetzt tun?«

Er schaut sie an, trifft offenbar eine Entscheidung. Nach einem langen, geräuschvollen Atemzug lässt er sich neben Marian nieder. Den Blick fest auf ihre Augen gerichtet, umfasst er ihre Kehle. Er drückt nicht zu, doch ihr Puls flattert wie ein gefangener Schmetterling.

Das Folgende unterscheidet sich nicht grundsätzlich vom Vorausgegangenen, nur wirkt er jetzt entschlossener. Er hält ihren Kopf, ihre Hüften, ihre Handgelenke fest. Er steckt seinen Penis in ihren Mund, etwas, das Caleb nie gemacht hat. Sie ist hin- und hergerissen, befindet sich im Zustand permanenter Übergänge: von belustigt zu angewidert, von ängstlich zu furchtlos, von erniedrigt zu verehrt. Er scheint unbedingt zu *wollen*. Sie denkt, er könne sie zerstören, zerbrechen wie ein winziges Tier und würde es nicht einmal bemerken; denn das, was er will, trägt sie nicht in sich, vielleicht existiert es gar nicht.

Als er kommt, verzieht er das Gesicht zu einer scheußlichen Grimasse.

Ohne dass sie es bemerkt haben, hat der Regen eingesetzt. Barclay steht auf, öffnet das Fenster, lässt den staubigen Geruch eines Sommersturms herein.

»Alles in Ordnung?«, fragt er und kehrt zum Bett zurück.

»Ja.«

»Ich hatte es sanft angehen wollen. Entschuldigung.«

Sie weiß nicht, ob er von ihr hören will, dass es schön war.

»Blut ist jedenfalls keins auf dem Laken«, stellt er irritiert fest.

»Ich bin viel geritten.«

Das scheint ihm als Erklärung zu reichen. »Weißt du, wozu ein Gummi da ist?«

»Es verhindert, dass ich schwanger werde.« Kurze Pause. »Du hast daran gedacht, eins einzustecken.«

»Ich habe es für den Fall dabeigehabt. Wieso weißt du darüber Bescheid?«

»Dollys Mädchen haben mal was gesagt. Zum Glück ist dir *das* nicht aus der Tasche gerutscht und jemandem auf den Kopf gefallen.«

Er liegt auf der Seite, neben ihr, eine Hand auf ihrem Schlüsselbein. »Irgendwann werden wir natürlich Kinder haben wollen.«

Marian stutzt. »Darüber habe ich mir nie Gedanken gemacht.« Es ist die reine Wahrheit – sie hat sich nie vorgestellt, ein Kind im Arm zu halten.

»Alle Mädchen wollen ein Baby.«

»Wie soll ich fliegen, wenn ich eins hätte?«

Er blickt verwirrt. »Du würdest nicht mehr fliegen.«

Das findet sie nun wiederum verwirrend. Monatelang hat sie ihm von ihren Wünschen erzählt. Von einem Baby hat sie nie geredet. »Ich muss aber fliegen.«

Sie schauen einander entsetzt an. Er legt eine Hand auf ihren Bauch. »Noch nicht. Irgendwann schon.«

»Ich werde das Fliegen nicht aufgeben. Niemals.«

»Du bist noch jung«, sagt er nachsichtig. »Heute macht dich das eine glücklich, später etwas völlig anderes. Du musst wissen, dass ich dich liebe. Ich werde für dich sorgen. Ich heirate dich.« Der letzte Satz eine Feststellung, keine Frage.

Also hat er sie nie ernst genommen. Er hat sie nur gewähren lassen wie ein Kind bei einem albernen Spiel. Glühende Wut erfasst sie, aber sie gibt ihr nicht nach, sondern ruft sich ins Gedächtnis, wie sie ihn im Flugzeug auf den Kopf gedreht, ihm Angst gemacht hat. Er hat geglaubt, er würde sich etwas zurückerobern, als er ihr Gesicht in die Kissen gedrückt und ihren Körper hin und her gewendet hat wie einen Kieselstein in seiner Tasche. In Wahrheit hat er nur bekommen, was sie ihm freiwillig gegeben hat. Ohne ihre Beihilfe hätte er seine Überlegenheit nicht wieder festigen können. Konnte in Unterwerfung Macht liegen? Sie wird ihn wohl heiraten müssen, das ist ihr klar; er wird das Spiel aus Anziehung und Abstoßung gewinnen, doch wenn sie jetzt schon einwilligt, wird sie zu viel verlieren.

»Noch nicht«, erwidert sie.

In Kanada fliegt sie Farmen an, kehrt mit Kisten voller Premiummarken zurück und erfährt nebenbei mehr über das Geschäft. Barclay hat ein komplexes Netz aus Lieferketten gespannt. Er kauft bei Mittelsmännern ein, die den Alkohol ganz legal bei Schnapshändlern in Saskatchewan, Alberta, British Columbia und Manitoba erwerben. Er unterhält Beziehungen zu Whiskey-Exporteuren in Schottland und Importeuren in Kanada, zu Gesetzgebern und Gesetzeshütern. Er hat Anwälte in Helena, Spokane, Seattle und Boise sitzen, die seine Spuren verwischen und seinen Handlangern aus der Klemme helfen, wenn diese gefasst werden.

Als er und Marian an einem Nachmittag in dem grünweißen Haus im Bett liegen, sagt er: »Mir ist bei dem hier nicht wohl.«

»Gerade schien es dir noch zu gefallen.«

»Das ist nicht der Punkt.« Verdrießlich: »Sag doch einfach Ja. Warum warten, wenn du es früher oder später sowieso tust?«

Ein Pessar riegelt ihre Gebärmutter ab. Für sie ist der

Gummistöpsel ein zuverlässiger Verbündeter. Cora aus Miss Dollys Salon hat ihn ihr für einen stolzen Preis besorgt und einen ansehnlichen Batzen davon sicherlich als Provision eingestrichen. »Erst so«, hat sie gesagt und ihn mit Daumen und Zeigefinger zusammengedrückt. »Dann schiebst du ihn dir rein und lässt los. In Stellung bringt er sich von alleine.«

Zu Barclay sagt Marian: »Nur wenn du versprichst, dass ich bis in alle Ewigkeit fliegen darf und niemals Kinder kriegen muss.« Sie sagt es wie im Scherz, nur lächelt er nicht. »Warum können wir nicht so weitermachen«, versucht sie es erneut. »Irgendwann hast du sowieso genug von mir, dann bist du froh, dass ich nur deine Pilotin bin.«

Er bleibt ernst. »Ich muss fast alles im Verborgenen tun. Das hier soll ans Licht, ich möchte, dass unser Verhältnis rechtmäßig wird, ich möchte aus dir eine ehrbare Frau machen.«

»Ich bin nicht ehrbar?« Ihre Gekränktheit überrascht sie selbst.

»Ich möchte, dass du abgesichert bist und in der Welt ein gewisses Ansehen hast.« Er berührt ihre Wange. »Ich möchte nicht, dass dich ein anderer so sieht, wie ich dich bei unserer ersten Begegnung gesehen habe.«

»Ich dachte, ich hätte dich fasziniert.«

»Das hast du. Tust du. Aber das hatte nur mit uns beiden zu tun. Hätte dich irgendein anderer bei Miss Dolly gesehen, er hätte falsche, schmutzige Schlüsse gezogen, aber ich habe hinter deine Verkleidung geblickt.« Er stützt sich auf einen Ellbogen. »Ich musste derjenige sein, der dich dort sieht. Das weiß ich. Und ich habe jemanden gesehen, der dort nicht hingehörte, der mich braucht, auch wenn er es noch nicht wusste. Zuerst war ich froh, weil ich dachte, du bist eine Hure, und ich kann dich haben. Doch als mir aufgegangen ist, dass du keine bist, war ich richtig erleichtert. Ich wollte nicht, dass dich ein anderer hat.« Er dreht sich auf den Rücken, zieht sie an sich, sodass ihr Arm über seiner Brust und ihr Bein über seinem Oberschenkel liegen. »Und was hast du gesehen? Bei unserer ersten Begegnung?«

»Einen Fremden.«

»Mehr nicht?«

»Doch.« Sie will nicht mehr über Miss Dollys Salon reden, wünscht sich, er würde der Geschichte nicht so viel Bedeutung beimessen. Ihre Hand wandert zu seinem Schritt, sein Atem wird schwerer.

»Was noch?«

»Ich sah einen Mann, der mich seinen Doppeldecker fliegen lassen wird, so oft ich will, für immer und ewig.«

»Ja«, sagt er, meint aber das, was ihre Hand tut.

Eigentlich hatte sie geglaubt, er würde das Interesse an ihr verlieren, sobald er sie gepflückt hätte und sie für ihn keine Fantasie mehr wäre. Doch so ist es nicht gekommen. Im Gegenteil. Ihre Begeisterung für Sex hat bei ihm bewirkt, dass er nur noch hartnäckiger auf einer Hochzeit beharrt. Er scheint auf den körperlichen Akt an sich eifersüchtig zu sein. Als sie wegen Schlechtwetters zu einer zweiten Übernachtung in Kalispell gezwungen waren und im Bett langsam zueinanderfanden, hatte er Marian mit blankem Erstaunen angestarrt, als sie sich um ihn herum zusammenzog und erzitterte. Er hatte gefragt, wieso sie das konnte, und sie hatte überrascht getan und behauptet, es sei einfach so passiert. Er hatte ihr erklärt, dass nicht alle Frauen zu einem Höhepunkt in der Lage wären und vor allem nicht alle Männer in der Lage wären, dieses Phänomen hervorzurufen. Sie sei in beiderlei Hinsicht vom Glück gesegnet.

Dann hatte er sie erneut gefragt, ob sie schon mal mit einem Mann zusammen gewesen sei, und gesagt, es sei in Ordnung, falls dem so wäre, er wolle nur die Wahrheit wissen. *Nein*, hatte sie erwidert. *Nur mit dir.* Eine andere Antwort wäre nicht infrage gekommen.

Er schlingt einen Arm um sie, legt die Hand fest auf ihr Gesäß. »Du hast den Mann gesehen, den du heiraten wirst«, sagt er, die Augen halb geschlossen.

»Vielleicht«, erwidert sie, »aber nicht in naher Zukunft.«

Danach werden die Verhandlungen schweigend weitergeführt und von jedem anders ausgelegt.

Manchmal denkt sie, sie sollte Barclays Antrag einfach annehmen, damit endlich Ruhe ist. Es gibt weit Schlimmeres als einen Ehemann, der ihren Körper in Erregung versetzt, der Geld besitzt und ihr das Fliegen überhaupt erst ermöglicht hat. Doch die ungeklärte Kinderfrage lässt sie zögern – das und ein unbestimmtes Unbehagen.

Im August muss er für ein paar Wochen weg. Nach seiner Rückkehr fragt er, wie weit sie mit ihren Überlegungen sei. Relativ weit, erwidert sie. Wie viel Zeit sie noch brauchen werde? Das wisse sie nicht.

Inzwischen ist sie froh über Jamies Abwesenheit. Weil er nicht da ist, um sich zu sorgen und Einwände zu erheben, und auch Caleb sich rar gemacht hat, kann sie sich leichter einreden, es gäbe nichts, worüber man sich sorgen, wogegen man Einwände erheben müsste. Wallace stellt sich blind, wenn sie nachts nicht zu Hause ist. Meistens sitzt er ohnehin nur in seinem Atelier, trinkt und hört Musik.

Sie wünscht sich, Jamie würde nach Hause kommen, aber auch, dass er wegbleibt.

Ja und Nein

Neun

Ich brauchte drei Tage, um Marians Buch, Carol Feiffers Buch, das Drehbuch der Day-Brüder und noch einmal Marians Buch zu lesen. Ich hatte sonst nicht viel zu tun und war die Reality-Sendungen leid. Meist las ich im Bett, obwohl ich jeden Morgen und jeden Abend badete und auch in der Wanne las, wobei ich mein schlechtes Gewissen angesichts der furchtbaren Dürre verdrängte. Von etwas verschluckt zu werden – von Marians Gedanken, Carols atemloser Prosa, dem Badewasser – war angenehm und ursprünglich, geradezu amniotisch. Irgendwie würde ich aus diesem besonderen Moment wieder auftauchen müssen, aber die Frage war, in was ich dann gelangte. Der Schwebezustand war angenehm, solange ich mir einreden konnte, dass er niemals enden musste, solange ich mich im Unbekannten verstecken, Schrödingers Katze der Casting-Entscheidungen sein konnte, Marian und nicht Marian zugleich.

Am zweiten Nachmittag kam Hugo unter dem Vorwand vorbei, über die Bücher und das Skript zu »diskutieren«, doch ich wusste, dass er mich überreden wollte, und er wusste, dass ich es wusste, und wahrscheinlich auch, wie geschmeichelt ich war und wie sehr ich diese Schmeicheleien brauchte. »Die Figur ist der Traum jeder Schauspielerin«, sagte er ganz beiläufig über Marian, als hätte die Bemerkung nichts mit unseren Geschäften zu tun. »Sie ist auf Fakten gegründet und bietet dennoch größtmögliche Freiheit.« Hugo besaß eine ausgezeichnete Intuition und wusste sicher, dass ich mich sträuben würde, wenn er zu viel Druck ausübte. Aber er wusste auch, dass ich mir tief im Innern verzweifelt wünschte, von jemand anderem zu hören, was ich tun sollte. Ich weiß nicht, warum er sich die Mühe machte. Es gab bessere Schauspielerinnen, zuverlässigere Schauspielerinnen, Schauspielerinnen, die mehr wie Marian Graves aussahen. Er hatte wohl einfach Spaß daran, andere dazu zu bringen, zu tun, was er wollte, während er selbst nur tat, was *er* wollte, darunter subversive Dinge wie Menschen zu engagieren, die in Ungnade gefallen waren.

Am dritten Nachmittag rief Siobhan an, die spitzgekriegt hatte, was sich da zusammenbraute, und beschlossen hatte, dagegen zu sein. »Ich möchte nicht, dass wir übereilte Entscheidungen treffen«, sagte sie. »Wir sollten abwarten, bis Gras über die Sache gewachsen ist.«

»Es scheint aber ein gutes Projekt zu sein, oder? Und eine gute Rolle?«, sagte ich im Schmeichelton. Im Grunde war ich mir gar nicht so sicher, dass es ein gutes Projekt war, wollte aber nicht, dass Siobhans Meinung gegen Hugos stand. Ich wollte einen Konsens. Ich wollte eine Stimme von ganz oben.

»Dass ich zögere, liegt mehr am Timing«, sagte sie. »Ich möchte nicht, dass wir die erstbeste Gelegenheit ergreifen und sie dich nur als Werbegag benutzen. Ich will nicht, dass du dich zum Affen machst.«

»Hugo sagt, wir machen uns immer zum Affen. Das sei der Sinn unseres Berufs. Bist du dagegen, weil sie so wenig zahlen?«

»Nein.« Die Antwort kam zu schnell. Sie hielt inne, und ich spürte, wie sie sich neu orientierte. »Also – es kommt mir nach allem, was ich weiß, einfach so vor, als würden zu viele Leute zu viel von diesem Projekt erwarten. Die *Vision* dahinter wirkt diffus.«

»Du meinst also, ich soll es lassen.«

»Ich meine, du solltest dich fragen, was du dir davon versprichst. Warum gerade dieses Projekt?«

Ich sah mich in einem Flugzeug über den Ozean fliegen. Ich sah mich über eine eisige Ödnis blicken. Die Version von *Peregrine*, die ich mir ausmalte, war gut, sogar großartig, aber ich konnte nur Fragmente heraufbeschwören, blitzartige Bilder von mir selbst, unterlegt mit anschwellender Musik wie in den Clips, die sie für Filmtrailer zusammenschneiden, damit irgendein mieses, hochgestochenes Drama groß und wichtig aussieht. Ich sah, wie ich meinen Oscar in die Höhe reckte. Doch wenn es tatsächlich dazu kam, was bliebe mir dann noch zu wünschen übrig? Oder was, wenn Siobhan recht hatte und ich nur hilfsbedürftig war, mich ausnutzen ließ und meine einzige Chance auf ein Comeback verschwendete? Ich sah die Zukunft wie mit einer Augenbinde.

Ich hatte den Psychiater gefragt, ob der leuchtende Tiger beängstigend sein sollte, und er hatte geantwortet, das Selbst könne sich bisweilen gefährlich anfühlen. Ich hatte gesagt: »Also bin ich der Tiger.«

Und er: »Ja.« Und dann: »Und nein.«

Am Ende sagte ich Ja zu Marian, weil Ja einfacher ist als Nein. Ja ist ein Beschleuniger, ein Rausch. Man lebt nur einmal. Ich rief Hugo persönlich an, worauf er sagte, das seien wunderbare Neuigkeiten, er sei *hingerissen* und werde sich umgehend um einen Termin fürs Vorsprechen kümmern, und ich ließ mir nicht anmerken, dass ich angenommen hatte, ich müsste nicht vorsprechen.

Vor meinem zweiten Vorsprechen für Katie McGee war ich tagelang in der Rolle geblieben wie ein Daniel Day-Lewis im Mädchen-BH, als wäre Katie McGee eine echte Figur und nicht nur eine gut verkäufliche Mischung aus Frühreife und Frechheit. An jenem Tag hatte mich Mitch persönlich ins Studio gefahren. Damals hatte man mir noch nicht gesagt, ich solle etwas manifestieren, aber ich manifestierte Katie McGee bis zum Gehtnichtmehr. Als ich den Raum betrat, strahlte ich mehr Katie McGee aus als während der gesamten Laufzeit der Serie. Ich war purer, unverfälschter, couragierter Charme, und als ich sah, wie die Leute im Studio förmlich aufleuchteten und Blicke wechselten, während ich meinen Text sprach, spürte ich eine weißglühende Freude in mir ähnlich der Fusion im Inneren der Sonne, die nach außen strahlte und die Gesichter der Erwachsenen hinter ihrem Tisch erwärmte. Zum ersten Mal im Leben hatte ich das Gefühl, vollkommen dazuzugehören, etwas genau richtig zu machen, sicher zu sein, dass ich bekommen würde, was ich wollte.

Ich hatte die Hoffnung aufgegeben, je wieder so zu empfinden, doch als mir klar wurde, dass ich die Rolle der Marian nicht in der Tasche hatte, wollte ich sie plötzlich tausendmal mehr als vorher. Ich vertiefte mich in sie. Ich lief durch mein Haus, wie sie es meiner Vorstellung nach getan hätte. Ich schaute selten in den Spiegel, weil sie meiner Vorstellung nach Eitelkeit verachtete. Ich lümmelte und fläzte mich in Sesseln. Ich fing an, bedächtig zu sprechen und nicht wie ein südkalifornischer Dummi, was Augustina – von mir unbeabsichtigt – glauben ließ, ich wäre sauer auf sie. Ich versuchte, alles so zu tun, wie Marian es getan hätte, selbstbewusst und eigenständig zu sein. Ich googelte, was das Zeug hielt, sah mir jedes Foto von ihr an, das ich finden konnte, und die wohl einzige kurze Filmaufnahme, die es von ihr gab: Marian und Eddie Bloom, der Navigator, steigen nach einem Testflug in Neuseeland aus dem Flugzeug; er grinst; sie steckt die Hände in die Taschen; sie schauen einander an; sie schaut zum Flugzeug. Es gibt Nahaufnahmen, in denen Marians Augen von der Kamera weggleiten und er robust und freundlich wirkt. In Carol Feiffers Roman ist Eddie in Marian verliebt, die seine Gefühle nicht erwidert, da sie von ihrem Kindheitsfreund Caleb besessen ist, und ich untersuchte die Aufnahmen minutiös auf etwaige Spannungen. Sie lächelte zurückhaltender als er, und wenn sie einander ansahen, erkannte ich zwar eine grundlegende stumme Kommunikation, nicht aber deren Natur. Sie sagten sich etwas, doch es war verschlüsselt, ihnen allein zugänglich.

Und da war noch etwas. Hugo hatte mir (angesichts meiner Familiengeschichte) behutsam vorgeschlagen, eine Flugstunde zu nehmen, und ich hatte Nein und dann Okay und dann wieder Nein gesagt. Dann Vielleicht. Er sagte, ich könne darüber nachdenken, doch er werde für den Fall der Fälle einen Termin vereinbaren und den Fluglehrer dazu bringen, eine Vertraulichkeitsvereinbarung zu unterschreiben. Die Möglichkeit war also da. Ich versuchte, an die Flugstunde zu denken, wie Marian es getan hätte, mich in einen Menschen zu versetzen, der tatsächlich ein Flugzeug fliegen wollte. Ich hatte keine Angst vor dem Fliegen an sich, davor, in der Luft zu sein. Ich wurde auf Flügen nicht nervös. Ich verband diese Erfahrung, dieses weiße Rauschen, nicht mit dem Sturz meiner Eltern in einen riesigen, eiskalten See. Ich musste mir keine Statistiken aufsagen oder mich mit Meditation beruhigen oder mir die vertrauenswürdige Physik des ganzen Unternehmens vergegenwärtigen. Aber wenn ich mir vorstellte, selbst ein Flugzeug zu fliegen, dachte ich nur an Absturz.

Hugos Leute hatten die Stunde frühmorgens angesetzt, um der Presse im Besonderen und anderen Menschen im Allgemeinen zu entgehen. Noch vor der Morgendämmerung lief ich in der Küche auf und ab, angezogen und startklar, das Handy fest umklammert, getrieben von dem verzweifelten Drang, die Stunde abzusagen, tat es dann aber doch nicht. Ich hatte kaum geschlafen. Dann fuhr M. G. den Wagen mit eingeschalteten Scheinwerfern vor, und ich stieg ein und saß wie gelähmt im unaufhaltsamen Vorwärtsdrang des Ja, das ich nie ganz ausgesprochen hatte.

Der Fluglehrer hatte dichtes graumeliertes Haar, das an einen Dachs erinnerte, einen breiten goldenen Ehering und eine Pilotenbrille in der Brusttasche, um für den Sonnenaufgang gerüstet zu sein. Er ließ sich von mir offenbar nicht aus der Ruhe bringen. Er ging um das Flugzeug herum und erklärte mir die ganzen Teile. Die Cessna sah klobig und ernsthaft aus, cremefarben mit zwei braunen Streifen und einem einzelnen Propeller. Der Morgen war bedeckt. Die langen Grasstreifen zwischen den Start- und Landebahnen des kleinen Flughafens waren grau vom Tau.

»Bei einem Einführungsflug wie diesem«, sagte der Pilot, »heben wir ab, steigen über den Meeresnebel und fliegen ein bisschen herum. Ich erkläre Ihnen, was ich mache, und dann können Sie sich ans Steuer setzen, wenn Sie möchten. Hört sich das gut an?«

»Klar«, sagte ich.

Ich klang wohl wenig überzeugend, denn er fragte: »Sind Sie nervös?«

»Ein bisschen.« Er hatte sich anscheinend nicht die Mühe gemacht, mich zu googeln, und wusste nicht, was mit meinen Eltern geschehen war. Er dachte, er könne meine Bedenken wegschmeicheln.

»Dazu gibt es keinen Grund. Ich mache das jeden Tag. Ich erkläre Ihnen jeden Schritt, und Sie müssen nichts tun, was Ihnen nicht behagt. Abgemacht?«

Normalerweise hätte mich seine Lehrer-Trainer-Masche genervt, doch diesmal fand ich sie beruhigend. »Abgemacht«, sagte ich, und er strahlte mit geschlossenem Mund.

Die Sitze im Cockpit waren aus bourbonfarbenem Leder, abgenutzt und rissig. Die Türen wurden mit Hebeln verriegelt, die zu schwach schienen, um den Himmel draußen zu halten, und die Sicherheitsgurte waren schlaffe Nylonbänder, die sich nicht von selbst aufrollten. Wir setzten grüne Plastik-Headsets auf, deren Muscheln sich wie Fliegenaugen wölbten und durch die ich die blechern näselnde Stimme des Piloten hörte, während der Motor lärmend warmlief. Er erklärte mir die Instrumente und zeigte auf das Armaturenbrett, aber ich hörte nicht richtig zu, da ich keineswegs vorhatte, jemals Pilotin zu werden. Was meine Aufmerksamkeit erregte, war das leichte Seitwärtsruckeln der Maschine, das durch den kreisenden Propeller hervorgerufen wurde. Ich wusste, dass das Flugzeug weder Verstand noch Gefühle besaß, dass es nicht zu Eifer fähig war, und doch verströmte es die eifrige Bereitschaft eines Rennpferds in der Startmaschine oder eines Boxers kurz vor der Glocke, die Bewegung von etwas, das gefangen war und wusste, dass es gleich frei sein würde.

Der Pilot rollte an und gab Gas, löste uns von der Landebahn und stieg hinauf in pulsierende graue Wolken. Der Propeller dröhnte; meine Achselhöhlen kribbelten. Ich verhielt mich ganz still, als wäre das Flugzeug ein verängstigtes Tier, das ich nicht erschrecken wollte. Der Pilot redete, aber ich konnte mich nicht auf seine Worte konzentrieren. Als wir in den Himmel auftauchten und die Sonne blitzartig mit uns emporzogen, sagte er: »Da ist sie!«

Über dem Meer und der Küste lag eine Matte aus weichem Grau, aus der Berggipfel wie Inseln ragten. »Das ist Catalina«, sagte der Pilot und zeigte darauf. Einige waren tatsächlich Inseln.

Er ließ das Flugzeug langsam steigen und sinken, wendete es nach rechts und nach links und erklärte mir, wie man Kurven ausbalancierte, dass man nicht nur mit den Händen lenkte, sondern auch das Ruder mit den Füßen kontrollierte. Schließlich fragte er mich, ob ich es versuchen wolle. »Nehmen Sie die Hände ans Steuerhorn«, sagte er. »Nicht drehen, versuchen Sie nur, geradeaus und waagerecht zu fliegen.«

Ich legte die Hände ans Steuerhorn. Die Unsicherheit war überwältigend.

»Gut«, sagte der Pilot. »Hadley, wenn Sie möchten, können Sie es sanft zurückziehen, dann geht das Flugzeug hoch.«

Zuerst zog ich so zaghaft, dass ich eigentlich gar nicht zog, und es passierte auch nichts. Ich zog fester. Die Windschutzscheibe neigte sich nach und nach zum Himmel, und ich spürte, wie die Erde hinter mir steil abfiel und mich nach unten saugte.

Ich riss die Hände weg. »Ich will das nicht«, sagte ich.

»Okay«, sagte der Pilot, dem Ausraster offenbar nicht fremd waren, und übernahm ruhig wieder das Kommando. »Okay, aber Sie haben es gut gemacht. Sie haben dem Flugzeug befohlen zu steigen, und es ist gestiegen.«

Ich sagte: »Ich mag das Gefühl nicht.«

Er schüttelte den Kopf. »Das beste Gefühl der Welt«, sagte er.

Zehn

Beim Vorsprechen erwartete mich Sir Hugo, zusammen mit Ted Lazarus, dem Chef von Sun God Entertainment, dessen Frau von Gavin du Pré gevögelt worden war, Bart Olofsson, dem Regisseur, und einer Casting-Direktorin, die namenlos bleiben soll, aber sehr gefürchtet ist und mit den rosa Keds und den roten Stachelhaaren wie die schrille Tante von irgendjemandem aussieht. »Wie geht es Ihnen, Hadley?«, fragte sie, und ihr ernster Tonfall verriet mir, dass sie *Archangel* und Oliver meinte.

»Super«, sagte ich. »Ich freue mich sehr darauf, für Sie zu lesen.«

Ein Assistent bediente eine Kamera auf einem Stativ. Auf den billigen Plätzen (einem Bürostuhl mit Rollen) saß ein enthusiastisch wirkender Hipster mit dunklem Bart, goldgerahmter Retrobrille und Haaren, die gerade lang genug waren, um sie hinter die Ohren zu stecken. »Das ist Redwood Feiffer«, sagte Hugo. »Ich hatte ja erwähnt, dass er auch produziert.«

»Fantastisch, Sie kennenzulernen«, sagte Redwood und sprang auf, um mir die Hand zu schütteln. »Ich bin ein Riesenfan von Ihnen.«

Irgendwann hatte Sir Hugo angefangen, Siobhan zu umwerben, und da Umwerben eine seiner Stärken ist, hatte sie sich erweichen lassen. Dass ein reicher junger Naivling an dem Projekt beteiligt war, hatte dazu beigetragen, dass sie sich nun doch dafür erwärmen konnte. »Diese obskuren historischen Fußnoten bringen *wirklich* guten Content«, hatte sie mir gegenüber eingeräumt. »Und die Day-Brüder *haben* einen Lauf.« Die ganze Familiengeschichte könne ein interessanter PR-Ansatz sein: Redwood, seine Mutter, die Romanautorin, und seine Großmutter, die Verlegerin.

Genau wie Sir Hugo hatte sie von den *Feiffer*-Feiffers gesprochen. »Und deine eigene Geschichte …« Sie war abrupt verstummt.

»Ja«, hatte ich gesagt.

»Die verlorenen Eltern. Das ist ein unglaublicher Zufall. Das soll jetzt aber nicht herzlos klingen.«

»Eigentlich ist es kein Zufall«, hatte ich geantwortet. »Es ist ein Grund.«

»Ein Grund wofür?«

»Das hier zu machen. Hugo sagt, es sei Schicksal.«

»Natürlich sagt er das.«

Nachdem ich beim Fliegen völlig versagt hatte, war ich noch entschlossener, Marian zu spielen. Ich brauchte das befreiende Gefühl, jemand zu sein, der keine Angst hatte. Es half, dass sie mir nicht völlig fremd war, dass wir beide Produkte von Verschwinden und Verwaistheit und Vernachlässigung und Flugzeugen und Onkeln waren. Sie war wie ich, aber auch wieder nicht. Sie war unheimlich und unergründlich bis auf wenige Konstellationen, die ich von meinem eigenen Himmel kannte.

Ich bedachte Redwood Feiffer mit dem Lächeln, das man Geldgebern schenkt. Nicht offen verführerisch, aber auf dem Weg dorthin. »Sie stehen auf *Archangel*?«

»Hundertprozentig.« Ich glaubte an einen Scherz, doch er beugte sich auf seinem Drehstuhl vor und sagte ernsthaft: »Die Filme sind wunderschön gemacht und wirklich romantisch. Außerdem faszinieren mich alle Dinge, die sich zu Phänomenen entwickeln. Das *Warum*, wissen Sie? Was ist es, das bei so vielen Menschen einen Nerv trifft? Wenn es passiert, wirkt es im Nachhinein so intuitiv, als könnte man die Leere, die gefüllt wurde, deutlich erkennen, während der eigentliche Trick darin besteht, die Leere zu entdecken, wenn sie noch eine Leere ist.«

»Die Milliarden-Dollar-Leere«, sagte Hugo. »Hoffen wir, dass es eine Leere in Form einer verschollenen Pilotin gibt.«

»Okay«, sagte Ted Lazarus, »sollen wir loslegen?«

Als Filmstar ist man im Grunde eine gut aussehende Hohlbirne, die mit Porträtfotos die Runde macht, aber die Leute sehen nicht die Hohlbirne. Sie sehen die Summe der Figuren, die man gespielt hat: eine Frau, die durch die Zeit gereist ist, die ein schöner, mächtiger Mann zum Objekt seiner unsterblichen Hingabe erwählt hat, die von ihrem Vater Russell Crowe vor Terroristen gerettet wurde. Man gewinnt an Gewicht und Bedeutung. Es ist wie der Tanz der tausend Schleier, nur dass man sich mit jeder Rolle in einen *weiteren* Schleier hüllt, sich selbst verbirgt. Und doch wirkt es verführerischer als jeder Striptease.

»Bereit, wenn du es bist«, sagte Hugo. Er würde die anderen Rollen lesen.

»Bereit«, sagte ich.

Ich sah auf den Boden, die blaugraue Auslegware, und als ich aufblickte, schien der Konferenzraum weniger greifbar, verschwommener, als vermischten sich Bilder von ihm mit Bildern aus einem anderen Leben. *Manifestieren, manifestieren.* Die Erinnerung an die Cessna flackerte auf und erlosch. Ich sah die Leute am Tisch nicht an, spürte aber, wie sich mein Leuchten auf ihren Gesichtern spiegelte. Ich kauerte in einem Zelt in der Antarktis, während ein Schneesturm tobte, und Hugo war Eddie Bloom, und wir redeten darüber, was passieren würde, wenn wir nach Hause kämen, beschrieben, was wir essen würden. Ich sagte, dass ich ihn liebte, obwohl das eigentlich nicht stimmte, ich liebte ihn nicht so wie er mich. Aber das war egal, denn wir glaubten ohnehin nicht, dass wir überleben würden.

»Niemand wird uns jemals finden«, sagte er.

»Wir werden nicht einfach verschwinden«, sagte ich. Ich wusste, dass es gelogen war, auch wenn ich es nicht wollte.

Millionaire's Row

Seattle
Mai 1931
Zwei Monate, bevor Marian mit Barclay über den Glacier Nationalpark fliegt

In einem Tunnel klammerte Jamie sich an die Kante eines Güterwaggons, während heiße, schwefelige Dunkelheit ihn von allen Seiten bedrängte. Weit entfernt wirkte das Licht der Scheinwerfer, die den Zug hinter sich herzogen wie den Schweif eines Kometen. Sobald du denkst, der Zug wird langsamer, hatten ihm die Tramps in Spokane geraten, tippst du ein paar Mal mit dem Fuß auf den Schotter und prüfst, wie schnell er ist. Am besten noch vor der Union Station abspringen. Die Aufpasser da sind nicht zimperlich. Die stecken dich in den Knast oder verdreschen dich oder beides.

Noch in Idaho war Jamie auf einem Rangierbahnhof wach geworden, weil ihn der Schlagstock eines Aufpassers quer über die Schienbeine traf. Auf eine weitere Begegnung konnte er gut verzichten.

Wie er gehört hatte, konnte man in einem langen Tunnel leicht ersticken, aber die Tramps meinten, er würde schon durchkommen.

Das Rattern und Keuchen wurde langsamer. Er ging in die Hocke, bis seine Zehen die Schottersteine streiften. Immer noch zu schnell. Ein Kreischen, vermutlich die Bremse, er versuchte es erneut. Diesmal schien der Boden nach seinem Fuß zu schnappen, ihn vom Wagon zu zerren. Er fiel, landete hart, rollte sich weg. Immerhin hatte sein Rucksack den Aufprall ein wenig abgefedert.

Geh durch den Tunnel, hatten die Tramps gesagt. Irgendwann findest du den Ausgang.

Sich mit einer Hand an der Wand entlangtastend, torkelte und humpelte er durch die Dunkelheit, bis seine Finger gegen eine Metalltür stießen. Dahinter eine Leiter. Nach einer Luke und einem weiteren Tunnel trat er hinaus in die kalte Luft, unter einen grauen Himmel und in die größte Stadt, die er je gesehen hatte. Gewaltige Gebäude trugen Kragsteine und Pilaster wie Orden an der geblähten Brust, auf den Schultern Gesimse wie Epauletten. In den breiten Straßen ein Gewimmel aus Autos und Straßenbahnen. Schilder priesen lautstark an: Schnellrestaurant, Schneidereien, Matratzen, Coca-Cola, Zigarren, Krabbenfleisch in Dosen, alles, was man verkaufen konnte. Ein vorbeigehender Mann im Anzug tippte sich an die Stirn und sagte: »Sie bluten, junger Mann.«

Jamie spuckte auf sein Taschentuch und rieb sich im Weitergehen über Schädel und Wangen. Danach waren auf dem schmuddeligen Baumwollfetzen Flecken von Ruß und Blut.

Gebäude mit Wohnungen, Büros und Kirchen marschierten reihenweise den Hügel hinauf, aber Jamie ging bergab, zum Wasser. Nachdem sein Entschluss gefallen war, Missoula den Sommer über zu verlassen, hatte der Pazifik ihn zu sich gelockt, nun lag er endlich vor ihm, öliggrau, von Möwen gepiesackt. An den Molen drängten sich Schiffe und Boote. Auf einem strandähnlichen Streifen Sand, übersät mit zerbrochenen Muscheln und verrottenden Algen, tunkte er das Taschentuch ins Wasser, wischte sich übers Gesicht und zuckte vom salzigen Brennen zusammen. Er hatte die Geschichte mit Marian und Barclay Macqueen nicht mitansehen wollen, hatte die Nase voll gehabt von der ständigen Sorge um Wallace und dessen Bemühen, seinen permanent betrunkenen Zustand zu kaschieren, indem er sich übertrieben bedacht bewegte und kindisch hochmütig ausdrückte.

Jamie blieb noch nicht einmal mehr die Flucht in seine Freundschaft mit Caleb. Auch die hatte Marian in etwas anderes verkehrt. Sie und Caleb hatten zwar nie auf ihre heimlichen Treffen angespielt, aber Jamie hatte davon gewusst und auch mitbekommen, dass sie nicht mehr stattfanden. Er war in mancher Hinsicht immer der unwichtigste Schenkel ihres Dreiecks gewesen, aber in einem Punkt doch unverzichtbar: Marian und Caleb brauchten einen Puffer, um sich einreden zu können, dass sie kein Paar waren. Obwohl er nicht glaubte, dass sie ein richtiges Paar waren – oder jemals sein sollten. Nein. Aber die Wildheit, die in ihrer Kindheit in jedem von ihnen gesteckt hatte, hatte sich zwischen Marian und Caleb zu einem Dickicht verwachsen, stachelig wie Brombeerranken und unentwirrbar verschlungen. Sie waren ein Paar, so wie es einige Dinge ihrer Natur nach sind, und sobald sich ein Paar zusammengefunden hatte, blieb alles andere (er, zum Beispiel) zwangsläufig außen vor. Natürlich waren Marian und er selbst ebenfalls ein Paar, nur waren sie als Zwillinge so fest aneinander gebunden, dass man ihr Bündnis als gegeben ansehen und somit leicht übersehen konnte. Wenigstens schien Marian so zu denken.

Er ging stundenlang bergan (es schien nur diese Richtung zu geben), hielt Männer in Arbeitskleidung an und fragte, ob sie von einer Zimmervermietung wüssten, klopfte an Türen, bis er eine einigermaßen billige Pension fand, in der man ihn trotz getrocknetem Blut und allem aufnahm.

»Wissen Sie, wo ich hier Arbeit finden kann?«, fragte er die Besitzerin, nachdem sie ihm die Abstellkammer von einem Zimmer gezeigt hatte, dessen winziges Fenster vor Schmutz fast blind war.

»Viel Arbeit ist hier nicht zu finden.«

Das entpuppte sich als allzu wahr. Es waren einfach zu viele Menschen auf der Suche, ganze Scharen von finsteren Männern mit finsteren Geschichten von aufgegebenen Farmen und Häusern und meistens auch mit einer Familie, die es zu ernähren galt. Jamie hatte sich vorgestellt, man würde ihn auf den Docks oder Fischerbooten anheuern, und wohl auch insgeheim vage gehofft, dort vielleicht einen Hinweis auf den Verbleib seines Vaters zu erhalten oder durch ein Wunder gar auf ihn zu stoßen. Doch so groß und kräftig er für sein Alter auch war, er war nicht so groß und kräftig wie die meisten Männer, die den Hafen abklapperten, und auch nicht verzweifelt oder aggressiv genug, um sich in der wartenden Menge vorzudrängeln, sobald die Bosse auftauchten und nach Hilfskräften Ausschau hielten.

Er blickte in die Gesichter der Männer, die von den Schiffen stiegen, wartete auf ein Wiedererkennen. (War es wirklich die Anziehungskraft des Meeres, die ihn nach Westen gelockt hatte? Oder war es der Gezeitensog seines Vaters gewesen?) In einer Kaffeestube bei den Docks bestellte er eine Tasse Kaffee und fragte zögernd herum, ob jemand Addison Graves kenne. Alle schüttelten den Kopf, nur ein Mann mit fleischigem Gesicht überlegte laut, woher er den Namen kannte, schnippte dann mit den Fingern und sagte: »Käpt'n Feigling!«

Nach ein paar Tagen gab Jamie die Suche bei den Docks auf. Nachdem er begriffen hatte, wie groß die Stadt war und wie viele Schiffe im Hafen lagen, kam ihm der Wunschtraum, seinen Vater dort zu finden, reichlich albern vor. Es war abwegig gewesen anzunehmen, dass er Addison erkennen würde oder dieser überhaupt noch am Leben wäre. Falls ja, hätte er auch auf Tahiti oder in Kapstadt leben können. Oder in Tacoma, das zwar nur fünfzig Kilometer von Missoula entfernt war, aber ebenso gut auf dem Mond hätte liegen können.

An einem Tag nahm Jamie die Fähre nach Norden, nach Port Angeles. Von der Reling aus beobachtete er, wie der Bug das Wasser bis aufs weiße Mark zurückschob. Warum heuerte er nicht auf einem Schiff an und schickte Marian und Wallace aus China oder Australien eine Karte? Hatte sein Vater auch das Gefühl gehabt, alles sei möglich? Oder lockte ihn etwas anderes? Die Möglichkeit, ebenfalls eine Leerstelle zu werden? An Bord eines Schiffes würde er nicht verhindern können, dass Marian sich mit Barclay einließ und Wallace noch mehr Schulden anhäufte. An Land konnte er zwar auch kaum etwas dagegen ausrichten, aber dort saß ihm die Verpflichtung, es zumindest zu versuchen, im Nacken. Vielleicht würde sich diese Verpflichtung auf See bis zum Zerreißen zerdehnen.

Doch auf der Rückfahrt blies ein kalter Wind, das Wasser war aufgewühlt und dunkel, und er stellte sich vor, er wäre auf See verschollen und Marian würde nie erfahren, was ihm zugestoßen war. Er konnte sie nicht allein lassen. Sie würde ihn mit Sicherheit schon bald allein lassen, aber er wollte den Verlust lieber ertragen, als ihn herbeizuführen.

Er versuchte es bei mehreren Konservenfabriken, doch Arbeit gab es keine. Er versuchte es bei einem Stahlwerk, einem Holzlager, einem Großmarkt. Nichts. Jeden Abend zählte er sein schwindendes Geld, das er mit dem Verkauf seiner Aquarelle verdient und, im Kleinen, von Marian gestohlen hatte. Jeden Abend rechnete er aus, wie lange er noch bleiben konnte.

Nach zehn wolkenverhangenen Tagen brach ein klarer Samstagmorgen an. Hinter dem Kreis, den Jamie in dem kleinen Fenster freigewischt hatte, ragte die gigantische, schneeweiße Krone des Mount Rainier ins Blaue.

Ein solch schöner Tag schien zu kostbar, um ihn mit dem vergeblichen Gebettel um Arbeit zu vergeuden, deshalb nahm er die paar Cents, die er normalerweise für seine tägliche Essensration verwendete, und bezahlte damit die Straßenbahn zum Woodland Park. Er schlenderte vorbei an einem Riesenrad, einem kleinen Zoo, einer Reihe Schießbuden. Unter einem Baum legte er sich ins Gras und beobachtete die vergnügten Menschen. Nicht jeder hatte alles verloren. Nicht jeder hoffte von früh bis spät, irgendwo Sardinen in Dosen stopfen zu dürfen. Es gab noch Menschen, die sorglos lachend im Sonnenschein spazierten, und statt es ihnen zu missgönnen, freute Jamie sich, weil sie ihm die Möglichkeit eines solchen Lebens vor Augen führten.

Bald baute ein Mann neben dem Eingang des Zoos zwei Stühle und eine Staffelei auf. Bei einem fliegenden Händler erstand er einen Luftballon, den er an seiner Staffelei befestigte, bevor er ein Schild aufstellte: KARIKATUREN 25 CENTS. Wenige Minuten später näherte sich ein junger Vater mit seiner kleinen Tochter, die dann zappelnd auf dem Stuhl Modell saß, bis ihr der Maler die Zeichnung schwungvoll präsentierte. Der Vater gab ihm eine Münze. Im Verlauf einer Stunde verkaufte der Künstler drei weitere Porträts. Ein Dollar! Beim nächsten Kunden trat Jamie wie zufällig hinter den Maler und schaute auf die Staffelei. Das Gesicht des Modells war wiederzuerkennen, nur waren die Augen übertrieben groß und der Mund zu einem breiten Grinsen verzogen.

Noch am selben Tag kaufte Jamie mit seinem vorletzten Geld einen dicken Block Zeichenpapier und eine Schachtel Kohlestifte. Ein notwendiges Wagnis. Zum Sitzen besorgte er sich zwei Apfelkisten. Als Modelle für seine Probeporträts rekrutierte er abends eine Handvoll Gäste aus der Pension, und am nächsten Morgen fuhr er wieder zum Woodland Park. Er wählte einen Platz neben dem Green Lake, weit weg vom Zoo, weil er dem anderen Maler nicht das Territorium streitig machen wollte. Seine Probestücke beschwerte er mit Steinen und vor eine Kiste stellte er ein Stück Karton mit der Aufschrift PORTRÄTS, um die er eine Reihe von Menschen im Park gezeichnet hatte: eine Mutter mit Kinderwagen, Kinder mit Luftballons, ein Mann mit Hut, üppig belaubte Bäume, eine Entenfamilie. Viele Porträts hatte er bisher nicht gezeichnet, war aber überzeugt, sie einigermaßen treffend hinzubekommen.

Kurz darauf: sein erster Kunde, sein erster Vierteldollar.

An manchen sonnigen Wochenendtagen verdiente er vier bis fünf Dollar. An manchen grauen Tagen verdiente er gar nichts. Er probierte verschiedene Standorte, verschiedene Parks aus: den Vergnügungspark Playland, den Badestrand am Lake Washington und den an der Bucht gelegenen Puget Sound. Bei Nieselregen stellte er sich beim Pike Place Market unter. Herrschte Flaute suchte er sich irgendein Motiv – Menschen auf Liegestühlen, Kinder auf einem Karussell, Obstverkäufer an ihrem Marktstand – und bot diese Zeichnungen zum Verkauf an.

Jamie gefiel es, dass die Menschen, die er malte, ihm gestatteten, sich ihre Gesichter genau anzusehen. Ihm gefiel es, dass die Leute verletzlich wurden und mehr von sich preisgaben, als sie beabsichtigten. Sie saßen aufrechter da oder sackten in sich zusammen, schauten ihm in die Augen oder stur woandershin. Unter seinem prüfenden Blick wurden sie mehr sie selbst, schien ihr inneres Wesen hervorzubrechen. Wie er herausfand, lag seine besondere Gabe darin, die Modelle nicht nur richtig zu sehen, sondern intuitiv zu erkennen, wie sie selbst gesehen werden wollten, und dann die Schnittmenge daraus zu zeichnen. Seine Bilder schmeichelten weniger dem Gesicht als vielmehr der Seele.

Das schienen die Leute zu mögen.

An einem schönen Julinachmittag wartete er in Woodland Park neben dem Green Lake auf Kundschaft, als eine Gruppe von drei Mädchen in seinem Alter an ihm vorbeispazierte. Alle trugen Sommerkleider, Hüte und Pumps mit Knöchelriemen und strahlten Wohlstand aus. Eine Blonde, drall und vollbusig, führte die Truppe an, mit dem Selbstbewusstsein eines Menschen, der davon ausgeht, dass man ihm folgt. Die anderen blieben ein wenig hinter ihr zurück, beide dunkelhaarig, eine recht klein, die andere recht groß. Die Kleine plapperte munter vor sich hin, während sie gleichzeitig auf einer bunten Zuckerstange kaute. Die Große bewegte die langen Beine zaghaft, als wäre sie auf einer Eisfläche, der sie nicht ganz traute. Sie, die große Dunkle, brachte Jamies Herz fast zum Stillstand. Sie neigte sich zur Seite, beugte das Ohr zu ihrer kleinen Gefährtin hin. Ihre langen, gesenkten Wimpern verliehen ihrem Gesicht einen ruhig-heiteren, geheimnisvollen Ausdruck.

Die drei segelten weiter, eine Flottille der Eleganz, schwebten sie durch die Menschenmenge, den Park, die schweren Zeiten, als sei nichts davon von Bedeutung. Jamie schaute dem Rücken des großen Mädchens mit einem Bedauern nach, als sei ihm etwas Kostbares und Unersetzliches in einen tiefen See gefallen.

»Hej«, sagte jemand. »Was kostet ein Bild von meinem Mädchen?«

Erschrocken drehte Jamie sich um. Ein stämmiger junger Mann wies mit dem Daumen auf eine sauertöpfisch dreinblickende junge Frau mit vor der Brust verschränkten Armen.

»Einen Vierteldollar.«

Die Gesichtszüge des Mannes spannten sich an und erschlafften. »Nee, so dringend braucht sie es nun auch wieder nicht.«

»Eigentlich«, sagte Jamie, »könnte ich etwas Übung gebrauchen. Sagen wir einen Nickel.« In Wahrheit konnte er den Nickel gebrauchen.

»Abgemacht«, erwiderte der Mann, wieder überheblich. Er wühlte in seiner Hosentasche, warf Jamie eine Münze zu. »Der zuerst genannte Preis stimmt nie«, erklärte er seiner Freundin.

»Das Geschäft boomt wohl nicht gerade, was?«, fragte sie beim Hinsetzen.

Er lächelte. »Wenigstens bin ich an einem schönen Tag an der frischen Luft.«

»Ja.« Sie wirkte nicht überzeugt. »Dachte, er lädt mich ins Playland ein, aber er ist zu knauserig.« Sie schielte zu ihrem Freund hin.

Jamie musste achtgeben, dass seine augenblickliche Abneigung gegen das Paar und sein Bedauern über das Verschwinden des großen Mädchens nicht in die Zeichnung mit einflossen. Deshalb nahm er sich vor, nur noch an das Gesicht vor ihm zu denken und ein besonders gutes Porträt der unangenehmen Frau anzufertigen.

Ihre Mundwinkel zog er ein kleines bisschen höher, die

unterschiedlich großen Augen glich er fast an (aber nicht ganz, denn eine zu perfekte Zeichnung eines Menschen kann leicht als Kritik ausgelegt werden) und die verblassten Pockennarben auf ihren Wangen ließ er weg. Was er einfangen wollte, war der Anflug von Schnodderigkeit, vielleicht sogar Humor in ihrem mürrischen Gesicht.

Er war mit der Zeichnung schon recht weit, als die drei Mädchen aus der anderen Richtung zurückgeschlendert kamen. Sein Blick schweifte zu oft ab, und sein Modell wandte den Kopf schließlich in dieselbe Richtung.

»Könnten Sie bitte stillhalten«, sagte er, aber die Mädchen waren bereits auf sie beide aufmerksam geworden. Sie blieben stehen, schauten zu ihm hin, flüsterten.

»Ah, verstehe«, sagte sein Modell. Sie zwinkerte ihm anzüglich zu, aber darunter lag ein Ausdruck von Gekränktheit und Verachtung. Sie winkte die Mädchen zu sich. »Ihr lenkt meinen Maler ab«, rief sie. »Kommt her.«

Die blonde Anführerin kräuselte die Lippen zu einem Warum-nicht? und ging, die beiden anderen im Schlepptau, gemächlich in ihre Richtung. Die Kleine, deren Zuckerstange fast vollständig vertilgt war, stellte sich hinter Jamie und schaute ihm über die Schulter. An das Modell gerichtet, sagte sie: »Das Bild ist gut geworden. Es wird Ihnen gefallen.« Sie stopfte sich den Rest der Süßigkeit quer in den Mund und biss krachend zu.

»Glaube ich kaum«, erwiderte die mürrische Frau. »Bilder von mir gefallen mir nie.«

»Wie lange dauert es denn noch?«, fragte ihr Freund.

»Einen Augenblick«, erwiderte Jamie.

Die Blonde trat nun ebenfalls hinter ihn und schaute ihm über die Schulter. »Wir sollten uns auch porträtieren lassen«, sagte sie. Die Große, Jamies Mädchen, blieb ein paar Schritte entfernt stehen.

»Fast fertig«, sagte Jamie. Dann riss er das Blatt vom Block und gab es seinem Modell.

Ihr Gesicht hellte sich auf. »Gar nicht mal so übel.«

Der Freund lehnte sich über ihre Schulter. »Hej, er hat dich richtig hübsch gemacht.«

»Was kostet eins?«, wollte das Zuckerstangenmädchen wissen.

»Einen Vierteldollar«, sagte der Mann, während seine Freundin aufstand und sich den Hut wieder aufsetzte.

»Ich lade euch ein«, sagte die Blonde. Zu Jamie: »Fang mit Sarah an.« Sie zeigte zur Großen hin.

Und so fing er mit Sarah an.

Sarah Fahey war, wie er bald erfuhr, die Jüngste von fünf Geschwistern, ein Junge und vier Mädchen, aber im Park war sie mit ihren Freundinnen, nicht mit ihren Schwestern gewesen. Sie wohnte in der Millionaire's Row, südlich vom Volunteer Park, im Haus ihrer Familie, das mit seinem Holzfachwerk, den Backsteinen im Fischgrätenmuster und den unzähligen Schornsteinen in Jamies Augen aussah wie aus einem Märchen. Der breite, leuchtend grüne Rasen war kurz gestutzt wie ein Billardtuch. Das Haus hatte sogar einen Namen: Hereford House. Dass Häuser Namen haben konnten, hatte Jamie nicht gewusst. Und am Anfang auch nicht, dass Hereford eine Rinderrasse bezeichnete.

Sarahs Bruder hatte in Harvard studiert und hielt sich noch in Boston auf, obwohl er bereits seinen Abschluss gemacht hatte. Alle erwarteten, er würde zurückkommen und ins Geschäft seines Vaters einsteigen, nur Sarah vermutete, dass er andere Pläne hatte. Ihre älteste Schwester war verheiratet und wohnte mit Mann und Baby ganz in der Nähe. Die Zweitälteste studierte Kunstgeschichte an der University of Washington und wohnte zu Hause, verbrachte den Sommer aber in Europa. Die Dritte, Alice, wollte im Herbst ihr Studium an derselben Uni aufnehmen. »Mutter legt großen Wert auf eine gute Ausbildung«, erklärte Sarah. Sie selbst hatte noch ein Jahr auf einer Privatschule für Mädchen vor sich.

Sarahs Mutter war groß und gertenschlank und besaß eine gelassene Anmut, zu der sich, wie Jamie vermutete, auch Sarahs unbeholfene Schlacksigkeit eines Tages auswachsen würde. Früher war sie Suffragette gewesen, dann hatte sie sich der Abstinenzbewegung christlicher Frauen angeschlossen. Doch nach der Ratifizierung des Volstead Act hatte sie nicht protestiert, als ihr Mann im Keller einen beträchtlichen Vorrat an Wein und Spirituosen angelegt hatte, der nun, nach über zehn Jahren, zwar geschrumpft, aber längst nicht erschöpft war. Es war vor allem das Trinken anderer Ehemänner, an dem Mrs. Fahey sich störte. Davon abgesehen, erwies sich ohnehin jeder Versuch, sich gegen Mr. Faheys Entscheidungen aufzulehnen, als wirkungslose Provokation, die niemanden glücklicher machte.

Doch an jenem warmen Julitag, als Sarah für ihn noch eine Fremde war, zeichnete Jamie erst einmal nur ihr Porträt. Als er fertig war, überschlugen sich ihre Freundinnen vor Lob. »Das *bist* du, Sarah«, sagte das Zuckerstangenmädchen, das, wie er erfahren sollte, Hazel hieß. »Das ist der Kern deines Wesens. Die Madonna von Woodland Park.«

»Es ist fast unheimlich.« Die Blonde, Gloria, warf Jamie einen leicht vorwurfsvollen Blick zu. »Wie hast du das hinbekommen?«

»Ich hatte ein gutes Modell.« Jamie errötete.

»Ach, *ja*?«, erwiderte Gloria.

Sarah die ganze Zeit über anschauen zu dürfen hatte ihn derart beglückt, dass er mit dem Bild niemals hatte fertig werden wollen. Sie selbst hatte, während sie ihm Modell saß, kaum etwas gesagt, nur ab und zu auf die Neckereien ihrer Freundinnen reagiert. Nachdem er ihr das vom Block gerissene Blatt gegeben hatte, hielt sie es in ihrem Schoß und betrachtete es interessiert. »Du hast Talent«, sagte sie. Ihr Blick war direkt, ihre Stimme tiefer und energischer, als er erwartet hatte. Er hatte ihre Schweigsamkeit für Schüchternheit gehalten – was schon komisch war, denn er selbst war ebenfalls schweigsam, aber nicht schüchtern. Mit einem Mal kam ihm das Bild verklärend und idealisierend vor, und er hätte es am liebsten überarbeitet. Hazel hatte das treffende Wort gefunden: *Madonna*. Sanftmütig. Verehrt.

»Es ist nicht ganz richtig«, sagte er.

»Vielleicht ist es etwas zu schmeichelhaft. Aber es ist sehr gut geworden.«

Zu seinem Bedauern errötete er noch stärker. Er hatte gehofft, sie würde das Porträt für verblüffend ähnlich und ihn für scharfsichtig befinden.

»Sarahs Vater sammelt Kunst«, mischte Hazel sich ein, »deshalb kennt sie sich gut damit aus. Und eine ihrer Schwestern studiert Kunst ...«

»Kunstgeschichte«, korrigierte Sarah.

»... und du musst wissen, aus Sarahs Mund wird man nie ein hohles Lob hören. Manchmal fühlt man sich von ihr fast nicht für voll genommen. Aber wenn sie einem etwas Nettes sagt, kann man davon ausgehen, dass es unbedingt ehrlich gemeint ist.«

»Warum sollte jemand ein hohles Lob hören wollen?«, fragte Sarah.

»Weil es angenehm ist!«, erwiderte Hazel.

Die beiden anderen wollten nun ebenfalls von Jamies magischem Stift gezeichnet werden, und obwohl die fertigen

Porträts ihnen Rufe der Verzückung und Bewunderung entlockten, war ihm das von Sarah doch mit Abstand am besten gelungen. »Setz deinen Namen darunter«, sagte Gloria. »Wenn du berühmt bist, können wir beweisen, dass wir frühe Werke von dir besitzen. Außerdem weiß Sarah dann, wie du heißt.«

Aufs Neue errötend kam er dem Wunsch nach.

»Jamie Graves«, las Gloria vor. »Bist du öfter hier? Falls unsere anderen Freundinnen neidisch werden und auch ein Porträt haben wollen?«

»Ab und zu«, sagte er. Dann, hoffnungsvoll, obwohl er es am nächsten Tag eigentlich vor Playland hatte versuchen wollen: »Morgen bin ich wieder hier.«

Hazel drückte ihm zum Abschied die Hand. »Schön, dich kennengelernt zu haben«, sagte sie. Die anderen taten es ihr gleich. Am liebsten hätte er Sarahs kühle, schlanke Hand nie wieder losgelassen.

Erst nachdem sie fort waren, ging ihm auf, dass sie nicht bezahlt hatten.

In der Nacht lag er schlaflos auf der schäbigen Matratze in seiner freudlosen Zelle, während seine Zimmernachbarn unten immer lauter lärmten. Früher oder später würde es zu einem handfesten Streit kommen, den die Wirtin, im Morgenmantel und mit einem Bügeleisen bewaffnet, wutschnaubend beenden würde. Erst danach würde Ruhe einkehren, obwohl sich das bis zum Sonnenaufgang hinziehen konnte. Sarah würde er niemals wiedersehen, denn ihre Lebenswege würden sich nicht mehr kreuzen, und obwohl das weit schwerer wog als der Verdienstausfall von fünfundsiebzig Cents, hätte ihm das bisschen Geld immerhin ein wenig Trost gespendet. Obwohl es im Park noch voll gewesen war, hatte er, gedemütigt und wütend auf sich selbst, seine Sachen gepackt.

Hätte er doch nur den Schneid besessen, Sarah um eine gemeinsame Fahrt im Riesenrad oder einen Spaziergang am Wasser zu bitten. Hatten die Mädchen ihn absichtlich um den Lohn geprellt? Hatten sie ein paar Meter weiter Halt gemacht, über ihn gelacht und die Porträts in den nächsten Mülleimer geworfen? Selbst wenn es ihm noch rechtzeitig aufgefallen wäre, er hätte wohl nicht den Mut aufgebracht, sie um das Geld zu bitten, und sich selbst auch nicht so weit erniedrigen wollen.

Während der Lärm im Erdgeschoss sich steigerte, fasste er den Entschluss, beim ersten Licht des Tages zur Union Station zu gehen. Er hatte genug Geld für eine Fahrkarte nach Hause beisammen. Ihm war nicht mehr danach, auf einen Güterzug aufzuspringen. Seine Abenteuerlust war verpufft. Außer der eigenen Glücklosigkeit hatte er rein gar nichts bewiesen.

Die Zimmerwirtin mischte sich früher als sonst unten ein, und so war es noch dunkel, als im Haus Ruhe einkehrte. Jamie wurde nun doch vom Schlaf übermannt. Als er aufwachte, war der Himmel wieder strahlend blau. Der Gipfel des Mount Rainier schimmerte am Horizont. Vielleicht, dachte Jamie, fahre ich doch noch mal zum Woodland Park, so wie ich es den Mädchen gesagt habe. Vielleicht war ihnen das Versehen aufgefallen. Den Zug nach Hause konnte er auch später nehmen, sogar noch am selben Abend.

Auf dem Weg zur Straßenbahn kehrte er bei einer teuren Konditorei ein, die er bisher immer sehnsüchtig beäugt, aber nie betreten hatte, und kaufte ein glänzend überzogenes Schokotörtchen. Wenn dies sein letzter Tag in Seattle sein sollte, dann konnte er ihn auch genießen. Seine erste Kundin im Park war eine Mutter mit Zwillingen, ein Junge und ein Mädchen von fünf Jahren. Die Kinder saßen still und ernst da, zwei Magnate im Miniaturformat. Zuerst wollte er der Mutter von seiner Zwillingsschwester erzählen, aber dann hatte er nicht den Mut, sich den Fragen zu stellen, die unweigerlich folgen würden. Waren sie beste Freunde? Früher ja. Standen sie sich denn nicht besonders nahe? Er hatte nicht ein einziges Mal nach Hause geschrieben. Hatte keine Ahnung, was Marian trieb und auf welchen zweifelhaften Handel mit Barclay Macqueen sie sich eingelassen hatte.

Etliche Stunden später, er hatte sich fast schon mit dem Gedanken angefreundet, Seattle für immer zu verlassen und eine lange, selbstmitleidige Bahnfahrt hinter sich zu bringen, kam Sarah Fahey über den Weg am Seeufer auf ihn zugeeilt. »Wir haben nicht bezahlt, das tut mir furchtbar leid«, sagte sie atemlos. »Gloria vergisst ihre Versprechen manchmal, und wir waren alle so vernarrt in unsere Bilder, dass wir alles andere vergessen haben. Wir haben es erst viel zu spät bemerkt. Es war uns schrecklich peinlich. Hier.« Sie hielt ihm eine gefaltete Dollarnote hin.

Er zögerte. »Ich möchte das Geld nicht.«

»Wieso das denn? Natürlich nimmst du es.«

»Ich würde dich gern fragen, ob du mit mir spazieren gehst. Und das wäre für dich bestimmt komisch, wenn du mir vorher einen Dollar gibst.«

Sie ließ die Hand sinken. »Spazieren gehen?«

»Nur am See entlang. Wenn wir uns nichts zu sagen haben, kannst du jederzeit umkehren.«

Sie gingen am Ufer des Green Lake entlang. Sarah wollte wissen, wie alt er war. Sie war drei Monate älter, bereits siebzehn. Er wollte wissen, woher sie Gloria und Hazel kannte, und sie sagte, sie kenne sie schon ihr Leben lang. Ihre Mütter seien schon befreundet gewesen. »Hast du keine alten Freunde?«, fragte sie. »Solche, mit denen du schon gespielt hast, als ihr noch Windeln anhattet?«

»Höchstens mein Freund Caleb, obwohl ich bezweifle, dass er jemals Windeln getragen hat. Er wohnt nicht weit von mir, und wir haben uns mehr oder weniger zufällig kennengelernt – er, meine Schwester und ich. Seine Mutter hat meine nicht gekannt. Nicht mal *ich* habe meine Mutter gekannt.«

»Wieso? Was war mit ihr? Oh.« Sie blieb stehen und hielt sich erschrocken die Hand vor den Mund. »Entschuldigung. Ich bin schrecklich neugierig. Wenn du nicht willst, musst du es mir nicht erzählen.«

»Nein, schon gut.« Er versuchte, die Geschichte seiner Familie so gut es ging wiederzugeben. Er war es nicht gewohnt, von sich selbst zu erzählen, doch sobald er etwas auslassen oder schönfärben wollte, unterbrach sie ihn und bat, es ihr genauer zu erklären. Erst beim Reden wurde ihm klar, wie selten er in den letzten Wochen mit anderen gesprochen hatte. Die Anonymität einer neuen Stadt begünstigte das Schweigen.

Den Kopf ihm zugeneigt, die Wimpern halb gesenkt, hörte Sarah ihm zu. Die Geschichte der *Josephina Eterna* war ihr bereits bekannt, und sie fand, es sei richtig von seinem Vater gewesen, ins Rettungsboot zu steigen, aber grausam, nach Montana zu kommen, um dann gleich wieder zu verschwinden. Sie wollte wissen, wie man sich als Zwilling fühlte und was Marian für ein Mensch war (er erzählte ihr von Marians Leidenschaft fürs Fliegen, ließ Barclay Macqueen allerdings aus). Sie bat ihn, seine Schule, seine Hunde und Wallace genau zu beschreiben. Also hatte Wallace ihm das Zeichnen beigebracht? Nein, erwiderte er. Nicht direkt. Als Jamie noch klein gewesen war, schien Wallace sich über seine Zeichnungen zu freuen und hatte ihn sogar gelobt, aber in letzter Zeit äußerte er sich nur noch abfällig über sie und nahm Jamie den Mut.

»Vielleicht sieht er dich als Konkurrenten?«, warf Sarah ein, und Jamie war ihr aufrichtig dankbar, weil sie einen Verdacht äußerte, den er insgeheim schon lange gehegt, aber bislang immer verdrängt hatte. Da er weder das Trinken noch die Spielsucht oder die Verbitterung, an der Wallace sich mindestens so sehr labte wie am Alkohol, erwähnen wollte, sagte er nur: »Ich wüsste nicht, wieso. Er ist ein sehr guter Maler.«

Er erzählte ihr von dem Abend, an dem sein Entschluss gefallen war, für ein paar Wochen aus Missoula wegzugehen. Auf dem Küchenboden hockend hatte er sich erst von jedem Hund verabschiedet, bevor er im Dunkeln zu den Bahngleisen marschiert war. Als der erste Zug in Richtung Westen angerauscht kam, war er neben ihm hergelaufen, hatte sich an eine Eisenstange geklammert und die furchteinflößende Schwere des Zuges, seinen unwiderstehlichen Sog gespürt. Dann hatte er auf dem kohlenschwarzen Boden eines leeren Güterwagens gelegen, den Rucksack wie ein Kissen unter dem Kopf, hatte zu den Sternen hochgeblickt und vor Freude und Entsetzen gezittert. Ab und zu hatte ihn ein Tunnel mit seinem rauchigen Atem eingehüllt, als hätte ein Drache ihn eingesogen.

»Hattest du keine Angst?«, fragte Sarah.

»Doch, sehr große sogar.«

Bei Sonnenaufgang war er irgendwo in Idaho aufgewacht, weil ihn etwas Hartes am Schienbein getroffen hatte – der Schlagstock eines Aufpassers von einem Rangierbahnhof. »Glück gehabt«, hatte der Mann gesagt. »Manchmal schütten sie die Kohle in den Wagen, ohne vorher reinzuschauen.« Er hatte Jamies Rucksack durchwühlt und fünf Dollar aus seinem mageren Geldbündel gezogen, bevor er Jamie mit dem Hinweis, er könne ihm noch dankbar sein, davongejagt hatte. Und Jamie war dankbar gewesen, weil es nicht noch schlimmer gekommen war. Er war ein paar Kilometer an den Gleisen entlanggelaufen, hatte sich bis Anbruch der Dunkelheit hinter Büschen versteckt und war dann auf einen Zug aufgesprungen, der ihn nach Spokane gebracht hatte. Die Tramps dort hatten ihm gezeigt, welcher Zug nach Seattle fuhr, und ihm erklärt, was er im Tunnel tun musste und wie er mit dem Fuß die Geschwindigkeit des Zuges prüfen konnte.

»Kennst du hier in der Stadt jemanden?«, fragte Sarah. »Bist du deswegen hergekommen?«

Sie hatten den See einmal umrundet und saßen nun auf den umfunktionierten Apfelkisten im Schatten eines Baums. Verlegen erzählte er ihr von seinem vagen Vorhaben, die Docks nach seinem Vater abzuklappern.

»Was machst du, wenn du ihn findest?«

»Gute Frage. Keine Ahnung.«

»Bist du dir sicher, dass du ihn finden *willst*?«

»Ich glaube schon. Dass ich es mir immer vorstelle, muss ja etwas bedeuten.« Allerdings war er in seiner Vorstellung nie über den ersten Moment des Wiedererkennens hinausgekommen.

»Obwohl er nie signalisiert hat, dass er gefunden werden möchte?« Ihre Stimme klang freundlich, neugierig, fest, ein bisschen lehrerinnenhaft.

»Ich finde, er schuldet mir ...« Er wusste nicht, wie er den Satz beenden sollte. »Ein Gespräch.«

»Und wenn er widerlich ist? Oder wahnsinnig?«

»Dann würde ich wohl versuchen, ihm zu helfen.«

»Vielleicht geht es gar nicht so sehr darum, dass du wissen willst, wo er ist, sondern mehr darum, dass du es nicht *nicht* wissen willst.«

»Ich sehe da keinen Unterschied.«

Sie lächelte, ein Anflug von Mitleid in ihrem langen Gesicht. Er wollte sie noch einmal zeichnen. Nicht als Madonna, sondern als Mädchen in der Verkleidung einer Madonna. »Dann hoffe ich, du findest ihn. Ich kann mir ein Leben ohne meinen Vater nicht vorstellen. Er überragt alles. Gloria, Hazel und ich, wir halten uns für verwegen, weil wir allein durch die Stadt ziehen, aber in Wahrheit sind wir so verhätschelt wie nur irgendwer. Meine Eltern gewähren mir die paar Freiheiten nur, weil ich die Jüngste bin und sie aus purer Erschöpfung die Zügel etwas schleifen lassen.«

»Wie viele Geschwister seid ihr denn?«

»Fünf.«

Wie ihm erst jetzt aufging, hatte er sich so über ihr Interesse und den Ansatz von Vertrautheit gefreut, dass er es darüber versäumt hatte, etwas über sie in Erfahrung zu bringen. »Du hast mich dazu verleitet, die ganze Zeit nur von mir zu erzählen«, sagte er. »Jetzt bist du dran. Fang bitte von vorne an.«

»Verleitet?« Sie schaute auf ihre elegante silberne Armbanduhr. »Leider muss ich nach Hause. Ich bekomme Ärger, wenn ich bleibe und dir meine Lebensgeschichte erzähle, die nach deiner ziemlich langweilig klingen wird.« Sie stand auf. »Sehen wir uns wieder?«

Er gab sich Mühe, seine Euphorie zu verbergen. »Das müssen wir. Sonst werde ich mir nie verzeihen, dass ich ohne Punkt und Komma geredet habe.«

Sie versprach, am nächsten Tag wiederzukommen.

Nachts lag er wie im Fieber. Er verzehrte sich danach, Sarah zu küssen, ihren schmalen Körper an seinem zu spüren. Wie er sich einredete, hätte er sein Leben hergegeben, nur um sie einmal nackt sehen zu dürfen. Mit einem Anflug von Scham gestand er sich ein, dass er mit ihr das Gleiche tun wollte wie der Unbekannte damals mit Gilda: sich wie ein Tier auf sie stürzen, sie unter seinem Gewicht begraben, in sie drängen, in sie stoßen. Doch am meisten wünschte er sich, sie würde wollen, dass er genau das mit ihr tat.

Als trübes Morgenlicht das Fenster erhellte, nahm er den Skizzenblock und fing wie wild an zu zeichnen. Sarah, von der Taille aufwärts, mit freier Brust. Eine liegende, nackte Sarah, die Hände hinter dem Kopf verschränkt, die Beine züchtig geschlossen. Dann eine Sarah mit gespreizten Schenkeln, ein Schatten dazwischen, der seine Unwissenheit kaschierte.

Bei ihrem zweiten Treffen musste er beim Rundgang um den See gegen seine erotischen Fantasien ankämpfen. Ihre Nähe, ihre nackten Unterarme, ihr Lavendelduft waren fast zu viel für ihn, aber er gab sich Mühe, ihr genauso aufmerksam zuzuhören wie sie ihm beim ersten Spaziergang.

Sie erzählte von ihren Schwestern, ihrem Bruder, ihren Eltern, ihrem Hütehund Jasper. Ihre Mutter war temperamentvoll und sozial engagiert, dem Vater gegenüber aber allzu fügsam, wie Sarah fand. Ihr Vater, ein Geschäftsmann, war jovial, bisweilen überheblich und tolerierte die politischen Anliegen seiner Frau nur, solange sie ihn nicht mit Geschichten darüber langweilte. Sarah sagte, sie selbst würde sich nach der Schule an der University of Washington einschreiben, wo auch ihre Schwestern studierten. Dürfte sie allerdings für sich selbst entscheiden, würde sie eine weiter entfernte Hochschule wie Wellesley oder Radcliffe wählen. (»Ist das denn nicht deine Entscheidung?«, fragte Jamie, und sie lachte und sagte, sie dürfe rein gar nichts entscheiden.) Und sie erwähnte auch, dass sie ihrem

Vater, der, wie Hazel gesagt hatte, Kunst sammelte, seine Porträtzeichnung gezeigt hatte.

»Ich glaube, Vater schämt sich für seine Herkunft«, sagte sie. »Kunst bietet ihm die Möglichkeit, anderen zu zeigen, wie kultiviert er heute ist. Nicht, dass er nur so tut. Er schätzt Kunst und kennt sich sehr gut damit aus. Ich habe ihn gefragt, ob er schon mal von deinem Onkel gehört hat. Er meinte, er würde ihn kennen und hätte wohl ein Gemälde von ihm.«

»Das kann ich mir nicht vorstellen.« Er hatte es kaum ausgesprochen, da ging Jamie auf, dass er keine Ahnung hatte, wo Wallaces Bilder überall hingelangt waren.

»Er ist sich ziemlich sicher, dass das Bild von ihm ist. Ich soll dich zu uns einladen, damit du es dir mal ansiehst. Dann lässt er es aus dem Depot holen. Er möchte dich kennenlernen. ›Der Porträtist‹, so nennt er dich.«

»Sehr gern.« In einem Anfall von Kühnheit nahm er ihre Hand und drückte sie.

Sarah drückte ebenfalls zu. »Mein Vater hat etwas für Menschen übrig, die ihren eigenen Weg gehen.«

Sie schrieb die Adresse von Hereford House auf seinen Zeichenblock und sagte, er solle am Sonntag nach dem Mittagessen zu ihnen kommen, dann sei Mr. Fahey in jedem Fall zu Hause.

Das Haus war noch größer als die imposantesten Herrenhäuser in Missoula und hielt seine nicht weniger beeindruckenden Nachbarn durch Mauern und weitläufige Rasenflächen auf höfliche Distanz.

In der Mitte der Eingangstür prangte ein Bullenkopf aus Messing, an dessen Nase ein Ring ebenfalls aus Messing hing, und nach kurzem Zögern hob Jamie den Ring hoch und klopfte einmal an. Einen Augenblick später öffnete ein

Mädchen, das Sarah ähnelte (aber nicht Sarah war), die Tür, und ein riesiger grau-weißer Fellhaufen schoss heraus. »Jasper!«, schimpfte das Mädchen und schlug nach dem bärenartigen Hinterteil. Jamie hielt dem Hund die flache Hand hin, und als er stehen blieb und daran schnüffelte, packte das Mädchen ihn am Halsband und zog ihn zurück. Sie war groß, wenn auch nicht so groß wie Sarah, hatte den gleichen langen Hals und ein noch längeres, aber weicheres Gesicht. »Du musst Jamie sein«, sagte sie. »Ich bin Alice, die Nächstältere. Komm bitte rein. Sarah muss hier irgendwo stecken. Mensch, bist du aber groß. Bist du wirklich erst sechzehn? Kein Wunder, dass Sarah dich mag. Kein einziger Junge ist so groß wie sie.«

Sie winkte ihn in eine quadratische Eingangshalle, die mit honigfarbenem Holz vertäfelt war. Den Boden bedeckte ein Perserteppich mit Fransen, und Jasper tapste hechelnd umher und plierte unter seinem zerzausten Zottelfell zu ihnen hoch. Hinter einer breiten Tür mit bleigefasstem Fenster lag ein größerer Raum, ebenfalls holzvertäfelt und mit Teppich ausgelegt. Von dort aus führte eine Treppe zu einer Galerie mit Brüstung. Obwohl Jamie die Pracht benommen machte, war ihm die Bedeutsamkeit von Alices einleitenden Worten nicht entgangen. Sarah mochte ihn. Am liebsten hätte er sie gefragt, wie sehr Sarah ihn mochte und wie dieses Mögen geartet war.

Aus der Mitte der hohen Kassettendecke ergoss sich eine Kaskade aus Prismen und Lampenkerzen. An den Wänden drängten sich Gemälde und Zeichnungen in allen möglichen Größen und Formaten, einige in verzierten Rahmen. Alice drückte auf einen Schalter, und der Kronleuchter erwachte zum Leben. »Vater mag Kunst.«

»Gott!« Jamie blickte sich um. »Das kann man wohl sagen.«

Alice kicherte. »Gott mag Vater auch, also pass lieber auf, was du sagst.«

Dank Wallace und der öffentlichen Bibliothek kannte Jamie sich mit Kunst einigermaßen aus, so gut jedenfalls, dass er in Mr. Faheys eklektischer Sammlung eine Kavallerieszene von Remington und eine Iris von O'Keefe entdeckte. »Hast du das gesehen?« Alice tippte gegen einen Rahmen, in dem das Bruststück einer Frau vor dunklem Hintergrund hing. »Das ist Mutter. John Singer Sargent hat sie gemalt. Weißt du, wer das ist?«

»War.« Jamie stellte sich näher an das Bild heran. Ein hervorragendes Gemälde. »Er ist tot. Das ist eure Mutter?«

Wieder kicherte sie. »Ja. Du wirst sie kennenlernen.«

Die Frau auf dem Bild hatte das gleiche schmale Kinn, die gleichen langen Wimpern wie Sarah. Sie hatte die Augenbrauen hochgezogen und die Lippen leicht geöffnet, als wollte sie zu einem Widerspruch ansetzen.

»Im Depot hat Vater noch Dutzende mehr, aber, ganz ehrlich, wenn du diesen Raum gesehen hast, kennst du die besten. Zurückhaltung gehört nicht zu seinen Stärken. Gleich beim Reinkommen sollen dem Besucher die Prunkstücke ins Auge springen.«

»Ich kann gar nicht alles auf einmal aufnehmen.«

»Da bist du ja!«, rief eine Stimme von oben. Sarah kam die Treppe herunter. »Alice, warum hast du mir nicht Bescheid gegeben?«

»Ich habe dich gerufen«, log Alice. »Du hast mich wohl nicht gehört. Er ist eben erst angekommen. Wir haben über Porträts geredet. Jamie hat versprochen, meins zu zeichnen. Stimmt doch, Jamie?« Sie hakte sich bei ihm unter.

»Lass dich bloß nicht von ihr rumkommandieren«,

sagte Sarah. »Das kann Alice von uns Schwestern nämlich am besten.«

»Ich mache das sehr gern«, sagte er zu Alice.

Sie ließ ihn los. »Schön. Nachdem du bei Vater warst, sitze ich dir Modell.«

Jamie nickte und hielt inne. »Oh – ich habe meine Stifte nicht dabei.«

»Dann musst du noch mal herkommen«, sagte Alice. »Und von Jasper musst du auch eins zeichnen.« Sie nahm das zottelige Gesicht des Hundes in die Hände. »Findest du nicht auch, Jasper? Wolltest du nicht immer schon mal Muse sein?«

»Vater wartet.« Sarah nickte Jamie zu. »Kommst du?«

Sie führte ihn tiefer ins Haus. Überall hingen Gemälde und Zeichnungen, zu viele, um sie im Vorbeigehen zu erfassen. Auf ihn wirkte das Haus düster, überladen, beengend, es gab zu wenig Fenster. Die Dichte an Kunstwerken verstärkte das erdrückende Gefühl, doch Sarah schien sich daran nicht zu stören, denn sie redete munter weiter. »Das hier ist das Wohnzimmer, diesen Raum nutzen wir nur bei feierlichen Anlässen, das ist das Musikzimmer, dort das Esszimmer. Die Uhr da ist richtig alt.« Sie erreichten eine dunkle, schwere Tür, und Sarah flüsterte: »Nur Mut.« Sie klopfte mit dem Handrücken dagegen. Im dämmerigen Licht sah Jamie ihr Gesicht im Viertelprofil. Ihr Unterkiefer wirkte angespannt, als sie erneut klopfte.

»Herein«, donnerte eine Stimme.

Sarah stieß die Tür auf. »Daddy, das ist Jamie, der Porträtist.«

»Der Porträtist!«, wiederholte der Mann, der hinter einem Schreibtisch stand. Er war kleiner als Jamie und Sarah, korpulent, rosig wie ein Radiergummi und hatte einen gewaltigen, graumelierten Schnauzbart. Auch dieses Zimmer war mit Kunst vollgestopft. »Kommen Sie rein, Porträtist!« Sarahs Vater streckte die Hand über den Tisch und schüttelte Jamies Rechte. Er wies auf das Durcheinander aus Papieren auf der Platte. »Eigentlich will ich am Sabbat nie arbeiten und tue es dann doch immer. Hoffentlich wird Gott mir vergeben.«

»Das wird er bestimmt, Sir.«

»Denken Sie das? Wie beruhigend.« Er schaute Jamie prüfend an. »Wer hat Ihnen das Zeichnen beigebracht, junger Mann?«

»Eigentlich niemand.«

»Aber Sarah meinte, Wallace Graves ist Ihr Onkel. Er muss es Ihnen beigebracht haben.«

Jamie wollte eine artige Antwort geben, hielt dann aber inne. Hatte Wallace ihm das Zeichnen beigebracht? Er konnte sich an keine Anregung, keinen Ratschlag erinnern, nur an das eine oder andere, schon lange zurückliegende Lob. Das Kopfzerbrechen und Experimentieren, das Kritisieren und Verzweifeln, die Fortschritte und die Momente reinen Glücks – das war alles aus ihm selbst hervorgegangen. Allerdings hatte er schon etwas gelernt, wenn er Wallace beim Malen über die Schulter geschaut hatte. Welches wäre die unverfänglichste Antwort? »Ja, da haben Sie wohl recht.«

»Und malen Sie auch?«

»Aquarelle, hin und wieder. An Ölgemälden habe ich mich nie versucht.«

»Meiner Meinung nach zeigt sich der wahre Künstler in den Ölgemälden«, sagte Mr. Fahey. »Sie sollten sich früher oder später in dieses Feld vorwagen. Zeigen, was in Ihnen steckt.«

Sarah seufzte leise, der Anflug eines Protests.

»Gegen Ölmalerei habe ich nichts«, sagte Jamie. »Leider sind die Farben recht teuer.«

»Ich habe Ihre Zeichnung von Sarah gesehen. Beeindruckend, obwohl nicht jeder, der zeichnen kann, auch malen kann.« Er kam hinter dem Tisch hervor und wies auf eine ungerahmte Leinwand, die mit der Vorderseite an der Wand lehnte. »Wollen wir uns das einmal ansehen. Ich glaube, es ist von Ihrem Onkel.« Er nahm das Bild hoch und drehte es um.

Ein jäher Anfall von Heimweh überkam Jamie. Da war er, der Rattlesnake, die Stelle zwar weit entfernt von Wallaces Haus, aber doch unverkennbar, das Licht von Sommerdunst durchzogen.

»Ja, Sir.« Er räusperte sich. »Das ist von ihm.« Er neigte sich zum Bild hin. Weil er sein Leben lang von Wallaces Gemälden umgeben gewesen war, hatte er sie irgendwann gar nicht mehr gesehen. Von der Komposition her war es vielleicht nicht sonderlich interessant, aber Wallace hatte das *Gefühl* der Landschaft, die Ausgewogenheit aus Sanftheit und Wildheit, perfekt eingefangen.

»Eine hübsche Landschaftsszene.« Mr. Fahey hielt das Bild auf Armeslänge von sich weg und betrachtete es. »Was macht Ihr Onkel denn heute?«

Er trinkt. Er schmort im eigenen Dreck. Er kratzt ein paar Cents zusammen, um sie beim Kartenspiel zu verlieren. »Er malt noch.« Eine Lüge. »Er unterrichtet Malerei in Missoula, an der University of Montana.« Die nächste Lüge.

Mr. Fahey stellte die Leinwand ab. »Sie können sich glücklich schätzen. Einen Künstler als Onkel – diese Schützenhilfe erhält nicht jeder.«

Jamie wusste nicht, was er darauf erwidern sollte, ohne streitlustig oder undankbar zu wirken. »Nicht jeder«, sagte er diplomatisch. »Das ist wohl wahr.«

»Jamie lebt bei seinem Onkel in Missoula«, sagte Sarah.

»Er ist nur in den Sommerferien hier. Auf Verwandtenbesuch.«

»Ist das so?«

Jamie warf Sarah einen kurzen erstaunten Blick zu, weil ihr die Lüge mit solcher Leichtigkeit über die Lippen gegangen war. »Ja, genau. Bei Cousinen.«

Mr. Fahey schien Jamies übrige Verwandtschaft nicht übermäßig zu interessieren. »Kommen wir gleich zur Sache. Ich hatte Sarah gebeten, Ihnen nichts zu sagen, bevor ich Sie persönlich kennengelernt habe. Ich habe Arbeit zu vergeben, falls Sie an einer zusätzlichen Aufgabe interessiert sind. Sind Sie?«

Hoffnung hob ihn jäh empor. »Ja, Sir.«

»Sie sind interessiert, obwohl Sie noch gar nicht wissen, worum es geht?«

Jamie senkte den Kopf. »Ja, Sir.«

»Verständlich, die Zeiten sind schwer. Jeder muss klein anfangen. Ich selbst habe mit nichts angefangen.« Er räusperte sich. »Ich brauche jemanden, der mir hilft, das alles zu katalogisieren.« Er zeigte zu den Wänden, dem Sammelsurium an Kunstwerken. »Alles an den Wänden, alles auf dem Dachboden, alles im Keller. Es ist eine Menge, und in meinen Geschäftsräumen lagert noch mehr. Das meiste ist unsigniert und undatiert. Es gibt Dutzende Kisten mit Zahlungsbelegen und Auktionskatalogen, einiges davon wird Ihnen bei der Zuordnung sicherlich helfen. Aber ich warne Sie, es herrscht ein ziemliches Durcheinander.« Er wies zu seinem Schreibtisch. »Wie Sie sehen, bin ich nicht gerade ein Meister der Ordnung. Ich verlange nicht mehr als eine Liste, aber auch das ist eine Herkulesaufgabe. Ich will nur wissen, was mir gehört. Ich brauche eine Bestandsaufnahme. Wie Sie Ordnung in das Ganze bringen, ist mir gleich, allerdings wird jemand von der Universität kommen und sich alles einmal anschauen. Wenn Sie etwas entdecken, das einen gewissen Wert haben könnte, legen Sie es bitte beiseite. Sarahs Schwester Nora studiert Kunstgeschichte – ich hatte gedacht, sie wäre interessiert daran, den Bestand einmal durchzugehen, aber sie war mehr interessiert daran, den Sommer in Europa zu verbringen. Ich zahle Ihnen drei Dollar pro Tag und erwarte Sie an fünf Tagen die Woche hier. Von neun bis fünf. Mittagessen bekommen Sie von der Köchin. Na, wie klingt das?«

»Fabelhaft, Sir. Vielen Dank.«

Mr. Fahey machte eine Geste in Richtung Tür. »Dann legen Sie mal los. Und strahlen Sie nicht so vor Freude. Es ist eine nicht zu bewältigende Aufgabe.«

»Dann bis morgen, Sir.«

»Morgen werden Sie mich nicht zu Gesicht kriegen. Da bin ich bei der Arbeit. Ich lasse Sie in den Fängen der Frauen.« Als Jamie Sarah die Tür aufhielt, rief Mr. Fahey: »Porträtist!«

Jamie wandte sich um.

Der Mann stand vor seinem Schreibtisch, die Hände in den Hosentaschen. »Was halten Sie von meiner Sammlung? Kann sich sehen lassen, was?«

»Sie ist ausgezeichnet«, antwortete Jamie wahrheitsgemäß.

»Ausgezeichnet.« Mr. Fahey nickte. »Stimmt. Es ist schon ein Wunder, was man mit einem bisschen Fleisch alles kaufen kann.« Er grinste und deutete zur Tür.

Schlachthöfe, erklärte Sarah auf dem Weg durchs Haus. Ein halbes Dutzend. Rinder und Schweine. Dazu Zerlegungsbetriebe und Gerbereien oder Anteile daran. Fabriken, in denen Düngemittel, Klebstoffe, Kerzen, Öle und Kosmetikartikel hergestellt wurden. Das Geschäft litt unter der Depression, aber nicht so sehr wie befürchtet. Ihr Vater verkaufte viele Dinge, die die Menschen brauchten, auch wenn sie Mittel und Wege fanden, von allem immer weniger zu brauchen.

An der Haustür lächelte sie ihn erleichtert an und sagte, sie sei froh, dass er die Stelle angenommen habe. Alice kam die Treppe herunter, um ihn daran zu erinnern, beim nächsten Besuch die Zeichenutensilien mitzubringen. Er versprach es, lächelte und winkte und marschierte an den in Form geschnittenen Buchsbäumen vorbei bis zur Straße und dann weiter bis zu seiner Pension, bergab und bergauf, während die Umgebung allmählich von imposant zu mittelmäßig und trostlos schrumpfte.

Ihm war so gewesen, als hätte er Sarah beim Spaziergang um den See zu verstehen gegeben, wie sehr er Tiere mochte und wie sehr ihn ihr Leid quälte. Und selbst wenn er es ihr gegenüber nicht erwähnt hatte, so musste sie es doch irgendwie gespürt haben. Eigentlich hätte sie sogar genauso empfinden müssen wie er.

Obwohl er es sich nicht eingestanden hätte, hatte er sich schon der Fantasie hingegeben, einen Weg zu finden, mit Sarah gemeinsam an der University of Washington zu studieren, sich dann als Künstler in Seattle niederzulassen und eines Tages die Tür eines hübschen, sonnendurchfluteten Häuschens zu öffnen und seine junge Ehefrau und das Baby zur Begrüßung zu küssen. Die Vorstellung, eine eigene Familie zu gründen, war exotischer und verführerischer gewesen als alles, was er sich jemals ausgemalt hatte, und jetzt …? Zerstört, vernichtet.

Er fragte sich, ob sich in seinem Kopf die frühkindliche Erinnerung an den Untergang der *Josephina* festgesetzt und im Lauf der Zeit zu einem übermäßig großen Horror vor Hilflosigkeit und Massensterben ausgewachsen hatte.

Genau genommen empfand er diesen Horror nicht als übermäßig groß. Wie konnte er das angesichts des überbordenden Leids jemals sein? Aber er musste unverhältnismäßig sein, denn die meisten Menschen schienen sich nicht zu fragen, woher das Fleisch auf ihrem Teller stammte, sie schienen sich nicht um die hageren Hunde zu sorgen, die überall herumstreunten, ausgesetzt in der Zeit der Not und dazu verurteilt, zu verhungern oder vom Hundefänger geschnappt und getötet zu werden. Warum konnte er sich nicht damit abfinden? Die Welt würde sich nicht ändern. Wenn er alles einfach verdrängen könnte, wäre er ein glücklicherer Mensch.

Er ließ das Abendessen ausfallen und lag auf seinem Bett, während der Abend das Fenster dunkel färbte.

Er mochte Caleb sehr, und Caleb tötete Tiere. Doch das Jagen setzte ihm weniger zu als das Abschlachten der Tiere. Bei der Jagd trafen zwei Lebewesen aufeinander, das war etwas anderes, als wenn eine Spezies die andere massenweise einpferchte und tötete.

Doch Sarah war nicht diejenige, die den Tieren die Kehle durchschnitt. Sie zu verurteilen, war nicht gerecht. Die Vorstellung, dass ihr Vater ihn mit blutigem Geld bezahlen würde, war ihm unerträglich, doch vielleicht hatte es auch etwas Gutes, wenn er einen Mann wie ihn um einen Bruchteil (einen winzigen Bruchteil) seines überzähligen Geldes erleichterte. Er nahm sich fest vor, ein paar Dollar von seinem Lohn für einen guten Zweck zu verwenden. Futter für streunende Hunde zu kaufen. Ja, das würde er machen. Und er würde versuchen, die Schlachthöfe auszublenden.

Dass er die Stunden in Hereford House genoss, machte ihm die Sache einerseits leichter, lieferte ihm andererseits aber auch einen neuen Grund für Selbstvorwürfe. Das

Beste war Sarah: Unerwartet und unregelmäßig tauchte sie bei ihm auf dem Dachboden (dort hatte er angefangen) auf und half, die staubigen Aktenordner durchzugehen und die Zahlungsbelege den Zeichnungen und Gemälden zuzuordnen. Die anfängliche Euphorie nach den ersten gemeinsamen Spaziergängen hatte sich ein wenig gelegt, weil sich die Anzeichen verdichteten, dass Sarah am Beruf ihres Vaters nichts Verwerfliches fand. Zu ihr hingezogen fühlte er sich aber immer noch unvermindert stark. Nicht, dass sie mit ihm geflirtet hätte. Sie war hellwach, aufmerksam, gewissenhaft. Und sie schien Spaß am Ordnungschaffen zu haben. Er wagte es nicht, sie zu küssen.

Am ersten Montagmorgen hatte Alice ihn an der Tür abgefangen, damit er zuallererst ihr Porträt zeichnete. »Wir gehen raus, da ist das Licht besser«, hatte sie verkündet.

Er zeichnete sie unter einem Kirschbaum hinter dem Haus sitzend, sie hatte die Arme um ein Knie geschlungen und schien ein Lächeln zu unterdrücken. Während er arbeitete, kam eine große Frau in Rock und Strickjacke auf sie zu, gefolgt von Jasper.

»Der Porträtist bei der Arbeit!« Die Stimme von Mrs. Fahey war noch tiefer und kräftiger als Sarahs.

Jamie sprang auf. Sie reichte ihm die Hand. Sargent hatte sie in dem Porträt gut getroffen, wenngleich sie seitdem älter geworden war. Ihr Haar war zu einem stumpfen Bob geschnitten, sie trug kein Make-up, und ihre Augen sprühten vor Geist und Witz.

»Darf ich mal sehen?« Sie zeigte auf den Zeichenblock, den er wie zum Schutz an seine Brust gedrückt hatte. »Ah!«, sagte sie beim Blick auf das Porträt. »Wunderbar. Aber ich hatte nichts anderes erwartet. Das Bild von Sarah war schon fabelhaft, aber das hier ist ... eine ganze Szene. Ich werde beide Porträts rahmen lassen.«

»Mutter, findest du nicht auch, er muss eins von Jasper zeichnen?«, fragte Alice.

»Natürlich. Und auch eins von Penelope und dem Baby.« Sie gab Jamie den Block zurück. »Penelope ist meine älteste Tochter. Sie hat vor Kurzem ein Kind bekommen. Schön wäre es, wenn Sie auch meinen Sohn und meine vierte Tochter zeichnen könnten, dann hätte ich eine vollständige Serie. Leider sind sie aber nicht da.«

»Und dich«, sagte Alice, die noch unter dem Baum saß.

»Was ist mit mir?«

»Dich muss Jamie auch zeichnen. Mal sehen, wie sich das Bild gegenüber dem Sargent macht.«

»Ich glaube, ein Vergleich wäre niederschmetternd«, warf Jamie ein.

Mrs. Fahey zog eine Augenbraue hoch. »Für Sie? Oder für mich?«

»Für mich natürlich!«, sagte er. »Ich meine – ich wäre glücklich, wenn ich es versuchen dürfte. Sofern Sie es denn wollen.«

»Gut«, erwiderte sie belustigt. »Dann dürfen Sie es.«

Juli ging in August über.

Er kam mit dem Katalogisieren der Kunstwerke gut voran, aber für einen halben Sommer war es schlicht zu viel Arbeit. Trotzdem sortierte er beharrlich weiter und beschrieb die einzelnen Stücke in der Bestandsliste, so gut er es eben vermochte. Und er konnte beim Prüfen der zahlreichen Zeichnungen und Gemälde noch allerhand lernen. Er studierte jedes Bild eingehend und überlegte sich, welche Absicht der Künstler verfolgt haben mochte und wie gut ihm die Umsetzung gelungen war. Die meisten Arbeiten waren bestenfalls mittelmäßig. (»Wenn mein Mann eines schätzt, dann das Horten seiner Schätze«, sagte Mrs. Fahey eines Tages. »Er erfreut sich an der Menge und der Tatsache, dass alles *ihm* gehört.«) Doch die Sammlung umfasste auch ein paar schöne und etliche herausragende Stücke. Wie von Mr. Fahey gewünscht, legte Jamie alles, was ihm wertvoll erschien, beiseite, darunter auch eine Serie von einem Dutzend kleiner Aquarelle, die er in einer verschnürten Schachtel gefunden hatte. Ein Ineinanderfließen von Farben: Wirbel in Grau und Blau, Streifen in leuchtendem Orange und Grün. Obwohl diese Bilder nichts Konkretes darzustellen schienen, war ihr Motiv eindeutig das Meer. Auf den Rückseiten stand etwas Unleserliches – vielleicht die Signatur. Jamie hoffte beinahe, der Experte der Universität würde die Aquarelle bei seinem Besuch als Schund abtun, denn dann brachte er vielleicht den Mut auf, Mr. Fahey zu bitten, sie behalten zu dürfen.

Abends auf dem Nachhauseweg kaufte er Rinderzunge in Dosen, uraltes Brot, alles, was nicht viel kostete, und verfütterte es an die streunenden Hunde. Ab und zu skizzierte er einen mit flinken Strichen. Aber es war ihm zuwider, wenn sie sich anknurrten oder bissen oder ihm bis zur Pension folgten.

Wurde Mr. Fahey erst spät zu Hause erwartet, ging Sarah, nachdem Jamie sein Arbeitspensum erledigt hatte, gelegentlich mit ihm spazieren. Er hatte sich endlich ein Herz gefasst und sie geküsst. Beim ersten Mal war es unerwartet einfach gewesen. Sie war mitgekommen, um die Streuner zu füttern. Zu ihren Füßen hatte ein Hund sich über das Dosenfleisch hergemacht, und Jamie hatte sich vorgebeugt und seinen Mund auf Sarahs gelegt. Die Lippen aufeinandergepresst hatten sie ganz still dagestanden, bis Sarah sich ihm sanft entzogen hatte. Beim zweiten Mal, am Ufer, war es überhaupt nicht einfach gewesen. Sie hatte den langen, biegsamen Körper zu ihm hinbewegt, aber in seiner Erregung hatte Jamie sie zu fest angefasst, und sie war erschrocken zurückgewichen. Mit zunehmender Übung fanden sie eine Lösung, die vielleicht nicht richtig befriedigend, aber immerhin annehmbar war. War niemand in Sicht, durfte er sie umarmen, aber nicht zu fest, durfte ihre Brüste nicht spüren. Manchmal allerdings vergaß sie sich und zog ihn näher, sodass einer ihrer langen Schenkel zwischen seine glitt. Lange dauerte dieser Zustand nie. Ruckartig kehrte sie jedes Mal zur züchtigen Distanz zurück, errötete aber und wirkte desorientiert wie jemand, der aus dem Schlaf erwacht ist.

»Erzähl mir von deinen Abenteuern«, bat sie gelegentlich, und er erzählte ihr, wie er einmal mit Marian und Caleb zum Seeley Lake getrampt und die achtzig Kilometer durch die Berge zurückgewandert war. Oder wie sie im Wald einmal ein menschliches Skelett gefunden hatten, in dessen moosfleckigem Schädel noch ein Beil steckte. Oder von dem Aufpasser auf dem Rangierbahnhof, der ihm den Schlagstock über die Schienbeine gezogen hatte. »Ich bin mir nicht sicher, ob das echte Abenteuer sind«, sagte er.

»Natürlich!«, rief sie. »Ich werde nie etwas Aufregendes erleben. »Ach, ich würde Marian und Caleb so gerne kennenlernen. Und Wallace auch.«

»Vielleicht wirst du das ja eines Tages.«

Ein melancholisches Madonnenlächeln. »Wahrscheinlich wären sie von mir nicht sonderlich beeindruckt.«

Sie würden Sarah für befremdlich, einschüchternd, bieder halten. Sie hätten keine Ahnung, wie sie mit ihr umgehen sollten. Aber ihm war das egal. Das zwischen Sarah und ihm war allein seine Sache. »Sie kennen niemanden wie dich.«

»Ich kenne niemanden wie sie. Und ich wäre gern ein bisschen wie sie.«

Das wäre der Moment gewesen, ihr das zu erzählen, was er bisher ausgespart hatte. Von Wallaces Trinkerei. Barclay Macqueen. Dem Quietschen der Fliegengittertür, wenn Caleb Marian nachts von der Veranda abholte. Stattdessen küsste er sie noch einmal.

Und immer wieder zeichnete er sie, manchmal nach dem Leben, manchmal aus der Erinnerung. Einige Blätter schenkte er ihr, andere behielt er. »Ich mag sie sehr, weil ich mir so gern vorstelle, wie du mich ansiehst«, sagte sie. »Das ist eine besonders schöne Spielart der Eitelkeit.«

Waren Sarah und Alice nachmittags nicht zu Hause, lud Mrs. Fahey ihn gelegentlich auf eine Tasse Kaffee in den Wintergarten ein, ihr persönliches Reich, zu dem auch ein kleiner Salon gehörte. In diesen Räumen gab es keine Kunstwerke. Die Wände waren weiß gestrichen, nur hier und da hing ein Foto ihrer Familie. Im Wintergarten standen Töpfe mit Farnen, ein Hundekorb mit Kissen und ein runder Marmortisch mit Korbstühlen, auf denen sie Platz nahmen. Sie stellte ihm viele Fragen, die auch Sarah schon gestellt hatte, da er nun aber weder von romantischen Gefühlen noch fleischlichen Gelüsten verzehrt wurde, hatte er weniger Hemmungen, von sich zu erzählen, und konnte sogar Gedanken formulieren, die ihm bisher nie gekommen waren.

»Ich wünschte, meine Schwester wäre etwas damenhafter«, entfuhr es ihm eines Nachmittags.

Mrs. Faheys Lächeln war noch melancholischer als Sarahs. »Warum? Wünscht sie sich das auch?«

»Nein. Aber sie macht sich das Leben unnötig schwer. Wenn sie eine Mädchenfrisur hätte und Kleider anziehen und weiter zur Schule gehen würde, statt sich nur mit Flugzeugen zu befassen, wäre für sie alles viel einfacher.« Als

Barclay Macqueen ihm auf Trouts Beerdigung die Hand geschüttelt hatte, hatte er Jamie höhnisch und triumphierend angesehen, als hielte er ihn für einen ausgeschalteten Rivalen. *Friede sei mit dir.*

»Ja, das stimmt wahrscheinlich.«

»Wäre sie auch so geworden, wenn sie eine Mutter gehabt hätte? Was meinen Sie?«

»Vielleicht, vielleicht auch nicht. Als Mutter hat man nicht alles in der Hand, auch wenn wir uns das manchmal wünschen. Ich habe gelernt – zu spät, aber immerhin –, dass unsere Versuche, andere in eine bestimmte Richtung zu lenken, meistens fehlschlagen. Ich habe mich für die Prohibition eingesetzt, weil ich fest daran geglaubt habe, dass sich das Leben der Frauen verbessern würde, wenn ihre Männer den Gehaltsscheck nicht mehr vertrinken und sich zu Hause nicht mehr so schändlich verhalten, wie es manche betrunkene Männer eben tun. Aber ich war naiv. Was Menschen sich in ihrem Leben wünschen, hat meistens mehr Gewicht als das, was sich andere für sie vorstellen.« Sie überlegte kurz. »Manchmal müssen wir uns mit dem Wind biegen, Jamie. Es gibt so vieles, was wir nicht in der Hand haben.«

Jamie musste sich auf die Zunge beißen, weil er dieser Frau in ihrem verglasten Zimmer, die glaubte, sein fürsorglicher Onkel hätte ihn den Sommer über zu Verwandten nach Seattle geschickt, eben doch nicht alles erzählen durfte. »Marian erkennt oft nicht, in was für Schwierigkeiten sie sich bringt.«

»Und Sie glauben, wenn sie damenhafter wäre, müssten Sie sich ihretwegen weniger Sorgen machen?«

»Ich weiß es nicht.«

Sie lehnte sich vor. »Würden Sie sie für mich zeichnen? Ihre Schwester? Ich würde gern wissen, wie sie aussieht.«

Also beschwor er Marian auf einem weißen Blatt Papier

herauf. Er zeichnete sie so, wie sie war, mit gestutzten Haaren und durchdringendem, fast unverschämtem Blick. Beim Zeichnen spürte er ein Ziehen in den Eingeweiden, als hätte er einen Angelhaken geschluckt, dessen Schnur in Montana eingeholt wurde.

Mrs. Fahey betrachtete die Zeichnung lange. »Ja, verstehe. Sie nötigt einem Respekt ab.« Sie seufzte und tätschelte seinen Unterarm. »Ihr habt mehr aufeinander aufpassen und schneller erwachsen werden müssen als die meisten Kinder. Das ist bestimmt nicht immer leicht gewesen.«

Als er wieder auf dem Dachboden war, setzte er sich hin und weinte. Ihm war nicht klar gewesen, wie sehr er sich nach einem Menschen gesehnt hatte, der genau das zu ihm sagte.

Während einer Hitzewelle in der dritten Augustwoche kam der Kunstexperte der Universität zu den Faheys, ein rüstiger Herr mit Fliege, der die Wände von Hereford House eilig abschritt, sich in einem Moment vorbeugte und im nächsten auf Zehenspitzen hochkam und durch seine Brille spähte, als wäre sein Körper ein eigens für das Schätzen von Kunstwerken geschaffenes Instrument. Von Zeit zu Zeit schrieb er etwas in ein kleines Notizbuch. Jamie marschierte hinter ihm her und tat seine bisher gewonnenen Einsichten kund, die der Experte allesamt mit gereizten *mm-hmms* oder Schweigen quittierte.

Zweimal wies Jamie ihn darauf hin, dass er einige beachtenswerte Bilder herausgelegt habe. »Das war sicherlich nicht nötig«, sagte der Mann, während er ein Seestück von der Wand nahm und umdrehte.

»Mr. Fahey hat mich darum gebeten. Damit wir Ihre Meinung dazu einholen können.«

»Ah ja?« Er hängte das Bild wieder an den Haken. »Welche Qualifikationen haben Sie denn vorzuweisen?«

»Ich habe die Werke katalogisiert.«

»Mm-hmm.«

Mr. Fahey kam am frühen Nachmittag zurück, als der Experte und Jamie sich gerade das Musikzimmer vornahmen. Er schüttelte dem Mann überschwänglich die Hand, überhäufte ihn mit Schmeicheleien und wollte wissen, was er von der Sammlung hielt. »Ihre ehrliche Meinung«, sagte er.

»Sie ist äußerst interessant«, erwiderte der Experte. »Wie Sie wissen, besitzen Sie etliche erstrangige Werke. Der Sargent, zum Beispiel. Wirklich bemerkenswert.« Er zog ein Tuch aus seiner Tasche und wischte sich über die Stirn. Im düsteren Haus wirkte die Hitze noch drückender.

»Das ist meine Gattin«, sagte Mr. Fahey stolz.

»Tatsächlich?«, entgegnete der Experte, obwohl Jamie es ihm bereits erzählt hatte. »Bemerkenswert!«

»Es ist bereits von einem Museum die Rede«, sagte Mr. Fahey. »Das Fahey Museum. In meinen Ohren klingt das gut, wie ich gestehen muss.«

Wieder tupfte der Experte sich die Stirn. »Eine interessante Idee. Vielleicht – das ist nur mein erster Eindruck – reicht Ihre Sammlung allein noch nicht aus, aber einen exzellenten Grundstock haben Sie allemal gelegt.« Umsichtig: »Haben Sie davon gehört, dass im Volunteer Park ein Kunstmuseum erbaut wird? Um die Fuller-Sammlung zu beherbergen?«

Das Gesicht von Mr. Fahey umwölkte sich. »Natürlich weiß ich davon. Ich kann es praktisch von meinem Schlafzimmer aus sehen.«

Der Experte zuckte zusammen, unternahm aber einen neuerlichen Versuch. »Haben Sie schon einmal daran gedacht, Ihre Kräfte zu bündeln?«

»Habe ich«, erwiderte Mr. Fahey argwöhnisch.

Der Experte schlug einen versöhnlichen Ton an. »Zuallererst würde ich Ihnen raten, jemanden hinzuzuziehen, der die einzelnen Stücke prüft und katalogisiert. Ich nehme an, Kaufverträge sind vorhanden? Belege für Zuschreibungen und Provenienzen?«

»Diese Aufgabe hat Jamie übernommen.« Mr. Fahey schaute Jamie perplex an. »Haben Sie es ihm denn nicht gesagt?«

»Ich bin mir sicher, der junge Mann hat sein Bestes gegeben«, sagte der andere, »aber für eine solche Aufgabe braucht es jemanden mit der nötigen Expertise.«

Mr. Fahey wirkte verlegen. »Der Junge ist ein begabter Zeichner. Ich wollte ihm unter die Arme greifen. Er wird schon keinen Schaden anrichten, wenn er sich die Sammlung einmal genauer ansieht.«

»Das hoffe ich doch sehr«, erwiderte der Experte steif.

Jamies Wangen brannten. Der Mann hatte seine sorgfältigen Listen, seine Kommentare, seine zusammengetragenen Hinweise auf mögliche Schätze keines Blickes gewürdigt. Alles hatte Jamie sicherlich nicht zutage gefördert – das wäre gar nicht möglich gewesen –, aber er war überzeugt, einen nützlichen Beitrag geleistet zu haben. Noch dazu hatte der Experte sich nicht herabgelassen, die Arbeiten, die Jamie auf dem Dachboden gefunden hatte, einmal anzuschauen; er *wusste*, dass sie wenigstens einen Blick wert waren.

»Jamie«, sagte Mr. Fahey, »zeigen Sie ihm doch einmal eines Ihrer Porträts.«

Nun sollte seine Demütigung also komplett gemacht werden, indem man ihn wie ein Kind aufforderte, seine Zeichnungen zu präsentieren und um ein Lob zu betteln. »Ich möchte mich nicht aufdrängen«, erwiderte er steif.

»Nun gehen Sie schon«, sagte Mr. Fahey, als würde er einen Hund fortschicken, der sich zu nah an den Abendbrottisch herangewagt hatte.

Jamie stiefelte durchs dunkle, heiße Haus zu Mrs. Faheys Salon. Die vier gerahmten Porträts – von Sarah, Alice, Mrs. Fahey und der ältesten Schwester Penelope, die ihm an einem Nachmittag mit ihrem Kind Modell gesessen hatte – hingen in einer Reihe. Er zog Alices Bild vom Nagel, stapfte zurück und hielt es den Männern mit gesenktem Kopf hin.

Der Experte studierte die Zeichnung und beäugte Jamie dann durch seine Brille, als wäre auch er ein Kunstwerk, das es einzuschätzen galt. »Wer hat Ihnen das Zeichnen beigebracht?«

»Sein Onkel«, sagte Mr. Fahey im selben Moment, als Jamie mit Bestimmtheit erwiderte: »Niemand.«

»Sie haben doch gesagt, es sei Ihr Onkel gewesen«, insistierte Mr. Fahey. Dann, an den Experten gewandt: »Sein Onkel ist der Künstler Wallace Graves. Ich besitze eine seiner Landschaften.«

»Ich habe es mir selbst beigebracht«, sagte Jamie und vergrub die Hände in den Hosentaschen.

»Mm-hmm«, machte der Experte. Er betrachte noch einmal das Porträt und schaute wieder zu Jamie. »Sie meinten, Sie hätten ein paar Arbeiten herausgelegt, die Ihnen besonders gefallen?«

Das Ereignis musste mit einem Essen gefeiert werden, und Jamie musste natürlich bleiben. Mr. Fahey bestand darauf; alle bestanden darauf. Die Aquarelle, die er in der verschnürten Schachtel gefunden hatte, die lavierten Farben, die die Stimmung des Meeres einfingen, waren von niemand Geringerem als J. M. W. Turner. Der Experte war sich so gut wie sicher. Sie waren bemerkenswert, wertvoll, bedeutend und hätten leicht unentdeckt bleiben können. Jamie fühlte sich bestätigt, empfand aber auch leichte Enttäuschung, weil er für den Fall, dass der Experte sich die Bilder nicht angeschaut hätte, beschlossen hatte, sie noch am selben Abend in die Pension mitzunehmen und in naher Zukunft nach Missoula zu bringen. Fast bereute er es, dass er sie nicht sofort an sich genommen hatte, ohne jemandem überhaupt davon zu erzählen.

»Gut gemacht«, hatte Mr. Fahey bestimmt ein halbes dutzend Mal zu ihm gesagt. »Ich habe doch gleich gesehen, dass Sie Potenzial haben.«

Trotz weit geöffneter Fenster herrschte im Esszimmer eine Gluthitze. Die Schläfen der Frauen glänzten vor Schweiß. Mr. Fahey wischte sich alle paar Minuten mit der Serviette über die Stirn. Die zweitälteste Tochter Nora, die Kunstgeschichtsstudentin, war aus Europa zurückgekehrt, und Penelope war mit Mann, Baby und Nanny ebenfalls gekommen. Alle sagten, Jamie müsse nach dem Essen ein Porträt von Nora zeichnen, um das Pantheon in Mrs. Faheys Salon zu vervollständigen.

»Wir dürfen Daddy nicht vergessen!«, rief Alice.

»Ich würde nicht im Traum daran denken, Jamie nach dieser Parade an Schönheiten meine Visage zuzumuten.« Mr. Fahey war bester Laune, noch rosiger und glänzender als jemals zuvor.

Als ersten Gang gab es Austern, dann kalte Consommé, danach pochierten Lachs.

Nora berichtete unermüdlich von Europa. »Bei der Überfahrt wehte ständig eine frische Brise. Man kann sich an die kühlende Wirkung schnell gewöhnen.«

»Ach, kann man das?«, fragte Alice, mit aufgesetzt königlich-britischem Akzent.

Die Austern hatte Jamie gegessen, den Lachs trotz innerer Zerrissenheit auch, nun hoffte er auf das Wunder, dass ihm Fleisch erspart bliebe. Als dann das unvermeidliche Steak in einer blutig-rosa Flüssigkeit vor ihm hingestellt wurde, schaute er sich verstohlen nach Jasper um, doch hatte man den Hund offenbar irgendwo eingesperrt.

»Mich würde interessieren, welche Zukunftspläne der junge Mann hat«, sagte der Kunstexperte und wandte sich ihm zu.

Alle schauten Jamie an. »Ich habe noch ein Jahr auf der Highschool vor mir«, erwiderte er, »danach werde ich mich wohl an der University of Montana einschreiben.«

»Für ein Kunststudium«, sagte der Experte.

»Ich bin noch unentschlossen.«

Mr. Fahey lehnte sich kauend zurück. »Welchen Ruf genießt die dortige Kunsthochschule?«

»Einen recht soliden, glaube ich«, sagte Jamie. »Mein Onkel unterrichtete …« Er fing sich im letzten Moment. »… unterrichtet dort.«

Mr. Fahey schob sich einen Bissen Steak in den Mund, trank einen Schluck Wein und sagte: »Sie sollten lieber nach Seattle gehen. An die Universität oder ans Cornish College. Ein Talent wie Sie sollte nicht in der Provinz versauern.«

Dass Mr. Fahey auf die Idee kam, er könne sich ein Studium plus Umzug leisten, brachte Jamie fast zum Lachen.

»Außerdem …«, begann Mr. Fahey.

»Manch einer würde Seattle für den Inbegriff der Provinz halten«, bemerkte Nora. »Im Vergleich zu Europa.«

»Nora«, sagte Alice, »sei nicht albern.«

»Das ist nicht albern, das ist snobistisch«, sagte Sarah.

»Außerdem«, setzte Mr. Fahey erneut an, nun etwas lauter, »würde ich Ihnen gern unter die Arme greifen.« Die Frauen warfen sich Blicke zu.

»Ich verstehe nicht …«, begann Jamie.

»Junge, ich will die Kosten für Ihre Ausbildung übernehmen! Natürlich würden Sie weiterhin für mich arbeiten, da fällt mir schon etwas ein. Je nachdem, wie sich die Idee mit dem Museum entwickelt, können Sie mir bei den Kunstwerken helfen oder ich setze Sie in meiner Firma ein.« Er wies mit der Messerspitze auf Jamie. »Ich habe mir alles aus dem Nichts aufgebaut.« Dies in einem Aufmerksamkeit heischenden Ton, als hätte er nicht schon unzählige Male darauf hingewiesen. »Wenn es mir möglich ist, helfe ich anderen gern auf die Sprünge.«

Jamie, völlig verdutzt, wusste nichts zu erwidern. Er hätte das Angebot gern angenommen, hätte sich gern in den Schoß der Familie Fahey fallen lassen wie in ein Bett aus Federn. Wenn er Ja sagte, würde er seine Fantasie, Sarahs Mann, der Vater ihrer Kinder und ein wohlhabender Bürger einer Stadt am Pazifik zu werden, eines Tages womöglich doch in die Tat umsetzen können. Aber ein innerer Zwiespalt hielt ihn davon ab. Er konnte die Schlachthöfe nicht vergessen, aber da war noch mehr. Zwar zeichnete er gern und hatte im Lauf des Sommers eine gewisse Eitelkeit im Hinblick auf sein Talent entwickelt, aber was wäre, wenn in ihm ein zweiter Wallace schlummerte? Wenn er sich für ein Leben als Künstler entschied und dadurch den Nährboden für Verfall und Anarchie schuf?

Er musste gründlich darüber nachdenken, aber nicht in diesem stickigen Zimmer, umgeben von lauter Faheys und dem blutigen Fleisch auf ihren Tellern.

»Du hast ihn sprachlos gemacht, Daddy«, sagte Penelope.

»Nun essen Sie Ihr Steak auf, damit wir mit einem Glas Champagner anstoßen können«, sagte Mr. Fahey, bevor er sich Jamies Teller genauer besah. »Sie haben es ja kaum angerührt. Sie sind doch nicht krank, junger Mann?«

Jamie blickte zu Sarah hin, die ihn nur stirnrunzelnd fragte: »Hast du keinen Appetit?«

In diesem Moment wurde ihm klar, dass es nicht darum ging, ob er Künstler werden wollte oder nicht. »Ich esse kein Fleisch«, sagte er.

»Wie bitte?« Mr. Fahey schien nicht zu begreifen.

»Ich esse kein Fleisch.«

»Kein *Fleisch*?«

»Nein.«

»Schreibt Ihnen das Ihre Religion vor?«

»Nein, Sir. Ich kann den Gedanken nicht ertragen.«

»Ich kann Ihnen nicht folgen.«

»Du hast Mitleid mit den armen Tieren!«, rief Nora. »Das ist es, stimmt's?«

Mr. Fahey rutschte auf seinem Stuhl nach hinten. Sein Gesicht lief burgunderrot an. »Sie können den Gedanken nicht ertragen, auf dem ich meine Firma gegründet habe? Die Firma, die dieses Haus erbaut hat? Die diese Kunstwerke gekauft hat? Die Ihnen den ganzen Sommer über Ihren Lohn gezahlt hat?«

»Ich weiß Ihre Großzügigkeit wirklich sehr zu schätzen«, sagte Jamie, »aber ich kann Ihr Angebot nicht annehmen.«

»Sie können es nicht ...« Mr. Fahey schnaubte. »Mein Angebot ist vom Tisch. Ich kann keinem Mann vertrauen, der nicht wie ein Mann isst.« Er kniff die Augen zusammen. »Und ich verbiete Ihnen den Umgang mit meiner Tochter. Denken Sie etwa, ich merke nicht, wie Sie ihr nachlaufen?«

Verzweifelt schaute Jamie zu Sarah, aber ihr Gesichtsausdruck verriet nur Bestürzung. Ihr Blick wanderte zu ihrer Mutter, die ihr kaum merklich zunickte. Sarah holte tief Luft und sagte an ihren Vater gerichtet: »Er läuft mir nicht nach.«

»Du wirst ihn nicht mehr sehen!«

Wieder blickte sie zu ihrer Mutter, doch Mrs. Fahey schaute nun wie gebannt auf ihren Teller. Tränen liefen über Sarah Gesicht, doch Jamie wusste, sie würde ihrem Vater nicht widersprechen.

»Junger Mann.« Mr. Fahey zeigte mit einem Wurstfinger auf Jamie. »Gott hat die Tiere erschaffen, damit wir zu essen haben. Tiere töten und fressen einander. Auch wir sind nur Tiere. Aber wir ziehen nicht mehr mit Pfeil und Bogen umher, sondern waren schlau genug, andere Mittel und Wege zu ersinnen, um an Fleisch zu kommen. Wir züchten Tiere, damit wir sie essen können. Rinder, Schweine und Hühner würden nicht mal *existieren*, wenn sie nicht als Nahrung für uns gedacht wären.« Er riss den Mund auf, wies auf seine Eckzähne. »Die hier?«, sagte er. »Gott hat sie uns gegeben, weil Er uns zeigen will, was wir essen sollen. Nämlich das Steak auf Ihrem Teller!«

Jamie legte seine Serviette auf den Tisch und erhob sich. »Leben Sie wohl«, sagte er. »Und danke für alles.«

Auf dem Weg nach draußen hörte er, wie Mr. Fahey ihm nachschrie, er sei ein Abtrünniger, eine Memme und solle sein Haus *auf der Stelle* verlassen.

An diesem Abend fütterte er die streunenden Hunde nicht. Er ging zur Union Station und kaufte eine Fahrkarte für den Nachtzug nach Spokane und weiter bis Missoula.

Einsam, aber ungebeugt kehrte Jamie nach Hause zurück und erfuhr, dass seine Schwester mit Barclay Macqueen verlobt war.

Missoula
August 1931
Zwei Wochen vor Jamies Rückkehr

Ein bleicher Abendhimmel, tiefe Schattenflüsse zwischen den Bergen. Marian zog Kreise, bis die Fahrer ihre Scheinwerfer einschalteten, und landete dann auf dem beleuchteten Streifen flachen Lands. Während die Männer die Kisten abluden, kam Caleb aus dem Wald marschiert, die Flinte über dem Rücken. Die Hände der Fahrer zuckten zu ihren Holstern.

»Alles in Ordnung!«, rief Marian. »Das ist ein Freund von mir!« Sie lief zu Caleb und schlang die Arme fest um ihn. Wären sie sich in Missoula begegnet, sie hätte es nicht getan, aber hier draußen musste das Ereignis entsprechend gewürdigt werden. »Woher wusstest du, dass ich hier bin?«

Er war sonnengebräunt und hatte die langen Haare zum Zopf geflochten. »Das hat mir ein Vögelchen gezwitschert. Nimmst du mich mit nach Hause?« Caleb hatte sich am Rattlesnake, nicht weit von Wallaces Haus, eine Blockhütte gebaut.

Sie blickte zu den Männern, die aus ihrer Neugier kein Geheimnis machten. »Hast du keine Angst?«

»Wovor soll ich Angst haben? Bist du keine gute Pilotin?«

Sie war spät zum Übergabepunkt gekommen, und nun flogen sie spät zurück. Als sie Missoula erreichten, war es fast Nacht, und das Licht der Stadt schimmerte golden zwischen den Bergen.

Nachdem Marian das Flugzeug abgestellt hatte, fuhr sie

mit Caleb durch die Stadt, den Fluss entlang, vorbei an Gildas Haus, vorbei an Wallaces Haus. Im Wald verengte sich die Straße zu einer holprigen Piste, und Caleb ließ sie dort anhalten, wo sich ein Pfad zwischen den Bäumen hindurchschlängelte. »Komm, wir trinken noch was«, sagte er. »Du hast mir zwei Tage Fußmarsch erspart.«

Bis zur Hütte war es nicht weit. Während sie durch die Dunkelheit stapften, fragte Marian: »Warum besorgst du dir kein Auto?«

»Ich will mich um nichts kümmern müssen. Außerdem halte ich nichts von Besitz.«

»Manchmal hat Besitz aber durchaus seine Vorzüge, oder?«, sagte sie. »Nicht, dass ich mich damit auskennen würde.«

»Ich begnüge mich mit dem, was ich wirklich brauche.«

Die Hütte stand auf einer runden Lichtung, sie war nicht groß, aber fachmännisch gebaut, mit passgenauen Ecken, flach aufeinandersitzenden Holzbohlen und sorgfältig abgedichteten Ritzen. Caleb zog einen Schlüssel aus der Hosentasche.

»Du schließt die Tür ab«, bemerkte sie.

»Ja und?«

»Dann willst du ein paar Dinge also doch besitzen.«

»Klar, aber ich will mir nicht ständig Sorgen darum machen müssen.« Er ließ sie ins Haus, und sie stand im Dunkeln, bis er nacheinander zwei Petroleumlampen entzündete. Ein gedrungener schwarzer Ofen, ein Schaukelstuhl, ein Feldbett, ein Bärenfell auf dem Boden, Geweihe an der Wand. »Ziehst du bitte die Stiefel aus?«

In der Hütte herrschte gewissenhafte Ordnung. Das Laken auf dem Feldbett saß straff über der dünnen Matratze, eine Decke lag gefaltet auf dem Fußende. Die wenigen Teller standen in einem ordentlichen Stapel auf einem

Regal über dem Spülstein. Caleb legte seine Flinte auf eine Gewehrhalterung an der Wand, auf der schon drei weitere lagen, mit glänzend polierten Läufen.

»Hast du die Bäume fürs Haus selbst geschlagen?«, fragte sie.

Er goss Whiskey in zwei Zinnbecher. »Ja, aber für die Dachsparren habe ich Bohlen im Sägewerk gekauft.« Er reichte ihr einen Becher und wies zum Schaukelstuhl. »Setz dich.« Er ging zum Ofen, machte Feuer. Als er dann auf dem Feldbett saß, berührten sich ihre Knie beinahe.

»Sauber und ordentlich ist es bei dir.«

»Bei Gilda hatte ich genug Chaos, dass es für ein Leben reicht.«

»Als du klein warst, warst du ein halber Wilder. Und jetzt sieh dich an – du fegst den Boden, legst deine Sachen zusammen. Alles ist an seinem vorgesehenen Platz.«

»Das Wilde bleibt draußen. An seinem vorgesehenen Platz.«

»Hast du ein Mädchen?«

»Kann ich in meiner Hütte keine Ordnung halten, ohne dass du gleich eine Frau witterst?«

»So war das nicht gemeint. Ich frage mich nur, ob es jemanden gibt, seit wir nicht mehr …« Marian musste den Satz nicht beenden. Sie hatten auch vorher nie ein Wort dafür gehabt. Es war immer eine Art Auslassung gewesen.

Er schlug die Beine übereinander und lehnte sich zurück an die Wand. »Es gibt Mädchen«, sagte er, »aber kein besonderes.« Er schaute sie an, und in seinem Gesicht regte sich die alte Listigkeit. Sie erwartete, er würde einen Witz, einen Vorschlag machen, aber er sagte nur: »Ich war schon mal auf der Ranch von Barclay Macqueen.«

»Bannockburn.«

Er nickte. »Zwei seiner Geschäftsfreunde hatten mich

für eine Jagd angeheuert. Wir hatten die Erlaubnis. Schönes Stück Land. Das Haus ist mal was.«

»Im positiven oder negativen Sinn?«

Er zuckte die Achseln. »Hängt wohl davon ab, wie man sein Haus mag.«

»Ich habe es nur aus der Luft gesehen. Obwohl ich vielleicht …«

»Du vielleicht dort wohnen wirst«, beendete er den Satz.

Sie nickte. Ihr war beklommen zumute. Wovor hatte sie Angst? Caleb stand auf und goss Whiskey nach. Er stellte sich neben sie, berührte ihren Nacken. Seine Hand war kalt. Sie hatte vergessen, wie kühl er sich anfühlte.

»Wer schneidet dir jetzt die Haare?«

»Jemand, der dafür Geld nimmt.«

Er zog sie vom Stuhl hoch und setzte sich mit ihr auf den Boden, sie in dem Dreieck zwischen seinen Beinen. Schweigend hielt er sie eine Weile im Arm. Dann küsste er sie auf den Mund, aber der Kuss war unschuldig, kein Auftakt zu etwas anderem. Alles, was zwischen ihr und Caleb gewesen war, kam ihr jetzt unschuldig vor, im Vergleich zu Barclay. »Dein Herzschlag ist in deinem ganzen Körper zu spüren«, sagte er.

»Ich befehle meinem Herzen, dass es stehen bleiben soll.«

»Bitte nicht.«

»Dass es langsamer werden soll. Aber es hört nicht auf mich.«

»Ich kann dir helfen, von hier zu verschwinden. Es gibt Orte, wo er dich nicht finden wird.«

Sie verabscheute Barclay zutiefst; sie war ihm unendlich dankbar. Sie wollte verschwinden und nie mehr zurückkommen; sie ertrug den Gedanken nicht, ihn zu verlassen. *Wer bist du?*

»Weißt du, was komisch ist? Ich glaube, ich liebe Barclay. Das habe ich bisher noch nie ausgesprochen.«

Seine Wange ruhte auf ihrem Scheitel. »Du hast schon eine komische Art, das zu zeigen.«

Sie hätte gehen sollen; sie wollte sich mit ihm in seinem Bett verkriechen. »Es ist eine komische Art von …« Ihre Stimme erstarb. Sie konnte das Wort Liebe nicht noch einmal aussprechen. »Es ist komisch.«

Barclay wusste, dass Marian auf dem Rückflug aus den Bergen einen Mann mitgenommen hatte, er wusste, dass Caleb dieser Mann gewesen und sie mit ihm zu seiner Hütte gefahren und dort drei Stunden geblieben war. »Drei Stunden«, sagte er. Sie standen in der Küche des grün-weißen Hauses, der Tisch zwischen ihnen. »Verrate mir mal, was du dort drei geschlagene Stunden getrieben hast.«

»Wenn du mir jemanden hinterhergeschickt hast«, erwiderte sie aufgebracht, »dann hat er wahrscheinlich auch durchs Fenster geguckt. Was habe ich dort also getrieben?«

»Du hast ihn gevögelt.«

Seine Gewissheit bremste sie aus. »Habe ich nicht.«

»Lüg mich nicht an.«

»Tue ich nicht. Du lügst. Das weiß ich, weil ich die Wahrheit sage.«

Ein stummes Unentschieden, beide misstrauisch.

»Er ist mein Freund«, sagte Marian. »Das war er immer. Darf ich etwa keine Freunde mehr haben?« Lauter: »Willst du, dass ich außer dir niemanden sehe?«

Er ließ sich auf einen Stuhl fallen, sein Zorn war verflogen. »Wenn ich ehrlich bin, ja.«

»Du willst wissen, was wir gemacht haben? Geredet.«

Dann, als wäre es ein Vorwurf: »Ich habe Caleb erzählt, dass ich dich liebe.«

Er schaute hoch. »Ehrlich?«

»Seit wann lässt du mich verfolgen?«

»Erzähl mir noch mal, was du zu ihm gesagt hast.«

Er wirkte erfreut, erregt. Sie empfand nur Hoffnungslosigkeit. »Nicht jetzt.«

»Sag mir, dass du mich liebst.«

»Seit wann lässt du mich verfolgen?« Noch lauter.

»Seit deinem Ausflug nach Vancouver. Und nur, weil ich solche Angst hatte, dich zu verlieren.«

Gottseidank hatte Caleb ihre heimlichen Treffen schon vor langer Zeit beendet.

»Ich dachte, du würdest wieder etwas Dummes tun und dich in Gefahr bringen«, sagte Barclay. »Es war nur zu deinem Schutz. Ich wollte dich nicht an die Kette legen, sondern nur, dass du in Sicherheit bist.«

»Warum geben wir es nicht zu? Wir trauen uns gegenseitig nicht über den Weg.«

»Damit wäre Schluss, wenn wir verheiratet wären.« Mit Nachdruck: »Wären wir nämlich verheiratet, würde ich dein Ehegelöbnis als Versprechen nehmen, dass du nie wieder wegläufst. Ich weiß ja, dass ich mich auf dein Wort verlassen kann.« Er stand auf, ging um den Tisch herum und kniete vor ihr nieder. »Sag es noch einmal. Bitte. Das, was du ihm erzählt hast. Denn das geht nur uns beide etwas an, ihn nicht.«

Sie erfüllte ihm die Bitte. Doch während sie es tat, hatte sie ein komisches Gefühl, als hätte in ihrem Bauch ein Messer gesteckt, das sie nun herausgezogen hatte; zwar fühlte sie sich befreit, hatte aber auch den Eindruck, sich eine neue, lebensbedrohliche Wunde zugefügt zu haben. Sie hatte gewusst, eines Tages würde sie ihm sagen müssen, dass sie ihn liebte, und nachdem dies erledigt war, konnte sie es auch wahr werden lassen. Er drückte das Gesicht an ihre Schenkel, und sie berührte seinen Kopf. Er schaute hoch. »Ich liebe dich, Marian, aber ich muss dir etwas sagen. Zuerst sollst du aber wissen, dass es mir leidtut. Ich hätte es nicht getan, wenn ich gewusst hätte … Ich hätte warten sollen.«

Sie erstarrte. Wie im Cockpit über der Gletscherspalte.

»Ich … ich habe etwas in Bewegung gesetzt, weil ich wütend war. Aber ich kann es ungeschehen machen.« Er hatte Tränen in den Augen. »Marian, ich habe etwas Schreckliches getan. Aber nur, weil du mich zu lange hast warten lassen.«

Das kosmische Zischen des expandierenden Universums

Elf

Ich hatte mal eine Kostümbildnerin sagen hören, dass die besten Schauspielerinnen gar nicht in den Spiegel schauen; sie *fühlen* ein Kostüm. Bei den Anproben für Marian wandte ich mich vom Spiegel ab, als könnte er mich in Stein verwandeln. Ich lief in einem dicken Fliegeroverall und Schaffellstiefeln herum und fühlte mich schwer und fehl am Platze wie ein Astronaut, der auf der Erde festsitzt. An einer Wand hing ein Flickenteppich aus Fotos von Pilotinnen und willkürlich ausgewählten Personen aus den jeweiligen Epochen, dazu Kostümskizzen und so ziemlich jedes existierende Bild von Marian, und ich wälzte mich hinüber, um mir alles anzusehen.

Das Hochzeitsfoto kannte ich aus dem Internet, sie und der Gangster Barclay Macqueen vor einem stattlichen Gerichtsgebäude, während Blätter um ihre Füße wehen. Marian hält ihren Hut fest und lächelt schwach wie über einen schlechten Scherz. Ihr frischgebackener Ehemann wirkt freudig erregt.

Daneben hing eine ausgedruckte Kohlezeichnung, die ich noch nie gesehen hatte. Darauf war Marian sehr jung, fast noch ein Kind, ihr Haar war sehr kurz geschnitten, und sie sah aus, als wollte sie allem widersprechen, was man gerade gesagt hatte. »Was ist das?«, fragte ich.

Die Kostümbildnerin war mir gefolgt und hantierte an

einem Gurt an meiner Taille herum. »Die hat ihr Bruder gezeichnet. Sie befindet sich in irgendeiner Privatsammlung. Ist sie nicht hübsch? So viel Persönlichkeit.« Sie zerrte mich rückwärts und drehte mich zu ihren Assistenten um. Sie betrachteten mich.

»Sie sieht aus wie ein Flughörnchen«, sagte einer. Er hob den Arm und deutete auf den Winkel darunter. »Als hätte sie Schwimmhäute.«

»Er ist authentisch«, sagte die Kostümbildnerin abwehrend, »ein echter Sidcot-Anzug, aber ich denke, wir können ihn so anpassen, dass ihre Figur nicht ganz verloren geht.«

Meine Entschlossenheit bröckelte. Ich warf einen Blick in den Spiegel. Sie hatten mir schon eine strenge Pixie-Frisur verpasst und die Haare gebleicht. Ich war ein kleiner, blasser Kopf auf einem riesigen braunen Körper, pilzartig und aufgebläht.

»Keine Sorge«, sagte die Kostümbildnerin. »Wir machen das Ganze noch schmeichelhafter.«

»Das ist mir egal«, log ich.

»Versprochen«, sagte sie, als hätte sie mich nicht gehört. »Sie werden toll aussehen.«

Siobhan rief an, um mir zu sagen, dass Redwood Feiffer mich zum Mittagessen zu sich nach Hause eingeladen habe. Immer diese verfluchten Mittagessen.

»Nur mich?« Ich spielte mit dem Gedanken, ihr zu sagen, dass ich dem Kerl keinen blasen würde. Meine Karriere war nicht länger ein auf Blowjobs basierendes Tauschgeschäft.

»Es ist ein bisschen unüblich, aber ich glaube nicht, dass er das *weiß*. Er ist so reich, dass er es wohl gewöhnt ist, treffen zu können, wen immer er will. Du solltest es als freundschaftliche Geste betrachten. Er scheint ein netter Kerl zu sein.« *Er hat das Geld*, schwang in ihren Worten mit.

Redwood wohnte nur drei Kilometer Luftlinie westlich von mir, wobei Luftlinie in den Hügeln, wo die Straßen so verwinkelt und verschlungen sind, nur bedingt aussagekräftig ist. Ich ließ M. G. zu Hause und fuhr selbst, weil es beleidigend wirken könnte, wenn ich mit einem Leibwächter zum Mittagessen aufkreuzte. Zwanzig Minuten zu spät drückte ich die Klingel an Redwoods Hightech-Sprechanlage und folgte der Nautiluskurve der Auffahrt zu einem niedrigen Haus, das aus scharfen Kanten und rohem Beton bestand und wie der Bunker eines unfassbar eleganten Warlords aussah. Redwood erwartete mich auf seiner brutalistischen Türschwelle in Adidas-Turnschuhen, T-Shirt und einem zerknitterten hellbraunen Leinenanzug mit hochgekrempelten Ärmeln.

»Buenos días!«, sagte er, als ich auf ihn zuging. »Wow, mir gefällt Ihr Haarschnitt. *Très* Marian.« Selbstbewusst öffnete er die Arme für eine Umarmung. »Wie lautet das Zauberwort?« Eine Sekunde zu spät bemerkte er mein Zögern, meinen Unwillen angesichts der anmaßenden Begrüßung, und wechselte nahtlos in den Handschlag-Modus.

»Ich weiß nie, was ich darauf antworten soll«, sagte ich und gab ihm die Hand. »Ist ›gut‹ das Zauberwort?«

»Jetzt, wo Sie es sagen, weiß ich es auch nicht. Vielleicht sagt man einfach das Wort, das einem gefällt.« Er führte mich in einen riesigen Raum, der auf einer Seite komplett nach außen offen war. Ich hatte solche Häuser schon gesehen. Von vorn sind es ominöse, mit Sehschlitzen versehene Bunker, und hinten gibt es nichts als Offenheit und Unschuld, die das ganze stadtverkrustete Tal und den ganzen Himmel hereinlassen. Riesige Schiebetüren aus Glas waren in die Wände eingelassen, damit Redwood sich nicht mit etwas so Plumpem und Störendem wie Fenstern abgeben musste.

»Scharf«, sagte ich. »Das ist mein Zauberwort.« Augustina hatte es an diesem Morgen benutzt, um den Tonfall einer bestimmten PR-Person zu beschreiben, und es hatte mir einen kleinen Kick versetzt.

»Aber in welcher Bedeutung?«

»In allen. Darum ist es ja ein Zauberwort. Die Bedeutungen beziehen sich aufeinander.«

»Ah! Ja. Ich verstehe. Der scharfe Ton, die scharfe Frau, der scharfe Geschmack. Sehr schön.«

»Was ist Ihr Wort?«

Er überlegte. »Ich nehme *womöglich*.«

»Warum?«

»Es drückt Ambivalenz aus, mein Lieblingsgefühl, denn darin steckt ›wo etwas möglich ist oder auch nicht‹.«

Wir gingen durch einen Raum mit niedrigen Sofas, einem riesigen Flachbildfernseher und einem glänzenden schwarzen Flügel auf die Terrasse. Vier Liegestühle standen neben dem Pool, dahinter erstreckte sich die große, flache Platine von Los Angeles, die im blassen Dunst verschwamm.

»Cooles Haus«, sagte ich.

»Danke. Es ist nur gemietet, bis ich mich entschieden habe, ob ich hierher ziehe. Nichts von dem Zeug gehört mir.« Er starrte auf den undeutlichen Horizont. »Ich weiß, es ist eine Plattitüde, aber ich muss es trotzdem sagen – die Größe dieser Stadt haut einen wirklich um. Vor allem, wenn man einfliegt. Schauen Sie im Flugzeug aus dem Fenster?«

»Manchmal.«

»Man kann die *erstaunlichsten* Dinge sehen. Ich bin

zum Beispiel mal nach Europa geflogen, und der Pilot sagte, auf der linken Seite könne man das Nordlicht sehen. Niemand machte sich die Mühe, die Jalousie zu öffnen! Es war ganz schön deprimierend, dass die Leute nicht hingeschaut haben.«

»Ich habe das Nordlicht noch nie gesehen.«

»Aber würden Sie denn nicht *hinschauen*? Es ist total *abgefahren*. Grüne Streifenmuster, wie man sie erwartet, aber das schiere Ausmaß hat mich umgehauen und dass sie sich wahnsinnig schnell bewegen, man aber gleichzeitig nicht sehen kann, dass sie sich bewegen. Ich habe mal ein Gedicht gelesen, in dem das Nordlicht als Mond beschrieben wird, der seine seidene Wäsche aufhängt. In einem anderen hieß es Glühwürmchenlicht. Das gefällt mir.«

Seine Ernsthaftigkeit brachte mich aus dem Gleichgewicht. Wer redet denn über Gedichte? »Ich war mal in einer Glühwürmchenhöhle.«

»Was ist eine Glühwürmchenhöhle?«

»Das, wonach es klingt. Eine Höhle, in der Glühwürmchen an der Decke leben. Drinnen ist es stockdunkel, und die Würmchen sehen wirklich wie Sterne aus, obwohl es nur Larven sind. In der Höhle stand Wasser, und die Würmchen spiegelten sich, sodass man von lauter kleinen weißen Lichtpunkten umgeben zu sein schien.«

Wie irre ist das denn?, hatte Alexei gesagt, als wir durch die Höhle trieben. *Könnten wir tot sein? Würden wir es überhaupt merken?*

Ich glaube, wir würden gar nichts merken, hatte ich gesagt. *Ganz allgemein.*

Ja, es ist nur Wunschdenken, dass Leben und Tod austauschbar sind. Aber es ist schön. Es ist sehr schön.

Die ganze Sache war von Anfang an unmöglich gewesen, aber ich empfand immer noch dieses dumme Gefühl des

Verlusts, wenn ich an ihn dachte. Bei anderen dauert die Verliebtheit lange genug, um sich in wahre Liebe und später in Enttäuschung und Langeweile zu verwandeln. Mir blieb nur das kalte, außerirdische Leuchten eines Nachmittags und Abends, an denen ich jemandem ins Gesicht gesehen und gesagt hatte: *Ja, genau, ich weiß* genau, *was du meinst.*

»Das würde ich gern mal sehen«, sagte Redwood und meinte die Glühwürmchen. »Kommen Sie doch mit in die Küche. Ich habe noch ein paar Dinge zu erledigen, dann können wir essen.«

»Sie haben gekocht?«

»Einen Salat. Ich habe ihn zusammengestellt.«

Die großen Schiebetüren in der Küche waren offen, auf der Terrasse unter einer mit Glyzinien bewachsenen Pergola war für zwei gedeckt. Während er die Vinaigrette verquirlte, sagte er: »Tut mir leid, aber ich habe nicht wirklich durchdacht, wie sehr das alles an ein Date erinnert. Ich hoffe, es ist Ihnen nicht unangenehm. Ich wollte nur ohne Aufpasser mit Ihnen reden.«

»Erinnert es mehr oder weniger an ein Date, wenn wir ein Glas Wein trinken?«, fragte ich.

»Wen kümmert's?« Er öffnete die Kühlschranktür aus Edelstahl, die groß und schwer wie die eines Banktresors war, holte eine Flasche heraus und schenkte zwei Gläser ein. Seine Hände waren unerwartet elegant, seine Finger lang und geschickt. Wir stießen an. »Prost. Du hast Marians Buch gelesen, oder? Brich mir nicht das Herz und sag, dass du nur das Drehbuch kennst.«

»Natürlich habe ich es gelesen«, sagte ich, als fiele es mir im Traum nicht ein, das Buch nicht zu lesen, als hätte ich alle *Archangel*-Bücher gelesen und nicht nur das erste. »Tatsächlich kannte ich es schon. Ich bin als Kind quasi drüber gestolpert.« Ich merkte, dass ich in ein Gespräch über meine Eltern zu geraten drohte, und sagte: »Ich habe auch das Buch deiner Mutter gelesen.«

»Wie hat es dir gefallen?«

Bevor ich mit einer vagen Schmeichelei antworten konnte, sagte er: »Ich weiß, es ist nicht das Beste, was je geschrieben wurde. Das sollte ich dazu sagen. Damit du nicht glaubst, ich hielte es für ein Meisterwerk.«

»Es ist gut«, sagte ich.

»Schön unverbindlich. Aber?«

Ich sah ihn über den Rand meines Glases hinweg an. »Nichts aber.«

»Na komm schon. Sag es. Ich verteidige ihr Buch nicht. Sie selbst schon, also sei gewarnt.«

Ich ahnte, dass er mir eine Falle stellen wollte, antwortete aber trotzdem. Ich sagte, dass die Stimme des Buches, Marians Stimme, das *Ich*, das seine Mutter ihr verliehen hatte, nicht mit der Stimme in dem Buch übereinstimmte, das Marian über sich geschrieben hatte.

Alles, was ich wusste, hatte Carol Feiffer als Marian geschrieben, *alles, was ich je gewusst hatte, war, dass ich dem Himmel gehörte.*

Alles, was ich wusste, hatte sie im nächsten Kapitel geschrieben, *alles, was ich je gewusst hatte, war, dass kein Mann mich je besitzen würde.*

In ihrem Tagebuch hatte Marian im heutigen Namibia geschrieben: *Ich möchte gern glauben, dass ich mich an genau diesen Mond erinnern werde, den ich an diesem Abend aus genau diesem Winkel von diesem Balkon aus gesehen habe, doch wenn ich es vergesse, werde ich nie wissen, dass ich es vergessen habe, weil gerade darin die Natur des Vergessens liegt. Ich habe so viel vergessen – fast alles, was ich gesehen habe. Die Erfahrung spült in großen Wellen über uns hinweg. Das Gedächtnis ist wie ein Tropfen, den man in einer Flasche auffängt, konzentriert und salzig, ganz anders als die frische Fülle, aus der er stammt.*

Ich sagte Redwood, dass Carol meines Erachtens Marian nicht ganz gerecht geworden sei. Das Buch fühle sich wie ein Wunschtraum an, als wollte es Marian dazu zwingen, etwas anderes – jemand anders – zu sein, glaubwürdiger und beruhigender, als sie wirklich war.

Redwood nickte beinahe bekümmert und sagte, ja, er wisse, was ich meine. »Es ist der Versuch, Marian zu verbiegen, um sie – ich hasse dieses Wort – nachvollziehbarer zu machen, doch am Ende wird sie nur verzerrt.«

»Genau«, sagte ich. Mehr als einmal hatte ich bei der Lektüre von Carols Buch an die Fan-Fiction gedacht, die ich mit Oliver gelesen hatte, an das Puppenhausgefühl, an die Autorin, die uns so fest umklammerte, als müssten wir zerbrechen. *Ich lebe dich so sehr.*

Redwood stieß einen langen Atemzug aus. »Meine Mutter hat einen starken Ordnungsdrang. Sie ist nicht religiös, glaubt aber, dass alles aus einem bestimmten Grund geschieht. Mitten in einem Atomkrieg wäre sie diejenige, die sagt, alles wird gut. Es ist ja schön, dass sie so optimistisch ist, aber ich wünschte, sie wäre realistischer. Ich bezweifle, dass sie überhaupt noch weiß, welche Teile des Buches sie erfunden hat. Egal, ich habe beschlossen, sie nur zu unterstützen. Nimmst du den Wein mit?« Er trug den Salat auf die Terrasse, ich folgte ihm.

»Es klingt, als würdet ihr euch nahestehen.«

»Sie ist mein nicht-böser Elternteil. Sie und mein Vater haben sich scheiden lassen, als ich sechs war, und wir waren immer eine Art Team. Er ist jetzt tot.«

»Das tut mir leid.« Wir setzten uns. Er hatte schon Stoffservietten, eine Schale Salzflocken mit einem kleinen Löffel darin und eine Karaffe Eiswasser hingestellt.

»Schon gut. Ich habe ihn gehasst, sofern man einen Elternteil hassen kann.«

»Es tut mir trotzdem leid.«

»Danke. Nun, da ich mich nicht mehr mit ihm abgeben muss, hasse ich ihn weniger.«

»Klingt kompliziert.«

»Ich weiß nicht. Manche Dinge sind ganz einfach.« Redwood erzählte, sein Vater sei Chefsyndikus einer Chemiefirma gewesen, die ein Ableger von Liberty Oil war, und habe seine Zeit damit verbracht, Klagen von tumorgeplagten Fabrikarbeitern, von Städten mit verseuchtem Grundwasser, von Chemikern, deren Entdeckungen man gestohlen hatte, und von Umweltgruppen, die sich um Luft und Wasser und Frösche und Vögel sorgten, abzuwehren. Er war mit vierundsechzig in einem jener Fälle willkürlicher, abrupter Sterblichkeit, die eine Illusion kosmischer Gerechtigkeit erzeugen, mit einem Hirnaneurysma tot umgefallen.

»Meine Eltern sind gestorben, als ich zwei war«, sagte ich. »Beim Absturz eines Leichtflugzeugs.«

»Ich weiß. Google.«

»Ach so, ja.«

»Das tut mir auch leid.«

»Ist schon okay. Ich habe sie nicht gekannt.«

»Genau das tut mir leid.«

»Wir starten mit dem Gespräch über tote Eltern. Wow.« Er lächelte, kaute, kniff ein wenig die Augen zu, und etwas an seinem skeptischen, belustigten Blick verriet mir, dass er vielleicht doch nicht so dumm war, wie wir dachten. »Bis zum Dessert sind wir beim Smalltalk angekommen. Sag mal, ist es dir schwergefallen, die Haare abzuschneiden?«

Im Friseursalon hatte ich in den Spiegel gestarrt wie eine Brandstifterin, die ein Haus abbrennen sieht. Ich strich über meinen Kopf. »Ich war erleichtert. Ich fühle mich jetzt unbeschwerter.«

»Vielleicht sollte ich es auch machen.«

Ich legte den Kopf schief und musterte ihn. »Noch nicht«, sagte ich. Er lächelte. »Warum hast du nicht einfach die Day-Brüder beauftragt, Marians Buch zu adaptieren, wenn du an dem deiner Mutter – womöglich – Zweifel hast?«

Er verzog das Gesicht. »Wäre ich neutral, hätte ich es getan, aber ich wollte meine Mutter nicht kränken.« Sie seien beide von Marian besessen. Carol habe ihm Marians Buch vorgelesen, als er ein Kind war. Sein Vater habe es ihr geschenkt, als sie gerade zusammen waren, und Redwood vermutete, sie habe ihn vielleicht auch geheiratet, weil sie sich in die Vorstellung von Matilda Feiffer und der familiären Verbindung, der Familienlegende, verliebt habe. »Ich glaube, sie wollte zur Geschichte gehören«, sagte er. »Der *Josephina Eterna* und Marian und des ganzen Industriegiganten-Krams. Aber diese Geschichte war vorbei, und so landete sie in einer ganz anderen, weniger tollen Version.«

Er sagte, es habe ihn überrascht, dass die Day-Brüder sich so für das Buch seiner Mutter begeisterten. Die ganzen überzogenen Mutmaßungen lieferten ihnen Stoff, um dem Film einen bestimmten Ton zu geben. Redwood sagte, er habe sich einen konzeptionelleren Film vorgestellt, über die Zweideutigkeit des Verschwindens, eine Art spirituelle/metaphysische Terrence-Malick-Variante (was sonst), aber das, was die Days geschrieben hatten, sei auf eine andere Weise cool und ultra-konzeptionell. Und ein kleines bisschen camp.

»Genau«, sagte ich. »Hundertprozentig.« Und ich musste

ihm glauben, selbst wenn das, was er beschrieb, nicht ganz meinen Vorstellungen entsprach.

Wir arbeiteten uns durch unseren Salat.

Er fragte: »Wie funktioniert der Prozess, wie findest du heraus, wie du eine Rolle anlegen willst?«

Am liebsten hätte ich geantwortet, dass ich einfach das Plastikpony in den Plastikstall stellte und wunschgemäß lächelte. Stattdessen: »Ich stelle mir vor, jemand anderes zu sein. Das ist so ziemlich alles.«

»Ich habe Sir Hugo das Gleiche gefragt, und er hat eine Stunde lang geredet.«

Scheiß auf Hugo, der sich immer so sicher war, dass die Leute ihm zuhören wollten. *Natürlich* wollten die Leute ihm zuhören, dieser Stimme aus Rauch, Whiskey und Nordwind. Versuchen Sie mal, eine Naturdoku zu finden, die Hugo nicht gesprochen hat. Versuchen Sie mal, einen Zeichentrickbösewicht zu finden, dem er nicht seine Stimme geliehen hat.

»Es klingt sicher lächerlich, wenn ich versuche, es zu erklären.«

»Wie ich mit dem Nordlicht.«

»Wie ich mit den blöden Glühwürmchen.«

Er stieß leicht mit dem Glas gegen meins. »Auf Geheimnisse. Auf dass wir sie nicht zerstören.«

Zwölf

Nach dem Essen wechselten Redwood und ich auf die Liegen am Pool, tranken weiter Wein, klatschten über Leute in Hollywood, kramten unsere besten Anekdoten hervor, wagten kleine Geständnisse. Die Fliesen des Pools waren winzig, quadratisch und kobaltblau, und das Wasser war vollkommen glatt und wirkte dicht wie Gelatine.

Mit Redwood war es anders als mit Alexei, und doch spürte ich etwas, ein gewisses Zischen oder Schwirren. Konnte der Mangel an Wurmlicht verhindern, dass ich mich auf etwas einließ? Was, wenn ich das Wurmlicht nie wieder erlebte? Die Antwort konnte kaum darin bestehen, eine Nonne zu werden, die mit der Erinnerung an eine flüchtige Affäre mit einem verheirateten Typen verheiratet war. Wäre es dumm, mit ›Dem Geld‹ zu schlafen? Wäre es dumm, es nicht zu tun?

Vielleicht wollte ich, dass er mich küsste, um mich zu vergewissern, dass er es wollte. Vielleicht wollte ich, dass er sich in mich verliebte, damit ich entscheiden konnte, ob ich in ihn verliebt sein wollte oder nicht. Man gewöhnt sich daran, dass die Leute sich in die Vorstellung verlieben, mit einem zusammen zu sein. Man glaubt, man müsse ihre Gefühle immer in der Hand haben, wie eine Anzahlung.

»Wie läuft es mit Oliver?«, fragte er hinter seiner Sonnenbrille.

»Ich habe nichts von ihm gehört.«

»Nichts.«

»Nada.«

»Und wie fühlst du dich dabei?«

»Ich bin wohl überrascht, dass er mich verlassen konnte, ohne mich anzuschreien. Die meisten Leute wollen, dass man sieht, wie sehr man sie verletzt hat, er offenbar nicht. Entweder habe ich ihn nicht wirklich verletzt, oder er besitzt mehr Würde, als ich dachte.« Ich machte mein Gesicht zum Inbegriff der Neutralität. »Und du? Gibt es jemand Besonderes?«

»Absolut niemanden.«

Beim Googeln hatte ich mich durch mit Wasserzeichen versehene VIP-Fotos geklickt, die Redwood mit einer Reihe schöner, ernsthaft wirkender Frauen zeigten. »Ich bin mir nicht sicher, ob ich dir glaube.«

»Es ist die Wahrheit.«

Pause. »Ich habe eine Frage.«

»Schieß los.«

»Warum hast du einen Flügel?«

»Er gehört zum Haus, aber ich spiele auch. Er ist einer der Gründe, warum ich mich für dieses Haus entschieden habe.«

»Würdest du was für mich spielen?«

»Ja.«

»Die meisten Menschen tun zumindest, als ob sie sich zierten.«

»Ich gebe gerne an. Aber du bleibst hier draußen.«

Ich weiß nicht, was er spielte. Es war langsam und traurig. Die Töne drifteten aus der Mundöffnung seines Bunkerhauses und legten sich auf meine Haut. Ich schaute durch den Klang über das Tal, als sähe ich durch einen Nebel. Dann hörte er auf, und ich war wieder ich selbst.

»Könnte schlimmer sein«, sagte ich, aber er hörte, was ich wirklich meinte.

»Das ist mein Partytrick.«

Ich dachte an Jones Cohen, wie er meinen Ohrring mit der Zunge entfernte, dass ihm die Diamanten von den Lippen hingen.

Am Abend wurde die Stadt in rosa Licht getaucht. Ich sagte, ich wolle schwimmen, und dachte dabei an Nacktbaden, aber Redwood holte mir einen einteiligen Badeanzug, der leicht nach Chlor roch. Ich fragte nicht, wem er gehörte. Das Wasser war scharf und kühl auf meiner sonnenverbrannten Haut. Ich lehnte mich mit dem Rücken an die Poolseite, die in die Unendlichkeit zu führen schien, und Redwood watete auf mich zu, wobei rosiges Licht in seinem nassen Bart schillerte. Ich dachte, er werde mich küssen, doch er lehnte sich auch an den Rand und schaute in die andere Richtung, hinaus.

Als es dunkel war und die Stadt rot wie ein flaches Mohnfeld leuchtete und wir in Handtücher gewickelt wieder auf den Liegen lagen, fragte er, ob ich Lust auf Zauberpilze hätte.

Sicher, sagte ich.

Er ging rein und holte eine in Folie gewickelte Tafel Schokolade.

»Die habe ich von Sir Hugos Lover. Ich habe keine Ahnung, wie stark sie ist.«

»Wenn sie von Rudy kommt, wahrscheinlich sehr stark.«

Wir aßen jeder ein Stück.

Redwood stand auf. »Ich mache das Licht aus.«

Die Lichter im Pool gingen aus, dann die Innenbeleuchtung. Wieder erklang von drinnen Klaviermusik, etwas Dissonantes, Zerfleddertes, voller Löcher und Lücken. Ich wusste nicht, ob es so klingen sollte oder in der Zauberpilz-Tonart gespielt wurde. Das malvenfarbene Licht der Stadt pulsierte am Himmel und auf der Wasseroberfläche. Die Musik fügte sich allmählich zusammen, bekam einen Sinn, und es war, als könnte ich sie zu mir heranziehen und zu einer Masse formen, die ich wie einen Sturm über das Tal schleudern würde.

Marian hatte geschrieben: *Die Welt entfaltet und entfaltet sich, und da ist immer noch mehr. Eine Linie, ein Kreis, ist unzureichend. Ich schaue nach vorn, und da ist der Horizont. Ich blicke zurück. Horizont. Was vergangen ist, ist verloren. Für meine Zukunft bin ich schon verloren.*

Während ich Redwood spielen hörte, dachte ich darüber nach, dass das Medium der Musik die Zeit ist, dass, wenn die Zeit stehen bliebe, ein Gemälde unverändert existieren, die Musik aber verschwinden würde wie eine Welle ohne Ozean. Das wollte ich ihm sagen, doch als er zurückkam, lenkte mich seine Aura ab, die grau und fein wie Rauch war. »Ich kann deine Aura sehen«, sagte ich.

»Wie sieht sie aus?«

»Wie Rauch.«

Die Stadt funkelte und drehte sich wie eine Galaxie.

Man nennt sie die Stadt der Engel, sagte er, aber der Name bedeutet eigentlich nur Die Engel. Und *welche* Engel eigentlich?

Alle, sagte ich. Nehme ich an.

Es ist wirklich aufregend, sagte er. Wir erschaffen etwas aus dem Nichts.

Ich dachte, er spräche über uns. Ich wollte sagen, dass alle Beziehungen so seien, doch dann meinte er, na ja, nicht aus dem Nichts. Marian sei natürlich real, aber menschliche Leben würden nicht wie Fossilien konserviert. Man könne bestenfalls hoffen, dass sich die Zeit um die Erinnerung verhärte und ihre Gestalt als leere Form bewahre.

Und da wurde mir klar, dass er über den Film sprach, nicht über uns.

Man kann einiges herausfinden, sagte er, aber es wird nie genug, wird nie die ganze Wahrheit sein. Besser, man entscheidet sich, welche Art von Geschichte man erzählen will, und erzählt sie dann.

Ich glaube, ungefähr das hat er gesagt.

Ich fragte: Aber wo fangen wir an? Wo ist der Anfang?

Er vergaß zu antworten, oder ich hatte die Frage nur im Kopf gestellt, und wir saßen für eine unmessbare Zeit nur da und betrachteten die Aussicht, dachten irgendwas, und dann fragte er: Was *ist* dieser Ort?

Er ist Die Engel, sagte ich.

Ich weiß, sagte er, aber was *ist* er?

Ich hörte ein Windspiel vom Nachbarhaus, also sagte ich, er ist ein Windspiel.

Was sonst noch?

Ein Hubschrauber flog blinkend vorbei.

Er ist Hubschrauber.

Was sonst noch?

Windspiele und Hubschrauber, sagte ich. Und er ist Muscle-Cars und Laubbläser und Müllautos, die Mülltonnen einsammeln und wie Tequila-Shots herunterkippen. Er ist Kojoten, die wie Missetäter jaulen, die gerade in einem Briefkasten Böller gezündet haben, und er ist Trauertauben, die auf Stromleitungen sitzen und das immer gleiche traurige Vier-Töne-Riff üben. Er ist das Summen von Kolibri-Flügeln und das lautlose Gleiten der Geier und das langbeinige Schreiten von Silberreihern im seichtgrünen Wasser der Betonrinne, die man Fluss nennt. Er ist Tanzmusik, die in einem dunklen Raum voller Menschen dröhnt, die auf ihren Rädern ins Nirgendwo strampeln. Er ist Gongs und Oms und Walgesänge, die in den schummrigen Heiligtümern der Spas erklingen. Es ist ein Norteño-Song, der aus einem vorbeifahrenden El Camino dröhnt, und Schulkinder, die im Klassenzimmer bei geöffneten Fenstern *America The Beautiful* singen, und das Raspeln eines Beats, der aus Kopfhörern dringt, wenn man auf der

Straße an jemandem vorbeigeht. Er ist Pitbulls, die hinter Maschendraht bellen, und Chihuahuas, die hinter Fliegengittertüren kläffen, und Pudel, die auf Terrakottafliesen dösen. Er ist Mixer und Mühlen und Entsafter und zischende stählerne Espressomaschinen, die groß wie U-Boote sind, und Kellner, die zu viel reden – *Haben Sie am Wochenende was Besonderes vor? Steht am Wochenende was Besonderes an?* – und kostbares Wasser, das in Brunnen und Pools und Whirlpools und hohen Gläsern auf schattigen Terrassen plätschert, das aus Schläuchen blubbert und aus kaputten Rohren schießt. Und darunter das Summen des Verkehrs, das immer da ist wie der Ozean, der in Muscheln lebt, wie das kosmische Zischen des expandierenden Universums.

Zumindest habe ich versucht, ihm das zu sagen. Was ich wirklich gesagt habe, weiß ich nicht.

Dann meinte er etwas wie, L. A. sei Staub und Abgase und der heiße, trockene Wind, der die Nerven strapaziert und Feuer in gezackten Linien die Hänge hinauftreibt, wie Risse im Papier, das uns von der Hölle trennt, und es sei sich auftürmende Rauchwolken und Sonnenschein, der nicht nachlasse, und kühler Meeresnebel, der nachts über dem ganzen Becken ausgerollt werde wie ein sauberes weißes Krankenhauslaken und am Morgen wieder abgezogen werde. Es sei eine Mondsichel an einem Himmel, der grün angelaufen ist, nachdem der Sonnenuntergang ihn nach Strich und Faden verprügelt hat. Es sei ein träger Hängemattenmond, der über Hochspannungsleitungen aufgeht, über den skelettartigen Silhouetten der Strommasten, über zotteligen Zypressen und Palmenkronen, die wie stachelige schwarze Feuerfische auf zu dünnen Stämmen hocken. Es sei das große Erdbeben, das die Stadt in Schutt und Asche legen und die Trümmer in Brand setzen wird, aber nicht heute, hoffentlich nicht heute. Es sei die Offensichtlichkeit, mit der man darauf hinweist, dass die Autobahn wie ein Rubinarmband aussieht, das neben einem Diamantenarmband liegt, wie Ströme aus Lava und Champagnerblasen, die nebeneinander in entgegengesetzter Richtung fließen. Die Leute reden von der Zersiedelung, und ja, die Stadt ist eine betrunkene, lachende Schlampe, die sich im Paillettenkleid in der Ebene lümmelt, die gespreizten Beine in den Schluchten, den Rock über die Hügel ausgebreitet, und sie schimmert, vibriert, vom Licht gekitzelt. Kauf keine Karte mit den Häusern der Stars. Fahr nicht gaffend durch die Gegend, denn du bist schon da, Mann. Du bist mittendrin. *Alles* hier ist eine große Karte voller Stars.

Zumindest habe ich ihn das sagen hören.

Und ich meinte, weißt du was? Eigentlich sind es fast nur Häuser. Und wenn man wirklich über Häuser nachdenkt, sind die *total seltsam*, oder? Es sind Kästen, in denen wir uns und unser Zeug aufbewahren, Kästen in Form von Tudor-Villen und schicken Warlord-Zementbunkern wie diesem hier und modernen Glas-Raumschiffen und geodätischen Kuppeln und schnittigen Vitrinen. L. A., das sind mysteriöse, bröckelnde Herrensitze auf Hügeln und mit Bougainvillea umrankte Haziendas und adrette Craftsman-Bungalows und kleine Lehmhütten mit Flachdächern und vergitterten Fenstern und Surfschuppen und Drogenschuppen und Mürrischer-alter-Mann-ohne-Anwalt-Schuppen und Patschuli-Schuppen mit Gebetsfahnen, deren Fenster durch bedruckte indische Baumwolle rot leuchten, als schlüge in ihrem Inneren das Herz von allem. Es sind die Zelte der Obdachlosen, die sich unter einer Überführung drängen; es sind die kugelförmigen Schlammnester der Schwalben hoch oben unter einer Überführung; es sind die Ranken, die wie ein Perlenvorhang von einer Überführung hängen. Es ist Müll, der im heißen, trockenen Wind umherfliegt und sich in den Seefeigen längs der Autobahn einnistet. Es ist der neckische, hüpfende, bogenförmige Fächertanz der Rasensprenger. Es ist das Schnipp-Schnapp der Gartenscheren und das Plumpsen der Zitronen, die von schwer beladenen Ästen fallen, aufbrechen und auf dem Gehweg unter schwebenden Bienen vor sich hin faulen, und es ist das blaue, ruhig dahingleitende Poolnetz, das ein Gärtner mit breitem Strohhut anmutig wie ein Gondoliere steuert.

L. A., das sind das verdurstende Gras und die hohen Oleandersträucher, die blühend und giftig und verdammt widerstandsfähig auf dem Mittelstreifen der Freeways Nord von Süd voneinander trennen, Lava von Champagner, und es sind Kakteen und Yuccas und Aloen und Agaven und wasserhortende Sukkulenten mit Namen wie Kreuzkraut und Echeverie Blue Horizon und Königin der Nacht und Affenschaukel und Rote Fetthenne und Bleistiftstrauch und Spinnweb-Hauswurz und Zebra-Haworthia und Lagerfeuer-Dickblatt und Punktierte Felsenrose und Mexikanische Lilie und Perlenschnur und Bemalte Dame. All das soll Redwood erfahren. (Aber im Ernst, fragte er noch mal, wirklich *alle* Engel?) Er soll erfahren, dass L. A. ein Wüstenwind ist, der durch den Garten Eden weht. Er soll verstehen, dass ich eine Rote Fetthenne bin und eine Bemalte Dame und dass alles so. so. sukkulent. ist.

Das sagte ich ihm, und er sagte ja. Ja, genau. Und ich dachte, ich sähe einen kalten Lichtpunkt, einen Stern und doch keinen Stern, der von ihm ausging, der vom Nichts ausging.

Eheleben

Nordatlantik
Oktober 1931
Zwei Monate nach Jamies Rückkehr aus Seattle

Marian Macqueen, siebzehn Jahre alt und frisch verheiratet, stand auf dem Heck eines Ozeandampfers, während die Kälte der Reling langsam in ihre Handschuhe kroch. Es war ihre Hochzeitsreise, Barclay brachte sie nach Schottland. Sie sollte seine väterliche Verwandtschaft und seine Bekannten aus der Schule kennenlernen, sollte Burgen und die Highlands sehen. Mit dem Zug waren sie zuerst von Missoula nach New York gereist. »Was schaust du dir da bloß an?«, hatte Barclay irgendwo in der endlosen Ebene gefragt, weil Marian sehnsüchtig aus dem Fenster starrte. »Da draußen ist nichts.«

Der Fahrtwind des Zuges hatte das goldene Präriegras gewellt und Amseln in die Luft geworfen. »Ich will es trotzdem sehen«, hatte sie erwidert.

Nach einer Woche in New York waren sie an Bord des Schiffes gegangen (Cunard, nicht L&O), das sie nach Liverpool bringen sollte, wo sie in den Zug nach Norden steigen würden. An den ersten drei Tagen auf See herrschte Sturm, die Decks waren für Passagiere gesperrt, mit Ausnahme eines glasgeschützten Abschnitts auf dem Promenadendeck. Dort ging Marian ruhelos umher und schaute durch die regengepeitschten Fenster stundenlang auf das schaumgekrönte, aufgewühlte Wasser. Barclay war seekrank, ihr fehlte nichts. Schnell hatte sie den Bogen herausgehabt, ihren Körper an das Schlingern des Schiffes anzupassen und sich im Pendelgang durch die Korridore zu bewegen. Andere Passagiere torkelten wie trunken umher oder klammerten sich an die Reling, während Marian die Wände nur leicht mit den Fingerkuppen touchierte.

»So ist es richtig, Madam!«, sagte ein Steward zu ihr. »Sie gehen wie ein Seemann.«

Sie stellte sich den Stolz ihres Vaters vor, hätte er sehen können, wie wenig ihr das Gewoge ausmachte. Stellte sich vor, wie sie Addison erklärte, dass sie an das Schwanken gewöhnt sei, und ihm Flugfiguren beschrieb und das Gefühl, das Flugzeug wäre eine Verlängerung ihres Körpers, nur eben eine, die sich koordinierter bewegte, als es ihre eigenen Gliedmaßen vermochten. Sie konnte ins Trudeln geraten oder einen Looping fliegen und wusste immer genau, wo sie war. Auch darauf wäre er bestimmt stolz gewesen. Ein Anflug von Selbstmitleid überkam sie. Es wäre schön gewesen, wenn *irgendjemand* stolz auf sie gewesen wäre. Wallace war dazu nicht in der Lage. Jamie und sie redeten kaum noch miteinander, und wer wusste schon, was Caleb dachte. Barclay war stolz, weil er sie geheiratet hatte, aber ihre Fliegerei betrachtete er als Rivalin.

Auf Deck scheuerte ihr die sprühende Nässe die Wangen blank. Nach ihren Berechnungen würden sie in dieser Nacht ungefähr an der Stelle vorbeikommen, wo die *Josephina* gesunken war und sie, Marian, auf einen Weg geschickt worden war, der sich immer wieder gewunden hatte, bis er sie zu diesem Flecken Ozean zurückgeführt hatte, als Braut eines reichen Mannes, Ehefrau eines Verbrechers.

Sie trug Sachen, die Verkäuferinnen im New Yorker Kaufhaus Henri Bendel für sie ausgesucht hatten, um diejenigen zu ersetzen, die Verkäuferinnen in einem Laden in Missoula nach ihrer Verlobung für sie ausgesucht hatten, um ihre alten Hemden und Hosen zu ersetzen: Kleid und Strümpfe aus Seide, Spangenpumps, Ohrclips aus Onyx und Diamanten, eine doppelt um den Hals geschlungene Perlenkette, Nerzmantel, Glockenhut. Sie besaß drei Schrankkoffer, randvoll mit solchen Dingen. Barclay hatte darauf bestanden. Doch der Besitz all dieser feinen, funkelnden Kostbarkeiten, die zwar keinem echten Zweck dienten, aber nicht zerbrochen, vergessen oder verloren werden durften, brachte eine Verantwortung mit sich, die an ihr zerrte, sie langsamer machte. Sie war nicht an Schuhe gewöhnt, die nicht nass werden durften, oder an zarte Stoffe, die Fäden zogen oder rissen, sofern man sich nicht die ganze Zeit über vorsichtig darin bewegte. Wären die drei Schrankkoffer in Flammen aufgegangen, sie hätte sich befreit gefühlt, da Barclay aber sehr viel besser wusste, wie eine Frau auszusehen hatte, fügte sie sich eben.

Ihre Haare waren im Frisiersalon des Plaza Hotels geschnitten worden, von einer Frau, deren eigenes Haar ein Wunder aus spitzen Winkeln und Windschnittigkeit war, wie der Helm des Merkur. »Die sind jetzt schon so kurz, ich weiß nicht, ob ich viel daraus machen kann«, hatte die Frau gesagt, während sie Marian durch die hellen Stoppeln fuhr. Aber es war ihr gelungen, Marian eine Frisur zu verpassen, die als burschikos und gewagt durchgehen konnte.

Eine andere Frau hatte ihr gezeigt, wie sie sich schminken musste, und ihr einen Satz Puderdosen und eine Handvoll Bürstchen und Pinsel verkauft. Sie hatte ihr schichtweise Puder und Rouge aufgetragen, bis die Sommersprossen verschwunden waren, ihr die Augen schwarz umrandet und die Lippen rot angemalt. Wenn sie sich im Spiegel sah, beschlich sie dasselbe mulmige Gefühl wie damals bei Miss

Dolly, als erblicke sie eine Fremde, die sich bei näherer Betrachtung als sie selbst entpuppte.

Wie wäre es ausgegangen, hätte Barclay es sich bei der ersten Begegnung einfach nur in den Kopf gesetzt, sie zu verführen? Sie wäre bereitwillig darauf eingegangen. Wozu der ganze Aufwand? Er hatte die rohe Anziehungskraft, die zwischen ihnen herrschte, zähmen und bezwingen wollen. Doch seit der Hochzeit nahm sie etwas Neues an ihm wahr, ein unterschwelliges Bedauern. Er wollte das Wilde, Ungestüme weder tolerieren noch konnte er sich mit seinem Verlust abfinden.

Im Frisiersalon hatte eine junge Frau, die sich ebenfalls die Haare machen ließ, Marian von einer Feier in Manhattan erzählt – »so, wie sie hier jeden Abend stattfinden« –, die sie mit ihrem Bruder und seinen Freunden besuchen wollte. In einer gewissen Seitenstraße gäbe es eine gewisse Metalltür, vollkommen unauffällig, bis auf das Schild mit der Aufschrift BETRETEN VERBOTEN. »Und so heißt das Lokal auch. BETRETEN VERBOTEN. Also gibt es doch ein Ladenschild. Drinnen ist es so elegant wie nur was – man muss nur das Kennwort sagen. Selbst in diesen Zeiten geht es da jeden Abend hoch her. Die haben sogar ein richtiges Orchester, es wird getanzt, es gibt Cocktails, einfach alles. Ich gebe Ihnen die Adresse. Das Kennwort diese Woche heißt« – sie senkte die Stimme – »Ratte. Fragen Sie mich bloß nicht, warum, und keine Angst, es gibt da keine. Ich kann Ihnen versichern, so was Fesches haben Sie noch nie gesehen.«

Marian ließ nicht durchblicken, dass der Laden mit Sicherheit fescher war als alles, was sie jemals gesehen hatte.

»Schickes Kleid haben Sie an«, sagte die Frau. »Wo kommen Sie her?«

»Ich bin gebürtige New Yorkerin.«

»Ach, ja?« Aus dem runden, harmlosen Gesicht sprach pure Neugier. Einen schrecklichen Moment lang befürchtete Marian, die Frau würde nun eine Kaskade von Fragen über sie ergießen. Doch Marian hätte lediglich die Adresse des Hauses gekannt, in dem sie auf die Welt gekommen war; Wallace hatte sie ihr aufgeschrieben. Barclay hatte versprochen, sofern noch Zeit blieb, mit ihr im Taxi vorbeizufahren. Aber dann flüsterte ihr die Frau nur vertraulich zu: »Da haben Sie aber Glück. Ich bin aus Pittsburgh. Hätten Sie's gemerkt?«

»Nein«, erwiderte Marian.

Beim Abendessen schlug sie Barclay vor, sich auf die Suche nach dem BETRETEN VERBOTEN zu machen, nur um zu sehen, wie es darin so zuging.

»Diese Lokale sind überall gleich. Voller Leute, die viel reden und viel trinken.«

Sie spießte ein Stück Fisch auf ihre Gabel. »Ein bisschen Musik wäre vielleicht ganz schön.«

»Solche Lokale sind nichts für uns«, sagte Barclay, »schließlich trinken wir ja nicht.«

Dass Marian nach der Hochzeit Abstinenzlerin werden würde, war eine Entscheidung, die er, ohne vorherige Absprache mit ihr, getroffen und in Stein gemeißelt hatte. Sie wäre gern in einen Jazzclub gegangen und hätte einen Cocktail probiert, wollte sich aber nicht mit ihm streiten. Sie hatte nicht geahnt, wie sehr ihr Verhalten nach der Hochzeit von dem Wunsch bestimmt sein würde, sich nicht mit ihm zu streiten.

An dem Abend, als sie erst in Calebs Hütte und danach in dem grün-weißen Haus gewesen war und Barclay gesagt hatte, dass sie ihn liebte, hatte er ihr gestanden, dass er Wallaces Schulden heimlich aufgekauft, sie konsolidiert hatte. Er hätte nicht noch länger auf ihre Antwort warten können, wäre von der fortwährenden Ungewissheit zermürbt worden, sagte er. Als er von ihrem Ausflug zu Calebs Hütte erfahren hätte, wäre er rasend vor Eifersucht gewesen. Für Wallace empfinde er nichts als Abscheu, alle Schuldner widerten ihn an, und er hätte sich gewünscht, jemand hätte seinen Vater für dessen Verschwendung und Dummheit bestraft. Seiner Überzeugung nach handelte er im Namen der Gerechtigkeit, wenn er seine Sachwalter (seine Schläger, dachte Marian) zu Wallace schickte, damit sie ihm die Höhe der fälligen Schulden nannten. Eine gewaltige Summe, untilgbar. Eine Zahl jenseits aller Hoffnung.

Ich habe etwas Schreckliches getan, hatte er gesagt. *Weil du mich zu lange hast warten lassen.*

Als er jedoch sah, wie sehr seine Beichte sie erschütterte, hatte er wie im Wahn immer wieder gesagt, er könne es ungeschehen machen. Sie müsse ihm verzeihen, müsse seinen Versuch, ihren Onkel als Pfand zu nehmen, vergessen, denn nun wäre doch alles wieder gut, er würde immer dafür sorgen, dass alles gut wäre. Wallaces Schulden wären beglichen! Vergessen! Tun wir so, als wäre nichts gewesen! Bitte!

Sie war aus dem grün-weißen Haus gestürmt.

Bei Wallace hatte sie den Hintereingang durch die dunkle Küche genommen und die Hunde beruhigen müssen. Mit einem Mal war sie wütend auf Jamie, weil er sich den Sommer über auf Abenteuerfahrt begeben und sie mit dem Schlamassel allein gelassen hatte, an dem sie selbst, wenn sie ehrlich war, nicht nur ein bisschen Schuld trug. Obwohl es im Haus still war, spürte sie Wallaces Anwesenheit, eine Wolke des Leids. Sie ging durchs Wohnzimmer, machte überall Licht, rief nach dem Onkel, bis sie ihn oben in seinem dunklen Atelier fand, im Sessel, mit einer

Pistole auf dem runden Beistelltisch daneben. Sobald er sie sah, schnappte er sich die Waffe und fuchtelte damit herum wie jemand, der auf eine Biene anzulegen versucht. »Komm nicht näher!«, schrie er.

Das Licht aus dem Flur fiel ins Zimmer, beleuchtete seinen hageren Körper, den abgetragenen Bademantel, die hellen, fiebrigen Augen. Eine fast leere Flasche stand neben dem Stuhl. Sie hatte mit einer ähnlichen Szenerie gerechnet, nicht aber mit der Waffe, von deren Existenz sie nicht einmal gewusst hatte. »Beruhig dich, Wallace«, sagte sie. »Alles ist geregelt. Was die Männer dir erzählt haben, stimmt nicht. Du musst dir keine Sorgen machen.«

»Du verstehst das nicht.« Seine Stimme wurde brüchig. »Es ist zu viel. Hoffnungslos.« Er drückte die Pistolenmündung an seine Schläfe und schnappte nach Luft wie ein Ertrinkender.

»Wallace, hör mir zu. Deine Schulden sind beglichen. Alle. Du musst dir keine Sorgen mehr machen. Ich habe das geregelt.«

Er schien sie nicht zu hören. Er rang nicht mehr nach Luft, atmete vielleicht gar nicht mehr. Seine Augen waren geschlossen, die Lippen bewegten sich geräuschlos.

»Wallace«, sagte sie. »Wallace. Ich werde sie abbezahlen. Habe sie schon abbezahlt.«

Er öffnete die Augen, schien Marian wieder wahrzunehmen.

»Die Schulden sind beglichen«, sagte sie. »Getilgt.«

»Sämtliche?«

»Ja. Jeder Cent.«

Seine Arme sackten herunter, die Hände landeten im Schoß. Die Pistole schien er nicht mehr zu bemerken. »Wie das?«

»Jemand hat mir geholfen. Und jetzt leg die weg.«

Er ließ die Waffe auf das Tischchen fallen, kauerte sich im Sessel zusammen, eine Hand über den Augen. »Wer?«

Sie ging zum Tisch, nahm die Waffe an sich. »Barclay.«

Er nickte. Tränen verfingen sich in seinem Bart. Ihr kam der Gedanke, dass sie frei gewesen wäre, wenn er sich umgebracht hätte.

Sie hatte keine Ahnung, ob er noch klar genug denken und begreifen konnte, dass Barclay derjenige war, der seine Schulden überhaupt erst eingefordert hatte.

Barclay selbst kam am späten Abend vorbei und fand sie im Häuschen. Sie erklärte ihm, sie könne keinen Mann heiraten, der zu einer solchen Tat fähig sei. So einen Mann könne sie nicht lieben. Sie habe aus freien Stücken zu ihm kommen wollen, aber das könne sie nun nicht mehr, sie könne niemals etwas für ihn empfinden. Sie bat ihn nur um eines: genug Zeit, um ihm das Geld zurückzuzahlen. Und wenn es ihr ganzes Leben dauern sollte, es wäre ihr egal.

Er hatte versucht, sie zu umarmen, hatte sie angefleht, hatte behauptet, er sei nicht mehr bei Sinnen, und sie dafür verantwortlich gemacht. Weil sie nicht nachgeben wollte, sagte er irgendwann, völlig gefasst: »Offenbar begreifst du es nicht – ich habe deinen Onkel gekauft, er ist nicht mehr zu haben. Für dich nicht und auch sonst niemanden.«

Im Speisesaal des Plaza sagte Barclay zu ihr: »Ich hätte nicht gedacht, dass derartige Lokale deiner Vorstellung von Amüsement entsprechen. Immerhin redest du ständig davon, unberührte, menschleere Gegenden sehen zu wollen.«

»Woher soll ich wissen, was mir alles gefällt?«, erwiderte sie. »Ich bin ja bisher nirgendwo gewesen.«

Am nächsten Morgen nahmen sie ein Taxi und fuhren zu dem Haus, in dem Marian zur Welt gekommen war. Es lag in einem ruhigen, leicht angeschmuddelten Viertel. Die schmucklose Backsteinfassade löste keine Gefühle in ihr aus, war für sie gewiss keine Offenbarung. Ein hagerer Mann mit Mütze und Mantel saß ein Haus weiter auf der Treppe. Auf Marians Zuruf hin eilte er, die Mütze in der Hand, zum Taxi und schaute erwartungsvoll ins offene Fenster. »Wissen Sie, wer in dem Haus da wohnt?«, fragte sie.

»Da ist 'ne Zimmervermietung drin, Ma'am. Ganz hübsch, wenn man sich's leisten kann. Ich nicht. Ich kann mir ja nicht mal 'n Mittagessen leisten, oder?«

Marian wollte ihn höflich abwimmeln, aber Barclay schob seine Hand bereits an ihr vorbei und warf dem Mann eine Münze hin. »Wir müssen weiter«, sagte er zum Taxifahrer. Marian schaute aus dem Rückfenster zu dem kleiner werdenden Haus und der großen Gestalt, die die Münze auf und ab hüpfen ließ.

Da nicht alle Kabinen des Schiffes belegt waren und die meisten Passagiere es vorzogen (oder dazu gezwungen waren), während des Sturms im Bett zu bleiben, verbrachte Marian die ersten Tage in herrlicher Einsamkeit. Morgens trank sie Kaffee unter dem bernsteinfarbenen Oberlicht einer Lounge, später las sie ein Buch umgeben von den orientalisch anmutenden Wänden einer anderen. Bot ihr ein Kellner ein Glas Champagner an – »Ein Gruß vom Sommelier, Madam« –, griff sie zu, bestellte ein zweites und vielleicht noch ein drittes und hoffte, Barclay würde es wegen seiner Unpässlichkeit nicht mitbekommen, dass sie sich über sein Alkoholverbot hinwegsetzte. Das Schiff stieg hoch und sackte abrupt weg. In unregelmäßigen Abständen vernahm man das krachende Aufschlagen des langen, schweren Stahlkörpers, dann wieder wackelte und vibrierte der Koloss, als würde er über eine Wellblechpiste rutschen. Nachts stöhnte und fluchte Barclay vor sich hin, während Marian neben ihm unbeschwert einschlummerte. Morgens warf er ihr vor, ihr friedlicher Schlaf sei egoistisch, sie sei ihm gegenüber nicht loyal.

»Dann bleib lieber in der Kabine und ruh dich aus, damit wir bald wieder vereint sind«, sagte sie und machte sich auf den Weg zu ihrem Kaffee, ihrem Buch.

Am vierten Morgen war das Meer fast ruhig, nur die Wolken hatten sich noch nicht verzogen. Nachmittags suchte sie sich einen Platz in der für Damen reservierten Lounge, weil sie Barclay aus dem Weg gehen wollte, der zwar die Seekrankheit verwunden hatte, nicht aber seinen verletzten Stolz. Sie hatte sich einen Stift und einige Blätter des schiffseigenen Briefpapiers besorgt und wollte Jamie schreiben. *Lieber Jamie*, begann sie und hielt inne. Sie hatte ihm noch nie einen Brief geschrieben. Es war nie nötig gewesen.

Bei seiner Rückkehr hatte er älter gewirkt, leicht melancholisch zwar, aber doch selbstbewusster. Ende August war er eines Tages gleich nach der Ankunft am Bahnhof von Missoula zum Flugplatz gekommen. Während der Fahrt zu Wallaces Hause berichtete er Marian, er sei in Seattle gewesen, habe im Park Porträts gezeichnet und später für eine wohlhabende Familie gearbeitet. »Ich habe ein Mädchen kennengelernt«, sagte er. »Es war ihre Familie.«

»Oh? Und?«

»Leider haben wir uns doch nicht so gut verstanden.«

»Inwiefern?«

»Wir waren einfach zu verschieden. Aber das ist jetzt egal – es war wohl nur so eine Schwärmerei.«

Sie lächelte verbissen. Er wusste noch nichts von ihrer Verlobung. »Bin froh, dass du wieder da bist.«

Als sie beim Haus ankamen, saß Wallace in eine Decke gehüllt auf der Veranda. Jamie musste erst einmal sämtliche Hunde begrüßen, doch als Wallace sich erhob und auf unsicheren Beinen auf sie zukam, bemerkte Marian Jamies entsetzten Blick.

»Wallace, bist du krank? Du bist viel zu dünn.«

»Ich bin krank«, sagte Wallace. »Aber das habe ich mir selbst zuzuschreiben. Ich habe zu lange zu viel getrunken. Ich habe alles verbockt, aber Marian und Mr. Macqueen haben einen Arzt gefunden, der mir helfen kann. Er sitzt in Denver, und ich fahre bald hin und bleibe da.«

»Was geht Barclay Macqueen das an?«, fragte Jamie spitz.

»Hast du es ihm noch nicht gesagt?«, fragte Wallace, an Marian gewandt.

»Was soll sie mir gesagt haben?«

Marian konnte es nicht aussprechen.

»Deine Schwester wird bald heiraten.«

Jamie schaute sie an. »Barclay Macqueen?«

Sie hob das Kinn. »Genau.«

»Wieso? Was hat er dir dafür gekauft?«

Sie hatte sich umgedreht, war zum Häuschen gelaufen und hatte die Tür hinter sich zugeknallt.

Später hatte Jamie bei ihr angeklopft. »Hast du was zu trinken da?«

»Whiskey oder Gin?«

»Whiskey.«

Sie holte eine Flasche aus dem Schrank, schenkte zwei Gläser ein.

»Das echte Zeugs«, bemerkte er. »Da kommt man nicht so leicht ran.«

»Ich fliege jetzt für Barclay nach Kanada.«

»Wie schön, dass er deine Verhaftung in Kauf nimmt.«

»Ihm wäre es lieber, ich würde gar nicht fliegen.«

»Warum hat er dir dann ein Flugzeug gekauft?«

»Weil er wusste, dass ich eins haben wollte.«

Sie setzten sich, Jamie auf den Sessel, Marian aufs Bett. »Wallace meinte, Barclay hat seine Schulden beglichen«, sagte Jamie. »Heiratest du ihn deshalb?«

Mit der Frage hatte sie gerechnet, trotzdem zerrieb sie sie innerlich. Was sollte sie darauf erwidern? Dass Barclay sie durch Tricksereien in einen Zustand der Erschöpfung getrieben hatte? Dass er entschlossener war, sie zu heiraten, als sie, ihn nicht zu heiraten? Dass ihr jetzt gar nichts anderes mehr übrig blieb? »Nicht nur«, sagte sie.

»Marian.« Er lehnte sich vor, die Ellbogen auf den Knien. »Einen Mann wie ihn zu heiraten, das wiegt kein Geld der Welt auf. Wir finden einen anderen Weg. Es muss einen geben.«

Wenn sie Jamie so anschaute, kam es ihr vor, als würde sie sich selbst als Mann sehen, voller Gewissheit, dass sich alles in Ordnung bringen ließ, voller Zuversicht, dass sich immer wieder eine neue Möglichkeit auftat. »Es gibt keinen anderen Weg, glaube mir.«

»Es *gibt* einen. Das muss es. Du kannst nicht einfach aufgeben.«

Einfach. Bleierne Erschöpfung überkam sie. »Du weißt längst nicht alles.«

»Dann erzähl es mir. Erzähl mir alles, damit wir uns einen Ausweg überlegen können.«

Wie sehr sie sich wünschte, es gäbe einen Ausweg. »Hat Wallace dir gesagt, wie hoch er verschuldet war? Wir hätten das Haus, hätten alles verkaufen können, und immer noch nicht genug gehabt, um sämtliche Schulden jemals zu begleichen.«

»Und deshalb willst du dich jetzt selbst verkaufen?«

Sie war so müde. Selbst ihre Stimme klang ermattet, als wäre sie kurz vor dem Einschlafen. »Es ist eher ein Tausch. Ich gebe mich für Wallace her. Und für dich. Hätte ich Wallace im Stich gelassen, wärst du als Nächstes dran gewesen. Er hätte niemals aufgegeben. Man sollte meinen, einer von euch würde mir dafür wenigstens mal danken.«

»Niemand verlangt von dir, die Märtyrerin zu spielen. Das ist verrückt, Marian.«

»Er will nur eins – dass ich ihn liebe. Und er wird zufrieden sein, wenn er das von mir denkt.«

»Glaubst du das wirklich?«

»Das muss ich.«

»Und du glaubst, du wirst es ihm für den Rest deines Lebens vorspielen können?«

»Ich habe ihn geliebt. Und vielleicht kann ich es trotz allem irgendwann wieder tun.«

»Wie könntest du ihn jemals wieder lieben?«

»Ob ich es kann oder nicht, spielt keine Rolle. Ich sage ihm, dass ich es tue. Das wird ihm reichen.«

»Nein. *Nein.* Ein Mensch wie er kennt keine Grenzen. Er wird nie zufrieden sein. Sondern immer mehr von dir fordern.« In Jamie schien es innerlich zu arbeiten, als würde ein Plan heranreifen. »Er gehört ins Gefängnis. Das ist die Lösung. Jeder weiß, womit er sein Geld verdient. Irgendwo muss es doch einen Gesetzeshüter geben, den er nicht geschmiert hat.«

»Bitte lass es gut sein.« Die Vorstellung, Jamie könne versuchen, sich an Barclay zu rächen, machte ihr Angst. »Bitte. Du würdest alles nur noch schlimmer machen.«

Jamies Wangen waren gerötet, seine Augen glänzten. »Du hältst ihn für gefährlich. Das sehe ich dir an. Du fürchtest dich vor ihm. Das ist keine Liebe.«

Sie fühlte sich schwer wie Blei, hatte nicht die Kraft, sich weiter zu streiten. Deshalb sagte sie zu Jamie nur, sie wolle nicht mehr darüber reden.

Jamie war nicht zur Hochzeit erschienen, Wallace befand sich bereits zum Entzug in Denver. Marian und Barclay standen im Standesamt von Kalispell vor dem Richter, Trauzeugen waren Sadler und Barclays Schwester Kate. Hinterher ließen sie sich auf der Vortreppe fotografieren, während ein böiger Wind ihnen Blätter um die Füße wehte. Sie aßen in einem Restaurant zu Mittag, bevor Sadler sie nach Missoula fuhr, wo sie den Zug in Richtung Osten bestiegen.

Am vierten Abend auf See schaffte Barclay es, zum Essen zu erscheinen. Hinterher ging er keine Zigarre rauchen, sondern drehte mit Marian eine Runde an Deck. Dabei hakte er sich so bei ihr unter, dass sie innen gehen musste, weit weg von der Reling, als wäre sie diejenige, die sich kaum auf den Beinen halten konnte. Hinter dem Schiff lag wirbelnde Schwärze, das absolute Nichts. »Die Vorstellung, dort reinzufallen, ist alles andere als angenehm«, sagte Barclay.

»Mich erinnert es daran, bei Nacht durch Wolken zu fliegen. Manchmal glaubt man dann, man würde gar nicht existieren.«

»Wie schrecklich.«

»Oder befreiend. Dann wird dir nämlich klar, wie unbedeutend du eigentlich bist.«

Er hakte sich fester bei ihr unter. »Aber das bist du nicht.«

»In Wahrheit doch. Wir alle sind es.« Sie spazierten unter der langen Reihe Rettungsboote am Davit entlang, eine Prozession von Kielen über ihren Köpfen. »Wir dürften ungefähr dort sein, wo die *Josephina* gesunken ist«, sagte Marian.

»Daran möchte ich lieber nicht denken.«

»Manchmal frage ich mich, wie mein Leben wohl verlaufen wäre, wenn ich meine Eltern gekannt hätte. Wallace hat mal angedeutet, dass ihre Ehe nicht glücklich war. Sie haben überstürzt geheiratet.« Aber wer war sie, sich ein Urteil über die Heiratsgründe anderer Leute zu erlauben? Vielleicht hatten ihre Eltern genau gewusst, dass sie miteinander nicht glücklich werden würden, sich aber aus Gründen, die heute niemand mehr kannte, doch zu der Ehe entschlossen. »Jamie und ich hätten unsere Kindheit in dem Haus in New York verbracht. Das vermag ich mir nicht einmal vorzustellen. Ändert sich ein Detail, ändert sich alles.«

»Das wäre schrecklich gewesen.« Barclay nahm ihre Hand und drückte einen Kuss auf den Handschuh. »Denn dann hätte ich dich nicht kennengelernt.«

Wie wäre Wallaces Leben verlaufen, hätte man die Zwillinge nicht zu ihm geschickt? Bevor sie New York verlassen hatten, hatte Marian den Arzt in Denver angerufen. Wallace sei es mit der Kur offenbar ernst, hatte der Arzt gesagt, doch es sei ein schwieriger Prozess, vor allem in der Anfangsphase. Als Wallace dann ans Telefon kam, zitterte seine Stimme zwar, aber er klang einigermaßen klar. Wie er sagte, hätte er langsam Hoffnung, irgendwann wieder malen zu können.

»Ob ich dann fliegen gelernt hätte?«, fragte sie Barclay.

Sie waren beim Heck angekommen. »Da bin ich mir ganz sicher.«

»Wieso?«

»Weil das Fliegen und du wie füreinander geschaffen seid.« Erstaunt spähte sie zu seinem Gesicht, das über der schwach schimmernden weißen Hemdbrust halb im Schatten lag. Sie wollte erwidern, dass sie dasselbe glaube, aber dann sagte er: »Das dachte ich auch, als ich dich zum ersten Mal gesehen habe. Du und ich, wir sind wie füreinander geschaffen.«

Immer webte er Bruchstücke ihrer beider Leben in die Geschichte ein, die er um sie herum konstruierte, wie ein Vogel, der ein Nest baut, wie ein Gefangener, der ein Gefängnis errichtet. Doch als er sie an sich zog, reagierte ihr Körper wie immer auf seine Nähe. Wenigstens gab es das. Sie hielt ihn fest, benutzte ihn als Schutzschild gegen das Nichts, das von allen Seiten auf das Schiff einstürmte.

Edinburgh, Schottland
November 1931
Einen Monat später

Eine Stadt wie ein raffiniertes Puzzlespiel, zusammengesetzt aus bleichen, rußigen Steinen. Auf ihren Spaziergängen fand Marian sich oftmals unter oder über einem Platz wieder, auf dem sie eigentlich hätte sein wollen, denn die Kopfsteinpflasterstraßen bildeten ein komplexes Gitter, hineingezwängt in das abrupte Auf und Ab der Landschaft, die sich nur mittels Tunneln, Brücken und versteckten, steilen Treppen navigieren ließ. Das Meer kam in Sicht und verschwand sofort wieder. Die Burg thronte hoch über der Main Street wie ein schlafender Drache, während auf der anderen Seite der Stadt ein gewaltiger Aufschluss aus rötlichem Gestein, die Salisbury Crags, sich höher erhob als sämtliche Türme, Kuppeln und Schornsteine, als wolle er alles menschliche Streben verhöhnen.

An vielen Tagen – den meisten – herrschte ein kompromissloses Grau, doch an manchen Nachmittagen traf ein klares, kaltes Gelb auf die Stadt und zeichnete jeden Stein und jede Schindel und jede Schornsteinhaube fast unerträglich scharf. Marian hatte jemanden – jemanden aus Barclays Bekanntenkreis – sagen hören, Edinburgh sei wie ein fadenscheiniger Smoking. Sie fand den Vergleich unzutreffend. Ja, Edinburgh war eine Mischung aus elegant und abgetragen, aber zu solide und alt, zu behauen und schwer, um mit einem Kleidungsstück verglichen zu werden. Missoula wirkte da wie ein Lagerplatz von Indianern, wie etwas, das man aufrollen und auf dem Rücken davontragen konnte.

Tagsüber ließ Barclay sie oft allein, er hatte Geschäfte zu erledigen. Zu ihrer Beschämung war sie nicht die furchtlose Reisende, für die sie sich gehalten hatte. Sie hatte Angst, gegen die Etikette zu verstoßen, Angst, den schottischen Akzent nicht zu verstehen, Angst, zu sehr aufzufallen. Meistens wanderte sie durch die Straßen und sprach mit niemandem oder saß in der Hotelbibliothek und las. Ohne Barclay war sie schüchtern, doch in seiner Nähe fühlte sie sich eingeengt und bedrängt. Er entschied, was sie wann taten. Im Restaurant bestellte er für sie mit, ohne sie vorher nach ihren Wünschen zu fragen. Sie reisten in die Highlands, besuchten Freunde von ihm in einem eisigen Sommerhaus am Rand eines schwarzen Sees. In einem höhlenartigen Raum, dessen Wände vor Geweihen nur so strotzten, verwandelte Barclay sich am langen, kerzenbeschienenen Esstisch in einen Fremden, ungezwungen in seinem förmlichen Anzug und fade Gespräche über Jagd und Bodenrechte führend. Seine Wandelbarkeit beunruhigte Marian. Wer war dieser Mann? Seit der Hochzeit fühlte sie sich wie erstarrt, wie ein Kaninchen im Schatten eines Habichts, verunsichert in ihrem Verhalten ihm gegenüber, hin- und hergerissen, weil sie ihn um Wallaces willen hasste und um ihrer selbst willen lieben wollte.

Eines Morgens, nachdem sie den Fahrplan in der Waverley Station eine halbe Stunde studiert und ihren Mut gesammelt hatte, bestieg sie den Zug nach Glasgow. Wenn Edinburgh ein fadenscheiniger Smoking war, dann war Glasgow ein Smoking, den ein Schornsteinfeger trug. Sie ging am River Clyde entlang und hielt Ausschau nach der Werft, auf der man die *Josephina* gebaut hatte, aber es war kalt und neblig, und sie wusste nicht, wo sie suchen sollte. In den Armenvierteln in Wassernähe fühlte sie sich unwohl, denn die Blicke der Leute blieben an ihrem feinen Mantel, ihrer glänzenden Handtasche hängen. In ihren alten Sachen hätte sie sich keine Sorgen gemacht, aber ihr Mantel, die Tasche und die Trippeltrappelschuhe brandmarkten sie als reich und hilflos.

Auf der Rückfahrt hatte sie Tränen der Enttäuschung wegblinzeln müssen. Hier war sie nun, weit weg von Missoula, endlich auf einer richtigen Reise, und fühlte sich dennoch mehr denn je als Gefangene. Der Hauptteil Großbritanniens im Süden und die Landmasse Europas im Osten waren so nah, gleich hinter dem Horizont. Doch sie konnte nirgendwohin.

Edinburgh
13. November 1931

Lieber Jamie,

eigentlich hatte ich Dir bereits auf dem Schiff schreiben wollen – obwohl ich den Brief natürlich nicht hätte verschicken können, es sei denn in einer Flasche. Ich habe keine Ausrede, warum ich Dir auch danach nicht geschrieben habe, denn wir sind nun schon seit einem Monat in Edinburgh. Weißt Du eigentlich, dass ich Dir nie einen Brief geschrieben habe? Es bestand bisher nicht die Notwendigkeit.

Es schmerzt mich sehr, dass wir uns entzweit haben. Ich habe nicht vergessen, dass Du mich schon früh vor Barclay gewarnt hast, ich aber nicht auf Dich hören wollte. Oder konnte. Ich dachte, ich würde damit klarkommen. Zum Zeitpunkt Deiner Rückkehr aus Seattle blieb mir schon nichts anderes mehr übrig, als mich zu fügen – das musst Du mir glauben –, auch wenn das nicht heißt, dass es davor keinen Ausweg gegeben hätte;

ich habe ihn nur nicht gesehen oder bewusst übersehen. Mein Verlangen zu fliegen hat mich blind gemacht, und vielleicht erklärt es ein paar Dinge, wenn ich gestehe, dass ich mich von Anfang an zu Barclay hingezogen gefühlt habe. Diese Anziehungskraft scheint als Rechtfertigung für so vieles durchzugehen. Vielleicht kannst Du es nachvollziehen. Du hast mir nie alles über das Mädchen aus Seattle erzählt. Ich wünschte, die Umstände unseres letzten Gesprächs wären anders gewesen. Ich neige leider dazu, mich ins Rampenlicht zu stellen, und fürchte, ich habe es wieder einmal getan.

Jedenfalls bin ich jetzt eine verheiratete Frau. Angeblich träumen alle Mädchen davon, Ehefrau zu sein, nur fühlt sich diese Position in Wahrheit an wie eine Niederlage, die sich als Sieg maskiert hat. Bei der Hochzeit lässt man uns hochleben, doch danach müssen wir unser Territorium abtreten und uns wie eine besiegte Nation einem neuen Herrn unterordnen. Die größte Gefahr besteht nun darin, dass Barclay wieder einmal seinen Willen durchsetzt – er will ein Kind, und ein Kind ist das, wovor mir am meisten graut. Es kommt mir vor wie eine Schlinge. Ich habe ihm gesagt, ich kann mir nicht vorstellen, eins zu haben, und schon gar nicht in naher Zukunft. Ich habe geglaubt, er hätte es verstanden, aber – nein, verstehen tut er es schon, es ist ihm nur egal. Er will mir eine Schlinge um den Hals legen.

Die Vorstellung, dass Du jetzt ganz allein in Wallaces Haus bist, ist schon merkwürdig. Benutzt Du den Ford? Das hoffe ich sehr. Siehst Du Caleb gelegentlich? Hast Du gemalt? Hast Du etwas von Wallace gehört? Grüßt Du Mr. Stanley von mir, wenn Du ihn mal siehst?

Zum Glück gibt es in unserem Hotel eine Bibliothek. Ich fühle mich wieder wie ein Kind, weil ich auch damals so viele Stunden mit Lesen verbracht habe. In meinem Leben war ich oft allein. Aber vorher habe ich mich nie einsam gefühlt, Jamie, weil es zwischen uns nie einen richtigen Streit gegeben hat. Zu meiner Schande muss ich gestehen, dass mir erst jetzt klar geworden ist, wie sehr ich mich immer auf Dich verlassen habe. Jetzt fühlt es sich an, als hätte ich einen Flügel verloren und wäre nur noch ein nutzloser Blechhaufen, der fällt und fällt. Ich hoffe, Du antwortest mir, damit ich weiß, dass Du noch da bist, unsichtbar, aber unversehrt.

Ich werde den Brief selbst zur Post bringen, damit Barclay ihn nicht abfangen kann. Eine Ehefrau darf keine Privatsphäre erwarten. Eine Schwester sendet nur ihre Liebe.

Deine Marian

P. S.: Wir werden noch fast drei Wochen hier sein, falls dieser Brief sofort auf den Weg gebracht wird und Du gleich antwortest – und wenn ich je eine Bitte an Dich hatte, dann die –, bekomme ich ihn höchstwahrscheinlich noch, bevor wir die Heimreise antreten.

Missoula
1. Dezember 1931

Liebe Marian,

ich mache es mir leicht und beantworte erst einmal Deine Fragen. Ich hatte Dein Auto nicht benutzt, habe mich nach Deinem Brief aber nun doch dazu durchgerungen. Vielen Dank. Es ist eine willkommene Abwechslung zum altersschwachen Fiddler oder meinem Fahrrad. Du hast nach Caleb gefragt. Ich sehe ihn in etwa so oft wie einen Wolf im Wald – nur ganz selten, und dann bin ich immer äußerst gespannt. Letzte Woche war er hier, und wir haben etwas getrunken und Wallaces Phonograph angeworfen. Er ist immer noch derselbe, steigert sich nach meinen Begriffen aber ein wenig zu sehr in die Rolle des Trappers hinein, in der seine Kunden ihn sehen wollen. Leider geht es Gilda gar nicht gut. Ich habe Caleb gefragt, ob er es sich leisten kann, sie zu dem Arzt in Denver zu schicken, aber er meinte, sie würde sich niemals darauf einlassen, und ich glaube, er hat recht. Wenigstens empfängt sie im Haus keine Männer mehr, denn Caleb gibt ihr genug Geld, das sie vertrinken kann.

Du hast gefragt, ob ich gemalt habe, und die Antwort lautet Ja. Ich habe mich an Ölbildern versucht, muss aber gestehen, dass ich die meiste Zeit nur vor mich hin grübele. Vielleicht hat dieses Haus etwas an sich, das Männer zu mürrischen Grüblern werden lässt. Das Mädchen aus Seattle – nun, ich habe nicht die Geduld, die ganze Geschichte aufzuschreiben, und nehme an, Du hättest auch nicht die Geduld, sie zu lesen. Deshalb nur so viel: Ich hatte gehofft, sie würde inzwischen weniger Platz in meinen Gedanken einnehmen. Eines habe ich gelernt – man liebt nicht nur den Menschen, man liebt auch die Vision, die man vom Leben mit ihm hat. Und hinterher trauert man um beides. Ich hatte immer gedacht, ich würde mich irgendwann an der Universität einschreiben und später eine Stelle beim Forest Service annehmen. Jetzt kann ich mir das nicht mehr vorstellen. Verglichen mit der Vision, die ich von einem Leben mit Sarah hatte, sehen alle meine alten Vorstellungen nur noch jämmerlich aus.

Ich vermisse sie, verspüre gleichzeitig aber auch den rachsüchtigen Wunsch, ihr etwas zu beweisen, obwohl ich nicht weiß, was ich ihr eigentlich beweisen möchte. Wahrscheinlich will ich, dass sie es bereut, dass sie leidet wie ich, obwohl ich auch derjenige sein möchte, der alles Leid von ihr fernhält. Ergibt das irgendeinen Sinn?

Caleb sagt, mit der Zeit wird es besser, und so warte ich eben ab, denn etwas anderes kann ich ohnehin nicht tun.

Wallace geht es wohl einigermaßen gut. So steht es zumindest in seinen Briefen, und der Arzt sagt es auch, trotzdem glaube ich, er ist immer noch sehr schwach. Letzte Woche habe ich ihn angerufen. Auf mich wirkt er, als wäre er wie ein Pilz getrocknet worden und müsse sich nun wieder mit neuem Leben füllen. Wie er sagt, kommt ihm die Welt jetzt, wo er nicht mehr trinkt, fast zu klar vor, wie Sonnenstrahlen auf frischem Schnee. Aber er meinte auch, er habe wieder angefangen zu malen. Ich habe mich gefragt, wo er das Geld für die Utensilien herhat, aber der Arzt meinte, Wallaces »Gönner« hätte dafür extra einen Betrag hinterlegt. Obwohl Barclay seine Untaten in meinen Augen niemals wiedergutmachen kann, rechne ich ihm diese eine gute Tat hoch an. Wallace macht sich schwere Vorwürfe und hat am Telefon sogar geweint und gesagt, er käme sich vor, als hätte er Dich verkauft. Ich habe ihn beruhigt, dass das nicht stimmt, dass niemand irgendwen verkauft hat.

Was ich zu Dir gesagt habe, tut mir leid. So komisch es klingt, aber zu lesen, dass Du Dich zu Barclay hingezogen fühlst, war für mich ein kleiner Trost. Nach meiner eigenen glücklosen Romanze weiß ich, dass uns diese Anziehungskraft in die Irre führen kann.

Wenn Du aber kein Kind willst, dann musst Du wirklich alles unternehmen, um es zu verhindern. Nicht, dass ich mich auf diesem Gebiet auskennen würde, aber dass Du in deinem Brief von einer »Schlinge« schreibst, trifft es meiner Meinung nach sehr gut. Ich weiß, Du glaubst, Barclay würde Dich auf seine Art lieben. Ich glaube, er möchte Deinen Willen brechen. Für ihn mag das ein und dasselbe sein. Ganz gleich, was bisher geschehen ist, noch kannst Du weglaufen; aber wenn Du ein Kind hättest, würdest Du es, da bin ich mir sicher, niemals so im Stich lassen können, wie man uns im Stich gelassen hat. Ich hoffe, Du wirst Dich eines Tages von Barclay trennen und Dein eigenes Leben wiederaufnehmen. Bitte, Marian, gib nicht nach.

Ob ich als Flügel etwas tauge, weiß ich nicht, aber ich werde immer alles tun, worum Du mich bittest. Selbst wenn Du mich nicht bittest, werde ich versuchen, für Dich immer mein Bestes zu geben.

Dein Jamie

Der Mann an der Rezeption des Edinburgher Hotels, aus dem Mr. und Mrs. Macqueen am Morgen ausgecheckt hatten, seufzte, als er den Brief sah. Da der Ehemann darum gebeten hatte, ihm sämtliche Post nachzusenden, steckte der Rezeptionist den Brief zusammen mit anderen Schreiben in einen Umschlag, schrieb die Adresse von Mr. Barclay Macqueen darauf und schickte ihn nach Amerika.

Montana
Dezember 1931 – Januar 1932

Sadler holte Marian und Barclay mit dem eleganten schwarzen Pierce-Arrow vom Kalispeller Bahnhof ab. »Sie waren lange unterwegs«, sagte er, als er die hintere Wagentür für Marian aufhielt, die auf die Feststellung nichts erwiderte.

Ein Salish, der auf Bannockburn arbeitete, folgte ihnen in einem Lieferwagen mit dem Gepäck. Marian schlief die ganze Fahrt über, weil sie weder am Gespräch der Männer noch an einem ersten Blick auf ihr neues Zuhause interessiert war. Barclay musste sie wachrütteln. Im ersten Moment wähnte sie sich wieder in den schottischen Highlands. Sie sah Schnee, Berge, ein ehrwürdiges, symmetrisches Haus aus grauem Stein und mit einem Dach aus Schiefer.

Barclays Mutter und seine Schwester Kate standen vorne auf der Treppe zwischen zwei gewaltigen steinernen Urnen. Kate, angetan mit Reitstiefeln, Schafsfelljacke und breitkrempigem Hut, schüttelte Marian die Hand. Bei der Hochzeit hatte sie gesagt: »Er wollte es sich nicht ausreden lassen. Ich habe es versucht.«

»Ich auch«, hatte Marian entgegnet.

»Da bin ich mir sicher«, hatte Kate finster erwidert.

Barclays Mutter, Mutter Macqueen, wie sie genannt werden wollte, trug ein braunes Kleid mit wollenem Schultertuch. Ein silbernes Kruzifix an einer Kette reichte ihr fast bis zum Bauch. Die grauen Haare hatte sie zu zwei dicken Zöpfen geflochten und zu Schlingen hochgefasst, über ihr Gesicht liefen lange, dünne Falten. Sie überraschte Marian mit einer Umarmung und einem Klopfen auf den Rücken, gerade so, als wolle sie ein Kind beruhigen. »Du bist hier sehr willkommen«, sagte sie im Flüsterton. Ihr Akzent war eine merkwürdige Mischung aus Salish und Französisch.

Auf einen derart warmherzigen Empfang war Marian nicht gefasst gewesen, tatsächlich hatte sie überhaupt nicht mit Herzlichkeit gerechnet. Barclay hatte nur sehr wenig von seiner Mutter erzählt. Sie fragte sich, ob Mutter Macqueen an die Zeit zurückdachte, als sie selbst eine Braut gewesen war und Barclays Vater sie in seine Obhut genommen und mit seinem Weißsein und Reichtum umschlossen hatte.

Mutter Macqueen nahm Marians Hände und schaute ihr ins Gesicht. »Du bist ein Geschenk«, sagte sie.

Barclay trennte sie sanft. »Komm ins Haus, Marian.«

Das Leben als Ehefrau hatte begonnen.

Vergeblich versuchte Marian, sich auf der Ranch nützlich zu machen. Es gab dort zwar eine Landepiste, aber die Stearman stand noch in Missoula. Als sie Barclay fragte, wann sie das Flugzeug abholen könne, hielt er sie mit vagen Ratschlägen hin, sie solle sich doch erst einmal eingewöhnen, ihren Platz finden und die Zeit als Frischvermählte genießen. Sie redete sich ein, wenn sie sich mit allem vorübergehend abfand und wartete, würde seine Wachsamkeit eines Tages Risse bekommen. Immerhin wurde von ihr nicht verlangt, auf der Ranch ein Seidenkleid zu tragen.

Das Putzen, Fegen und Wäschewaschen war Aufgabe einer jungen Salish; sie war die bislang Letzte in einer langen Reihe von Hausmädchen, die wie Mutter Macqueen in einer Klosterschule erzogen worden waren, wo die französischsprachigen Nonnen sie in Haushaltsführung unterwiesen, ihnen die furchteinflößendsten Verkündigungen der Bibel eingebläut und die Sitten ihrer Vorfahren ausgetrieben hatten. Mutter Macqueen hatte die Schule mit einem Bündel abseitiger, teils selbst ersonnener Glaubenssätze verlassen, die, wie Barclay sagte, seinen Vater sowohl verzaubert als auch verstört hätten: Nach ihrer Auffassung war das Leben ein ewiger Sturm aus göttlichem Zorn und himmlischer Gnade, und die Menschen wurden von wetteifernden Böen, auf denen Engel oder Teufel ritten, mal hierhin, mal dorthin geweht.

Das Kochen war Aufgabe einer älteren Schottin. Ein Dutzend Männer versorgte das Vieh und die Pferde und hielt die Zäune in Schuss. Kate unterstützte die Männer bei der Arbeit, doch jedes Hilfsangebot von Marian wurde vehement zurückgewiesen. Sie hatte den Verdacht, dass Barclay es jedem verboten hatte, sie eine Arbeit übernehmen zu lassen, und so blieb ihr nichts anderes zu tun, als ziellos auf der Ranch umherzuwandern. Wie sie mutmaßte, hatte er sich ausgerechnet, dass sie aus lauter Langeweile irgendwann einem Kind zustimmen würde.

»Was machst du heute?«, fragte sie Kate eines Morgens, nachdem sie die Schwägerin vor dem Ausreiten abgepasst hatte.

Kates Wangen waren rot vor Kälte. »Zäune ausbessern.«

»Ich könnte helfen.«

»Nein, wir wollen schnell fertig werden.« Sie ritt davon, das Schlagen der Hufe gedämpft vom Schnee.

Kurz nach dem Jahreswechsel kam der Umschlag mit der nachgesandten Post aus dem Edinburgher Hotel an.

In ihrem Schlafzimmer las Barclay Jamies Brief mit

zornbebender Stimme vor: »*Ich hoffe, Du wirst Dich eines Tages von Barclay trennen und Dein eigenes Leben wiederaufnehmen. Bitte, Marian, gib nicht nach.*« Er fuchtelte mit den Seiten vor Marian herum. »Was mischt der sich da ein!«

»Ich habe dir gesagt, ich will kein Kind«, erwiderte sie kraftlos.

»Das meinst du nicht so.«

»*Doch*. Was muss ich noch tun, damit du begreifst, dass ich weiß, was ich will?«

»Und was ich will, ist dir gleich?«

»Willst du, dass ich unglücklich werde?«

»Das wärst du nicht. Du wirst das Baby lieben. Und es ist deine Pflicht, mir Kinder zu schenken. Du bist meine *Frau*. Würde es dich nicht glücklich machen, deine Pflicht zu erfüllen?«

»Nein.« Sie wurde lauter. »Niemals!«

Er hielt ihr den Mund zu. Seine Mutter und Kate waren im Haus. Das Hausmädchen putzte irgendwo. Die Köchin hantierte in der Küche. »Ich kann dich dazu zwingen«, sagte er. Sie warfen sich zornige Blicke zu. Marian stieß seine Hand weg.

»Du kannst mich *nicht* dazu zwingen«, erwiderte sie leise, aber mit Nachdruck.

»Ich kann dir dein ...« Mit Daumen und Zeigefinger bildete er einen Ring – das Diaphragma. »Dein Ding da wegnehmen. Ich habe das Recht dazu.«

Sie dachte an Mrs. Wu, an das, was die Mädchen aus Miss Dollys Salon gesagt hatten: ein bisschen viel Drachenrauch und ein bisschen Geschabe. Wenn es sein musste, würde sie zu Fuß nach Missoula gehen, über die Berge.

»Du kannst mich nicht dazu zwingen«, wiederholte sie. »Ich würde Mittel und Wege finden.«

Er schaute sie entgeistert an, dann verzog er angewidert das Gesicht. »Wer bist du?« Es war nicht mehr derselbe Tonfall wie bei den ersten Malen, als er ihr diese Frage gestellt hatte.

»Die, die ich schon immer gewesen bin.«

Er schüttelte den Kopf. »Du hast dich verändert.«

»Dann bist du selbst schuld. Weil du mich anders haben wolltest.«

Kurz vor Sonnenaufgang das Hupen eines Autos. Schwach, aber beharrlich, lauter werdend. Doch die Lautstärke war es nicht, die Marians Traum durchlöcherte, es war das Nichthierhingehören des Geräuschs. Im Nachthemd trat sie ans Fenster. Der Pierce-Arrow schlängelte sich im frühen Dämmerlicht die lange Zufahrt zur Ranch hoch. Manchmal blökte die Hupe sekundenlang, dann wieder meckerte sie nur kurz und halbherzig.

Unten stand Kate vollständig angezogen auf der Veranda.

»Was ist da los?«, fragte Marian, während sie den Gürtel ihres Bademantels verknotete. »Warum tut er das?« Das Auto war fast beim Haus angekommen, aber sie war sich nicht sicher, ob Barclay davor anhalten oder daran vorbeischlingern würde.

»Er ist wahrscheinlich betrunken«, sagte Kate.

»Er trinkt nicht.«

»Nicht oft.«

»Nie!« Weil Kate nichts erwiderte, sagte Marian schwach: »Das hat er zu mir gesagt.«

Das Auto blieb ruckartig stehen. Bevor Barclay die Tür geöffnet hatte, bellte er schon den Namen seiner Schwester. »Kate! Kate!« Er stieg schwankend aus. »Kate!«

Kate lief zu ihm hin, und er warf sich ihr entgegen, umarmte sie. Die Wucht brachte sie fast zu Fall. Er trug keinen

Hut. Das Haar stand ihm in Büscheln vom Kopf. »Kate!«, sagte er noch einmal, die Stimme halb erstickt.

Sie bugsierte ihn die Treppe hoch. Er klammerte sich an Kate und gaffte Marian an, nach Schnaps stinkend, die Lippen geöffnet, als wollte er etwas sagen. Er wirkte nicht einfach nur betrunken, sondern wie von einer unerträglichen Qual in den Wahn getrieben. Im Haus saß seine Mutter strickend neben dem wuchtigen steinernen Kamin. Ohne die Arbeit zu unterbrechen, warf sie Marian einen strengen Blick zu. »Das hat ihm der Teufel angetan.«

»Das hat er sich selbst angetan«, erwiderte Kate. Sie führte Barclay von der Treppe weg, zum hinteren Teil des Hauses.

Marian ging ihnen nach. »Wo bringst du ihn hin?«

»Ins Gästezimmer. Er muss schlafen.«

»Das kann er in unserem Zimmer tun.«

»Nein. Ihm wird bald übel werden. Wenn er hier unten bleibt, ist das für mich einfacher.«

»Ich kümmere mich um ihn.«

Barclay schaute Marian über Kates Schulter verunsichert an.

»Jetzt willst du dich um ihn kümmern?«, fragte Kate. »Einen besseren Zeitpunkt konntest du dir wohl nicht aussuchen.«

»Er ist mein Mann.«

»Dann hilf mir, ihn hochzubringen.«

Gemeinsam hievten sie ihn die Treppe hinauf. Oben angekommen, keuchte Kate: »Als deinen Mann hast du ihn bisher noch nie bezeichnet.«

»Das ist er nun mal.« Marian bereute ihren Anfall von Verantwortungsbewusstsein bereits. Barclay stank. Er stolperte über die eigenen Füße. Sie hätte ihn im Gästezimmer lassen sollen, in der Fürsorge seiner Schwester. Nun aber verfrachteten sie ihn ins Schlafzimmer und ließen ihn mit dem Gesicht nach unten aufs Bett fallen. »Ist er in diesem Zustand den ganzen Weg von Kalispell gefahren?«

»Von Kalispell oder sonst woher.«

»Ein Wunder, dass er hier angekommen ist.«

»Nach Hause schafft er es immer.« Kate fummelte am Schnürsenkel eines schlammverschmierten Schuhs herum.

Marian zog Barclay den zweiten Schuh aus. »Er macht das öfter?«

»So einmal im Jahr. Und es läuft immer gleich ab. Irgendwie kriegt er es hin, dass die volle Wirkung des Alkohols erst auf der Straße zur Ranch einsetzt.«

Marian begriff, warum Kate angezogen auf der Veranda gestanden hatte. »Du wusstest, dass er trinken war.«

»Ich hatte so einen Verdacht. Aber ich habe mich schon häufiger geirrt und die ganze Nacht auf ihn gewartet, und dann kam er morgens hereinspaziert, frisch wie der junge Tag.« Sie schaute Marian in die Augen. »Von einer seiner Huren.«

»Falls mich das schockieren soll, hast du wohl vergessen, dass wir uns aus einem Bordell kennen.«

»Wie könnte ich das jemals vergessen? Dann schaffst du es sicherlich auch, ihn alleine ausziehen, oder? Ihm dürfte bald schlecht werden. Dann brauchst du was zum Auffangen.« Sie ging zum Kamin, nahm einen mit Kienspänen gefüllten Zinneimer und kippte den Inhalt in die Feuerstelle. »Der sollte reichen.« Sie stellte den Eimer neben das Bett.

»Wir hatten eine Auseinandersetzung.«

»Drehen wir ihn um.« Sie packten Barclays Fußknöchel, zogen ihn der Länge nach aufs Bett, drehten ihn auf den Rücken. »Oh, es geht los. Nimm den Eimer.« Barclay würgte. Kate richtete ihn am Kragen seiner Jacke gerade rechtzeitig auf, dass Marian einen Schwall reinen Whiskeys, wie es schien, mit dem Eimer auffangen konnte. »Na wunderbar, er hat sich in eine Destille verwandelt«, bemerkte Kate.

Nachdem Kate gegangen war, leerte Marian den Eimer im Badezimmer aus und machte sich dann daran, Barclay auszuziehen. Hose und Strümpfe ließen sich leicht abstreifen, aber er war wieder in einen Zustand der Dumpfheit geglitten, und sie bekam ihn nicht aus der Jacke. Zum Glück, denn nur einen Moment später musste sie ihn erneut am Kragen hochhieven, damit er sich übergeben konnte. Als er fertig war, zog sie ihm Jacke, Weste und Hemd aus; jetzt war er nur noch in Unterhose. Sie ließ ihn seitlich aufs Bett fallen, legte ihm die Decke über, leerte den Eimer im Badezimmer aus und kroch dann neben ihm unter einen Quilt.

Sie schliefen ein paar Stunden lang. Zweimal wachte er auf und würgte, doch außer hellgrünem Schleim schien nichts mehr in seinem Magen zu sein. Als Marian die Augen irgendwann wieder aufschlug, starrte Barclay sie an. Sie hatte keine Ahnung, wie spät es war. Der Himmel war grau und schwer. »Damit hätte ich nicht gerechnet«, sagte Barclay heiser.

»Womit?«

»Dass du dich um mich kümmerst.«

»Es hat mich geärgert, dass du nach Kate gerufen hast.«

»Ich hätte gedacht, das wäre dir nur recht.«

»Du warst noch nicht mal aus dem Auto und hast schon nach ihr geschrien. Weißt du das noch?«

»Ich war verzweifelt.«

»Und da rufst du nach Kate?«

»Ich habe Trost gebraucht. Manchmal überkommt mich so ein Gefühl, als würde mich ein Grauen jagen und langsam einholen. Auf dem Nachhauseweg war es wieder so.

Hätte ich geahnt, dass du dich um mich kümmerst, hätte ich nach dir gerufen, nicht nach Kate.« Er schwieg, und sie fragte sich schon, ob er wieder eingeschlafen sei, da sagte er: »Du quälst mich, Marian.«

»Ich wüsste nicht, wie«, erwiderte sie nach kurzem Überlegen. »Du bist derjenige, der allein das Sagen hat.«

»Nein, das bin nicht ich und war es auch nie.«

Sie wollte ihm nicht erklären, wie viele Mittel er hatte, um sie gefügig zu machen, wollte ihm nicht erklären, in wie vielen Bereichen sie sich bereits unterordnete. »Ich dachte, du trinkst nicht.«

»Nicht oft.« Seine Augen waren geschlossen. »Nach unserer ersten Begegnung habe ich getrunken. Das war fürchterlich. Ich bin mit Desirée raufgegangen, aber sie war nicht du, deshalb wollte ich sie nicht. Sie hat alles versucht, aber ich konnte nicht. Dann bin ich wieder raus zum Auto – es hat geschneit, weißt du noch? Ich war allein unterwegs, und als ich wegfahren wollte, blieb das Auto im Schnee stecken. Also musste ich aussteigen und schieben. Natürlich bin ich ausgerutscht und mit dem Kinn auf die Stoßstange geknallt. Da war ich bereits in einem Zustand, dass ich nur noch nach Downtown marschieren und den erstbesten Saloon aufsuchen konnte. Als ich reinkam, war ich durchgefroren und klitschnass. Ich habe angefangen zu trinken und mich gefragt, warum du mir nach dieser kurzen Begegnung schon nicht mehr aus dem Kopf wolltest. Warum ausgerechnet du, wo ich doch so viele Frauen kenne? Ich hätte Dutzende haben können.« Er schaute sie an und machte die Augen gleich wieder zu. »Als ich dich gesehen habe, dachte ich, ich könnte dich sofort haben – ich hätte jeden Preis bezahlt. Doch als ich gemerkt habe, dass ich dich nicht haben konnte, da war ich ... ich war verzweifelt. Wie von Sinnen. Ich weiß, ich bin ein sturer

Bock. Ich möchte zu oft meinen Willen durchsetzen. Das habe ich mir damals auch gesagt, aber es hat nichts genützt. Deshalb bin ich darauf gekommen, dass es an dir liegen muss.«

»Wenn ich davor trinken war, habe ich immer Kate erreichen können. Oder Sadler. Oder es war jemand bei mir, der mir geholfen hat. Doch an dem Abend war ich ganz allein, und mein einziger Gedanke war, dass ich dich vielleicht niemals haben würde. Und wenn ich in diesem Zustand bin, kommen noch andere Dinge hoch. Schwarze Gedanken von früher. Das lag nicht nur an dir, aber du hast es ausgelöst. Noch dazu war der Schnee so hoch, dass ich nirgendwo hinkonnte, nicht aus Missoula weg und schon gar nicht zur Ranch. Ich bin durch die Stadt geirrt – was ich gesucht habe, weiß ich nicht, aber ich bin immer weiter gelaufen und auf dem Schnee ausgerutscht. Ich dachte daran, dass es ja immer heißt, erfrieren wäre gar nicht so schlimm, weil man dann einfach einschläft. Ich bin zum Ufer runter und habe dort eine richtig hohe Schneewehe gefunden. Mit den Händen habe ich mir ein Grab geschaufelt und mich hineingelegt. Ich war so betrunken, ich habe die Kälte nicht mehr gespürt. Und ich war so müde und so froh über die Stille um mich herum, ich hätte ganz schnell wegdriften können – tatsächlich war ich schon halb weg –, aber dann kam mir der Gedanke, dass ich dich ja vielleicht doch haben *kann*. Dass ich dich zwar nicht kaufen, aber dich verdienen, dich überzeugen kann. Völlig unmöglich schien das nicht zu sein. Vielleicht war es sogar ganz einfach. Warum ich nicht früher darauf gekommen bin, weiß ich nicht. Gut, du warst noch zu jung – ich musste mich noch etwas gedulden –, aber ich dachte, ich muss mich ja nicht sofort töten. Das könnte ich später immer noch tun.«

Er verstummte. Sie fragte sich, ob er die letzten Sätze ernst gemeint hatte. Sie hatte sich seinen Tod schon ausgemalt, ihn sich sogar gewünscht. Vermutlich würde sie sich dann befreit fühlen. Oder erdrückende Schuldgefühle haben. Beides für sich allein wäre erträglich, beides zusammen nicht.

»Du hättest länger warten sollen. Ich war immer noch zu jung.«

»Hätte es etwas geändert, wenn ich gewartet hätte?«

Er tat ihr leid, weil in seiner Stimme die Hoffnung mitschwang, dass sich die Vergangenheit tatsächlich ändern ließe. »Ja, aber ob es dann besser gewesen wäre, weiß ich nicht.«

Er drehte sich auf die Seite, mit dem Gesicht zu ihr. »Du warst diejenige, die es so eilig hatte, mit mir ins Bett zu gehen. *Du* fandest dich nicht zu jung.«

»Das meine ich nicht. Ich meine Trout und das Flugzeug. Als du mich zu ihnen gelotst hast, war ich zu jung, um zu begreifen, was du im Gegenzug von mir erwartest.«

Sie dachte, sie hätte ihn verärgert, aber er griff unter der Decke nach ihrer Hand. »Das war ein Geschenk, ich habe im Gegenzug gar nichts erwartet.«

Sie verschränkte ihre Hand mit seiner. »Das stimmt nicht.«

»Glaubst du denn nicht, dass es zwischen uns anders werden kann? Wenn wir ein Kind haben?«

»Nicht so, wie du es dir vorstellst.«

»In Wahrheit hast du mich nicht gebraucht. Wenn du es wirklich gewollt hättest, wärst du weggelaufen und hättest auf anderem Weg fliegen gelernt.«

»Hättest du mich denn gehen lassen?«

Ein Klopfen an der Tür. Mutter Macqueen kam herein, auf einem Tablett eine Teekanne mit gestrickter Haube, eine Tasse. Sie stellte das Tablett auf Barclays Nachttisch und schenkte ein.

Marian und Barclay setzten sich auf. Ohne Marian weiter zu beachten, gab sie Barclay die Tasse. Sie legte eine Hand auf sein zugedecktes Knie. »Du darfst den Teufel nicht gewinnen lassen.«

»Es gibt keinen Teufel, Ma«, sagte Barclay sanft. »Warum hast du immer noch nicht begriffen, dass dir die Nonnen nur Mist erzählt haben?«

»Ich dachte, sie wäre dir eine Stütze.« Mutter nickte in Marians Richtung. »Nein. Sie tut so, als wäre sie es, die leidet. Dabei hat sie das Leid über dich gebracht.«

»Ma. Hör bitte auf. Ich werde nie wieder trinken. Versprochen.«

»Der Teufel legt dir Lügen in den Mund.«

»Ich brauche Ruhe, Ma. Gehst du jetzt bitte und nimmst den Teufel mit?«

»Nur du kannst ihn vertreiben«, erwiderte sie, verließ aber das Zimmer und schloss die Tür.

Barclay goss Tee nach und reichte Marian die Tasse. »Was wollte sie damit sagen?«, fragte sie.

»Trinken ist der erste Schritt zum Sünder. Sie glaubt, die Alkoholschmuggler – für sie die Handlanger des Teufels – haben leichtes Spiel mit mir.«

»Sie weiß nicht, dass du selbst einer bist?« Der Tee war zu süß. Mutter hatte Zucker in die Kanne getan.

»Natürlich nicht.«

Und es stimmte, bis auf die Sonntage, an denen Kate oder Sadler sie zur Kirche fuhren, war Mutter auf der Ranch völlig von der Welt abgeschnitten. Und wenn Barclay verhindern wollte, dass die anderen Kirchgänger über ihn redeten, schickte er einfach Sadler los, und keiner machte mehr den Mund auf. Wer hätte es auch schon gewagt, ihr die Wahrheit ins Gesicht zu sagen? Trotzdem musste Mutter Macqueen irgendetwas bemerkt haben. Wahrscheinlich wusste sie Bescheid und spielte nur die Ahnungslose. Die drei Frauen – Marian, Kate und Mutter – lebten mit drei verschiedenen Männern unter einem Dach, die alle Barclay Macqueen waren.

»Aber wie war das gemeint, was sie über mich gesagt hat?«

»Ach.« Er spitzte die Lippen, als würde er es nur ungern erklären wollen. »Sie hat gedacht, eine brave Frau würde mich vom Trinken abbringen. Da dir das nicht gelungen ist und du immer noch nicht schwanger bist, hält sie dich inzwischen nicht mehr für eine brave Frau. Ihr Gedankengang hat ein paar Lücken – ihr ist es nie gelungen, meinen Vater vom Trinken abzubringen. Ich bin nicht wie er. Ich trinke nicht oft.« Dann, leicht anklagend. »Doch nun hast du ihre Hoffnung zerstört.«

»Hält sie dich tatsächlich für einen Viehzüchter?«

»Aber ich bin doch Viehzüchter«, sagte Barclay. »Und du bist die unfruchtbare Frau, die mich zum Trinken treibt.«

Montana
Frühjahr 1932

Eine Woche nach seinem Besäufnis sagte Barclay wie nebenbei zu Marian, sie solle für ihn hinter der Grenze eine Lieferung abholen.

Sadler fuhr sie nach Missoula, damit sie die Stearman nehmen konnte. »Ist in der Zwischenzeit jemand mit meinem Flugzeug geflogen?«, fragte sie von der Hinterbank des Wagens.

Er sah sie im Rückspiegel an. »Mit *meinem* Flugzeug, meinen Sie?«

»Ist jemand mit *Ihrem* Flugzeug geflogen?«

»Nicht, dass ich wüsste.«

Sie wusste nicht, ob sie ihm glauben sollte und ob die Wahrheit überhaupt eine Rolle spielte. Misstrauisch checkte sie die Stearman, suchte nach Spuren eines fremden Piloten. Doch als sie allein in der Luft war, vergaß sie die Sorge. Sie drehte einen Looping, schleuderte die Berge einmal um sich herum.

Im Verlauf der nächsten Woche flog sie ein paar Mal über die Grenze und erhielt dann, auf ihre Bitte hin, die Erlaubnis, sich das Flugzeug für einen Nachmittag auszuborgen. Barclay nahm ihr lediglich das Versprechen ab, nach drei Stunden wieder zurück zu sein, und sie hielt sich daran, erzählte ihm allerdings, sie sei nach Westen, in Richtung Coeur d'Alene geflogen, obwohl sie in Wahrheit eine nordöstliche Route eingeschlagen hatte. Die Lüge wärmte sie wie glühende Kohle.

Ein voller Tank reichte für fast tausend Kilometer. Sie

stellte sich vor, welchen Radius das abdeckte. Unterwegs hätte sie auftanken und einfach weiterfliegen können. Andere hatten es in schlechteren Maschinen von einem Kontinent zum nächsten geschafft. Doch wenn sie davonliefe, wäre Barclay nur noch entschlossener, sie zurückzuholen und festzuhalten. Wenn sie bei ihm bliebe, würde er vielleicht irgendwann einsehen, dass sie nicht zueinander passten. Obwohl er sie an sich gekettet, ihr wie einem gezähmten Falken eine Kappe aufgesetzt hatte, würde er ihre Fesseln vielleicht eines Tages lösen und sie freilassen. Doch dafür musste sie erst einmal bei ihm ausharren.

Mit dem Fortschmelzen des Winters schwand allerdings auch ihre Waffenruhe, ihre wachsame Freundschaft, so wie das gegenseitige Wohlwollen zweier Menschen, deren Wünsche zwar miteinander verflochten, aber nicht miteinander vereinbar sind, irgendwann eben unweigerlich in sich zusammenfallen muss. An manchen Tagen, vor allem an solchen, an denen er ihr das Fliegen untersagte, drehte sie sich im Bett von ihm weg und wehrte seine Annäherungsversuche ab. Ließ sie sich aber darauf ein, brannte noch immer ein Feuer zwischen ihnen. Vielleicht hatte sie ihn nie geliebt, sondern sich nur von der widergespiegelten Lust in die Irre führen lassen. Barclay hielt ihre Arme fest, während sie ihn widerwillig erregt anfunkelte.

Im März war er eine Woche lang geschäftlich unterwegs und wies sie vorher an, in seiner Abwesenheit nicht zu fliegen. Am dritten Tag setzte sie sich in einen Lieferwagen der Ranch und fuhr nach Kalispell, beschleunigte auf der schlammigen Serpentinenstraße gerade so weit, dass sie Angst bekam und sich wieder einmal fragte, wie Barclay die Strecke betrunken überleben konnte. Sie ging in Geschäfte, sah aber nichts, was sie kaufen wollte. Sie fand ein

Lokal, wo sie etwas zu trinken bekam, und bestellte zweimal nach. Betrunken, weil sie nichts mehr vertrug, parkte sie am Rand des Flugplatzes unter einem Baum und wartete vergeblich auf eine Landung, einen Start.

»Dachte, du wärst für immer fort«, sagte Kate, als sie im Dunkeln zurückkehrte.

Am nächsten Morgen zog sie die Plane von der Stearman und hob mit schlammigen Reifen von der holprigen Piste in Bannockburn ab. Erst als sie in der Luft war, die Flügel mal hierhin, mal dorthin drehte und auf die Pracht der schneebedeckten Berggipfel blickte, entschied sie, nach Missoula zu fliegen und Jamie einen Überraschungsbesuch abzustatten.

Einer der Jungs vom Flugplatz nahm sie im Auto bis zum Rattlesnake mit. Das Haus war in einem schlimmen Zustand. Sie hatte gedacht, als Alleinverantwortlicher hätte Jamie alles auf Vordermann gebracht, aber die Farbe blätterte ab, die Dachschindeln waren aufgequollen und verzogen. Am Sockel wucherte winterbraunes Unkraut. Zuerst wollte sie den Hintereingang durch die Küche nehmen, doch eine leichte Verunsicherung hielt sie davon ab. Zum ersten Mal in ihrem Leben klopfte sie vorne an die Tür.

Das Geräusch löste eine Kakophonie an Gekläffe aus, das sich endlos fortsetzte. Offenbar wachte auf der anderen Seite eine ganze Hundearmee. Sie presste das Ohr an das Holz, wartete auf Schritte. Sie klopfte noch einmal. Das Bellen erreichte einen neuen hektischen Höhepunkt, aber dann knarrte die Treppe, und Jamie forderte die Hunde auf, Ruhe zu geben. Die Tür wurde aufgerissen, und ihr Bruder blinzelte sie an. »Guten Tag«, sagte er wie zu einer Fremden.

Unter seinen Augen waren dunkle Ringe, an seinen Wangen klebte ein struppiger blonder Bart. Seine Kleidung war von oben bis unten mit Farbe besudelt. »Du siehst schlimm aus«, sagte sie. »Was ist los?«

»Nichts.« Fünf Hunde strömten aus dem Haus, hoben Beine, hockten sich ins tote Gras, den harschen Schnee. Er beobachtete die Tiere nachdenklich. »Muss die Zeit aus den Augen verloren haben. Sie waren den ganzen Tag eingesperrt. Wie gemein von mir. Wie spät ist es?«

Sie schaute auf ihre Armbanduhr. »Kurz nach zwölf.«

Mit einem Mal riss er sich aus seinem merkwürdigen Zustand. »Marian!« Er machte einen Schritt nach vorne, fiel ihr um den Hals. Mit einem Anflug von Ekel nahm sie seine Ausdünstungen wahr, eine Mischung aus ungewaschenem Körper, Terpentin und Alkohol. Ihr Bedarf an betrunkenen Männern war bis an ihr Lebensende gedeckt. »Wieso bist du hier?«, fragte er.

»Ich wollte dich besuchen.«

»Komm rein.« Er hielt die Tür auf, winkte Marian ins Haus.

Drinnen war es kalt und dunkel, sämtliche Vorhänge waren zugezogen. Auf dem Boden, auf den Möbeln standen Teller und Schüsseln, in einigen Schüsseln war Wasser für die Hunde, auf manchen Tellern noch Reste irgendeines Futters. Zwei Hunde umkreisten Marians Beine, blickten japsend hoch, als wollten sie sich für den Zustand des Hauses entschuldigen.

Ihr fiel ein, dass Mittwoch war. »Du bist nicht in der Schule.«

»Ich gehe nicht mehr hin«, sagte er großspurig. Er schlurfte zur Küche, trotz Kälte barfuß. »Willst du einen Drink? Ich hole mir einen.«

In der Küche herrschte ein noch größeres Durcheinander als in den anderen Zimmern, überall Stapel von schmutzigem Geschirr, in der Luft fauliger Gestank. Auf dem Tisch eine halbleere Flasche mit klarem Selbstgebrannten. Jamie schnappte sich ein schmutziges Glas, wischte mit seinem Hemdzipfel über den Rand, goss zwei Fingerbreit ein und gab es Marian. Drei Fingerbreit wanderten in ein zweites Glas, das er sich zu säubern nicht die Mühe machte.

»Schmeckt widerlich«, sagte sie, weil sie nach einem Schluck husten musste. »Hatte ich ganz vergessen.«

»So schlimm nun auch wieder nicht.« Seine Augen glänzten fiebrig. »Ich muss mich stärken. Bin nervös, weil ich dir was zeigen möchte. Soll ich es dir zeigen?«

»Was denn?«

Er redete weiter, als hätte sie nichts gesagt, die Wörter kamen schief aus seinem Mund, miteinander verklebt. »Ich hatte gerade überlegt, sie dir zu zeigen, als du geklopft hast, das ist ein Zeichen, oder? Meistens stelle ich mir vor, ich würde sie ihr ...« Er drehte sich hastig um und verließ die Küche.

Sie ging ihm nach. »Was willst du mir zeigen?«

»Was ich gemacht habe!«, rief er über seine Schulter, während er, zwei Stufen auf einmal nehmend, die Treppe hochlief. Sein spindeldünner Körper, seine viel zu weit gewordenen Sachen, sein manischer Tonfall, das alles erinnerte Marian an Wallace. Sie zwang sich, die Treppe langsam hinaufzusteigen, nicht in Panik zu verfallen, ihn nicht zu packen und zu schütteln und ihm zu befehlen, mit dem Trinken aufzuhören, ein Bad zu nehmen, zur Schule zu gehen. Hatte das Haus diese Wirkung auf Menschen? Lag ein Fluch darauf, der Männer in wahnsinnige Säufer verwandelte?

Oben angekommen, blieb sie kurz stehen, um sich zu sammeln, bevor sie durch den langen, dunklen Flur zu dem Lichtkeil ging, der aus Wallaces altem Atelier drang.

Als sie hineinschaute, blendete sie das durch die Fenster einströmende Sonnenlicht. Erst sah sie nur Jamies dunkle Gestalt, dann gewöhnten sich ihre Augen an das Licht, und ihr Blick fiel auf die Bilder.

Ölgemälde, hauptsächlich Landschaften, hier und da ein Vogel, Tiere, unauffällig, fast versteckt in der Szenerie. Auf den ersten Blick wirkten die Bilder roh, beinahe primitiv, mit deutlichen Pinselspuren und großen Flecken reiner Farbe, doch beim genaueren Hinsehen erkannte Marian, wie präzise die Motive dargestellt waren, nur eben nicht im detailgetreu realistischen Stil von Wallace, sondern mehr die Stimmung einfangend. Im Zimmer verteilt lagen stapelweise Kohleskizzen und Bleistiftzeichnungen. Auf den Fensterbänken drängten sich Gläser mit Wasser und Terpentin. Jamie redete weiter vor sich hin. »Ölfarben sind wahnsinnig teuer, aber Wallace hat ein paar dagelassen, und ich hoffe, du hast nichts dagegen, dass ich einen Teil deines Geldes für Pinsel und Leinwände ausgebe. Irgendwann werde ich das alles bestimmt selbst bezahlen können, aber gerade ist es nur wichtig, dass ich weiterarbeite. Was anderes kriege ich momentan sowieso nicht hin.«

Auf Wallaces altem Sessel stand das Porträt eines Mädchens mit langem Gesicht und offenem Blick. Ihr Gesicht fand sich auch auf einer Leinwand auf dem Kaminsims wieder. Im Kamin glommen die Reste eines Feuers, in der Asche angekohlte Papierfetzen. Ein weiteres Porträt des Mädchens lag auf dem Boden, durch Staub und Farbkleckse ruiniert. Marian trat an die Gebirgslandschaft auf der Staffelei heran.

»Man sieht den Wind«, sagte sie. »Wie kriegt man Wind in ein Bild?«

Jamie stand hinter ihr. »Es ist noch nicht fertig. Irgendwas stimmt daran nicht. Ich bin so nervös, mein Mund ist ganz trocken.« Er trank aus dem Glas, das er noch immer in der Hand hielt. »Ich habe die Bilder bisher niemandem gezeigt, nicht mal Caleb.«

Sie berührte seine Schulter, wollte ihn beruhigen. »Du bist ein Künstler«, sagte sie. »Ein echter Künstler.«

Seine Augen füllten sich mit Tränen. Sie blickten beide weg. »Aber auch echte Künstler müssen sich hin und wieder mal waschen«, sagte Marian.

Am späten Nachmittag kreuzte Caleb auf. Marian hatte Jamie dazu überredet, ein Bad zu nehmen und sich hinzulegen, und sich dann darangemacht, das Haus zu putzen und durchzulüften. Sie hatte die Hunde gefüttert und Feuer gemacht. Caleb kam durch den Hintereingang in die Küche, im Arm eine Reuse mit zwei Forellen. »Mrs. Macqueen, was verschafft uns die Ehre?«

Sie flüsterte, für den Fall, dass Jamie inzwischen aufgewacht war: »Hast du ihn in letzter Zeit gesehen? Wusstest du davon?«

»Ihre Hoheit scheint bestürzt ...«

»Caleb.«

Er legte die Reuse auf den Tisch. »Das mit Gilda hat mir gereicht. Ich werde nie wieder Flaschen vor jemandem verstecken.«

Sie stellte eine Pfanne auf den Herd. »Du hättest mir Bescheid geben sollen. Wie lange ist er schon in diesem Zustand?«

Caleb lehnte sich an die Wand, verschränkte die Arme. »Keine Ahnung. Seit einem Monat? Davor hat er Trübsal geblasen wegen diesem Mädchen, aber er ist zur Schule gegangen, hat nicht getrunken, wenigstens nicht so viel. Er sagt in einer Tour, er würde an was Wichtigem arbeiten. Dass er wie Wallace oder Gilda ist, glaube ich nicht. Bei ihm ist das ein bisschen aufgesetzt.«

Aus dem anderen Zimmer schmetterte Wallaces Grammofon eine Tanznummer mit vielen Bläsern. Jamie erschien im Türrahmen, ein Glas in der Hand. »Ist es fürs Angeln nicht zu kalt?«

»Alles andere hättest du ja nicht gegessen.«

»Wo findest du in dieser Jahreszeit überhaupt Forellen?«

»Sie treiben sich am Boden herum, sind aber da.« Caleb zog einen Laib Brot und eine braune Tüte aus seinem Rucksack. »Mr. Stanley lässt schön grüßen.«

Jamie spähte in die Tüte. »Halleluja, er hat Windbeutel spendiert.«

Nach dem Essen setzten sie sich vor das Grammofon, Marian auf einen Stuhl, Jamie daneben auf den Boden, Caleb aufs Sofa.

»Marian«, unterbrach Jamie ein Gespräch über Calebs Jagdausflüge. »Sarah hat gesagt, Wallace gefällt es womöglich nicht, dass ich auch male. Glaubst du, das stimmt?«

»Sarah?«, fragte Marian.

»Das Mädchen aus Seattle«, sagte Caleb.

»Ich habe immer geglaubt, er würde mich ermutigen«, sagte Jamie, »aber wenn ich so darüber nachdenke, frage ich mich, ob er nicht das Gegenteil gemacht hat.«

»Ich weiß nicht«, sagte Marian. Sie hatte der Dynamik zwischen Wallace und Jamie kaum Beachtung geschenkt, weil sie zu sehr mit der Fliegerei beschäftigt gewesen war.

»Sarahs Vater hatte mir eine Stelle angeboten«, sagte Jamie. »Ich hätte nach Seattle ziehen können. Hätte mir dort ein Leben aufbauen könne, aber ich habe Nein gesagt. Weißt du wieso?«

»Wieso?« Sie befürchtete, die Antwort würde lauten, er hätte sie in Missoula nicht allein lassen wollen.

»Weil er sein Vermögen mit Fleisch gemacht hat.« Jamie lachte, sackte seitlich weg und fing sich auf einem Ellbogen ab. »Ausgerechnet. Was für ein Glückstreffer!« Seine Miene verfinsterte sich. »Ich muss verrückt sein.«

Mit einem wirren Wortschwall erzählte er von der ersten Begegnung mit Sarah, von ihrer Mutter, den Schwestern, dem großen Haus, den Kunstwerken, den in Form geschnittenen Buchsbäumen, dem verführerischen Sog des Lobes. Als er zum unrühmlichen Ende kam, kippte er den letzten Schluck in seinem Glas mit einer dramatischen Geste hinunter. Bevor Marian etwas erwidern konnte, fragte er aufgekratzt: »Würdet ihr für mich tanzen?« Er klopfte den Takt der Musik auf seinem Knie mit.

»Wie bitte?«, fragte Marian.

»Du und Caleb. Ich würde euch gern beim Tanzen zeichnen.«

»Ich bin eine miserable Tänzerin, Jamie.«

Doch Caleb war schon aufgesprungen, zog sie vom Stuhl und legte eine Hand fest auf ihre Schulter.

»Du musst nicht alles tun, was er sagt«, flüsterte sie.

»Ein bisschen tanzen schadet doch nicht.« Er drehte sie herum.

Über Calebs Schulter spähend, sah Marian auf Jamies Skizzenblock ein paar flüchtige Striche, die zwar kein Bild ergaben, aber dennoch an Tänzer erinnerten. Und sie reagierte auf Calebs Nähe, auf seinen vertrauten Geruch: nach Erde und Holz, so anders als Barclays aufgetragener Moschusduft. Ihre Füße bewegten sich linkisch, ihr Körper war steif, und Jamie schenkte sein Glas erneut voll, doch sie hätte vor Glück fast geweint.

Als die Schallplatte knisternd verstummte, löste Marian

sich von Caleb und wischte sich mit dem Ärmel über die Augen. Jamie war eingeschlafen, sein Kopf war nach hinten auf den Stuhl gesackt, der Skizzenblock lag noch in seinem Schoß. Caleb legte eine neue Schallplatte auf, zog Marian zum Sofa und setzte sich mit ihr hin. »Warum bist du nicht schon früher gekommen?«, fragte er.

Sie wollte sich herausreden, fühlte sich aber zu ausgelaugt. »Barclay hat mich nicht weggelassen. Eine Zeit lang durfte ich nicht fliegen. Es war seine Strafe, weil ich keine Kinder will.«

»Weil du keine willst oder keins unterwegs ist?«

»Das ist dasselbe, im Moment wenigstens. Eigentlich hätte ihn das nicht überraschen dürfen. Ich habe ihm immer gesagt, dass ich keine haben will. Aber er denkt, er würde mich besser kennen als ich mich selbst. Dabei versucht er nur wie besessen, mein wahres Ich seiner Wunschvorstellung von mir anzugleichen.«

Caleb schob den Unterkiefer vor. »Er ist ein Scheißkerl.«

»Marian.« Jamie war aufgewacht. Bewegt hatte er sich nicht, aber er schaute zu ihr hoch, das Gesicht hohlwangig. »Bringst du mich von hier weg?«

»Wie? Jetzt?«

»Bald. Ich muss hier raus.«

»Wohin willst du?«

»Irgendwo anders hin.« Er zog die Knie an die Brust. Furchtbar dünn war er geworden. »Du bist weg. Wallace ist weg. Caleb ist immer auf der Jagd. Manchmal denke ich, mehr als Seattle werde ich niemals sehen.«

»Kannst du nicht erst mal die Schule fertigmachen?«

»Hast du doch auch nicht.«

Ihr lag die zynische Bemerkung auf der Zunge, dass nun mal nicht jeder die Chance bekam, Barclay Macqueen zu heiraten, doch da sagte Jamie traurig: »Bitte, Marian, hier kann ich nicht bleiben.«

Ihre Modellflugzeuge hingen noch an der Decke des Häuschens, eingestaubt und vergilbt, wo der Kleber durchschimmerte. Alles war so, wie sie es zurückgelassen hatte. Jamie hatte sein Chaos auf das Haus beschränkt. Es war kurz vor Sonnenaufgang, aber sie setzte sich in den Sessel und blätterte einige Bücher durch – Captain Cook in der Südsee, Fridtjof Nansen in Grönland. Sie wartete darauf, dass die Bücher sie mit ihrem Abenteuergeist ansteckten, aber sie lagen nur tot in ihren Händen. Früher hatte sie geglaubt, die Welt würde sich ihr öffnen, sobald sie erst einmal fliegen konnte. Jetzt wusste sie, dass sie die Gegenden aus den Büchern niemals sehen würde.

»Eines Tages wirst du ihn verlassen«, hatte Caleb zu ihr gesagt, nachdem Jamie ins Bett gegangen war und sie sich in der Küche verabschiedeten.

»Und dann?«

»Dann kannst du machen, was du willst.«

»So einfach ist das nicht.«

»Ich kann dir helfen. Wir könnten ein Flugzeug kaufen und Leute zu den Jagdgebieten fliegen.«

»Wir?«

»Warum nicht?« Er schaute sie erwartungsvoll an.

»Wir sind kein Wir.«

»Könnten wir aber sein.«

Sie schüttelte den Kopf.

»Wenn du es zulässt, verschlingt er dich.«

»Verschlungen zu werden ist nicht das Ende der Welt.« Doch sie dachte an die Gletscherspalte.

»Manchmal möchte ich dich schütteln, damit du endlich aufwachst.«

»Nur zu.«

Er setzte seine Mütze auf und verschwand in die Nacht.

An dem Tag, an dem Barclay zu Hause erwartet wurde, kehrte sie nach Bannockburn zurück. Sie war drei Nächte in Missoula geblieben.

Vom Schlafzimmerfenster aus sah sie Barclay aus dem Auto steigen. Sadler ging zum Kofferraum und lud das Gepäck aus. Barclay schaute zu ihrem Fenster hoch, und ihr war sofort klar, dass er von ihrem Ausflug bereits wusste.

Es war später Nachmittag. Sie saß mit einem Buch im Sessel, blätterte aber nicht um. Er stürmte zur Tür herein wie heißer Wind. »Schöne Reise gehabt?«, fragte er.

Sie beschloss, es mit Frechheit zu versuchen. »Ja. Ich habe meinen Bruder besucht. Und du?«

In Erwartung seiner Rückkehr hatte sie das Diaphragma längst eingesetzt, sich zumindest in dieser Hinsicht gewappnet, und als er jetzt ihren Arm packte, sie vom Sessel zerrte und aufs Bett warf, war sie froh darüber. Er streifte ihr die Hose bis zu den Knöcheln herunter, drehte sie auf den Bauch. Das Gesicht auf dem Quilt, wartete sie, doch er drückte ihr ein Knie ins Kreuz und hielt ihre Handgelenke fest. Mit der freien Hand fuhr er ihr zwischen die Beine, stieß zu und grub – zielstrebig, als wollte er einen verstopften Abfluss freilegen. Er versuchte, ihr Diaphragma herauszuziehen. »Nicht«, sagte sie. Doch er drückte sein Knie nur noch fester in ihren Rücken. Er wirkte ruhig, konzentriert, als würde er ein Tier bändigen. Seine Nägel zerkratzten ihr Inneres; als er die Kappe schließlich losbekam, fühlte es sich an, als würde etwas aus ihr herausgesaugt. Er verlagerte das Gewicht, saß jetzt rittlings auf ihr, keilte ihre Arme mit den Knien ein. Er hielt das Diaphragma so, dass sie es anschauen musste, und stieß das Gummi mit dem

Daumen nach oben, bis es sich obszön vorstülpte und unter dem Druck schließlich riss. Dann warf er das zerstörte Objekt auf den Boden und öffnete seinen Gürtel.

Als Kind, beim Ringen mit Jamie oder Caleb, hatte sie immer unter Einsatz ihres gesamten Körpers gekämpft, hatte sich mit Händen und Füßen gewehrt. Selbst wenn der andere sie bereits zu Boden drückte, hatte sie sich noch wie eine Schlange gewunden.

Unter Barclays Gewicht lag sie still wie eine Tote. Sie blickte starr auf das im Kamin aufgeschichtete Holz, sah, dass sich die Borke wie verletzte Haut abschälte, dass die splitterige, bleiche Innenseite schwach schimmerte. Furcht empfand sie schon, doch das Gefühl der Erniedrigung war stärker. Mit nacktem Hintern dazuliegen und sich nicht bewegen zu können, war demütigend, doch dass sie es nicht vorhergesehen hatte, beschämte sie am meisten.

Es tat weh, aber der Schmerz schien weit weg, an einer Grenze ihres Selbst zu liegen. Lange brauchte Barclay nicht. Er gab leise Laute von sich, und sie begriff teilnahmslos, dass er weinte oder kurz davor war. Sie wartete ab; mehr nicht.

Nachdem er fertig war, lag er schwer auf ihr. Irgendwann rutschte er von ihr herunter, sie hörte, wie er sich anzog und schniefte, sah aber nur die unverbrannten Scheite im Kamin. Sie rührte sich nicht, selbst dann nicht, als die Tür hinter ihm zufiel. Der Gedanke, sich zu waschen, flackerte kurz in ihrem Kopf auf, aber das schien ein unmöglicher Kraftakt. Ihre Lungen füllten sich auch so mit Luft, ihr Herz schlug auch so weiter, also war ihre Situation wohl auszuhalten.

Nachts im Bett stellte sie sich oft vor, sie würde fliegen. Dann malte sie sich eine Landschaft aus, die unter ihr dahinzog: Berge mit Seen und Flüsse oder wogende Dünen aus hellem Sand und tropische Inseln in einem türkisfarbenen Meer, wenn sie besonders abenteuerlustig war. Und als sie nun so dalag, die Hose noch immer bis zu den Knöcheln heruntergezogen, hob sie von der Ranch ab, flog nach Westen über die Berge, flog, bis sie über dem Meer war, und schlief über der endlosen Fläche aus Blau ein.

An ihrem zweiten Tag in Missoula war sie mit Jamie und Caleb in ihrem alten Ford den Bitterroot entlanggefahren und hatte an einer flachen, eisfreien Stelle gehalten. Caleb war als Erster im Wasser gewesen. Als Marian ihm folgte, hatte sich die Kälte um ihre Rippen gelegt und die Mattigkeit aus ihr herausgepresst wie verbrauchten Atem. Jamie und sie waren in Unterwäsche ins Wasser gesprungen und sofort wieder hinausgelaufen, doch Caleb, nackt, hatte es eine halbe Ewigkeit darin ausgehalten.

In der dritten Nacht war sie im Cottage aufgewacht, weil Caleb neben ihrem schmalen Bett gehockt hatte. Das Gesicht nah an ihrem, eine Hand auf ihrem Unterarm, hatte er leise gefragt: »Was meinst du?«

»Ich kann nicht«, hatte sie geflüstert, und er hatte noch einen Moment schweigend gewartet und war dann gegangen.

Bei Sonnenaufgang war sie aufgestanden und zum Flugplatz gegangen, ohne sich von Jamie zu verabschieden.

Jetzt war Caleb wieder bei ihr, aber er küsste sie nicht. Er rüttelte an ihrer Schulter. Doch als sie die Augen öffnete, war es nicht Caleb, sondern Kate. Marian langte nach dem Quilt, wollte sich bedecken, aber jemand hatte ihn ihr bereits über das nackte Gesäß gelegt. Vor dem Fenster waren die grauen Wolken mit lodernden Streifen aus Pink durchzogen.

»Er hat gesagt, ich soll mal nach dir sehen«, sagte Kate. »Meinte, er hätte die Beherrschung verloren.«

Marian drehte das Gesicht weg, schaute wieder zu den Scheiten hin. Sie hatte nicht die Kraft, sich dafür zu schämen, dass Kate sie halbnackt vorgefunden hatte.

»War er das?«, fragte Kate.

»Wer sonst?«

»Ich meine das hier.«

Marian schaute hoch. Kate hatte das zerfetzte Diaphragma mit einem Taschentuch aufgehoben.

Sie nickte.

»Ich weiß, was das ist.«

»Schön für dich.«

»Ich wette, du hältst mich für eine alte Jungfer.«

In jedem anderen Moment hätte es sie interessiert, ob Kate auf eigene Erfahrungen oder eine Kenntnis vom Hörensagen anspielen wollte. Jetzt sagte sie nur: »Über dich denke ich nicht nach.« Versuchsweise drehte sie sich auf die Seite, zog die Knie zum Bauch und hielt den Atem an, weil der Schmerz zwischen ihren Beinen sie sonst laut hätte aufstöhnen lassen. Seit Stunden hatte sie sich nicht bewegt. Es fühlte sich an, als würde sie aus einer dünnen Schicht Eis herausbrechen.

»Du willst keine Kinder?«

»Nein.«

»Was willst du jetzt machen?«

Marian hatte sich die Frage noch nicht in ihrem konkreten Sinn gestellt. Bis jetzt hatte sie jeden konkreten Gedanken vermieden. Kurz kam ihr wieder die Idee, sich zu waschen. In ihrer Fantasie setzte sie sich in die heißeste Quelle der Lolo Hot Springs und machte sich steril wie die Marmeladengläser, die Berit auf dem Herd ausgekocht hatte.

»Nichts. Ich kann nichts machen.«

»Gibt es da nicht so ... Spülungen und andere Mittel? Kannst du nicht irgendwas trinken?«

»Hast du was hier? Ich wüsste nämlich nicht, wo ich es herkriegen soll.« Sie schüttete die angestaute Bitterkeit über Kate aus.

Langes Schweigen. »Vielleicht kann ich dir ein Neues besorgen.« Kate hielt das Diaphragma hoch. »Sofern du das willst.«

Marian war wieder zu Eis erstarrt, richtete sich jetzt aber auf einem Ellbogen auf. »Das würdest du tun?« Die winzige, freundliche Geste, so verdächtig sie auch war, riss sie aus ihrer Benommenheit und stieß sie auf einen Abgrund zu, über dem nur noch mehr Leid liegen konnte. Mit Mühe setzte sie sich auf. Dumpfer Druck breitete sich in ihrem Kopf aus; ein heißer Schmerz schoss in ihren Unterleib, setzte sich fest.

Kate wickelte das Taschentuch um die zerfetzte Gummikappe und steckte es ein. »Aber wenn ich dir eins besorge, darf er dich nicht damit erwischen.«

»Er wird es spüren.«

Kate blickte zur Tür. »Vielleicht sollten wir es nicht darauf ankommen lassen. Es könnte alles nur noch schlimmer machen.«

»Nein. Bitte besorg mir eins – bitte. Aber wo kriegst du es her?«

»Ich habe Freundinnen in England. Dort sind die legal. Aber es wird etwas dauern. Du wirst ihn abwehren oder dafür sorgen müssen, dass er nicht ...« Sie schaute weg und machte eine ruckartige Geste. »Ich zünde mal den Kamin an und lasse dir ein Bad ein.«

»Wieso hilfst du mir?«

»Wenn du erst ein Kind von ihm hast, werden wir dich nie wieder los.« Sie ging neben dem Kamin in die Hocke und riss ein Streichholz an. Die Scheite fingen Feuer, brannten.

In der Badewanne sagte sie sich, dass sie nicht schwanger werden konnte, sofern sie ihren gesamten Willen darauf konzentrierte, es nicht zu werden. Ihr Körper war nur ein Gefäß für ihren Willen, warum sollte es also nicht klappen? Andere Frauen hatten sich nur nicht genug angestrengt. Sie würde ihren Bauch vor ihm verschließen. Sie rutschte tiefer in die Wanne, lag reglos im Wasser. Dünne Flöße aus Blasen trieben dahin und lösten sich auf wie Wolken.

Und da sie, wie sich zeigte, nicht schwanger war, kam sie zu dem Schluss, dass ihr Wille gesiegt hatte. Sie wusste, es stimmte nicht, glaubte es trotzdem.

Sie nahm die ziellosen Wanderungen durchs Haus, über die Ranch wieder auf.

Im April, es fiel noch einmal Schnee, sah sie im Wald einen Bären, dünn nach dem Winterschlaf, bucklig und zottig, der Rücken weiß bestäubt. Das Tier hob den Kopf. Die schwarze Nase zitterte, die Nüstern zogen sich zusammen, als es ihre Witterung aufnahm. Marian trug ein Gewehr über der Schulter, nahm es aber nicht zur Hand, verharrte regungslos. Mit seinen schweren Schultern schob der Bär Erde weg und stellte sich auf die Hinterbeine. Abschätzender Blick aus kleinen, bernsteinfarbenen Augen. In seiner Haltung lag etwas Demutvolles, als brauche es ein Gegengewicht zu seiner gewaltigen Größe und der übertriebenen Länge seiner bleichen Klauen.

In einer Wolke frischen Schnees ließ sich das Tier auf alle viere fallen und stapfte davon. Marian lohnte den Aufwand nicht.

Sie schaute dem Bären nach und überlegte, ob es Trout gewesen war, der sie daran erinnern wollte, dass sie noch am Leben war.

Barclay war zerknirscht. Nach dem Bad hatte sie sich wieder ins Bett gelegt und war dort bis zum nächsten Mittag geblieben. Als er zu ihr kam, zog er sie aus dem Bett und kniete sich zu ihren Füßen hin, die Stirn an ihrem Bauch, den sie vor ihm verschlossen zu haben glaubte. Mit herabhängenden Händen stand sie da, schaute herunter auf seinen gesenkten Kopf und die Sohlen seiner Schuhe, wie ein gleichgültiger Gott.

»Wann kann ich wieder fliegen?«, fragte sie.

Er schaute zu ihr hoch, flehend. »Verzeihst du mir?«

Sie dachte an Jamie und seine Bitte, ihn aus Missoula wegzubringen. Dennoch schüttelte sie den Kopf.

»Du darfst wieder fliegen, wenn du mir verzeihst.«

Ablenkungsmanöver

Dreizehn

Der Regieassistent brachte alle zum Schweigen – die gesamte Besetzung saß wie Kinder am ersten Schultag um den großen U-förmigen Tisch, vor uns Drehbücher und neue spitze Bleistifte, drumherum die Bagel essenden, Kaffee trinkenden Produktionsleute, Studiomitarbeiter und Investoren, und dann erhob sich Bart Olofsson, schaute in seine Erstausgabe von Marians Buch (nicht Carols, das er offenbar verachtete) und las mit schwachem isländischem Akzent den Anfang vor:

»›Wo soll ich anfangen?‹«, begann er. »›Am Anfang natürlich. Aber wo ist der Anfang? Ich weiß nicht, wo in der Vergangenheit ich eine Markierung einfügen soll, die besagt: hier. Hier hat der Flug begonnen. Denn der Anfang liegt in der Erinnerung, nicht auf einer Landkarte.‹«

Er sah auf und schaute ernst und eindringlich in die Runde, beinahe anklagend wie ein Priester, der uns daran erinnert, dass wir Sünder sind. Ich warf einen Blick zu Redwood, der feierlich und gesetzt wirkte. Seit der Nacht der Zauberpilze war eine Woche vergangen, und ich hatte nur einmal von ihm gehört, nachdem ich ihm ein GIF mit zwei im Weltraum schwebenden Faultieren und der Bemerkung *Wir reden auf Pilzen über LA* geschickt hatte.

Er hatte *Ha!* geantwortet.

»Auch wir stehen am Anfang«, sagte Bart. »Wir werden einen Film drehen. Aber es ist kein Urknall aus dem Nichts.

Der Moment, den Marian nicht identifizieren kann, in dem ihr Flug Wirklichkeit zu werden begann? Das war auch *unser* Anfang. Anfänge sind keine Fixpunkte im Leben, sondern immer um uns. Sie ereignen sich ständig, ohne dass wir es bemerken.« Er tippte auf das Buch. »Hier drin hat Marian geschrieben: ›Für meine Zukunft bin ich schon verloren.‹ Seltsame Formulierung, nicht wahr?«

Die erste Zeile von Carol Feiffers Roman lautet: *Ich bin kurz davor, von Feuer oder Wasser verschlungen zu werden, genau weiß ich es nicht.* Es soll Marian als Baby sein, die von dem sinkenden Schiff erzählt. Danach verläuft die Geschichte chronologisch, bis sie ins Meer stürzt. *Mit der Kälte kommt die Dunkelheit, und ich bin verloren. Aber ich habe keine Angst.* Der letzte Satz kam mir aufgesetzt vor, ein sehnsüchtiger, stotternder kleiner Protest. Doch nachdem Redwood mir erzählt hatte, dass seine Mutter immer wollte, dass alles gut wird, ergab er einen Sinn. Sie hatte versucht, sich selbst zu beruhigen.

Der Film beginnt allerdings am Ende, im Flugzeug, als ihnen der Treibstoff ausgeht und sie nirgendwo mehr hinkönnen. Dann springt er zurück zum Schiffsunglück und läuft vorwärts, wobei die Weltumrundung aufgeteilt und szenenweise eingeschoben wird, sodass wir am Ende wieder im Flugzeug landen, das dann abstürzt.

»Ich sehe das so«, sagte Bart. »Wir sind in der Gegenwart gefangen, aber der Moment, den wir gerade erleben, war zu allen Zeiten Zukunft. Und ab jetzt wird er für immer Vergangenheit sein. Alles, was wir tun, löst unvorhersehbare, unumkehrbare Kettenreaktionen aus. Wir handeln innerhalb der Zwänge eines unvorstellbar komplexen Systems.« Er hielt inne und schaute wieder in die Runde. »Dieses System ist *die Vergangenheit.*«

Ich fing Sir Hugos Blick auf. Er zwinkerte mir zu.

Bart verkündet alles, als wäre es der Aha-Moment eines TED-Talks, hatte ich mal zu Hugo gesagt. *Er hypnotisiert die Leute so lange, bis sie ihn für ein Genie halten.*

Aber seine Schwülstigkeit verleiht dem Ganzen einen schönen Rahmen, nicht wahr?, hatte Hugo entgegnet.

»Aber«, sagte Bart, »manchmal können Anfänge auch einfach sein. Bei einem Film besteht der Anfang beispielsweise aus einem Einzelbild. Gönnen wir uns heute die Erleichterung der Beschränkung, der Begrenzung. Lasst uns auf Seite eins anfangen.«

Er deutete auf den Regieassistenten, der offenbar auf sein Stichwort gewartet hatte und sich zum Mikrofon beugte. »Draußen. Tag«, las er aus dem Drehbuch vor. »Ein zweimotoriges silbernes Flugzeug fliegt über die Schaumkronen des Ozeans, kein Land in Sicht. Unter der Tragfläche zieht es eine schwache Treibstoffspur hinter sich her. Marian, Off-Kommentar.«

»Ich war zum Wandern geboren«, las ich, und der verstärkte Zwilling meiner Stimme folgte eine Millisekunde später. »Ich war für die Erde geformt wie ein Meeresvogel für eine Welle.«

Welche Kettenreaktionen hatten Redwood und ich in jener zauberpilzberauschten Nacht am Pool wohl ausgelöst? Jedenfalls nicht die, mit denen ich gerechnet hatte. Ich hatte in seinem Bett geschlafen, doch er hatte mich nicht einmal geküsst. Er hatte gesagt, ich solle *einfach hier pennen*, weil wir zu *hinüber seien, um irgendwohin zu fahren*, und *ein bisschen Gesellschaft wäre nett.* Er hatte mir die Wahl zwischen seinem Bett und einem Gästezimmer gelassen, was ich so gedeutet hatte, dass er mir die Wahl ließ, ob ich was mit ihm anfangen wollte oder nicht, und ich hatte geglaubt, ich hätte mich fürs Anfangen entschieden. Doch als ich aufreizend in einem seiner T-Shirts aus dem Bad gekommen war, hatte er schon geschlafen. Im Morgengrauen war ich wohl aufgewacht und meinte mich zu erinnern, er hätte Löffelchen gemacht, aber das konnte auch ein Traum gewesen sein, denn als ich richtig aufwachte, war er in der Küche und machte Tacos zum Frühstück.

»Ich finde dich toll«, sagte er, als ich ging, und küsste mich unterhalb des Ohrs, und wer zur Hölle weiß, was das bedeutet.

Vielleicht war unser Problem, dass wir keinen wirklichen Anfang erlebt, keine Kettenreaktion ausgelöst hatten, sondern immer noch eine alte aussaßen. Ich versuchte immer noch, meinen Gefühlen für Alex und meinen Schuldgefühlen wegen Oliver zu entkommen, und hoffte, Redwood würde sich als Schlüssel zu meiner Befreiung erweisen. Vielleicht erhoffte er sich von mir etwas ähnlich Unwahrscheinliches. Wir glauben, jede neue romantische Chance, jeder neue Liebhaber sei ein neuer Anfang, doch in Wahrheit kreuzen wir nur gegen den Wind, wird jede neue Flugbahn von der vorherigen bestimmt, zeichnen wir eine zerklüftete und dennoch ununterbrochene Linie von Reaktionen durch unser Leben. Und das war Teil des Problems: Ich *reagierte* immer nur, ließ mich immer nur vom Wind durchrütteln, setzte mir kein Ziel.

Zuhause war ich mit einem Green Juice zu Augustina ins Büro gegangen, die gerade am Computer arbeitete. Sie schien ständig von Männern herumgeschubst zu werden, also hoffte ich auf einen guten Rat.

»Was bedeutet es«, sagte ich und lehnte mich an den Türrahmen, »wenn du die Nacht mit einem Mann im selben Bett verbringst, aber nichts passiert, und wenn du gehst, küsst er dich hier« – ich tippte mir an den Hals – »und sagt, dass er dich toll findet?«

Ihr Gesicht entgleiste kurz, bevor sie eine nachdenklich-neutrale Miene aufsetzte. »Wahrscheinlich findet er dich toll.«

»Ja«, sagte ich und klopfte zweimal gegen den Türrahmen, als würde ich ein Taxi wegschicken. »Danke.«

»Denk an das Interview morgen«, rief sie mir nach.

Ich legte mich ins Bett und sah mir Alexeis Instagram-Account an, dann den seiner Frau, dann Olivers, dann den von Olivers Ex-Frau, dann den von Jones Cohen, dann die von so ziemlich allen, mit denen ich je geschlafen hatte. Ich weiß nicht, wonach ich gesucht habe. Jedenfalls nicht nach den Selfies und Stränden und Kindern und Sandwiches, die ich fand. Ich mühte mich ab, doch es waren nur Ablenkungsmanöver, die ins Leere liefen. Vielleicht suchte ich die Antwort auf die Frage, wonach ich suchen sollte.

Ich wusste, dass ich Mark eine Nachricht schicken würde, sowie ich sein Profil aufrief. Ich kannte ihn noch aus der Zeit bei *Katie McGee*. Er war mal Drogendealer Nr. 1 der Santa Monica High School gewesen, arbeitete heute als Anwalt in der Unterhaltungsindustrie, war attraktiv und diskret, nie romantisch gebunden oder durch Bindungen gefesselt, nicht sehr interessant und dennoch die fleischgewordene Selbstsicherheit. Ich hatte mich in Notfällen schon öfter an ihn gewandt. Die Leute reden von *Fickfreundschaft*, als wäre es ein cleveres Konzept, aber ich betrachtete Mark eher als menschliches Placebo. Wenn ich glaubte, dass er mich aufmuntern würde, tat er es auch.

Niemand belagerte mehr mein Tor. Die Paparazzi hatten das Interesse verloren. Verlassenwerden tut weh, selbst wenn es mehr Freiheit bedeutet. Ich schickte Augustina nach Hause, und Mark glitt in seinem BMW die Auffahrt hinauf, trank den schicken Mezcal, den ich ihm eingoss, lobte meine Marian-Frisur, ging auf seine geübte, überschwänglich selbstbewusste Art mit mir ins Bett, und als er aufbrechen wollte, bat ich ihn, über Nacht zu bleiben.

Als die Journalistin von *Vanity Fair* am nächsten Morgen auftauchte, war Mark immer noch da, sonnte sich auf einem Gummifloß im Pool und war insgesamt so auffällig wie eine der riesigen flamingoförmigen Hüpfburgen, die überall auf Instagram zu sehen waren.

Der Artikel würde erst in einigen Monaten erscheinen, doch als ich sah, wie die Journalistin Mark durchs Fenster erspähte, hätte ich den Vorspann fast diktieren können:

Ein Mann in Hadley Baxters Pool. Ein hinreißender Mann mit Sonnenbrille und winziger Badehose, der auf einem Floß dahintreibt. »Nur ein Freund«, sagt sie mit verschmitztem Lächeln und führt uns durch ihr Haus im spanischen Stil. »Wir kennen uns, seit wir klein und ungezogen waren.« Mit anderen Worten: Hadley braucht Ihr Mitleid nicht. Hadley Baxter ist nicht zurück. Hadley Baxter war nie weg.

Natürlich sollte Redwood es genau jetzt lesen und nicht erst in ein paar Monaten. Er sollte wissen, dass seine Zurückweisung – wenn es denn eine war – mich nicht getroffen hatte.

»Was hat Sie an der Rolle der Marian Graves gereizt?«, fragte die Journalistin, als wir es uns mit Selters aus der Dose und einem halben Glas Weißwein im Wohnzimmer gemütlich gemacht hatten. (*»Ein schnelles Schlückchen, wie mein Freund Hugo sagen würde«, bemerkt Hadley und meint damit Sir Hugo Woolsey, ihren Nachbarn und Produzenten von* Peregrine.) Ich fläzte mich seitlich in einem Sessel. Sie hockte auf dem Sofa, das Aufnahmegerät auf dem Couchtisch.

»Sie haben sicher recherchiert und wissen über meine Eltern Bescheid«, sagte ich. »Ich habe mich schon immer für das Thema Verschwinden interessiert. Wenn Menschen verschwinden, heißt das oft – oder fast immer –, dass sie sterben, aber es wird anders wahrgenommen. Beim Verschwinden bleibt eine Hintertür. Es *ist* eine Hintertür. Bei Marian geht es immer um die Frage, was *wirklich* geschehen ist, so als wäre ihr Verschwinden ein ungelöstes Rätsel, doch selbst wenn sie sich in einen Yeti verwandelt und fünfzig Jahre lang die Antarktis durchstreift hätte, können wir zu diesem Zeitpunkt eigentlich nur zu einem Schluss gelangen. Sie wäre jetzt hundert Jahre alt. Wir verschwinden nämlich alle. Früher habe ich mich gefragt, ob meine Eltern noch leben, ob sie ihren Tod irgendwie vorgetäuscht haben. Man hakt immer wieder nach. Vor einigen Jahren habe ich sogar einen Privatdetektiv beauftragt, aber er hat nichts gefunden. Er sagte, er glaube, es gäbe *nichts* zu finden. Außer einem ziemlich großen See. Und selbst wenn sie noch am Leben wären, würde das bedeuten, dass sie wirklich alles darangesetzt haben, mich im Stich zu lassen.«

Die Journalistin blinzelte. »Was glauben Sie heute?«

»Heute kommt es mir vor, als hätten sie nie existiert.«

Sie nickte langsam, beugte sich noch weiter vor und fragte: »Sind Sie eine Suchende, Hadley?«

»Wie meinen Sie das?«

»Lassen Sie es mich so sagen. Ich denke, eine Suchende ist ein Mensch, der nach Erleuchtung strebt. Ein Mensch, der ergebnisoffen sucht, der sich aktiv bemüht, seinen Weg zu finden.«

Ich schaute aus dem Fenster und sah, wie Mark seine Hand im Wasser treiben ließ. »Mag sein«, sagte ich, »aber ich bin nicht gut darin, denn ich scheine mich immer zu verirren.« Ich lieferte ihr einen guten Aufhänger mit meinem *Ich scheine mich immer zu verirren*, etwas, das sie in großen Kursivbuchstaben über ein Foto von mir legen konnte, auf dem ich Rebellin und Straßenkind zugleich war: Lederjacke ohne was darunter, dicker Eyeliner, verzweifelter Gesichtsausdruck.

»Und was ist mit der Liebe? Suchen Sie auch danach?«

»Da finde ich wohl eher die Erleuchtung.«

»Wäre es denkbar, dass beide dasselbe sind?«

»Nein«, sagte ich, »ich glaube, es sind Gegensätze.«

Als die Leseprobe zu Ende war, als der Regieassistent »Ende« ins Mikrofon gesprochen hatte, während Marian in die Tiefe sank, als alle herumwimmelten und sich gegenseitig gratulierten, suchte ich unauffällig nach Redwood.

»Hey«, sagte ich und gab mich überrascht, als wir uns gegenüberstanden. »Du bist also echt. Ich dachte schon, ich hätte dich halluziniert.«

Er lachte nervös und strich sich die Haare hinter die Ohren. »Damit du es weißt, die rosa Elefanten waren auch echt.«

»Wenn du magst, können wir tun, als wäre es ein normales Geschäftsessen gewesen und kein intergalaktischer Ausflug.«

Leise und mit Blick in die Runde sagte er: »Fragst du dich auch, nachdem du mit jemandem betrunken oder high warst, ob du dich total zum Idioten gemacht hast?«

»Nein«, sagte ich. »Ich bin mir dessen sicher.«

Er lächelte erleichtert. »Hast du aber nicht. Aber ich vielleicht?«

»Ehrlich gesagt weiß ich nicht mehr genau, was wir geredet haben.«

»Ja, das ist immer Teil des Problems.«

»Geh einfach davon aus, dass alles, was du gesagt hast, brillant war.«

»Und wenn ich das ungute Gefühl habe, dass das meiste lächerlich war?«

»Vielleicht können wir es wiederholen«, wagte ich mich vor, »und beim Wein bleiben?«

»Ja«, sagte er. »Unbedingt.« Er wollte noch etwas hinzufügen, wurde aber weggerufen.

Unterkunft

British Columbia
Juni 1932
Drei Monate nach Marians Besuch in Missoula

Die Stearman überquerte die Grenze zu Kanada. Unten färbten junge Triebe die Welt grün, der Wind blies Richtung Osten, furchte den klaren Morgenhimmel, schüttelte das Flugzeug. Marian drehte nach Westen ab.

Jamie kauerte mit seinem Koffer und dem Kasten mit den Farben und Pinseln im vorderen Cockpit. Auf dem Rückflug würden Kisten mit Whiskey seinen Platz einnehmen. Die Verspätung würde Marian einem Motorschaden zuschreiben, der sie dazu gezwungen hätte, in der Wildnis notzulanden und das Flugzeug eigenhändig zu reparieren. Barclay würde ihr das womöglich nicht abkaufen, aber immerhin hätte sie ihren Auftrag dann bereits erfüllt.

Caleb hatte ihr geschrieben, dass es Jamie nicht besser gehe und er nur immer wiederhole, sie würde bald kommen und ihn wegbringen, gerade so, als stünde seine Abreise kurz bevor. Ob sie es nicht versuchen sollten? Caleb hatte jemanden an der Hand, der das Haus mieten und die Hunde und Fiddler versorgen würde.

Caleb schrieb nur, wenn es wirklich dringend war.

Marian hatte Barclay gesagt, sie verzeihe ihm, hatte sich von ihm ficken lassen und ihren Bauch mit der Kraft ihrer Gedanken verschlossen. Sie hatte die Flüge über die Grenze wieder aufgenommen und in einem abgelegenen Kaff zwei

Briefe aufgegeben. Einen an Jamie, mit dem Hinweis, sich bereitzuhalten, denn sie würde ihn bald abholen, ohne vorherige Ankündigung. Der zweite enthielt eine Bitte, auf die sie keine Antwort erwartete, weil sie der Empfängerin ausdrücklich davon abgeraten hatte. Barclay durfte unter keinen Umständen sehen, dass ein Brief aus Vancouver für sie eintraf.

Die einzigen Wolken waren dünn und faserig wie Fetzen von Schafswolle, die sich in Stacheldraht verfangen hatten. Der Propeller war ein kreisrunder Schmierfleck, eine transparente Störung. Barclay hatte gewusst, welchen Preis er zu zahlen hatte, wenn sie ihm verzieh. Er musste sie fliegen lassen. Widerwillig, misstrauisch gestattete er es ihr, wusste aber auch, dass jeder Flug über die Grenze eine Flucht im Kleinen darstellte.

Im vorderen Cockpit blickte Jamie starr nach unten. Vor dem Abflug hatte er sich ein paar kräftige Schlucke Schwarzgebrannten gegönnt, einen letzten Drink, wie er sich einredete, stolz, weil er selbst erkannt hatte, dass er eine Pause brauchte, und der Versuchung widerstanden hatte, eine Flasche an Bord zu schmuggeln. Wäre Sarah doch nur mitgeflogen. Er stellte sich vor, mit welcher Begeisterung sie die Landschaft unter ihnen betrachtet hätte. Nach seiner Rückkehr nach Missoula, Wallace war schon in Denver, Marian bei Barclay, hatte er Sarah so sehr vermisst, dass er es mit der Angst zu tun bekommen und sich in die Arbeit und den Alkohol geflüchtet hatte, wie ein Elch, der in Panik vor einem Schwarm Fliegen in einem See Zuflucht sucht. In seinen Bildern konnte er ihr Gesicht heraufbeschwören. Mit seinen Bildern konnte er ihr etwas *beweisen*, nur was genau, wusste er immer noch nicht. Fast ein Jahr später verstörte ihn der Gedanke an sie nicht länger, er leistete ihm vielmehr Gesellschaft, vor allem beim Trinken. Jamie stellte sich ausufernde Gespräche mit ihr vor, löcherte sie mit Fragen, auf die sie nie eine Antwort gab.

In einem langgestreckten Tal leitete Marian den Sinkflug ein. Wildnis verwandelte sich in Ackerland, in Straßen mit Häusern, in eine sich unter dahinziehenden Wolkenschatten ausbreitende Stadt, die am Meer endete. Als Marian auf den Norden zuhielt, über Downtown und den Hafen flog, entdeckte Jamie den kleinen Flugplatz, den Mittelpunkt des Kreises, den sie nun beschrieben.

»Hätte ich dir schreiben dürfen, ich hätte dich vorgewarnt, dass bei mir nur noch das kleinste Zimmer frei ist.«

Geraldine war fast noch so wie in Marians Erinnerung, blond und weich und auf mütterliche, beruhigende Art vollbusig; nur ihr Auftreten war energischer, ihr Blick skeptischer geworden.

»Ist schon in Ordnung«, sagte Marian.

»Für dich auch?«, fragte Geraldine, an Jamie gewandt. »Du sollst schließlich hier wohnen.«

»Ja, bestimmt.«

»Willst du es dir nicht erst mal anschauen?«

Im Taxi vom Flugplatz hatte er geschwiegen. Marian vermutete, dass Jamie den sich seit Monaten anbahnenden Kater bereits spürte oder die ungewohnte Umgebung in sich aufnahm und begriff, wie schwierig ein Neuanfang sein würde. »Nun schau es dir doch schnell mal an«, sagte sie aufmunternd, obwohl sie wusste, er würde das Zimmer nicht ablehnen.

Während Geraldine mit ihm nach oben ging, wartete Marian am Küchentisch. Es war gerade einmal ein Jahr her, seit sie zuletzt dort gesessen hatte, an jenem Morgen, bevor sie über die Gletscherspalte geflogen war. Jamie und

Geraldine blieben länger als erwartet weg. Im Haus war nichts zu hören, die anderen Gäste mussten unterwegs sein. Sie schaute auf ihre Uhr, überlegte, wie weit sie bis zur Dämmerung fliegen und wo sie die Nacht verbringen konnte, ohne dass Barclay davon Wind bekäme.

Lachen und Schritte. Knarrende Stufen. Bei ihrer Rückkehr in die Küche wirkten beide leichter und lebendiger als vorher. »Gefällt es dir?«, fragte sie Jamie.

»Ein Palast«, erwiderte er heiter.

»Kein Besuch.« Geraldine klang plötzlich ernst, ihre Fröhlichkeit war wie ausgeknipst. »Um Mitternacht ist Zapfenstreich. Und im Haus kein Alkohol.«

»In Ordnung«, sagte Jamie.

»Dann pack doch schon mal aus«, sagte Marian. »Ich warte hier.«

Als er fort war, stand Marian auf. »Sagst du ihm bitte Tschüss von mir?«, bat sie Geraldine.

»Bleibst du denn nicht über Nacht?«

»Ich kann nicht. Mein Mann wartet.«

»Nicht mal auf ein Tässchen Tee?«

»Es geht nicht.«

Geraldines besorgter Blick ließ eher Pragmatismus als Anteilnahme erkennen. »Warum durfte ich dir nicht schreiben? Steckt dein Bruder in Schwierigkeiten? Dann musst du es mir sagen.«

»Nein. Also, nicht direkt, er braucht nur eine Luftveränderung, dann wird das schon wieder.«

»Steckst *du* in Schwierigkeiten?«

»Das ist eine lange Geschichte.«

»Worum geht's?«

Marian war schon auf dem Weg zur Tür, Geraldine folgte ihr. »Hauptsächlich um meinen Mann.«

»Ah.« Die Frau nickte, und das Zucken ihrer Mundwinkel verriet, dass sie sich mit diesem Thema gut auskannte.

»Ich mag keine Abschiede«, sagte Marian vor der Tür. »Jamie weiß das. Es wird ihn nicht überraschen.«

»Mir machen Abschiede nichts aus«, sagte Geraldine. »Ich übernehme das für dich.«

Eine unvollständige Geschichte der Familie Graves

1932–1935

Im Mai 1932 fliegt Amelia Earhart in einer Lockheed Vega allein von Neufundland nach Nordirland. Seit Lindbergh ist es der erste Soloflug über den Atlantik. Ein kühnes Wagnis, denn es stürmt, und sie ist fast fünfzehn Stunden in der Luft. Eis bildet sich auf den Tragflächen. Das Flugzeug trudelt fast tausend Meter in die Tiefe. Als sie die Kontrolle über die Maschine wiedererlangt, berührt sie beinahe die Schaumkronen des Meeres. Fast wäre sie für immer verschwunden, in der Kälte, ohne Insel oder Atoll in der Nähe, eine Verschollene, die sich nicht einmal in Träumen wieder zum Leben erwecken ließe. Hätte jemand nach ihr gesucht, er hätte nur Wasser gefunden, so wie es später dann ohnehin geschah. Wahrscheinlich wäre sie nur eine von vielen Piloten gewesen, berühmt für einen kurzen Moment, gestorben bei dem Versuch, einen Traum zu verwirklichen, und heute vergessen.

Nacht in Hopewell, New Jersey. Ein leeres Kinderbett. Auf der Fensterbank eine Lösegeldforderung. Charles Lindberghs Erstgeborener, zwanzig Monate alt, ist verschwunden.

Chaos. Aufruhr. Mörderisch große Schlagzeilen. Jeder ist ein Spürhund. Jeder will mitmischen. Selbst Al Capone bietet aus dem Gefängnis seine Hilfe an.

Nach zehn Wochen und tausend falschen Hinweisen,

nach Lindberghs Lösegeldzahlung an einen Mann, der ihm versprach, sein Sohn sei auf einem Boot, das dann gar nicht existierte, findet man das Kind sechs Kilometer vom Haus der Lindberghs entfernt, mit gebrochenem Schädel, der Körper halb verwest, tot seit der Nacht der Entführung. Lindbergh war immer ein ruhiger Mensch und eigentlich recht eigenartig. (Einmal füllte er, nur aus Jux, das Wasserglas eines Freundes mit Kerosin und schaute zu, während der andere trank. Lindbergh lachte Tränen; der Freund musste ins Krankenhaus.) Nun wird er noch verschlossener, blickt nur durch einen schmalen Spalt in den Vorhängen seines Selbst aus sich heraus. Anne, seine Frau, sieht ihn niemals weinen.

Amy Johnson, berühmt für ihren England-Australien-Flug, fliegt in einer *Desert Cloud* getauften de Havilland Puss Moth von London nach Kapstadt und bricht dabei den Alleinflugrekord, aufgestellt von ihrem eigenen Mann – Jim Mollison, einem versoffenen Schürzenjäger, aber guten Piloten. Unter dem Vollmond schimmern die Dünen der Sahara silbrig.

Im August findet Barclay Marians neues Diaphragma. Inzwischen penetriert er sie ohne Ankündigung, als wäre sie ein Tier, dessen einziger Zweck das Gebären ist. Eines Nachts versucht er, ihr Vergnügen zu bereiten, ihr wie früher eine Reaktion zu entlocken, und schiebt seine Finger in sie hinein, erspürt den Rand der Gummikappe. Mit der flachen Hand schlägt er ihr ins Gesicht, sie wehrt sich mit der Faust. »Wenn du noch mal in das Flugzeug steigst«, sagt er, sich das tränende Auge zuhaltend, »dann übergieße ich es mit Benzin und zünde es an.«

»Dann mache ich mit mir dasselbe.«

»Das würdest du niemals tun.«

»Bist du dir sicher?«

»Wo hast du es her?«

Sie gibt keine Antwort. Seine Schwester ist keine Verbündete, aber verraten wird Marian sie nicht. Er wirft das Diaphragma ins Feuer.

Danach muss sie am Boden bleiben, wo die Luft sich schwer und zäh anfühlt, und jede ihrer Bewegungen langsam ist. Verbissen paart Barclay sich täglich mit ihr. Dass er sie aus Hass leiden lässt, glaubt sie nicht. Vielmehr scheint er zu glauben, eine Schwangerschaft wäre das Heilmittel und könne sie in die Frau verwandeln, die sie in seinen Augen sein sollte, als Beweis, dass er von Anfang an recht gehabt hatte. Und weil er recht hatte, wird sie ihn auch lieben, das scheint wenigstens sein Gedankengang zu sein. Manchmal schimpft er, sie würde wie eine Leiche daliegen, um ihm das Gefühl zu geben, er würde ihr Unrecht tun. Er beschuldigt sie, etwas mit anderen Männern gehabt zu haben, spielt auf Caleb an, auf Liebhaber, die wie seine geheimen Schnapslager über ganz Kanada verteilt sind. Er wird besser darin, ihre Hände festzuhalten, ihren Schlägen auszuweichen. Ihr Inneres, ihr eigentliches Selbst, einst so zielstrebig, ist hohl geworden, unsicher, träge, als wäre sie ein Einsiedlerkrebs, der nicht die Muschel abgeworfen, sondern das Tier darin ausgeschieden hat. Ihr Körper wird mager, hart, knochig. Barclay liegt schwer auf ihr, die Luft liegt schwer auf ihr, der Druck ist beständig, unveränderlich.

Trotzdem ist sie noch nicht schwanger.

»Ich bin eine Hexe«, entgegnet sie, als er wissen will, welche List sie anwendet. Und er scheint es ihr fast abzunehmen.

Als sie Jamie nach Vancouver gebracht hatte, bat sie ihn, seine Briefe an das Postamt einer kleinen Stadt zu schicken, die sie bei ihren Transporten zwischendurch anfliegen konnte. Da sie nun aber nicht mehr fliegen darf, kann sie auch die Briefe nicht abholen, und Jamie zu schreiben wagt sie nicht. Barclay soll nicht wissen, wo er ist.

An einem Herbsttag entfernt sie sich weit vom Haus. Wolken aus runden goldenen Blättern glitzern an Espen wie ein schwebender Regen aus Münzen. Ein Pfiff, hoch und durchdringend. Caleb kommt aus dem Wald, aus dem Glitzern. Er sieht aus wie immer: Haare im Rücken zum Zopf gebunden, den Lauf einer Flinte über der Schulter. In seinen Augen blitzt Humor auf, das Vertrauen in ihre Liebe. Schlagartig wird ihr klar, wie einsam sie gewesen ist.

Sie umarmt ihn. Er legt ihr eine Hand auf den Nacken. Als ihr früherer Barbier muss er ihre zerrupften Haare bemerken. Weil Barclay möchte, dass sie sie wachsen lässt, hat Marian sie selbst gestutzt, mit Mutter Macqueens Nähschere.

Sie spricht in Calebs Brust: *Was* machst du hier? *Wie* kommst du hierher?

»Jamie meinte, er hat nichts mehr von dir gehört.«

»Ich habe ihm nicht geschrieben. Ich konnte nicht. Wie geht's ihm?«

»Offenbar besser. Er malt. Ich glaube, er geht mit seiner Vermieterin ins Bett. Hier. Lies selbst.« Er zieht einen Umschlag aus seiner Jacke. »Ich bin nur der Bote.«

»Bist du etwa den ganzen Weg aus Missoula zu Fuß gegangen?«

»Nicht den ganzen, aber vielleicht könntet ihr euch für eure Korrespondenz einen einfacheren Weg überlegen. Es soll da so was geben, nennt sich Post.«

»Du musst aufpassen, dass dich niemand sieht. Ernsthaft, Caleb. Wirklich niemand. Barclay wird das nicht gefallen. Er hat mir schon das Flugzeug weggenommen.«

»Er hat dich eingesperrt.«

»Laufe ich hier nicht frei herum?« Warum sie Barclay verteidigt, weiß sie selbst nicht. »Es ist ja nicht für immer.«

»Das hört erst auf, wenn du ihn verlässt.«

»Er wird sich wieder beruhigen.«

»Ich habe auch immer geglaubt, meine Mutter würde sich ändern«, erwidert er mitfühlend.

»Das ist was anderes.« Sie schaut weg, zu den Bäumen, hält Ausschau nach Spionen. »Tut mir leid, dass du wegen einem Brief so weit gehen musstest.«

»Es war nicht nur der Brief. Ich wollte dich sehen. Habe mir Sorgen gemacht.« Er mustert sie. »Du bist zu dünn.«

Sie will aufbrausen, weil sie es als Beleidigung auffasst, dass er sich Sorgen um sie macht und ihr Urteilsvermögen infrage stellt. Aber sie fängt sich sofort wieder, weil sie auch weiß, dass sie das mit ihrem Verhalten herausgefordert hat.

»Ich laufe sowieso immer herum«, sagt er. »Da macht es mir nichts aus, auch einmal hierhin zu laufen.«

»Darum beneide ich dich.«

»Dann komm mit. Verlasse ihn.«

Es gibt nichts, was sie daran hindern könnte, trotzdem ist es ihr unmöglich. »Wenn ich mich davonschleiche, käme ich mir wie ein Feigling vor.«

»Marian.«

»Ich muss warten, bis er mich gehen lässt.«

»Das wird er nie.«

»Sonst wird immer etwas zwischen uns stehen. Ich brauche ein richtiges *Ende*, ein Übereinkommen. Ich will nicht denken müssen, ich würde ihm etwas schulden.«

»Er wird dich immer in dem Glauben lassen, du würdest ihm etwas schulden. Eure Ehe ist für ihn ein Wettkampf, wenn er dich gehen lässt, hat er verloren.«

Hitze steigt in ihr hoch. Sie kann Angst und Wut nicht

mehr auseinanderhalten. »Bitte keinen Streit, das ertrage ich nicht.«

»Dann lies wenigstens den Brief. Ich habe was zu schreiben dabei, damit du ihm antworten kannst.« Ein schiefes Lächeln. »Man sollte meinen, ich hätte Besseres zu tun, als euren Postboten zu spielen.«

In dem Brief bedankt Jamie sich dafür, dass sie ihn nach Vancouver gebracht hat. Wie er versichert, gehe es ihm besser, der Fluch von Wallaces Haus sei gebrochen. Aber es sei ihm unendlich peinlich, dass er so tief gesunken war und sie ihn in diesem Zustand hatte sehen müssen. *Ich habe zugelassen, dass mir alles entgleitet.* Er schreibt, er würde jetzt regelmäßig zu einem Treffen von Künstlern gehen, die Gruppe nenne sich Boar Bristle Club, nach den Wildschweinborsten, die man für bestimmte Pinsel verwendet. Bei einer ihrer letzten Ausstellungen habe er ein paar Bilder zeigen dürfen und sogar eines verkauft, allerdings nicht viel Geld dafür bekommen. An den Wochenenden zeichne er wie damals in Seattle im Park Porträts, außerdem arbeite er in einem Laden für Künstlerbedarf und habe in einer Zeitung eine Anzeige für Zeichenstunden aufgegeben. *Der einzige Wermutstropfen ist, dass ich nichts von Dir höre und nicht weiß, wie es Dir geht.* Zum Schluss schreibt er noch, Geraldine und er seien gute Freunde geworden.

Die Wahrheit: Jamie ist verliebt. Oder fast. Er möchte verliebt sein, weil er Lust empfindet, und die erste Frau, mit der er schläft, nicht zu lieben, kommt ihm unhöflich vor, unanständig. Und warum sollte er den weichen Körper auch nicht lieben, den er mit seinen Händen, seinem Mund berühren darf, auf dem er sein Gewicht ruhen lassen, den er besuchen darf? Warum sollte er die Frau nicht lieben, die diesen Körper bewohnt und es durch ihre Sinnlichkeit geschafft hat,

Sarah Fahey endlich aus dem Zentrum seiner Gedanken zu verdrängen? Es gibt keinen Grund, Geraldine nicht zu lieben, trotzdem tut er es nicht. Nicht ganz. Aber er empfindet Zuneigung für sie, und sobald er nicht in ihrem Bett liegt, kann er es kaum erwarten, dorthin zurückzukehren.

In Missoula, als ihm *alles entglitten* war, hatte ihn das Wissen gequält, dass Sarah Faheys Leben auch ohne ihn weitergehen, dass sie sich an der Uni einschreiben, einen Mann kennenlernen und heiraten würde – alles, was sie auch getan hätte, wäre er nie aufgetaucht. Im Bett mit Geraldine überkommt ihn ein vages Gefühl von Triumph, als würde er eine abstrakte Rache an Sarah nehmen, wenn er mit einer anderen schläft. Doch dieses Gefühl ist noch unhöflicher als keine Liebe zu empfinden, deshalb versucht er, es zu verdrängen.

Vergessen, das sollte er Sarah.

Geraldine erzählt ihm, sie sei dreißig, und er glaubt es ihr. Mehr oder weniger. Das Haus hat sie von ihrer Mutter geerbt. Außer Jamie gibt es noch drei Untermieter: ein älterer Mann, der früher Lehrer war, ein jüngerer, der bei einem Schneider in die Lehre geht, und eine alleinstehende Frau in Geraldines Alter, die in einem Büro arbeitet und Jamie immer verschwörerisch zuzwinkert. Langsam erkennt er seine Wirkung auf Frauen. *Na, du bist mir aber ein großes Glas Wasser*, sagt eine Frau in Latzhose, die in dem Künstlerbedarfsgeschäft, wo er arbeitet, eine Großbestellung Ton abholt. Als er, errötend, fragt, wie das gemeint sei, entgegnet sie: *Du bist genau das Richtige an einem heißen Sommertag*. Später sieht er sie bei einer Veranstaltung des Boar Bristle Club wieder und erkundigt sich nach ihr. Sie heißt Judith Wexler. Eine Bildhauerin.

Er befürchtet, Geraldine würde manchmal vergessen, dass er erst achtzehn ist. Wenn er aber einen Anflug von

Mütterlichkeit in ihrem fürsorglichen Gehabe zu erkennen glaubt, befürchtet er, sie könne in ihm nur einen Jungen sehen.

Doch Unsicherheit gehört zur Liebe vielleicht dazu, so seine Vermutung.

Lieber Jamie,

ich schreibe Dir diese Zeilen umgeben von gelben Espen, zu denen ich spaziert bin, ohne die Absicht oder Erwartung, jemandem zu begegnen, in Wahrheit sogar mit dem Ziel, allein zu sein, als plötzlich niemand anderes als Caleb vor mir steht. Er hat sich heimlich an mich angepirscht wie an einen Elch, aber erschossen hat er mich zum Glück nicht. Es gibt nicht viel zu berichten, außer, dass es mir gut geht. Barclay lässt mich nicht fliegen, aber ich hoffe, er ändert seine Meinung bald. Ich muss hoffen. Bitte, mach Dir meinetwegen trotzdem keine Sorgen.

Hast Du mit Wallace gesprochen? Ich ja, und es scheint ihm einigermaßen gut zu gehen. Ich bin froh, dass Du nicht auch zu dem Arzt nach Denver musst. Ein Neuanfang scheint also doch möglich zu sein.

Bitte halte mich weiter auf dem Laufenden, auch wenn meine Antworten so blutleer ausfallen werden wie diese. Momentan bin ich nicht ich selbst.

Es ist das Jahr 1933.

Elinor Smith, die als jugendliche Himmelsstürmerin unter den Brücken New Yorks hindurchgeflogen ist, heiratet mit zweiundzwanzig Jahren, gibt die Fliegerei kurz danach auf und verschwindet von der Bildfläche. (Tatsächlich verschwindet sie so lange von der Bildfläche, bis ihr Mann im

Jahr 1956 stirbt. Ihren letzten Flug unternimmt sie 2001, mit neunundachtzig, neun Jahre vor ihrem Tod.)

Der Pilot Wiley Post hat nur ein Auge und eine auf den Namen *Winnie Mae* getaufte Lockheed Vega. Mit ihr umrundet er die Erde – allein, und das als Erster – in weniger als acht Tagen und mit elf Zwischenstopps. Er nimmt eine nördliche Route: New York, Berlin, Moskau, eine Reihe schlammverkrusteter Städte in Sibirien und Alaska, Edmonton und wieder New York, genau genommen zwar kein Großkreis, aber groß allemal. Zur Verfügung stehen Post zwei neue Erfindungen: ein ultramoderner Funkkompass und ein rudimentärer Autopilot. Er kann Funkleitstrahlen anpeilen, die ihm den Weg weisen, und im Cockpit hin und wieder ein Nickerchen einlegen. Trotzdem ist er wahnsinnig müde.

Amy Johnson und ihr Mann Jim Mollison überfliegen den Nordatlantik von Wales nach New York, entgegen der vorherrschenden Windrichtung. Bei einer Notlandung in Connecticut wird das Flugzeug zerstört, beide überleben den Unfall. (1941 soll Amy, inzwischen siebenunddreißig, eine Schulmaschine der Royal Air Force nach Kidlington überführen, verliert wegen eines Sturms die Orientierung und springt mit dem Fallschirm über der eisigen Themse-Mündung ab. Sie ertrinkt oder wird von der Schiffsschraube des Rettungsboots erfasst, ihre Leiche wird nie gefunden.)

Der englische Pilot Bill Lancaster stürzt bei dem Versuch, Amys Geschwindigkeitsrekord nach Südafrika zu brechen, über der Sahara ab. Das Flugzeugwrack und Bills vertrocknete, verdrehte Leiche liegen bis 1962 unentdeckt im toten Sand. Jeden Tag hebt ihn die rotierende Erde der Dämmerung entgegen. Anderenorts wird die Welt sich selbst zerstören und wiederaufbauen.

Hitler trickst und tyrannisiert sich zum Reichskanzler hoch. Bei seinen Reden zuckt sein Kopf nach hinten, als würden ihn die eigenen Worte wie Faustschläge treffen.

Laut Friedensvertrag von Versailles darf Deutschland nie wieder Luftstreitkräfte besitzen, doch in der Sowjetunion können deutsche Piloten heimlich und unbehelligt trainieren (nicht Stalins beste Entscheidung, wie sich zeigen wird). Andere werden in oberflächlich als zivile Sportvereine getarnten Flugschulen ausgebildet, und so gleiten schneidige junge Arier in Segelfliegern durch die frische Alpenluft.

Immer mehr Flugzeuge werden gebaut und auch andere Flugmaschinen: Luftschiffe. Tragschrauber. Flugboote. Rekorde in Entfernung, Geschwindigkeit, Ausdauer und Höhe werden aufgestellt und gebrochen. (Marian erfährt davon kaum etwas, weil sie in Bannockburn nur selten eine Zeitung sieht.)

Neue Fluggesellschaften entstehen. Eine Boeing 247 der United Airlines explodiert über Indiana. Der erste Bombenanschlag auf ein Passagierflugzeug. Niemand findet je heraus, wer dahintersteckt.

In Marian setzt sich eine große Leere fest. Noch nie war sie so untätig. Sie hat keine Träume mehr, keine Pläne, keine Ziele. Eines Tages kommt Caleb wieder, überrascht sie bei einem Spaziergang auf der Ranch, trägt ihr altes Leben wie einen Duft auf seiner Haut.

Liebe Marian,

ich bin auf die andere Seite des Hafens gezogen, ins richtige Vancouver. Ich fürchte, Geraldine und ich sind nicht im Guten auseinandergegangen. Ich habe sie enttäuscht, konnte aber nicht anders. Leid tut es mir trotzdem.

Jamie wohnt jetzt in einer Pension an einer Ecke der Powell Street, wo das unbändige Gastown allmählich dem sauberen Japantown weicht. Seine Unterkunft ist nicht in einem Privathaus wie dem von Geraldine untergebracht, sondern in einem schmutzigen dreigeschossigen Gebäude zwischen einem Billardsalon und einem japanischen Barbier.

Er fühlt sich freier in seinem neuen Leben, inmitten der Anonymität des lauten, geschäftigen Treibens der Stadt, der Bierstuben und Gewerkschaftshäuser, der ratternden, surrenden Straßenbahnen und schnaufenden Güterzüge, der japanischen Gemüsehändler und Garküchen, der rätselhaften Schilder und übervollen Schaufenster am nördlichen Rand von Chinatown.

Wenn er wollte, könnte er einmal ins Nachtleben eintauchen. Nicht länger den schlechten Schwingungen in Wallaces Haus unterworfen, könnte er sich ein, zwei Drinks genehmigen, ohne dass ihm gleich *alles entgleitet*. Nachdem er sich von Geraldine gelöst hat, fehlt sie ihm, aber dieses Gefühl birgt Gefahren und muss überwunden werden. Er braucht Berührungen, braucht neue Erinnerungen, um sie über die alten zu legen.

Ein paar verschwommene Nächte, ein kurzes, unerquickliches Intermezzo mit einer Prostituierten.

Er malt Straßenszenen, Hafenszenen. Einmal in der Woche gibt er einer reichen Witwe Zeichenunterricht, arrangiert Stillleben aus Früchten und Blumen, die sie mit schüchternen, pingeligen Strichen abmalt. Er schließt sich einer Handvoll Mitglieder des Boar Bristle Club an, alles Männer in den Zwanzigern, die selbst kaum über die Runden kommen. Zwei unterrichten an der Kunstakademie, ein paar haben Arbeiten in einer Wanderausstellung unterbringen können oder den Förderpreis eines Museums gewonnen. Gemeinsam üben sie Kritik an ihren Arbeiten, meistens aber trinken sie nur. Er fragt sie nach Judith Wexler aus, und sie machen sich erbarmungslos über ihn lustig – *Die verspeist dich zu Mittag! Da wohnen Drachen, Junge! Lasst, die Ihr eintretet, alle Hoffnung fahren!* –, erzählen ihm aber nichts, was ihn weiterbringen könnte.

Er schreibt an Marian:

Offenbar bin ich an einem entscheidenden Punkt angekommen; alles, was ich jetzt tue, wird Folgen haben, die ich heute noch nicht absehen kann, die mir später aber als zwangsläufig erscheinen werden. Soll ich mich aus einer Laune heraus ins Künstlerleben stürzen oder soll ich dem Wunsch widerstehen, weil es eine Falle sein könnte? Ich habe Angst, unterzugehen wie Wallace damals (und ich ja auch beinahe), aber ein Leben so ganz ohne Vergnügen scheint mir eine allzu drastische Vorsichtsmaßnahme und meiner Kunst nicht gerade förderlich zu sein. Ich sehne mich nach Liebe, möchte aber keine Frau haben, zumindest jetzt noch nicht. Ich möchte trinken, mich aber nicht verlieren. Ich möchte Schwung haben, aber nicht kentern. Vermutlich sehne ich mich nach Ausgeglichenheit, möchte aber nicht auf den Kitzel verzichten, ab und zu auch mal zu kippeln. Kannst Du mir folgen? Wohl eher nicht – Du warst schon immer jemand, der sich ein konkretes Ziel sucht und darauf hinarbeitet. Vielleicht ist Malen die Antwort. Wenn ich arbeite, bin ich noch am ehesten mit mir im Reinen.

Herzlichen Glückwunsch zum Geburtstag.

Sie sind jetzt neunzehn. Und Marian ist schwanger. Weil sie so dünn geworden ist, kommen ihre Blutungen schon länger nur noch unregelmäßig, aber sie weiß es auch so. Ihre Brüste pochen, als wollten sie ihre Haut zum Platzen bringen. Ihr gelingt es, ihre Übelkeit vor Barclay zu verbergen, weiß aber, lange wird sie es nicht geheim halten können.

Wie dumm sie gewesen ist, wie passiv, abergläubisch und albern in ihrem Wunschdenken: ein erdgebundener Geist, der zwischen Bäumen umherwandert, eine Zuchtsau, die im Schlafzimmer wartet. Trotz ihrer Vorbehalte hat sie sich gefragt, ob Barclays Zuversicht, der Moment der Empfängnis würde sie von ihrer Bestimmung zur Mutter überzeugen, nicht einen Funken Wahrheit enthält. Stattdessen hat sich beim Aufeinandertreffen von Sperma und Eizelle das erste Eiskristall auf der Oberfläche eines Sees gebildet, das sich nun bis zu den umliegenden Ufern ausbreitet und zur starren Fläche wird. Durch diese Schicht blickt sie in ihre eigene schwarze Tiefe und hasst das dort schwebende winzige Leben nicht, wird mit ihm aber auch kein Mitleid haben.

Leugnen lässt sich auch nicht länger, dass das Ende der Prohibition kurz bevorsteht. Barclays Geschäftsfreunde sind nach Bannockburn gekommen, um das weitere Vorgehen zu besprechen. »Viehzüchter«, sagt er zu seiner Mutter. »Hier, um über Rinder zu reden.«

»Das sind Alkoholschmuggler«, flüstert Marian Mutter Macqueen zu. »Dein Sohn ist ein Verbrecher, und das weißt du auch.« Doch Mutter Macqueen tut so, als hätte sie nichts gehört, summt auf ihrem Sessel beim Stricken vor sich hin.

Barclay stellt die Überwachung seiner Frau nicht ein und verlässt die Ranch nur selten, doch gelegentlich zwingen ihn seine Geschäfte, über Nacht wegzubleiben. Marian wartet ab. Einen Plan hat sie nicht, nur ihren Willen, der zu ihr zurückgekehrt ist wie ein abtrünniger Falke zum Handschuh.

Eines Nachmittags fahren Barclay und Sadler weg, vor

dem nächsten Morgen werden sie nicht zurück sein. Sie wartet das Abendessen mit Kate und Mutter ab, wartet neben dem Kamin, während Mutters Stricknadeln die Sekunden wegklappern, wartet im Bett bis Mitternacht und noch etwas länger, bis die Stille sich verfestigt hat. Sie schleicht die Treppe hinunter, probiert jede Stufe erst aus, überzeugt, dass das heimtückische Haus sie verraten wird.

Die Septembernacht ist warm und klar, am Himmel ein halber Mond. Marian trägt Hose, Hemd, Drillichjacke. In ihrem Rucksack stecken Wolldecke, Wasserflasche, etwas zu essen, Taschenlampe, Kompass, ein Messer, ein Bündel Geldscheine, die sie bei ihrem letzten Besuch in Missoula von der Bank abgehoben und in einer Blechdose nahe dem Landestreifen vergraben hatte. Alles, was sie sonst als ihr Eigentum betrachtet, befindet sich in dem Häuschen hinter Wallaces Haus. Die teuren Kleider und Juwelen von Mrs. Barclay Macqueen – zu ihr gehört das alles nicht. Der Mond färbt die Zufahrt zur Ranch blau, wirft Marians Schatten auf die Straße, färbt die Flügel der Stearman blau. Sie hat gedacht, Barclay hätte die Maschine unbrauchbar gemacht, war darauf vorbereitet, zu Fuß über die Berge zu gehen, doch nachdem sie Öl eingefüllt und die Zündkerzen gereinigt hat, springt der Motor sofort an. Als sie feststellt, dass der Tank noch halb voll ist, bebt sie vor Wut und Beschämung. Er war sich absolut sicher gewesen, dass sie sich ihm nicht widersetzen würde.

Am liebsten würde sie nach Missoula fliegen, zu Caleb, zu ihrem Häuschen. Am liebsten würde sie zu Miss Dollys Salon gehen, zu Mrs. Wu. Doch kann sie kaum darauf hoffen, dass niemand auf der Ranch das Flugzeug hört und sich irgendwer von ihrem Abschiedsbrief in die Irre führen lässt. In Missoula würde man sie noch vor dem Mittag finden.

Ein kurzes, schnelles Rollen über dunklen, unebenen Boden und hoch. Über den mondbeschienen Baumwipfeln geht sie in die Kurve, dreht nach Nordwesten ab. Der Himmel bleibt klar, aber auch die dichtesten Wolken hätten sie nicht aufgehalten. Als sie einen dunkel schimmernden See überfliegt, zieht sie den Ehering ab und lässt ihn fallen.

»Er weiß nichts von dem Baby?«, fragt Jamie, nachdem Marian ihm alles erzählt hat. Als ihr am Morgen nach der Flucht aus Bannockburn der Treibstoff ausgegangen war, hatte sie das Flugzeug auf einem abgelegenen Feld gelandet und zwischen Bäumen versteckt und die fünfzehn Kilometer bis zur nächsten Stadt zu Fuß zurückgelegt. Dort hatte sie nur mit dem teilnahmslosen Mann am Schalter des Bahnhofs geredet und bei ihm eine Fahrkarte nach Boise gekauft. Nach zwei Stationen war sie ausgestiegen und hatte sich eine Fahrkarte nach San Francisco besorgt und die List noch ein weiteres Mal wiederholt, bevor sie im Zug nach Vancouver sitzen geblieben war.

»Nein«, erwidert sie auf Jamies Frage.

»Und er weiß auch nicht, wo du hingeflogen bist?«

»Dass ich dich hergebracht habe, habe ich ihm nie erzählt, und ich bin mir ziemlich sicher, er hat nie davon erfahren. Sonst hätte er es mir irgendwann voller Hohn an den Kopf geworfen. Trotzdem könnte er eines Tages hier auftauchen. Wahrscheinlich tut er das, ich werde ihn leider nicht aufhalten können. Falls er zu dir kommt, erzählst du ihm, du hättest keine Ahnung, wo ich bin. So wird es nämlich auch sein.«

»Ich habe keine Angst vor ihm.«

»Solltest du aber. Es tut mir so leid, Jamie. Alles meine Schuld.«

Sie gehen im Oppenheimer Park spazieren. Auf einem Baseballfeld trainiert eine japanische Mannschaft. Jamie zeigt in Richtung der Männer. »Das beste Team der Stadt. Wenn du noch ein paar Tage bleibst, sehen wir uns mal ein Spiel an. Alle gehen da hin.«

»Ich kann nicht lange bleiben. Pass bitte auf dich auf, ja?«

»Was kann Barclay mir schon wegnehmen? Ich habe nichts.«

»Es geht nicht darum, dass er dir etwas *wegnehmen* könnte. Vor dieser Situation habe ich mich die ganze Zeit gefürchtet.«

»Mir zuliebe hättest du nicht bei ihm bleiben müssen.«

»Es war nicht dir zuliebe. Ich war wie gelähmt.«

»Was hat dich aus deiner Lähmung gerissen?«

»Dass ich schwanger geworden bin.«

Er schweigt.

»Ich kann es nicht bekommen«, sagt sie schroff. »Dann wäre ich für immer an ihn gebunden. Selbst wenn er es nie erfahren sollte, hätte er so am Ende doch noch seinen Willen durchgesetzt. Eine Adoption kommt nicht infrage. Kein Kind soll sich ein Leben lang fragen müssen, wer seine Eltern sind. Das ist eine Erfahrung, die ich niemandem empfehlen kann.«

»Nein. Ich auch nicht.« Er hält Marian die Tür einer Teestube auf.

Als sie an einem Tisch sitzen, wechselt Marian das Thema. »Wie sieht es eigentlich aus, willst du dich jetzt ins Künstlerleben stürzen?« Ein Kellner bringt eine Keramikkanne und zwei henkellose Becher.

»Bisher habe ich noch nichts entschieden, sondern finde mich erst einmal mit einem Kompromiss ab.«

»Der Tee ist ja *grün*. Was für ein Kompromiss?«

»Er schmeckt gut, probier ihn einfach. Der Kompromiss sieht so aus, dass ich im Hier und Jetzt lebe und keine folgenschweren Entscheidungen treffe.«

Lebe einfach im Hier und Jetzt, hatte Judith ihm geraten, als er ihr von seinen Sorgen erzählte. Sie hatte die bloßen Schultern gezuckt, während sie nackt und rauchend auf ihrer Matratze saß, und nicht begreifen können, warum er den lieben langen Tag grübelte. *Du musst keine Entscheidungen treffen*. Marian hat er noch nichts von Judith erzählt, in die er wahnsinnig verliebt ist und die er auch körperlich begehrt. Marian würde Judith nicht mögen, würde sie für prätentiös und selbstsüchtig halten, und er möchte sich momentan nicht mit der Frage auseinandersetzen, ob sie mit dieser Einschätzung nicht vielleicht sogar recht haben könnte.

»Das soll ein Kompromiss sein?«, fragt Marian. »Für mich klingt das eher so, als würdest du die Entscheidung aufschieben. Glaubst du nicht, dass du wieder in den alten Zustand zurückfallen könntest?«

»Nein«, erwidert er nachdenklich, »aber die Angst sitzt mir ständig im Nacken. Ich glaube, Angst wirkt wie eine Bremse. Aber lassen wir das. Ich habe in letzter Zeit viel gemalt. Bei unserer letzten Ausstellung habe ich ein paar Bilder verkauft. Und ich kenne einen Fotografen, Flavian – ein Belgier –, der eine Galerie aufgemacht hat und meine Arbeiten dort anbieten will.«

»Klingt gut.« Sie schaut in ihren Becher. »Schmeckt nach Pflanzen.«

»Tee *ist* eine Pflanze.«

»Wenn du noch ein paar Bilder verkaufst, musst du dir aber eine neue Wohnung suchen. Das Haus, in dem du wohnst, sieht aus wie eine Absteige.«

»Ist es im Grunde ja auch. Aber ob es anderswo besser

ist, weiß ich nicht. Also kann ich auch dort wohnen bleiben und das Geld sparen. So bleibt mir noch genug für das Atelier, das ich mir mit den anderen teile.«

»Zeigst du es mir mal? Ich möchte deine neuen Bilder sehen.«

»Wir gehen heute Nachmittag hin.« Er lehnt sich zu ihr, senkt die Stimme. »Marian, was willst du jetzt unternehmen?«

»Ich kann es nicht bekommen«, sagt sie erneut. »Ich wäre zu Miss Dolly gegangen – eine Frau dort hätte mir helfen können –, aber Barclay hätte sofort Wind davon bekommen. Also werde ich wohl hier die Bordelle abklappern, bis mir jemand eine Adresse nennt.«

Bei dem Gedanken an Barclay steigt wieder diese Wut in ihm hoch wie damals, als er den Jungen, der Steine nach dem Hund warf, beinahe umgebracht hätte. Die Wut ist größer als er selbst, und er hat Angst, sie könnte ihn innerlich zerfetzen. Er stellt sich vor, wie Marian an die Türen der Bordelle klopft und zu irgendeinem Pfuscher geschickt wird. Ein abgedunkeltes Zimmer, ein Tablett mit rostigem Operationsbesteck. »Wenn Barclay es erfährt, bringt er dich um.«

»Ich glaube nicht, dass er so weit geht. Aber selbst wenn ich es glauben würde, würde mich das nicht von meiner Entscheidung abbringen.«

Welche Hilfe kann er ihr anbieten? Über die Geheimnisse der Frauen weiß er nichts. Ihm fällt die Prostituierte ein, die er in Gastown aufgesucht hatte, doch er kann sich nicht vorstellen, sie darum zu bitten, seiner Schwester eine Abtreibung zu vermitteln. Judith würde wohl jemanden kennen, nur glaubt er nicht, dass sie das Geheimnis für sich behalten könnte. Dann schiebt sich eine Idee in sein Hirn, mit einer Wucht, die er fast körperlich spüren kann. »Ich kenne jemanden …« Er überlegt. *Kennt* er sie wirklich so gut? Das Wenige, das er über sie weiß, legt die Vermutung nahe, dass sie nicht nur genug Mitgefühl hätte, sondern sich mit dieser Sorte Schwierigkeit auch schon befasst hat. Aber wenn sie Marian empört wegschickt? Dann wird Marian tun, was sie ohnehin geplant hat. Und wenn sie Marian verhaften lässt? Das würde sie nicht – so gut glaubt er sie dann doch zu kennen.

»Fahr nach Seattle«, sagt er. »Ich kenne dort jemanden, der dir vielleicht helfen kann. Das ist allemal besser, als bei Fremden anzuklopfen.«

Marian nimmt den Zug nach Seattle, sie trägt ein unauffälliges, wegen seiner Unauffälligkeit gekauftes Reisekleid, einen unauffälligen Hut, um die kurzen Haare zu verbergen, schlichtes Schuhwerk. Sie hat einen neuen Koffer dabei, darin eine weitere Verkleidung und ihre alten Sachen, als Talisman, als Versprechen, bald wieder in ihr wahres Ich zu schlüpfen. Beim Einchecken ins Hotel gibt sie einen falschen Namen an: Die Geburtsstunde von Mrs. Jane Smith.

»Sie sehen genauso aus wie auf dem Porträt«, sagt Mrs. Fahey. Sie sitzen in einem Café in Downtown.

»Porträt?«

»Jamie hat Sie für uns gezeichnet. Das Bild habe ich immer noch. Ich bringe es morgen mit. Er hat es aus dem Gedächtnis gemalt, was mir jetzt, wo ich sehe, wie gut er Sie getroffen hat, noch bemerkenswerter erscheint.« Sie legt eine Hand auf Marians. »Ich freue mich sehr, Sie kennenzulernen, auch wenn die Umstände ja leider nicht besonders glücklich sind. Woher Jamie wusste, dass Sie mich aufsuchen sollen, ist mir allerdings ein Rätsel. Ich habe zwar schon anderen Frauen in Ihrer Situation geholfen, es ihm gegenüber aber mit Sicherheit nie erwähnt. Er muss über gute Menschenkenntnis verfügen.«

»Das stimmt, und von Ihnen und Ihrer Tochter hat er sehr viel gehalten.«

Mrs. Fahey lächelt, womöglich, weil ihr Mann nicht erwähnt wurde, und lässt Marians Hand los. »Ihn und Sarah hat eine besondere Freundschaft verbunden.« Sie rührt Zucker in ihren Kaffee. »Es wäre schön, wenn Sie sie kennenlernen könnten, aber jetzt ist wohl nicht der richtige Zeitpunkt. Wie geht es Jamie? In seinem Brief hat er nichts über sich geschrieben. Ich hätte gedacht, er ginge jetzt auf die University of Montana, aber der Poststempel war aus Vancouver.«

»Es geht ihm gut.« Marian zögert, weil sie sich fragt, ob die elegante Dame, die die Kaffeetasse so vornehm am Henkel zum Mund führt, Jamies Leben befremdlich und enttäuschend finden würde. »Er versucht sich als Künstler.«

Mrs. Faheys Gesicht hellt sich auf. »Ach, das freut mich! Er schien außerordentlich talentiert zu sein. Hoffentlich wird er eines Tages berühmt. Nein, so sollte ich es nicht ausdrücken. Hoffentlich findet er Erfüllung.«

»Das hoffe ich auch.«

Die Frau mustert sie mit schiefgelegtem Kopf. »So wie Jamie Sie beschrieben hat, hätte ich gedacht, Sie wären ... unkonventioneller. Ich meine Ihren Kleidungsstil.«

»Ich möchte nicht auffallen.«

»Warum?«

»Mein Mann lässt mit Sicherheit nach mir suchen.«

»Oh. Verstehe.«

Als Mrs. Fahey am nächsten Morgen ins Hotel kommt, um Marian zum Arzt zu begleiten, entrollt sie ein Blatt Papier und hält es hoch, damit Marian sich selbst als Kohlezeichnung betrachten kann. »Heute würde Jamie mich anders malen«, sagt sie. »Dass ich jemals so selbstbewusst war, kann ich mir gar nicht mehr vorstellen.«

»Auch ohne Sie gut zu kennen, kann ich Ihnen versichern, dass ich Sie für sehr mutig halte.« Mrs. Fahey rollt das Bild zusammen und reicht es Marian. »Behalten Sie es. Als Gedächtnisstütze.«

Marian schüttelt den Kopf. »Momentan wüsste ich nicht, wo ich es hintun soll, damit es keinen Schaden nimmt. Irgendwann möchte ich es aber haben. Würde es Ihnen etwas ausmachen, es noch etwas länger für mich aufzubewahren?«

Ein Tablett mit Operationsbesteck, scheppernd hereingerollt auf einem Wagen. Eine grelle Deckenlampe. Die Süße von Äther. Ein im Hotelbett verbrachter Nachmittag. Leichte Blutungen. Ein dumpfer Schmerz. Abends schreibt sie einen langen Brief, füllt Seite um Seite, steckt sie sorgfältig gefaltet in einen Umschlag. Aus dem Telefonbuch des Hotels schreibt sie die Adresse der Steuerbehörde ab und kauft beim Mann an der Rezeption eine Briefmarke. Am nächsten Tag geht sie am Ufer spazieren, den ganzen Weg bis nach Hooverville, wo sich früher eine große Werft befand, und blickt über die brüchige Geometrie der armseligen Baracken. Die Eisschicht in ihrem Inneren ist verschwunden und mit ihr auch das bisschen Leben, das darunter schwebte. Ganz wiederhergestellt ist sie noch nicht, spürt nur einen neuen Verlust, willkommen zwar, aber trotzdem spürbar.

Auf dem Rückweg zum Hotel steckt sie den Brief ein.

Am nächsten Morgen bucht sie eine Schiffspassage nach Alaska. Jane Smith, sagt sie zu dem Mann am Schalter, und unter diesem Namen trägt er sie in die Liste ein.

1934 können Flugzeuge weiter, schneller und bei schlechterem Wetter fliegen. Ständig werden neue Routen eröffnet.

Die Neuseeländerin Jean Batten fliegt von England nach Australien und unterbietet den Rekord von Amy Johnson um vier Tage. (Heute steht sie als Statue vor dem Flughafen von Auckland.) Sir Charles Kingsford Smith überquert den Pazifik von Westen nach Osten. (Der Flughafen in Sydney ist nach ihm benannt.)

Alaska ist ein riesiges Land, ein unwirtliches Land, ein straßenloses Land, das man am besten auf dem Luftweg bereist. Eine Stunde Fliegen oder eine Woche Fußmarsch, wie die Leute hier sagen. Postzustellungen, für die ein Hundeschlitten fast einen Monat braucht, erledigt ein Flugzeug in sieben Stunden. In keinem anderen Land wird so viel geflogen, doch gibt es einfach nicht genug Piloten. Daher kann Marian ihren lang gehegten Traum schließlich doch noch leicht verwirklichen: Fliegen und dafür bezahlt werden.

Gleich nach ihrer Ankunft in Anchorage hat sie sich ein Zimmer genommen, einen Lieferwagen gekauft und sämtliche Hangars der Umgebung abgeklappert. Jane Smith auf Arbeitssuche, als Empfehlungsschreiben dient ihr das Flugbuch. Nach ihrer Lizenz gefragt, erwidert sie, *ich habe mir nie eine geholt*, und niemand bohrt weiter nach. (Die Menschen in Alaska haben es mit Bürokratie nicht so.) Das Flugbuch ist nicht vorschriftsmäßig geführt. Als Zielflughafen ist oft nur vage »Kanada« angegeben, bei etlichen Flügen heißt es lediglich »Frachttransport«. Selbst ihr schnörkelloser Name wirkt wie ausradiert. Ein Mann mit Galgenvogelgesicht, Narbenlippe und zerknittertem Hut schaut in ihr Flugbuch, schaut sie an, nimmt sie mit auf einen Probeflug und stellt sie vom Fleck weg ein.

Sie fliegt Menschen, Vorräte und Ersatzteile zu jedem x-beliebigen Ort, lernt Wasserflugzeuge zu bedienen, landet im Winter auf Kufen. Die Wartung der Flugzeuge nimmt sie meist selbst vor, sie muss so viele Notreparaturen durchführen, dass ihr bald kaum noch etwas wie ein Notfall vorkommt. Das Häuschen, das sie mietet, liegt am äußeren Rand der Stadt, wo sie mühelos für sich bleiben kann. Hat ihr Vater so gelebt, nachdem er Missoula verlassen hatte? Hat er seine Fertigkeiten zu einem Bündel geschnürt und ist losgezogen? Manchmal schreckt sie nachts hoch, weil sie draußen Tiere hört und denkt, Barclay komme sie holen. Neben ihrem Bett liegt eine Flinte.

»Warum schraubst du an Flugzeugen rum? Du siehst gut genug aus, um einen Mann abzukriegen«, sagt ein Pilot zu nah an ihrem Rücken, während sie einen Kanister mit Wasser für den Flugzeugkühler füllt. »Vor allem hier in der Gegend.«

»Ich hatte mal einen. Er ist tot.« Ihre Stimme schneidend wie eine brüchige Klinge. Der Mann weicht zurück, wartet, bis sie den Hahn zugedreht hat.

An klaren Tagen taucht im Norden des Cook Inlet der Mount McKinley auf. Fliegt sie in diese Richtung, wächst und wächst er, weiß wie der Mond, scheint wie der Mond aufzugehen und wegen seiner schieren Größe nicht mehr zur Erde zu gehören. Im Osten befinden sich die sägezahnförmigen Chugach Mountains, dahinter die Wrangell Mountains, weiter nördlich die Alaska Range. Überall Berge: gewaltige, eiserstickte Verwandte der baumbestandenen Gipfel, die sie bei ihren Loopings und Kurven über Missoula eingekreist hatten. (In Alaska wagt sie keine Flugkunststücke mehr, aus Angst, es könne sich herumsprechen, dass eine Frau hier den Dreh heraushat.)

Der Fluchtimpuls bleibt; der Horizont lockt. Wenn sie immer weiter ziehen könnte, nirgendwo wohnen müsste, nichts außer einem Flugzeug besäße, das niemals landen müsste, *dann* würde sie sich eventuell frei fühlen.

Jamie zieht aus der Absteige in eine eigene Wohnung in einer ruhigeren Straße im selben Viertel, nur ein Zimmer, aber sauber und ordentlich, mit Holzfußboden und einer winzigen Badewanne, in die er nur hineinpasst, wenn er die Knie fast bis zur Brust zieht. »Stand in der Anzeige, Gnom gesucht?«, fragt einer aus dem Boar Bristle Club.

Judith ist nach Europa gegangen, um, wie sie es ausdrückte, *mal zu gucken, warum alle immer so einen Wirbel darum machen.* »Du weinst mir doch nicht nach?«, hat sie ihn gefragt. »Ich werde dich nämlich sofort vergessen.« Dazu lächelte sie ihr gerissenes Lächeln, dem man nie entnehmen konnte, ob etwas als Witz gemeint war.

Um Jamie und seine Freunde schwirren immer ein paar Frauen herum, und dass er bei ihnen gut ankommt, nimmt er inzwischen als gegeben hin. Zum Beweis, dass er Judith keine Träne nachweint, schläft er mit der Zigarettenverkäuferin aus einem Billardsalon, verschiedenen Kellnerinnen und einem Mädchen, das er beim Tanzen kennenlernt und das sogar nackt noch böse Witze reißt. Seinen alten Glauben, er müsse in die Frau, mit der er ins Bett geht, auch verliebt sein, tut er nun als rührend naiv ab.

Judith hat ein paar Bücher bei ihm gelassen, und er liest *Modern French Painters*, *Painters of the Modern Mind*, *The Artist and Psycho-Analysis*. Er fragt sich, ob er zu sehr ins Malerische abgedriftet ist, ob seinen Strichen der Rhythmus fehlt, seinen Kompositionen das Originelle, ob er altmodisch ist. Er befürchtet, dass er in seinen Bildern nichts zum Ausdruck bringt und Judith nur nach Europa gegangen ist, um Männer zu finden, die das tun.

»Vielen Dank, meine Liebe«, sagt er zu der Frau, bei der er Bier und Zigaretten kauft, und nimmt das Wort nicht einmal mehr wahr.

Das Jahr 1935 ist gerade elf Tage alt, da fliegt Amelia Earhart als erster Mensch allein von Honolulu nach Oakland. Die Sterne vor dem Cockpitfenster sind zum Greifen nah, schreibt sie. Nach der Landung wird sie von zehntausend Schaulustigen umringt, ihre rote Lockheed Vega scheint auf einem Menschenmeer zu schwimmen.

»Das wäre mir zum Drüberfliegen zu viel Pazifik«, sagt Marians Boss, der Mann mit der Narbenlippe.

Für großes Tamtam hat er nichts übrig, und genau das mag sie an ihm. Die anderen Männer sagen fast ausnahmslos, sie würden es tun, wenn sie das Geld hätten, das Earhart von ihrem Mann bekommt und dafür, dass sie für Fotos lächelt und ihren Namen für Malzmilchpulver, Koffersets und was nicht alles hergibt. Sie tun so, als würden ihre Flüge nicht zählen, als wären sie nicht echt.

Jane Smith ist inzwischen eine echte Alaska-Pilotin. Sie fliegt zwischen Städten und Orten, die dafür durchgehen, hin und her, steuert entlegene Dörfer, Holzfäller-Camps und einsame Hütten an, transportiert Post, Lebensmittel, Treibstoff, Hunde, Hundeschlitten, Zeitungen, Motorräder, Sprengstoffe, Tapeten, Tabak, Türgriffe, alles Erdenkliche. Sie fliegt Männer in die Wildnis, die dort auf eine Goldader stoßen, und andere, die dort ertrinken, erfrieren, von Bären gerissen werden oder sich selbst in die Luft sprengen. Sie fliegt in Leinensäcke eingewickelte Leichen.

Eine Leiche stinkt so fürchterlich, dass Marian sie an der Tragfläche festzurrt. Eine Frau bringt in ihrem Flugzeug ein Kind zur Welt. Einmal landet sie auf dem zugefrorenen Tschuktschensee, um die Passagiere eines im Eis festsitzenden Schiffes zu retten. Irgendwo schnappt sie das russische Wort *polynya* auf, das die offenen Wasserflächen im Meereis meint, die die Wale zum Atmen aufsuchen. Die Landschaft ist verschlossen, harsch und unermesslich, und sie borgt sich etwas von ihrer Unergründlichkeit, der Gleichgültigkeit gegenüber dem menschlichen Treiben. Schroffheit ist auch eine Tarnung.

Im Winter geht die Sonne im Süden auf. Weit genug im Norden geht sie nie auf. Marian trägt lange Unterhosen, dicke Wollpullover, darüber Jacke und Hose aus Rentierfell. Auf den ersten Blick würde man Jane Smith nicht für eine Frau halten, sondern nur eine zottige Gestalt sehen – sie muss an die Geschichte von Sitting-in-the-Water-Grizzly denken; auf eine Postkarte an Caleb schreibt sie nur diesen Namen und bittet einen Piloten, der nach Oregon fliegt, sie dort in den Briefkasten zu stecken –, trotzdem hat sie immer Messer und Pistole dabei, falls jemand einen zweiten oder dritten Blick riskiert. Ein raues Land.

In einem Flugzeug bedeutet Kälte den Tod. Treibstoff gefriert im Tank, Hydraulikpumpen arbeiten nicht, Reifen und Dichtungen werden porös und löchrig, Instrumente fallen aus. Ist es morgens bitterkalt, stellt Marian eine Feuertonne unter die Maschine, legt eine Plane über das Flugzeug, damit sich die Wärme darunter sammelt, und hält Wache, weil Benzin, Öl oder Plane jederzeit in Flammen aufgehen können. Sie löscht unzählige Brände. Propeller, Kufen, eine Tragfläche zerbrechen, mehr als einmal zieht sie beim Fliegen einen Sprühnebel austretenden Treibstoffs hinter sich her. Einmal entpuppt sich das, was sie für festen Boden hielt, als Sumpf, der ihr beim Landen entgegenspritzt. Das Flugzeug überschlägt sich, ihr fehlt nichts, nur hängt sie kopfüber in ihrem Sitz, während unter ihr schlammiges Wasser hereinströmt. Maultiere müssen kommen und das Flugzeug aus dem Morast ziehen. Sie flickt Kufen mit flachgeklopften Benzinkanistern, Propeller mit Ofenrohren, Streben mit Birkenzweigen. Sie fliegt bei Wetterverhältnissen, bei denen andere nur den Kopf schütteln, und versteckt ihr Geld, wie sie es seit ihrer Kindheit schon getan hat.

Einmal fliegt sie nach McCarthy, wo sie einen Mann abholen und nach Anchorage bringen soll. In Handschellen wartet er neben der Landepiste. Ein Bergmann, wie sie erfährt. Er hat die Frau eines Kumpel vergewaltigt.

In Ordnung, sagt sie und weist die anderen Männer an, ihn neben den Fellen, die sie hinten geladen hat, abzusetzen. Sie fesseln ihn mit den Handschellen an den Sitz. Eine Viertelstunde in der Luft und sie dreht die Klapperkiste auf den Kopf. Wenn die Maschine jetzt auseinanderbricht, so ihr Gedanke, nimmt sie ihn wenigstens mit in den Tod. Doch das Flugzeug legt sich unversehrt wieder gerade. Der Mann schreit, hat sich beide Schultern ausgekugelt.

Schlechtwetter, sagt sie, als sie ihn unter strahlend blauem Himmel abliefert. Wurde nur ein bisschen durchgerüttelt. Die Geschichte macht die Runde, fortan überlegt es sich jeder Mann zweimal, ob er sich an sie heranmachen soll.

Im Sommer tourt der einäugige Weltumrunder Wiley Post mit dem beliebten Komiker Will Rogers durch Alaska. Sie fliegen in einer schwernasigen, zusammengeschusterten Maschine: Flügel von einem Modell, Rumpf von einem anderen, Schwimmer von einem dritten. Marian sieht sie im August, als sie in Fairbanks zu tun hat, und schüttelt beim Anblick des Flugzeugs mit seinen fetten Schwimmern nur den Kopf. Nahe Barrow, am nördlichen Rand des Kontinents, stürzen Post und Rogers beim Startversuch in einer Lagune ab und sterben. Inzwischen kennt Marian viele Piloten, die den Tod fanden. In Alaska kann es einen leicht erwischen. Buschpiloten krachen in Berge, verschwinden über dem Meer.

Umso mehr spricht dafür, für sich zu bleiben. Man muss dann um niemanden trauern.

Helen Richey, eine bekannte Wettkampfpilotin, wird von Central Airlines als erste Flugzeugführerin für Verkehrsmaschinen eingestellt. Doch in den Dienstplänen taucht ihr Name kaum auf, weil man ihr das Fliegen bei Schlechtwetter nicht zutraut, stattdessen bittet man sie, als Werbebotschafterin für die Fluggesellschaft aktiv zu werden. Die Männer in der Pilotengewerkschaft – in der Gewerkschaft sind nur Männer – verweigern ihr die Aufnahme. Sie kündigt. Was bleibt ihr anderes übrig? In den folgenden achtunddreißig Jahren wird keine amerikanische Fluggesellschaft wieder eine Pilotin einstellen.

Der neue amerikanische Flugzeugtyp DC-3 macht Verkehrsflüge profitabel, denn diese Maschine kann von Schlamm, Sand, Schnee aus starten und steht bald im Ruf, besonders widerstandsfähig, wenn nicht gar unverwüstlich zu sein. Zwei Propeller, neunundzwanzig Meter Spannweite, schnell und einfach zu betanken. Im Krieg erhält sie die Bezeichnung C-47. Zehntausende kommen zum Einsatz. Skytrains, Dakotas, Gooney Birds. Sie fliegen von Indien nach China, schleppen Fracht durch das Labyrinth der Himalaya-Berge, die man nicht überfliegen kann, weil selbst die Pässe in viereinhalb Kilometer Höhe verlaufen. Am D-Day verstreuen sie Fallschirmjäger wie Löwenzahnsamen. Sie stürzen über Urwäldern und Wüsten, Bergen und Städten ab. Sie liegen auf dem Grund der Ozeane. Diejenigen, die den Krieg überstehen, werden später zum Großteil neu lackiert und umgerüstet, damit sie auch in Friedenszeiten Dienst tun können. Eine dieser Maschinen wird die *Peregrine* sein.

Im November steigt der Ballon *Explorer II* mit seiner Zweimannbesatzung in South Dakota auf 22 066 Meter, ein Rekord, der fast zwanzig Jahre bestehen wird. In den Fotos erstmalig zu erkennen: die Krümmung der Erde.

Jamie sieht die Fotos in einer Zeitschrift, geht nach Hause und schmiert Grundierweiß auf eine Leinwand, übertüncht eine halbfertige Hafenszene. Er fängt von vorne an: ein Ausschnitt aus seinem Viertel, von oben gesehen, fast aus der Vogelperspektive, leicht verzerrt, die Rundung des Planeten andeutend, schmale Streifen Hafen, Berge und Himmel, an den oberen Rand gequetscht. Was er zum Ausdruck bringen möchte, das weiß er jetzt, ist die Unendlichkeit des Universums.

Ein Mr. Ayukawa, Besitzer eines Kaufhauses in Japantown, sieht das Bild in Flavians Galerie, kauft es. Als Jamie den Scheck abholt, fragt Flavian, ob er eine Auftragsarbeit annehmen will. Mr. Ayukawa möchte seine Tochter porträtieren lassen. »Er ist Geschäftsmann«, sagt Flavian mit bedeutungsschwerer Stimme. »Du verstehst mich doch? Er ist in vielen Geschäftsbereichen tätig.« Jamie fühlt sich unangenehm an Barclay Macqueen erinnert. »Du bist ein höflicher Mensch, aber zu ihm musst du besonders höflich sein. Oh – wusstest du eigentlich, dass Judith zurück ist?«

»Ich habe sie schon gesehen.«

Judith war in einen Vortrag des Boar Bristle Club gerauscht, im Schlepptau ihren neuen französischen Ehemann – anscheinend ein Dichter. Sie hatte Jamie auf beide Wangen geküsst und gesagt, er *müsse* nach Europa gehen, Vancouver sei hoffnungslos provinziell, die Kunst hier könne man kaum als solche bezeichnen. Am liebsten hätte er sie gefragt, warum sie Europa dann wieder verlassen habe, aber sein Verdacht war, dass sie nur zurückgekehrt war, weil ihr dort nicht das Vergnügen vergönnt war, jedem Menschen gegenüber mit ihrem Europa-Aufenthalt zu prahlen. Er hatte wieder an die Schwester von Sarah Fahey denken müssen, die Seattle als Inbegriff der Provinz bezeichnet hatte, und daran, wie dumm er sich damals vorgekommen war, weil er Seattle für grandios und weltoffen gehalten hatte.

Er hatte den Vortrag verlassen, sich betrunken und wehmütig an die Monate zurückgedacht, in denen er verrückt nach Judith gewesen war, an die erwartungsvolle Spannung, die ihn ergriffen hatte, wenn er die dunkle Treppe zu ihrem Atelier hochgestiegen war, an den feinen grauen Tonstaub, mit dem ihre Haut immer überzogen war. Idiotischerweise hatte er geglaubt, dass sie nach ihrer Rückkehr mehr für ihn empfinden würde, dass sich ihre Welt zwar vergrößert hätte, sein Platz darin aber nicht geschrumpft wäre.

Die Ayukawas wohnen in einem vornehmen weißen Haus am Oppenheimer Park. Miss Ayukawa – achtzehn Jahre alt und in Kanada geborene Japanerin der zweiten Generation – sitzt Jamie in einem großen, im westlichen Stil eingerichteten Salon mit dunklen Teppichen und schweren Möbeln Modell. Sein Gemälde hängt über einem langen Sideboard aus Nussbaum. Ohne die großen Fenster wäre es ein erdrückend dunkles Zimmer. Es ist ein lauer, ungewöhnlich sonniger Vormittag. Während Jamie die Vorzeichnung macht, segeln Flöße aus gelbem Licht und Blätterschatten über den Boden.

»So ein Licht werden wir nicht noch einmal haben«, sagt er. »Ich sollte mich besser gar nicht erst daran gewöhnen.«

Sie trägt ein schlichtes braunes Kleid und das Haar zu einem Knoten hochgesteckt. Sally soll er sie nennen, hat sie gesagt. Ihre Schönheit entgeht ihm nicht, obwohl er sich zur Unterwürfigkeit gezwungen sieht. »Ich werde die Stadt grau in Erinnerung behalten, weil sie es fast immer ist«, sagt sie. »Aber an die sonnigen Tage werde ich mich am liebsten erinnern.«

»Erinnern?« Er schaut zu ihrer in einen Baumwollkimono gehüllten Großmutter hin, die als Anstandsdame über sie wachen soll, auf dem burgunderroten Seidensofa jedoch eingeschlafen ist. Ihre Handarbeit ruht in ihrem Schoß, die Drahtgestellbrille ist ihr bis zur Nasenspitze heruntergerutscht.

»Ich gehe nach Japan. Ich werde heiraten.«

»Ach so.« Ihr Tonfall fordert keinen Glückwunsch heraus. »Und das Porträt ist ... ein Hochzeitsgeschenk?«

Ihre Oberlippe wird vor Wut schmal. Ihre fedrigen Augenbrauen ziehen sich zusammen. »Es ist für meine Eltern, damit sie sich an mich erinnern können.«

Er weiß nicht, welche Frage er stellen soll, um in Erfahrung zu bringen, was er wissen möchte. Daher bittet er sie stattdessen nur, den Kopf leicht zu senken. Nach zwei Stunden kommt ein Hausmädchen in Uniform und geleitet ihn hinaus.

Bei seinem nächsten Besuch ist der Himmel bewölkt, doch die Szenerie im Haus ist die gleiche. Sally in dem braunen Kleid, vor demselben Fenster; ihre Großmutter schlafend auf dem Sofa.

Sally blickt aus dem Fenster, still und unbewegt, aber während Jamie arbeitet, spürt er, wie es in ihr wütet. Schon lange hat er niemanden mehr so eingehend betrachtet, hat keine Übung mehr darin, den Gezeitenmoment festzuhalten, an dem das innere und äußere Selbst eines Menschen zusammenfließen. »Wie sollen Ihre Eltern Sie in Erinnerung behalten?«, fragt er, während er den Pinsel rasch über die Leinwand führt.

»So wie ich bin, nehme ich an.«

»Es ist nämlich so, dass die Gedanken eines Menschen in einem Porträt durchscheinen. Wenn Sie also ein glückliches Bild von sich zurücklassen wollen, dann sollten Sie an schöne Dinge denken.«

»Schöne Dinge.« Sie schaut wieder aus dem Fenster. »Ich ziehe in ein Land, in dem ich noch nie gewesen bin und niemanden kenne, um einen Mann zu heiraten, den ich nur von einem Foto kenne. Ich fürchte, allzu viele schöne Dinge fallen mir gerade nicht ein.« Ihre Stimme ist lauter geworden, und sie und Jamie blicken zu ihrer Großmutter hin, die sich aber nicht rührt.

»Nur von einem Foto«, sagt Jamie. »Ist das ... so üblich?«

»Früher ja, aber nur von dort nach hier. Meine Mutter war eine Fotobraut. Mein Vater hat schon in Kanada gelebt. Ihre Familien haben die Ehe arrangiert. Ihr hat das nichts ausgemacht – in ihrer Generation hatte man keine höheren Erwartungen. Aber ich wurde *hier* geboren. Mein Vater hat komische Vorstellungen. Selbst will er nicht zurück, sagt aber, wir dürfen die Verbindung zu unserer Heimat nicht verlieren. *Seiner* Heimat.«

Mit einem leisen Seufzer richtet ihre Großmutter sich auf und rückt die Brille zurecht. »Junko«, sagt sie und stellt eine Frage auf Japanisch, die Sally in sanftmütigem Ton beantwortet.

»Sie hat gefragt, ob Sie mich schön malen«, erklärt sie Jamie.

»Was haben Sie geantwortet?«

»Dass Sie mich so malen, wie ich bin.«

»Das ist dasselbe.« Die immer noch quälende melancholische Trauer um Judith macht ihn verwegen. Er weiß nicht, ob er seine Niedergeschlagenheit vertreiben oder verschlimmern will, indem er vor der nächsten unerreichbaren Frau katzbuckelt. Sally übersetzt den Satz nicht. Sie nimmt wieder ihre frühere Haltung an, blickt aber nicht länger aus dem Fenster, sondern in sein Gesicht.

»Was bedeutet Junko?«, fragt er nach einigen Minuten.

»Das ist mein japanischer Name.« Pause. »Ich mag ihn nicht. Ich hätte lieber nur einen Namen.«

Er besucht sie noch dreimal. Während er sie malt, schaut sie ihn unverwandt an. Er sieht – wenigstens glaubt er das – verschiedene Gefühlsregungen über ihr Gesicht wandern, den über den Boden ziehenden Blätterschatten nicht unähnlich. Letztlich malt er sie mit einem leicht trotzigen Ausdruck, ihren Eltern zuliebe allerdings ohne die ab und zu durchscheinende Wut. Wenn sie ihn anschaut, erkennt er in ihrem Blick auch Neugier. In Judiths lag immer nur Belustigung oder Langeweile. Vielleicht kann man einem Menschen nicht so viele Stunden in die Augen schauen, ohne sich eine stille Intimität einzubilden.

Ich mag sie sehr, weil ich mir so gerne vorstelle, wie du mich ansiehst, hatte Sarah Fahey über die Zeichnungen gesagt, die er von ihr angefertigt hatte. Stellt auch Sally sich gern vor, wie er sie ansieht? Wenn er zwischen den Sitzungen zu Hause an dem Porträt arbeitet, spürt er eine innere Spannung, die sich langsam zu einem drängenden Verlangen steigert. Den Hintergrund gestaltet er leicht verzerrt, mit der Andeutung einer Krümmung, als würde sich das Zimmer von Sally wegbewegen und sie näher zum Betrachter schieben.

Bei der letzten Sitzung steckt er ihr einen Zettel mit seiner Adresse zu und flüstert, dass er sie gern wiedersehen würde. Sie schaut auf den Zettel, schiebt ihn in ihre Tasche. Als sie wieder zu ihm hochblickt, sieht er ihre Verachtung und hat das Gefühl, einen furchtbaren Fehler begangen zu haben. Nichts von dem, was in ihrem Inneren vorgegangen ist, hatte mit ihm zu tun. Er ist nur ein unbedeutender Mensch, der sich ihr in einem Moment der Schwäche hat aufdrängen wollen. Eine halbe Stunde malt er stockend weiter, dann gibt er es auf. Er wird das Bild in seiner Wohnung fertigstellen. »Den Rest male ich aus der Erinnerung«, sagt er zu ihr.

Drei Nächte später klopft es in den frühen Morgenstunden an seiner Tür: leise, aber hartnäckig. Er steigt aus dem Bett und geht hin, plötzlich hellwach, weil er glaubt, sie sei doch noch gekommen. In Gedanken sieht er bereits, wie sie sich in seine Arme wirft, wie sie zusammen durchbrennen.

Vor der Tür stehen zwei Männer, weiß, nicht so groß wie er, aber gebaut wie Schrankkoffer. Bevor er die Überraschung verdauen kann, stürmen sie in die Wohnung, schleifen ihn an den Armen ins Zimmer, stoßen ihn auf den Boden.

Trotz Angst fragt er sich, wie er jemals glauben konnte, Barclay würde ihn persönlich aufsuchen. In seiner Vorstellung hat er wenigstens noch einmal vernünftig mit dem anderen reden, an dessen Gefühle für Marian appellieren, ihm erklären können, dass er sie freigeben muss.

Ein Schrankkoffer sitzt auf ihm, während der andere die Tür schließt und seelenruhig den Wasserhahn über der Badewanne aufdreht.

»Wir wollen nur wissen, wo sie ist«, sagt der Mann, der auf ihm sitzt. »Mehr nicht. Wenn du es uns sagst, tun wir dir nichts.«

»Ich habe keine Ahnung«, sagt er. »Sie hat es mir nicht verraten. Weil sie wusste, dass er jemanden schicken würde. Sie wollte nach Seattle und von dort aus weiter. Mehr weiß ich nicht.«

»Glaubst du echt, wir nehmen dir ab, dass ihr beide nichts ausgeheckt habt?«, fragt der Mann neben der Wanne.

»Das finden wir schon noch raus«, sagt der andere sachlich. Er hat einen Auftrag zu erledigen. Es wird kein Appellieren, keine Erklärungsversuche geben. Das wird Jamie klar, als er zur Wanne geschleift, ins Gesicht geschlagen und kopfüber bis zu den Schultern ins kalte Wasser gestoßen wird.

»Ich weiß wirklich nichts«, sagt er, als sie ihn herausziehen. Wieder wird er untergetaucht, herausgezogen, geschlagen. »Bitte nicht«, wiederholt er, bis ihm der Atem dazu fehlt.

Am nächsten Morgen liegt er zusammengekrümmt auf dem blanken Holzboden, aber er lebt noch. Er rappelt sich auf, lässt sich ein heißes Bad ein. Das kalte Porzellan fühlt sich schrecklich an, das Wasser wirkt bedrohlich, aber die Wärme lindert seinen Schmerz. Während er in der Wanne kauert, in Wasser, das von seinem eigenen Blut rosa gefärbt ist, überlegt er, was er tun soll.

Alles Wichtige passt in einen Koffer. Ein paar Sachen zum Anziehen, die guten Farben und Pinsel, Skizzenblöcke. Weil er vom Haus der Ayukawas direkt zum Bahnhof will, trägt er den Koffer in der einen Hand und Sallys auf einen Rahmen gespanntes Porträt in der anderen. Die Farbe ist noch nicht ganz trocken.

Die Augen des Hausmädchens weiten sich, als es die Tür öffnet und sein zugeschwollenes Gesicht sieht. »Nein«, flüstert sie. »Geh!« Sie will ihn mit einer Geste verscheuchen.

»Bitte sagen Sie Sally – Junko – oder ihrer Großmutter, dass ich das Bild bringe und mein Geld holen will.«

»Nein. Geh!«

Jamie, der hämmernde Kopfschmerzen hat und nur noch aus der Stadt weg will, ist vollends verwirrt. Warum schickt das Hausmädchen ihn weg, wenn er doch nur das Bild abgeben will? Er braucht das Geld, hat es sich verdient, und es ist ihm egal, ob man ihn für ungehobelt hält. Mit lauterer

Stimme setzt er noch einmal zu einer Erklärung an, verlangt nach Sally. Er schreit fast, als ein eleganter Herr im grauen Anzug hinter dem Hausmädchen auftaucht. Mit einer tiefen Verbeugung zieht sie sich ins Haus zurück.

Jamie hat Mr. Ayukawa bisher nie gesehen. Seine dicken, buschigen Augenbrauen sind anders als die fedrigen von Sally, doch als er sie zusammenzieht, erkennt Jamie die Ähnlichkeit. »Dass Sie sich hertrauen, ist schon erstaunlich«, sagt er.

»Ich verlasse die Stadt«, erwidert Jamie verunsichert. »Und ich wollte mein Geld abholen. Für das Bild.«

Er dreht die Vorderseite der Leinwand Mr. Ayukawa zu, der seine Augenbrauen nun hochreißt. Aus seinem Gesicht spricht dieselbe kummervolle Verwunderung wie aus dem Gesicht im Mond. »Sagen Sie mir nur, wo sie ist«, flüstert er.

»Wie bitte?«

»Wir haben Ihre Adresse in ihrem Zimmer gefunden. Sie müssen etwas wissen. Wo ist sie?«

Und in diesem Moment begreift Jamie es endlich.

Roadshow der Erinnerungen

Vierzehn

Ich wollte unbedingt, dass Redwood sich von selbst bei mir meldete, doch ein paar Tage nach der Leseprobe knickte ich ein und schickte ihm eine Nachricht. *Nur ein kurzes Follow-up – wir steht's mit einem ganz normalen, erdgebundenen Treffen?*

Liebend gern! Ich schau in den Kalender und melde mich wieder.

Ich hörte eine Woche lang nichts, bis er schrieb: *Hallo, Fremde! Meine Mutter ist in der Stadt, und ich würde mich freuen, wenn ihr euch mal kennenlernt. Kommst du zum Abendessen?*

Carol Feiffer öffnete mir die Tür. Sie bog sich nach hinten und breitete einladend die Arme aus, die Finger zu steifen Zacken ausgestreckt. »*Da ist sie!*«, rief sie, und ihre Stimme war pures Long Island. Ihr Gesicht war scharf wie eine gemeißelte Pfeilspitze, ihr Haar die Idealversion des praktischen Bobs. Eingehüllt in karge Schichten anthrazitfarbenen Leinens, erinnerte sie mit ihrer königlich-selbstbewussten Haltung an einen Guru oder eine Universitätspräsidentin.

»Ich wollte Sie unbedingt kennenlernen.« Carol führte mich am Arm in die Küche. Sie lehnte sich zurück und musterte mich von oben bis unten. »Ich bin nicht enttäuscht. Sie sind der Prototyp eines Stars.«

Ich tat es mit einem leisen Lachen ab. »Ihr Buch hat mir gefallen.«

Sie strahlte. »*Danke*, meine Liebe. Ich danke Ihnen so sehr. Ich hätte nie erwartet, dass *so etwas* dabei herauskommt. Ich wollte einfach nur eine Geschichte erzählen. Aber mein Sohn muss natürlich –« Sie fuchtelte mit den Händen »– eine ganz große Sache draus machen. Sie sollten wissen, wie wichtig mir Marian ist. Ich hatte eine furchtbare Ehe, ganz ehrlich, und habe in den schlimmsten Augenblicken in Marians Buch viel Trost gefunden. Sie hat mir durch die dunkelste Zeit meines Lebens geholfen. Sie hat mich ermutigt, meine Freiheit zu erobern. Was ironisch ist, da ich ohne ihre Verbindung zur Familie meines Ex-Mannes nie von ihr erfahren hätte.« Sie drückte meinen Arm. »Und jetzt bringen Sie Marian so vielen Menschen nahe. Sie werden Leben verändern, Hadley.« Sie nickte schnell und ernsthaft, um jeder Skepsis meinerseits zuvorzukommen. »Ja, das werden Sie.«

Ich erwähnte nicht, dass das einzige Leben, das ich ernsthaft zu verändern gedachte, mein eigenes war. Ich erwähnte auch nicht die begehrliche Vision, in der ich den goldenen Preis in die Höhe reckte. »Das hoffe ich.«

Redwood machte sich in der Küche an einer Pfanne zu schaffen. Ich hatte nicht geahnt, dass noch jemand da sein würde, entdeckte nun aber eine junge Frau in einem weißen ärmellosen Overall und mit einem kleinen goldenen Nasenpiercing als einzigem Schmuck, die mit einem Glas Rosé an der Arbeitsplatte lehnte. Sie trug die lockigen Haare zu einem Dutt aufgesteckt und hatte ein kleines, schönes, dunkeläugiges Gesicht. Irgendetwas an ihr erinnerte mich an diese kleinen Marzipantiere, bei denen man nicht weiß, ob man sie essen darf oder ob sie Deko sind.

»Seht mal, wer hier ist«, stellte Carol mich vor, und das Mädchen legte die Hand auf Redwoods Oberarm, um *meiner* zu signalisieren, und ich begriff sofort, dass er ihretwegen nicht mit mir geschlafen und sich nicht bei mir gemeldet hatte. Und dieser Arsch hatte gesagt, es gäbe niemanden. *Absolut niemanden.*

»Hallo, Fremde!«, sagte Redwood, und ich ärgerte mich wie schon bei der Nachricht, weil er mir unterschwellig vorzuwerfen schien, ich hätte mich nicht gemeldet, obwohl er mich doch hatte hängen lassen. Er küsste mich auf die Wange und deutete auf den weißen Overall. »Das ist Leanne.« Leanne rührte sich nicht von der Stelle und winkte nur, betont gleichgültig angesichts meiner Berühmtheit, und Redwood deutete aus dem Fenster. »Die Day-Brüder sind auch hier, und Mom hat eine Freundin mitgebracht.«

Ich drehte mich um. Es war also eine ganze Versammlung. Dass Redwood mich seiner Mutter vorstellen wollte, war keine besondere Auszeichnung. Am Pool stand eine drahtige ältere Frau mit kurz geschnittenem silbernem Haar, trank Rotwein und hörte sich ohne sichtbare Reaktion an, was immer der eine Day-Bruder erzählte. Sie trug Jeans, Slipper von Vans und ein weites weißes Hemd mit Knopfleiste. Die Days trugen Hemden und Chinos, die hauteng wie Anzüge von Superhelden saßen.

»Das ist Adelaide Scott«, sagte Carol, als müsste ich den Namen kennen.

»Ah«, sagte ich.

Leanne, die mich durchschaute, fügte hinzu: »Sie ist eine berühmte Künstlerin.«

»Eine Bildhauerin«, sagte Carol. »Und sie macht Installationen. Sie ist als Kind tatsächlich Marian Graves begegnet. Ich habe sie mitgebracht, weil ich dachte, Sie könnten sich bei ihr Ideen holen. Wobei es auch so schon faszinierend ist, ihre Bekanntschaft zu machen.«

Welche Ideen sollte ich aus den Erinnerungen eines Kindes beziehen, die mindestens fünfundsechzig Jahre zurücklagen? Welche nützlichen Details könnte mir diese Frau wohl liefern? Es sollte eine »Antiques Roadshow« der Erinnerungen geben, bei der ich hinter einem Tisch saß und Leuten erklärte, dass ihre Erinnerungen zwar reizend und von ungeheurem sentimentalem Wert sein mochten, aber keinen Nutzen außer für sie selbst besaßen.

Im Grunde dachten alle das Gleiche über Marian, trugen es aber gern mit einem Hauch von Offenbarung vor. Bart Olofsson hatte mich ernsthaft angeschaut und Dinge gesagt wie *Ich betrachte sie als sehr stark, sehr tapfer*, als wäre das eine radikale Theorie.

Absolut, hatte ich gesagt.

Jemand, der so stark, so tapfer ist – war förmlich gezwungen, *den Flug zu unternehmen. Sonst wäre sie explodiert.*

Und wie, hatte ich gesagt, obgleich Tapferkeit und Stärke keine Gründe, sondern Eigenschaften sind. Ich glaube, sie hatte keinen Grund, jedenfalls keinen richtigen. Warum will man etwas tun? Man tut es einfach.

»Adelaide!«, rief Carol. »Komm, ich stelle dir Hadley vor.«

Die Frau und die Days drehten sich um. Der Day, der gerade geredet hatte, streckte den Arm aus, um Adelaide ins Haus zu geleiten, und ich bemerkte einen Anflug von verächtlicher Belustigung in ihrer Miene. »Hallo, Hadley«, sagte sie und gab mir die Hand, nachdem alle hineingetrottet waren und die Days mich auf die Wange geküsst hatten. Sie war groß und gertenschlank, mit einem langen, blassen, faltigen Gesicht, und trug keinen Ehering und kein Make-up außer dunkelrotem Lippenstift. Ich konnte mich nicht entscheiden, ob ich sie schön fand. »Ich habe gehört, Sie sind Schauspielerin.«

Carol gab sich gutmütig entrüstet. »Hadley ist ein *Filmstar*, Adelaide.«

Adelaides Tonfall kam einem Achselzucken gleich. »Leider ist Popkultur ein Bereich, den ich ganz besonders vernachlässigt habe.«

»Aber Popkultur ist *so faszinierend*«, sagte ein Day. »Man muss nur tiefer in sie eindringen. Sie ähnelt der zeitgenössischen Kunst, bei der es manchmal auch nicht so sehr auf das eigentliche Produkt ankommt, sondern auf den Kontext, in dem es entsteht.«

Adelaide sah ihn uninteressiert an.

»Da stimme ich zu«, mischte sich Leanne ein. »Nehmen wir beispielsweise Hadleys *Archangel*-Filme. Als Feministin lehne ich deren Betonung traditioneller Geschlechterrollen ab – der Mann als Beschützer, ihr wisst schon –, doch als Konsumentin wurde ich trotzdem in die Liebesgeschichte hineingesogen und habe sie wie Popcorn verschlungen. Es ist ein Signal, das nur Frauen hören können.« Sie nahm eine grüne Olive aus einer Schale und steckte sie in den Mund.

»Woher kennen Sie Redwood?«, fragte ich.

»Wir sind alte Freunde«, sagte er.

»Wir haben einander entjungfert«, sagte Leanne und zog den Olivenkern aus dem Mund.

»Leanne!«, sagte Carol und hielt sich die Ohren zu.

»Tu nicht, als hättest du das nicht gewusst«, sagte Leanne.

Ein Summen. Redwood ging zur Sprechanlage an der Wand. »Hallo?«

»HIER IST HUGO«, dröhnte es.

»Es war kurz bevor sie abgeflogen ist«, sagte Adelaide. »Sie hat meine Mutter in Seattle besucht. Ich muss fünf gewesen sein.«

Wir saßen zu acht draußen am Tisch unter den Glyzinien und aßen Lachs mit einer von Redwood erfundenen, zu süßen Soße. Er hatte Tischkarten verteilt, sodass ich endlich wusste, welcher Day Kyle und welcher Travis war.

»Meine Familie hat Kunst gesammelt«, fuhr Adelaide fort. »Meine Mutter war eine alte Freundin von Jamie Graves. Wir besitzen noch einige seiner Gemälde, wenngleich die meisten ausgeliehen sind.«

Carol meldete sich zu Wort. »So habe ich Adelaide entdeckt. Natürlich kannte ich ihre Arbeit, aber ich habe erst gemerkt, dass es eine Verbindung zur Graves-Geschichte gab, als ich mir bei den Recherchen für mein Buch die Sammlung ihrer Familie näher angesehen habe. Ich dachte mir – wäre es nicht großartig, wenn es zeitgleich mit Erscheinen des Films eine Jamie-Graves-Retrospektive gäbe?«

»Im LACMA«, sagte Travis Day. »Hundertprozentig ja. Oder in einem unkonventionelleren Raum, irgendwo –«

»Ja!«, unterbrach ihn Carol. »Das LACMA wäre großartig!«

»Oder an einem unkonventionelleren Ort«, wiederholte Travis. »Zum Beispiel in einem Lagerhaus oder einem ungenutzten Gebäude.«

»Soll ich nun über Marian Graves sprechen oder nicht?«, fragte Adelaide.

Travis wirkte pikiert. Carol schlug die Hand vor den Mund. »Sprich weiter«, sagte sie gedämpft.

»Marian kam 1949 in die Stadt, um meine Mutter zu besuchen«, fuhr Adelaide fort. »Sie waren einander nie begegnet, aber durch Jamie verbunden. Und außerdem – Carol erwähnt das im Buch – hat meine Großmutter Marian zu einer Abtreibung verholfen, als sie ihren Mann verlassen wollte. Allerdings habe ich das erst erfahren, als ich erwachsen war.«

»Ist sie deshalb gekommen?«, fragte Hugo. »Um in Erinnerungen zu schwelgen?«

»Das müssten Sie sie schon selbst fragen«, erwiderte Adelaide. »Viel Glück dabei.«

Ich holte schon mal Luft. Mir war, als erfüllte ich meine Pflicht, indem ich eine vorbereitete Frage stellte, so wie das jüngste Kind an Pessach. »Wie war Marian?«

Adelaide kratzte mit dem Buttermesser die Soße vom Fisch. »Schwer zu sagen. Ich habe Carol vorgewarnt, dass ich Ihnen keine große Hilfe sein würde, so wie ich ihr keine große Hilfe war.«

»Du warst eine sehr große Hilfe«, widersprach Carol.

Sir Hugo beugte sich vor und fixierte Adelaide mit seinem typischen durchdringenden Blick. »Aber Sie erinnern sich an sie.«

Adelaide schien gegen den stechenden Blick immun zu sein und weigerte sich, ihre Rolle als Augenzeugin dramatisch auszunutzen. Sie verzog die roten Lippen zu einem unergründlichen Schmollen und sagte: »Marian Graves war eine sehr große, sehr dünne, sehr blonde Erwachsene, die ich vor mehr als sechzig Jahren begrüßen sollte. Ich glaube, sie konnte nicht gut mit Kindern umgehen. Ich glaube, sie hat nicht viel zu mir gesagt. Ehrlich gesagt bin ich mir nicht sicher, ob ich mich an sie oder nur an die Erinnerung erinnere.« Sie schaute zu mir. »Sehen Sie? Nichts Brauchbares.«

»Man kann nie wissen«, sagte Carol. »Immerhin hast du mir von Caleb Bitterroot erzählt.« Sie wandte sich an mich. »Über ihn ist wenig bekannt, aber nachdem mir klar geworden war, dass er von Anfang bis Ende zu Marians Leben gehört hatte, deutete sich für mich eine große Romanze an. Ich bin da sehr intuitiv.«

»Sie will damit sagen, dass es keinerlei Beweis für irgendeine Romanze gibt«, sagte Redwood, und Carol machte *pssst* und eine wegwerfende Handbewegung.

»Bedeutet es einen Unterschied«, erkundigte sich Leanne bei Sir Hugo, »ob man eine echte Person oder eine fiktive Figur spielt?«

Er ließ den Wein im Glas kreisen. »Ein bisschen. Bei einer echten Person muss man sich hüten, sie einfach nachzuahmen. Man hat die Aufgabe, die Person, ob nun fiktiv oder nicht, real *erscheinen* zu lassen.«

»Das ist beim Schreiben genauso«, sagte Kyle Day, doch niemand beachtete ihn.

»Man kann ohnehin nicht wirklich viel über jemanden wissen«, sagte ich, verärgert, weil Leannes Frage nach der Schauspielerei offenbar nur Hugo galt. »Das meiste, was wir tun, sieht niemand. Und niemand kennt mehr als einen winzigen Bruchteil dessen, was wir denken. Und wenn wir sterben, verflüchtigt sich alles.«

In Adelaides Augen blitzte Interesse auf, scharf, aber undurchdringlich.

»Meine Eltern starben bei einem Flugzeugabsturz, als ich zwei Jahre alt war«, erzählte ich ihr. »Ich wurde von meinem Onkel aufgezogen.«

»Ah«, sagte sie. »In dieser Hinsicht können Sie Marian also verstehen.«

»Das weiß ich nicht«, sagte ich. »Ich kann es nicht beurteilen.«

»Mitchell Baxter«, sagte Travis, und als Adelaide wie zu erwarten verständnislos schaute, fügte er hinzu: »Er war Hadleys Onkel. Er hat *Tourniquet* gedreht.«

»Ah«, sagte Adelaide.

»Er ist jetzt auch tot«, sagte ich.

Carol versuchte, uns wieder auf Kurs zu bringen. »Ich

glaube, Jamie Graves und Adelaides Mutter Sarah waren ein Liebespaar.«

»Natürlich hat Carol eine pikante Theorie«, sagte Leanne.

Sir Hugo zog die distinguierten Augenbrauen hoch und fragte Adelaide: »Glauben Sie das auch? Oder *wissen* Sie es vielleicht?«

»Es war eine Kinderliebe«, sagte sie, »aber in meiner zugegebenermaßen neuen Bekanntschaft mit Carol ist mir aufgefallen, dass sie zwei Menschen, die irgendwie miteinander zu tun haben, fast immer für ein Liebespaar hält.«

»Was soll ich sagen, ich bin eine hoffnungslose Romantikerin«, erwiderte Carol.

»Ich nicht«, sagte Leanne und schenkte sich Wein nach.

»Ich auch nicht«, sagte Sir Hugo. »Ich bin ein hoffnungsvoller Hedonist. Redwood? Haben Sie das gefürchtete Romantik-Gen geerbt?«

»Es ist rezessiv«, sagte Carol, »und sein Vater hatte es *definitiv* nicht.«

»Ich bin offen für Möglichkeiten«, sagte Redwood. »Ich weiß nicht, ob das romantisch ist oder nicht. Vielleicht bin ich ein vorsichtiger Romantiker.«

»Als ich Redwood kennenlernte«, sagte ich und mied Leannes Blick, »erwähnte er, sein Lieblingsgefühl sei Ambivalenz, und Ambivalenz ist nicht romantisch.«

»Was ist mit Ihnen?« Adelaides Augen blitzten wieder.

»Ich bin keine Romantikerin«, sagte ich.

»Sagen Sie doch so was nicht«, meinte Travis, bei dem ich ein gewisses Interesse verspürte. Ich hätte vielleicht zurückgeflirtet, aber etwas an seinem Glanz und Eifer stieß mich ab.

»Nein?«, fragte Adelaide. »Was dann? Sind Sie eine Zynikerin? Eine Skeptikerin? Eine Stoikerin?«

»Ich weiß nicht, was ich bin. Um mich herum scheint immer alles auseinanderzufallen.«

»Dann bist du eine Abrissbirne«, sagte Sir Hugo.

»Was ist mit Ihnen?«, fragte ich Adelaide.

»Ich war lange Zeit eine Romantikerin. Es lief verheerend. Seither bin ich wohl, was man als Opportunistin bezeichnet.« Sie musterte mich scharfäugig. Ihr tödliches Selbstvertrauen erinnerte mich an einen Raubvogel, einen Habicht oder Falken. »Ich gebe Ihnen einen Rat. Zu wissen, was man nicht will, ist ebenso nützlich, wie zu wissen, was man will. Vielleicht noch nützlicher.«

Als sich nach dem Dessert alle ins Wohnzimmer zurückgezogen hatten, um noch etwas zu trinken und Redwood beim Klavierspiel zuzuhören, ging ich auf die Toilette. Als ich herauskam, wartete eine Gestalt im dunklen Flur. Es war Adelaide.

Sie kam näher und hielt mir ihr Handy hin. »Ich will Ihnen nicht auflauern, aber würden Sie mir Ihre Nummer geben? Womöglich habe ich noch etwas zu Marian, will aber nicht, dass die Bande da draußen es mitbekommt.« Sie sprach leise und ohne Eile.

Ich fragte nicht, warum, sondern tippte meine Nummer in ihr Handy. Dann gingen wir zurück, begleitet von den verrückten, kaskadenartigen Klängen des »Hummelflugs«, schweigend, gefangen in einer Verschwörung, die ich nicht verstand.

Eine unvollständige Geschichte der Familie Graves

1936–1939

Der deutsche Einwanderer Bruno Hauptmann wird wegen der Entführung des Lindbergh-Babys vor Gericht gestellt, für schuldig befunden und hingerichtet. Von der Presse gejagt flüchten Charles und Anne Lindbergh mit ihrem zweiten Sohn nach England. Jemand in der amerikanischen Botschaft kommt auf die famose Idee, Lindbergh zu einem Höflichkeitsbesuch ins deutsche Luftfahrtministerium zu schicken, damit er dort nebenbei Informationen über die neue Luftwaffe sammelt. Er besichtigt Flugplätze, Fabriken und die Versuchsanstalt für Luftfahrt in Adlershof. Er wird zum Mittagessen ins pompöse Haus von Hermann Göring eingeladen, nimmt an der Eröffnungsfeier der Olympischen Spiele in Berlin teil.

Hitler, urteilt Lindbergh, sei vielleicht ein bisschen fanatisch, aber um Dinge anzupacken, brauche es manchmal einen Fanatiker. (Lindbergh ist selbst ein Fan davon, Dinge anzupacken.) Die Deutschen seien von überschäumender Vitalität; die Luftflotte würde leider alles übertreffen, was die Amerikaner jemals auf die Beine stellen könnten. Nein, dass man den deutschen Juden ihre Bürgerrechte entzogen habe, sei nicht optimal, aber die Nazis seien den Kommunisten doch sicherlich vorzuziehen. Jede Medaille habe nun mal zwei Seiten.

1936 hat Marian den Namen Jane Smith abgelegt,

denn Barclay sitzt im Gefängnis. Sie hat es in der Zeitung gelesen. Wie sie vermutet, kann er immer noch seine Leute nach ihr ausschicken, aber sie will sich nicht länger verstecken, will nicht länger vom Erdboden verschwinden. »Eigentlich heiße ich Marian Graves«, erzählt sie den Leuten in Alaska, die sie seit über zwei Jahren kennen. Tatsächlich gewöhnen sie sich schnell an den neuen Namen, was daran liegen könnte, dass Marian nun wie ein anderer Mensch wirkt: Anders als die verschlossene, wortkarge Jane Smith schaut sie einem in die Augen, scheint sich für Dinge zu interessieren.

Von ihrem gesparten Geld kauft sie sich ein Flugzeug, einen Hochdecker von Bellanca, und macht sich selbstständig. Zunächst startet sie von Nome aus und wohnt in einem morschen Häuschen in der Nähe des Flugplatzes. Moschusochsen ziehen an ihrem Außenklo vorbei, uralt wirkende Kreaturen, der gefrorene Atem wie Heiligenscheine um ihre Köpfe, die dicken Mäntel um ihre Knöchel schwingend wie die Kutten von Mönchen.

Der Goldpreis ist gestiegen, und sie fliegt Geologen zu den Feldern, transportiert Ingenieure, die die Schächte bauen, und Männer, die darin arbeiten sollen. Abhängig von der Jahreszeit fliegt sie Arbeiter zu den Konservenfabriken und Bergleute zu den Minen und wieder zurück. Sie fliegt zu den Rentierhirten, gleitet über die wirbelnden braunen Galaxien ihrer Tiere hinweg.

Leute bezahlen sie mit Goldstaub, Fellen, Feuerholz, Öl, Whiskey. Häufig versuchen die Leute, sie gar nicht zu bezahlen.

Oft fliegt sie nach Norden über die Brookskette, wo die Bäume nicht einmal mehr zu wachsen versuchen. In Barrow, am nördlichsten Zipfel von Alaska, trocknen Felle von Robben und Eisbären an Holzgestellen vor den Häusern und an Pfählen angekettete Hunde heulen ihr Flugzeug an. Aus Neugier fliegt sie über den Walrippenbogen, der das Ende der Küste markiert, hinaus und über das lose Puzzle aus Frühjahrseis hinweg, das der Planet wie eine Schädeldecke trägt, fliegt so weit in den Norden, bis sie sieht, wo das Puzzle sich mit der unermesslichen Eisdecke vereinigt, die dort hohe Kämme bildet, wo die Strömung die Teile mit Macht zusammengeschoben hat.

So weit im Norden überkommt sie ein Schwindel.

Als Barclay vor Gericht gestellt wurde, hatte er keine Armee aus Anwälten um sich geschart, sondern sich der Steuerhinterziehung schuldig bekannt und wurde zu sieben Jahren Gefängnis verurteilt. Die Geldstrafe hat er bezahlt, doch an die Ranch kommt die Regierung nicht heran, da sie schon lange auf Kates Namen läuft. Alles andere – seine Flüsterkneipen, die seit Aufhebung der Prohibition legal sind, seine Hotels, seine Anteile an Bergwerken und Bauunternehmen, das Sommerhaus in Kalispell, das Haus in Missoula, der Stearman-Doppeldecker, den man in Marians Versteck schließlich doch gefunden hatte – gehört von Rechts wegen Sadler. Selbst Barclays Konten laufen auf die Namen von Firmen, als deren Eigentümer Sadler registriert ist.

Sie fliegt unter grünen Polarlichtern. Sie fliegt unter der Mitternachtssonne.

Die Bellanca muss so oft geflickt werden, dass sie nur noch ein *in Formation fliegendes Ersatzteillager* ist, wie man in Alaska sagt. *Hoffentlich halten die Termiten Händchen.* Trotzdem fliegt die Maschine noch, bis eine Sturmböe sie erfasst und über einen zugefrorenen See schleudert, wo sie am anderen Ufer an Felsen zerschellt. Marian besorgt sich eine neue, mit leistungsstärkerem Motor.

Da sie wieder sie selbst sein kann, schreibt sie Caleb ihre

neue Adresse und steckt einen Brief für Jamie mit in den Umschlag. Sie bittet Caleb, ihn weiterzuleiten, weil sie nicht davon ausgeht, dass Jamie noch in der Absteige in Vancouver lebt.

Jamie sei ganz aus Vancouver weg, schreibt Caleb, und in die Berge gegangen, wo er offenbar ein Einsiedlerleben führen wolle. *Er hat sich spontan dafür entschieden und wollte mir den Grund nicht nennen, es scheint ihm aber gut zu gehen. Wahrscheinlich sind wir alle drei zu einem Leben in Einsamkeit bestimmt.*

Kurz überlegt sie, zu Jamie zu fliegen, doch sie will Alaska nicht verlassen, hat Angst, in ihr altes Leben zurückzukehren. Vielleicht ist sie doch noch nicht wieder sie selbst, obwohl sie inzwischen nicht mehr so naiv ist, davon auszugehen, dass ein Mensch ein für immer festgelegtes Selbst hat.

Vor Einbruch des Winters macht sie sich ins südlicher gelegene Valdez auf und tut sich mit einem Piloten zusammen, der die hochgelegenen Bergarbeitercamps in den Wrangell und Chugach Mountains versorgt. Er hat eine Methode entwickelt, um auf Gletschern landen zu können. Steht die Sonne zu tief, fliegt er in geringer Höhe über das Eis und wirft etwas Dunkles ab – einen Jutesack, einen Ast, irgendetwas –, das ihm bei der Orientierung im Raum hilft. Er bringt Marian bei, in der oberen Schneeschicht nach Wellen Ausschau zu halten, die auf unsichtbare Gletscherspalten hindeuten können, er zeigt ihr, wie sie das Flugzeug beim Landen schräg stellen muss, damit die Kufen im richtigen Winkel zum Hang auftreffen und sie nicht über den Abhang hinausrutscht.

Da sie in Valdez die Kufen wegen der Gletscherlandungen das ganze Jahr über am Flugzeug lässt, kann sie bei Ebbe von Sandbänken aus starten. Sie findet heraus, dass sie beim Gasgeben auf ihrem Sitz hin und her wackeln muss, damit sich die Kufen leichter vom Schlick lösen. Zu den Bergarbeitercamps transportiert sie Fleisch, Mehl, Tabak, aber auch Dynamit und Karbid, Stahl und Bauholz, Kabeltrommeln, Ölfässer, Ersatzteile für Maschinen. Einmal nimmt sie zwei Prostituierte als Passagiere mit, ein anderes Mal einen Minister aus Roosevelts Kabinett. Einmal fliegt sie ein verwaistes Grizzly-Junges nach Anchorage, bestimmt für einen Privatzoo.

Die Leute erinnern sie immer wieder daran, dass sie von außerhalb kommt. Eine Hiesige kann man nicht werden. Das geht einfach nicht. Sie ist keine von ihnen, hat aber trotzdem das Gefühl, hierhin zu gehören.

Denver, Frühjahr 1937. Jamie betritt das Zimmer, und Onkel Wallace, auf Kissen gestützt im Bett sitzend, schaut ihn verunsichert an.

»Ich bin es. Jamie. Ich wollte dich besuchen.«

Jetzt strahlt Wallace vor Freude. »Mein Junge. Wie schön.«

Jamie drückt Wallaces Hände, setzt sich auf die Bettkante, nimmt den süßlichen Geruch von Morphium wahr. »Wie geht es dir?«

»Ich stehe auf der Schwelle des Todes.« Wallace tätschelt Jamies Wange, die struppigen blonden Haare, die dort sprießen. »Aber du bist kein Junge mehr, mit deinem Bart. Es ist bestimmt ein Jahr her, seit ich dich gesehen habe – kann das sein?«

»Kann sein«, sagt Jamie. Sie haben sich seit über fünf Jahren nicht gesehen. Seit er einen zittrigen Säufer in den Zug nach Denver gesetzt hat.

»Und wo ist ... wo ist ...?«

»Marian ist in Alaska. Sie ist Pilotin.«

»Nur wegen ihr bin ich jetzt hier. Wegen ihr und ihrem Mann. Ist er auch in Alaska?«

»Er sitzt im Gefängnis.«

Wallace wirkt nicht überrascht. »Gut«, sagt er, aber sanftmütig, als hätte man ihm berichtet, dass draußen schönes Wetter ist.

Wallaces Haushälterin, mollig und matronenhaft, stößt die Tür mit ihrem Hinterteil auf, ein Tablett mit Kaffee und Kuchen in den Händen. »Dachte, Sie können nach der langen Reise sicher was Heißes zu trinken und einen Happen zu essen vertragen, Jamie.«

»Das ist mein Sohn Jamie.« Wallace tätschelt ihm den Arm.

»Ich kenne ihn schon«, erwidert sie. »Ich habe ihn reingelassen. Er ist dein Neffe.« An Jamie gerichtet: »Er bringt vieles durcheinander. Vor allem Namen und so was.«

»Ich bin nicht *durcheinander*«, brummt Wallace, doch als sie eine Tasse Wasser an seine Lippen führt, lächelt er und trinkt fügsam. Sie legt eine Hand auf seine Stirn, und Jamie fragt sich, in welchem Verhältnis sie zueinander stehen.

»Erzähl mir was«, sagt Wallace, nachdem sie gegangen ist. »Irgendwas. Sterben ist langweilig. Erheitere mich mit Geschichten, die sich außerhalb dieses Zimmers zugetragen haben.«

Jamie erzählt Wallace von der Hütte in den Bergen, in der er jetzt lebt, einen halben Tag Fußmarsch von der nächsten Siedlung entfernt. Er hat das Dach und den Boden des verlassenen Blockhauses ausgebessert, hat die Ritzen zwischen den Holzstämmen abgedichtet. Er hat einen Garten angelegt, hält sich ein paar Hühner wegen der Eier, geht im nahe gelegenen Fluss angeln, hat herausgefunden, wie man Gemüse einlegt und Fische räuchert und sich auf den Winter vorbereitet. »Weißt du noch, früher wollte ich nicht angeln gehen.«

»Ja.« Wallace nickt zögernd. »Wegen der Würmer, oder?«

»Mir haben die Fische leidgetan, nicht die Würmer. Das tun sie mir immer noch, aber ich habe mich damit abgefunden.«

Wallace nickt wieder. »Du musst so leben, wie du es für richtig hältst«, sagt er. »So habe ich es gemacht. Nur weil ihr Leben voller Entbehrungen war, haben sie jedes andere als anrüchig abgetan. Sie hielten jeden, der anders lebte, für anmaßend und unmoralisch.«

Jetzt ist Jamie durcheinander. »Wen meinst du?«

»Unsere Eltern, wen sonst? Das weißt du doch noch. Du warst wie ich.«

Wallace verwechselt ihn mit Addison. »War ich das?«, fragt Jamie.

»Natürlich. Wenn du nicht weggegangen wärst, hätte ich niemals den Mut dazu gehabt. Du wolltest unbedingt zur See.« Wallace tätschelt seine Hand. »Erzähl mir noch was.«

Jamie ist sich zwar nicht sicher, ob Wallace mit ihm oder Addison redet, aber er erzählt ihm im Tonfall einer witzigen Anekdote von den beiden Männern, die ihn in seiner Wohnung beinahe ertränkt hätten, und erwähnt auch, dass er sie zuerst für Handlanger von Barclay Macqueen gehalten hat, sich später aber herausstellte, dass Mr. Ayukawa sie geschickt hatte, weil seine Tochter mit einem Mann durchgebrannt war.

»Jeder hat mal Pech«, sagt Wallace. »Und dann?«

In den Bergen hat er wie besessen angefangen zu malen. Noch bevor er eine Matratze und einen funktionierenden Ofen hatte, stand er in der halb verfallenen Hütte und malte.

»Ich habe mir überlegt, dass ich die Krümmung der Erde in meinen Bildern darstellen will, und die Idee dann weiterentwickelt. Ich male Landschaften, die … na ja, gefaltet sind. Hast du mal gesehen, wie die Japaner Papier falten?« Auf Wallaces Nachttisch liegt ein Zeichenblock, und Jamie reißt eine Seite heraus, verkleinert sie zu einem Quadrat, faltet einen Kranich.

»Ein Vogel.« Wallace hält das fragile Gebilde zwischen zitternden Fingerkuppen. »Hat der Mann dir das Geld fürs Bild gegeben?«

Jamie war auf der Treppe vor Mr. Ayukawas Haus in schallendes Gelächter ausgebrochen. Er hatte sich auf den Knien abstützen und die Tränen wegwischen müssen. »Sie ist durchgebrannt?«, hatte er Mr. Ayukawa gefragt.

Zu Wallace sagt er: »Er hat mir mehr gegeben, als wir abgemacht hatten. Wahrscheinlich hatte er ein schlechtes Gewissen.«

»Gut«, sagt Wallace. »Gut.«

Fünf Tage später ist er tot. Es gibt ein Testament, das Haus in Missoula geht an Jamie und Marian. Begraben werden möchte er in Denver.

Jamie zögert den Brief an Marian hinaus, weil er sich ihr inzwischen seltsam entfremdet fühlt, und schreibt stattdessen an Caleb. Er bittet Caleb nicht, Marian in Alaska aufzusuchen, doch Caleb macht sich auch so auf den Weg.

»Wann warst du dem Tod am nächsten?«, fragt Marian. Sie und Caleb liegen in ihrem Bett in dem Häuschen kurz hinter Valdez. Er ist seit drei Nächten bei ihr; wie lange er bleiben will, weiß sie nicht.

Um die Rückkehr zu ihrem echten Namen zu feiern, hat sie sich ein Doppelbett gegönnt, und jetzt haben sie zusammen so viel Platz wie noch nie. Ausgestreckt auf dem

Rücken erwidert er: »Keine Ahnung. Wahrscheinlich *merkt* man so was gar nicht.«

»Hast du denn nie was erlebt, wovon dir nachträglich noch mulmig wird?«

»Nichts Konkretes.« Spaßhaft: »Um mir Angst zu machen, braucht es schon etwas mehr als den Tod.«

»Nachdem Trout gestorben war, bin ich nach Vancouver geflogen, weißt du noch?« Sie erzählt ihm vom Aussetzen des Motors, der Gletscherspalte, der Kälte. Damals habe sie das Gefühl gehabt, dem Tod nahe zu sein, erklärt sie, aber vermutlich sei sie ihm als Baby auf der sinkenden *Josephina* sehr viel näher gewesen. Sie hätte sterben können, ohne überhaupt zu wissen, was ein Schiff ist oder ein Meer oder ein Feuer. Sie hätte nicht gewusst, was der Tod ist.

Caleb sagt, er glaube, alle Lebewesen wüssten, was der Tod ist, zumindest wüssten sie so viel darüber, dass sie gegen ihn ankämpften.

»Vielleicht war ich ihm auch ein anderes Mal am nächsten«, sagt sie, »und habe es nicht mal gemerkt.«

Nachdem er ihr am ersten Tag von Wallaces Tod erzählt hatte und sie danach einen Spaziergang am Ufer gemacht und die Seelöwen und Weißkopfseeadler beobachtet hatten, hatte Marian ihn ins Bett gezogen. Seit Barclay war sie mit keinem Mann mehr zusammen gewesen, und die Erinnerung an ihn löste ein Gefühl von Panik und Klaustrophobie aus. Was Barclay ihr angetan hatte, erzählte sie Caleb nicht, aber er schien es ohnehin zu ahnen. Als er kam, schaute er ihr in die Augen, bot ihr seine Hilflosigkeit an. In der zweiten Nacht lief es besser, auch in der dritten, und in dieser, der vierten, glaubt sie fast, sie wäre in die Zeit vor Barclay zurückgekehrt, als sie und Caleb sich mit schlichter Dringlichkeit geliebt hatten. Fast.

Er ist breiter als in ihrer Erinnerung, solide, ein Mann.

Leicht gereizt sagt er: »Man darf nicht an all das denken, was hätte geschehen können, aber nicht geschehen ist.« Im selben schroffen Ton, an die Decke gerichtet: »Doch, mir ist mal was passiert, als ich noch ein Kind war. Gilda hatte einen Mann bei sich. Sonst habe ich sie immer ausgeblendet, aber in der Nacht konnte ich ihre Geräusche nicht ertragen. Deshalb bin ich zu euch gegangen, obwohl es heftig geschneit hat. Eigentlich hatte ich keine Angst, den Weg nicht zu finden, aber der Schnee wurde immer höher. Ich habe den Boden nicht mehr gesehen, konnte mich nicht orientieren. Eigentlich habe ich gar nichts mehr gesehen. Es hat gestürmt. Ich bin viel zu weit gegangen, wollte mir aber nicht eingestehen, dass ich mich verlaufen hatte, obwohl das natürlich auch nichts geändert hätte. Ich habe mich hingesetzt, dabei wusste ich, dass ich das nicht tun darf.« Er redet nicht weiter.

Sie muss an die Geschichte denken, die ihr Barclay erzählt hatte, über die Nacht nach ihrer ersten Begegnung, als er sich betrunken in den Schnee gelegt hatte. »Und dann?«

»Ich bin nicht gestorben.«

»Nun erzähl schon zu Ende.«

»Du kannst es dir vorstellen. Mir war entsetzlich kalt. Und ich habe mich gefragt, ob ich es ertrage, weiter bei Gilda zu wohnen. Keine Ahnung, was ich mir überlegt habe, aber irgendwann bin ich aufgestanden und noch ein Stück gegangen und habe plötzlich die Lichter von eurem Haus gesehen, gar nicht weit weg. Ich bin durch die Küchentür rein und habe so getan, als wäre ich nicht halb erfroren, aber Berit konnte ich nicht täuschen.«

Marian richtet sich auf einem Ellbogen auf. »Daran kann ich mich erinnern! Ich hatte es ganz vergessen. Ist das die Geschichte dazu? Ich weiß noch, du bist reingekommen und warst ganz blau im Gesicht. Berit hat dich sofort ins Badezimmer geschleust. Ich habe an der Tür gelauscht und gehört, wie du in der Wanne geweint hast.«

Er verzieht das Gesicht. »Meine Hände und Füße waren taub vor Kälte. Sie wieder aufzuwärmen, tat wahnsinnig weh. Berit hat mich gefragt, was ich draußen wollte, und ich habe ihr erzählt, ich hätte Wölfe vor unserem Haus gehört und wäre rausgegangen, um sie zu jagen. Sonst wollte sie von meinen wilden Geschichten nichts wissen, aber diesmal hat sie mitgespielt. Sie hat gefragt, ob ich einen erwischt hätte. Sie saß neben der Wanne und hat meinem Geplapper zugehört, während ich aufgetaut bin. Es tat so weh, ich habe die ganze Zeit geweint.«

»Die gute alte Berit.«

Er nickt. »Danach war mir das, was Gilda gemacht hat, im Grunde egal. Ich fühlte mich, keine Ahnung ... stärker. Als wäre mir mit einem Mal aufgegangen, dass ich mir mein Schicksal selbst aussuchen kann.«

»Ich glaube, ich weiß, was du meinst.«

Sie erzählt ihm von dem Kampf, den sie mit Barclay um ihren Bauch ausgefochten hat, von den Attacken, die sie aushalten musste. »Um ihn verlassen zu können, war ein Schock nötig – dass ich schwanger war, hat mich stärker gemacht.«

Er dreht sich zu ihr, küsst ihre Armbeuge, und als er den Kopf hebt, ist sein Gesicht von Wut verzerrt. »Früher habe ich ihn nur gehasst, jetzt möchte ich ihn umbringen.«

»Es gibt Schlimmeres.«

»Darum geht es nicht.«

»Es ist vorbei.«

»Nicht ganz. Du hast dich verändert.«

»Du nicht.« Sie lächeln beide. »Ich kann es immer noch

nicht fassen, dass ich Wallace niemals wiedersehen werde«, sagt sie dann.

»Hast du ihm verziehen?«

»Ich glaube ja. Barclay hätte immer einen Weg gefunden.«

Caleb schneidet eine Grimasse. »Er hat mir einen Brief geschickt, den ich dir geben soll. Dass ich dein Postbote bin, weiß anscheinend jeder.«

»Ein Brief von Wallace?« Sie fragt sich, warum er so lange damit gewartet hat.

»Nein, von Barclay.« Caleb steigt aus dem Bett, wühlt in seinem Rucksack, wirft ihr einen verschlossenen Umschlag hin.

Marian –

ich habe keine Ahnung, wo Du bist, und werde mit dieser Ungewissheit leben müssen. Diese Ungewissheit ist eine Form der Buße, die ich mir auferlegen kann und die Du, das weiß ich, von mir verlangen wirst. Falls Du die Schwere meines Opfers in Zweifel ziehst, sollst Du wissen, dass es mein schönster Traum ist, diese Mauern eines Tages als freier Mann zu verlassen, Dich aufzusuchen und um Vergebung zu bitten. Ohne Deine Vergebung werde ich mich nicht richtig frei fühlen, und es daher auch niemals wieder sein.

Du denkst vermutlich, dass ich mehr will – dass mir Deine Vergebung nicht genügen wird, dass ich weiter drängen, mir Deine Liebe zurückerobern und so sein werde wie zuvor: zu leidenschaftlich und gegen Deine Mauern anrennend, bis ich zerschmettert bin und wir beide mich nicht mehr wiedererkennen. Früher habe ich geglaubt, wenn Du Dich mir nur öffnen und das, was zwischen uns war, annehmen würdest, dann wären wir beide glücklicher. Ich war der Gefangene meiner eigenen Gewissheit. Ich habe nicht begreifen können, dass Offenheit für Dich dasselbe ist wie eine Niederlage. Du hast immer gesagt, dass der Mensch, der Du warst, als Du mich verführt hast, nicht der Mensch ist, den ich mir als Frau wünsche. Die Anziehungskraft, die Du auf mich ausübst, ist enorm, Marian, sie hat mein Inneres nach außen gekehrt. Ich bereue, was ich getan habe, während ich mich unter diesen Qualen gewunden habe. Ich will Dir nicht die Schuld daran geben, sondern biete Dir meine Qualen als Erklärung an. Ich habe es verdient, noch länger zu leiden, das weiß ich. Ich bin nicht froh, dass wir kein Kind haben, aber mir ist bewusst, dass hier wohl eine höhere Vernunft am Werk war.

Fürs Erste werde ich es dabei belassen, Marian. Eine Antwort erwarte ich nicht, auch wenn ich mich danach sehne. Deine Vergebung setze ich nicht voraus, aber ich werde auch weiterhin hoffen, dass ich Dich eines Tages wiedersehe und persönlich darum bitten kann.

Barclay

PS: Vielleicht hast Du es schon gehört, Sadler und Kate haben geheiratet. Überrascht Dich das? Mich hat es überrascht. Ich wünsche ihnen mehr Glück, als wir zusammengefunden haben.

Einen Augenblick sitzt Marian reglos da, den Brief in ihrem Schoß. Ihr Blick fällt noch einmal auf das Wort *leidenschaftlich*, und sie springt vom Bett auf und wirft die Blätter in den Ofen.

Nach Calebs Abreise fühlt sich Marian in Alaska zum ersten Mal einsam. Der menschenleere Kreis, den sie um sich gezogen hat, scheint nicht länger einen Schutzraum, sondern verbrannte Erde einzuhegen. In den schlaflosen Nächten denkt sie an Caleb, manchmal auch an Barclay, an den Mann, der er vor seiner Verwandlung war. (Eine Verwandlung, die ihrem Gefühl nach stattgefunden hat, als er ihrem Leib das Diaphragma entrissen hat.) Sie berührt sich selbst, denkt dabei häufiger an Barclay als an Caleb, und schämt sich hinterher dafür.

Um es einmal auszuprobieren, schläft sie mit einem Mann und danach mit einigen anderen, nur solchen, denen sie vermutlich nie wieder begegnen wird oder aus dem Weg gehen kann: kein Pilot, kein Bergmann, niemand aus Valdez. Ein Schiffsbauer aus Seward, ein Zeitungsmann aus Anchorage, ein kanadischer Geologe auf der Durchreise. In Alaska herrscht ein Überangebot an Männern. Von jeder Begegnung nimmt sie einen kleinen Vorrat an Bildern mit, die sie auf die Erinnerungen an Barclay häuft wie Erde auf ein Grab: das Gesicht eines Fremden, verzerrt von konzentrierter Anspannung, den festen Druck von Händen auf ihren Hüften, geflüsterte Wörter. Sie fragt sich, welche Bilder die Männer von ihr mitnehmen, welche Erinnerungen sie in einsamen Stunden heraufbeschwören.

Endlich schreibt Jamie:

Liebe Marian,

wie ich weiß, hat Caleb Dir die traurige Nachricht überbracht. Bitte entschuldige, dass ich Dir nicht früher geschrieben habe. Das Schweigen zwischen uns herrscht schon so lange, dass es mir unmöglich erschien, es zu brechen. Seit Wallaces Beerdigung bin ich niedergeschlagen, deprimiert. Hauptsächlich trauere ich um unseren Onkel, aber wohl auch um die Vergangenheit. Ich habe Wallace noch erzählt, dass Du in Alaska lebst und Pilotin bist, was ihn nicht zu überraschen schien, aber, um ehrlich zu sein, er war ohnehin leicht verwirrt. Ich habe versucht, mich wieder ganz der Malerei zu widmen – seit ich Vancouver verlassen habe, ist sie meine einzige Gefährtin – und bin dazu übergegangen, Wallaces Bilder nachzumalen, so wie ich sie in Erinnerung habe; Landschaften, die ich seit Jahren nicht gesehen und nur noch vage vor Augen habe. Ich versuche, sie zu reproduzieren und dabei die Verzerrung durch die Zeit einzufangen.

Aus Marians Antwort: *Das Schweigen war zu lang. Wir sollten uns fürs Erste nicht mit dem aufhalten, was wir verpasst haben, sondern mit dem Heute neu beginnen.*

Im Juli stehen Amelia Earhart und ihr Navigator Fred Noonan kurz vor der Vollendung ihres Vorhabens, den über vierzigtausend Kilometer messenden äquatorialen Großkreis als Erste in einem Flugzeug zu umrunden. Sie starten von Lae in Papua-Neuguinea und steuern die Howlandinsel an, ein viertausend Kilometer entferntes Atoll. Sie kommen nie an. Jahrzehntelang werden die Leute glauben, sie wäre noch am Leben und hätte sich nach ihrem letzten Funkspruch auf eine abenteuerliche Irrfahrt begeben. Mit ziemlicher Sicherheit ging ihr aber der Treibstoff aus, sie stürzte ins Meer und starb.

Im Januar 1938 sind über Europa spektakuläre Polarlichter zu beobachten. Es beginnt mit einem grünen Leuchten am Horizont, dann verbindet jemand die Sterne mit einem

Gänsekiel, rote Tinte blutet aufwärts, schlägt einen Bogen aus pulsierendem Purpur, der sich orange auffedert und erlischt. London brennt, sagen die Menschen, die in Großbritannien zum Himmel schauen. In den Alpen jagen Feuerwehrleute funkelnde Reflexionen auf dem Schnee. Überall auf dem Kontinent rufen die Leute die Polizei und fragen: *Haben wir Krieg? Brennt es?* Noch nicht. Es ist nur ein Sonnensturm. In der Atmosphäre prallen hochenergetische Teilchen der Sonne auf Gasmoleküle. In Holland werden die Polarlichter von den Massen, die sich in Erwartung der Geburt eines königlichen Babys auf der Straße versammelt haben, als gutes Omen gefeiert. Auf der anderen Seite des Atlantiks, auf den Bermudas, hält man das rote Flackern für ein auf See brennendes Schiff.

In Kanada nimmt Jamie die Polarlichter ebenfalls als Omen und macht etwas, das er sich schon länger überlegt hat. Er trägt die Ausbeute aus sechs Monaten Arbeit nach draußen, schichtet die Erinnerungen an Wallaces Gemälde im Schnee zu einem ordentlichen Scheiterhaufen auf, bespritzt ihn mit Kerosin und wirft ein Streichholz darauf. Die Farbe bekommt Pusteln und Blasen; schwarzrandige Löcher breiten sich aus, zersetzen die Leinwände. Während Jamie mit einem Stock das Feuer schürt, überkommt ihn Reue, gleichzeitig fühlt er sich befreit. Die Bilder waren nichts Halbes und nichts Ganzes. Er hat sie nur aus dem Grund malen müssen, um sie hinterher zerstören zu können.

Bei seinem nächsten Besuch in der Stadt erwartet ihn ein Telegramm von Flavian. Eine seiner Landschaften hat einen Kunstwettbewerb gewonnen und soll in die Sammlung des Seattle Art Museum aufgenommen werden. Flavian bittet ihn um Entschuldigung, weil er das Bild eigenmächtig für die Ausstellung eingereicht hat. Und er fragt an, ob Jamie neue Arbeiten für seine Galerie hat. Außerdem wird Jamie im nächsten Monat in Seattle zur Preisverleihung erwartet.

Ein furchtbarer Sturm über Cordova. Marian muss über Nacht in der Stadt bleiben und lernt eine Frau kennen, etwas älter als sie selbst, gut gekleidet, unverheiratete Erbin eines mit Konservenfabriken erworbenen Vermögens. Die Frau schlägt ihr vor, sich in dem mit anderen Gestrandeten überbelegten Hotel ein Zimmer zu teilen. Natürlich gibt es nur ein Bett. Als sie nach einem guten Abendessen, mit zwei, drei Gläsern Wein, unter der Decke liegen, bietet die Frau an, Marian den Rücken zu kratzen, spricht aber so leise, dass Marian so tun könnte, als hätte sie es nicht gehört. Aber sie sagt *meinetwegen*, legt sich auf den Bauch und zieht ihr Hemd hoch.

Fingerkuppen wandern an ihrem Rücken herunter. Ganz unten in Marians Bauch verlagert sich ein Gewicht. Dass eine Frau dieses Gefühl auslösen kann, ist ihr nie in den Sinn gekommen; die Berührung ist so leicht, so versiert, dass Marian sich fragt, was sonst noch möglich sein könnte. Sie dreht sich auf den Rücken, und die sanften Finger streichen über ihre Rippen. Die Lippen der Frau berühren Marians Brustbein mit einer Behutsamkeit, als würde sie den Mund zu einer Teetasse aus feinstem Porzellan führen. Marian trägt eine weiße Männerunterhose, hebt die Hüften und streift sie ab.

Die ganze Zeit über berührt oder küsst sie selbst die Frau nicht. Sie bleibt passiv, nicht unterwürfig, aber unbeteiligt, fast hoheitsvoll, bis sich ihre Schenkel zitternd um den Kopf der Frau schließen. Danach dreht sie sich um, schiebt die wartende, fragende Hand der Frau von ihrer Hüfte und schläft ein.

In Valdez wartet bei ihrer Rückkehr bereits ein Brief von Caleb, dem Barclay ein Schreiben hinzugefügt hat. Diesen Umschlag wirft sie ungeöffnet ins Feuer. Eine Zeit lang denkt sie nachts häufiger an die Frau als an irgendwen sonst.

Im Radio hört Marian von der Kristallnacht, doch ihr Grauen wird durch die Entfernung abgeschwächt. Alles kommt ihr weit weg vor, bis auf die Berge, Minen, Gletscher.

Charles Lindbergh reist nach Deutschland, nimmt von Hermann Görig einen Orden entgegen. Eine Kamera blitzt.

Als er im April 1939 in die Vereinigten Staaten zurückkehrt, ist Lindbergh nicht länger der große Held, die Presse nennt ihn gar ein Sprachrohr der Deutschen, einen Abwiegler. Amerika, da ist sich Lindbergh sicher, muss sich aus einem Krieg heraushalten. »Wir müssen uns verbünden«, schreibt er im *Reader's Digest*, »um diesen unbezahlbaren Schatz zu bewahren: das europäische Blut, unser gemeinsames Erbe.«

Er selbst hält sich für unvoreingenommen, glaubt, er sei mit höherer Urteilskraft gesegnet. Und wenn Lindbergh etwas glaubt, dann muss es auch wahr sein, glaubt Lindbergh. Er hält Ansprachen im Radio, tritt öffentlich auf, zieht die Massen an, füllt den Madison Square Garden und andere Arenen mit Tausenden von Menschen, die nicht schon wieder Krieg führen wollen, aber auch mit Nazisympathisanten, Faschisten und Antisemiten (die die anderen geflissentlich übersehen).

Ein Abstecher in die Zukunft: Nach Pearl Harbor hält Lindbergh den Mund. Er bewirbt sich bei Pan Am und Curtiss-Wright, die ihn beide sofort nehmen würden, das Angebot nach Intervention des Weißen Hauses aber zurückziehen. Schließlich überredet er die Marines, ihn als

Beobachter in den Südpazifik, an die Front zu schicken. Er wird bei Aufklärungs- und Rettungsflügen eingesetzt, schießt auf japanische Flugzeuge, obwohl er das eigentlich nicht soll, entwickelt Methoden, um spritsparend zu fliegen und die Reichweite der Bomber zu vergrößern. Er macht sich nützlich. Sein Ruf ist einigermaßen wiederhergestellt, aber so wie früher wird es nie wieder sein.

Nach dem Krieg bröckelt seine Ehe, zerbricht aber nicht. Anne schreibt Bücher, leidet darunter, dass er sie und die Kinder herumkommandieren will, wenn er zu Hause ist, was nicht oft der Fall ist. Er hat drei deutsche Geliebte, bekommt mit ihnen sieben Kinder. Will er die Welt mit kleinen Lindberghs neu bevölkern? Er ermahnt seine Kinder immer wieder, bei der Wahl ihrer Partner auf die Gene zu achten.

In seinen Sechzigern beschließt er, sich für bedrohte Arten und indigene Völker einzusetzen. Er ist besessen von der Idee eines drohenden Nuklearkriegs. Dank seiner Hilfe ist die Welt geschrumpft, aber er wünscht sich, sie wäre es nicht.

Als eine Saturn-V-Rakete startet, um die Astronauten der *Apollo 11* zum Mond zu bringen, steht Lindbergh in Florida und schaut dem kleiner werdenden Feuerschein hinterher. In den ersten Sekunden verbrennt die Rakete mehr Treibstoff, als die *Spirit of St. Louis* für die gesamte Strecke von New York nach Paris benötigt hatte.

1974 stirbt Lindbergh auf Maui. Einbalsamiert möchte er nicht werden, wählt stattdessen Kleidungsstücke aus Baumwolle, die in der Erde schnell verrotten. Für seine Beerdigung wünscht er sich hawaiianische Hymnen. Er verfügt, dass in seinem von Lavasteinen gerahmten Grab noch Platz für Anne bleibt, doch fast drei Jahrzehnte später ist ihr Wunsch, eingeäschert und anderswo verstreut zu werden.

Flavian reiste persönlich an, um Jamie aus den Bergen zu holen und zur Preisverleihung ins Seattle Art Museum zu bringen. Jamie ließ die Veranstaltung mit innerer Anspannung über sich ergehen, weil er so viele Menschen nicht gewohnt war und zudem nervös nach Mitgliedern der Familie Fahey Ausschau hielt. Keines ließ sich blicken, aber die von ihm auf dem Dachboden entdeckten Turner-Aquarelle waren ausgestellt, arrangiert in einer lichten Reihe an einer ansonsten leeren Wand, mit einer kleinen Tafel darunter: LEIHGABE DER SAMMLUNG FAHEY. Eigentlich sind es nur farbige Flächen auf angerautem Papier, trotzdem enthalten sie die Unendlichkeit des Meeres, des Himmels, des Raums.

Eine der vielen Hände, die er schüttelte, gehörte einem Mann, der für das Public Works of Art Project arbeitete. Warum Jamie nicht an dem staatlichen Förderprojekt teilnehme, wollte er wissen. Es sei dafür gedacht, Künstler in Lohn und Brot zu bringen. Die Bibliothek in Bellingham solle ein Wandgemälde bekommen. Wäre das etwas für Jamie?

Ja, sagte er, doch Flavian war nicht sonderlich erfreut, ihm wäre es lieber gewesen, Jamie würde Leinwände bemalen, die er verkaufen konnte, und *bitte, Jamie, bitte keine Bilder mehr verbrennen, wenigstens nicht, ohne sie mir vorher zu zeigen.*

Doch Jamie gefiel die Vorstellung, etwas zu malen, das an einen Ort gebunden ist. Er verriegelte seine Hütte in den Bergen, rasierte sich den Bart ab und kehrte in seinen Heimatstaat zurück. Nach Fertigstellung des Wandgemäldes in Bellingham schickte ihn das PWAP nach Orcas Island, damit er ein Wandgemälde für das Postamt anfertigte. In einer der ersten Wochen des Jahres 1939 sitzt er nun in einem Zug nach Vancouver, wo er mit Marian verabredet ist. Das

Wiedersehen ist längst überfällig, aber sie will nicht über die Grenze. Noch nicht. Er trägt einen schwarzen Mantel über grauem Kammgarnanzug und kann es kaum erwarten, die Stadt zu besuchen, aus der er einst panisch geflüchtet war.

Marian hat zwei Ersatzkanister Treibstoff in den Frachtraum ihres Flugzeugs geladen, sich für den Flug von Valdez drei Tage Zeit gelassen und vier Zwischenstopps eingelegt. Fast die gesamte Strecke ist sie entlang der Küstenlinie des Kontinents geflogen, schneebedeckte Gipfel zu ihrer Linken. Auf dem ereignislosen Flug hat sie sich trotz ständiger Konzentration gelangweilt, allerdings musste sie das Vorüberziehen einer Schlechtwetterfront abwarten und hatte beim Fliegen gelegentlich das Gefühl, hinter dem regelmäßigen Surren des Motors das Aussetzen und Husten von Barclays Stearman zu vernehmen.

Bei ihrer Ankunft im Hotel hat der Mann am Empfang ihre Kleidung kritisch gemustert, aber sie hat das Kinn gehoben und ihm ihr Geld hingehalten (Schmierölreste unter den Nägeln). Mit Jamie hatte sie vereinbart, dass er das Hotel aussucht, sie aber die Zimmer bezahlt. Darauf hatte sie bestanden. Er hat nicht viel Geld, sie verdient gut. Im Hotel hat sie ein Bad genommen und sich, so gut es ging und soweit sie willens war, gesäubert. Selbst wenn sie ein Kleid hätte anziehen wollen, sie hätte keines mehr besessen. Einen Lippenstift besitzt sie, andere Schminke nicht. Ihr Gesicht ist dicht übersät mit Sommersprossen, das Haar schlecht gestutzt wie immer. Sie zieht ein frisches Hemd und eine saubere Hose an, poliert ihre Stiefel mit einem Hotelhandtuch und kneift sich in die Wangen. Wenn Jamie sie anschaut, soll er eine erfahrene Buschpilotin sehen, die sich sechs Jahre lang in einem rauen Land behauptet hat, soll beeindruckt sein von ihrem Durchhaltevermögen und glauben, sie habe eine solche Kompetenz errungen, dass sie jede Herausforderung mit Leichtigkeit meistert. Aus diesem Grund hat sie die Rüstung aus Stiefeln, Hose und Fliegerjacke angelegt, wenn auch mit leichtem Bedauern, denn sie möchte auch, dass er seine Schwester hübsch findet. Sie kann nur hoffen, dass sie auf ihn nicht wunderlich wirkt.

Die Hände in den Taschen steht er neben dem Kamin in der Lobby und dreht sich um, als sie die Treppe herunterkommt. Verwundert wirkt er nicht, nur glücklich. Sie ist diejenige, die überrascht ist. Er ist erwachsen, ein Mann, was sonst? Er ist noch genauso blond und sommersprossig wie sie, doch seine Haare sind perfekt geschnitten und nach der Mode pomadisiert. Selbst in der winzigen Bewegung, mit der er sich ihr zuwendet, liegt ein neues, in sich ruhendes Selbstbewusstsein. »Siehst du immer so schick aus?«, fragt sie, als er sie umarmt und ihr auf den Rücken klopft.

»Nur wenn ich jemanden beeindrucken will.« Er hält sie von sich weg, betrachtet sie. »Vom Anpassen hältst du immer noch nichts.«

»Schämst du dich für mich?«

Er hält ihr seinen Arm hin. »Niemals.«

Sie gehen ins Restaurant, ihre Schritte gleich lang. Am Anfang benehmen sie sich etwas steif, wissen nicht, wie sie die vergangenen Jahre wegmeißeln können. Sie reden über Wallace, das Haus, überlegen, was sie damit anstellen sollen. Jamie, beschließen sie, wird nach Missoula fahren und es verkaufen, einen Lagerplatz für alles Bewahrenswerte (Addisons Bücher und Andenken, Wallaces Gemälde) suchen und den Rest ebenfalls verkaufen. Der alte Fiddler ist tot, aber für die Hunde wird Jamie ein neues Zuhause suchen. Keiner von beiden kann sich vorstellen, jemals wieder in Missoula zu leben. Jamie ist überzeugt, dass es zum Krieg kommen wird, mit echter Wonne zeichnet er ein düsteres Zukunftsszenario, obwohl er sich im Grunde seines Herzens nicht vorstellen kann, dass die Menschen so dumm sein werden. Selbst jemand wie Hitler – wie kann er einen neuen Krieg wollen? Wie kann irgendjemand das wollen? Jamie begreift das Konzept nicht, die Vorstellung, dass Menschen sich massenweise gegenseitig töten müssen, bis irgendwer irgendwann irgendwo beschließt, dass sie wieder damit aufhören sollen.

Marian weiß darauf keine Antwort. In ihrer Welt kommen so wenige Menschen vor, sie kann sich nicht vorstellen, dass sich jemals genug für einen Krieg zusammenfinden werden. Wenn sie an die unermessliche, menschenlose Weite des Nordens denkt, kommt ihr die Idee des Krieges absurd und sinnlos vor.

Sie essen in einem Chop-Suey-Restaurant, das Jamie noch von damals kennt, ein dämmriger, enger Raum mit flaschengrünen Sitzecken und Hängelampen. Die Kellnerin bringt Bier und Schalen mit Eierflockensuppe, doch Jamie lässt seinen Löffel auf der Untertasse liegen. »Hast du das von Barclay gehört?«

Marian blickt auf. »Ist er frei?«

»Er war es.« Jamie zögert. »Aber das ist nicht alles.« Er räuspert sich. »Barclay ist tot.«

Die Nachricht schlägt auf sie ein wie eine Sturmböe. Ein Pfeifen in ihren Ohren. Jamie redet weiter. »Es stand in der Zeitung. Ich dachte, du hast es vielleicht gelesen. Kurz nach seiner Entlassung ist er im Auto von der Ranch nach Kalispell gefahren, allein, aber irgendwer muss es gewusst und ihm aufgelauert haben. Es war ein präziser Schuss aus der Ferne.«

Sie stützt sich am Tisch ab, umklammert die Kante. Als

sie sich dessen bewusst wird, zieht sie die Hände weg, trinkt einen Schluck Bier. »Wann?«

»Letzte Woche erst. Laut Caleb glauben alle, dass es Sadler war, weil er und Barclays Schwester sich daran gewöhnt hatten, die alleinigen Herrscher in seinem Reich zu sein. Die Polizei scheint nicht sonderlich an den Ermittlungen interessiert zu sein, ich bin mir auch nicht sicher, ob es viel zu ermitteln gibt. Niemand hat was gesehen. Sadler hat offenbar ein Alibi. In der Zeitung hieß es, Barclay wäre bei seinem Tod völlig mittellos gewesen. Nach außen hin zumindest. Du wurdest in dem Artikel auch erwähnt, aber nicht namentlich. Hat wahrscheinlich Sadler eingefädelt. Es hieß nur, niemand wisse, wo seine Frau sich aufhält. Er hat ein Testament hinterlassen, aber ich nehme mal an, du kommst nicht darin vor.«

Marians Hand zittert, als sie den Löffel in die Suppe taucht und die zähflüssige Brühe über den Rand rinnt. Was empfindet sie? Da sowohl Hitze als auch Kälte brennen können, lässt sich die starke Gefühlsregung nicht eindeutig zuordnen. Vermutlich steht sie unter Schock. Sie hebt den Löffel, die Suppe verbrennt ihr den Mund. Jamie klopft ihr unter dem Tisch aufs Knie, sagt nichts. Sie wischt sich mit einer Serviette über die Wangen, schüttelt den Kopf. »Aufhören«, sagt sie und meint die Tränen.

Barclay wird nie in Alaska auftauchen. Er wird nirgendwo mehr auftauchen. Seinen letzten Brief hat sie ungeöffnet ins Feuer geworfen. Doch was hätte schon darin stehen können? Hätte sie ihm nach seinem ersten Brief schreiben sollen, dass sie ihm verzeihen würde, sofern er sie vergessen und für immer in Ruhe lassen würde? Hätte das irgendetwas geändert? Hätte sie es anders gewollt? Kann man gleichzeitig Trauer und Freude empfinden?

»Warum hätten sie ihn umbringen sollen?«, fragt sie

heiser, weil die Suppe ihre Kehle verbrannt hat. »Alles war doch sowieso schon auf ihren Namen eingetragen.« Sie fragt sich, ob Sadler und Kate einander lieben. Hatten sie das die ganze Zeit über? Marian hatte nie etwas mitbekommen, aber vielleicht hatte Kate das gemeint, als sie angedeutet hatte, sie sei keine alte Jungfer. Aber eigentlich ist es ihr auch egal. Kate und Sadler sind für sie nicht mehr als Figuren aus einem Buch, das sie vor langer Zeit gelesen hat. Sie haben keine Auswirkungen auf ihr Leben. Sie werden nicht nach ihr suchen.

»Ich kann mir das Ganze auch nicht erklären«, sagt Jamie.

»Du sagst, es fiel nur ein einziger Schuss? Und Barclay ist gefahren – er hatte nicht zufällig gerade angehalten?«

»So sieht es aus.«

»Sadler war kein guter Schütze.«

»Vielleicht hat er Glück gehabt.«

»Sadler ist niemand, der sich auf sein Glück verlässt.«

Sie schauen sich fragend an.

Die Kellnerin bringt einen Teller Bratnudeln mit Schweinefleisch, eine Schüssel grüne Bohnen mit Soße. »Als Caleb bei mir in Alaska war«, sagt Marian zögernd, »habe ich ihm ein, zwei Sachen von Barclay erzählt. Sachen, die ich noch niemandem erzählt hatte. Caleb hat sich darüber sehr aufgeregt.«

Wieder schauen sie sich an. »Wir dürfen nicht in diese Richtung denken«, sagt Jamie.

»Dass er tot ist, tut mir nicht leid. Nur hatte ich immer geglaubt, ich würde ihn eines Tages wiedersehen. Damit wir reinen Tisch machen können.«

»Ich weiß.«

»Ich habe geglaubt, solange er mich nicht freigibt, würde ich mich auch nicht frei fühlen.«

»Ich weiß.«

»Manchmal fühle ich mich immer noch nicht frei.«

»Aber das bist du. Seit Langem schon. Du stehst nur unter Schock.«

»Nein, ich meine, was ich sage. Ich bin *froh*, dass er tot ist.«

»Ich auch. Wirst du mir das, was du Caleb anvertraut hast, auch erzählen?«

»Vielleicht später. Erst brauche ich noch was zu trinken.«

»In Vancouver«, sagt er, »kamen einmal mitten in der Nacht zwei Männer in meine Wohnung und haben mich in die Mangel genommen. Sie wollten von mir wissen, wo ›sie‹ abgeblieben ist. Ich dachte, es wären Barclays Schläger, und sie hätten dich gesucht. In Wahrheit waren es *andere* Schläger, die eine *andere* Frau gesucht haben. Es war vollkommen absurd. Als wäre ich Wallace und so viele Schläger wären hinter mir her, dass ich den Überblick verloren habe.« Er lacht.

Marian ist entsetzt. »Bist du deshalb aus Vancouver abgehauen?«

»Das war mit ein Grund. Außerdem gab es noch zwei Frauen, die meine Gefühle verletzt hatten.«

»Das musst du mir erzählen.«

Nach dem Essen führt er sie ein paar Blocks weiter in eine Kneipe. Kalter Nebel hängt in der Luft. Später wollen seine alten Freunde aus dem Boar Bristle Club zu ihnen stoßen. Eine Straßenbahn rattert vorbei. »Glaubst du, dass du noch mal heiratest?«, fragt er.

»Nein.«

»Ich dachte, du und Caleb, eines Tages vielleicht.«

»Nein. Kannst du dir das vorstellen? Zwei Falken in einem Käfig.«

Hinter den Lücken zwischen den Häusern: ein Ausschnitt Hafen, Lichter von Schiffen. Sie stellt sich vor, wie Caleb zwischen Bäumen steht, das Gewehr im Anschlag, die Straße darunter im Blick, geduldig wartend.

Einmal fallen, für immer fallen

Fünfzehn

Wenn dir jemand in einem dunklen Flur auflauert und nach deiner Nummer fragt, erwartest du, dass man dich anruft. Doch ich hörte nichts von Adelaide Scott.

Ich war nicht mehr Katerina, aber immer noch vertraglich verpflichtet, zu einer Nerd-Convention nach Las Vegas zu fahren, meinen letzten *Archangel*-Film zu promoten, Autogramme zu geben und mit Oliver auf einem Podium zu sitzen und Fragen zu beantworten, obwohl ich ihn nach der Nacht mit Jones Cohen weder gesehen noch gesprochen hatte. Mein vertraglich vereinbarter Jet holte mich in Burbank ab. Meine vertraglich vereinbarte Gemüseplatte wartete zusammen mit meiner eigens gewünschten Flasche Dom. M. G. schlief ein, noch bevor wir abgehoben hatten, wovor sollte er mich in einem Flugzeug auch beschützen? Augustina spielte am Handy. Der Jet warf sich in die Nacht hinauf.

Ich aß ein halbes Cannabis-Gummibärchen und trank etwas Champagner. Es war mein erster Flug seit der Flugstunde, und ich hatte befürchtet, der Schwindel könne wiederkehren, der schreckliche Sog nach unten, doch das war nicht der Fall. Ich blätterte wieder in Marians Buch. Wann immer ich es aufschlug, überkam mich das gleiche Gefühl wie als Kind, dass sich etwas darin verbarg. Jeder hatte seine eigene Vorstellung, wie der Film *Peregrine* werden sollte, wie man Marians völlig unwissbare Existenz am besten zu einem säuberlichen Unterhaltungspellet presste, und da dachte ich mir, ich sollte auch eine haben. Adelaide Scott hatte gesagt, es sei ebenso nützlich, zu wissen, was man nicht wolle, wie was man wolle. Für mich zumindest stand fest, dass der Film weder von frecher Frauenpower noch von einer Frau handeln sollte, die sich zu viel vorgenommen hatte. Ein Absatz sprang mir ins Auge:

> Mein Bruder, ein Künstler, sagte, er wolle in seinen Bildern ein Gefühl unendlichen Raums vermitteln. Er wusste, dass dies unmöglich war, denn selbst wenn eine Leinwand ein solches Konzept fassen könnte, scheint unser Verstand unfähig, es zu begreifen. Aber er sagte, er glaube zumeist, dass eine unerreichbare Absicht die wertvollste sei. Mein Flug hat ein einfaches und, wie ich glaube, erreichbares Ziel, doch diese Absicht ist aus meinem eigenen, von Natur aus unerreichbaren Wunsch entstanden, das Ausmaß des Planeten zu verstehen, so viel zu sehen wie nur möglich. Ich möchte mein Leben an den Dimensionen des Planeten messen.

War es schlimm, Marian zu komprimieren? Eine Verkürzung war unvermeidlich. Man muss sich für eine Version entscheiden, selbst wenn die Realität sie zwergenhaft erscheinen lässt so wie ein Planet das Leben.

Unter uns war pure Dunkelheit, nur in der Ferne schwebten Lichtfetzen und stecknadelkleine Scheinwerfer, die wie Tautropfen in einem Spinnennetz über der I-15 hingen. Irgendwann setzen wir über einer hellen, mandarinenfarbenen Stadt zum Landeanflug an, die über der leeren schwarzen Wüste hing. Ich konnte den Strip mit seinem Schloss, der Pyramide, den Springbrunnen und dem gewaltigen Riesenrad erkennen, eine Reihe glänzender Hotelblöcke, die wie gigantische, in Folie gewickelte Bonbons aussahen.

Auf dem Rollfeld wartete ein schwarzer SUV. Auf dem Weg ins Hotel ging Augustina den Zeitplan mit mir durch. Interviews am Vormittag, nachmittags eine Podiumsdiskussion mit Oliver, dem Regisseur und einigen anderen Schauspielern, gefolgt von der Vorstellung des neuen Trailers, einem VIP-Meet-and-Greet und einem Wiedergutmachungs-Essen mit Regisseur und Studioleuten. Durchs Fenster blinkte und blitzte die Stadt wie ein verkleidetes Raumschiff.

»Ist Oliver schon da?«, fragte ich und fummelte an meinem Handy herum.

»Ja«, sagte sie. »Soll ich –«

»Nein.«

Wir betraten das Hotel durch eine Geheimtür für High Roller und Promis und fuhren mit einem Geheimaufzug nach oben. Vegas ist voller versteckter Portale, vergoldeter Kriechgänge für goldene Ratten.

Ich setzte mich auf mein riesiges weißes Bett und schaute aus den Fenstern, die eine ganze Wand einnahmen. Ich aß den Rest des Cannabis-Gummibärchens. Ich aß ein paar geräucherte Mandeln aus der Minibar. Ich starrte nach draußen, wo die verglimmende Stadt auf die schwarze Wüste traf, und grübelte, ob ich Oliver eine Nachricht schicken sollte, um das Eis zu brechen. Er hatte mich bestraft, indem er einfach verschwand, es mir aber auch leichter gemacht. Der Gedanke, ihm gegenüberzutreten, machte mich ganz kribbelig. Ich wollte nicht, dass er wütend auf mich war, und dann wieder doch, damit ich wusste, dass ich wichtig für ihn war.

Ich legte mich auf die Kissen und schrieb stattdessen

Redwood eine Nachricht. *Danke noch mal für das Essen letzte Woche. Es hat Spaß gemacht.* Leanne war als Einzige geblieben, und wenn ich daran dachte, wie sie mit Redwood und Carol von der Schwelle aus gewinkt hatte, überkam mich ein düsteres, unzufriedenes Gefühl.

Ein paar Minuten später: *Danke, dass du da warst! Meine Mom hat sich sehr gefreut, dich kennenzulernen. Wir müssen uns bald mal wieder treffen*

:), schrieb ich.

Ich wartete auf eine Antwort. Als keine kam, schrieb ich: *Ich bin übrigens in Vegas*

Hauptgewinn?

Irgendwie bezweifle ich das. Ich tippte und löschte, tippte und löschte, tippte: *Leanne scheint nett zu sein, aber ich dachte, du hättest gesagt, du bist mit niemandem zusammen*

[Drei Tipp-Punkte]

Ich weiß es nicht genau

Okay?

Lässt du die Dinge manchmal einfach laufen, um dich abzulenken?

Das ist vielleicht das Einzige, was ich je getan habe

Ich glaube, Travis Day steht auf dich

[Emoji mit flachem Mund und flachen, gequälten Strichen als Augen] *Weiß Leanne, was da läuft?*

Unklar

Wovon lenkst du dich ab?

Auch unklar

Ich tippte, löschte. Tippte, löschte. *Ich glaube, ich vermisse dich ein bisschen.* Ich schickte es ab, bevor ich weiterdenken konnte.

[Eine Ewigkeit lang drei Punkte, dann nichts mehr.]

Ich wurde früh wach, war ruhelos und genervt, konnte nicht abwarten, dass etwas passierte. Ich ließ mir Frühstück aufs Zimmer bringen und starrte auf die Stadt und die Wüste, die blass und verwaschen aussahen. Die Tage hier waren die Asche der Nächte.

Oliver war bereits im Green Room, als ich mit Augustina und M. G. hereinkam, und seine vertraute Schönheit sprang mich förmlich an. Ich konnte sie beinahe *hören*. Er breitete die Arme aus und sagte mit leiser, trauriger Stimme: »Hey.«

Ich wusste, dass alle uns beobachteten, als wir uns umarmten, doch als ich hinsah, schauten sie abrupt woandershin Oliver führte mich zu einer Couch.

»Wie geht es dir so?«, fragte ich unbeholfen und rutschte hin und her, dass das schwarze Leder unter mir knarrte.

»Gut.« Er nickte. »Ja. Besser. Eine Zeit lang war es schwer.«

»Es tut mir wirklich leid. Das wollte ich dir sagen. Wir haben nie darüber gesprochen, daher –«

Er hob abwehrend die Hand. »Lieber nicht.«

»Okay.« Ich wusste nicht, was er von mir hören oder nicht hören wollte.

»Wie läuft es mit Jones?«

»Ich war *nie* mit Jones zusammen.«

»Ich habe jemanden kennengelernt.«

Das überraschte mich nicht im Geringsten, doch ich sagte: »Tatsächlich?«

Ein junger Typ mit Headset und Ausweisband um den Hals eilte herbei und hockte sich neben uns. »Tut mir *so* leid, euch zu stören, aber ich soll euch sagen, dass wir ein bisschen in Verzug sind. Es dauert noch eine Minute. *Tausend* Dank für eure Geduld.«

Als er davongeeilt war, nannte Oliver den Namen der

Schauspielerin, die die Rolle der Katerina übernehmen würde, und ich stieß ein trillerndes, ungläubiges Lachen aus. Leute drehten sich erschrocken zu mir um und wieder weg. Ich flüsterte: »Ist sie nicht erst siebzehn? Du weißt hoffentlich, dass das illegal ist.«

Ich las Ärger und einen Anflug von Mitleid in seinen Augen, als wäre ich eine jämmerliche kleine Bürokratin, die sich für ihre eigene Bedeutungslosigkeit rächt, indem sie sich an willkürliche Regeln klammert, und vielleicht war ich das auch. »Sie ist sehr reif für ihr Alter. Ich war siebzehn, als ich meine Ex kennenlernte.«

»Ist ja auch super gelaufen.«

»Ich bereue nichts.« Er warf mir einen tragischen Blick zu. »Ich bereue es nie, jemanden geliebt zu haben.«

»Das muss schön sein.«

»Dass ich ihr begegnet bin, hat mir wirklich geholfen, über dich hinwegzukommen.«

Obwohl ich tief im Inneren nie geglaubt hatte, dass er mich liebte, fiel es mir schwer, seiner Wehmut zu widerstehen. Er lehnte sich zu mir, verströmte dabei zärtliche Melancholie, und ich begriff, dass es am besten und einfachsten wäre, seine Version unserer Geschichte zu übernehmen und mich von dem Wirrwarr dessen, was tatsächlich geschehen war, zu befreien.

»Es ist wirklich schön, dich zu sehen«, sagte er.

Ich legte einen Schleier der Wehmut vor mein Gesicht. »Ja. Das finde ich auch.«

Dann ging die Tür auf, und Alexei kam herein.

»Wir werden immer Freunde sein«, sagte Oliver auf dem Podium und strahlte in die Menge wie Moses, der das Rote Meer teilt. »Ich wünsche Hadley nur das Allerbeste. Sie ist ein wunderbarer Mensch.«

Wir saßen nebeneinander an einem langen Tisch, hinter uns das Logo der Convention in Endlosschleife. Die Leute hielten die Handys hoch und filmten mit. Ich zwang mich zu einem süßlichen Lächeln. Ich sagte, dass Oliver und ich einander immer noch sehr gern hätten. Dass ich das Franchise und die *Archangel*-Familie vermissen würde, mich aber darauf freute, mich weiterzuentwickeln. Dass ich gespannt in die Zukunft blickte. Alexei stand am Rand der Bühne; ich wagte nicht, ihn anzusehen. Ich hatte ihn auch im Green Room kaum angesehen, weil ich fürchtete, dass alle merken würden, wie hell ich für ihn strahlte, dass auch er es merken würde.

Eine Leinwand wurde ausgefahren. Das Licht wurde gedimmt, und da war Archangel, golden und gefroren. Da war ich in Ketten. Oliver auf einem Thron.

Das Licht fiel aufs Publikum zurück. Ich betrachtete die Leute, die mein Bild betrachteten, die Gesichter zur Leinwand gehoben, als ließen sie sich von ihr füttern. Ich wagte einen Blick zu Alexei und sah, dass er mich selbst betrachtete. Manchmal stellte ich mir vor, ihn unter anderen Umständen noch einmal kennenzulernen, dass er geschieden oder nie verheiratet gewesen wäre, doch dann wären wir einem anderen Olofssonschen System einer anderen Vergangenheit ausgeliefert, das uns durch ein anderes Netz von Kettenreaktionen trieb. Vielleicht hätte es nicht einmal ein Flackern gegeben. Vielleicht aber auch Liebe oder Erleuchtung.

Ich wurde in einem weißen, pelzbesetzten Kleid von einem schwarz gekleideten Mann mit einer schwarzen Axt über eine verschneite Ebene gejagt. Sein Gesicht wurde von einem schwarzen Ritterhelm verdeckt. Ich blieb stehen. Vor mir eine schwindelerregend hohe Klippe aus blauem Eis, schroff und tödlich, an der sich schwarze Wellen brachen und weiße Gischt aufwirbelten. Die Kamera schwenkte zurück und nach oben und enthüllte, dass der Mann mit der Axt und ich allein auf einem Eisberg waren, der auf einem leeren, stürmischen Meer trieb. Nahaufnahme meines Gesichts, als ich den Angreifer näherkommen sehe. Dann Schwarz. *Einmal fallen, für immer fallen* erschien in weißer Schrift, dann das Datum des Filmstarts. Jubel.

Im Bett in Neuseeland hatte Alexei mir von seinen Eltern erzählt, die liebevoll, intellektuell und auf staubtrockene, Pfeife rauchende, Bush wählende Weise langweilig waren, was er als Weiße-Leute-Tarnung empfand, die ihm das Herz brach, weil sie nicht mal richtig funktionierte. Er erzählte, wie nervtötend beschissen es war, in Hollywood schwarz zu sein, so spießig man auch aufgewachsen sein mochte: wie einsam man sich manchmal fühlte, wie plump die Development-Leute sein konnten, wie deutlich man merkte, dass sie lieber keinen Schwarzen im Raum gehabt hätten, damit sie sich nicht unwohl fühlen mussten, wenn sie seine Hautfarbe ignorierten oder Alibi-Vorschläge machten. Dass alle annahmen, er vertrete nur schwarze Talente oder Basketballspieler. Dass man ihn immer noch für einen Assistenten hielt, obwohl er neununddreißig und wahnsinnig erfolgreich war. Dass er immer noch von Bullen angehalten wurde, die offen daran zweifelten, dass der Tesla ihm gehörte. Bevor Oliver *Archangel* bekam, hatte Alexeis Chef ihm gesagt, er solle sich die Dreads abschneiden. *Wenn du willst, dass sie dich ernst nehmen, brauchst du ernsthafte Haare,* hatte er gesagt. Alexei hatte es nicht getan, war jetzt Partner und erhielt nur noch Komplimente wegen seiner Haare.

Während des VIP-Meet-and-Greet schlängelte er sich seitlich an uns heran, und wir beide richteten unsere Worte in dieselbe Richtung, als säßen wir nebeneinander im Auto.

»Ich wusste nicht, dass du kommst«, sagte ich.

»Ich weiß es auch erst seit zwei Tagen. Oliver hat mich ständig wegen eines Jungs-Wochenendes gedrängt. Irgendwann sind mir die Ausreden ausgegangen.«

Oliver fand, Alexei amüsiere sich nicht genug, und hatte darauf bestanden, dass er sich Lapdances spendieren und eine Patek Philippe schenken ließ, dass er fünfzigtausend Dollar beim Poker verlor und in einem Club, in dem ein berühmter DJ gelegentlich eine Taste am Laptop drückte, die Menge mit Champagner bespritzte. »Ich kann mich nicht erinnern, dass ich mich für ein Reenactment von *Entourage* angemeldet hätte«, sagte Alexei. »Muss ich jetzt noch einen Wutanfall in einem Porsche bekommen?«

Worauf ich den herannahenden VIPs, reich aussehenden Eltern mit zwei kleinen Mädchen in beängstigend aufreizenden Katerina-Kostümen, ins Gesicht lachte. Oliver warf uns einen Blick zu. »Entschuldigung«, sagte Alexei, verschwand in seinem professionellen Panzer und schlenderte zu Oliver.

Weitere kleine Mädchen tauchten auf, Cosplayer und ein einsamer Typ mit Bart, der mir eine esoterische Theorie über die tiefer liegende Philosophie von *Archangel* auftischte. Ich lächelte, signierte und posierte für Fotos, sah aber nur Alexei, selbst wenn ich ihn nicht anschaute. Redwood war fast aus meinem Kopf verschwunden. Wenn ich an ihn dachte, dann zärtlich, sogar nostalgisch, als läge unsere Affäre, die noch gar nicht stattgefunden hatte, schon weit in der Vergangenheit. Als Alexei sich wieder heranschlich, sah ich ihn nicht an, und doch erfüllte er meinen Horizont wie eine Gewitterwolke.

Dann fragte er von der Seite: »Gehen wir danach noch etwas trinken?«

Alles cool, funkten wir beide ins schummrige Licht der geheimen Bar für High Roller und Promis. Alles entspannt. Wir sind Freunde. Und was machen Freunde? Sie hängen miteinander ab. Sie tauschen sich aus. Wir trugen diese Fiktion wie einen Schild vor uns her.

»Du leakst es nicht, oder?« Alexei meinte Olivers Beziehung zu einem Teenager. »Das können wir momentan wirklich nicht gebrauchen.«

»Weiß Gwendolyn davon? Ist sie am Boden zerstört?«

Er verdrehte die Augen. »Sie hat einen Verdacht. Oliver musste eine Charmeoffensive starten.«

»Irgendwann kommt es raus.«

»Nicht alles kommt raus«, sagte er und sah mich eindringlich an. »Das hoffe ich bei Gott.«

Von der Decke hing eine riesige Lichtinstallation, eine Kugel mit blauen Glastentakeln, die an eine Seeanemone erinnerte und uns in wässriges Licht tauchte.

»Nein«, sagte ich, »manche Dinge bleiben zwischen zwei Menschen.«

»Was nicht heißt, dass diese Dinge ihnen keine Heidenangst einjagen können. Vielleicht *dachten* sie, sie könnten nur eine kleine Affäre haben, und die Realität hat sie erschreckt.«

»Aber die anderen hätten auch mehr Verständnis zeigen können. Es kommt mir vor, als wären die Leute impulsiv gewesen und als hätten sie sich geweigert, das große Ganze zu sehen.«

Er lächelte, seine Wangen leuchteten blau. »Kann sein.«

Ich nahm einen Schluck von meinem Drink. »Sieht ganz so aus.«

»Vielleicht haben manche Gefühle auch länger angehalten, als man dachte.«

»Kommt mir bekannt vor«, sagte ich.

Von da an nahmen wir unser harmloses Gespräch wieder auf und brachten uns auf den neuesten Stand, aber die Schutzschilde waren gesenkt. Manchmal fühlt sich Kühnheit wie eine Art Schutz an, als könnte Verwegenheit die Gefahr neutralisieren. Als ich so in unserer lilafarbenen, mit Samt ausgekleideten Nische saß, fragte ich nicht nach dem Zustand seiner Ehe oder was er genau für mich empfand oder nach irgendetwas anderem, das ich wirklich wissen wollte. Ich sprach über Sir Hugo und Marian Graves und stellte Redwood wieder als Trottel dar, den wir ausnahmen, bevor ihn eine Welle fassungsloser Enttäuschung aus der Stadt schwemmen würde.

»Wird er gut?«, fragte Alexei. »Der Film?«

Diese Frage hatte ich immer nur mir selbst gestellt und nie beantwortet. Gewöhnlich war ich von Leuten umgeben, die darauf bestanden, dass er gut würde, und keinen Zweifel duldeten. »Ich weiß es nicht.« Plötzlich fühlte ich mich so unsicher wie damals, als ich das Steuer der Cessna übernommen hatte. Alexei legte die Hand auf mein Knie, um mich zu beruhigen.

In meinem Zimmer schälte er mich aus meinen podiumsfreundlichen Jeans und dem Blazer und schob sein Gesicht ungeduldig zwischen meine Beine. Beim Ficken drehte er mich auf den Bauch und murmelte meinen Namen in mein Ohr, während mein Gesicht in heißer Kissendunkelheit begraben war und ich merkte, dass ich weinte. Draußen färbte sich die Wüste violett und dann schwarz, während jemand den Regler der Stadt aufdrehte und sie in das mandarinenfarbene Netz verwandelte, bereit, einen unsichtbaren Zirkusartisten aufzufangen, der vom Himmel fiel.

Als Alexei ging, stand ich im Hotelbademantel in der Tür und küsste ihn unter der glänzend schwarzen Blase, die wie das Ei eines Meerestieres von der Decke hing, der glänzend schwarzen Blase, die dafür sorgen sollte, dass kein Eindringling in den Vorraum zwischen dem Aufzug und der Tür zu meiner Suite gelangte, der glänzend schwarzen Blase, in der sich eine Kamera verbarg, die unseren Kuss aufzeichnete, eine Kamera, die stummes, mit Zeitstempel versehenes schwarz-weißes Filmmaterial unseres Kusses an irgendeinen Security-Typen schickte, der vermutlich seinen Job und die Arschlöcher hasste, die in diesen Suiten wohnten, und vielleicht schon wusste, dass ich eine skandalumwitterte kleine Hure war, und wollte, dass jeder das ganze Ausmaß meiner Nuttigkeit erkannte. Jedenfalls erkannte der Typ seine Chance aufs schnelle Geld und nutzte sie.

Der Krieg

Valdez, Alaska
Oktober 1941
Zwei Jahre und neun Monate, nachdem Marian und Jamie sich in Vancouver getroffen haben

Marian hatte gehofft, der Krieg würde Alaska verschonen, würde sich mit einer solchen Gegend nicht abgeben, doch 1940 hatte irgendwo irgendjemand zu guter Letzt die strategischen Vorzüge dieser kalten Riesenfaust im Pazifik erkannt sowie die wachsende Wahrscheinlichkeit, dass man bald auf alle erdenkbaren strategischen Vorzüge angewiesen wäre. Anchorage füllte sich mit Soldaten. Auf den Militärstützpunkten dort und in Fairbanks sowie einem Dutzend Flugplätzen, die sich von Ost nach West, von Whitehorse im Yukon bis nach Nome an der Beringsee reihten, wurde wie wild gebaut. Alles zum Leben Nötige, Baustoffe und Menschen kamen über das Meer, wurden auf Lastwagen und Schiffen, in Zügen und Flugzeugen weiter nach Norden, ins Landesinnere, transportiert.

Es war undenkbar, dass eine Frau von der Regierung einen Vertrag zur Beförderung von Nachschub erhielt, aber Piloten mit solchen Verträgen hatten mehr als genug zu tun und dazu ausnahmsweise mal einen vertrauenswürdigen, zahlungskräftigen Kunden. Ein paar traten Aufträge an Marian ab. Mit ihrem Anteil aus dem Verkauf von Wallaces Haus hatte sie von einem Typen, der seine Zelte abbrach und nach Arizona zurückwollte, eine übel zugerichtete zweimotorige Beechcraft erstanden und mietete sich ein traditionelles Holzcottage in Fairbanks. Sie war bekannt für ihre geradezu unheimliche Fähigkeit, auch bei schlechtestem Wetter zu fliegen und genau dort zu landen, wo sie es beabsichtigte, selbst wenn der Boden unter der dichten Wolkendecke nicht auszumachen war. Bei manchen Pilotenkollegen hatte sie deshalb den Spitznamen Hexe. Das ließ sie kalt. Barclay hatte sie einmal gesagt, sie sei eine, weil sie eine sein wollte.

In den Bergen wie in der Tundra wurden im Handumdrehen Militärstützpunkte fertiggestellt, mit Hangars, Kontrolltürmen und Häusern mit allem modernen Komfort, winzige Siedlungen, die aus all den Einzelteilen entstanden, die unter anderem auch sie herangeschafft hatte. Alle arbeiteten fleißig wie die Ameisen. Die Wildnis blieb im Großen und Ganzen Wildnis, doch Marian, der das Land ans Herz gewachsen war, machte sich Sorgen darum. Die neu hinzugekommenen Militärpiloten hielten sich für ganz große Helden, aber sie brauchten sich mit dem Territorium nicht mehr vertraut zu machen. Sie beherrschten gerade mal die Fliegerei. Sie hatten Blinklichter zur Orientierung und konnten die Maschinen auf festen Pisten absetzen und mussten nicht irgendwo in der Wildnis landen. Klar brachen immer noch Stürme los, und dann war der Teufel los. Klar verschwanden immer noch Flugzeuge auf Nimmerwiedersehen, aber wenn man sie fragte, musste kein Pilot Alaska wie einst von der Pike auf kennenlernen.

Sie genehmigte sich eine Pause und flog in ihrer Maschine zu Jamie nach Oregon, der dort in einem zugigen mit Holzschindeln verkleideten Haus wohnte, von dem aus man einen verregneten, trübsinnigen Strand überblickte. Er arbeitete nicht länger für das Public Works of Art Project, denn er hielt es nicht für richtig, weiterhin Förderaufträge zu erhalten. Mittlerweile kauften Kunstsammler seine Bilder. Drei Landschaftsgemälde waren Teil einer Wanderausstellung, zu deren Stationen sogar Boston und New York zählten, außerdem hatte ein Museum in St. Louis eines seiner Werke erworben. Von Flavian hatte er sich getrennt, aber, um die Wahrheit zu sagen, hatte ihn eigentlich ein bekannter Kunsthändler aus San Francisco dazu überredet, mit ihm zusammenzuarbeiten.

»Keine Ahnung, warum ich mir einbilde, Alaska sollte so menschenleer und schwer zugänglich bleiben, wie es mal war«, sagte sie bei einem gemeinsamen Spaziergang über den weiten, leeren Strand. Die Wellen häuteten sich glitzernd im Sand, den Nebel silbrig spiegelnd. »Wie kleinlich von mir, und es geht mir dabei tatsächlich weniger ums Land als um meine eigene Eitelkeit.«

»Du wolltest dich verstecken, deswegen bist du dorthin«, sagte Jamie. »Es ist doch nur verständlich, dass du dich dort instinktiv von anderen Menschen fernhältst.«

»Vielleicht. Es stimmt, für mich ist Alaska eine Art Festung.« Sie las eine Muschel auf und warf sie ins Meer. »Du solltest es dir mal ansehen und malen.«

»Würde ich gerne. Mach ich.«

In seinen jüngsten Gemälden pulsierte ein unheimliches Licht. Sie beschäftigten sich wie seine ersten Landschaften, die entstanden waren, nachdem er Vancouver verlassen hatte, immer noch mit der Krümmung der Erde. Und obgleich der Ozean, in dem es keine scharfen Kanten gibt, nach wie vor sein häufigstes Motiv war, vermittelte sein Werk weiterhin die Vorstellung von etwas Gefaltetem, Verdichtetem und paradoxerweise von unermesslicher Weite. Eine große Leinwand stand gegenüber von dem schmalen Eisenbett, in dem Marian schlief. Das Bild nahm die gesamte Breite und fast die ganze Höhe der

Wand ein. Wenn sie es ansah, war ihr, als würde sie zum Horizont fliegen.

Nach ein paar Tagen machte sie sich ohne Verabschiedung über eine in die Rostfarben des Herbstes getauchte Landschaft auf nach Missoula. Westlich von der Stadt war ein Flughafen eröffnet worden, der diese Bezeichnung auch verdiente. Einige Piloten aus alten Tagen arbeiteten dort immer noch und trauten ihren Augen nicht, als sie Marian sahen. Sie waren überzeugt gewesen, dass sie auf irgendeine Weise ums Leben gekommen war.

Ein Geschichtsprofessor von der Uni und seine Familie hatten das Haus von Wallace gekauft. Als sie auf dem Weg zu Calebs Cottage daran vorüberging, bemerkte sie den hellen Anstrich, das ausgebesserte Dach, die geputzten Fenster. Die Scheune wirkte unbenutzt, doch das Cottage selbst hatte man herausgeputzt, es war neu gestrichen, mit Blumenkästen vor den Fenstern. Auf der Veranda stand ein kleines Mädchen in einem blauen Kleid und unterbrach das Spiel mit seiner Puppe, als Marian vorüberging. Eine andere Frau wäre vielleicht stehen geblieben, hätte gegrüßt und erzählt, dass sie und ihr Bruder einst als Kinder auf der Veranda geschlafen hatten. Eine andere Frau hätte vielleicht nostalgische Sehnsucht nach einer Kindheit in einem ordentlichen Haus, einer augenscheinlichen Atmosphäre von Sicherheit und Verlässlichkeit verspürt. Doch Marian sehnte sich nur nach der Unbekümmertheit und Wildheit jener Jahre, als ihre einzige Sorge war, wie sie die Grenzen ihrer Welt erweitern könnte. Und so folgte sie dem Weg in den Wald.

»Ich habe ein Mädchen«, sagte Caleb. »Dachte mir, ich sollte das vielleicht erwähnen.«

Marian fühlte sich unangenehm getroffen. Sie saßen auf

der Hintertreppe seiner Holzhütte und tranken Whiskey aus Blechbechern. »Schön für dich.«

»Ich dachte, wenn ich dir das schreibe, kommst du vielleicht nicht.«

»Ich wäre trotzdem gekommen«, sagte sie, aber vielleicht stimmte das nicht. Gerade noch hatte sie die Nähe seines Körpers, die Kühle, die orange verfärbten Blätter genossen, die Vorfreude auf Sex. Aber nun kochte sie vor Wut und war, zu ihrem Entsetzen, den Tränen nahe. Sie räusperte sich. »Das hättest du mir auch vorher sagen können, dann hätte ich woanders übernachtet.«

»Bleib ruhig hier. Ich schlafe auf dem Fußboden.«

»Wäre deinem Mädchen das denn recht?« Er antwortete nicht. »Wer ist das eigentlich?«

»Sie unterrichtet Englisch an der Highschool. Sie ist ganz allein aus Kansas hierhergekommen. Du würdest sie mögen – sie hat Mumm, eigentlich ist sie richtig mutig.«

»Ja klar, zum Lehrerdasein braucht man richtig Mumm.«

Er rührte sich nicht, sagte keinen Ton. Dann, während er in seinen Becher starrte, »Ich wusste, dir ist das nicht recht.«

»Aber du hattest trotzdem nichts dagegen, dass ich komme. Wolltest du mich auf die Probe stellen?«

»Wenn das so wäre, dann wüsste ich jetzt, dass du mich nur sehen willst, damit wir –« Er unterbrach sich. »Ich weiß nicht mal, wie ich es nennen soll. Ich weiß nicht, was wir da machen. Ficken? Uns lieben?«

Sie hatte, genau wie er, niemals ein Wort dafür gehabt. »Wie nennst du es denn mit ihr?«

»Wir machen das nicht.«

»Nein?«

»Sie ist anders.«

Sie war entrüstet. »Nicht wie ich.«

Er stand auf. »Genau, nicht wie du, denn bei ihr weiß ich, woran ich bin. Ich weiß, was sie von mir will.«

Jetzt stand auch sie auf, sah ihm ins Gesicht. »Okay. Rede weiter. Was will sie denn von dir?«

»Sie will ... ich habe keine Ahnung. Sie will mit mir in den Bergen wandern gehen und picknicken. Sie will sich eine schöne Zeit machen.«

»Wie reizend, Caleb. Schön, dass du endlich so ein nettes Mädchen gefunden hast.«

Sein Blick durchbohrte sie wie eine Ahle. »Sie will, dass ich sie liebe.«

Marian konnte nicht an sich halten. Er wollte sie zu der Frage provozieren, ob er dieser Frau gegeben hatte, was sie wollte, das war ihr klar. Aber das würde sie bestimmt nicht tun. Sie kam sich vor wie ein knurrender Hund. »Und wirst du sie *heiraten*?« Er zuckte leicht zusammen. »Dann bist du also genauso durchschnittlich wie der Rest der Welt. Ein Leben in einem hübschen Häuschen mit einem hübschen Ehefrauchen und Nachwuchs, und jeden Abend mit Pfeife und in Pantoffeln Zeitung lesen.«

»Ich weiß es nicht.« Er schrie sie fast an. »Was soll ich denn tun? Hier darauf warten, dass ich vielleicht mal wieder irgendwem einen Brief von dir bringen soll? Natürlich ohne irgendein Dankeschön. Oder soll ich darauf warten, dass du gerade wieder mal jemanden brauchst, der dir bestätigt, dass du natürlich recht damit hast, genau das zu tun, was du willst, wann du willst, selbst wenn es das Dümmste auf der Welt ist? Oder falls du mich gerade wieder mal nach fünf Jahren ficken willst? Um dann wieder ohne ein Wort abzuhauen?«

Er drehte sich hastig um, ließ sich in einiger Entfernung in die Hocke fallen und vergrub das Gesicht in den Händen. Sie ging zu ihm hin und kniete sich neben ihn auf die

Erde. Er ließ sich nach hinten fallen und zog sie mit. Seine Umarmung war so fest, dass sie ihr wehtat. Mit einer Hand ergriff sie das Ende von seinem Haarzopf und zog daran. »Es tut mir leid«, sagte sie, das Gesicht an seiner Schulter. »Und danke dafür, dass du für mich Briefe überbringst.«

Das Gesicht in ihren Nacken vergraben, schwieg er eine Weile und hielt sie eng umschlungen. »Jetzt sagst du gleich wieder auf Wiedersehen.«

»Das mache ich nie.«

»Aber du gehst wieder fort.«

An seine Schulter geschmiegt, nickte sie.

Seattle
Dezember 1941
Zwei Monate später

Sobald Jamie in seinem geliehenen, zu kurzen Smoking, in der Hand ein flaches Champagnerglas, die Ausstellung betrat, hielt er Ausschau nach Sarah Fahey. Seit Wochen nährte er die bange Hoffnung, sie würde ebenfalls dort sein.

Seit seinem letzten Besuch in Seattle vor ein paar Jahren aus Anlass der Preisverleihung hatte er die Stadt aus Furcht gemieden, Sarah oder einem Mitglied ihrer Familie über den Weg zu laufen. Doch wovor fürchtete er sich eigentlich? Was konnten sie ihm denn noch antun? In besseren Zeiten lautete die Antwort: nichts. In schlechteren hatte er bei sich vier hintergründige, wenn auch irrationale Ängste diagnostiziert. Erstens befürchtete er, sie könnten den Eindruck haben, dass seine Karriere eigentlich nur dazu dienen sollte, die soziale Leiter zu ihnen hochzusteigen. Zweitens trieb ihn der Gedanke um, er könnte durch sie zu der Erkenntnis gelangen, dass seine Kunst im Grunde lächerlich war und er ein Hochstapler. Drittens nagte die Angst an ihm, dass er noch immer in Sarah verliebt war, und viertens, dass er es nicht mehr war.

Diese beiden letzten Punkte waren eigentlich besonders unsinnig, hatte er für sich entschieden. Sarah ging ihm nur deshalb nicht aus dem Kopf, weil die Trennung derart abrupt verlaufen war. Ein Buch, aus dem man die letzten Seiten herausgerissen hatte, das war sie, und er war ein Opfer seiner Fantasie geworden. Hier würde er eben gegebenenfalls einer Frau aus Fleisch und Blut gegenübertreten, keinem lockenden Geheimnis und auch nicht einem Luftgeist seiner Träume, bei dem seine Gedanken Zuflucht fanden, wenn die Dinge mit anderen Frauen nicht so liefen, wie sie sollten (eigentlich war das immer der Fall). Und sie würde auch nicht die magische Lösung für alle Geheimnisse und Probleme seines Lebens sein. Und hatte er, überlegte er weiter, nicht geradezu gehungert nach Liebe, als er ihr zum ersten Mal begegnete, war er nicht derart verzweifelt auf der Suche nach einem Weg im Leben gewesen, dass er dieser Jugendromanze eine übertrieben große Bedeutung beigemessen hatte? Es war ein Sommer voller Küsse gewesen, nicht mehr. Sie noch einmal sehen, und er wäre von ihr geheilt.

Außerdem war sie vermutlich verheiratet, und damit wären alle Probleme gelöst.

Wie auch immer, es reichte. Es wäre absoluter Wahnsinn gewesen, nicht an dieser Ausstellung teilzunehmen. Er war zwei Tage vor der Eröffnung eingetroffen, um dabei zu sein, wenn seine Bilder aufgehängt wurden, war in den freien Stunden durch die Stadt spaziert und hatte gestaunt, wie viel sich in zehn Jahren verändert hatte. Auf seinen Streifzügen beschlich ihn ein bittersüßes Vergnügen bei der Erinnerung an den jungen Mann von damals. Der Gedanke an Sarah hatte hier, anders als an anderen Orten, wo er unsäglich war, etwas annehmbar Nostalgisches. In seinem schindelverkleideten Haus am Strand in Oregon betrachtete er mitunter Zeichnungen von ihr, die er aufbewahrt hatte, und ihr Mädchenkonterfei ließ ihn immer noch nicht kalt. Hinterher fühlte er sich immer bedrückt und beschämt.

Aber dann fiel sein Blick auf sie. Eine geräuschvolle herausgeputzte Menschenmenge trennte sie voneinander, und sie stand mit dem Rücken zu ihm, aber er hätte sie um nichts in der Welt übersehen können. Sie betrachtete gerade ein Gemälde von Emily Carr, ihr kleiner Kopf mit dem hochgesteckten braunschimmernden Haar hob sich von dem Hintergrund ineinanderfließender Pinselstriche ab, die Bäume und Sonnenlicht lebhaft miteinander verwirbelten. Das smaragdgrüne Abendkleid war hinten ausgeschnitten und gab ein Dreieck nackter Haut frei. Das alles – ihr von einem perlenbesetzten Kamm gehaltenes Haar, ihr zarter nackter Rücken – hatte äußerlich nichts mehr mit dem Mädchen von einst gemein, aber er erkannte sie trotzdem ohne jedes Zögern, ohne jeden Zweifel wieder.

Sein Werk, ein ein Meter achtzig mal drei Meter großes Gemälde des Strands in Oregon, nahm weiter links von Sarah eine ganze Wand ein. Sie blieb noch eine Weile vor Carrs Bild stehen und trat dann zur Seite vor das nächste Werk. Dort verharrte sie erneut ein wenig, bewegte sich dann weiter und kam Jamies Gemälde immer näher, schenkte diesem aber keinerlei Beachtung. Mit voller Absicht, dachte er. Sie tat alles absichtsvoll, so schien es. Die schüchterne Schlaksigkeit ihrer Teenagerjahre war zu hagerer Eleganz geworden.

Er schob sich durch die Menge, um einen besseren Blick auf sie zu haben, wenn sie endlich vor seinem Bild stehen und es betrachten würde. Zugleich wäre ein Teil von ihm am liebsten mit einem Satz zwischen sie und die Leinwand gesprungen, um ihrem Urteil zuvorkommend zu beteuern, dass er nur zu gut wusste, wie unzulänglich sein Bild war, misslungen, wie alles, was er jemals gemalt hatte.

Jemand packte ihn von hinten an der Schulter und brachte ihn zum Stehen. »Wunderbar«, sagte ein Mann, der, wie Jamie sich vage erinnerte, irgendetwas mit diesem Museum zu tun hatte, ein kleiner rosiger Cherub mit Stirnlocken. Gehörte er zum Vorstandsgremium? Der Mann schüttelte begeistert Jamies Hand. »Einfach wunderbar. Ich gratuliere.«

Jamie bedankte sich geistesabwesend. Das nächste Bild, vor dem Sarah stehen würde, war seins.

»Ich muss Sie doch mal fragen«, sagte der Mann und verlagerte sein Gewicht angestrengt auf die Zehenspitzen, um Jamies Blick zu erhaschen, »wie haben Sie diese Technik – ich nehme mal an, man würde es Stil nennen – entwickelt, mit der Sie Kanten darstellen? Als wäre etwas ineinandergefaltet? Unglaublich originell – ich bin fasziniert! War das Zufall?«

»Origami«, sagte Jamie kurz angebunden. Er leerte rasch sein Glas und stellte es auf dem Tablett eines vorbeieilenden Kellners ab.

»Was?«

»Origami. Japanische Papierfaltkunst.«

»Ach was? *Wirklich*? Diese kleinen Vögel und Frösche? Faszinierend. Ich wäre selbst nie darauf gekommen, aber ich sehe die Verbindung. Ich sehe sie! Sagen Sie, waren Sie mal längere Zeit in Asien?«

Sarah richtete sich unmerklich auf, wie um sich zu wappnen, machte ein paar Schritte nach links und trat vor Jamies Gemälde.

Himmel wie Wasser waren grau und lediglich durch zarte Pinselführung voneinander zu unterscheiden, feine Kanten deuteten Wolkengebirge und die Bewegungen von Strömungen und Wellengang an. Ganz vorn und düster der berühmte riesige Basaltfelsen von Cannon Beach, den Umrissen nach wie ein Heuhaufen. Im Gegensatz zu Himmel und Wasser fehlte ihm Tiefe, er war eine dunkle Leerstelle. Sarah verharrte reglos vor seiner Schwärze.

»Mr. Graves?«, sagte der Cherub.

Bei Jamie lagen die Nerven blank, sein Mund war staubtrocken. »Entschuldigen Sie mich«, flüsterte er und stürmte in dem Augenblick an dem Mann vorbei, als Sarah sich von der Leinwand abwandte.

Welchen Gesichtsausdruck hatte sie in diesem Moment? Er wollte ihn in seinem Gedächtnis festhalten, um ihn später gründlich von allen Seiten betrachten zu können: die Wangen gerötet, die Augen weit geöffnet, feucht und mit einem lebhaften Blick, der weder eindeutiges Lob noch deutliches Missfallen ausdrückte, sondern als sei sie herausgefordert worden.

Als sie Jamie bemerkte, fuhr sie zusammen und erstarrte. Ihre Wangenröte wurde tiefer und breitete sich rasch vom Hals über das Dekolleté aus. Sie legte eine Hand ans Zwerchfell, lächelte in zittriger Verlegenheit.

Nervös eilte er auf sie zu, zupfte unterwegs seine Manschetten nach unten und verfluchte sich dafür, dass er sich aus lauter Hochmut keinen eigenen Smoking zugelegt hatte. Ihm war es egal, wie er herumlief, hatte er sich eingeredet, er wollte nicht so tun, als hätte er Geld wie Heu (obgleich Jamie mittlerweile sicher nicht mehr arm war), und jetzt sah er aus wie eine Vogelscheuche. Er drückte ihr rasch einen Kuss auf die Wange. »Sarah.« Zu mehr fehlten ihm die Worte. In den erträumten Begegnungen mit ihr hatte er das Adrenalin nicht bedacht, das Knieflattern, die zittrigen Finger. Er vergrub seine Hände umgehend in den Hosentaschen.

»Ich habe mich schon gefragt, ob du wohl hier bist«, sagte sie. Sie fuhr mit einer Hand an ihre Kehle. »Ich bin so nervös. Warum eigentlich? Wir sind doch alte Freunde.«

Erfreut von ihrer Offenheit, leicht gereizt durch das Wort *Freunde*, sagte er, »Eigentlich zwei, die sich mal lieb hatten.«

»Wir waren aber doch noch Kinder«, verkündete sie lachend, aber mit einem Unterton, als sei ihr diese Tatsache wichtig, und bevor er zu Wort kam, plauderte sie auch schon weiter. »Ich kann es kaum glauben. Da sehe ich deinen Namen unter diesen wirklich unglaublichen – ganz ehrlich, Jamie – diese Gemälde, nicht nur dieses hier, sondern auch die anderen, und ich habe immer noch den Jungen von damals vor Augen.« Die Menge bedrängte sie von allen Seiten und drückte sie fast gegen seine Brust. Er nahm sie mit all seinen Sinnen wahr. Sie umfasste schnell, fast verstohlen, seinen Unterarm. »Ich habe versucht, dich mir als Erwachsener vorzustellen, aber es ist mir nicht gelungen, und jetzt, wo du vor mir stehst, kannst es nur du sein.«

Er musterte sie eingehend. »Ich weiß genau, was du sagen willst. Du hast dich verändert und bist doch immer noch die Gleiche.« Die Knochen traten in ihrem lang gezogenen Gesicht stärker hervor als damals, aber auch als Erwachsene war sie noch immer unverkennbar sie selbst. Die langen Wimpern, die ihre Augen verschattetet und ihr als Mädchen ein schüchternes, bescheidenes Erscheinungsbild gegeben hatten, waren schwarz getuscht, und als sie aus halb gesenkten Lidern zu ihm aufsah, nahm er irritiert eine Raffiniertheit wahr, die er nicht an ihr kannte.

Sie zeigte auf das Gemälde. »Ich schau das hier an und bin so stolz. Eigentlich habe ich kein Recht dazu, aber ich bin es trotzdem.«

»Das ist …« Er blickte auf sein Bild und unterbrach sich. »Das ist nicht so geworden, wie ich es wollte, aber vielen Dank. Um ganz ehrlich zu sein, aus mir wäre niemals ein Künstler geworden, wenn es jenen Sommer nicht gegeben hätte.«

»Das stimmt nicht.«

»Doch.«

»Nein. Du warst zum Künstler bestimmt. Dazu hat es keine dumme kleine Romanze gebraucht.«

Jamies innerer Anflug von Unmut bei den Wörtern *dumm* und *klein* wurde durch ihren eindringlichen Blick gemildert. Auch sie wollte ihn in Erinnerung behalten, meinte er zu spüren. »Es war nicht nur das«, sagte er. »Niemand hatte mich zuvor ermuntert. Du hast mir aufgezeigt, was alles möglich war. Und nicht nur du. Ebenso deine Mutter, dein Vater, auch wenn …« Er zögerte und preschte sofort weiter. »Und von diesen vielen Kunstwerken umgeben zu sein. Es war eine Gelegenheit zu lernen, ein Anfang.«

Er fühlte sich atemlos, war überrascht über seinen Ernst. Sie strahlte ihn an. »Na, dann war es den ganzen Herzschmerz wert.«

In diesem Augenblick schälte sich ein Mann aus der Menge und legte Sarah einen Arm um die Taille. Er küsste sie auf die Schläfe, fuhr mit dem Gesicht zurück und legte ihr eine Hand an die Stirn. »Du fühlst dich ganz heiß an. Geht es dir gut?«

Sie wandte ihr Gesicht nervös von ihm ab, dann besann sie sich, drehte sich ihm wieder zu und drückte ihre Schulter eng an seine. »Ja, doch, mir ist nur ein bisschen warm.«

»Du solltest kurz an die frische Luft gehen. Entschuldigen Sie, hallo.« Der Mann streckte Jamie eine Hand entgegen. Als dieser sie ergriff, meinte er Sarahs Schweiß an der Handinnenfläche zu spüren. *Wessen Herzschmerz?*, hätte er sie gerne gefragt. *Deiner? Was wolltest du damit sagen?* »Lewis Scott«, stellte sich der Mann vor. »Ich habe Sie unterbrochen, ich war kurz durch die Sorge um meine wunderbare Frau abgelenkt.«

»Das ist Jamie Graves, Lewis«, sagte Sarah. »Der Künstler und mein alter Freund. Jamie, mein Ehemann Lewis.«

Jamie war zu sehr auf Sarahs Gesicht konzentriert gewesen, um den Ring an ihrer Hand zu bemerken. Dieser Mann vor ihm, ihr Ehemann, hatte rotblondes Haar, trug eine Brille mit Schildplattgestell und machte einen freundlichen Eindruck. Die große Nase mit dem leichten Höcker tat seinem guten Aussehen keinen Abbruch. Sein Smoking saß perfekt.

Lewis beugte sich, wie zuvor Sarah, leicht zu ihm, deutete über Jamies Schulter auf das Gemälde von Cannon Beach und senkte seine Stimme. »Das ist das beste Stück in der ganzen Ausstellung. Ich verstehe längst nicht so viel von Kunst wie Sarah, aber sogar ich erkenne, wie großartig es ist. Jeder hier sagt das übrigens. Ich gratuliere.«

Jamie bedankte sich, ihm war elend zumute.

»Ich sehe Ihnen an, dass Sie Lob nicht gewöhnt sind, und ich will Sie nicht länger in Verlegenheit bringen. Aber ich muss Ihnen doch noch sagen, dass diese alten Porträts von den Fahey-Mädchen erste Sahne sind. Das von Sarah hängt in unserem Haus und ist mein Lieblingsstück in unserer Sammlung. Natürlich bin ich voreingenommen, aber so ist es eben. Jetzt höre ich aber auf und quäle Sie nicht länger mit meinen Komplimenten. Kommen wir zum praktischen Teil. Wie lange bleiben Sie in der Stadt? Wir würden Sie gerne zum Dinner einladen. Sie müssen unbedingt unsere Jungen kennenlernen.«

»Wir haben zwei Söhne«, sagte Sarah in einem Tonfall, der fast entschuldigend klang. »Vier und sieben Jahre alt.«

Jamie räusperte sich. »Dann sind Sie beide schon recht lange verheiratet.«

»Seit acht Jahren«, sagte Lewis. »Sarah war damals noch keine zwanzig. Ich war Medizinstudent an der University of Washington und habe bei ihr nicht lockergelassen. Würde Ihnen morgen Abend passen?«

»Morgen ist Sonntag«, sagte Sarah. »Da müssen wir zu meinen Eltern.«

»Könnten wir das nicht mal ausfallen lassen?«

Sie warf Lewis einen bedeutungsschweren Blick zu, eine wortlose Kommunikation, das Ergebnis einer langen und engen Beziehung. Jamie wurde von heftiger Eifersucht gepackt. Sie hatte also zwei Jahre, nachdem er Seattle verlassen hatte, geheiratet, vielleicht sogar in der Zeit, als er selbst betrunken in Wallaces Haus herumgestolpert war und sich nach ihr verzehrt hatte.

»Ich würde unsere Pläne liebend gerne ändern«, sagte Sarah. »Aber mein Vater würde das nicht gut aufnehmen. Du weißt sicher noch, wie er ist.«

»Ich wusste gar nicht, dass Sie den mächtigen Patriarchen kennen«, sagte Lewis, und Jamie wurde klar, dass Sarah ihm offenbar nur wenig über ihre gemeinsame Vergangenheit erzählt hatte. (Weil sie keine Rolle spielte? Oder weil das Gegenteil zutraf?)

»Ich habe in der Ausstellung einige Leihgaben bemerkt, die aus der Familiensammlung stammen«, sagte er etwas steif zu Sarah. »Hegt dein Vater immer noch Pläne für ein eigenes Museum?«

»Ach, ich weiß nie, was ihm gerade durch den Kopf geht. Manchmal wünscht er sich ein Museum, dann wieder will er alles verkaufen. Und wenn er einmal ein Gemälde verkauft, möchte er es auf der Stelle zurückerwerben. Ich habe aufgehört, mit seinen Plänen Schritt halten zu wollen.« Sie wandte sich an Lewis. »Jamie hat damals die Aquarelle von Turner entdeckt. Sie verschimmelten in irgendeiner Schachtel.«

»Wenn es morgen nicht geht, dann eben am Abend darauf«, sagte Lewis. »Bitte sagen Sie zu, ich weiß, Sarah würde sich so freuen. Wir haben immer nur langweilige Arztkollegen zu Besuch. Ein Künstler würde frischen Wind ins Haus bringen.«

Eigentlich hatte Jamie für den folgenden Tag seine Abreise geplant. Wenn er Lewis´ Einladung annahm, würde er nicht nur eine, sondern zwei weitere Nächte im Hotel verbringen müssen. Nein, besser, er schob andere Verpflichtungen vor und reiste ab wie geplant. Er wollte schon zu Worten des Bedauerns ansetzen, als Sarah ihn erneut am Arm berührte. »Bitte, komm.«

Und damit war die Entscheidung gefallen.

Am nächsten Morgen kehrte Jamie noch einmal zum Museum zurück, um die Ausstellung ohne störende Besuchermassen und die Ablenkung durch Sarah Farey – Sarah Scott, korrigierte er sich – auf sich wirken zu lassen. Es war dort menschenleer. Seine Schritte hallten sanft wider. Die Landschaften, alle waren dem Pazifischen Nordwesten gewidmet, zeigten Bäume, Berge, Inseln und den Ozean. Die Künstler hatten unterschiedliche Ansätze gewählt, um Lichtverhältnisse wiederzugeben, sie hatten ihre Motive vereinfacht oder komplexer gemacht, um Stimmungen einzufangen und bestimmte Effekte zu erzielen. Doch als er die Werke, eins nach dem anderen, betrachtete, überfiel ihn ein bedrückendes Gefühl. Was brachte es, all diese Äste und Wellen zu malen? Kein Bild würde jemals einen Baum oder das Meer endgültig einfangen. Aber war das überhaupt sein Ziel? Endgültigkeit? Wie gerne hätte er etwas über Bäume oder den Raum vermittelt, das per se undefinierbar blieb, nicht zu greifen war. War das Streben danach Grund genug, es immer wieder zu versuchen? Er wusste es nicht.

Alle anderen Fragen, die er sich stellte, betrafen Sarah

Fahey. Warum zum Beispiel hatte er einem Dinner in ihrem Haus zugestimmt? Die Antwort lag auf der Hand: Er wollte sie wiedersehen. Er wollte es so sehr, dass er dafür bereit war, die schier unerträgliche Gegenwart ihres Ehemannes und ihrer Kinder hinzunehmen und Zeuge zu werden, wie ein anderer Mann jenen Traum lebte, den er einst für sich gehegt hatte. Doch warum eigentlich? Wenn er seine Gefühle für Sarah unter die Lupe nahm, fand er ein großes Durcheinander. Da war kein Überschwang, der einem den Kopf verdrehte, sondern nur quälendes Unbehagen. Wenn er mehr Zeit mit ihr verbrachte, verwandelte sich dieses Gefühl unter Umständen in etwas klar Definierbares. Wenigstens nahm er das an. Vielleicht in eine melancholische nostalgische Zuneigung. Vielleicht Gleichgültigkeit. Vielleicht sogar Liebe. Er wusste nicht, worauf er hoffte. Hatte es Sinn, eine aussichtslose Liebe in seinem Herzen zu tragen?

Nachdem er mit der Ausstellung fertig war, stattete er im Museum den Aquarellen von Turner einen Besuch ab. Danach war es halb zwölf, und weil er nicht gefrühstückt hatte, suchte er das erstbeste Lokal auf, setzte sich an den Tresen und bestellte einen Kaffee und Rührei mit Toast. Während er noch immer auf sein Essen wartete, kam ein Koch in einer fleckigen weißen Jacke aus der Küche und stellte das Radio auf einem Regalbrett über der Kasse an. Er drehte es so laut auf, dass es im Lokal still wurde und alle die Köpfe wandten. Eine näselnde Stimme berichtete schnell und abgehackt von japanischen Gesandten, dem State Department, Thailand und Manila. Der Pressesprecher des Präsidenten, sagte die Stimme, habe den Journalisten eine Erklärung verlesen. Nach und nach begriff Jamie, dass Japan einen Marinestützpunkt in Hawaii bombardiert hatte. Ein Mädchen zwei Barhocker weiter brach in Tränen aus. Als der Nachrichtensprecher sagte, es werde mit Sicherheit eine Kriegserklärung folgen, brach unter einigen Gästen Jubel aus. Die Sendung endete mit dem Versprechen weiterer aktueller Meldungen, und dann ging es ohne großen Aufhebens mit dem normalen Programm weiter: Die New Yorker Philharmoniker spielten etwas Misstönendes und Trostloses.

Jamie wusste nicht, wohin er gehen sollte, und so spazierte er zum Hafen. Andere waren offenbar auf die gleiche Idee gekommen, denn dort hatte sich bereits eine Menschenmenge versammelt, fast alles Männer. Sie liefen kreuz und quer durcheinander und schickten finstere Blicke nach Westen, Richtung Bainbrigde Island und das irgendwo dahinter in der Ferne liegende Japan, gerade so, als könnte jeden Augenblick ein Flugzeuggeschwader am grauen Horizont auftauchen, und die Männer würden … was tun? Steine nach oben werfen, während Bomben auf sie niederregneten? Jamie kam sich dumm vor, überließ die Menge ihren wütenden Gebärden und setzte seinen Spaziergang bergan fort. Über der Stadt lag nicht die übliche entspannte Sonntagsruhe, sondern sie war in eine bestürzte Stille gefallen. Aus den Fenstern drangen scheppernd Radiogeräusche. Leute standen dicht gedrängt auf Bürgersteigen. Für Jamie war der Krieg bislang wie die Sonne gewesen – eine unerbittliche Präsenz, von der man besser den Blick abwandte. Auf weit entfernten Kontinenten herrschten Leid und Tod, und auch wenn es feige war, hatte er dem Schrecken des Krieges bislang nicht ins Auge geschaut, weil er fürchtete, wie andere darin unterzugehen. Aber es gab kein Entkommen. Er fühlte sich wie oft als Junge, wenn er in den Bergen unterwegs war, sich ein Gewitter zusammenbraute und die ersten Blitze zuckten, und er wusste, der nächste Unterstand lag unerreichbar weit.

Er holte Sarahs geprägte Visitenkarte aus der Manteltasche. Der Straßenname sagte ihm etwas. Sie lebte in der Nähe von Volunteer Park, nicht weit von ihren Eltern.

Nach dem zweiten Klingeln öffnete Sarah die Haustür. Ihre Augen waren rot gerändert, und bei seinem Anblick brach sie fast erneut in Tränen aus. Sie schien sich nicht zu fragen, warum er gekommen war, sondern bat ihn umstandslos herein. »Wie schrecklich.« Eine rasche, fast grobe Umarmung, dann hob sie den Rocksaum und wischte sich damit die Augen wie ein kleines Mädchen. »Wie auch immer«, sagte sie mit einem kurzen Auflachen, »willkommen.«

Die Scotts wohnten in einem imposanten zweistöckigen Craftsman-Haus. Innen war es geräumig, mit freien Flächen und unglaublich vielen Zimmerpflanzen. Philodendren ließen mit herzförmigen Blättern bewachsene Ranken von Regalen und Tischen hängen, Topfpflanzen warteten höflich in Zimmerecken wie zum Tanz bestellt. Geometrisch gemusterte Läufer lagen verstreut über den Bodendielen aus Walnussholz, die Wände schmückte eine bunte Sammlung von Kunstwerken. Im Haus dröhnte ein Radio, dessen Lautstärke zunahm, während Sarah ihn über einen Flur und an einem Esszimmer vorbeiführte. Immer wieder wich sie auf ihrem Weg Spielzeug aus, einem Laster aus Metall, einem Schaukelpferd, einer schiefen Burg aus Bauklötzen. Durch die Türöffnung zu einem kleinen Studio oder einer Bibliothek erhaschte Jamie einen Blick auf das alte Porträt von ihr, in einem Rahmen hinter Glas, darüber eine Messingleuchte.

»Ist Lewis zu Hause?«

»Nein, sonntags betreibt er eine Klinik in einem Armenviertel. Er hat das Haus vor den Nachrichten verlassen, aber das hätte er in jedem Fall getan. Die Leute zählen auf ihn. Er ist ein guter Mann.« Der letzte Satz klang in seinen Ohren, als wollte sie Lewis verteidigen, was paradoxerweise Hoffnung in ihm aufkeimen ließ.

»Und deine Söhne?«

»Sie haben bei meiner Schwester übernachtet, damit wir zur Eröffnung der Ausstellung kommen konnten. Ich habe sie noch nicht abgeholt. Ich möchte nicht, dass sie mich in diesem aufgewühlten Zustand sehen. Erinnerst du dich noch an meine Schwester Alice? Sie hat zwei Söhne, die fast gleich alt sind wie unsere. Komm mit in den Wintergarten.«

Der Wintergarten war von konturlosem silbrigem Licht durchflutet und stand voller Zimmerpflanzen. Jamie musste an den Wintergarten von Sarahs Mutter denken, wo er sich so erwachsen gefühlt hatte, wenn sie ihn auf einen Kaffee einlud. Der Blick aus den Fenstern ging über einen leicht abschüssigen Rasen, dessen Grün unter dem bedeckten Himmel herausstach. In einem Dickicht aus Farnen stand auf einem Beistelltisch ein tragbares Radio und verkündete, dass die japanischen Immigranten an der Westküste unter strenge Bewachung gestellt worden seien. Sarah stellte den Ton leiser, bis nur noch ein Murmeln zu hören war, und zupfte an den Farnen.

»Eigentlich soll ich mich wie eine Patriotin fühlen, aber ich habe vor allem Angst. Und ich bin so wütend.« Sie wies auf einen Korbstuhl, auf dem Kissen mit Blumenmuster lagen. »Entschuldige. Bitte nimm Platz.«

»Ich wollte nicht aufdringlich sein.«

Sie setzte sich auf einen Zweisitzer, im rechten Winkel zu ihm. »Ich freue mich über deinen Besuch. Ich habe doch nur Löcher in die Luft gestarrt und mir vorgestellt, was jetzt alles auf uns zukommt. Diese Machtlosigkeit ist wahrscheinlich das Schlimmste. Und die Wut! Ich weiß nicht, wie ich damit umgehen soll. Ich bin dankbar, dass meine Jungen noch klein sind, aber andere Mütter ... ich mag mir das nicht mal vorstellen. Man wird Ärzte brauchen. Ich bin sicher, dass Lewis in den Krieg ziehen wird, wenn man ihn lässt. Wenn ich könnte, würde ich das auf der Stelle tun. Und du?«

Er hatte sich mit dieser Frage noch nicht beschäftigt, aber, klar, natürlich, er war ein Siebenundzwanzigjähriger im Vollbesitz seiner physischen Kräfte. Er war gerade nicht in der Lage, zu erwägen, was das für ihn bedeuten würde, und so schob er das Thema für sich beiseite. »Die Vorstellung, dass du in den Krieg ziehen willst, fällt mir schwer. In meinen Augen bist du so freundlich.«

»Na ja, mir wäre eine freundlichere Welt auch lieber. Aber jeder hat seine Grenzen, findest du nicht?«

Er erinnerte, wie glücklich er gewesen war, als er erfuhr, dass Barclay Macqueen erschossen worden war. »Scheint so.«

»Ich könnte platzen vor Wut. Ich möchte, dass Deutschland und Japan dem Erdboden gleichgemacht werden. Ich möchte als Walküre in einer Feuersbrunst auf die Erde kommen und mich an ihnen rächen. Machen das Walküren nicht so? Ich wollte in meinem ganzen Leben noch nie jemanden töten, aber jetzt male ich mir tatsächlich mitten am Tag aus, wie ich Hitler eine Kugel zwischen die Augen schieße. Du nicht?«

»Hitler ist für mich so abstrakt wie der Teufel.«

»Das ist er aber nicht. Er ist ein Mensch aus Fleisch und Blut. Ist es nicht merkwürdig, dass eine einzige Person genug Macht hatte, um das alles in Gang zu setzen? Das ist zwar etwas einfach ausgedrückt, aber du weißt, was ich meine.« Sie schloss kurz die Augen. »Lass uns über etwas anderes reden. Erzähl mir aus deinem Leben. Erzähl mir alles, was sich ereignet hat.«

»Alles? Da gibt es so vieles und zugleich so wenig zu erzählen.«

»Wir brauchen einen Anfang. Wie wäre es mit – erzähl mir, wo du lebst.«

»Im Augenblick in Oregon. An der Küste. Davor habe ich in Kanada gelebt.«

»Du bist nicht verheiratet?« Ihr Tonfall war bemüht neutral.

Er schüttelte den Kopf.

»Und deine Schwester? Ist sie verheiratet?«

Demnach hatte ihre Mutter Marians Besuch in Seattle nicht erwähnt. »Um die Wahrheit zu sagen, ist Marian verwitwet.«

Sarahs, ohnehin den Tränen nahe, bekam sofort feuchte Augen. »Wie furchtbar. Das tut mir so leid. Gibt es Kinder?«

»Gott sei Dank nicht.«

»Was für eine Gnade, dass sie nicht um ihren Vater trauern müssen.«

Jamie zögerte. »Ich meinte es eigentlich etwas anders. Sie wollte keine. Ihr Ehemann war bösartig und gemein, aber selbst wenn er das nicht gewesen wäre, hätte sie keine gewollt. Sie will nur fliegen. Sie möchte sich nicht an Menschen binden.«

Ihre Stirn legte sich vor Verblüffung in Falten. »Sich an Menschen zu binden ist doch das Herzstück des Lebens. Meine Kinder lassen mich und die ganze Welt in neuem Glanz erstrahlen. Diese Liebe ist einfach unvorstellbar.«

Er lächelte bedauernd. »Wie auch immer, ich weiß auch nicht, ob ich jemals welche haben werde.«

Sie ließ sich mit einem Seufzer nach hinten gegen die

Sofalehne fallen. »Das tut mir leid. Ich weiß nicht, ob es etwas bringt, wenn ich das sage. Aber du wirst welche haben. Da bin ich sicher.«

»Vielleicht, vielleicht auch nicht. Ich glaube, ich hätte gerne welche. Aber ich glaube auch, dass Marian an dieser Stelle sagen würde, dass sie weiß, was sie will. Und sie will eine andere Art von Leben.«

»Ich hätte mich mit einem Urteil zurückhalten sollen. Es geht mich nichts an, wie deine Schwester lebt. Oder du.«

Ihre letzte Bemerkung traf ihn. »Weißt du, woran ich gerade denken muss?«

»Nein, woran?«

»Als wir damals zum ersten Mal um den See spazierten, hast du mir mein ganzes Leben entlockt, und ich habe erst später gemerkt, dass ich dich nichts zu deinem gefragt hatte.«

»Das hatte ich alles ganz vergessen.« Sie sah ihm seine Niedergeschlagenheit wohl an, denn sie fügte hastig hinzu, »damit meine ich nicht jenen Tag damals oder den Spaziergang. Ich hatte ganz vergessen, dass du befürchtetet hattest, zu viel geredet zu haben. Aber damals galt wie heute – dein Leben ist eben interessanter als meines.«

»Nein –«

»Ah, jetzt kommen die Nachrichten. Machst du bitte lauter?«

Jamie drehte den Knopf zur Regelung der Lautstärke. Japan hatte den USA und Großbritannien den Krieg erklärt.

»Das reicht«, sagte sie kurz darauf.

Er drehte das Radio wieder leiser. »Ich wünschte, ich könnte dir alles wie durch einen Gedankenblitz mitteilen, sodass du es weißt, ohne dass ich groß Worte machen muss«, begann er zaghaft.

»Da bin ich anders. Mir gefällt es, wenn man jemanden nach und nach kennenlernt.«

»Aber uns fehlt die Zeit dafür. Und ich habe kein großes Vertrauen in meine Fähigkeit, Dinge zu erklären.«

Sie sah ihn eindringlich an. »Deine Ehrlichkeit hat mir immer gefallen. Und die allein zählt, um etwas zu erklären.«

»Ich schlage mich übrigens beim Malen mit dem gleichen Problem herum. Was ich wirklich malen möchte, sprengt alle Dimensionen, aber mittlerweile denke ich, eigentlich interessiert mich genau dieses Jenseits-aller-Dimensionen. Ergibt das Sinn?«

»Ja, ich glaube schon. Man sieht das deinem Strandbild an.«

»Ich glaube, ich will immer das Unmögliche.« Langsam und vorsichtig ergriff er ihre Linke und umfasste sie mit beiden Händen. Sie ließ es geschehen.

»Ja«, sagte sie nach einer Weile leise. »Unmöglich.«

»Dein Leben ist weitergegangen, als hätte es mich darin niemals gegeben.«

»Nur nach außen hin.«

»Ist es nicht das, was zählt?«

»Ich glaube nicht. Aber ich bin einfach – ich lebe ein Durchschnittsleben, Jamie. Du wolltest aus mir eine Rebellin machen, aber ich konnte das nicht, das liegt mir nicht. Manchmal wünsche ich mir, ich wäre weniger konventionell, aber die einfachste Erklärung ist wohl, dass mir der Mumm dazu fehlt.« Sie drückte fest seine Hand. »Ich habe dir immer nur das Beste gewünscht. Ich möchte, dass du glücklich bist.«

»Mir gefällt nicht, wie du das sagst.«

»Du willst nicht, dass ich dir wünsche, du sollst glücklich sein?«

»Das sollst du, aber es schwingt etwas Endgültiges mit.« Er ließ ihre Hand los und beugte sich nach vorn. »War unser Sommer für dich nichts als eine reizende, belanglose Station auf dem Weg ins Erwachsensein?«

Aus dem Radio erklang leise eine Sopranstimme, die eine Arie sang, während Sarah mit Blick nach draußen auf den Rasen lange überlegte. »Nein«, sagte sie schließlich entschieden. »Aber wäre das nicht besser so, Jamie? Wäre es nicht besser, wir würden das jetzt gemeinsam beschließen? Ich weiß ganz ehrlich nicht, warum jener Sommer das für mich nicht war und er mir immer noch nicht ganz aus dem Kopf will. Aber ich habe ein Leben, ich habe Kinder. Selbst wenn meine Gefühle für dich recht komplex sind, was macht es für einen Unterschied?« Ihr Blick traf ihn frontal wie ein Scheinwerfer, und er fühlte sich ertappt, als könnte sie all seine jämmerlichen Hoffnungen und Wünsche sehen, die die Zeit überdauert hatten. »Wenn wir miteinander ins Bett gehen, bringt das nichts Gutes«, sagte sie bestimmt.

Sie wollte ihn entmutigen, aber dass sie so offen über Sex sprach, erregte ihn. »Meinst du nicht, es wäre einen Versuch wert?«, sagte er wie zum Scherz, auch wenn er mit dem Tonfall weder sie noch sich selbst täuschen konnte.

Sie behielt nach außen hin die Fassung, aber er spürte, dass ein innerer Kampf im Gange war. Es gab so vieles, was er nicht über sie wusste, er konnte nicht annähernd ermessen, was sie in die Waagschalen warf. »Ich werde Lewis niemals verlassen«, sagte sie schließlich entschieden. »Ich liebe ihn, es ist mir wichtig, dass du das begreifst. Ich sehe also nicht, was das soll. Es würde für uns beide nur schmerzhaft sein.«

Kummer stieg in ihm auf, an dessen Oberfläche Gereiztheit und Enttäuschung trieben. »Ich gehe besser«, sagte er.

Sie widersprach ihm nicht, sondern begleitete ihn durch das Haus zur Eingangstür. Dort blieben sie stehen. »Bitte entschuldige mich bei Lewis, ich werde morgen nicht zum Dinner kommen.«

»Mach ich.« Eine Pause. »Und wie geht es jetzt weiter? Gehst du zum Militär?«

»Ich weiß es nicht.«

»Du willst nicht.«

»Natürlich nicht.«

»Hat dich die Vorstellung, dass Tiere misshandelt werden, nicht einst zur Weißglut getrieben? Und was ist mit Menschen?« Sie unterbrach sich und legte eine Hand auf seinen Arm. »Wir müssen tapfer sein.« Eindringlicher Tonfall, feuchte Augen.

Sie wärmte sich an ihrer Großmut. Wurde auch er auf die gleiche Art von seiner vermeintlichen Tugendhaftigkeit verführt? Wie sollte man durch seinen inneren Nebel aus Selbstgerechtigkeit klarsehen? »Du hast ja nicht einmal deinem Vater die Stirn geboten.«

Ihre Hand ließ ihn los. »Das ist für dich vergleichbar?«

»Ich will damit nur sagen, dass es leicht ist, anderen Tapferkeit zu empfehlen, wenn man für sich immer den ungefährlichsten Weg gewählt hat.«

»Das ist unfair. Wir können unseren Weg nicht alle so frei wählen wie du.«

»Wählen, genau. Du hast gesagt, du wärst gerne weniger konventionell – nun, du hattest die Gelegenheit dazu, aber du hast immer wieder das getan, was von dir erwartet wurde. Das ist völlig in Ordnung, aber tu jetzt nicht so, als ob jemand anderes dafür gesorgt hätte.«

»Tue ich auch nicht!«

»Ausgezeichnet!«

Sie sahen einander wütend in die Augen. Sie riss die

Haustür auf, und er marschierte nach draußen, setzte seinen Hut auf und hörte hinter sich die Tür zuschlagen, aber sein Blick blieb stur nach vorn gerichtet.

Zur Tür hinaus, die Straße hinunter, fort aus der Stadt. Da war sie, die Entscheidung.

New York City
April 1942
Vier Monate später

Ein Portier begleitete Marian von der Fifth Avenue durch eine mit schwarzem Marmor verkleidete Lobby und übergab sie der Professionalität eines Aufzugführers in einer Livree mit Messingknöpfen. Dieser musterte sie nur kurz von Kopf bis Fuß und verzog leicht verächtlich die Miene. Mit Schwung schloss er die Aufzugtür, legte den Hebel um, bei dem Marian unwillkürlich an einen Steuerknüppel denken musste, und sandte sie beide aufwärts. Sie überlegte, in welcher Kleidung wohl die anderen Piloten zu ihrem Vorstellungsgespräch erschienen waren. »Ihr Stockwerk, Miss.«

Darauf fand sie sich allein in einem weiten Flur wieder, sammelte sich kurz, strich glättend über ihre Hose und klemmte sich ihr Logbuch unter den Arm. Sie klopfte, und ein Hausmädchen in Dienstkleidung öffnete ihr die Tür zu Jacqueline Cochrans Apartment.

Eine einzige Pracht. In den Fußboden des Foyers war ein Flugkompass aus Marmor eingelassen. An einer Wand standen ein Glastisch und eine Vitrine, voll von Flugtrophäen, Globussen, Tassen, Spitztürmen und geflügelten Gestalten. An Decke und Wänden prangte ein Gemälde von einem berühmten Flugzeug. Marian drehte sich um die eigene Achse und reckte den Kopf wie bei einer Flugschau: der Wright Flyer, die Spirit St. Louis, die Vega Lockheed von Amelia Earhart, ein Doppeldecker-Geschwader, ein einzelner Zeppelin und natürlich, wie könnte es anders sein,

Jackie als Siegerin des interkontinentalen Bendix Luftrennens.

In Alaska hatte Marian im Februar über einen Piloten von einem Telegramm erfahren, das seine Schwester, die in Kalifornien Sprühflugzeuge flog, von einer Frau namens Cochran erhalten haben wollte. Sie suchte nach Pilotinnen für die britische Air Transport Auxiliary, kurz ATA, die Kampfflugzeuge fliegen sollten. *Jede Front ist auch unsere Front,* stand in dem Telegramm. *Für alle die unmittelbar hinter der Front und in Kampfflugzeugen aktiv werden wollen ist dieser Auslandseinsatz die ideale Gelegenheit.*

Marian, von Panik befallen, sie sei zu spät dran, hatte Jackie Cochran umgehend ein Telegramm geschickt, in dem sie kurz und knapp ihre Flugerfahrung in der Wildnis sowie die Anzahl ihrer Flugstunden aufzählte, gefolgt von der Bitte um Berücksichtigung ihrer Bewerbung. Kampfflugzeuge! Wenn man sie nahm, würde sie tatsächlich Kampfflugzeuge fliegen, die seit der Verabschiedung des Leih- und Pachtgesetzes zu Hunderten vor ihren Augen über Alaska Richtung Russland geflogen waren. Bereits am nächsten Tag kam postwendend die Antwort. Kommen Sie nach New York zu einem Vorstellungsgespräch. Wenn es gut läuft, reisen Sie zur Flugprüfung direkt nach Montreal und von dort weiter nach England.

Das Hausmädchen führte sie durch ein geräumiges Wohnzimmer, in dem ein Mann in abgehacktem Geschäftston ein Telefonat führte, und weiter über einen Flur, dessen Wände abermals Fresken von Flugzeugen zierten. Eine elegant gekleidete Frau eilte mit einem Armvoll Akten vorbei. Marian blieb vor einem gerahmten Zeitungsfoto stehen, in dem Jackie in einem Cockpit saß und sich, einen kleinen Spiegel in der Hand, die Lippen schminkte.

Der Raum war hell mit Aussicht auf den East River.

Jackie saß hinter einem Schreibtisch in Weiß und Gold, und ging förmlich unter in Papierbergen, die gegen den warmen Luftzug mit Briefbeschwerern in unterschiedlichen Größen und Formen an ihrem Platz gehalten wurden. Ein bronzener Adler, ein unförmiger großer Amethyst, ein Kompass. Als sie sich erhob und Marian über den Tisch die Hand reichte, stachen dieser sofort das gepflegte Blond und die rote Seide des gegürteten Kleides ins Auge. Sie wirkte wie ein Mensch, den man herausgeputzt und verschönert hatte, wie das schmeichelhafte Porträt einer Frau, unter der sich die übermalte wirkliche Frau verbarg.

Nachdem sie sich beide gesetzt hatten, wedelte Jackie missbilligend mit einem Finger. »So geht das nicht.«

Marian begriff das als Geste der Ablehnung. »Ich gehe nicht?«

»Sie werden eine Botschafterin Ihres Landes. Amerikanische Frauen repräsentieren. Ladies. Keine ölverschmierten Affen.« Ihr Akzent klang kultiviert, doch darunter schwang ein Näseln mit, ein spitzer Ellbogen.

Marian sah an sich hinunter. »Ich wollte mir schon ein Kleid kaufen.«

»Und warum in aller Welt haben Sie es nicht getan?«

Am Morgen hatte sie zögerlich vor den Glastüren von Macy's gestanden, und rechts und links von ihr waren elegant herausgeputzte Frauen so dicht an ihr vorübergegangen, dass die Ecken ihrer Einkaufstüten sie streiften. Sie hatte einen Blick auf die gewienerten Fußböden und Tresen erhascht, auf die Parfumflakons und ihr eigenes Spiegelbild, das zu allem so gar nicht passte. »Ich wollte mir nicht zu viel Hoffnungen machen«, sagte sie jetzt zu Jackie.

»Das ist genau der verkehrte Weg. Man kleidet sich für seine Ziele.«

»Ich will nicht anderes sein als eine Pilotin.«

Jackie lächelte schief. »Vergessen Sie Ihren Dickkopf. Sie müssen doch wissen, dass es den Leuten auf den Kontrast ankommt, wie das Hochglanzfoto von einem hübschen adretten Durchschnittsmädchen mit Locken, das Kaffee und Kuchen serviert und zufällig auch die ganz großen Maschinen fliegt. Lady und Pilotin in einer Person, anders geht es nicht.«

Der Lippenstift im Cockpit diente also eher als Harnisch, war keine Geste der Unterwerfung und auch kein opportunistisches Getue.

Ein unvollständiger biographischer Abriss: Jacqueline Cochran wird 1906 als Bessie Lee Pittman geboren. Sie wächst in Nordflorida auf, in schäbigen feuchtwarmen Städten, die von Sägewerken leben. Sie wird mit ziemlicher Sicherheit von ihren biologischen Eltern aufgezogen, auch wenn sie später aller Welt erzählt, sie sei eine Waise gewesen, weil das mehr ihren Vorstellungen von Unabhängigkeit entspricht. Sie ist eins von fünf Kindern, ein barfüßiges Straßenmädchen, das Krabben fischt und Hühner stiehlt. In der Geschichte, die sie über sich erzählt – und sie klingt recht wahrscheinlich –, war ihr Kleid aus Getreidesäcken gemacht, und sie schlief auf einer Strohmatratze in einer Pfahlhütte mit Ölpapier in den Fenstern anstelle von Glas.

Ein alter Lüstling macht ihr weis, dass sie eigentlich als Junge auf die Welt gekommen sei. Ein Indianer habe sie, als sie noch sehr klein war, mit seinem Pfeil durchbohrt, das Ergebnis sei ihr Nabel, und darüber sei sie so erschrocken gewesen, dass sie sich auf eine Axt gesetzt habe und so ein Mädchen aus ihr wurde. Ein Mädchen ist ein Junge, der sich auf eine Axt gesetzt hat, sagt er zu ihr.

Sie fragt sich, warum auch Jungen einen Nabel haben. Hatten sie sich nicht erschrocken, als der Indianer sie mit seinem Pfeil durchbohrte? Oder waren zufällig keine Äxte in der Nähe gewesen? In der Luft liegt der scharfe brandige Geruch von Holz, das zersägt wird. Ihre Haut wird die dünne Schicht aus Sägemehl nicht los. Sie treibt sich herum, wo sie will. Einmal, da ist sie noch klein, sieht sie, wie ein Mann im Wald gelyncht, verbrannt wird.

Die achtjährige Bessie Lee arbeitet nachts in einer Baumwollweberei und bringt auf einer Karre Spulen zu den Weberinnen. Jackie Cochran wird später berichten, dass sie sich auf diese Weise das Geld für ihr erstes Paar Schuhe verdient hat. Sie schlingt ihr Mittagessen runter, weil ihr nichts anderes übrig bleibt, und wenn sie kurz ausruhen will, versteckt sie sich in ihrer Karre, in der Hoffnung, unbeachtet von Männerblicken zu bleiben. (Sie hat gelernt, zu treten und zu schlagen, was manchmal ausreicht.) Bald wird sie zur Spinnerin befördert, läuft bis zum Morgengrauen Reihen von Spulen ab und kontrolliert, dass sie sich frei drehen. Sie hat Fusseln in den Lungen, die Ohren dröhnen vom Maschinenlärm. Die feuchte Hitze südlicher Nächte legt sich schwer über das langgestreckte Dach der Weberei, über die Baumwollfelder und den roten Lehmboden, während das Mädchen mit kleinen Fingern geschickt gerissene Fadenenden verknotet, und schon dreht sich die Spule wieder.

Ein kluges kleines Mädchen. Die nächste Beförderung. Sie wird Aufseherin über eine Gruppe von fünfzehn Kindern, die frisch produzierte Ware auf Webfehler überprüft, fünfzehn kleine, vom Leben frühreife Menschen, die sich mit scharfen Augen über weichen gewellten Stoff beugen.

Als in der Weberei ein Streik ausbricht, ergattert sie sich einen Job in einem Schönheitssalon, wo sie geschorenes und geschnittenes Haar zusammenfegt und Shampoos anrührt. Da ist sie zehn Jahre alt.

Und ab da beginnt ihr Aufstieg.

Jackie, die Handflächen auf den Schreibtisch gestützt, sagte zu Marian, »falls man Sie auswählt, werden Sie Flugzeuge dahin bringen, wo sie gebraucht werden. Von Fabriken zu Flugplätzen zum Beispiel, oder von Flugplätzen zu Reparaturdepots oder umgekehrt, so stehen mehr Piloten der RAF für die Front bereit. Egal, wie viel Erfahrung Sie bereits haben, Sie erhalten Training. Da gibt es keine Ausnahmen. Wenn Sie gut genug sind, kommen Sie gleich eine Stufe weiter. Sie werden neue Flugzeugtypen kennenlernen – sagen wir zweimotorige – und später wird man von Ihnen erwarten, Typen zu fliegen, die Sie noch nicht kennen, und zwar nur auf Grundlage der technischen Daten. Es ist ein konkreter Beitrag, aber nicht einfach. Trauen Sie sich das zu?«

Marian, von der Angst besessen, etwas zu sagen, das vielleicht dazu führen würde, dass sie nicht an den von Jackie beschriebenen Einsätzen teilnehmen durfte, verschlug es die Sprache. Sie begnügte sich mit einem Nicken.

»Ja?«, sagte Jackie.

»Ja«, flüsterte sie.

»Sind Sie von Alaska hierhergeflogen?«

»Ja.«

»In welcher Maschine?«

»Einer Beechcraft 18.«

»Wie lange haben Sie gebraucht?«

»Neun Tage.«

»Nicht gerade ein Geschwindigkeitsrekord.«

»Das Wetter war schlecht, und ich habe in Oregon bei meinem Bruder haltgemacht.« Der arme Jamie, von seinen Werten in die Enge getrieben und hin- und hergerissen, ob er sich nun zum Militär melden sollte oder nicht. *Was soll ich nur tun?*, hatte er gesagt. Vielleicht einen Job zum Malen von Werbeplakaten für den Militärdienst? Sie wollte nicht, dass er sich Gefahren aussetzte.

»In Alaska müssen Sie an schlechtes Wetter gewöhnt sein.«

»Ich bin daran gewöhnt, dass es furchtbar ist.«

»Gut. Die Briten bringen den Pilotinnen von der ATA keinen Blindflug bei, da sind Sie also sofort im Vorteil. Da drüben ist es im Handumdrehen wolkig und neblig.«

»Und warum keinen Blindflug?«

Jackie zeigte mit einem Finger auf einen Papierstapel. »Angeblich will man dort, dass die Überführungspiloten immer nur so hoch fliegen, dass sie Bodensicht haben und erst gar nicht in die Versuchung kommen, hoch hinaus zu wollen. Eine nette Wunschvorstellung, denn das Klima dort ist tückisch.« Sie machte eine kurze Pause, damit Marian das Attribut bewundern konnte. »Und wenn man dabei erwischt wird, was passiert dann? Selbst mit entsprechenden Kenntnissen ist es übrigens gefährlich. Haben Sie von Amy Johnson gehört? Die Engländerin, die nach Australien geflogen ist. Sie war für die ATA unterwegs und hatte mehr als genug Übung im Blindflug, aber sie ist trotzdem über einer Wolkendecke steckengeblieben, wollte nach unten durchstoßen und ist ertrunken. Ich will Sie nicht ängstigen. Über kurz oder lang wird man Ihnen diese Geschichte erzählen.«

»Ich kenne viele Piloten, die umgekommen sind.«

»Ich auch. Übrigens, sagen Sie den Briten nicht, dass ich mich beschwert habe. Dafür bin ich bei denen bekannt. Aber wenn Sie mich fragen, ist es eine Verschwendung von Flugzeugen, wenn man Leute nicht in den Blindflug einweist. Und von Piloten. Angeblich dient es der Flugsicherheit. Ich denke dabei eher an das Wort – wie war es noch mal? Wenn es um Kosten und Tempo geht? Wie war das Wort?«

»Effektivität? Effizienz?«

»Effizienz! Das ist es! Ich lerne immer wieder neue Wörter dazu. Ich sammle sie geradezu. Wie viele Schuljahre haben Sie hinter sich?«

»Nur acht.«

»Aber Sie haben einen reichen Wortschatz.«

»Ich habe als Kind viel gelesen.«

Zum ersten Mal, es war, als würde das Feuer in einem Leuchtturm angezündet, verbreitete Jackie Mitgefühl. »Dann sind Sie genau wie ich. Eine Autodidaktin. Das heißt, Sie scheuen Arbeit nicht.«

»Ich arbeite gern.«

»Mit vierzehn habe ich mein erstes Model T gekauft. Mit dem Geld, das ich mir in einem Haarsalon verdient hatte.«

Im Alter von elf schneidet Bessie Lee Pittman Haar, sie wickelt es, steckt es fest und glättet es. Sie hat ein Händchen für schönes Aussehen, fürs Aufhübschen. Seriöse Kundinnen stehlen sich, weil sie sich ihrer Eitelkeit schämen, durch die Hintertür in den Salon, während die leichten und schicken Mädchen durch die Vordertür hereinspazieren. Bessie gefallen die schicken Mädchen, sie hört gerne die Geschichten, die deren Bordelldamen über weit entfernte Städte erzählen.

Den folgenden Teil ihrer eigenen Geschichte verschweigt sie allen, auch Marian: Als sie ungefähr vierzehn ist, wird sie schwanger und heiratet den Kindsvater Robert Cochran. Das Baby bleibt bei den Pittmans in Florida, und sie zieht nach Montgomery und kauft sich mit dem Geld, das sie mit dem Legen von Dauerwellen verdient, ein Model T. Aber reicht ihr ein Leben als Friseuse? Reicht es für den kleinen Robert Jr.? Sie macht eine Ausbildung zur Krankenschwester und nimmt bei einem Arzt in einer Stadt mit Sägewerk eine Stelle an. Beim Licht einer Öllampe, der

Docht besteht aus einem Maiskolben, hilft sie einer Frau, ihr Kind auf die Welt zu bringen. Die Strohunterlage ist ihr nur allzu vertraut. Auf dem nackten Boden schlafen drei weitere Kinder. Es gibt nicht einmal eine saubere Decke für das Neugeborene.

Nein, alles falsch. Das ist nicht ihr Leben, niemals.

Robert Jr., vier Jahre alt, kommt beim Spielen im Hinterhof der Pittmans bei einem Feuer ums Leben. Ein Unfall. Er wird unter einem herzförmigen Grabstein beigesetzt. Jackie löscht ihn aus ihrer Geschichte, alles andere wäre ihr unerträglich.

Fort, fort, sie muss fort.

Eine zwanzigjährige Jacqueline Cochran, mittlerweile geschieden, kommt in New York City an und schafft es, sich bei Antoine's Schönheitssalon in Saks Fifth Avenue einen Job zu ergattern. Monsieur Antoine, Antoine de Paris, der originelle Hairstylist, hat eine Nase für Trends. Er hat den Bob kreiert und den charmanten Gamine-Schnitt, bei dem das Haar so kurz geschnitten wird wie bei einem Jungen, und damit Coco Chanel, Edith Piaf und Josephine Baker beglückt. Jackie und ihr sorgfältig nachgezogener Lippenstiftmund, die stets gepuderte Nase, der Hauch von Sägemehl unter ihrem teuren Parfum gefallen ihm.

Jeden Winter fährt sie fortan in ihrem Chevrolet ohne Zwischenstopps von New York zu Antoines Außenposten in Miami und liest unterwegs Tramper auf, damit sie Gesellschaft hat. In Miami gibt es Flüsterkneipen, Jazzbands und Spielcasinos, angesagte Dinnerclubs, Cocktails und endlose Strände aus weißem Sand. Jackies Seidenstrümpfe, ihre goldenen Puderdosen mit Spiegelchen, die immer nur einen Ausschnitt von ihr preisgeben, lassen keine Wirtschaftskrise erahnen. Aber nichts genügt ihr. Nichts hat Bestand. Locken hängen sich aus. Durch den Puder schimmert ölige Haut. Und im Florida Panhandle ist da immer noch dieses Grab mit dem herzförmigen Stein. Der Nachthimmel drückt auf das Dach des Hotels, in dem sie wohnt, auf die Palmen im Garten und die darunter schlafenden Flamingos. Noch immer will sie frei sein, aber frei wovon? Von diesem luxuriösen Leben, das sie mit viel Aufwand um sich errichtet hat? Nur fort, aber wohin?

»Ich habe mir als Teenager auch einen Ford gekauft«, sagte Marian. »Das Geld dafür habe ich mir mit Auslieferungen in einem Kleinlaster verdient.«

Jackie strahlte mittlerweile vor Sympathie. »Wirklich? Sehr löblich. Was machen Sie mit Ihrer Beechcraft, wenn es ins Ausland geht?«

»Vielleicht verkaufe ich sie. Oder stelle sie irgendwo unter. Keine Ahnung. Sie ist schon jetzt sehr mitgenommen. Ich bin damit in der Wildnis geflogen.«

»Ich weiß, das stand in Ihrem Telegramm.« Jackie streckte die Hand nach Marians Logbuch aus, blätterte zur letzten Seite und schaute sich die Summe der Flugstunden an. Sie hob ihre gezupften Augenbrauen, die mit einem Stift nachgezogen waren. »Ich war überrascht, dass ich bei dieser Anzahl von Flugstunden noch nie von Ihnen gehört hatte. Eigentlich kenne ich mehr oder weniger alle Mädchen mit Erfahrung dort draußen, dachte ich immer, aber daran sieht man mal wieder, wie man sich irren kann.«

Marian hätte gerne erfahren, was genau man daran sah, aber Jackie blätterte weiter in ihrem Logbuch. »Ich habe mich die meiste Zeit im Norden aufgehalten«, sagte sie. »Und war für mich.«

»Sie sind auf jeden Fall viel geflogen.«

Der Gedanke an die schimmernden Flugtrophäen draußen vor der Tür und Jackies schimmerndes Haar verführte Marian zu der Aussage, »ich bin mehr Stunden geflogen, als dort drinstehen, und zwar viel mehr.«

Jackies Miene verfinsterte sich. »Und warum stehen die nicht dort drin?«

Warum hatte sie nicht ihren Mund gehalten? Sie starrte aus dem Fenster. Wie sollte sie erklären, dass sie ohne Lizenz für einen Alkoholschmuggler geflogen und unter dem Namen Jane Smith gelaufen war, bevor sie wieder Marian Graves wurde. »Eine Zeit lang hatte ich einen anderen Namen«, sagte sie.

»Warum?«

»Ich hatte meinen Mann verlassen und wollte nicht, dass er mich findet.«

»Und wo ist er jetzt?«

»Er ist tot.«

»Ich verstehe.« Jackie folgte ihrem Blick aus dem Fenster und schien in Gedanken versunken.

Im Jahr 1932 sitzt Jackie bei einer Dinnerparty in Miami zufällig neben dem noch nicht einmal vierzigjährigen Wall Street-Millionär Floyd Odlum. Er stammt aus Union City, Michigan, ist in bescheidenen Verhältnissen aufgewachsen. Er ist Sohn eines Methodistenpfarrers und hat es im Finanzwesen zu etwas gebracht. Als ihm 1929 Übles schwante, veräußerte er vor dem Börsencrash die meisten seiner Anteile. Danach kaufte er Unternehmen billig auf. Er gilt als der einzige Mann, der an der Wirtschaftskrise verdient hat. Ihm ist zu Ohren gekommen, dass eine der Dinnergäste tatsächlich für ihren Lebensunterhalt arbeitet (vielen von dieser Sorte ist er bislang nicht begegnet) und wollte neben ihr sitzen.

Bei Krabbenküchlein fragt er sie: Was wollen Sie?

Das Salz, bitte, antwortet Jackie.

Witzig. Ich meinte, im Leben.

Ihr eigenes Kosmetikunternehmen. Aber dieses Land ist riesengroß, auf diesem Sektor herrscht harte Konkurrenz, und im Augenblick ist bei vielen Leuten das Geld knapp.

Es hilft enorm weiter, sich hin und wieder etwas Kleines zu gönnen, wenn das Leben einen mit den Füßen tritt.

Hoffnung in Form von Lippenstift, sagt er.

Genau.

Was wäre, wenn Sie in die Fliegerei einsteigen?, sagt er. Dann könnten Sie große Entfernungen schneller bewältigen.

Ans Fliegen hat sie noch nie gedacht, aber der Gedanke setzt sich in ihr fest. Könnte ich denn überhaupt eine Maschine fliegen, überlegt sie laut.

Selbstverständlich, das sagt er dermaßen überzeugt, dass ihr gar nichts anderes übrig bleibt als ihm zu glauben. Sie erkennt, dass er für sie überlebenswichtig sein wird, unter anderem als unerschöpfliche Quelle von Selbstvertrauen.

Für ihn ist sie ein unterbewertetes Produkt, ein günstiges Anlagegut, dessen Wert sich um ein Vielfaches steigern lässt.

Er ist zwar schon verheiratet, aber was soll's.

Beim ersten Flug packt sie die Leidenschaft für die Fliegerei und verschlingt sie mit Haut und Haar. Das ist es. Das ist Fortsein.

Jackie blickte immer noch aus dem Fenster, als sie sagte, »Gefällt Ihnen New York?«

Marian war dankbar, dass sie nicht weiter über ihren Mann sprechen musste. »Ich fühle mich in Städten nicht zu Hause.« Der Krieg hatte Anchorage, Nome und Fairbanks vergrößert, aber sie blieben Grenzposten inmitten von wilder Natur. Seit Pearl Harbor waren sie nachts verdunkelt. Die Nerven lagen blank.

»Sind Sie zum ersten Mal hier?«

»Nein, ich war vor vielen Jahren auf meiner Hochzeitsreise hier. Nur für ein paar Tage.«

Jackie warf ihr einen interessierten Blick zu, schien sich dann aber gegen weitere Fragen zu entscheiden. »Gut, hören Sie zu, falls Sie nach England gehen sollten, müssen Sie sich für zwei Jahre bei der ATA verpflichten. Sind Sie dazu bereit?«

»Klar.«

»Bestimmt?«

»Bestimmt.«

»Das ist kein gemütlicher Job.«

»Mit Gemütlichkeit habe ich nichts am Hut.«

»Ich muss Sie aber trotzdem darüber informieren, wie gefährlich er ist. Lange Arbeitszeiten, schlechtes Wetter, rationierte Verpflegung, Treibstoffrationierung, Flugabwehrschützen, die nur darauf warten, Sie vom Himmel zu holen, abgehalfterte Maschinen, die manchmal in der Luft ihren Geist aufgeben. Kein Funk. Überall Deutsche auf der Suche nach etwas, das sie abknallen können. Überall am Himmel Sperrballons. Vielleicht sinkt bei der Überfahrt sogar Ihr Schiff.«

An die Überfahrt hatte Marian noch gar nicht gedacht. »Ist so was denn schon passiert?«

»Ziemlich vielen Leuten ist das schon passiert, meine Mädchen waren bislang noch nicht darunter.« Sie betrachtete eine Seite in dem Logbuch, blätterte noch ein bisschen darin, klappte es zu und hielt es Marian entgegen. »Fühlen Sie sich bereit?«

Marian langte nach dem Buch. »Klar.«

»Ist das ein Ja?«

»Ja.«

Ein manikürter Finger klopfte gegen die Schreibtischplatte, während die braunen Augen sie musterten. »Von der Kleidung mal abgesehen, legen die Rangoberen Wert darauf, dass unsere Mädchen höchsten moralischen Ansprüchen genügen.«

»Gut.«

»Ihnen graut vor Peinlichkeiten. Einige der Männer, die nach Europa geschickt wurden, haben sich danebenbenommen. Folglich müssen die Mädchen ohne Fehl und Tadel sein. Fehltritte werden nicht toleriert. Wenn alle Welt einen für gewöhnlich hält, muss man sich doppelt so hart ins Zeug legen, um das Gegenteil zu beweisen.«

Floyd unterstützt Jackie dabei, ihr Kosmetikunternehmen in Gang zu bringen. Unternehmensmotto: *Beflügelnde Schönheit.* Und er sorgt dafür, dass auch ihre Fliegerei in Gang kommt. Ihren Einstand in der Welt der Luftrennen gibt sie 1934, als sie im englischen Suffolk als eine von zwanzig Piloten an den Start geht, Ziel ist Melbourne. Der stotternde Motor lässt sie nur bis Bukarest kommen, aber im Folgejahr tritt sie wieder an, diesmal in Burbank, Kalifornien, zum Bendix-Luftrennen. Amelia Earhart fliegt kurz vor fünf Uhr morgens als Erste los, in gefährlichem, sich verdichtendem Nebel. Der Pilot, der vor Jackie dran ist, stürzt beim Start ab und kommt ums Leben. Er verbrennt. Während die Trümmer beseitigt werden, ruft Jackie Floyd an, mittlerweile geschieden und mit ihr verlobt, und fragt ihn um Rat.

Logik würde gebieten, auf Sicherheit zu setzen, sagt er. Doch Logik sollte nicht in jedem Fall die Oberhand über mächtige innere Bedürfnisse gewinnen. Ihre Frage ist mithin philosophischer Natur. (Sie hat ihm noch nichts von Robert Jr. gesagt und natürlich auch nichts über den Mann, der vor langer Zeit im Wald verbrannte.)

Und?

Das musst du selbst entscheiden.

Die Antwort ist: nur fort. Aber fort im Flugzeug? Oder vom Flugzeug? Sie startet, aber als sie sich langsam hochschraubt, um dem Nebel zu entkommen, überhitzt der Motor, und sie muss wieder nach unten.

Sie und Floyd heiraten 1936 und erwerben ein Apartment mit vierzehn Zimmern und Ausblick auf den East River. Dorthin wird Marian eines Tages für ihr Vorstellungsgespräch kommen. In Connecticut kaufen sie ein Landhaus und außerhalb von Palm Springs eine Ranch. In New York gründen sie ein Waisenhaus – man glaubt es nicht! – für zukünftige barfüßige Jackies mit stechendem Blick. Sie leisten finanzielle Unterstützung bei Earharts Versuch einer Weltumrundung im Jahr 1937. Auf dem Flug verschwinden sowohl sie als auch Fred Noonan, obwohl Jackie von Anfang an ihre Zweifel hatte, ob Fred die Howlandinsel finden wird, und Amelia vergeblich gewarnt hatte.

Im Jahr 1938 gewinnt Jackie den Bendix. Im folgenden Jahr erfliegt sie einen Höhenrekord, zwei nationale Geschwindigkeitsrekorde und einen Geschwindigkeitsrekord über die Strecke zwischen zwei Städten. Sie sammelt Preise und Trophäen ein, stellt sich als Testpilotin zur Verfügung. Im September jenes Jahres, nach dem Einmarsch der Deutschen in Polen, schreibt sie an Eleanor Roosevelt. Falls es zum Krieg komme, könne man für Inlandflüge doch Pilotinnen einsetzen. Weibliche Unterstützung in der Fliegerei sozusagen. Sie könnten doch zum Beispiel Maschinen von Fabriken an Militärstützpunkte liefern und so dafür sorgen, dass die Männer in anderer Funktion eingesetzt werden konnten.

Die First Lady dankt ihr für den Vorschlag. Ja, falls es zum Krieg komme, werde man die Hilfe von Frauen benötigen, schreibt sie zurück. Doch die Entscheidung, wie und wo genau Frauen zum Einsatz kommen, werde Männern vorbehalten sein.

»Ich interessiere mich fürs Fliegen«, sagt Marian. »Wenn ich an Männergeschichten interessiert wäre, hätte ich in Alaska Gelegenheit dazu gehabt. Ich wollte meistens meine Ruhe haben.«

»Meistens. Meinetwegen. Nun gut. Unterlassen Sie künftig Andeutungen, dass Sie mehr Stunden geflogen sind als hier drinstehen. Alles muss seine Ordnung haben und hier korrekt verzeichnet sein. Haben Sie mich verstanden?«

»Klar. Ich wollte sagen, ja.«

Beim Lachen zog Jackie leicht ihren Unterkiefer zurück, dabei entstand ein Doppelkinn. Marian gefiel dieser Makel. »Sie lernen schnell, genau wie ich. Wenn Sie in Montreal sind, wird die ATA Sie gründlich in Augenschein nehmen, bevor man sich die Mühe macht, Sie nach Europa einzuschiffen. Mein Rat: Seien Sie freundlich zu dem Kontrollpiloten. Der gehört zu der Sorte Männer, für die Frauen an den Herd gehören.«

»Er wäre ziemlich enttäuscht über meine Kochkünste«, sagt Marian.

Juni 1941: Jackie ergattert die Erlaubnis, einen Hudson Bomber von Montreal nach Schottland zu fliegen. Den Kollegen von der ATA ist das ein Dorn im Auge. Vor nicht allzu langer Zeit wurden Leute für Atlantiküberquerungen gefeiert. Die Piloten drohen mit Streik, sollte die Nachricht über Jackies Flug bekannt werden.

Okay, okay, sagen die Vorgesetzten. Sie fliegt, aber ein Mann wird Start und Landung übernehmen.

Als Jackie zum Start antritt, fehlt bei der Maschine das Enteisungsmittel, die Sauerstoffversorgung ist falsch eingestellt und der Spezialschlüssel, um sie in Gang zu bringen, ist verloren gegangen. Jackie bringt alles in Ordnung und kauft einen neuen. Das Schlauchboot für den Notfall fehlt ebenfalls, aber es würde ohnehin nicht weiterhelfen, also fliegt sie ohne los. Als sie auf Neufundland einen Stopp einlegen, um nachzutanken, geht der Spezialschlüssel erneut verloren, und das Cockpit-Fenster wird eingeschlagen. Wieder kauft sie das Stück Werkzeug nach, repariert das Fenster mit Klebestreifen. Sie überfliegen ohne Probleme den Ozean, Jackie an den Instrumenten. Vor dem Landemanöver übergibt sie den Sitz.

»Meine Sekretärin wird Sie in Montreal in dem Hotel unterbringen, wo auch die anderen Mädchen wohnen«, sagte Jackie zu Marian. »Und Sie benötigen neue Kleidung. Und zwar noch heute. Die ATA stellt Ihnen in London Uniformen zur Verfügung, falls Sie genommen werden, aber Sie brauchen ein Reisekostüm und ein paar Kleider. Die meiste Zeit kommen Sie mit Hosen durch, wenn auch nicht mit denen, die Sie gerade tragen. Schöne Hosen. Dazu einige Blusen, ein Paar hochhackige Schuhe und ein Paar flache Schnürschuhe.« Während sie das sagte, schrieb sie auf einem Block Papier mit ihrem Monogramm eine Liste. »Aber übertreiben Sie nicht. Manche Mädchen hatten kofferweise Kleidung dabei. Haben Sie Geld? Ich könnte Ihnen mein Hausmädchen mitschicken.«

»Ich habe Geld.«

»Ich werde meine Verkäuferin bei Saks benachrichtigen. Sie wird Sie erwarten. Fragen Sie nach Mrs. Spring. Sie wird Sie auch zum Friseur bringen, Antoine. Man kennt mich dort.« Sie stand auf. »Viel Glück.«

Marian erhob sich ebenfalls und schüttelte Jackie die Hand.

»Ich sehe Sie dann dort, falls man Sie schickt«, sagte Jackie. »Benehmen Sie sich und legen Sie mit Ihren Maschinen keine Abstürze hin, jedenfalls nicht ohne guten Grund. Dann geht alles gut.«

An der Tür blieb Marian kurz stehen und wandte sich um. »Wenn es Ihnen nichts ausmacht, könnten wir meine Ehe unter uns behalten? Ginge das?«

Jackie sah ihr eine Weile in die Augen und nickte leicht.

Nach der Rückkehr aus Großbritannien erwähnt Jackie bei einem Dinner mit den Roosevelts erneut ihre Idee, Pilotinnen beim Überführen von Maschinen einzusetzen. Möglicherweise überlegen wir uns das, sagt der Präsident.

Nachdem ihre Angestellten Tausende von Akten inspiziert haben, bleiben einhundertfünfzig Pilotinnen übrig, die infrage kommen. Aber laut den Generälen gibt es im Augenblick mehr Piloten als Maschinen. Und wie soll man eine Handvoll Mädchen auf Flugzeugstützpunkten unterbringen, wo sich Hunderte, vielleicht gar Tausende von Männern aufhalten? Das Chaos wäre vorprogrammiert. Also: Nein. Die Antwort lautet: Nein.

Findet doch einstweilen heraus, ob die Briten eure Mädchen haben wollen, sagen sie.

Die Briten wollen alles und jeden, den sie bekommen können. In London weilt Jackie in luxuriösen Unterkünften, mietet sich einen Daimler und erscheint überall im Nerzmantel. Sie erfährt, dass der Arzt bei der ATA verlangen will, dass sich ihre Mädchen für die Leibesvisitation nackt ausziehen, und sie sagt, das stehe nicht zur Diskussion, bleibt beharrlich – in den Augen ihrer britischen Kollegen ist sie ein seltsames Wesen, derb und prüde zugleich. (Damals in der Baumwollweberei hatten Treten und Schlagen eben doch nicht immer genügt.)

Im Jahr 1953 durchbricht Jacqueline Cochran über der Mojave-Salzwüste als erste Frau die Schallmauer. In einer F-104G erreicht sie 1964 eine Geschwindigkeit von 2300 Stundenkilometer, ein absoluter Rekord.

Aber zurück ins Jahr 1942, als sechsundzwanzig amerikanische Pilotinnen, alle Jackies Mädchen, den Atlantik von Montreal nach Liverpool überquerten. Und Marian Graves war eine von ihnen.

Montreal
Juni 1942
Zwei Monate nach dem Treffen von Jackie und Marian

Marian hatte keine Ahnung gehabt, dass Montreal auf einer Insel lag, und sie war auch noch nie irgendwo gewesen, wo eine andere Sprache als Englisch gesprochen wurde. Der Himmel über Dorval Airport hatte etwas von einem Jahrmarkt, ein chaotischer, anhaltender Motorenlärm, der immer irgendwann verebbte, und aus allen Richtungen Flugzeuge, frisch aus der Fabrik oder auf ihrem Weg nach Europa oder von Pilotenschülern gesteuert, die Anflug und Abflug übten. B17-Maschinen flogen durch eine Gruppe von einmotorigen Schulflugzeugen wie Wale durch einen Fischschwarm.

Große Bomber und Transportflugzeuge waren direkt Richtung Gander auf Neufundland unterwegs und von dort weiter Richtung Irland oder Großbritannien. Kleinere Kampfflieger oder Ausbildungsmaschinen baute man hingegen unter Umständen auseinander und verlud sie in ihren Einzelteilen auf Schiffe, oder man schickte sie in Flugzeugen über die Eisroute: Neufundland, Grönland, Island, Großbritannien. In der Stadt tummelten sich allerlei Uniformen, deren unterschiedliche Farben und Abzeichen Marian fürs Erste ein Rätsel blieben.

Von Pilotenschülern gesteuerte Tiger Moths und Piper Cubs umkreisten den Flugplatz. Aus Männern wurden Piloten – der Krieg verlangte von allem nach mehr.

Drei Wochen vergingen, in denen sie sich gerade mal fünf Flugstunden organisieren konnte. Marian hatte gerade ihre Flugkenntnisse in einer leuchtend gelben Harvard nachgewiesen, einem Militärausbildungsflugzeug, an dem die Fahrwerksverkleidung herunterhing wie eine geöffnete Muschelschale. Im Cockpit roch es nach heißem Metall, Gummi und beißend nach etwas Undefinierbarem, für Marian der typische Geruch, der mit der Fliegerei einherging. Der Kontrollpilot, der die Prüfung abnahm, ein Amerikaner, hatte Pilotinnen gegenüber Vorbehalte. Jackie hatte sie ja bereits vorgewarnt. »Aber es geht nun mal nicht anders«, hatte ein Mädchen gesagt, das ebenfalls im Mount Royal Hotel untergebracht war. Ein paar von ihnen hatten dem Piloten ein Bier spendiert, das hatte weitergeholfen. Und so machte Marian es ebenso, setzte ein strahlendes Lächeln auf und gab sich Mühe, ihn mit Fragen zu umschmeicheln, die ihn zum Reden brachten – über knappe Selbstrettung und die heroische Rettung anderer, bis chronischer Kopfschmerz ihn aus dem aktiven Tagesgeschäft ins Army Air Corps gezwungen habe.

Ein Arzt befingerte und befühlte sie, maß Körperhöhe und Gewicht, nahm ihr Blut ab und erfragte befremdliche Details zu ihrer Menstruation. »Kein Fliegen«, sagte er, »während Sie Ihre Tage haben, und auch nicht drei Tage davor und danach. Das sind die Regeln.«

»Klar«, sagte Marian. (Die anderen hatten sie bereits vor seiner Idiotie gewarnt, und so war sie innerlich darauf vorbereitet, nicht die Fassung zu verlieren und sich zustimmend zu äußern. Dabei bedeutete Gehorsam nichts anderes, als dass man die Hälfte der Zeit am Boden blieb.)

Und so wartete sie die meiste Zeit. Von Jackies Mädchen hatten nur jeweils vier oder fünf pro Schiff den Atlantik überquert, damit ein Torpedo sie nicht alle auf einmal erwischen konnte. Während sie warteten, lungerten sie am Flughafen herum oder im Hotel. Abends in der Hotelbar trank Marian mit anderen Piloten, den Männern von den Atlantikfähren oder Jackies Mädchen. Sie war an so viel Gesellschaft nicht gewöhnt, und während der Alkohol die anderen lautstark werden ließ, wurde sie immer schweigsamer und nickte nur noch zu den Unterhaltungen. Irgendwann, sie wusste im Voraus nie genau, wann der Moment gekommen war, stand sie auf und machte sich grußlos davon.

Vor allem die Gesellschaft von Frauen war sie nicht gewöhnt. Klar, alle diese Mädchen flogen gerne und sahen das hier als Gelegenheit, um rauszukommen und etwas auszurichten. Und die meisten waren auch ganz in Ordnung, aber sie hatten ihr Leben bislang nur bei ihren Eltern verbracht oder im Frauenschlafsaal von einem College oder mit ihrem Ehemann. Marian hatte gehofft, sie würde sich mehr zugehörig fühlen, und erzählte nur wenig über sich. (»Du bist eine ganz Geheimnisvolle«, hatte eines der Mädchen gesagt, dessen Vater ihr zum sechzehnten Geburtstag ein Flugzeug geschenkt hatte.)

Was für ein Glück, als es dann Ruth gab.

Ruth Bloom. Aus Michigan. Sie war zwei Wochen nach Marian eingetroffen, und die beiden waren sich in der Lobby des Mount Royal über den Weg gelaufen. Marian, noch in ihrer Fliegermontur, kam durch die Drehtür herein, Ruth wartete in einem blauen Kleid und hochhackigen Schuhen am Empfang. Die abgewetzten braunen Koffer zu ihren Füßen waren kunterbunt mit Werbeaufklebern von Flugzeugherstellern und Luftrennen verziert und verrieten sie als Fliegerin. »Du musst eins von Jackies Mädchen sein«, rief sie, sobald sie Marian erblickte.

Ruth war klein und vollbusig, mit kräftigen, plumpen Waden und einer schmalen, festen Taille, sie wirkte gesellig und clever, und ihr saß der Schalk im Nacken. Ihr Ehemann mache in Texas gerade eine Ausbildung zum Flugnavigator, sagte sie. Er wolle bei schweren Bombern mitfliegen. Sie und Eddie hatten sich bei einem Pilotentraining der Zivilluftfahrt kennengelernt, das von der Regierung gesponsert wurde und Studenten offenstand. Es hatten sich nicht genügend Männer angemeldet, und so war auch ein Platz für sie frei gewesen – jedenfalls, sobald sie klargestellt hatte, dass sie keine Ruhe geben würde, bis man sie teilnehmen ließ. Eddie hatte sich unmittelbar nach Pearl Harbor zum Militärdienst verpflichtet, ließ die Pilotenausbildung sein und wurde den Navigatoren zugewiesen. Sie habe nicht einfach nur untätig herumsitzen wollen, während er woanders seinen Beitrag leistete, erzählte Ruth. Sie habe von Jackie das berühmte Telegramm erhalten, und jetzt sei sie hier.

»Bist du verheiratet?«, fragte sie Marian.

»Nein.«

»Warst du schon mal kurz davor?«

Marian schaute in eine andere Richtung. »Nein.«

»Ich bin einfach neugierig«, sagte Ruth ohne ein Wort der Entschuldigung. Sie musterte Marian. Etwas in ihrem abschätzenden Blick erinnerte Marian an die Mädchen von Miss Dolly. Sie hätte sich nicht gewundert, wenn Ruth ihren Lippenstift gezückt hätte, um sie zu schminken. Aber Ruths unverhohlene Heiterkeit, ihr Vertrauen in Marians Freundschaft, sobald sie sich kennengelernt hatten, erinnerte sie auch an Caleb. »Du bist eine Erscheinung«, sagte sie, »obwohl du alles dafür tust, es zu verbergen.«

Marian fuhr mit einer Hand über ihr Haar, dem man in Saks Salon eine Frisur verpasst hatte. Gerade war es platt gedrückt von dem Helm, den sie in der offenen Harvard getragen hatte. Man hatte sie angewiesen, es mindestens auf Bob-Länge wachsen zu lassen.

»Ich gebe mir Mühe, nicht aufzufallen.«

»Aber du ziehst die Blicke auf dich, gerade weil du so unauffällig sein willst. So viel wirst du doch wohl schon mitbekommen haben.« Eine kleine weiche Hand schnellte hoch und packte Marian am Kinn. Ohne Protest ließ Marian es zu, dass ihr Kopf hin und hergedreht wurde, als wäre sie ein Pferd, das zum Verkauf stand. Ruth machte den Eindruck, als müsste sie ein Lächeln unterdrücken. »Schüchtern«, sagte sie.

»Nicht wirklich«, sagte Marian und befreite sich aus dem Griff.

Jetzt lächelte Ruth breit. »Wenn ich dir einen Drink spendiere, erzählst du mir dann alles, was ich über diesen Ort hier wissen muss?«

Mitte des Sommers verließen sie Montreal endlich, man pferchte sie zu viert in die Kajüte eines schwedischen Frachtschiffs: Marian und Ruth, Sylvia aus Iowa und ein Mädchen aus Kalifornien, das alle Zip nannten. Marian hatte sich alle Mühe gegeben, ihre tiefe Freude darüber zu verbergen, dass sie und Ruth Reisegefährtinnen waren und ihre Ausbildung gemeinsam beginnen würden. Sie war sich nicht sicher, ob Freundschaft ihr in diesen Zeiten wichtig werden durfte. Aber auch Ruth war offenbar erfreut, denn sie prostete Marian mit ihrem Bierglas zu und sagte, »Graves, ich danke meinen Sternen, dass man uns nicht trennt.«

Marian hatte Caleb seit fast einem ganzen Jahr weder gesehen noch ihm geschrieben. Auch Jamie hatte nichts von ihm gehört und wusste nicht, ob er die Lehrerin geheiratet hatte. Ihr Schweigen rührte nicht von Verärgerung her, sie wollte sich nicht einmischen, das war alles. Eigentlich war sie immer auf Distanz zu ihm geblieben, weil sie Angst davor hatte, was passieren würde, wenn sie beide ihrer langjährigen alten Liebe zu viel aufbürdeten. Was Ruth anging, befürchtete sie, dass sie ihr mit Vertraulichkeiten zu nahe treten könnte, die Freundschaft zu ernst nahm. Aber meistens war sie ihr gern nah, was zärtlich und aufregend war und peinlicherweise fast an Vernarrtheit grenzte. Ruth begriff ohne Erklärung, was die Fliegerei für Marian bedeutete, und sie begriff auch, was es bedeutete, als Frau zu fliegen, nämlich Frust und Demütigung und Skepsis, die einen beutelten wie Gegenwind.

»Ich glaube, der würde sogar einen Tausendfüßler durch die Prüfung lassen, wenn der ihm feierlich versprechen würde, dass er sich niemals auch nur einbilden würde so gut zu fliegen wie er«, sagte Ruth über einen der Kontrollpiloten. »Das ist alles, was er will. Es geht ihm nicht darum, ob du fliegen kannst, sondern darum, dass du weißt, wo dein Platz ist.«

»Und warum ein Tausendfüßler?«, fragte Marian.

»Ich kenne die Typen, die auf Beine stehen. Ich habe ihm ein bisschen Bein gezeigt, ihn einen Helden genannt, und schon darf ich nach London.«

Gegenüber Marian schlug sie mal einen mütterlichen Tonfall an, mal war er scherzhaft oder kokett. Auf eine freundliche Art bevormundete Ruth sie, drängte sie, trieb sie an, und Marian, die sich niemals hätte vorstellen können, dass es ihr Spaß machen könnte wie ein Haustier behandelt zu werden, fand es doch entspannend, einfach das zu machen, was Ruth ihr sagte.

In einem kleinen Konvoi, der zur Verteidigung von einem alten Zerstörer begleitet wurde, fuhren sie zuerst von Montreal nach St. John's auf Neufundland, um dort zu warten, bis ein größerer Konvoi zusammengestellt wurde. Lange, träge und recht warme Tage vergingen, während das Schiff vor Anker lag. Marian hatte ihre Beechcraft verkauft, und wenn sie über ihnen hinwegfliegenden Flugzeugen Richtung Europa nachblickte, gab es ihr einen Stich. An den Abenden spielten die Piloten Karten oder tranken mit den anderen Passagieren.

Sylvie aus Iowa sagte, sie wolle zur ATA, weil sie in ihrer Stadt, in ihrem County, ja, wahrscheinlich in ganz Iowa bereits jeden Mann kennengelernt habe und überhaupt lieber Flugzeuge flog als sie baute. Zip wollte eine Spitfire fliegen, was sonst. Und sie wollte von sich sagen können, sie habe etwas von der Welt gesehen. Ruth meinte, »Wenn du das lediglich von dir behaupten willst, kannst du auch zu Hause bleiben und dir was ausdenken.«

Zip verdrehte die Augen. »Natürlich will ich wirklich was sehen.«

»Dann sag's doch gleich«, erwiderte Ruth.

Zip und Sylvie lagen zum Sonnenbaden am Bug und schrieben Briefe. Ruth schlüpfte in einen Overall und heuerte Marian an, mit ihr das Schiffsgeländer zu streichen. Die amüsierte Crew händigte ihnen Pinsel sowie Eimer mit Farbe aus. Die Männer sahen den beiden müßig rauchend zu und gaben auf Schwedisch ihre Kommentare ab, bis Ruth sie an den Armen packte und zur Mitarbeit zwang. An einem Tag, an dem es besonders warm war, entledigten die vier Pilotinnen sich ihrer Oberbekleidung und sprangen über Bord, Sylvie war schlau gewesen und hatte einen Badeanzug eingepackt, die anderen trugen Unterwäsche. Beim Springen hielten sie sich an den Händen, aber das Wasser riss ihre ineinandergeklammerten Finger auseinander. Während sie an die Oberfläche strampelte, musste Marian beim Anblick des dunklen stählernen Schiffsbauchs gegen eine unerklärliche Angst ankämpfen.

Der aus sechzehn Schiffen bestehende Konvoi brach eines Abends ohne große Vorankündigung Richtung Osten auf.

In der ersten Nacht kam das Besatzungsmitglied mit den besten Englischkenntnissen zu ihrer Kajüte und erinnerte an die Verdunkelung. Der Mann blieb mit hochrotem Kopf an der Schwelle stehen und blickte an die Decke, um nicht auf die Frauen schauen zu müssen, die in ihren Kojen beschäftigt waren. Sylvie steckte gerade ihr Haar hoch, Zip lackierte sich die Zehennägel. Er zeigte auf die Vorhänge vor dem abgedunkelten Fenster und sagte, »Immer schließen. Und die hier« – er zeigte auf die Kajütentür – »offen, denn wenn Torpedo kommt, dann das ganze Schiff« – er machte eine Handbewegung, als wollte er ein Handtuch auswringen – »und dann vielleicht so« – er legte eine Handfläche auf die andere und presste sie aneinander.

»Bleibt stecken?«, fragte Zip.

»Genau.« Dankbares Nicken. »Bleibt stecken. Und wenn du drin bist, dann …« Er schüttelte den Kopf.

»Wir würden wahrscheinlich auch so nicht rauskommen, aber danke fürs Mitdenken«, sagte Ruth hinter ihrem Buch hervor.

Der Mann nickte. »Schlafen in Kleidern, ja, damit schnell …« Er stieß einen Pfiff aus und fuhr mit einer Hand nach oben und verschwand mit einem erneuten kurzen Nicken.

Als die anderen das Licht löschen wollten, gingen Marian und Ruth an Deck. Der Mond hielt sich hinter Wolken versteckt. In der Dunkelheit hörten sie die Maschinengeräusche der anderen Schiffe, ohne sie aber sehen zu können. Mitunter glaubte Marian Steuerbord einen klotzigen Schatten auszumachen, aber er löste sich jedes Mal auf und tauchte woanders wieder auf, als würden die Augen ihr einen Streich spielen. »Mir gefällt die Vorstellung überhaupt nicht, in einer Kajüte festzustecken«, sagte sie zu Ruth. »In die Luft gesprengt zu werden ist das eine, aber festzustecken und lange genug am Leben zu bleiben, um das auch mitzukriegen – die Vorstellung gefällt mir nicht.«

»Mir auch nicht«, sagte Ruth. »Aber heißt es nicht, dass man überlebt, wenn man dazu bestimmt ist? Und wenn nicht, dann eben nicht.«

»Das sagt sich so einfach, während wir in aller Ruhe und putzmunter gleich neben einem Rettungsboot stehen.«

»Ich glaube, wir sollten an unserem Fatalismus arbeiten. Was ist denn der Unterschied zwischen Schiff und Flugzeug, wenn man sein Leben aufs Spiel setzt?«

»Beim Fliegen behält man doch noch eine gewisse Kontrolle.«

»Nicht so viel, wie man gerne glauben möchte.«

Am zweiten Tag wurden sie von Nebel eingeschlossen, der sich bis zum Ende der Reise nicht mehr auflöste. Am achten verbrachten sie die Nacht vor Anker, am Morgen darauf erreichten sie den Bristolkanal. Während das Schiff auf den Hafen zuhielt, standen Marian und Ruth an der Reling und sahen hochkant Buge und Schlote von zerbombten Schiffen aus dem Nebel ragen, seltsam verrenkt und verwinkelt, verrußt und halb unter Wasser. Die vagen Spukbilder wurden zu zerstörten Schiffsleibern, bis sie wieder verschwammen.

London stand schwarz vor den Taxifenstern. Bei Einbruch der Dämmerung war ein Zugbegleiter vorbeigekommen und hatte die Vorhänge im Abteil zugezogen. Die Beleuchtung im Zug war bläulich und gedämpft, wie auch im Bahnhof, und als sie davorstanden, hatten sie den Eindruck, als wäre Großbritannien vom Erdboden verschluckt.

Marian saß mit Ruth, Sylvie und ihren Handtaschen und

Koffern zusammengepfercht in einem Taxi, dahinter folgte Zip mit den schweren Gepäckstücken in einem zweiten, geräumigeren. Der Fahrer verlangsamte, bog ab, und etwas grünlich Schimmerndes glitt an den Fenstern vorbei: eine Gestalt in Form eines Kegels mit zwei kreisenden Monden.

»Was war das denn?«, sagte Sylvie.

»Ein Gespenst!«, sagte Ruth.

»Sag so was nicht.«

»Nur ein Bulle«, sagte der Taxifahrer. »Sie bestreichen ihre Mäntel und Handschuhe mit Phosphor.«

Als sie aus dem Fenster sah, erkannte Marian, dass das Dunkel weniger vollständig war, als es auf den ersten Blick schien. Durch die Schlitze in der Scheinwerferverkleidung schimmerte schwach die Straße und die weiß gestrichenen Stoßstangen von vereinzelt vorüberfahrenden Fahrzeugen. Verkehrsampeln schwebten als kleine rotgrüne Kreuze in der Dunkelheit. Als sie an einer hielten, konnte Marian die vorbeihuschenden Silhouetten von Passanten ausmachen und eine imposante Treppe, die zu einem Trümmerhaufen führte. »Das da draußen ist die Unterwelt«, sagte Ruth. »Das Königreich der Schatten.«

»Wenn Sie meinen Rat hören wollen, besorgen Sie sich weiße Handschuhe«, sagte der Fahrer. »Wenn Sie ein Taxi rufen wollen, brauchen Sie was Weißes zum Wedeln.«

»Oder um den Fährmann zu rufen, der uns über den Styx bringt«, sagte Ruth.

»Lasst die Gruselgeschichten«, sagte Sylvie. »Ich fürchte mich vor der Dunkelheit.«

»Wenn Sie den Blitz miterlebt hätten, wüssten Sie, dass es Schlimmeres gibt als Dunkelheit.« Er schaffte es gerade noch, nicht auf einen Bus mit einem großen weißen Kreis am Heck aufzufahren. Er ragte plötzlich wie eine Meeresklippe über ihnen auf.

»Und was sollte das sein?«, fragte Sylvie.

»Sylvie«, sagte Ruth tadelnd.

»Feuer«, sagte der Fahrer.

Die Hotellobby, durch Sandsäcke und schwere Vorhänge abgeschirmt, war wie eine Blase aus Lärm und Licht, überall wimmelte es von Uniformen. Jackie Cochran hatte eine Nachricht hinterlassen, in der sie ihre Mädchen willkommen hieß und ein gemeinsames Frühstück ankündigte. Sylvie und Zip teilten sich ein Doppelzimmer auf der fünften Etage, Ruth und Marian hatte jeweils Einzelzimmer und ein gemeinsames Bad.

Als Marian sich angezogen auf ihrem Bett ausstreckte, wurde ihr bewusst, dass sie seit Montreal keine Tür mehr hinter sich geschlossen hatte und einzig auf der Toilette für sich gewesen war. Sie schloss die Augen und presste ihre Hände dagegen. Hinter ihren Lidern flirrte es bunt. Von nebenan waren fließendes Wasser und leichtes Planschen zu hören, Ruth nahm gerade ein Bad. Marian musste an die Frau in dem Hotel in Cordova denken, aber sie schob die Erinnerung beiseite. Sie stand auf, löschte das Licht und schob sich in den Spalt zwischen dem Fensterglas und einem schweren Samtvorhang. Seit ihrer Ankunft war die dichte Bewölkung aufgebrochen, und am Himmel glitten jetzt silbrige Wolkenbänke dahin. Ein heller Halbmond hing über der verdunkelten Stadt. Irgendwo im tintenschwarzen Dunkel musste der Hyde Park liegen. Dächer, Kamine und Türme, über die weiß das Mondlicht strich wie über vereiste Gipfel, erstreckten sich vor ihr in die Ferne.

Missoula
August 1942
Kurz nach Marians Ankunft in London

Caleb saß auf einem Baumstumpf, den er gewöhnlich zum Holzhacken verwendete. Hinter ihm stand Jamie, hob die schwere Schere, die Caleb einst für Marians Haar benutzt hatte, und schnitt seinen Zopf ab. Glänzend schwarz hing er schwer und leblos in Jamies Faust.

»Was soll ich damit machen?«, fragte er.

»Behalt ihn als Andenken.«

Jamie ließ den Zopf in Calebs Schoß fallen. »Danke, nein, er gehört dir.« Dann schnippelte er das verbliebene Haar so gut es ging kurz. »Ein bisschen unregelmäßig.«

Caleb fuhr mit einer Hand über den Kopf. »Ich bin sicher, die Army wird den Rest erledigen.«

»Das ist ausgleichende Gerechtigkeit dafür, wie Marian hinterher immer aussah.«

»Ich habe nie behauptet, ich könnte gut Haareschneiden, ich war nur immer der Einzige, der es übernommen hat.«

»Hast du was von ihr gehört?«

»Nein.«

Calebs Tonfall verweigerte sich weiteren Fragen. »Sie ist in London«, sagte Jamie.

»Schön für sie.«

Jamie schnippelte an einer Strähne hinter Calebs Ohr, es machte die Sache nicht besser, befand er. »Bist du immer noch mit der Lehrerin zusammen?«

»Nein. Ich konnte mich nicht an die Vorstellung von Pantoffeln und Pfeife gewöhnen.«

Sollte das ein Euphemismus sein?, überlegte Jamie. »Und was soll das genau heißen?«

»Das soll heißen, dass ich nicht in das feste Schema von Ehe, Haus und Kind passe, mein lieber Jamie.«

»Besser so, dann muss man niemandem Lebewohl sagen.«

Caleb hatte Jamie geschrieben, dass er Kriegsdienst leisten wolle, und Jamie war aus Oregon gekommen, um ihn zu verabschieden. Der Papierkram war bereits erledigt, für Caleb würde es losgehen, sobald man ihn einberief. Und das war bald. Man sei an seiner Erfahrung als Jagdführer interessiert, sagte er. Als Alter hatte er sechsundzwanzig Jahre angegeben anstatt dreißig.

Jamie wusste immer noch nicht, was er tun sollte.

Marian hatte ihn Anfang April auf ihrem Weg nach New York besucht. Er hatte ihr von seiner Begegnung mit Sarah Farey in Seattle erzählt. »Sie würde gern aktiv kämpfen, hat sie gesagt. Das sagt sich so leicht.«

»Aber es ist frustrierend, so gut wie nichts beitragen zu dürfen«, hatte Marian gesagt.

»Ja, das ist mir klar. Ich weiß das. Sie hat auch noch gesagt, dass wir alle tapfer sein müssten. Tapferkeit um ihrer selbst willen ist mir egal, aber dieser Krieg …« Er sprach nicht mehr weiter.

»Ja«, sagte Marian. »Ich weiß.«

»Und was soll ich tun?« Er sah sie mit bangem Blick an.

»Ich wünsche mir für dich ein Leben in Frieden und Sicherheit. Im Großen und Ganzen spielt es keine Rolle, wofür du dich entscheidest. Ob du Kriegsdienst leistest oder nicht, wird keinen Unterschied machen. Könntest du nicht vielleicht nach einem Job suchen, bei dem du Werbeplakate für den Militärdienst malst?«

»Das sieht so aus, als wollte man sich drücken, indem man andere davon überzeugt zu kämpfen und zu sterben.«

»Ich glaube ja nicht, dass du höchstpersönlich irgendjemanden auf diese Weise überzeugen wirst, egal, wie gut du malen kannst.«

»Aber du, du riskierst was. Du bist tapfer.«

»Das ist was anderes«, sagte sie. »Ich will eigentlich nur mal diese Maschinen fliegen. Klar will ich auch meinen Beitrag leisten, aber ich mach das nicht aus Prinzip. Ich will was von dem Ganzen haben, während du eigentlich nur ein friedliches Leben willst, und Krieg bedeutet, diesen Wunsch aufzugeben. Egal, vielleicht nimmt die ATA mich auch nicht.«

»Die werden dich nehmen«, hatte Jamie gesagt.

Nach dem Haareschneiden tranken er und Caleb noch Whiskey, die Flasche war mittlerweile fast leer.

»Und wenn ich es nicht fertigbringe?«, fragte Jamie.

»Was nicht fertigbringe?« Caleb lag ausgestreckt auf der Liege in seiner Hütte und hatte einen Arm unter den Kopf gelegt. Jamie saß im Schaukelstuhl. Die Fenster standen offen, die Nacht war warm.

»Kämpfen.«

»Du würdest vermutlich sterben. Aber man stirbt ohnehin irgendwann.«

»Nun sag schon.«

»Das wirst du vielleicht erst wissen, wenn du mittendrin steckst.«

»Dann ist es zu spät.«

»Ich glaube, die meisten Leute können eigentlich gar nicht kämpfen. Die sind einfach nur da, damit die Anzahl der Soldaten steigt. Such dir doch einen Job, bei dem du auf niemanden schießen musst. Es gibt eine Menge Jobs dieser Art.«

»Das sagt mir jeder. Marian hat vorgeschlagen, ich soll bei der Propaganda mitmachen.«

»Du könnest als Koch oder so was arbeiten.«

Nachdem das Haus verkauft war, hatte Caleb außer Berits Schere noch Wallaces uralten Phonographen haben wollen. Jetzt stand er auf, um es hervorzuholen. Er stellte es auf, suchte eine Schallplatte aus, drehte an der Kurbel und setzte die Nadel ab.

Debussy. Jamie musste daran denken, wie er als Kind von oben durchs Geländer gespitzt hatte, während unter ihm Wallace und seine Freunde leidenschaftlich über Kunst diskutierten. »Kann man sich denn was aussuchen?«

Caleb setzte sich im Schneidersitz auf die Liege und steckte sich eine Zigarette an. »Wahrscheinlich nicht. Hast du schon mal ein Lebewesen umgebracht? Wenigstens einen Vogel?«

»Spinnen und Fliegen. Fische.«

»Wie wäre es, wenn wir morgen zusammen auf Elchjagd gehen? Ich nehme dich mit. Die Brunst fängt gerade an. Interessant da draußen.«

Jamie starrte in den Becher und schwenkte seinen Whiskey, er wollte nicht, dass Caleb mitbekam, wie verabscheuungswürdig er diesen Vorschlag fand. »Es scheint mir nutzlos, ein Lesewesen zu töten, nur, damit ich beweisen kann, dass ich dazu in der Lage bin.«

»Diese Jäger aus der Stadt, die ich da draußen begleite, machen nichts anderes. Aber man muss auch sagen, dass mittlerweile zu viele Elche und zu viel Wild unterwegs sind, weil es fast keine Wölfe und Grizzlys mehr gibt…«

»Daran bist auch du schuld«, warf Jamie ein.

»… und sie verhungern.«

»Ich bin nicht sicher, ob sich das als Probe eignet«, sagte Jamie. »Wenn man selbst den Elch nicht tötet, ist es ja nicht so, dass der Elch einen tötet.«

Caleb leerte seinen Becher und stellte ihn ab. »Es ist

leichter, einen Elch zu erschießen als einen Mann, Jamie. Aber du musst ja weder das eine noch das andere tun.«

»Klar, ich könnte mich einfach damit abfinden, ein Feigling zu sein.«

Caleb sah ihm in die Augen. »Du bist kein Feigling.«

Jamie hätte Caleb gerne gefragt, ob er Barclay Macqueen erschossen hatte. Aber was hätte es ihm geholfen? Und außerdem gab es sehr wohl Leute, die Jamie hatte umbringen wollen: diesen Jungen, der einen Hund gequält hatte, Mr. Fahey, Barclay. In ihm steckte sehr wohl dieser Drang. »Okay. Dann lass uns morgen gehen.«

Er schlief schlecht. Er lag auf dem Boden von Calebs Behausung, vom Alkohol drehte sich alles, bis ihm fast übel wurde, und er dachte wieder einmal an Sarah Faheys Brief. Er war im Juli angekommen, lange nach Marians Besuch.

Lieber Jamie,

ich hoffe, Dir ist es recht, dass ich Dir schreibe – Deine Adresse habe ich vom Museum erfahren. Wir sind nicht im Guten auseinandergegangen, und ich bedauere den Verlauf unserer Unterhaltung. Ich bin immer noch der Überzeugung, dass es nicht reicht, gar nichts zu tun. Aber mittlerweile glaube ich auch, dass es skrupellos ist, Menschen, denen Gewalt zuwider ist, und zu denen gehörst Du meiner Meinung nach, davon überzeugen zu wollen, Gewalt anzuwenden. Bei so etwas möchte ich nicht mitmachen, obwohl es in diesem Krieg ganz offensichtlich vor allem darauf ankommt, dass möglichst viele sich daran beteiligen. Was mich zum Sinn und Zweck dieses Briefes bringt: Ich habe von einer Einsatzmöglichkeit erfahren. In allen Bereichen der Streitkräfte sucht man nach Künstlern zur Dokumentation des Kriegsgeschehens. Ein Freund der Familie in ranghoher Funktion bei der Marine hat mir davon erzählt, denn wir kennen ja viele Künstler, und ich habe Dich erwähnt. Ich habe so viel verstanden, dass Du nach einem Training, welches Voraussetzung für einen Einsatz ist, in Kampfgebiete entsendet wirst, aber ohne Dienst mit der Waffe. Selbstverständlich ist auch das nicht ohne Risiko, aber wenn Du möchtest, setze ich Dich gerne mit den entsprechenden Leuten in Kontakt.

Ich hoffe, Dir und Deiner Schwester geht es gut. Mein Bruder Irving ist Offizier auf einem Zerstörer im Pazifik, und Lewis ist als Arzt beim Militär im Einsatz. Sie fehlen mir beide sehr.

Sarah

Jamie hatte Caleb nichts von dem Brief erzählt und ihn auch nicht erwähnt, als er Marian schrieb. Er befürchtete, beide würden ihm sagen, diese *Einsatzmöglichkeit*, wie Sarah es formuliert hatte, sei die geradezu perfekte Lösung für sein Dilemma. Auch Sarah hatte er noch nicht geantwortet. Er stimmte ihrer unausgesprochenen Schlussfolgerung zu, dass er als Künstler beim Militär formal seiner Pflicht nachkam, und trotzdem sträubte sich etwas in ihm. Sie traute ihm wohl nicht zu, dass er das alles packen würde. Millionen Männer waren anstandslos in den Krieg gezogen, aber er, schien sie zu denken, brauchte einen gemütlichen Spezialauftrag. Zugleich war er für diese Aufgabe qualifiziert, jedenfalls mehr als für einen Einsatz als Infanterist.

Nach nur wenigen Stunden erwachte er. Ihm war heiß, sein Mund trocken, und das Herz raste. In der Luft hing öliger Kaffeegeruch. Es war mitten in der Nacht, aber Caleb war bereits auf den Beinen, setzte eine Pfanne aufs Gas und schlug Eier auf.

Sie aßen schweigend. Caleb wies ihn an, sich draußen an der Pumpe gründlich abzuseifen, damit ein Elch sie nicht so leicht witterte. Als das Nachtdunkel sich allmählich dunkelblau färbte, machten sie sich auf in den Wald. Jamie marschierte stundenlang hinter Caleb her, ein Gewehr über der Schulter, mit Kopfschmerz und saurem Magen. Er fragte erst gar nicht nach, wohin es ging. Zwischen Baumstümpfen und Stämmen waberte bläulicher Nebel. Er gab sich Mühe, in Calebs Fußstapfen zu treten, um wie er möglichst wenig Geräusche zu machen, aber Caleb schien dahinzugleiten wie eine Schlange, während er selbst wie ein Karrengaul daherstampfte. Unter seinem Stiefel krachte ein Zweig. Caleb warf irritiert einen Blick nach hinten.

»Tut mir leid«, flüsterte Jamie. Caleb hob einen Arm, und Jamie blieb stehen.

Caleb schien zu lauschen, aber so sehr Jamie auch die Ohren spitzte, er vernahm nur ein leichtes Tröpfeln und dahinter eine von unhörbaren Naturgeräuschen prickelnde Stille: wachsende Pflanzen, kriechende Insekten, dahintreibender Staub. Im Krieg, das war ihm klar, war eine solche Stille zum Zerreißen gespannt, vielleicht wurde gerade irgendwo eine Waffe angelegt und man selbst ins Visier genommen. Caleb zog ein Bambusrohr aus seinem Gürtel und blies einen schrillen ansteigenden Ton, der in einem dunklen Signal endete. Sie warteten. In der Ferne röhrte ein Elch. Caleb wies nach links, und sie setzten ihren Weg fort.

An einem kleinen Teich zeigte Caleb auf Hufabdrücke und Lehmspuren an Baumstämmen, von Tieren, die sich im Schlamm gesuhlt hatten. Nach einer Weile blieb er erneut stehen und ging in die Hocke, das Gewehr legte er quer über die Beine. Jamie ließ sich in weichen Kiefernnadeln nieder und lehnte sich mit dem Rücken gegen einen Baum. Außer Nebel war nichts zu sehen. Jamie wurden die Augenlider schwer.

Caleb rüttelte ihn irgendwann an der Schulter und weckte ihn. Ein hartes Stück Rinde hatte sich in seinen Rücken gebohrt, über eine Wange lief ihm zäher Speichel. Caleb zeigte auf eine Wiese, die sich im Nebeldunst zwischen den Bäumen vor ihnen auftat. Gelbes Sonnenlicht durchdrang die niedrigen Schwaden, die über dem hohen Gras hingen. Eine Herde Elche bewegte sich beim Grasen langsam voran, die Weibchen mit ihren Maultierohren und knubbeligen Beinen, in ihrem Gefolge wachsam der Bulle, mit einer dicken dunklen Zottelmähne wie von einem Löwen.

Jamie nahm sein Gewehr zur Hand. Sie schlichen zum Rand der Lichtung. »Du hast freie Bahn«, flüsterte Caleb. »Warte noch.«

Jamie hob das Gewehr und drückte seine Wange an den Kolben. Der Bulle kam näher. Jamie sah durch das Visier, wie er den Kopf hob und so weit in den Nacken legte, bis die dicken Stangen seines Geweihs fast parallel über dem Rücken hingen. Die schwarzen Nüstern verengten sich, zitterten inbrünstig. »Jetzt«, flüsterte Caleb.

Der schwere, ungezähmte Tierkörper steckte voller Leben. Jamie stellte sich vor, wie ihm die Beine einknickten und das wundervolle Geweih im Gras lag wie eine nutzlose Harke. Er senkte sein Gewehr. Wie im Reflex hob Caleb das seine, daran gewohnt, zu schießen, wo andere verfehlten oder versagten. »Lass es«, sagte Jamie.

Der Elch wandte ihnen seinen Blick zu und richtete die Ohren nach vorne. Jamie sprang auf und schwenkte schreiend die Arme. Das Tier drehte sich um und rannte, gefolgt von den Weibchen, fort. Die Herde galoppierte unter dumpfem Hufdonnern die Wiese hinunter. Sonnenlicht spielte auf hellbraunen Flanken, bis Nebel die Tierkörper schluckte.

England
August bis November 1942
Kurz nach Marians Ankunft in London

Für die Grundschulung und die Testflüge sandte man Marian und die anderen zuerst nach Luton im Norden Londons. Alle Piloten, Frauen wie Männer, mussten ausnahmslos und unabhängig von ihrer Erfahrung wieder bei null anfangen. »Sie mögen zweitausend Flugstunden absolviert haben oder auch nur zwei«, sagte der Fluglehrer. »Aber Sie müssen sich hier trotzdem hinsetzen und zuhören, und die Prüfungen müssen Sie auch bestehen.« Sie trugen Zivilkleidung (ihre Uniformen, riesige unförmige Flugoveralls, wurden gerade in London von Austin Reed gefertigt).

Die Grundschulungen fand Marian interessant, denn sie hatte in Aerodynamik nur vage Kenntnisse, die sie sich vor langer Zeit in der Bibliothek in Missoula angeeignet hatte. Von Morsecode hatte sie keine Ahnung, und auch Navigation oder Meteorologie hatte sie niemals systematisch gelernt. Es war genau die Schule ihrer Jugendträume: Tischreihen, an denen Piloten saßen, die Wände mit Landkarten, Tabellen und Diagrammen von Motoren und Instrumenten gepflastert. *Lieber sicher als mutig*. Der Fluglehrer wiederholte dieses Motto so oft, bis es fast zu einem Mantra wurde. Sie sollten Flugzeuge sicher und effizient dorthin bringen, wo sie gebraucht wurden, und nicht die Helden spielen. Die Maschinen sollten möglichst unbeschädigt bleiben. Manchmal würden sie brandneue Maschinen fliegen, manchmal welche mit Kampfspuren. Hin und wieder würden sie sich gegenseitig in alten, ausgedienten Kisten nach Hause fliegen.

Die Vorgehensweise, nach der die ATA vorging, hielt Marian für clever und gewagt. Nach dem Flugtraining in Luton in leichten Maschinen, meist offene Zweisitzer, und genügend Überlandflügen entsandte man die Piloten zur Zentrale nach White Waltham im Süden von London. Dort wurden sie an einmotorigen Kampfflugzeugen trainiert, auch als Klasse II bekannt, wozu die Hawker Hurricane gehörte und nach einer Bewährungsphase auch die ersehnte Spitfire. Im Falle einer Eignung wurden die Piloten zu einem der vierzehn Stützpunkte für Überführungsflüge versetzt: der nördlichste lag im schottischen Lossiemouth, der südlichste in Hamble in der Nähe von Southampton, wo die Supermarine Aviation Works wie am Fließband Spitfire produzierte, die übers Land verteilt werden mussten, bevor sie von den Deutschen zerbombt werden konnten.

Jeder Pilot bekam ein Büchlein, das oben mit zwei Metallringen zusammengehalten war, *Handbuch für Überführungspiloten, Nur für den Dienstgebrauch* stand in gelben Lettern auf dem blauen Segelstoffeinband. Darin waren Informationen zu allen Maschinen enthalten, für die man sie einsetzen würde. Es wurde erwartet, dass sie, nachdem sie sich mit den technischen Spezifikationen vertraut gemacht hatten, auch unbekannte Flugzeugtypen flogen. Wenn es mit den Maschinen von Klasse II gut lief, würden sie nach White Waltham zurückkehren und sich dort für die Klasse III schulen lassen, mit leichten zweimotorigen Maschinen, und so weiter bis Klasse V, das waren dann schwere viermotorige Flugbomber. Klasse VI waren Flugboote, doch es war Frauen nicht erlaubt, sie zu fliegen, denn man würde sie in eine Männercrew eingliedern müssen, und das konnte nur im Chaos enden.

»Eine Ihrer größten Sorgen wird sein, unter den Wolken zu fliegen«, sagte der Fluglehrer. »Wenn das nicht geht, bleiben Sie am Boden. Um nicht auf sich aufmerksam zu machen, setzen Sie keinen Funk ein, und falls Ihre Maschine Gewehre an Bord hat, sind diese nicht geladen.« Er zögerte. »Das ist die Theorie. Falls Sie also eine mit Waffen ausgestattete Maschine fliegen, haben Sie keine Erlaubnis, diese einzusetzen.« Einige Piloten warfen einander rebellische Blicke zu.

»Sie sind also völlig auf sich allein gestellt. Wie war das Motto? Lieber sicher ...«

»... als mutig«, antworteten die Piloten im Chor.

»Ich begreife nicht, warum man uns nicht im Instrumentenflug unterweist«, sagte Marian, als sie mit Ruth zu ihren jeweiligen Backsteinhäuschen spazierte, die in der gleichen Straße lagen. Bei beiden Familien war zufällig ein Zimmer frei gewesen. Das von Marian hatte einem Sohn gehört, der zur Pilotenausbildung nach Kanada gegangen war. An der Decke hing ein Sopwith Camel-Zweisitzer, und in ihrer ersten Nacht hatte sie die Unterseite der Tragflächen angestarrt und überlegt, was wohl aus den Brayfogles geworden war. Sie hatte in der Vergangenheit, wenn überhaupt, immer mehr an Felix gedacht, aber jetzt kam ihr Trixie in den Sinn. Sie hätte damals eigentlich Bewunderung für sie empfinden sollen.

»Gegen schlechtes Wetter von allen Seiten kann man nichts machen«, fuhr sie fort. »Angeblich will man ja keine Maschinen und Piloten riskieren, aber würden nicht weniger abstürzen, wenn sie wüssten, wie man in Wolken fliegt?«

»Die Oberen schauen nur aufs Geld, so einfach ist das«, sagte Ruth. »Und sie haben es eilig.«

»Weißt du, wie man nach Instrumenten fliegt?«

»Nein«, sagte Ruth unbeschwert. »Ich habe vor, unserem Motto zu folgen. Und schau doch nur einmal Amy Johnson an, sie hatte viel Erfahrung und ist trotzdem vom Himmel gefallen.«

Marian traute dieser Logik nicht. Sie standen vor dem schmiedeeisernen Törchen zu Ruths Privatunterkunft. »Ich könnte dir ein paar Kniffe beibringen«, sagte sie. »Für alle Fälle.«

»Nur wenn die Lektionen im Pub stattfinden, von Schule habe ich genug.«

»Dort hörst du mir nicht zu.«

»Dann belohnen wir uns hinterher mit einem Besuch im Pub.«

»Wenn's unbedingt sein muss«, sagte Marian mit einem Abschiedswinken.

Nach ein paar Flugstunden mit einem Lehrer in einer Tiger Moth und einer Miles Magister, wo sie Wind und Wetter ausgesetzt waren, durfte Marian einen Alleinflug machen. Schon merkwürdig, *solo* fliegen zu dürfen, nachdem man jahrelang nichts anderes gemacht hatte. Aber sie unterließ es, das Gesicht zu verziehen oder sich zu beschweren, und trug alles brav in ihr neues Logbuch ein. Der nächste Schritt waren fünfundzwanzig Überlandflüge in Großbritannien, wo sie sich per Karte und Kompass orientieren und Bahnlinien, Flüssen und alten Römerstraßen folgen sollte. Kurze Flugabschnitte. Unter ihr das Mosaik der Landschaft, von Hecken zusammengehalten. An Tagen mit gutem Wetter brachte sie drei oder vier Flüge unter (sie hatte sich immer noch nicht daran gewöhnt, wie klein dieses Land war, das förmlich in Alaskas Westentasche passte). Doch zwischen Gut-Wetter-Tagen lagen viele mit einem grauen, tief hängenden Himmel, der mitunter aufklarte, nachdem man die Piloten nach Hause geschickt hatte. Und selbst wenn das Wetter ganz passabel war, hing über Luton schmutziger Dunst, der Marian bei ihrem Flug in der offenen Zweimotorigen in den Augen brannte. Nach Dunkirk war die Autofabrik des Herstellers Vauxhall unter Churchills Ägide umfunktioniert worden, und man stellte dort jetzt Panzer und Militärlastwagen her. Der Rauch aus den Fabrikschornsteinen mischte sich mit dem aus Privathäusern und Ölverbrennungsvorrichtungen, die mit ihren schwarzen Wolken die Fabrik vor deutscher Bombardierung schützen sollten. Das alles vermengte sich zu einer dichten, ätzenden Suppe. Woanders (überall, so schien es) musste sie auf Sperrballons achten, die, mit Ketten rund um Flugplätze und Fabriken befestigt, die deutsche Maschinen von Angriffen abhalten oder in denen diese sich verheddern sollten.

Marian und Ruth hatten beide montags frei und sich angewöhnt, am Sonntagabend London unsicher zu machen. Oft gingen sie ins Theater oder Kino oder verbrachten die Nacht im Red Cross Club, was günstiger war als ein Hotel und wo mehr los war. Dort gab es eine Penny Jukebox, eine gute Snackbar und Zentralheizung, außerdem traf man dort amerikanische Soldaten und Krankenschwestern und manchmal Piloten, die sie kannten. In dem Geschäft am Stützpunkt erstanden sie gesalzene Erdnüsse, Nestlé-Riegel und Dosenbier. Hin und wieder bestellte man sie zur Anprobe ihrer Uniformen zu Austin Reed. Sie erhielten einen Rock, ein Paar Hosen, zwei Uniformjacken, ein Jackett und einen Mantel, alles im Blau der britischen Luftstreitkräfte und zu eng geschnitten für Marians Geschmack, Ruth war es dagegen nicht knapp genug.

Einige von den Mädchen, die etwas mehr hermachten, wie Zip, die ein teures College besucht hatte, oder Sylvie, die besonders hübsch war, wurden zu Cocktails in die Botschaft eingeladen oder zum Dinner in Jackie Cochrans

Apartment in Knightsbridge. Aber Ruth und Marian verbrachten ihre Zeit gerne gemeinsam und für sich oder mit den Zufallsbekanntschaften von Ruth.

»Es wundert mich, dass du nicht Jackies Liebling bist«, sagte Marian einmal zu Ruth, nachdem sie Sylvie zufällig auf der Straße begegnet waren. Sie hatte durchsickern lassen, dass am Abend zuvor bei Jackie tatsächlich Blaubeeren serviert wurden. »Man sollte eigentlich meinen, dass sie dich bei deinem Charme um sich haben möchte, damit sie alle ihre wichtigen Bekanntschaften bezirzen kann.«

»Nein«, sagte Ruth, zog an ihrer Zigarette und kniff nachdenklich die Augen zusammen. »Ich bin ihr zu aufgekratzt. Jackie ist wirklich was Besonderes, das kann man nicht anders sagen, aber sie ist nicht wirklich ausgelassen. Sie gibt sich Mühe, aber man sieht, wie sie sich anstrengt. Egal. Ich bin froh, dass ich keine weiteren Verpflichtungen habe.«

»Wenn es dir nichts ausmacht, dann mir auch nicht«, sagte Marian. »Es würde mir schon nahegehen, wenn von uns beiden nur du eingeladen würdest, und mich wird sie sicher nicht einladen. Sie geht wahrscheinlich davon aus, dass ich mit einem Sack bekleidet bei ihr auftauche.«

»Nein, es ist genau andersherum. Wenn wir nicht so eng befreundet wären, würde sie sich für dich entscheiden. Sie hätte ihre Freude daran, aus dir was zu machen.« Ruth hakte sich bei Marian unter und legte den Kopf an ihre Schulter. »Dumme Gans, sie sieht gar nicht, dass es da nichts mehr zu verbessern gibt.«

Aber im September kehrte Jackie nach Amerika zurück, um dort eine ausschließlich weibliche amerikanische Version der ATA aufzubauen, die WASP (Women Airforce Service Pilots). Keine Cocktails mehr in Knightsbridge. Helen Richey, als erste US-Pilotin im kommerziellen Luftverkehr zu Berühmtheit gelangt, übernahm das amerikanische Kontingent. Aber Jackies Mädchen waren mit ihrem Training weit fortgeschritten und brauchten keine Glucke mehr.

Alle Welt in London trank, was das Zeug hielt, schlief zu wenig und wollte sich amüsieren. In Nachtklubs und Tanzlokalen trotzte man den Umständen mit Ausgelassenheit, und Ruth führte Marian mitten hinein ins pralle Leben. Sie flirtete gern, ließ sich aber, soweit Marian mitbekam, nicht von Männern küssen. Auf ihren nächtlichen Streifzügen sprach sie mehr als sonst von ihrem Ehemann. Marian ließ sich hingegen zu später Stunde hin und wieder in einer dunklen Ecke des Tanzbodens küssen, oder sie spreizte leicht die Beine, wenn auf einer Taxifahrt eine Hand an ihrem Bein hinaufwanderte. Es wäre vielleicht auch mal zu mehr gekommen, aber immer tauchte Ruth auf und führte sie lachend, wenn auch entschlossen weg, zurück in die brave Keuschheit der Schlafräume im Red Cross.

Marian gewöhnte sich langsam an die Verdunkelung und daran, trotz des Dunkels ihre Mitmenschen wahrzunehmen, die sich darin bewegten wie Unterwasserfische und weiße Handschuhe und phosphoreszierende Knöpfe aufleuchten ließen. Ihr gefiel der Kontrast zwischen der Schwärze draußen und einem Nachtklub, wo es laut war und feuchtwarm und alles glitzerte und glänzte. Hier existierte das Leben unterirdisch fort. Die friedliche Welt war im Feuer untergegangen, aber ihre Wurzeln waren intakt, im sicheren Dunkel, genährt durch Alkohol, Tabak und Schweiß.

In einer ganz besonders eisigen Nacht waren Marian und Ruth zur Feuerwache eingeteilt, was bedeutete, dass sie auf dem Flugplatz von Luton auf Pritschen übernachten mussten. Um acht Uhr, es war schon seit langem dunkel, und man konnte eigentlich nichts anderes tun als schlafen, lagen sie schlotternd vor Kälte in Wollunterwäsche und ihren Sidcot-Overalls auf ihren Liegen. »Meinst du, du könntest dich zu mir legen? Mir ist so kalt, da ist ans Einschlafen nicht zu denken«, sagte Ruth.

»Kein Problem«, sagte Marian, und Ruth hob die Decke an. Sie lagen Rücken an Rücken, und Marian registrierte mit jeder Faser ihres Körpers ihren unterschiedlichen Atemrhythmus. Doch als sie sich anpasste, war das Gefühl noch merkwürdiger, gerade so, als würden sie mit einer einzigen Lunge atmen. Sie spürte auch Ruths weichen Hintern, der genau gegen ihren drückte, denn Ruth (die viel kleiner war als sie) war auf der Pritsche nach unten gerutscht und mit ihrem Kopf unter der Decke verschwunden. Marian wusste, dass sie einschlafen konnte – das gelang ihr immer und überall –, aber sie wusste nicht recht, ob sie es wollte.

»Ich habe schon länger nichts mehr von meinem Bruder gehört«, begann sie. »Seitdem wir hier sind.«

Ruth kam sofort unter der Decke hervor, damit sie gut zu hören war. »Vielleicht ist sein Brief irgendwo steckengeblieben. Ich habe gestern Post gekommen, manche Briefe waren ewig alt.«

»Vielleicht.«

»Ich habe gestern einen Brief von Eddie bekommen. Er ist jetzt einer Crew zugeteilt worden. Ganz nett. Einem von ihnen wird bei jedem Flug schlecht, aber niemand verrät ihn, sogar nicht, nachdem er einmal seine Kotztüte durch den Signalschacht geworfen und der Wind sie wieder zurückgedrückt hat und alle was abbekamen. Eddies hat seinen letzten Ausbildungsflug absolviert, und er geht davon aus, dass man ihn bald auf dem Festland einsetzt.« Sie veränderte ihre Position und lag jetzt so, dass ihre Schultern die von Marian berührten. »Er sagt, sie kommen alle gut miteinander klar, darüber bin ich froh.«

Marian konnte sich Eddie nicht recht vorstellen, sie wusste nur, dass er seine Pilotenausbildung abgebrochen hatte. »Hast du dir denn Sorgen gemacht?«

»Ein bisschen. Leute wissen manchmal nicht recht, was sie von Eddie halten sollen. Versteh mich nicht falsch – er ist ein wunderbarer Mensch. Aber manchmal ... ich weiß auch nicht.« Die Federn der Pritsche quietschten, Ruth rollte sich auf die andere Seite. Jetzt spürte Marian an ihrem Rücken anstelle des Hinterteils weiche Brüste. »Du bist schön warm«, sagte Ruth. Sie schob einen Arm unter Marians Achsel und hielt ihr die Hand vors Gesicht. Sie war rot und an den Knöcheln stellenweise angeschwollen. »Kennst du die auch? Frostbeulen? Furchtbar. Ich habe sie auch an den Füßen.«

»Du musst dafür sorgen, dass deine Socken und Stiefel trocken werden«, sagte Marian. Und da war es keine große Sache, Ruths Hand zu nehmen, sie unter die Decke zu ziehen und zum Aufwärmen an ihren Bauch zu legen.

»Du hast Herzklopfen«, sagte Ruth kurz darauf.

»Ich glaub nicht.«

»Doch.« In einem schläfrigen, schleppenden Tonfall.

Marian sagte darauf nichts. Ruths Art, über Eddie zu reden, war merkwürdig. An Ruths Stelle, schoss es ihr durch den Kopf, wäre sie schon längst auf den Grund dafür gekommen. Ruth würde alles mühelos aus Ruth herausbekommen. Sie wollte ganz schnell einschlafen, merkte sie, bevor Ruth ihre Position wieder veränderte, und so entglitt sie sich selbst.

England
November bis Dezember 1942
Fortsetzung

Endlich kam ein Brief von Jamie, er war vom September. Er würde bei der Marine als Künstler arbeiten:

> Wer hätte gedacht, dass es so etwas gibt? Ich nicht, aber Sarah Fahey hatte mir in einem Brief davon erzählt. Im ersten Moment habe ich überlegt, mich trotzdem zum Militärdienst zu melden, dann aber meine Meinung geändert und mich hierfür entschieden. Bald breche ich zu einer Ausbildung in San Diego auf, und was danach kommt, weiß ich nicht. Ich hoffe, Du machst Dir keine Sorgen, wenigstens nicht so viele wie ich mir um Dich mache.

Am Ende war es also doch so gekommen. Der Krieg hatte auch Jamie nicht verschont. Sorge war nicht das richtige Wort für ihr Gefühl. Eher Furcht. Der Gedanke daran, was er erleben, wie er sich verändern würde, bekümmerte sie schon jetzt. Auch Caleb hatte sich zum Militär gemeldet, aber sie konnte für keinen der beiden etwas tun, und so versuchte sie, ihre Ängste nicht an sich heranzulassen.

Der Winter nahte, und bei den sich verschlechternden Wetterbedingungen wurde es immer schwieriger, Überlandflüge bis zum Ende durchzuführen. Als Marian Anfang November von den fünfundzwanzig achtzehn absolviert hatte, ließ es die ATA gut sein, was die Anforderungen anging, gab ihr das Abzeichen und vier Tage Urlaub. Ruth musste noch ein paar Flüge hinter sich bringen, und so stattete Marian London allein einen Besuch ab, stellte aber fest, dass sie sich ohne Ruth selbst an vertrauten Orten unsicher und schüchtern fühlte. Der Red Cross Club, in Gesellschaft von Ruth so anregend und gemütlich, war mit einem Mal eine Herausforderung. Sie hatte sich mehr und mehr darauf verlassen, dass Ruth sie in eine Unterhaltung einbezog wie eine Trapezkünstlerin, die ihre Partnerin fremden Händen zuwarf, die sie dann packten. Als ein Hauptmann der Luftstreitkräfte in der Snackbar sie ansprach, brachte sie gerade mal ein paar hölzerne Sätze heraus und machte sich bei der ersten Gelegenheit aus dem Staub.

Sie hatte sich, wurde ihr mit einem Mal klar, in Ruth verliebt.

Diese Erkenntnis – und zwar in genau diesen Worten – traf sie mit ihrer ganzen Wucht am zweiten Tag in London. Sie war bei Austin Reed, um ihre Uniform abzuholen, betrachtete sich in dem Standspiegel, während der Schneider noch an den Manschetten ihres blauen Jacketts herumfummelte, und wünschte sich, Ruth würde die peinliche Stille mit ihrem Geplauder füllen. Und bei dem Gedanken an Ruth bemerkte sie, wie sich ihr Gesichtsausdruck veränderte.

Sie erkannte an der bangen Röte, was sie als Gefühl, dem Quell für jene Röte, nicht zu deuten gewusst hatte. Die Erkenntnis schockierte sie, zum einen, weil sie eine Frau liebte (außer an die Frau in Cordova hatte sie nicht oft an Frauen gedacht), zum anderen, weil sie sich nach Barclay, nach all den Jahren im Norden, in denen sie versucht hatte, ihr Herz in einen Eisblock zu verwandeln, es dem Wind zu überlassen, ihn Kristall um Kristall abzutragen, bis nichts mehr übrig blieb, tatsächlich noch einmal verliebte.

Was sollte sie jetzt tun, war die Frage. Und die Antwort lautete, Nichts. Ruth war eine warmherzige, liebevolle Freundin, aber sie würde Marians Gefühle sicherlich abstoßend oder beängstigend finden. Ruth war verheiratet. Marian hatte in jener Nacht, als sie während ihrer Wache aneinandergekuschelt geschlafen hatten, eine Spannung zwischen ihnen gespürt, glaubte sie. Aber das war bestimmt nur Einbildung. Ruth hatte sich bestimmt nur warmhalten wollen. Ruth hatte bestimmt kein Interesse an ... Marian wusste nicht, wie sie ihren Wunsch benennen sollte. Ruth ganz für sich haben, vielleicht. Sie berühren, ganz sicher. Sie waren einander bereits nahe, doch Marian wünschte sich etwas Tiefergehendes, das auf etwas zusteuerte. Sie wollte nicht riskieren, Ruth ihr Verlangen zu beschreiben. Ruth würde dann sicher nichts mehr mit ihr zu tun haben wollen, und das war ganz und gar unvorstellbar – und doch, während Marian das alles in Gedanken durchspielte, glaubte sie nicht wirklich daran, dass Ruth ihr die Freundschaft aufkündigen würde.

Ruth schien immer alles zu verstehen, warum nicht auch das?

Es war einfach zu abwegig, es war anstößig, Ruth würde entsetzt sein, sich verraten fühlen. Und falls Ruth sie wie durch ein Wunder doch verstehen sollte, dann erwiderte sie damit immer noch nicht Marians Gefühle. Und Verständnis ohne eine Gegenseitigkeit der Gefühle lief am Ende auf das Gleiche hinaus wie Abscheu: Sie würde Ruth verlieren. Hatte Marian sich bereits bei der ersten Begegnung verliebt, als Ruth sie musternd beim Kinn packte? Sie hatte sich damals verliebt, als Barclay sie bei Miss Dolly's gemustert hatte. Warum löste es solche Gefühle in ihr aus, wenn jemand sie betrachtete?

Einmal, bei einem Besuch im Red Cross Club, gab es Sirenenalarm, und anstatt in den Schutzkeller waren sie und Ruth aufs Dach geklettert, hinauf in die unheilvolle Nacht. Man sagte, die sporadischen Luftangriffe seien nichts im Vergleich zum Blitz in seinen schlimmsten Nächten, als riesige leuchtend rote Rauschschwaden den Himmel ausfüllten. Jetzt hörte man das durchdringende Dröhnen der deutschen Flugzeugmotoren, explodierende Brandbomben, am Himmel standen hell die Sperrballons, Flugzeuge schwirrten im Licht der Suchscheinwerfer wie Motten. Bomben fielen auf die Stadt, die Granaten der Flugabwehr zerrissen grell den Himmel, weiter oben, durch Rauch und dahinziehende Wolkenbänke teilweise sichtbar, leuchteten ungerührt die Sterne.

Es hatte gebrannt, wenn auch nicht in der Nähe des Red Cross, und Marian hatte sich gefragt, ob Leute in den Flammen gefangen waren. Natürlich war das so, aber sie hoffte trotzdem auf das Gegenteil. Ruth, mit Blick auf das Spektakel vor ihnen, hatte ihre Hand genommen. Wie ungeheuer tröstlich diese kleine Hand gewesen war, ihre Wärme schien dem Anblick dieser Stadt, bei der das Unterste zuoberst gekehrt wurde, und der Flammen, die sich grell und immer greller nach allen Seiten ausbreiteten, etwas entgegenzusetzen.

Als sie Austin Reed mit dem schweren Paket verließ, in dem sich ihre Uniform befand, hatte Marian keine Ahnung, wie sie Ruth gegenübertreten und so tun sollte, als sei nichts geschehen. Das unbefangene Vertrauen war verschwunden, und Ruths Gegenwart würde fortan nur noch Einsamkeit und Sehnsucht mit sich bringen. Vielleicht sollte sie darauf warten, bis ihre Verliebtheit sich von selbst legen würde.

Leute entliebten sich, so etwas gab es. Eigentlich konnte es gar nicht anders sein. Und wenn sie ihre Gefühle, so intensiv, dass ihr davon ganz schwindelig wurde, einmal von außen betrachtete, erschien es ihr eigentlich wie eine Gnade, dass sie unerfüllt bleiben würden: Sie würde sich nicht noch einmal von Liebe gefangen nehmen lassen. Auf keinen Fall.

Bei ihrer Rückkehr zum Red Cross Club hielt sie es fast für göttliche Vorsehung, dass Anweisungen auf sie warteten. Sie solle sich nicht zurück nach Luton begeben, sondern direkt nach White Waltham, um sich dort für Flugtypen der Klasse II schulen zu lassen. Sie würde Ruth also nicht gegenübertreten müssen, jedenfalls nicht sofort.

White Waltham war in einem hübschen Markstädtchen namens Maidenhead (»Mein Gott, was für ein Name«, sagte Ruth), das mit seinen Fachwerkhäusern an einem ruhigen Abschnitt der Themse gelegen war. Marian fand ein Hotelzimmer in der Nähe des Flughafens, nur geringfügig teurer als eine Privatunterkunft. Im Unterrichtsraum des ATA lernte sie alles über Gebläse und Vergaser und vieles mehr. Nach zwei Wochen Theorie war sie wieder in der Luft, in einer Harvard, die sie auch in Montreal geflogen war. Nach den stotternden Überlandflügen in einer Tiger oder Magister war deren Motorkraft angenehm.

In der Nähe gab es einen American Club mit einem Schwimmbad (das im Winter geschlossen hatte), einer Terrasse und einer Snackbar. Manchmal ging sie auf ein paar Cocktails mit anderen Piloten dorthin, war aber immer wortkarg. Niemand bemühte sich, mit ihr in Kontakt zu kommen, wie Ruth es getan hatte. War sie immer derart unsicher gewesen, wie sie mit Leuten reden sollte? Sie konnte sich nicht mehr daran erinnern, wie sie vor Barclay, vor Alaska gewesen war.

Sie hatte sich ein Motorrad gekauft und fuhr in ihrer Freizeit und wenn sie genügend Marken für Benzin hatte, durch die Gegend. Nach Henley, wo sie Ruderern zusah. Vorbei am Eton College, wo Jungen auf dem Rasen Rugby spielten und in Fracks vor zinnenbewehrten Backsteingebäuden herumlungerten. Sie fuhr an Dörfern vorbei, an denen der Krieg bislang spurlos vorübergegangen war, während er andere in Bombenkrater verwandelt hatte, vorbei am Wrack einer B-17, das in einer Baumgruppe lag. Die meiste Zeit sah sie Weideland und Bäume, Steinmauern und Schafe.

An einem Nachmittag, an dem sie in einer Harvard Platzrunden geflogen war und kurze Landeanflüge unternommen hatte, gefolgt von schnellem Aufsetzen und Durchstarten, kam sie in das Flugeinsatzbüro, und da stand Ruth, in ihrer blauen Uniform und mit einem Grinsen. »Wie geht's, Fremde?«

Spontane Freude wich sofort Schrecken und Bestürzung. Ruth hatte einen Schritt auf sie zugemacht, um sie zu umarmen, bemerkte Marians veränderten Gesichtsausdruck und zögerte. Die Umarmung geriet schief und steif wie zwischen zwei Ankleidepuppen.

»Ich wollte dir schon in einem Brief erzählen, dass ich mein Abzeichen bekommen habe und meine Uniform«, sagte Ruth. Sie warf sich in Pose wie ein Model. »Man hat mich für einige Zeit nach Ratcliffe versetzt. Ich bin da meistens der Taxi-Service.« Sie zeigte nach draußen, wo eine Fairchild 24 stand. »Damit bin ich hier. Aber dann hat man mich hierher geschickt, und ich dachte, ich spare mir die Briefmarke und laufe dir hoffentlich über den Weg.«

»Ich gratuliere.« Marian drehte sich um und schaute auf die große Wandkarte von Großbritannien, die, was

Sperrballone und Sperrzonen für den Flugverkehr anging, täglich auf den neuesten Stand gebracht wurde.

»Du bist einfach weg nach London, und dann habe ich nichts mehr von dir gehört«, sagte Ruth.

»Ich hatte viel zu tun.«

Ruth wartete auf weitere Erläuterungen. Als die ausblieben, sagte sie, »Ich habe dir wahrscheinlich trotzdem gefehlt. Auch wenn du nicht geschrieben hast.«

Marian ließ ihren Blick betroffen von der Karte zu ihren Stiefeln wandern. Ruth kam näher. »Du verhältst dich merkwürdig. Ist etwas passiert? Habe ich was falsch gemacht?«

»Nichts. Ich fühle mich nicht gut, das ist alles.« Marian schwang sich den Fallschirm auf den Rücken. »Ich muss los.«

Ruth folgte ihr nicht, rief ihr auch nicht nach. Marian sah, während sie auf ihrem Motorrad zurück zum Hotel fuhr, wie die Fairchild startete und verschwand.

Zwei Wochen später, es war Mitte Dezember und der Himmel ausnahmsweise einmal klar, flog Marian zum ersten Mal die Spitfire. Sie hatte eine Hurricane in Salisbury abgeliefert, und ohne große Worte hatte ihr der diensthabende Flugoffizier den neuen Auftrag über den Tisch geschoben.

Das Flugzeug, die lange Nase mit der Motorhaube in die Luft gerichtet, stand da und wartete auf sie. Es war aus Gründen der Luftbildaufklärung getarnt worden, und außer dem schwarzen Propeller, den Flugzeugkokarden sowie den Farben der britischen Fahne war es vollständig kornblumenblau, als hätte der Himmel sich daran festgeklebt. Es war nicht mit Schutzwaffen ausgestattet und mithin leicht und schnell, erreichte seine maximale Flughöhe von über dreizehntausend Metern rasch und fasste genug Treibstoff, um einmal nach Deutschland und wieder zurückzufliegen.

Unter den Pilotinnen der ATA war man sich einig, dass die Spitfire, Heldin des Battle of Britain und Symbol für den Mut der britischen Luftstreitkräfte, eigentlich eine Maschine für Frauen war. Ihr Cockpit war zierlich, ein Frauenkörper glitt dort hinein wie ein Finger in einen Handschuh. Die Steuerung reagierte auf die sanfteste Berührung. Männer, stimmte man überein, setzten bei diesem Ding zu viel Muskelkraft ein, versuchten es zu beherrschen und ihm seine natürliche Anmut auszutreiben. Eine der Engländerinnen hatte ihren Verlobten verloren, der mit einer Mitarbeiterin der Flugsicherung auf dem Schoß – er wollte sie großzügig kurz irgendwohin kutschieren – eine Spitfire starten wollte. Er konnte den Schubhebel nicht weit genug zu sich ziehen, weil das Cockpit zu voll war. Beide kamen ums Leben.

Marian kletterte ins Cockpit, schaute in ihr Handbuch und begann mit dem Flugcheck. Die Hurricane, die sie mochte und schon oft geflogen war, unterschied sich gar nicht so sehr von einer Spitfire. Und doch war etwas aufregend anders an dieser Maschine – das Cockpit umschloss sie eng, die Steuerung sprach gut auch auf leichte Berührung von Händen und Füßen an. Die Maschine startete mit einem harten Knattern, beruhigte sich und dröhnte dann voll und gleichmäßig. Marian verschwendete keine Zeit am Boden, denn Spits waren dafür bekannt, dass ihr Motor dort gerne überhitzte. Sie schwang die Nase der Maschine hin und her, um auf Kurs zu bleiben. Im Cockpit wurde es im Handumdrehen so warm, dass sie in Schweiß ausbrach. Dieses Flugzeug wollte in die Luft. Auf der Landebahn beschleunigte sie rasch, das schlammige Flugplatzgelände huschte an ihr vorbei. Ein Hüpfer über eine Unregelmäßigkeit in der Bahn, und der Boden gab sie frei.

Die Spitfire wurde in Colerne, in Wiltshire, benötigt, das war nicht weit. Sie ließ sich Zeit, machte eine Rolle, einen Looping, was untersagt war, bei dem sie den Himmel mit den dünnen elliptischen Tragflächen zerteilte und durchschnitt und der Boden erst näher- und dann unter ihr vorbeiraste. Sie saß unter der Plexiglaskuppel am Scheitelpunkt, alles hing allein von ihr ab. Sie ging in den Steilflug, richtete die Maschine dann horizontal aus. Gut dreitausend Meter. Höher als sie eigentlich fliegen durfte. Die Maschine hatte ein System für Druckausgleich, doch in ihrem Handbuch stand, man solle es nicht einschalten, weil Überführungspiloten, die flach über dem Boden blieben, dafür keinen Bedarf hatten. Sie hätte ohnehin nicht gewusst, wie das ging.

Nur noch ein bisschen höher, ein wenig am Schubhebel ziehen. Vierhundertachtzig Stundenkilometer. Sie wollte das Flugzeug an den Himmel drücken, Blau an Blau. Fünftausend Höhenmeter. Aufpassen, nicht übermütig werden. Aber noch hatte sie das Gefühl, alles unter Kontrolle zu haben. Unter ihr schmiegte sich Großbritannien an die Wölbung der Erdoberfläche, von schillernden Hecken und Feldern durchsetzt. Weiter nach oben. Über fünftausendsechshundert Höhenmeter. Wachsam bleiben und bald wieder nach unten. Die Luft wurde dünn. Sie musste an das Motorstottern der Travel Air denken, mit der sie zu hoch über Missoula geflogen war. Woher kam dieses Bedürfnis, gewaltsam an Grenzen zu gehen, bis sie zum Rückzug gezwungen wurde? Angst kroch in ihr auf, als nisteten Frostbeulen sich in ihrem warmen Inneren ein.

In der dünnen Luft wurde die Maschine schneller, mittlerweile waren es sechshundertneunzig Stundenkilometer.

Viel länger konnte sie hier oben nicht bleiben. Trotzdem weiter. Sie wollte wissen, was dort war, und weit fort von allem, was unter ihr lag. Von Ruth. Von der Welt, in der Jamie in den Krieg gezogen war. Jetzt wurde es kalt. Sie flog viel zu hoch, aber noch ein bisschen höher, und sie würde erfahren, was sie wissen wollte. Da war sie sich sicher. Der Motor schien zum Stillstand zu kommen, aber der Zeiger des Höhenmeters schwang weiter nach rechts aus. Aus ihren Augenwinkeln sah sie, wie der Himmel mitternachtsblau wurde, sich an den Rändern verdunkelte, als würde sie in etwas versinken.

Nachdem sie gelandet war, die Maschine geparkt und den Motor abgestellt hatte, blieb Marian im Cockpit sitzen. Kälte saß ihr in den Knochen, sie hatte Kopfschmerzen. Beim Öffnen des Cockpits zitterte ihr die Hand. Sie ging zum Büro der Einsatzleitung, händigte ihren Auftrag aus und erhielt einen neuen, diesmal eine Miles Master, die nach Wrexham überführt werden sollte.

»Alles klar?«, fragte der Offizier, als er ihren Bescheid entgegennahm. »Sie sind ein bisschen grün im Gesicht.«

»Alles klar, ich trinke nur rasch einen Kaffee, bevor es weitergeht.«

Sie ging zur Kantine und sah Ruth dort mit einer Zeitung an einem der Tische sitzen. Die Welt schmolz zusammen, bis nur noch Ruth zu sehen war, wie eben, als durch den Propeller ein letzter Lichtpunkt flimmerte, dann war sie ohnmächtig geworden.

Als sie Marians Schritte vernahm, sah Ruth mit ausdruckslosem Gesicht auf, erhob sich und kam auf sie zu. »Geht es dir gut?«, fragte sie. »Du siehst völlig fertig aus.« In der Kantine waren nur noch zwei weitere Piloten, beide in ihre Zeitungen vertieft.

»Nur Kopfschmerzen.«

»Seit wann bist du so anfällig? Als Nächstes erzählst du mir, dass dir übel wird.«

Marian warf einen kurzen Seitenblick auf die beiden Piloten. »Ich dachte, ein Kaffee würde vielleicht helfen.«

»Ich hole dir einen«, sagte Ruth. »Geh nach draußen an die frische Luft. Ich komme nach.«

Die Ziegelwand in ihrem Rücken fühlte sich kalt an, aber die Sonne wärmte Marian das Gesicht. Das Licht schmerzte in den Augen. Blinzelnd nahm sie Ruth den Becher ab. Der Kaffee schmeckte unangenehm bitter und war brühend heiß. »Was ist nur los mit dir?«, fragte Ruth. »Du benimmst dich so komisch.«

»Was machst du denn hier?«, fragte Marian zurück.

Ruth schien zu überlegen, ob sie auf eine Antwort bestehen sollte. »Taxi-Service, was sonst? Offenbar ist man der Meinung, dass ich das ganz gut mache, denn was anderes gibt man mir nicht zu tun. Ganz selten darf ich mal eine Moth überführen – wow! Wo wäre man in diesem Krieg ohne einen weiteren halb kaputten Zweisitzer? Aber nächste Woche geht es endlich wieder zurück nach White Waltham. Dann sind wir wieder vereint.« Dieser letzte Satz mit forcierter Fröhlichkeit.

»Vielleicht bin ich dann schon weg.«

Ruth kramte in ihrer Hosentasche nach Zigaretten. Nachdem sie sich eine angesteckt hatte, sagte sie, »wir zwei sind miteinander ein bisschen aus dem Tritt gekommen, stimmt's?«

Marian zeigte auf die Maschine in der Nähe des Hangars. »Man wird mich wahrscheinlich bald irgendwohin versetzen. Übrigens bin ich heute zum ersten Mal eine Spitfire geflogen.«

»Die blaue dort drüben? Und wie war's?«

Als sie aus ihrer kurzen Bewusstlosigkeit erwacht war, schraubte sich die Maschine gerade steil nach unten, und um sie herum drehte sich verschwommen ein Karussell aus Feldern und Hecken.

»Ganz so, wie alle behaupten.«

»Himmlisch?«

»Ungefähr.«

»Ich sterbe vor Neid.« Beide schwiegen kurz. Der Kaffee und die sauerstoffreiche Luft halfen Marian gegen die Kopfschmerzen, Ruths Zigarettenrauch hingegen nicht. »Hättest du mir geschrieben, hätte ich dir wiederum berichtet, dass Eddie hier ist, bei einer Trainingseinheit in Bovingdon.«

»Wirklich?«

»Ja, wirklich.« Ruths Tonfall klang merklich abgekühlt.

»Ich freue mich für dich.« Marian war klar, dass ihre Stimme alles andere als erfreut klang. Niemals zuvor hatte sie eine derart stechende Eifersucht empfunden.

Aus der Ferne war ein näselndes Motorengeräusch zu hören, das beim Näherkommen anschwoll. Eine Spitfire tauchte auf, flog an und landete. »Hier kommt mein Passagier«, sagte Ruth. »Ich muss los.« Sie drückte die Zigarette an der Ziegelwand aus und ließ den Stummel in einer Tasche ihres Overalls verschwinden. »Mach's gut, Graves.«

Sie machte sich auf den Weg. Marian rief, »Ruth.« Ruth wandte sich zu ihr um. Die Worte, die sie sagen wollte, blieben ihr im Hals stecken. »Mach's gut.«

Ruth schien mit einem Mal aller Lebensmut zu verlassen. Sie strahlte eine Niedergeschlagenheit aus, die Marian nicht deuten konnte. »Klar.«

Noch vor Ruths Eintreffen in White Waltham wurde Marian nach Radcliffe, zur Überführungsgruppe Nummer 6, versetzt. Und wieder war sie erleichtert. Und wieder schrieb sie keine Zeile.

Lust statt Frust

Sechzehn

Wir drehen!«, rief Bart. »Ruhe jetzt! Nicht reden, bitte! Alles bereit. Ton läuft. Kamera. Objektivwechsel, weiter geht's. Arbeit stopp, Reden stopp. Letzter Blick. Erstes Team ist da.«

Das Leben ist voller Geräusche, und Filmsets sind voller Stille. Wir drehten in einem Retro-Tanzlokal in der Innenstadt von L. A., einem großen Raum mit Balkonen, der wie ein Londoner Nachtclub aus der Kriegszeit ausgestattet war. Die Statisten waren strategisch verteilt, sodass der Raum überfüllt wirkte, mimten Geplapper und Gelächter, bewegten sich lautlos unter den rotierenden Glitzerkugeln der Tanzfläche und schwitzten in ihren Kostümen, weil die Klimaanlage Geräusche gemacht hätte. Sie tanzten lautlos, während die weiß gekleidete Swing-Band tat, als würde sie spielen und die Posaunenzüge ein- und ausfuhr, während der Bandleader eine Musik dirigierte, die nur in seinen winzigen Ohrstöpseln existierte.

Nachdem der Alexei-Kuss viral gegangen war, durfte ich nicht mehr reden. Siobhan und unser Notfall-PR-Team hielten es für angebracht, eine Erklärung abzugeben, nach der ich mich nicht über mein Privatleben äußern würde, und ließen alle ins Leere schreien.

Draußen auf dem heißen weißen Bürgersteig schoben Männer in schwarzen T-Shirts Sackkarren mit nützlichem Schnickschnack herum: Rollen mit Klebeband, aufgerollte

Kabel, Stative, Lichtleisten, große quadratische Gummimatten. Lkws und Trailer verstopften die Straße. Friseurinnen und Maskenbildnerinnen wuselten umher, die Gürtel schwer von Bürsten, Klammern, Sprühflaschen und großen Nylontaschen, wie Tiertrainer sie für Leckereien benutzen.

Ich wiegte und drehte mich mit dem Eddie-Darsteller inmitten anderer sich wiegender, sich drehender Paare, die, hätte die echte Marian Graves in einem Club wie diesem getanzt, ganz mit ihrem eigenen Leben beschäftigt gewesen wären, nun aber lediglich als Requisiten dienten, um meine Welt auszuschmücken und echt aussehen zu lassen. Eine Kamera umkreiste mich, eine Tonangel hing über meinem Kopf wie ein struppiger schwarzer Mond, und ich sollte mich in den Mann meiner Freundin verlieben.

»Ruth ist meine Freundin«, sagte ich zu Eddie.

»Ruth ist nicht hier«, sagte er. »Morgen fliege ich nach Deutschland und komme vielleicht nie zurück. Also, was meinst du?«

Falls ich jemals einen richtigen Nervenzusammenbruch hatte, falls ich jemals ganz und gar durchdrehte, zumindest in meinem eigenen Kopf, dann in der Woche nach Las Vegas.

Alexei antwortete nicht auf meine Nachrichten und Anrufe. Er gab keine öffentliche Erklärung ab. Schließlich mailte er mir, er habe eine Menge zu klären, müsse sich auf seine Familie konzentrieren und wolle zumindest vorerst keinen Kontakt.

Am liebsten hätte ich mein ganzes Leben weggekratzt, alle, die ich kannte, weggestoßen, weil alle, die ich kannte, mich enttäuscht hatten, mir aus dem Nichts eine neue Existenz aufgebaut. Ich wollte dem System meiner Vergangenheit entkommen, den ganzen Kettenreaktionen. Ich wollte der Urknall sein.

Stattdessen war ich mit einer Flasche Scotch bei Sir Hugo aufgekreuzt. M. G. fuhr mich die dreißig Meter zwischen unseren Toren, weil sich die Paparazzi am Ende meiner Einfahrt gegenseitig bei lebendigem Leibe auffraßen.

»Meine Liebe, du wirst zu einer toxischen Investition«, erklärte Hugo frostig. »Du hast Glück, dass wir dich nicht feuern können.« Wir standen in seiner Küche, wo er zwei Gläser fast bis zum Rand füllte.

»Letztes Mal hast du gesagt, ich hätte mich interessant gemacht.«

»Es gibt *Grenzen*. Wir brauchen Frauen, die diesen Film sehen wollen, und Frauen mögen es im Allgemeinen nicht, wenn man glückliche Familien zerstört. Ich weiß, es ist unfair, ich weiß, es gehören immer zwei dazu, aber so ist es nun mal. Wir wollen, dass die Leute Marian Graves in dir sehen und nicht die chaotische Boulevardschlampe, die ständig mit den falschen Leuten vögelt.« Er stieß mit mir an. »Cin cin.«

Ich trank einen Schluck. »Mit Alexei blieb mir keine Wahl.« Unbedeutende Kleinigkeiten wie die Würde seiner Frau oder die Aussicht auf meinen totalen Ruin hätten mich nicht davon abgehalten. Ich hatte in L. A. mal einen Autoaufkleber gesehen: *Lust statt Frust*. Kein sehr kluger Ratschlag.

»Ist es vorbei?«

»Ich hoffe es, und auch wieder nicht.«

Hugo sah mich durchdringend an. »*Liebst* du Alexei Young?«

Ich stellte mein Glas ab, schlug die Hände vors Gesicht und nickte.

»Aber nicht erst seit Vegas.« Hugo war nicht dumm.

Ich nahm die Hände weg. »Nein.«

»Dann denk dran, dass du ihn wahrscheinlich *viel* weniger lieben würdest, wenn du tatsächlich mit ihm zusammen wärst, denn so läuft es immer. Genieße das Schmachten, und belass es dabei. Die Würze des Lebens.« Er öffnete einen Schrank. »Wie wäre es mit was zu knabbern?« Er holte eine Schachtel Cracker und ein Glas Senf heraus. »Was ist mit dem jungen Mr. Feiffer? Ich dachte, da wäre etwas zwischen euch.«

»Das dachte ich auch. Dann wieder nicht. Dann dachte ich, vielleicht, und jetzt habe ich wohl alles, was hätte sein können, kaputt gemacht.«

Hugo verteilte Senf auf einem Cracker. »Nun, das ist wahrscheinlich das Beste. Um des Filmes willen.«

Ich hatte gedacht, der Film würde mich retten, mich *erheben*, wie Hugo es ausgedrückt hatte, mich in die Höhe und davontragen. Aber ich war zu schwer. Ich würde ihn mit mir herunterziehen. »Glaubst du, der Film wird gut?«

»Es hängt von vielen Dingen ab, dich eingeschlossen. Aber ich hoffe es.«

»Was kann ich tun?«

»Leider nicht viel, außer *schauspielern*«, sagte Hugo, »und zwar im Idealfall extrem gut. Und geh um Himmels willen mit niemandem ins Bett. Mit keiner Menschenseele.«

»Ich habe geschauspielert.«

»Ich habe das Tagesmaterial gesehen. Es ist okay. Aber ich sehe immer noch *dich*, und du bist ehrlich gesagt der letzte Mensch, den ich sehen will.«

»Sag mir, wie man mich nicht sieht. Bitte.«

Er machte eine wegwerfende Geste. »Das kann ich dir nicht sagen. Außerdem glaube ich keine Sekunde, dass es das ist, was du willst. Denn du willst unbedingt gesehen werden. Du gierst förmlich danach. Du hast Angst, nicht gesehen zu werden.«

»Nein, ich will verschwinden«, sagte ich. »Wirklich. Ich will, dass mich der Boden verschluckt.«

»Nein.« Er schluckte einen Bissen Cracker hinunter. »Das willst du nicht. Du willst, dass die Leute sich fragen, wo du geblieben bist.«

An diesem Abend, nach etwas zu viel Gras, war ich sicher, dass mich mein Haus beobachtete. Ich wusste, dass in jeder Lampe, jedem Stift, jedem elektronischen Gerät Kameras und Abhörgeräte versteckt waren, und ging nach draußen, um ihnen zu entkommen. Aber im Dunkeln war es am Pool auch beängstigend. Die Santa-Ana-Winde wehten, alles war trocken und raschelte und klapperte.

Um mich zu vergewissern, dass ich mich nicht immer so fühlen würde, rief ich Redwood an. Ich hatte ihn am Set nur flüchtig gesehen. Wir hatten Alexei nicht erwähnt. Wir hatten meine Nachricht aus Vegas nicht erwähnt. Wir hatten eigentlich gar nichts erwähnt.

Er klang misstrauisch, als er sich meldete.

»Tut mir leid, dass ich so spät anrufe«, sagte ich, »oder überhaupt, denn ich weiß, dass alles seltsam ist, aber ich drehe gerade durch.« Meine Stimme war ein jämmerliches Quieken. »Ich mache eine wirklich schwere Zeit durch und …« Und was? Was konnte ich von diesem Menschen, den ich kaum kannte, schon verlangen? »Und ich weiß nicht, was ich dir sagen kann.«

Ich hörte, wie er tief Luft holte, durch die Nase ein- und durch den Mund wieder ausatmete, wie man es beim Yoga lernt. »Ich hätte auf deine Nachricht antworten sollen«, sagte er. »Ich hatte es vor – ich musste nur nachdenken –, aber am nächsten Tag war die Alexei-Geschichte überall, und ich war ziemlich durcheinander. Also noch mehr. Denn durcheinander war ich vorher schon.«

»Warum?«

Er sprach leise, als könnte jemand mithören. »Ich mag dich und maße mir nicht an zu wissen, was du für mich empfindest oder von mir willst, aber ich muss vorsichtig sein …« Er verstummte, versuchte es erneut. »Gerade noch schreibst du, dass du mich vermisst, und im nächsten Moment fängst du was mit Alexei Young an. Das kommt mir ein bisschen dramatisch vor.«

»Falls es hilft: Es gibt da eine Vorgeschichte.« Er schwieg, und ich fuhr fort: »Ich wusste nicht, dass er nach Vegas kommt. Ich dachte, es wäre vorbei. Es war schon lange vorbei.«

Als er wieder sprach, klang seine Stimme weicher. »Du bist mir keine Erklärung schuldig. Andererseits fühle ich mich dadurch ein bisschen besser.«

»Okay. Gut.«

»Was ist denn da los? Mit dir und Alexei Young?«

»Nichts. Es ist wieder vorbei.«

»Von dir aus oder von ihm aus?«

Ich wollte lügen, sagte aber: »Von ihm aus.«

»Das ist immerhin ehrlich.«

»Kommst du vorbei? Nur zum Abhängen?«

Er zögerte. »Ich kann nicht. Leanne ist hier.«

»Dann will ich deine Zeit nicht länger in Anspruch nehmen.«

Ein paar Sekunden lang sagte er nichts. »Sie und ich sind *wirklich* befreundet.«

Nun zögerte ich, stürzte mich dann aber darauf. »Warum ist in der Nacht, in der ich bei dir geschlafen habe, nichts passiert?«

Wieder tat sich eine große Lücke des Schweigens auf.

»Ich probiere da was aus«, sagte er. »Dass ich die Frauen kennen muss, mit denen ich schlafe.«

»Wir haben den ganzen Tag geredet.«

»Trotzdem war es nur ein Tag.«

Ich war mir nicht sicher, wer von uns beiden sich hier gerade lächerlich machte. »Bist du Single?«

Wieder Stille, dann: »Ja.« Ich hörte ihre Stimme im Hintergrund. »Aber ich sollte Schluss machen.«

»Nur noch eins«, sagte ich, damit er nicht einhängte. Es erschreckte mich, wie unwichtig Redwood mir erschienen war, solange ich Alexei hatte, und wie wichtig er mir jetzt erschien, da ich niemanden hatte. »Ich habe nachgedacht. Adelaide Scott sagt, es sei gut zu wissen, was man nicht wolle, und ich will keine Abrissbirne mehr sein. Ich will mit jemandem zusammen sein, den ich wirklich mag.«

»Okay«, sagte er leise. »Gut. Wir reden. Aber jetzt muss ich Schluss machen.«

Nachdem wir aufgelegt hatten, spielte ich mit dem Gedanken, Travis Day zu schreiben, ob er vorbeikommen wollte, tat es aber nicht. Immerhin etwas. Wo war meine Medaille? Mein Preis für Impulskontrolle? Und die Nacht jagte mir keine Angst mehr ein. Es war nur der Wind, nur das Rascheln der Blätter. Mein Haus beobachtete mich nicht. Nichts beobachtete mich. Ich war ein Trottel, der im Dunkeln an einem Swimmingpool saß, sich selbst bemitleidete und ungeliebt, auf einmal aber auch und auf angenehme Weise unsichtbar fühlte.

Der Krieg

Alaska
Februar bis Mai 1943
Sechs Wochen später

In dem Brief, der den militärischen Befehlen beigelegt war, wurde Jamie darüber informiert, dass seine Aufgabe darin bestehe, das *Wesen oder den Geist von Krieg realistisch oder symbolisch darzustellen*, wenn er dazu in der Lage sei. Worin dieses Wesen, dieser Geist bestanden, wurde nicht erläutert.

Er durfte sich einen Einsatzort aussuchen, und er entschied sich für Alaska, und zwar nicht, weil er dort erwartete, das Wesen von Krieg zu finden, sondern weil er die Gegend kennenlernen wollte, die Marian so sehr gefesselt hatte. Und außerdem, überlegte er, wollte er sich von den äußeren Rändern des Krieges her vorarbeiten.

Während der Seereise von San Francisco nach Kodiak zeichnete Jamie Soldaten beim Kartenspiel oder Sonnenbaden an Deck. Er malte sie, wie sie übereinander in ihren Kojen lagen, ihre nikotinverfärbte Haut im kränklich gelben Dämmerschein der Deckenleuchten, die vom Wellengang des Ozeans unangenehm hin- und herschwangen. Das Frachtschiff hatte zuvor Nutzvieh transportiert und war seiner Bestimmung also in gewisser Weise treu geblieben, dachte Jamie.

Er schob Wache wie alle anderen, so wie er auch während der Grundausbildung marschiert war, zu Befehl gestanden, geschossen hatte und gejoggt war wie alle anderen, oder in einem Walfänger in der San Diego Bay gesegelt war und in einer Hängematte genächtigt hatte. Nachts hatten ein paar Rekruten möglichst lautlos geweint, andere hatten so laut mit den Zähnen geknirscht, dass es ein Echo erzeugte.

Eine Woche lang sah er um sich nichts als Wasser. Da waren der Trichter des Kielwassers, die wechselnden Himmelstönungen, die tiefe Kreisbahn der Wintersonne, und doch schien das Schiff nicht von der Stelle zu kommen und sich nicht vom Mittelpunkt einer öden, kreisrunden Wasserfläche zu entfernen. Der Rest der Welt spielte anscheinend keine Rolle mehr. Das Leben seines Vaters hatte sich inmitten solcher Kreise abgespielt. Was machte das mit der Zeit aus einem Menschen?

Er versuchte, in Bildern das Dröhnen und den hämmernden Luftdruck des Maschinenraums einzufangen, die grünlich weißen Meerwasserkristalle, die an den Geländern festfroren, den fahlen Streifen Himmel am Horizont, den Bug, der auf die weißen Schaumkronen der Wellen aufschlug und Gischt aufwirbelte. Weiß wie Titan. Grau wie Grubenlampen. Indigoblau. Schwarzblau. Einige machten sich lustig über sein Zeichnen und Malen, andere wirkten besorgt. Man fragte ihn, ob er überhaupt schießen könne. Er antwortete lediglich mit einem Ja. Beim Training war er, dank der vielen Blechdosen, die er als Junge zerschossen hatte, einer der besten Schützen gewesen.

In Kodiak sollte er sich bei einem Hauptmann melden. Er zeigte ihm die offiziellen Befehle, die er erhalten hatte, und fügte hinzu, er werde als Kriegsmaler eingesetzt.

»Oh Gott, noch was?«, sagte der Hauptmann. »Nun gut, was brauchen Sie?«

»Da bin ich nicht sicher«, sagte Jamie. »Ich soll mich

umsehen und malen, was ich sehe.« Er hatte keine große Lust, zu erklären, wie das dann praktisch vor sich ging, denn eigentlich sollte er das, was er sah, interpretieren. Und der Hauptmann machte nicht den Eindruck, als würde ihm bei einer interpretativen Darstellung seiner Person das Herz aufgehen.

»Klingt super. Jetzt, wo Sie hier sind, streckt die Gegenseite sofort die Waffen. Nur weiter so.«

Jamie verschickte die Bilder, die er auf der Reise angefertigt hatte, und begann während der kurzen kalten Tage, mit steifen Fingern an neuen zu arbeiten. Das Hafenbecken von Kodiak war eine Eisplatte (titanweiß), die scharfkantig an die offene See grenzte (Marsschwarz). Eisschollen, oben dick mit Neuschnee bedeckt, brachen ab und wurden davongetrieben. Manchmal tauchten die schwarz glänzenden Flossen von Orcas auf, die mit ihren runden Körpern die Oberfläche durchbrachen wie Schaufeln von unterirdischen Mühlrädern. Bären kamen und durchwühlten die Abfälle. Seelöwen (Van-Dyck-Braun, ein Hauch Venezianisches Rot) lagen schwerfällig auf den Docks, brüllend und bissig. Die Weibchen waren kleiner und heller als die Männchen, wurden herumgeschubst und schlecht behandelt und hatten tieftraurige schwarze Augen.

Jamie malte Schlamm und Schnee, Militärbaracken, Hangars und Lagerhallen, Jeeps und gestapeltes Holz. Er malte einen Trawler, der neben einem U-Boot festgemacht war, einen Zerstörer, an dem nach einem Sturm an einer Breitseite Schnee klebte wie Verputz, zwei P-38 Lightnings vor einem verschneiten Berggipfel. Der Schnee war weiß, manchmal war auch der Himmel weiß oder die See. Bald würde er einen Nachschub an Weiß brauchen, dazu mehr Grau und Blau und Ocker, mehr Neapelgelb für das zarte Winterlicht. Seit seiner Kindheit hatte er keine Aquarellfarben mehr verwendet, aber jetzt setzte er sie wieder ein, ließ auf dem Papier Stellen frei, wo Schnee sein sollte, und fügte zartgraue Streifen und Flecken hinzu, um die Berge in ihrer Größe anzudeuten.

Wenn er mal nichts tat, hatte er sofort ein schlechtes Gewissen und das Gefühl aufzufallen, obgleich er bei seiner Arbeit natürlich sehr viel mehr auffiel: eine exzentrische Gestalt an einer Staffelei, ein Frischluftfanatiker, der mitten im Krieg mit Pinseln eine Leinwand traktierte. Das war aber genau das, was die Marine von ihm verlange, redete er sich immer wieder gut zu. *Wir sind der Überzeugung, dass wir Ihnen hiermit die Gelegenheit geben, für unser Land eine Dokumentation von großem Wert fertigzustellen*, hatte es in dem Brief geheißen. War das ehrlich gemeint gewesen? Manchmal fühlte er sich fast auf den Arm genommen.

Er aß Fleisch, weil es nicht anders ging. Er trank Alkohol, aber in Maßen.

Als er noch nicht wusste, dass er aufgezogene Leinwände sicher festzurren musste, hatte der Wind sie mehr als einmal von der Staffelei gefegt und durch den Schlamm gewirbelt, bis die Räder irgendeines Kriegsgeräts sie stoppte, oder sie an einer Hauswand zerschmetterten, an der dann ein bunter Fleck zurückblieb.

Innen waren die halbrunden Quonsetbaracken über und über mit Frauenkörpern beklebt, mit lächelnden Filmstars und namenlosen Fotomodels, gleich Engeln und Aposteln, die Kirchenwände zieren. Die Frauen daheim, die echten, trug man in der Hosentasche oder hängte sie wie Bilder von Schutzheiligen am Kopfende der Stockbetten auf. Man zeigte Jamie gerne die Bilder von Freundinnen und Ehefrauen. Stolz, furchtsam. Würden ihre Mädchen auf sie warten? Nicht dass sie selbst Gelegenheiten verschmähten, falls sich denn welche boten. Man wollte doch nur, dass einen mal jemand streichelte, hieß es dann. Warum deswegen ein schlechtes Gewissen haben?

In den Unterkünften für die Krankenschwestern gab es Fotos von Männern in Uniformen. Dort machte man sich Sorgen, dass diese Männer sterben, aber auch, dass sie untreu würden.

»Wartet zu Hause jemand auf dich?« Die Frage kam von Schwester Diane, die Jamie ein Bild von ihren Eltern zeigte und ein anderes von ihrer Schwester in der Uniform der WAAC.

»Nein«, sagte er ehrlich. »Niemand.«

Beim ersten Date küsste er sie im Windschatten eines großen Felsbrockens. Nach ihrem zweiten bei einem Tanzabend im Offiziersclub steckte er in der Führerkabine eines Baggers, die nicht abgeschlossen war, eine Hand in ihre Wollhose. Sie hob die Hüften an, und er zog ihr die Hose herunter und wand sich zwischen den verschiedenen Hebeln und Knöpfen des Baggers, bis er eine Position zwischen ihren Beinen fand. Sie nickte ihm leicht zu, und er drang in sie ein. Er war seit Monaten nicht mehr mit einer Frau zusammen gewesen. Es dauerte nicht lang, bis er kurz vor dem Orgasmus stand und er kam in sein Taschentuch. Es folgte ein verlegener Abschied, er musste an Sarah denken und wurde von einem Anflug dunkler Melancholie geplagt.

Der Hauptmann war zu dem Schluss gekommen, dass ihm Jamies Gemälde gefielen. In barschem Tonfall bat er Jamie, den Hafen für ihn persönlich zu malen. Als Jamie das Bild ablieferte, fragte ihn der Hauptmann, wo er als Nächstes eingesetzt werden wolle. An der Front, sagte Jamie, obgleich ihm bei dem Wort unwohl war: ein harmloses und unaufrichtiges Kürzel für gewaltsamen Tod.

Der Hauptmann versprach zu sehen, was er für ihn tun konnte.

Jamie wurde auf die Passagierliste einer PBY Catalina gesetzt, ein breitschnauziges Seeaufklärungsflugzeug mit Ziel Dutch Harbor Fünf Tage lang sollte es losgehen, aber das Wetter war zu schlecht. An drei Tagen kam es nicht einmal zum Start, an den zwei anderen mussten sie umkehren. Irgendwann hörte er auf, sich bei Diane zu verabschieden. Am sechsten Tag waren sie endlich in der Luft und über dem Ozean, vor den Fenstern nichts als graue Wolken. Die Maschine wurde durchgeschüttelt, ruckelte, fiel stöhnend in Luftlöcher. Jamie, den Kasten mit den Farben gegen die Brust gedrückt, schloss die Augen. Fast täglich verschwanden Maschinen mitsamt ihrer Besatzung in der Beringsee, und das lag meist nicht an der feindlichen Flugabwehr, sondern am Wetter. Er wünschte sich, Marian würde die Maschine fliegen.

In Dutch Harbor das von Japanern ein halbes Jahr zuvor bombardiert, aber zum größten Teil wieder aufgebaut worden war, malte er weitere Bilder und verschickte sie. Flugzeuge waren Flecken am Himmel, jeweils ein oder zwei Pinselstriche, mehr nicht. Er würde hier nicht lange bleiben, wartete eigentlich nur darauf, weiter nach Westen zu ziehen, zu den umkämpften Aleuten, nach Attu und Kiska, zwei windumtosten entlegenen Fleckchen Land voller Schlamm am Ende einer Inselkette. Die Japaner hatten sie im Juni besetzt und sollten von dort vertrieben werden.

Mit seinem Flug nach Adak hatte er Glück. Dass man überhaupt ankam, war schon Glück, und hin und wieder hatte man durch ein Wolkenloch die Inseln sehen können: schneebedeckte Kegel vulkanischen Ursprungs, über denen Rauch hing, mit Steilklippen, an denen sich die Wellen brachen.

Er wurde in einer Quonsetbaracke bei einer Meute von Militärjournalisten untergebracht. Adak Press Club stand auf einem Schild am Eingang.

Die Seabees, die Bautruppe der amerikanischen Marine, hatte eine Lagune mit Vulkanasche aufgefüllt, die Bagger zuvor zusammengeschoben hatte. Darauf wurde eine improvisierte Flugzeugpiste aus perforiertem Stahl zusammengehämmert. Nach einem Sturm landeten vom Einsatz zurückkehrende Bomber in stehendem Wasser. Nur die Nase und Spitzen der Tragflächen waren zu sehen und von den Propellern aufgewirbelte Gischt, während die Maschine inmitten von wütenden weißen Wölkchen aus Wasserdampf über die improvisierte Piste rollte.

Manchmal ließen die Japaner Granaten und Bomben fallen, die meist nicht viel Schaden anrichteten. Die Tundra schluckte ihre Munition. »Wir können das besser als die, oder?«, sagte Jamie nach einem Angriff zu einem Militärfotografen.

Der Mann sah den Flugzeugen nach. »Schon, der Schlammboden bei ihnen ist wahrscheinlich noch mehr von Kugeln durchsetzt als hier bei uns.«

Jamie trieb sich gerade in der Nähe der Krankenstation herum, als man einen Verletzten aus einem Jeep lud, den eine Bombe erwischt hatte. Ihm fehlte ein Teil des Kiefers, seine Uniform war blutgetränkt. Sofort kam der Fotograf herbeigeeilt und versteckte sich hinter seiner Kamera. Der Mann hielt eine blutverklebte Hand hoch, um ihn abzuwehren. Jamie zeichnete den Mann später aus der Erinnerung, aber er kam sich schändlich und gemein dabei vor. Der versehrte Körper hatte etwas hilflos Intimes gehabt, die unübersehbare Nähe des Todes machte betreten. Der Mann wollte für sich sein.

Einem Brief an Marian legte Jamie die Zeichnung von

einem Geschwader von P-40s bei, auf ihre Motorhauben war jeweils das Maul eines brüllenden Tigers aufgemalt.

> Ich wünschte, ich könnte Dir von Alaska berichten, obgleich ich keine Ahnung habe, ob Du jemals so weit zu den Inseln vorgestoßen bist, denn zuvor waren hier nur Nebel und Sumpfland. Jetzt gibt es eine Flugzeugpiste und einen Hafen. Es hat hier auf Attu und Kiska wohl ein paar Bewohner gegeben, Missionare, nehme ich an, und Leute von der Wetterstation. Aber anscheinend weiß niemand, wo sie abgeblieben sind.

Er wollte ihr von allem erzählen, was der Krieg an Adaks leere Strände gebracht hatte. Endlos wurde aus Schiffen alles entladen, was zur Zivilisation gehörte, zehntausend Männer wollten verpflegt, untergebracht und unterhalten sein. Dazu gehörten Unterkünfte und Hangars, aber auch Gebäude zur Kühllagerung, Offiziersmessen, Dunkelkammern, Torpedowerkstätten, Kinos, Sporthallen und Operationssäle. Maschinen für unterschiedliche Zwecke wurden angeliefert, dazu alles, um sie zu bedienen und instand zu halten, Berge an Munition und Geschützen, Werkzeugen und Ersatzteilen. Das Wesen vom Krieg bestand mitunter darin, alle möglichen Dinge anzuhäufen und sie von A nach B zu transportieren. Er hätte sie für Marian gerne aufgelistet, um sie zum Staunen zu bringen, ob der schieren Anzahl, Vielfalt und Alltäglichkeit (man bedenke nur die Reise eines Dosenöffners), doch die Liste war niemals lang genug, um begreiflich zu machen, worauf es ihm ankam. Vielleicht wurde aber auch genau anhand dieser Masse an einzelnen Dingen die Größenordnung dieses Krieges klar.

Im April wurden die Japaner immer häufiger bombardiert, offenbar stand eine Invasion bevor. Man ging davon aus, dass das näher gelegene Kiska das erste Ziel sein würde. Auf der Piste begegnete Jamie zufällig einem Offizier und sagte ihm, er wäre bei der Invasion gerne dabei. »Sie wollen tatsächlich die Invasion malen?«, fragte der Mann verblüfft.

»Ich soll nicht nur Nachschublieferungen und Luftunterstützung malen.«

»Die Landungstruppe kommt von anderswo her und macht hier nicht Halt. Folglich gibt es keine Möglichkeit, Sie mit denen loszuschicken. Das Ganze wird schnell über die Bühne gehen.«

»Vielleicht könnte ich in einem Bomber mitfliegen?«

Über dem Wasser tauchte Nebel auf, der Offizier wies in diese Richtung. »Bei dieser Suppe werden Sie nicht viel zu sehen bekommen. Wollen Sie bestimmt nicht wieder zurück nach Kodiak? Und von dort aus woandershin?«

Jamie sah den Nebelschwaden zu, die an den Strand gekrochen kamen. Der Nebel war in diesem Krieg eine neutrale, aber mächtige Partei. Er verhüllte und verzögerte und verschluckte Flugzeuge. »Vielleicht«, sagte er. »Bald.«

Am 11. Mai wurde gemeldet: Die Invasion hatte begonnen. Das Ziel war Attu, nicht Kiska. Man ging von drei Tagen aus. Auf der Insel befanden sich angeblich ungefähr fünfhundert japanische Soldaten.

Die Tage vergingen. Die Offiziere schauten grimmig. Auf der Insel befanden sich mehr japanische Soldaten als angenommen. Sehr viel mehr. Die Wetterbedingungen waren schlecht, es ging nur schleppend voran.

Nach einer Woche flog Jamie in einem Bomber mit, aber der Offizier hatte recht gehabt. Er sah nichts. Sie warfen Bomben in das Grau unter ihnen ab, um Treibstoff zu sparen. »Scheißkerle«, sagte der Navigator, und Jamie wusste nicht, wem das galt, den Japanern, den eigenen Befehlshabern oder den Bomben. Während des Fluges kam ihm der Gedanke, dass ihre Maschine hier in der Luft war wie andere, die einfach verschwanden. Nur wenn sie tatsächlich nach Adak zurückkehrten, waren sie anders. In der Luft sein, bedeutete, dass man für die Welt verloren war, nur für sich selbst nicht. Er überlegte, ob Marian genau das gefiel. Vielleicht fiel es ihr aber auch nicht mehr auf.

In der Bucht von Tokyo formierte sich eine Armada: Flugzeugträger, Kriegsschiffe, Zerstörer etc. etc., alle für die Aleuten bestimmt, um die Amerikaner zum Festland zurückzudrängen. Sie brach nie auf. Es hätte so sein können, aber es kam anders.

Nach zwei Wochen traf die Meldung ein, dass die Infanterie weiter zu dem Hafen vordrang, in den die Japaner sich zurückgezogen hatten. Der Offizier kam gerade vorbei, als Jamie in Hafennähe mit Zeichnen beschäftigt war. Er machte kehrt, seine Stiefel quatschten im Schlamm. »Später legt hier ein Schiff an und fährt dann zur Lieferung von Nachschub weiter nach Attu«, sagte er. »Falls Sie immer noch mitwollen, lässt sich das einrichten. Vielleicht schaffen Sie es noch rechtzeitig für den letzten entscheidenden Vorstoß. Was meinen Sie?«

Also war Jamie später auf dem Schiff und am nächsten Morgen auf einem Landungsboot, das die dünne Schicht klarer Luft zwischen dem niedrig hängenden Nebel und der silbrigen Wasseroberfläche durchkämmte. Und dann stand er an einem trostlosen Strand voller Geschosskrater. In seinem Rucksack trug er einen Schlafsack, Verpflegung und ein Paar Extrasocken, über einer Schulter hing eine kleine Tasche mit seinen Stiften, einem Block Papier und den Aquarellen, über der anderen ein Gewehr und Munition. Am Strand warteten drei Schleppfahrzeuge, er half beim Beladen und folgte ihnen dann mit acht weiteren

Männern. Sie marschierten stundenlang. Der Lastwagen und die Schlepper waren schneller als die Männer, aber den Fahrrillen war leicht zu folgen. Einmal versuchte er rasch etwas zu Papier zu bringen, aber das sei nicht sicher, sagte man ihm, besser weitermarschieren.

Irgendwann befanden sie sich hinter der Front: Eine Ansammlung spitzgiebeliger Zelte tauchte auf, die an einem abschüssigen Hang in Schlamm und Moos festgemacht waren, über ihnen schneebedeckte Gipfel. Am Fahrbahnrand lagen verstreut die Leichname von japanischen Soldaten, die Glieder unnatürlich verrenkt, manchmal auch nur ein Helm auf einer verknäulten, unförmigen Masse. Im Feldlager fand Jamie einen Leutnant, der eine Pionierkompanie führte, und erklärte, er sei Kriegsmaler (»Jeden Tag was Neues«, lautete dessen Kommentar) und wolle an die Front. Im Augenblick sei nicht ganz klar, wo genau die sich befinde, wurde ihm gesagt. Die Vorhut sei damit beschäftigt, die Stellung zu halten. »Fühlen Sie sich ganz wie zu Hause«, sagte der Leutnant und machte eine ausholende Bewegung über den Zeltplatz. »Zeigen Sie der Welt Attus viele schöne Seiten.«

Am gleichen Abend betranken japanische Soldaten sich ganz in der Nähe mit Sake. Sie waren seit einem Jahr in der Tundra, und es fehlte mittlerweile an allem. Immer herrschte Nebel, dazu dieser fürchterliche Wind. Der kommandierende Hauptmann hatte beschlossen, sich nicht zu ergeben. Die amerikanische Verteidigung bestand aus leichten Geschützen, aber an einem Berghang hatten sie eine Batterie von Haubitzen stehen. Wenn es dem Hauptmann gelang, sie zu erobern, konnte er sie gegen die Amerikaner richten. Ein verzweifelter Plan, eigentlich undurchführbar, aber ein Versuch wäre ehrenhaft.

Ihm blieben eintausend Mann. Sie sprangen auf der Stelle, schrien und stampften auf den Boden. Den Verwundeten gab man Pistolen, sie sollten sich, das war Befehl, erschießen. Wem das nicht gelang, dem wurde Morphium injiziert, oder er wurde, wenn die Geduld nicht ausreichte, mit einer Handgranate ins Jenseits befördert. Die Soldaten schütteten allen Alkohol in sich hinein, den sie fanden.

Im Morgengrauen befahl der Hauptmann, die amerikanischen Linien zu durchbrechen.

Jamie wurde von Schreien geweckt. Ganz in der Nähe von ihm lag ein Mann, von einem Bajonett durchbohrt, ihn selbst hatte man übersehen. Er kämpfte sich aus dem Schlafsack und rannte mit seinem Gewehr hangaufwärts, fort aus dem Chaos. Granaten wirbelten das Erdreich auf. Er fiel halb in ein Schützenloch, in dem bereits ein japanischer Soldat lag, der schon seit langem gefallen war.

In der Nähe durschnitten drei Japaner die Abspannleinen des Sanitätszelts. Der schwere Zeltstoff fiel und brach über Körpern auf ihren Pritschen ein. Die Soldaten setzten ihre Bajonette ein. Später fiel Jamie der gequälte Hund von einst ein, unter einer Decke begraben, aber jetzt legte er ohne einen einzigen Gedanken sein Gewehr an und zielte. Den ersten erwischte er am Hinterkopf. Der Körper des Mannes machte einen ungelenken Satz, als würde eine Leine ihn nach vorne reißen. Den zweiten traf er in die Schulter, und der Mann ging schwankend in die Knie. Er kniete immer noch, eine Hand über die Wunde gelegt, als Jamie ihm gegen die Brust trat. Der dritte schaute sich verwirrt um. Jamie bemerkte, dass er zu seiner Verteidigung nur ein Bajonett hatte, das an einen Stock gebunden war. Er ließ es fallen und bestaunte die Berge, als Jamies Kugel ihn in die Stirn traf.

Jamie setzte das Gewehr ab. Aus seiner Brusttasche zog er ein schmales Notizbuch und einen Bleistift.

Nach einer Weile schienen die Japaner Sinn und Zweck ihres Einsatzes aus den Augen verloren zu haben, sie stürmten orientierungslos von hier nach da und richteten ihre Waffen auf einen unsichtbaren Feind. Ein paar schlangen Schokoladenriegel herunter, die sie Gefallenen abgenommen hatten. Sie ließen Zigarettenpackungen herumgehen und steckten sich welche an. Vom Berg drang noch immer Kriegslärm herunter, aber im Tal standen die Männer in Gruppen beieinander wie auf einer Party. Sie zogen Handgranaten aus ihrem Gürtel, klopften damit gegen den Helm, um die Zündung zu aktivieren, und hielten sie unters Kinn oder an den Magen. Kurze tödliche Explosionen. Rauch wie von Zauberhand, der, als er sich verzogen hatte, Körper freigab, die noch eben intakt gewesen waren und jetzt ohne Kopf und Hände oder mit einem Loch in der Mitte.

In dem Schützenloch zeichnete Jamie wie besessen, und erst später sah er, dass er Seite um Seite mit verstümmelten Kritzeleien und Klecksen angefüllt hatte, die keinen Sinn ergaben.

Ratcliffe Hall, Leicestershire, England
März 1943
Zwei Monate vor dem Kampf um Attu

Einmal lang. Zweimal lang. Einmal kurz, zweimal lang. T. M. W.

Tomorrow, morgen.

Marian stellte sich vor, wie Ruth auf der anderen Seite der Wand in einem Bett lag, das genauso aussah wie ihres, und mit einem Finger an die Wand klopfte. *Morgen … London … Abendessen mit Eddie … bitte? Du auch …*

Das Klopfen hörte auf. War Ruth eingeschlafen? Oder war ihr das Morsealphabet entfallen? Marian legte eine Handfläche an den kalten Verputz und wartete. Irgendwann klopfte sie mit dem Zeigefinger.

Warum?

Um ihn kennenzulernen, kam die Antwort.

Als Marian im Januar in Ratcliffe Hall angekommen war, fand sie schnell heraus, dass man davon als *Great House* sprach und es nicht als Herrensitz oder Schloss bezeichnete. Außer ihr war noch eine andere Pilotin dort untergebracht, eine Engländerin, sowie drei Männer, von denen zwei Amerikaner waren. Marian, eingeschüchtert von der luxuriösen Umgebung und dem Geplapper der anderen, blieb für sich. Man gab ihr eines der Zimmer über den Garagen, alle mit Heizung und warmem Wasser ausgestattet, ein Komfort. Es gab Tennisplätze und Squash-Plätze, die für sie neu waren. Ein Butler putzte den Piloten die Stiefel, Dinner wurde in einem holzvertäfelten Speisezimmer serviert, Wein und Bier inklusive. Hin und wieder gesellte sich ein illustrer Freund von Sir Lindsay Everard, ihrem Gastgeber, zu den Essen.

Sir Lindsay war Erbe eines Brauereivermögens und Besitzer eines nahe gelegenen Flugplatzes, den er der ATA überlassen hatte. Er selbst flog nicht, aber er liebte die Fliegerei, versammelte begeistert Piloten und Maschinen um sich und freute sich, dass der Krieg ihm sozusagen beides vor die Haustür gebracht hatte.

Auf dem Flugplatz standen so gut wie alle Flugzeugtypen der britischen Luftwaffe. Marian hatte allerdings noch nicht für alle eine Berechtigung, und so überführte sie Maschinen oder brachte Spitfires, die vom Hersteller in Castle Bromwich unter Hochdruck produziert wurden, an ihren Einsatzort. Weniger häufig holte sie eine Oxford aus Ansty oder eine Defiant aus Wolverhampton oder flog zwischen Reparaturstützpunkten in den Cotswolds hin und her.

Oder wenigstens hätte sie all das eigentlich tun sollen. Aber über den Midlands hing dichter Smog und hielt die Piloten an vielen, vielleicht sogar an den meisten Vormittagen am Boden. Manchmal konnten sie drei Tage lang nicht fliegen, und aus Castle Bromwich trafen dringende Anfragen ein, weil fabrikneue Spitfires sich dort buchstäblich stapelten. Wenn Marian etwas auszuliefern hatte und vor der Dunkelheit fertig wurde, flog sie in einer Maschine mit zurück nach Ratcliffe, oder sie fuhr mit dem Zug oder suchte sich dort, wo immer sie auch war, eine Bleibe für die Nacht, was nicht immer einfach war. Nicht selten war sie mit ihrer Reisetasche, in der sich das Nötigste für die Nacht befand, und ihrem Fallschirm auf der Suche nach einem Bett in unbekannten Städtchen unterwegs.

An einem Abend im Februar kehrte sie nach Ratcliffe zurück – sie hatte eine Spitfire nach Brize Norton überführt und von dort aus eine andere nach Cosford – und bemerkte, dass die Tür zu dem Zimmer neben ihrem offen stand. Sie spähte hinein. Eine Frau stand über einen halb ausgepackten Koffer gebeugt. Marian blieb wie angewurzelt stehen, von Freude übermannt, die sie sofort unterdrückte. »Ruth!«

Ruth richtete sich auf, kühl und ohne Lächeln, und hielt ein Kleid in der Hand. »Man hat mir gesagt, dass du im Nebenzimmer wohnst. Ich habe gefragt, ob es noch ein anderes Zimmer gibt, gibt es aber nicht. Wie du siehst, liegt die Schuld bei der ATA.« Eigentlich habe sie anstelle von Ratcliffe nach Hamble gewollt, sagte sie. Sie nehme den Posten der englischen Pilotin ein, die jetzt zweimotorige Maschinen fliegen dürfe. »Mach dir keine Sorgen. Ich komme dir nicht zu nahe.«

»Ich freue mich, dass du hier bist«, sagte Marian hilflos. Eigentlich war sie die ganze Zeit unglücklich gewesen, merkte sie jetzt, und Ruth vor sich zu sehen und die spontane Freude darüber, waren wie eine Erleichterung, ein Gegenmittel.

»Ich weiß nicht, was ich sagen soll«, sagte Ruth, während sie ihr Kleid mit einem Klappern in den Schrank hängte. »Du hast mich komplett fallengelassen.«

»Es tut mir leid, wirklich.«

»Ach ja? Das ist gut und schön, aber ich finde, du schuldest mir eine Erklärung.«

Marian zögerte. Sie konnte Ruth nicht die Wahrheit sagen, aber lügen wollte sie auch nicht.

»Hast du genug Vertrauen zu mir, um mir zu vergeben, auch wenn ich dir nichts erkläre? Du hast recht, ich war nicht nett. Und es gibt einen Grund dafür, aber vertraust du mir, wenn ich dir sage, dass er keine Rolle spielt?«

Ruth musterte sie, überlegte anscheinend, ob sie es ehrlich meinte. »Schauen wir mal.«

Ein paar Tage lang war ihr Verhältnis zueinander unbeholfen, doch dann wurde es wie am Anfang, sogar noch besser. Sie waren dankbar für die Nähe der jeweils anderen. Auch sie habe sich einsam gefühlt, sagte Ruth.

Die abendliche Tischrunde im Großen Haus wurde durch Ruths Gegenwart augenblicklich belebt. Sie stürzte sich in die Unterhaltungen, und als es eine Woche nach ihrem Einzug um Kufenflugzeuge ging (Marian hegte den Verdacht, dass Ruth das Gespräch gezielt auf das Thema gelenkt hatte), sagte sie, »Erzähl ihnen, wie du aus dem Wattenmeer gestartet bist.«

Und was blieb Marian anderes übrig als zu beschreiben, wie sie ihre alte Bellance dazu gebracht hatte, hin und her zu wackeln, um die Kufen aus dem stinkenden Morast von Valdez zu ziehen.

»Warum hatten Sie eigentlich Kufen dabei, wenn es doch keinen Schnee gab?«, wollte Sir Lindsay wissen.

Sie erläuterte, wie sie Nachschub zu hoch gelegenen Minen brachte und sogar im Sommer auf Gletschern gelandet war, und Sir Lindsay zeigte sich so offensichtlich interessiert, ging mit seinen Fragen derart in die Tiefe und entlockte ihr so unerbittlich eine Anekdote nach der anderen, dass ihr kaum auffiel, wie sehr sie die Tischrunde mit ihren Erzählungen in Atem hielt. Doch als kurz verwundertes Schweigen eintrat, nachdem sie beschrieben hatte, wie eine für Hochgebirge typische Windbö sie von einem Gletscher gefegt hatte, verschloss sie sich und sägte verlegen an ihrem Stück Fleisch.

Sir Lindsay wandte sich an Ruth. »Sie habe unsere Sphinx zum Reden gebracht«, sagte er. »Ausgezeichnet.«

Marian war einem Treffen mit Eddie bislang aus dem Weg gegangen und Einladungen von Ruth nicht gefolgt, bis diese an jenem Abend durch die Wand morste und sie unverblümt bat, mitzukommen. Immer wenn Ruth bislang gesagt hatte, Eddie sei in London, fand Marian eine Entschuldigung und fuhr mit ihrem Motorrad allein nach Leicester oder Nottingham. Wenn Eddie laut Ruth keine Zeit hatte, begleitete sie ihre Freundin hingegen nach London, und sie gingen zusammen zum Red Cross Club, und alles war wie früher. Dinner, Kino, Theater, Cocktails, Tanz.

Aber diesmal konnte Marian nicht ablehnen. Besatzungen von Bombern war keine hohe Lebenserwartung beschieden.

Sie klopfte zurück, *Okay*.

Eddie hatte sich mit ihnen am Savoy verabredet. Marian schüttelte ihm fest die Hand und sah ihm in die Augen. Er war sehr groß, hatte einen langgezogenen Pferdekopf und warme Augen mit buschigen Brauen. Obwohl seine Zähne lang waren und ein wenig eng standen, zeigte er ein strahlendes Lächeln. »Ich wollte dich immer schon kennenlernen«, sagte er. »Ruth gerät bei Leuten normalerweise nicht leicht ins Schwärmen.«

»Pass auf, sie wird noch ganz eingebildet«, sagte Ruth, mit einer Hand auf seinem Arm.

»Vor dem Krieg«, sagte Eddie, während er sie beide zur American Bar begleitete, »hätte ich niemals gewagt, dieses Hotel zu betreten, ich hätte befürchtet, wie ein Hinterwäldler auszusehen. Aber jetzt denke ich, wenn ich in einer Maschine über Deutschland fliegen kann, dann kann ich auch meinen Drink nehmen, wo ich will.«

Marian nickte. Auch für sie war die blaue Uniform ein Schutz, selbsterklärend.

Ruth stieß sie leicht in den Rücken. »Heute Abend musst du ein bisschen was erzählen, Marian, sonst denkt Eddie, ich hätte ihm einen Bären aufgebunden.«

»Ich weiß, was du sagen willst«, sagte Marian an Eddie gewandt und dachte daran, wie Jackie sie gerügt hatte, weil sie in ihren Fliegerklamotten zum Vorstellungsgespräch erschienen war. »Es tut gut, sich um irgendwelche Vorbehalte keine Gedanken mehr machen zu müssen.«

»Genau!«, rief Eddie aus. »Das genau ist es. Es fällt mir schwer, es zuzugeben, aber ich genieße die Zeit in London. Die Stimmung ist ausgelassen, findest du nicht? Geradezu rasend. Verstehst du, was ich meine? Ich nehme mal an, wenn Leute dauernd daran erinnert werden, dass sie vielleicht sterben – dass sie sicherlich sterben –, geben sie sich mehr Mühe mit dem Leben. Meinst du nicht auch?«

Sie bestellten Cocktails. Eddie erzählte die Geschichte von dem Kugelturmschützen in seiner Crew, der während des Anflugs auf ihr Ziel, eingerollt in seine Kugel aus Stahl und Plexiglas an der Unterseite einer B-17, eingeschlafen war. »Keine Ahnung, wie man da in der Luft hängend einschlafen kann, aber dieser Typ kann das überall, er ist bekannt dafür.«

»Das ist bei Marian nicht anders«, sagte Ruth.

Eddie hob eine Augenbraue an. »Stimmt das? Was ist dein Geheimnis? Ich schlafe sehr schlecht.«

»Mach weiter mit deiner Geschichte«, sagte Marian.

»Na ja, wir wussten ja nicht, dass er eingeschlafen war, er war nur sehr still. Er sei erst aufgewacht, hat er erzählt, als er die Flak hörte« – an dieser Stelle tat Eddie so, als wache er gerade auf –, »und dann drehte er sich mit seiner Kugel und schoss auf der Stelle eine Messerschmitt ab. Wir sind wieder heil zurückgekommen, hatten nur ein bisschen was abbekommen, und er erzählte, er hätte gerade geträumt, dass er ein Flugzeug abschießt, und beim Aufwachen wurde sein Traum wahr.« Er lehnte sich vor und ließ seinen Blick amüsiert zwischen Ruth und Marian wandern. »Ist das nicht komisch? In jener Nacht haben wir uns gut überlegt, was wir träumen wollten, vielleicht war das ja ansteckend, und Träume wurden tatsächlich wahr.«

»Ich hoffe, du hast geträumt, dass du sicher an einem Flughafen in England aufwachst.«

Charmant war das treffende Wort, um Eddie zu beschreiben. Marian war bis dahin nicht vielen charmanten Menschen begegnet, wenigstens nicht von der Sorte, die Eddies unaufdringlichen, großzügigen und freundlichen Charme besessen hätten.

»Marian würde auch in einem solchen Kugelschießstand einschlafen, wenn sie wollte«, sagte Ruth.

»Wo bist du mal eingeschlafen, wo man es am wenigsten erwarten würde?«, fragte Eddie.

Marian schaute auf Ruth, die sie erwartungsvoll ansah, darauf zählte, dass sie mit ihrer Antwort glänzen und beeindrucken würde. Sie fühlte sich schon jetzt chancenlos. Mit Eddies Charme konnte sie nicht mithalten. Aber sie wollte wenigstens nicht als geistlos rüberkommen.

»Einmal, in Alaska«, sagte sie, »bin ich mit einer Maschine in einen Fluss gestürzt, tief genug, dass Wasser ins Cockpit eindrang. Bis zum nächsten Morgen war nicht mit Hilfe zu rechnen, also habe ich auf der Maschine geschlafen.« Sie zog die Schultern ein und verlor ihren Schwung. »Es war Sommer und nicht so schlimm, bis auf die Mücken.«

»Erzähl ihm von dem Bären«, sagte Ruth.

»Ein Bär ist vorbeigekommen«, sagte Marian kleinlaut. »Er wollte fischen.«

»Ein *Grizzly*«, sagte Ruth.

»Warst du immer schon so mutig?«, fragte Eddie. »Wie wart du als Kind?«

Marian dachte kurz nach. »Naiv«, sagte sie. »Jungenhaft. Verbissen.«

Eddie lächelte breit.

Zum Abendessen besuchten sie ein griechisches Restaurant. »Die Ausmaße sind erstaunlich«, sagte Eddie und meinte Grönland, das er mit einer funkelnagelneuen B-17 auf seiner Reise aus den USA überflogen hatte. »Nichts als Eis. Weiß bis an den Horizont. Als Karte hätten auch ein paar leere Seiten gereicht.«

Marian hatte eine bohrende Eifersucht erfasst. Sie beneidete Ruth um ihn, beneidete Eddie um Grönland. Sie musste an die Radierungen von Eisbergen und Walfängern in den Büchern ihres Vaters denken.

»Einmal bin ich von Barrow ganz oben in Alaska über das Packeis geflogen«, sagte sie. »Ich wollte fast nicht mehr umkehren. Es war irgendwie …« Sie unterbrach sich, fand das Wort nicht.

»Hypnotisierend«, sagte er. »Diese Leere.«

»Ja, das ist das richtige Wort.«

»Marian geht immer an Grenzen, sie kann nicht anders«, sagte Ruth. »In meinen Ohren klingt dieses ewige Eis schrecklich. Es leben dort ja nicht mal Leute.«

»Doch, ein paar, aber am Rand«, sagte Eddie. »Die müssen hart im Nehmen sein.«

»Einsam, deswegen ist es dort unter anderem doch so schön«, sagte Marian.

Eddie hob sein Glas. »Auf Einsamkeit.«

Beim Verlassen des Restaurants glitten sie in die verdunkelte Stadt wie in eine Unterwasserhöhle. Rund um Picadilly war zwar nichts zu sehen, aber alle anderen Sinne waren gefordert. Von allen Seiten drängelten Körper, Soldaten und Frauen lachten und brüllten.

Für Marian, ihre Hand fest in Ruths, waren der Lärm, die Bewegung und der Frohsinn nur eine andere Form von Stille, von Warten. Sie alle warteten. Darauf, dass der Alkohol seine Wirkung zeigte. Auf einen Kuss, eine Berührung. Auf das Morgengrauen. Auf Schlaf. Darauf, dass man erneut seinen Pflichten nachgehen musste. Darauf, dass der Krieg weiterging oder, wenn überhaupt jemals, endete. Darauf, was vielleicht noch passierte.

Eddie führte sie durch eine Tür und durch schwarze Samtvorhänge, die der Verdunkelung dienten, in eine dampfige Höhle, in der das Leben tobte. Uniformen drängten sich unter bunten Lichtflecken auf einer Tanzfläche, auf und ab, immer in Bewegung. Die rauchgeschwängerte Luft hatte eine süßsaure Note von Fäulnis. Auf der Bühne stand zwischen seinen Bandkollegen der Sänger, schob die Augenbrauen zusammen und umklammerte das Mikrofon, als würde der Song aus ihm herausgepresst. Sie gingen nach oben zur Galerie. Eddie beschrieb seine Aussicht als Navigator eines Bombers durch das Cockpit aus Plexiglas. »Manchmal ist es wie durch die Fensterrose in einer Kathedrale zu blicken«, versuchte er die Band zu übertönen, während sie auf einer der gepolsterten Sitzbänke Platz nahmen. »Und manchmal wie durchs Tor zur Hölle.«

Ein Rundfenster, in dem Himmel und Wolken wechselten, dazwischen, wie schwarzes Popcorn, explodierende Flakgeschosse. Hunderte von Bombern, die in Formation flogen und von denen manche in Rauch und Flammen aufgingen. Die Kälte so groß, dass die Haut an den Instrumenten kleben blieb. Die Crew trug so viele Kleidungsstücke übereinander, dass die Männer zu unförmigen Riesen wurden. Unter ihnen Wasser, schmale Strände, Marschland, die geometrischen Muster menschlicher Zivilisation: Felder, Straßen, Dächer. Darauf warfen sie ihre Bomben ab. An den Tagen, an denen sie flogen, gab es richtige Eier zum Frühstück anstelle von Eipulver.

Ruth saß zwischen ihnen auf der Bank und ließ ihren Kopf auf Marians Schulter fallen. Warum, fragte die sich, lehnte sie sich nicht an Eddie an? An Wintertagen war sie ein paar Mal mit Caleb und Jamie zu den heißen Quellen in der Nähe von Missoula gegangen, und das Gefühl, mit dem Körper im warmen Wasser zu sein, während die Wangen vor Kälte brannten und ihr vom Wind die Augen tränten, war ein bisschen wie die körperliche Nähe von Ruth zu genießen und mit ihren Gliedmaßen Eddies kaltem Himmel ausgeliefert zu sein.

»Genug«, sagte Eddie und unterbrach seine Erzählungen. »Ich habe mich gefragt, Marian – wie bist du zur Fliegerei gekommen?«

»Ich wollte es einfach. So ist es doch für die meisten, oder nicht?«

»Aber etwas muss dich doch dazu getrieben haben.«

»Die beiden Kunstflieger«, trieb Ruth sie an.

»Ja«, sagte sie widerwillig. »Als Mädchen habe ich ein paar Kunstflieger kennengelernt.«

»Am gleichen Tag überflog Lindbergh den Atlantik«, sagte Ruth. »Schicksal.« Sie winkte der Kellnerin, um eine weitere Runde Getränke zu bestellen.

»Und dann?«, sagte Eddie.

Normalerweise wich Marian einer solchen Frage aus. Die Umstände ihres Lebens waren zu merkwürdig für Erzählungen, zu sehr mit Scham, zu sehr mit den Folgen belastet, und sie war unsicher, ob sie angemessene Erklärungen für alles fand. Aber diesmal wollte sie nicht ausweichen. Im Krieg hatten ihre Geheimnisse kein Gewicht mehr.

»Mir war bereits als Mädchen klar, dass ich Geld verdienen musste, wenn ich Pilotin werden wollte. Also habe ich mir die Haare abgeschnitten und mich als Junge verkleidet, damit man mich Hilfsarbeiten machen ließ.«

»Haben die Leute dir das abgenommen?«

»Manche. Manche Leute gucken niemals richtig hin. Und ich glaube, andere wollten es nicht. In Montana lebten außerdem ziemlich viele am Rand der Gesellschaft.«

Sie erzählte ihnen, wie sie Flaschen gesammelt und für Mr. Stanley als Fahrerin gearbeitet hatte, von Wallace und seiner Trinkerei und Spielsucht. »Und dann kam ein Mann und hat mir angeboten, die Flugstunden zu bezahlen.«

Eddie wirkte verblüfft. »Warum?«

»Es stellte sich heraus, dass er mich heiraten wollte.«

»Und wie bist du da wieder rausgekommen?«, fragte Ruth.

Marian zwang sich dazu, Ruth in die Augen zu sehen. »Bin ich nicht. Ich habe ihn am Ende geheiratet.«

»Du hast ihn *geheiratet*?«, sagte Ruth und fuhr zurück, außer sich vor Wut.

»Ich habe damals gelogen«, sagte Marian. »Ich spreche normalerweise nicht über ihn. Er war kein sehr netter Zeitgenosse.« Sie sah den Tänzern unten zu. Sie und Barclay hatten nur einmal, auf der Überfahrt nach England während der Hochzeitsreise, miteinander getanzt. Im Allgemeinen verachtete er Tanz, aber an dem Abend, als der Sturm sich gelegt hatte, führte er sie nach dem Dinner zum Tanzen aus. Der Boden hatte sich mit den Wellen gehoben und gesenkt, als würde unter ihren Füßen jemand atmen. »Er ist mittlerweile tot, also spielt das alles keine Rolle mehr.«

»Aber wer war er?«, fragte Ruth.

Marian schwieg. Was sollte sie zu Barclay sagen?

Eddies warmer, schwermütiger Blick lag auf Marian.

»Wir haben Marian lange genug in die Mangel genommen. Wir sollten tanzen.« Er stand auf und streckte Marian eine Hand entgegen.

»Ihr lasst mich also beide hier sitzen, und unsere Drinks sind auch noch nicht da«, sagte Ruth.

»Seit ich dich kenne, hattest du noch nie Probleme, einen Tanzpartner zu finden, Ruthie«, sagte Eddie.

Als sie wieder draußen in der Nacht standen, verabschiedete Marian sich hastig von Ruth und Eddie, sie wollte sich den Anblick ersparen, die beiden gemeinsam fortgehen zu sehen. Doch der Schein eines plötzlich aufbrennenden Feuerzeugs fing das Paar ein. Sie küssten sich nicht, sondern hielten einander eng umschlungen. Das Feuerzeug schnappte zu, und die Dunkelheit verschluckte sie wieder. Ruth rief nach ihr.

»Ich bin hier«, sagte Marian.

»Wo?«

»Gleich hier.«

Ruth nahm sie beim Arm. »Lass uns gehen, ich hasse Abschiede.«

»Warum geht du nicht mit ihm mit?«

»Möchtest du das?«

»Ich verstehe das alles nicht.«

»Ich verstehe nicht, warum du mich in Bezug auf deine Ehe angelogen hast.«

Sie gingen ein kurzes Stück die Straße hinunter in Richtung des Red Cross Club. »Liebst du ihn denn nicht?«, fragte Marian. »Für mich sieht es so aus, als ob du das tun würdest.«

»Natürlich liebe ich ihn. Das ist Eddie. Wie könnte man ihn nicht lieb haben? Hast du deinen Mann etwa nicht geliebt?«

Durch die Wolken fiel die Morgendämmerung. Grau schattierte Umrisse wurden erkennbar. »Am Ende habe ich ihn gehasst.«

»Aber am Anfang?«

»Am Anfang vielleicht schon.«

»Du hättest mir sagen können, dass du mal verheiratet warst«, sagte Ruth. »Du bist nicht so was Besonderes, dass du aus allem ein Geheimnis machen musst.«

»Ich halte mich nicht für was Besonderes.«

Ruth schnaubte verächtlich. »Doch. Und deshalb weißt du genau, dass du Leute fallen lassen kannst, und sie kommen trotzdem zurück zu dir. Und du hast recht. Ich kam angekrochen, sobald du mit den Fingern geschnippt hast.«

»So ist das nicht.«

»Wie ist es dann? Sag's mir!«

»Warum beantwortest du nicht meine Frage zu Eddie? Schlaft ihr nicht miteinander?«

»Was geht dich das an, Marian. Oh!« Im Dämmerlicht war Ruth über die ausgestreckten Beine eines Soldaten gestolpert, der reglos auf dem Gehsteig lag, und prallte auf ihre Knie und Hände.

»Oh!«, echote Marian. Sie ging neben Ruth in die Hocke. »Alles in Ordnung?«

Ruth setzte sich auf und schüttelte ihre Hände. »Ja, aber es brennt.« Der Mann hatte sich immer noch nicht bewegt. Ruth stupste ihn am Bein an, und er rollte sich zusammen. »Ich nehme mal an, der ist noch am Leben.«

»Wir sollten weg von hier, sonst stolpert noch jemand über dich.« Marian packte Ruth am Arm und zog sie in den Stand. Sie ließen sich auf der niedrigen Granitstufe in einem Hauseingang nieder. Marian nahm einen Geruch von Urin, Zigarettenrauch und feuchter Morgenluft wahr. Ruths Handflächen war aufgeschürft und schmutzig, ihre

Strümpfe an den Knien zerrissen, Blut lief in Rinnsalen an ihnen herab. Marian nahm sanft eine von Ruths Händen, drehte sie mit der Handfläche nach unten und küsste die Knöchel. Sie fühlte sich wie eine Spitfire, die zu viele Runden am Boden gedreht hat. Sie wollte endlich *handeln*, etwas *in Bewegung bringen*, sonst würde sie überkochen.

»Mit mir und Eddie ist das anders«, sagte Ruth. »Wir lieben uns, aber wir sind nicht wie andere. Zwischen uns gibt es keine Romantik. Manchmal ist es einfacher, wenn man verheiratet ist, denn Verheiratete fallen nicht auf. Keiner stellt Fragen. Oder auf jeden Fall nicht so viele. Weißt du, wovon ich rede?«

»Ich glaube schon«, sagte Marian, zögerte ein letztes Mal und küsste Ruth, die ihren Kuss sofort ohne Zögern erwiderte. In vieler Hinsicht war es ein Kuss wie jeder andere – ein fremder, feuchter Mund, geschlossene Augen.

Ein anzügliches Pfeifen, und sie ließen voneinander ab. Ein amerikanischer Pilot schwankte vorbei und grinste sie belustigt und zweideutig an. »Ist noch Platz für mich?«

»Keinen Millimeter«, sagte Ruth. »Geh nach Hause.«

»Nun kommt schon, Mädchen, seid ein bisschen nett.«

Marian erhob sich und zog Ruth mit sich. Hand in Hand rannten sie die Straße hinunter, bis Ruth nach Luft schnappte, als sei ihr gerade etwas eingefallen.

»Was ist?«, fragte Marian.

Ruth zeigte auf ihre vom Sturz aufgeschürfte Hand. »Du tust mir weh.«

Marian hatte die Hand gedankenlos gedrückt. »Das tut mir leid.« Wieder küsste sie die Knöchel.

»Es wird hell«, sagte Ruth und entzog ihr sanft die Hand. »Die Leute sehen uns.«

Ratcliffe Hall, Leicestershire, England
April 1943
Ein Monat, nachdem Marian Eddie kennengelernt hat, ein Monat vor dem Kampf um Attu

Schon mal was von den Nachthexen gehört?«, fragte Ruth. Sie lag in Ratcliffe Hall rücklings auf dem Bett.

Marian schüttelte den Kopf. Sie war, auf einen Ellbogen gestützt, zwischen Ruth und die Wand geklemmt und streichelte mit der freien Hand unter der Decke Ruths Bauch.

»Russinnen in zweimotorigen Maschinen«, sagte Ruth. »Es gibt ein ganzes Regiment. Sie fliegen nachts über deutsches Gebiet und lassen ihre Bomben fallen. Dabei stellen sie die Motoren ab, gleiten heran – und *wusch*, wie ein Besen in der Nacht, huschen sie vorbei.«

»Die tun wenigstens was Sinnvolles.«

»Wir auch.«

»Ich sitze die meiste Zeit herum und warte darauf, dass der Himmel aufklart.«

»Das ist doch sinnvoll«, sagte Ruth und schob Marians Hand weiter nach unten. »Vielleicht sind wir ja auch Nachthexen.«

Marian musste lächeln und zog ihre Hand wieder nach oben. »In Alaska hatte ich den Spitznamen Hexe, weil ich auch bei schlechtem Wetter überall hinkam.« Aber dann fiel ihr auch sofort Barclay ein, der ihr halbwegs geglaubt hatte, als sie behauptete, sie habe ihren Schoß verhext.

»Das heißt einfach nur, dass sie Angst vor dir hatten.«

»Vielleicht.« Sie fuhr mit dem Daumen an der Unterseite von Ruths Brüsten entlang, und die hob erwartungsvoll den Brustkorb. »Glaubst du eigentlich, dass andere Mädchen von der ATA das hier machen?«

»Ja. Na ja, eigentlich bin ich nicht sicher. Ich könnte aber ein paar benennen, die es ganz bestimmt gerne machen *würden*, auch wenn ihnen das vielleicht nicht klar ist.« Ruth, die gerade eben noch gelächelt hatte, wurde ernst. »Alle Welt geht einfach davon aus, dass Mädchen Männer mögen, und die meisten überlegen sich dann gar nicht, ob das auf sie überhaupt zutrifft. War das nicht auch für dich so?« Sie wartete sehnsüchtig auf Marians Zustimmung. Immer wieder wollte sie sich zwanghaft vergewissern, dass Marian nicht gern mit Männern geschlafen hatte oder wenigstens, dass sie es mit Ruth am liebsten tat.

»Doch«, sagte Marian. »Irgendwie schon.«

»Mädchen wie uns hat es in irgendwelchen Ecken und Winkeln immer gegeben.«

»Ich weiß nicht, was für ein Mädchen ich bin«, sagte Marian. Sie hatte Mühe mit diesem Wort, *Mädchen*, aber *Frau* traf es in ihrem Fall auch nicht, fand sie. Bedeutete Frausein nicht den Besitz von Bratpfannen und einer Perlenkette?

»Habe ich dir schon mal von meiner Highschool erzählt?«

»Ja.«

»Die Nonnen haben uns immer nur gesagt, dass es eine Sünde ist, wenn man sich von Jungen anfassen lässt. Mädchen haben sie nie erwähnt.« Ihr Tonfall war belustigt und trotzig.

»Ich habe den Eindruck, dass du dich immer schon besser gekannt hast, als die meisten Leute sich jemals kennen.«

»Vielleicht«, sagte Ruth. »Aber dahinter steckt auch ein guter Teil Dickköpfigkeit.«

Ruth hatte Marian erzählt, dass sie schon als Kind gewusst hatte, dass ihr Frauen lieber waren. Sie war ein durchtriebenes kleines Ding gewesen, clever genug, um den Mund zu halten und ziemlich schnell herauszufinden, wie sie ihren Willen bekam, ohne in hohem Bogen aus der netten kleinen katholischen Gemeinde im netten Heimatstädtchen in Michigan zu fliegen.

»Hat Eddie das auch immer über sich gewusst?« Marian hatte mit einem Mal begriffen, warum Ruth verheiratet war.

»Darüber kann und will ich nichts sagen.« Schweigen. »Denk doch nur, wie viel passieren musste, dass wir beide einander begegnet sind.«

»Tja«, sagte Marian. »Ein Krieg.«

»Und der ist deshalb natürlich völlig gerechtfertigt.«

Marian dämpfte mit einem Laut Ruths lautes Gelächter. Sie schauten einander in die Augen, während sie lauschten, aber in den anderen Zimmern über den Garagen blieb es still.

»Man würde sich ohnehin nichts dabei denken, wenn man mich hier anträfe«, flüsterte Ruth. »Zwei Freundinnen, die spätnachts noch ein wenig plaudern, was ist schon dabei.«

Das stimmte. In den Monaten seit dem ersten Kuss hatten sie ihre Nächte in Ratcliffe immer gemeinsam in dem Bett der einen oder anderen verbracht. Frühmorgens suchte dann eine von ihnen jeweils ihr eigenes Zimmer auf – eine Hausangestellte brachte irgendwann den Tee – und bislang war das alles unbemerkt geblieben.

Einmal waren sie am gleichen Abend nicht aus Lossiemouth fortgekommen und hatten einen Pub gefunden, deren griesgrämige Besitzerin sie kurzangebunden informierte, dass sie sich ein Zimmer teilen müssten. »Wird ein bisschen eng, fürchte ich«, sagte sie. Ein Glücksfall.

»Ich denke, das wird schon gehen, wenn es sein muss«, hatte Ruth gesagt.

Die eigene List und die mangelnde Fantasie der Welt bescherten ihnen diebische Freude, und Ruth zeigte ihr, was man mit diesem Geschenk anfing, aber Marian wusste, dass die erzwungene Heimlichtuerei für Ruth einen bitteren Beigeschmack hatte. Man fragte sie, ob sie Schwestern seien, obwohl sie einander überhaupt nicht ähnlich sahen: Ruth war klein, vollbusig und dunkelhaarig, Marian hochgewachsen, schlank und blond.

»Die merken, dass wir uns nahestehen«, sagte Ruth, »aber sie wissen nicht, was sie damit anfangen sollen, also gelangen sie zu der einzigen Schlussfolgerung, die für sie auf der Hand liegt.«

Ja, pflegte Ruth zu antworten, *wir sind Schwestern.*

Es war aber auch nicht so, dass Marian sich hätte vorstellen können, ihre Beziehung publik zu machen. Sie wollte Jamie nicht schreiben und ihm von ihrer Verliebtheit erzählen, denn sie wollte sich auf keinen Fall seinem verblüfften Befremden aussetzen. Er würde ihr nicht den Vorwurf von Unmoral machen, das nicht – als Künstler überraschte ihn, was Menschen anging, nichts mehr –, aber vielleicht würde er sich bei der Vorstellung unbehaglich fühlen, und das würde für Distanz zwischen ihnen sorgen. Und diese Distanz würde sich immer mehr ausweiten, bis sie größer war als das riesige Stück Erde, das sie beide voneinander trennte. Er würde gar nicht anders können, als sich auszumalen, was sie und Ruth taten, wenn sie zusammen waren, und sie fürchtete seinen Ekel, der sich unvermeidlich einschleichen und sein Bild von ihr befallen würde wie Mehltau.

Weder hatte sie für sich entdeckt, dass sie auf jeden Fall Frauen vorzog, so weit wäre sie nicht gegangen, noch hätte sie steif und fest behaupten können, dass ihr Männer lieber waren. Derzeit hätte sie immer Ruth den Vorzug gegeben, aber ihr fehlte doch ein wenig das ungleiche Machtverhältnis in der Beziehung mit einem Mann, das innere Bedürfnis nach Unterwerfung, die fordernde Härte eines Penis. Sie gab sich Mühe, nicht an Barclay zu denken. Wenn sie nach ihm mit anderen Männern zusammen gewesen war, sogar bei Caleb, klang ein Echo von ihm nach, mal schwach, mal so ohrenbetäubend wie ein Gewehrschuss, der die Stille in einem vermeintlich menschenleeren Canyon zerriss. Mit Ruth gab es keine störenden Echos. Mit Ruth war der Akt gleichberechtigter und überraschenderweise in mancher Hinsicht sinnlicher, war von einer forschenden Findigkeit getrieben, einer blinden Entschlossenheit, miteinander zu verschmelzen.

Bei den ersten Malen hatte Marian Ruth nicht mit Lippen und Zunge berührt, doch als sie das schließlich tat, war der Geschmack salzig und durchdringend, spürte sie eine fleischig rote Verletzlichkeit wie an keiner Stelle eines Männerkörpers. Ihre Klitoris, soweit sie damit vertraut war, war ihr peinlich und furchtbar hässlich, wie der Kehllappen von einem Truthahn. Doch Ruth war begeistert von ihrer eigenen und hingerissen von Marians. Sie behandelte den kleinen Hautlappen als etwas zentral Wichtiges, das Hingabe verdiente. Ein Heiligtum in einem verborgenen Schrein.

Bei Sternenlicht gingen sie mit Eddie in London aus. Als sie sich in überfüllte, verrauchte Kneipen stürzten, in denen Jazzmusik tönte und Hefegeruch von verschüttetem Bier in der Luft stand, verspürte Marian den gleichen Überschwang wie als Kind, wenn sie mit Jamie und Caleb auf irgendeiner Abenteuertour war, eine wilde Freude, die durch die verschwörerische Natur ihrer Dreierbeziehung gesteigert wurde. Marian wusste, dass Ruth Eddie von ihrer Liebesbeziehung erzählt hatte, was dieser aber nur beiläufig zu erkennen gab, indem er Marian mit brüderlicher Wärme behandelte. Er hatte sicherlich seine eigenen Affären. Wie konnte er mitansehen, wie Maschinen brennend abstürzten, die mit Männern besetzt waren, die er kannte, und nicht nach befreiendem Vergnügen suchen, nach Trost und Lebendigkeit?

»Marian hat mir das Leben gerettet«, sagte Ruth an einem Maiabend, während sie an einem Cocktail nippte, und riss dabei theatralisch die Augen auf. Sie feierten Eddies Rückkehr aus seinem fünfzehnten Kampfeinsatz. Falls er fünfundzwanzig überlebte, durfte er nach Hause.

Eddie wandte sich mit sanfter Neugier an Marian. Leute retteten einander in diesen Zeiten ständig das Leben. »Und wie hast du das gemacht?«

»Frag nicht mich«, sagte Marian. »Ich habe keine Ahnung, wovon sie redet.«

»Gestern habe ich eine Fairchild von White Waltham nach Preston überführt …« Ruth unterbrach sich, legte eine Hand auf Eddies Arm und sagte wie eine freundliche Oberlehrerin, »aber um dorthin zu kommen, muss man durch den Luftkorridor bei Liverpool fliegen. Weißt du, was das ist?«

»Ich bin sicher, du wirst es mir gleich erklären.«

»Es ist ein gut vier Kilometer breiter, durch Sperrballone begrenzter Luftstreifen zwischen Liverpool und Warrington. Ich war bereits in der Luft, als ich mit einem Mal in Wolken geflogen bin, die kamen wie aus dem Nichts. In einem Moment war der Himmel noch klar, im nächsten alles weiß. Dieses komische Phänomen hat mit dem Taupunkt zu tun.«

»Hat Marian dann den Taupunkt verändert, ist sie eine Wettergöttin?«, sagte Eddie.

»Fast«, sagte Ruth.

»Marian muss mithin die Sonne sein, die durch die Wolken brach.«

»Nein, aber sie hatte mir ein bisschen Instrumentenflug beigebracht.«

»Und ich dachte, du hättest mir nicht zugehört!«, sagte Marian. Sie wandte sich an Eddie. »Ich durfte ihr nur in Pubs etwas darüber erzählen, und sie hat dauernd vom Thema abgelenkt. Ich habe ihr kaum etwas beibringen können.«

»Du hast mir erzählt, sobald ich mich in Wolken befand, sollte ich das Flugzeug gerade legen, zurück auf Kurs kommen, dann sehr langsam und mit wenig Schräglage auf Gegenkurs drehen und die Wolke unterfliegen.«

»Das hätte dir jeder sagen können.«

»Hat mir aber niemand gesagt, außer dir. Ich habe das also alles so gemacht, aber das einzige Problem war, dass auch auf einer Höhe von achthundert Metern immer noch dichte Wolken waren, und auch darunter war es nicht anders.«

»Du hättest einfach eine Landung versuchen sollen.«

»Daran habe ich auch gedacht«, sagte Ruth. »Und ich hätte es vielleicht auch versucht, aber ich war für den Flug spät dran gewesen und hatte keine Zeit, mir meine Hosen anzuziehen. Ich hatte nur meinen Uniformrock an, und, ganz unter uns, keinen Schlüpfer, weil alle in der Wäsche waren.« Sie sah Marian und Eddie nacheinander an. »Ihr versteht mein Problem.«

»Wenn du die Wahl zwischen einer Landung ohne die Unaussprechlichen und Tod hast, solltest du dich eigentlich immer für Ersteres entscheiden. Und eigentlich überrascht es mich, dass du nicht sofort die Gelegenheit für einen kleinen Skandal beim Schopf ergriffen hast.«

»Mich auch«, sagte Ruth nachdenklich. »Wenn ich zurückdenke, wollte ich wahrscheinlich nicht als hilflos dastehen. Wie auch immer, ich bin einfach weitergeflogen und habe auf ein Loch in den Wolken gehofft.«

»Ich fiebere förmlich mit«, sagte Eddie. »Obwohl du ja augenscheinlich überlebt hast.«

»Es klarte auf, oder wenigstens kam mir das so vor. Vielleicht war es auch nur Einbildung. Ich wusste nicht, wo ich war. Als ich nach unten ging, hätte ich auch direkt in einen Sperrballon oder einen Hügel krachen können.« Sie unterbrach sich. Eddie griff nach ihrer Hand.

»Du hattest Todesangst«, sagte Eddie.

»Stimmt.« Ruths Stimme wurde unsicher. »Wenn das passiert, ist man so konzentriert, dass man nichts mehr fühlt, aber hinterher erwischt es einen voll, und es wird einem kalt bis auf die Knochen und erst mal nicht mehr warm.«

»Ich brauche deinen Rat, Marian«, sagte Eddie. »Sag mir irgendwas, das Glück bringt. Was muss ich wissen? Was rettet mir das Leben?«

»Was ich Ruth gesagt habe, gehört zum gesunden Menschenverstand.«

»Das ist kein Ratschlag. Nun, komm schon.«

Marian überlegte. »Mein erster Fluglehrer hat mir geraten, zu lernen, wann ich meine Instinkte ignorieren soll, obwohl ich ihnen eigentlich gerne folgen würde, und wann ich ihnen wider besseren Wissens folgen soll. Eigentlich ging es dabei nicht um die Fliegerei. Er ist kurz darauf bei einem Absturz ums Leben gekommen.«

Eddie lachte. »Mein Instinkt beschwört mich, diesen furchtbaren Rat nicht anzunehmen, aber vielleicht bedeutet das auch, dass ich ihm folgen sollte. Du hast mir ein Rätsel aufgegeben.«

Eine Woche später kam die Meldung, dass Eddies Flugzeug abgeschossen worden war. Er galt als vermisst. Ruth lag auf ihrem Bett, das Telegramm flatterte auf den Boden. »Sein siebzehnter Einsatz«, sagte sie zu Marian, die ihr tröstend den Rücken streichelte. »Wie soll irgendjemand fünfundzwanzig überleben? Das ist unmenschlich. Du hättest die Blicke mal sehen sollen, als das Telegramm ankam. Als wäre es eine Zumutung für andere, wenn man weint. Warum weint hier niemand?«

»Die Leute haben Angst, dass sie nie mehr aufhören, wenn sie mal anfangen.«

Ein paar Tage später flog Ruth beim Überführen einer Spitfire einen Umweg und machte unter dem Vorwand eines technischen Defekts Halt auf Eddies Stützpunkt. Im Hangar und im Einsatzraum sprach sie jeden an, den sie finden konnte, um an Informationen zu kommen. Crewmitglieder aus anderen Maschinen hatten von drei Fallschirmen berichtet, die vor der Explosion heruntergingen. Aber natürlich wusste niemand, wem sie gehört hatten.

Pazifischer Ozean
Juni 1943
Ein paar Wochen später

Ein Schiff zum Transport von Truppen glitt auf seinem Weg zum Meer unter der Golden Gate Bridge hindurch. Von Jamies Position an der Reling sahen die Decks aus wie von Moos überwachsen, wie ein dichter Teppich aus khakifarbenen und grünen Uniformen. Das Ziel war unbekannt. Gleißendes Abendlicht brach sich in den Wellenkronen, den dahingleitenden Seevögeln und den zwei orangeroten Stahlpfeilern der Golden Gate Bridge. Einer wurde bereits von einer Nebelbank verschluckt, die vom Militärstützpunkt Presidio herüberkroch. Das Wasser behielt seinen milchigen Jadeglanz, bis dichter Nebel das Schiff umhüllte. Jamie ging unter Deck.

Das Schiff war einst ein Ozeandampfer gewesen, aus dem man die gesamte Einrichtung entfernt hatte. Jetzt standen hier überall dicht an dicht Stockbetten. Die Fenster und Ausgucklöcher hatte man verschalt oder mit schwarzer Farbe übermalt. Auf den Decks, auf denen einst Paare Arm in Arm flanierten, lagen aufgehäuft Sandsäcke um altmodische Flugabwehrgeschütze herum. Es war kein neues Schiff und nicht annähernd schnell genug, um sich im Falle eines Angriffs auf seine Geschwindigkeit verlassen zu können – anders als die *Queen Mary* oder die *Queen Elizabeth* –, und so wurde es von einem Zerstörer begleitet. Der Schiffslaib und alle Aufbauten waren grau gestrichen, sodass der Schiffsnamen an Bug und Heck unkenntlich war. Und so erfuhr Jamie erst am zweiten Tag, als einige Soldaten einen Rettungsring benutzen, um zu verhindern, dass ihr Würfel immer wieder davonrollte, wie das Schiff hieß. *Maria Fortuna*.

Er hatte seit Kinderzeiten, als Wallace ihm Zeitungsausschnitte über das Unglück gezeigt hatte, nicht mehr an das Schwesterschiff der *Josephina Eterna* gedacht. Auf den Fotos waren zwei gesichtslose Bündel zu sehen gewesen, larvenähnlich, die ihr Vater über den Laufsteg der SS *Manaus* getragen hatte. Ein zweites, neueres Linienschiff von L&Q, die *Maria Fortuna*, das kurz zuvor den Betrieb aufgenommen hatte, fand nur vereinzelt Erwähnung. Er spazierte auf dem Schiff umher und versuchte sich den Glanz alter Zeiten vorzustellen. Einige Matrosen von der Handelsmarine taten immer noch ihren Dienst, und einen von ihnen, einen Ingenieur, fing Jamie auf einem Flur unter Deck ab.

»Die *Maria Fortuna* hatte doch ein Schwesterschiff, das unterging, nicht wahr?«, sagte Jamie. »Hieß es nicht *Josephina*?«

»Stimmt genau. Eine schlimme Sache. Das war natürlich noch vor meiner Zeit.« Soldaten und Matrosen drängelten sich in beiden Richtungen an ihnen vorbei. »Wir sollten besser nicht weiter den Verkehr aufhalten«, sagte der Ingenieur und war auch schon im Gedränge verschwunden.

Zwischen dem Einsatz in den Aleuten und seiner Abreise aus San Francisco hatte man Jamie einige Tage Urlaub gewährt. Und als das Transportflugzeug aus Kodiak zum Auftanken überraschend in Seattle Halt gemacht hatte, war er spontan dortgeblieben.

Nachdem er sich am Telefon zu erkennen gegeben hatte, stieß Sarah Fahey – jetzt Sarah Scott – einen schwachen Laut aus, der nicht zu deuten war. »Hast du das Aquarell erhalten, das ich geschickt hatte?«, fragte er.

Sie räusperte sich. »Ja.«

Er wartete darauf, dass noch etwas folgte. Doch als sie weiter schwieg, sagte er, »Ich wollte dich nicht stören. Ich habe nur an dich gedacht, weil ich in der Stadt bin, aber ich lege jetzt auf.«

»Ja, gut«, sagte sie in einem Tonfall, der alles bedeuten konnte.

Er betrank sich in einer Bar voller lauter, rüpeliger Soldaten, und wieder stieg jene altbekannte, beklemmende Sehnsucht in ihm auf wie aus großer Tiefe und wühlte ihn auf. Warum hatte er sie nur angerufen? Warum konnte er sie nicht einfach in Ruhe lassen? Hatte ihn die letzte Begegnung mit ihr nicht gelehrt, dass sie seinen Illusionen und Fantasien entsprungen war und jede Art von Beziehung zwischen ihnen undenkbar? Erneut mit ihr in Kontakt zu treten war wirklich der Gipfel an Dummheit.

Das Aquarell vom Hafen auf Adak hatte er in einem goldenen sturmfreien Augenblick angefertigt, der Horizont war tiefblau, über das Wasser zitterte zitronengelbes Licht, und selbst die unsäglich hässlichen Überreste von Militäreinsätzen, die das Meeresufer verunzierten, waren in himmlisches Leuchten getaucht. Er spürte einen Druck auf seiner Brust, derart überwältigt war er. Während er zart Farben pinselte, war er Sarah zutiefst dankbar. Sie hatte ihn dazu gebracht, seinen Lebenshorizont zu erweitern.

Attu hatte diese Dankbarkeit nicht verschwinden lassen, aber sie weniger einfach gemacht und mit etwas Dunklem durchsetzt, das schwer war wie Eisenerz.

Am Morgen fand er eine Nachricht vor, die man unter der Tür seines Hotelzimmers hindurchgeschoben hatte. Würde er bitte mit Mrs. Scott zu Mittag essen? Weiterhin eine Uhrzeit und eine Adresse, ein paar Häuser weiter. Er versuchte sich zu erinnern, ob er ihr gesagt hatte, wo er übernachtete, aber er war sich ziemlich sicher, dass er das nicht getan hatte.

Bis kurz vor der verabredeten Zeit dachte er, er würde nicht hingehen, aber natürlich ging er. Sie erwartete ihn in einer Tischnische hinten in dem einfachen Speiselokal ihrer Wahl, das düster und schäbig war. In ihrem blauen klassisch eleganten Kostüm und den hochhackigen Schuhen wirkte sie fehl am Platz. Ihre Miene war angespannt.

»Wie schön dich zu sehen«, sagte er. Er nahm Platz und musterte die Speisekarte. »Weißt du schon, was du nimmst?«

Sie langte über den Tisch und streichelte über seinen Handrücken. »Es tut mir leid, Jamie.«

Er legte die Speisekarte ab. »Was tut dir leid?«

»Wie ich am Telefon reagiert habe. Ich war völlig überrascht. Und meine Schwester war mit im Raum. In ihrer Anwesenheit konnte ich kein Wort von dem sagen, was ich eigentlich sagen wollte.«

Ein Kellner tauchte auf, ein älterer Mann, der Bauch hing über einer schmuddeligen Schürze, auf dem Kopf trug er eine Kochmütze aus Papier. Er hielt Stift und Bestellblock gezückt. »Was darf's sein?«

»Wir brauchen noch etwas Zeit«, sagte Jamie. Der Mann steckte sich den Stift hinters Ohr und verschwand.

»Hast du eigentlich Hunger? Wir könnten uns doch auch woanders unterhalten«, sagte Sarah. »In deinem Hotel?« Sie errötete. »Ich habe dieses Lokal nur ausgesucht, weil es in der Nähe liegt.« Auf der Stelle verließ er seine Sitzbank. Sie streckte die Hände nach ihm aus. »Vielleicht brauche ich deine Hilfe. Mir zittern die Knie.«

»Wie hast du mich gefunden?«, fragte er sie beim Verlassen des Lokals. Sie hielt seinen Arm.

»Ich habe überlegt, dass du vielleicht in der Nähe des Museums übernachtest, also habe ich nacheinander alle Hotels in der Umgebung angerufen.«

»Wie viele?«

»Siebzehn.«

Dann redeten sie erst einmal nicht viel mehr. Erst später wieder, nachdem er ihr das blaue Kostüm und die weiße Seidenbluse ausgezogen, nachdem er ihre Strümpfe von den Haltern gelöst und sie heruntergerollt und sie von Mieder, Büstenhalter und Schlüpfer befreit hatte. Er ging langsam und methodisch zu Werk und hielt sie sofort davon ab, wenn sie ihm helfen oder das Ganze beschleunigen wollte. Als sie am Ende nackt auf dem Bett lag, das Haar lose um die Schultern, trat er zurück und betrachtete sie. Sie sah ihm in die Augen, und er schloss die seinen, um sich auf die Probe zu stellen und ihr Bild vor seinem inneren Auge abzurufen, sich bewusst zu erinnern.

»Mein Bruder ist gefallen«, sagte sie, als sie später in seiner Umarmung lag. »Im Pazifik. Ich hatte gerade das Schlimmste hinter mir, als dein Aquarell eintraf. Ich wusste ja, dass du in den Krieg gezogen warst, aber nach Irvings Tod wurde mir klar, dass du irgendwo in Sicherheit wärst, wenn ich dich nicht gedrängt hätte. Ich wollte damals, dass du dich *schämst*. Ich nehme an, das spielt bei allem, was hier passiert, eine Rolle. Jeder will, dass der andere genauso leidet wie er. Leute wünschen sich für andere unvorstellbare Dinge. Leute *tun* unvorstellbare Dinge. Und als dann dein Bild kam, war mein einziger Gedanke – was habe ich nur angerichtet?« Sie hob den Kopf und sah ihm in die Augen.

»Wärst du auch in den Krieg gezogen, wenn ich nicht gewesen wäre?«

»Ich glaube schon. Du hast Einfluss auf mich, aber so viel auch wieder nicht. Fühl dich nicht dafür verantwortlich.«

Sie ließ ihre Stirn gegen seine Brust sinken. »Ich wünschte, es wäre so einfach.«

»Ich auch.«

»Mein Mann ist im Mittelmeer stationiert.« Sie sah ihn erneut eindringlich an. »Ich liebe ihn *wirklich*.«

»Ich bin auch nicht davon ausgegangen, dass dem jetzt nicht mehr so ist.«

Sie legte ihren Kopf wieder ab und zupfte sanft an seinem Brusthaar. »Wie blond du bist«, sagte sie. »Und ganz wuschelig. Das hätte ich nicht erwartet.«

»Ich bin genauso überrascht.«

»Wusstest du, dass *Life* eines deiner Bilder von Alaska abgedruckt hat?«

»Ja, man hat es mir gesagt.«

»Hast du es schon gesehen?« Unbefangen in ihrer Nacktheit stand sie auf und zog das Journal aus ihrer Handtasche. Sie lehnten sich beide gegen das Kopfende, und sie blätterte zu dem Artikel über die Aleuten. Sein Gemälde zeigte den Flugplatz auf Adak: ein Flugzeug, das bei der Landung vor einem heranziehenden Sturm Gischt aufpeitscht.

Er betrachtete das Foto. »Ich hätte wirklich nie gedacht, dass ich mal Propaganda betreiben würde.«

»Erwartet man das denn von dir?«

»Nein. Überraschenderweise. Man hat mir fast vollständige Freiheit gelassen. Na ja, so viel Freiheit wie man innerhalb der Marine eben hat.« Er zog sie eng an sich und ließ sein Kinn auf ihrem Kopf ruhen. »Ich muss daran denken, wie du zu mir auf den Speicher gekommen bist und mir dabei geholfen hast, die Kunstwerke zu inspizieren. Einsamer habe ich mich in deiner Gegenwart nie wieder gefühlt.«

»Wir waren damals bekleidet.«

»Ich wünschte mir damals so sehr das Gegenteil.«

»Ich auch.«

»Wirklich?«

»Manchmal. Ich wusste nicht genau, was ich wollte.« Sie war immer noch mit dem Journal beschäftigt. »Aufgrund all der Fotos habe ich fast den Eindruck, dass der Krieg in Schwarz-Weiß stattfindet.«

»Na ja.« Er dachte an die japanischen Soldaten, die sich in die Luft jagten. »Da gibt es auch Farben.«

»Dieses Gemälde vermittelt einen anderen Eindruck als ein Foto, weil du die Perspektive leicht verschoben hast. Es ist auf eine andere Art aufschlussreich als die nackte Realität.« Sein Fuß berührte ihre Wade. »Es ist unverkennbar ein Werk von dir. Das bist unverkennbar du.«

Er verließ das Bett, ging zu seiner Tasche und kam mit dem Skizzenblock wieder, den er auf Attu dabeigehabt hatte. Er blätterte zu den Seiten mit den Kritzeleien und Klecksen und reichte ihr den Block. »Das habe ich während der Banzai-Attacke gezeichnet. Ich dachte, ich würde zu Papier bringen, was ich vor meinen Augen sehe.«

Sie blätterte um. »Und war das nicht so?«

»Ich wollte sagen, ich sah während des Zeichnens realistische Bilder auf dem Papier entstehen. Gestalten, weißt du, einzelne Szenen.« Sie schwieg. »Ich habe drei Männer getötet.« Das hatte er noch niemandem erzählt. Auf den Aleuten wäre so ein Satz merkwürdig gewesen, überflüssig. Er empfand Schrecken, aber die Erinnerung an die drei toten Männer verfolgte ihn nicht. Verfolgt wurde er von der Erinnerung an das Sanitätszelt, an die lebendigen Körper unter den Zeltbahnen.

»Es ist Krieg«, sagte Sarah.

»Könntest du meiner Schwester eines schicken?«, fragte er und meinte ein Exemplar von *Life*. »Ich hätte gern, dass sie das Bild sieht. Ich weiß nicht, ob ich das noch schaffe, bevor man mich wieder losschickt. Ich gebe dir die Adresse in England.«

»Sie ist in England?«

Er erzählte ihr, so gut er konnte, von der ATA, Marians Jahren in Alaska und am Ende auch von Barclay.

Sarah zögerte und sagte dann, »Meine Mutter hat mir von Marians Besuch damals erzählt, das solltest du vielleicht wissen. Erst vor kurzem. Nach unserer letzten Begegnung. Mach dir keine Sorgen, sie wird meinem Vater nichts davon sagen. Er weiß fast nichts über ihre Aktivitäten.«

»Das war nett von ihr. Mehr als das. Sie hat Marian damit ein neues Leben ermöglicht.«

»Ja, das glaube ich auch, jetzt, wo ich die Zusammenhänge begreife. Ich schäme mich dafür, wie ich reagiert habe, als du sagtest, Marian wolle keine Kinder haben.«

»Kein Problem. Ich schäme mich auch für manches, was ich mal gesagt habe, und weil ich niemals wirklich etwas über dein Leben erfahren habe. Erzählst du mir jetzt davon?«

»Ich habe keine Ahnung, wo ich anfangen soll.«

»Fang irgendwo an.«

Sie erzählte ihm von ihren Söhnen, der Liebe zu ihnen, aber auch davon, wie sehr Mutterschaft ihr die Luft zum Atmen nahm. Über die Liebe zu ihrem Mann, aber auch, wie sehr ihr seine selbstverständliche Annahme, dass sie ihm auf ewig treu sein würde, widerstrebte. Er erzählte ihr, dass er beinahe zum Alkoholiker geworden wäre, dass Marian ihn nach Vancouver gebracht hatte, von Judith Wexler und Sally Ayukawa, davon, wie er sich in die Berge zurückgezogen und dann das Leben dort wieder aufgegeben hatte, über die letzten Tage von Wallace. Der Nachmittag ging dahin, im Zimmer wurde es langsam dunkel, aber sie machten kein Licht an. Nachdem sie sich angezogen hatten, hielten sie sich an der Tür lange umarmt. Sie wussten, sobald sie über die Schwelle traten, war etwas unwiederbringlich vorbei. Er begleitete sie in die Lobby, sah zu, wie sie, das Haar immer noch offen, hinaus in den Abend trat.

Beim Verlassen des Hotels übergab er dem Angestellten am Empfang ein in Papier gehülltes Päckchen und bezahlte für die Lieferung per Boten an Sarahs Adresse. Auf eine Seite Hotelpapier, die er in den Skizzenblock gesteckt hatte, hatte er geschrieben:

> Genau genommen ist der Block Eigentum der amerikanischen Marine und ich darf ihn nicht verschenken. Aber ich möchte ihn nicht nach Washington weitersenden und auch nicht mehr mit mir herumtragen. Würdest Du ihn für mich aufbewahren? Vielleicht möchte ich auch nur etwas bei Dir hinterlassen, damit ich einen Vorwand habe, um Dich wiederzusehen – doch, so ist das –, aber eigentlich ist der Grund, warum ich zurückkommen werde, dass ich Dich liebe, und was ich Dir von mir hinterlassen habe, kann niemals zurückgefordert werden.

Stalag Luft I, bei Barth, Deutschland
Juni 1943
Etwa zur Zeit von Jamies Abreise aus San Francisco

Als Eddie Leo zum ersten Mal sah, eine Woche nach seiner Ankunft im Lager, stand er auf der Bühne in einem hauchdünnen blauen Kleid aus gefärbten, zusammengenähten Taschentüchern und einer spröden Perücke aus Rot-Kreuz-Verpackungsmaterial, zwei strohige Zöpfe mit Zwirn gebunden. Er spielte Gabby in *Der versteinerte Wald* vor einer Kulisse aus Rot-Kreuz-Kisten. Die Requisiten hatten sie bei den deutschen Wachen eingetauscht, die sie ihrerseits von einer Theatergruppe in der Stadt ausgeliehen hatten. Tausende Männer, die sich verzweifelt nach Ablenkung sehnten, waren ein dankbares Publikum. Die Wachen waren auch dabei, sie saßen in der ersten Reihe.

»Ich kenne viele Mädchen, die *davon* noch was lernen könnten«, flüsterte der Mann neben Eddie und betrachtete Leo genießerisch.

Davon. Denn was war er schon? Offensichtlich keine Frau, und doch konnte er sich irgendwie von einer Frau ununterscheidbar machen. Einige der Jungs, die Mädchen spielten (nicht nur auf der Bühne, wie Eddie erfuhr, sondern auch bei Tanzveranstaltungen und Teestunden), übernahmen die weiblichen Rituale voll und ganz, rasierten sich Arme und Beine, trugen selbstgemachten Lippenstift und Rouge, doch Leo mit seiner großen Adlernase und den haarigen Armen brauchte nur ein bisschen Weichheit in den Gelenken, ein bisschen Schwung in der Wirbelsäule und eine zierliche Drehung der Finger, und schon war er ein einsames, vorlautes, ungestümes Mädchen, das an einer Tankstelle in Arizona einen Imbiss betrieb. Eddie spürte beim Zusehen die Wüstenhitze, roch das Fett der Fritteuse.

Danach hielt Eddie nach Leo Ausschau und hätte ihn trotz Nase beinahe nicht erkannt, als sie im Waschschuppen nebeneinander landeten. »Du warst toll in dem Stück«, sagte er. »Warst du vorher Schauspieler?«

»Nein, Bombenschütze.«

»Ich meine noch davor.«

»Ich weiß, was du meinst. Nur in meinen Träumen. In der Schule hab ich mich nicht mal zum Vorsprechen getraut. Aber hier – warum nicht? Was habe ich schon zu verlieren?«

»Du warst großartig. Der Typ neben mir hat gesagt, dass echte Mädchen noch was von dir lernen können.«

Leo presste die Lippen aufeinander. »Das sagen sie gern.«

»Ich nehme an, es ist nur Spaß«, sagte Eddie vorsichtig.

Leo schenkte ihm das gleiche knappe, höfliche Lächeln. »Kann sein.«

»Verzweifelte Situationen, verzweifelte Maßnahmen?«

»Für manche.«

Eddie senkte die Stimme fast zu einem Flüstern. »Die armen Schweine«, sagte er.

Die Maschine war von einer Messerschmidt getroffen worden, das Triebwerk in Brand geraten. Kopilot und Heckschütze waren bereits tot, erschossen, als der Pilot dem Rest befahl, mit dem Fallschirm abzuspringen. Der Bombenschütze sprang als Erster aus der Öffnung, durch die er so viele Bomben abgeworfen hatte, dann der Funker, dann Eddie. Seltsam, nur mit seinem Körper vom Himmel zu stürzen, ohne das umhüllende Flugzeug, umgeben von Flak und Kugeln und dröhnenden Triebwerken, Feuer. Er hatte die Reißleine gezogen.

Der Funker wurde erschossen, während er am Fallschirm hing, und Eddie wusste nicht, was aus der Crew geworden war. Eddie und den Bombenschützen brachte man zum Verhör nach Frankfurt, und von dort aus wurde er in ein Lager an der Ostsee geschickt. Als die Gefangenen vom Zug aus zu den Toren gingen, versammelten sich Leute am Straßenrand, die sie verhöhnten und Henkerschlingen und Erschießungskommandos nachahmten.

»Ich verstehe nicht, warum ich weiblicher als jede Frau sein muss«, sagte Leo einen Monat nach ihrer Begegnung zu Eddie. Sie waren in Leos Baracke, er stand neben dem Ofen, und Eddie hatte sich in eine Ecke zwischen den Stockbetten gezwängt, da er sonst nirgendwo Platz gefunden hatte. Die Räume maßen knapp fünf mal sieben Meter, in jedem hausten fünfzehn Männer. Einer der Jungs aus der Wäscherei hatte Leo eine Blechtasse mit heißem Wasser und ein Stückchen Rot-Kreuz-Seife gegeben, eine besondere Nettigkeit, und er schrubbte sich damit die Schminke ab. »Nach dem Kampf hat Leutnant Bork oder Brox oder wie immer der religiöse Typ heißt, der immer darauf rumreitet, dass er aus Pittsburgh kommt, zu mir gesagt, man hätte keine Eva gebraucht – die Eva aus dem Paradies –, wenn sie mich gehabt hätten! Es wäre sicher eine andere Form der Erbsünde geworden, aber ich glaube, er bringt da was durcheinander. Und zwar so einiges.«

Leo hatte den Nachmittag damit verbracht, bei einem Boxkampf in Rock, Perücke und einem unter der Brust gebundenen Hemd als Nummerngirl umherzuschlendern, während Hunderte von Kriegsgefangenen johlten und brüllten und anzügliche Bemerkungen machten.

»Ich hoffe, irgendjemand erzählt Leutnant Brock, wie man Babys macht«, sagte Eddie.

»Die Jungs wollen sich nur einreden, dass es nichts bedeutet, wenn sie an mich denken, während sie sich einen runterholen. Ich bin schließlich weiblicher als jede Frau! Ich bin Weiblichkeit pur, runtergekocht auf ihre reinste, vollbusigste Essenz.«

»Ich glaube, den meisten fehlen Mädchen so sehr, dass sie es nicht getan bekommen.«

»Schön, aber das ist nicht *mein* Problem. Ob ich glaube, dass sie mir alle den Schwanz lutschen wollen? Nein. Ob ich glaube, dass die meisten von ihnen nichts dagegen hätten, dass ich ihnen den Schwanz lutsche? Na ja.« Er reckte das Gesicht zu Eddie. »Alles weg?«

Eddie tauchte den Daumen ins Wasser und wischte über Leos Augenwinkel. »Nur hier noch.« Dann legte er seine große Hand um Leos Hinterkopf und küsste ihn.

Leo wich zurück. »Gleich kommt jemand rein.«

»Es kommt immer jemand rein.«

Leo war erstaunlich schüchtern, was ihre Beziehung anging. Es gab ein oder zwei andere Paare im Lager – echte Paare –, die man im Allgemeinen tolerierte, solange sie einen Anschein von Diskretion wahrten, was an einem so überfüllten Ort nicht weiter schwierig war. Es gab auch andere Beziehungen: heterosexuelle Männer, die sich zu Paaren zusammengefunden hatten, hingebungsvoll und sexlos wie alte Jungfern, oder ernsthafte Partnerschaften, die ausschließlich auf dem Teilen von Verpflegung beruhten. Und es gab rein sexuelle Verbindungen. Man handelte mit Gefälligkeiten aller Art und allen Arten von Liebe. Es gab undurchsichtige, verwirrende Freundschaften, die in Bestürzung, Kränkungen oder Faustkämpfen endeten.

»Nach dem Krieg«, sagte Eddie, »suche ich mir als Erstes ein Zimmer, ein sauberes Zimmer, das nicht nach Latrine stinkt …«

»Gerade ist es besonders schlimmer, was?«, fragte Leo.

»– ein sauberes Zimmer mit einem Bett mit sauberen Laken und einer Tür, die sich abschließen lässt, und da möchte ich eine ganze Nacht mit dir verbringen. Ich will ganz nackt sein und mir Zeit lassen.«

Leo tätschelte ihm die Wange. »Klingt gut.«

»Und die nächste Nacht, und die Nacht danach.«

Hamble, England
November 1943
Fünf Monate nach Jamies Abreise aus San Francisco

Ein Mann hat nach dir gesucht«, sagte eine der Pilotinnen, als Marian sich in der Messe von Hamble zum Mittagessen setzte.

Marian nahm einen Bissen Bubble and Squeak. »Was für ein Mann?« Sie war im September einige Wochen in White Waltham gewesen, um auf schwere zweimotorige Maschinen der Klasse IV umzuschulen, und danach hatte man sie nicht nach Ratcliffe zurückgeschickt, sondern nach Hamble versetzt, in die ausschließlich weibliche Überführungsgruppe 15, die bei Southampton in der Nähe der Vickers Supermarine-Werke stationiert war, die so regelmäßig Spitfires und zweimotorige Bomber lieferten wie Hühner Eier. Die Stadt war angenehm malerisch. Der Flugplatz lag zwischen River Hamble und Southampton Water, inmitten von Industriesmog und Sperrballons.

»Keine Ahnung«, sagte das Mädchen. »Ich habe ihn nicht gesehen. Nancy hat nur gesagt, ich soll es dir ausrichten.«

»Wo ist Nancy?«

»Ich glaube, sie war auf dem Weg nach Belfast. Anscheinend war er heute Morgen hier. Dein Kumpel muss ganz schön scharf auf dich sein.«

»Ich habe keinen Kumpel. Hat sie sonst noch was gesagt? Seinen Namen?«

»Mal überlegen.« Sie richtete den Blick zur Decke und kramte in ihrem Gedächtnis. »Nein, das war's.«

Eine andere Pilotin begrüßte sie und setzte sich dazu. Marian aß nachdenklich und ließ das Gespräch an sich vorüberziehen. Wäre Ruth dabei gewesen, hätte sie Marian diese Ungeselligkeit nicht durchgehen lassen, doch man hatte Ruth nach White Waltham beordert, als Marian gerade dort fertig war, und sie nach der Beförderung nach Ratcliffe zurückgeschickt. Sie waren wieder nicht im Gleichklang, was vor allem logistische Gründe hatte, doch sie gingen mit der langen Trennung auch unterschiedlich um. Ruth schrieb Marian lange Briefe voll verschlüsselter Sehnsucht und unverhohlenen Vorwürfen, weil Marian angeblich zu stoisch war. Sicher, Ruth fehlte ihr, doch sie verschloss diese Gefühle tief in sich. Es lag in ihrer Natur, weiterzumachen, sich abzulenken. Natürlich lastete auch die Sorge um Eddie schwer auf Ruth. Sie hatte irgendwann erfahren, dass er in einem deutschen Kriegsgefangenenlager war. Dann hatte sie eine Rot-Kreuz-Postkarte von Eddie bekommen, auf der nichts weiter stand, als dass er im Stalag Luft I sei.

Nach dem Mittagessen zogen Wolken auf, und gegen drei sagte das Wetteramt für diesen Tag die Flüge ab. Marian fuhr mit dem Motorrad los. Die meisten Mädchen waren in kleinen Backsteinhäuschen in Hamble untergebracht, doch Marian bevorzugte das Polygon Hotel im elf Kilometer entfernten Southampton. Sie wollte Distanz zwischen sich und der Überführungsgruppe, einen Anschein von Privatsphäre.

Als sie in Richtung Southampton tuckerte und den grünen amerikanischen Jeeps und Lastwagen auswich, die in immer größerer Zahl eintrafen, fragte sie sich, ob der Mann, der nach ihr gesucht hatte, Jamie gewesen sein könnte. Sie hatte angenommen, er sei im Pazifik, hatte aber auch seit über einem Monat nichts von ihm gehört.

Das letzte Mal hatte er aus Papua-Neuguinea geschrieben, wo er bei lebendigem Leib von Moskitos zerfressen wurde und vor sich hin schimmelte. *So viel zum Paradies*, hatte er geschrieben. Er schien frei durch den Krieg zu streifen. Vielleicht hatte die Marine beschlossen, dass man ihn auf dem europäischen Kriegsschauplatz brauchte, um die Invasion zu dokumentieren. Die vielen Amerikaner, die sich in Großbritannien drängten, deren Lager sich entlang der Südküste ausbreiteten, würden sicher bald zum Einsatz kommen.

Im Hochsommer hatte sie von Sarah Fahey Scott einen Sackumschlag mit der Ausgabe von *Life* erhalten, in der ein Lesezeichen die Doppelseite mit Jamies Gemälde markierte, und dazu eine Karte mit einer kurzen Nachricht:

> Wir sind uns nie begegnet, aber ich bin eine alte Freundin Ihres Bruders und habe so viel von Ihnen gehört, dass ich mir wünsche, wir könnten Freundinnen sein. Ich war so dankbar, dass er mich besucht hat, als er letzten Monat durch Seattle kam. Er hat mich gebeten, dies hier weiterzuleiten – da drin ist sein Gemälde, das Millionen sehen werden. Sie erkennen seine Arbeit sicher schon von weitem. Meine Mutter sendet übrigens ihre besten Wünsche. Sie nannte Sie »eine Naturgewalt«, was bei ihr das höchste Lob ist.

Marian hatte sich gefragt, wieso Jamie das Wiedersehen mit Sarah nicht erwähnt hatte und ob ein Brief verloren gegangen war. Sie hatte sich das Gemälde angesehen: Bomber auf einem gottverlassenen Fleck in der Beringsee. Es war nicht sein Thema, wohl aber sein Stil, die leicht verzerrte Perspektive und die Sicherheit, mit der er die Wolken, die schwebende weiße Krone eines Vulkans, die Spiegelungen auf der nassen Landebahn angedeutet hatte. Das Flugzeug war gut ausgeführt – akkurat, aber nicht zu detailverliebt. Sie beneidete den Piloten nicht. Als sie in Alaska gewesen war, hatte es auf den Aleuten kaum Landeplätze gegeben, schon gar nicht weit draußen auf Adak oder Attu, und auch keinen Grund, dorthin zu fliegen. Das Wetter war so mörderisch, dass der Himmel dort wie ein direktes Portal ins Jenseits war.

Als sie den Stadtrand von Southampton erreichte, war es erst vier Uhr, doch die Sonne ging schon unter. Sie stellte das Motorrad ab und wollte gerade zur Drehtür des Polygon Hotel gehen, als jemand von hinten ihren Arm ergriff.

Caleb. Caleb in Armeeuniform. Sie drückte ihn an sich. »Was machst du denn hier?«

»Ich weiß nicht, ob du es mitbekommen hast, aber wir haben Krieg.«

Sie stieß ihn zurück. »Ich meine *hier*. Das warst *du* heute Morgen. Warum hast du keine Nachricht hinterlassen?«

»Hab ich doch.«

»Das Mädchen, das sie entgegengenommen hat, wusste nicht mal deinen Namen. Sie hat nur gesagt, ›ein Mann‹ habe nach mir gesucht. Oh!«, unterbricht sie sich selbst. »Deine Haare.« Natürlich war er ohne Zopf, wie konnte es anders sein, und doch war sie überrascht. Sie nahm ihm das Schiffchen ab und berührte seine kurzen Haare. »Ich hätte dich beinahe mit Jamie verwechselt.«

»Ah.« Ihre unausgesprochene Enttäuschung schien ihn nicht zu kränken. »Ist er in England?«

»Soweit ich weiß, ist er im Pazifik. Davor war er in Alaska.« Sie musterte ihn. Bis auf die Haare und die tiefe Bräune hatte er sich erstaunlich wenig verändert, seit sie sich im Dreck hinter seiner Hütte aneinandergeklammert hatten. »Ich bin so froh, dich zu sehen.«

»Ich wusste nicht mehr, wer von uns sauer auf den anderen war. Also habe ich beschlossen, es zu riskieren.«

»Ich war nicht sauer.«

»Ich auch nicht.«

Sie lächelten. Über ihnen schwoll Motorengeräusch an. Sie drehte sich um und sah hoch. Eine Spit, kaum erkennbar vor dem dämmrigen Himmel. »Hast du das Mädchen geheiratet? Die Lehrerin?«

»Nein.«

Sie nahm die Nachricht mit einem Nicken auf, war weniger erleichtert, als sie gedacht hatte. »Komm rein.« Beim Betreten der Lobby sagte sie: »Irgendwie wusste ich, dass es dir gut geht. Erzähl mal, wo du gewesen bist.«

»Algerien, Tunesien, Sizilien. Und jetzt hier.«

»Kein Wunder, dass du so braun bist. Da warst du überall?«

»Was hat Jamie denn gemacht?«

»Er ist Kriegsmaler. Wusstest du, dass es das gibt? Er zeichnet und malt für die Marine.«

Sie gingen durch die Drehtür. Caleb führte sie zu einem ledernen Chesterfield-Sofa. »Er hat mir davon erzählt, als ich ihn das letzte Mal gesehen habe. Es macht mir fast Hoffnung, dass Onkel Sam Bilder haben will.«

»Es stört dich nicht? Manchmal erwähne ich es gar nicht, weil ich befürchte, die Leute könnten es unfair finden.«

»Fair und unfair – das bedeutet doch nichts mehr.« Er lehnte sich zu ihr, seine Nähe ging ihr sofort unter die Haut. »Im Mittelmeer habe ich versucht, mir nie zu wünschen oder auch nur daran zu denken, dass etwas anderes existiert. Es schien mir das Beste zu sein. Verstehst du, was ich meine?«

»Ja.«

»Aber beim Aufwachen oder Einschlafen habe ich manchmal nicht aufgepasst, und dann habe ich an dich gedacht. Ich habe dich verdrängt, aber jetzt ...« Er zögerte. Der Rücken eines langen Fingers schmiegte sich diskret an ihren Schenkel.

»Was?«, fragte sie. »Was jetzt?«

»Jetzt habe ich noch vierundzwanzig von sechsunddreißig Stunden Ausgang übrig. Davon möchte ich so viele wie möglich mit dir verbringen.«

Sie wollte auf seinen Schoß klettern. Sie wollte ihn dort in der Lobby des Polygon nackt ausziehen und sich an seine Haut drücken. Sie sagte: »Ich ziehe mich um, dann gehen wir essen.«

»Kann ich über Nacht bleiben?« Es klang nicht süffisant, nicht neckisch. Er flehte sie fast an.

Wenn sie mit ihm ins Bett ging, würde Ruth es als Verrat empfinden, wäre am Boden zerstört, falls sie es herausfände, und doch konnte Marian keine vorauseilende Scham aufbringen. Sie hatte nicht aufgehört, Caleb zu lieben, nur weil sie sich in Ruth verliebt hatte. Diese beiden Lieben waren wie zwei grundverschiedene Spezies, die in ein und derselben Landschaft existierten, ohne voneinander zu wissen: ein Elch und ein Schmetterling, ein Weidenbaum und eine Forelle. Keiner nahm dem anderen etwas. Ruth hatte sie wieder zum Leben erweckt; in Caleb war sie nie so vernarrt gewesen wie in Ruth, und dennoch war er lebenswichtiger. Er gehörte zu Marian wie ihre eigenen Organe. »Es gibt da jemanden«, sagte sie.

»Spielt es eine Rolle? Das meine ich ehrlich, nicht leichtfertig.«

»Das frage ich mich auch.«

»Ich habe dir erzählt, dass ich versucht habe, so zu tun, als ob es nichts anderes gäbe. Das möchte ich auch heute Abend. Es darf nichts anderes geben.«

»Aber es gibt andere Dinge – andere Menschen.« Er wartete ab. Dann sagte sie kraftlos, schwankend: »Ich fliege morgen früh.«

»Morgen früh lasse ich dich gehen. Das weißt du.«

»Ist es so einfach?«

»Es kommt nicht drauf an, ob etwas einfach ist«, sagte er. »Es gibt nur, was man tut und was man nicht tut.«

Sie stand schweigend da, Galaxien der Unentschlossenheit wirbelten in ihr umher. Schließlich sagte sie: »Ich kann nicht.«

Er musste ihre innere Qual bemerkt haben, denn er klopfte ihr leicht auf die Schulter. »Dann eben Abendessen. Das reicht.«

Südpazifik
August 1943
Drei Monate zuvor

Zuerst hatte Jamie nach den Namen der Inseln gefragt, doch die Antwort lautete meist, das müsse er nicht wissen. Und es stimmte, er *musste* nicht unbedingt wissen, wo genau er sich befand: Er war ja dort. Doch wie konnte es, wenn er bereits dort war, ein Geheimnis sein? Wem sollte er es verraten? Nur den anderen Männern, die mit ihm auf dem Schiff waren, am selben namenlosen Ort.

Aber er hatte festgestellt, dass die Namen ihm nichts sagten, als er sie dann doch herausfand, oder dass ohnehin keine Namen existierten, und so fragte er nicht mehr und beschriftete seine Zeichnungen und Gemälde nur mit *Salomonen.*

Es waren meist Erhebungen aus Kalkstein oder Basalt, mit dichtem Dschungel bewachsen und mit haibewachten Riffen verbarrikadiert, hinter denen Mangrovensümpfe und Krokodile und hohe, skalpellscharfe Gräser und mehr Moskitos lauerten, als man mit einem Stock vertreiben konnte. Gelegentlich erblickte er Dörfer, Menschen, die in Einbäumen paddelten, spielende Kinder am Strand. Manchmal kamen sie an gesunkenen Kriegsschiffen vorbei, deren Aufbauten aus dem Wasser ragten, oder an Schiffsrümpfen, die auf der Seite lagen wie aufgedunsene Tierkadaver. Manche Inseln waren bloße Sandbänke, die kaum die Oberfläche durchbrachen und an die sich ein oder zwei Palmen klammerten. Er malte eine von ihnen, das Klischee des Paradieses, und versuchte, ihr die Trostlosigkeit zu verleihen, die ihn durchdrang, die Verletzlichkeit kleiner Flöße aus Land in so viel Wasser. Die Wedel seiner Palme erinnerten auf den ersten Blick an einen Erhängten, der wie ein zerfetzter Drachen im Wind wehte.

Eines Nachts tarnten sie sich vor der Schwärze eines längst erloschenen Vulkankegels und warteten auf eine Gruppe japanischer Zerstörer. Als sie in Schussweite kamen, spürte Jamie, wie sein Schiff ruckte, als die Torpedos abgefeuert wurden. Die Japaner sahen den Konvoi nicht, bemerkten die durchs Wasser rasenden Torpedos erst beim Einschlag.

Jamie stellte sich eine fast völlig schwarze Leinwand vor, davor die Silhouette eines sinkenden Zerstörers, erhellt vom gelb-weißen Blitz der explodierenden Geschosse. Aber wie Hunderte von Männern im Wasser darstellen, ihre geisterhafte Stille? Fast alle verweigerten die Rettung, zogen es vor zu sterben. Er sah ihre nassen Köpfe im Scheinwerferlicht, manche Gesichter wild vor stummer Angst, andere trotzig ausdruckslos.

Er hatte kein Mitleid mehr mit dem Feind. An diesem Ort war Mitleid überflüssig wie ein warmer Mantel, und doch fragte er sich, ob es ihn nach dem Krieg schlagartig überwältigen, ihn heimlich wie ein Torpedo treffen würde.

Wann immer er in einem Hafen war, in Cairns oder Port Moresby das Schiff wechselte, schickte er Bilder nach Washington. Es gab genügend Krieg zum Zeichnen und Malen, aber er verlor die Fähigkeit, das Wichtige zu erkennen. Er verbrachte Stunden damit, ein einzelnes Ölfass zu malen, packte das liebevolle Porträt des rostigen Zylinders in dieselbe Kiste wie das Gemälde einer ganzen Seeschlacht, als wären sie gleichwertig. Er hatte seine Aufgabe ein wenig aus den Augen verloren: das Wesen oder den Geist des Krieges darzustellen. Falls es so etwas gab, konnte man es weder zeichnen noch malen. Man könnte ebenso gut den geschmolzenen Erdkern oder einen sternenlosen Winkel des Nachthimmels malen und sagen: *Das ist die Erde, das ist der Himmel.*

Er malte das Meer ohne etwas darin, nur einen blauen Horizont, und verschickte auch das. Er erfuhr nicht, ob seine Vorgesetzten mit seinem Werk, seiner wandernden Chronik, zufrieden waren, aber man versetzte ihn auch nicht.

Im Oktober landete Jamie auf einem Atoll, das man kürzlich von den Japanern zurückerobert hatte, und blieb eine Weile in einem Zeltlager. Er malte eine Reihe Corsairs auf der glühend heißen Landebahn aus Korallen, dem Werk, das winzige Tiere in Jahrmillionen hinterlassen hatten und das nun zerkleinert und zu einer flachen, harten Oberfläche geglättet worden war. Wenn er im Meer schwamm, trug er Sandalen aus den Reifen abgestürzter japanischer Flugzeuge, damit ihm die lebenden, unzerkleinerten Korallen nicht die Füße aufschlitzten.

Im November reiste er nach Brisbane und übernachtete in einem riesigen Lager aus Zelten und Hütten, das man in einem öffentlichen Park inmitten von lila blühenden Jacaranda-Bäumen und dem prickelnden Geruch des Eukalyptus errichtet hatte. Er saß in Kinos und Bars und zeichnete oder malte überhaupt nichts. Dort erreichten ihn mehrere Briefe von Marian, die alle aus dem Sommer stammten. Sie hatte eine Freundin. Ihr gefiel London. Ihr gefiel das Fliegen. Sie schrieb:

> Ich schäme mich, zu sagen, dass ich glücklicher bin als je zuvor. Ich habe mich immer nach einer Aufgabe gesehnt, und jetzt habe ich eine unbestreitbare Aufgabe. Führen

Menschen deshalb Krieg? Damit sie etwas zu tun haben? Um sich als Teil von etwas zu fühlen?

Vielleicht würde er ihr irgendwann von dem Treffen mit Sarah in Seattle erzählen, bewahrte ihre Begegnung vorerst aber lieber in einer Hülle der Vertrautheit, jenseits aller Urteile oder der Notwendigkeit, zu erklären, was sie bedeutet hatte oder nicht. Es fiel ihm schwer, Marian überhaupt etwas Bedeutsames zu schreiben. Was sollte er ihr sagen? Dass der Krieg ihn zerkleinert und geglättet und in eine völlig andere Substanz verwandelt hatte, in etwas Hartes, Flaches? Er war offenbar ein Mensch, der Männern beim Ertrinken zusehen konnte, ohne Mitleid zu empfinden. Er war in jeder Minute, jeder Sekunde seines eigenen Lebens zugegen gewesen und hatte sich dennoch nicht gekannt. Er hatte geglaubt, er könne den Krieg malen und nicht zum Krieg gehören. Er hatte sich für einen Beobachter gehalten, doch so etwas gab es hier nicht.

Ein paar Mal begann er einen Brief an Sarah und gab wieder auf. Eines Abends ging er in ein Bordell und wählte ein kleines, rothaariges Mädchen. Am nächsten Abend ging er wieder hin, wählte ein anderes Mädchen, fleischig und blond. Es half nicht. Er ging nicht wieder hin.

Nach dem Krieg, dachte er, würde er wissen, was er Marian erzählen wollte. Nach dem Krieg würde er Sarah wiederfinden.

Wenige Tage vor Weihnachten schlief er im Morgengrauen auf einem Truppentransporter, der zu einem Konvoi gehörte und mit Marinesoldaten vollgestopft war, unterwegs zu irgendeiner Landeoperation.

Sechs Meilen entfernt schaute ein Mann – der Kommandant eines japanischen U-Boots – durch das Periskop. Er hatte den amerikanischen Konvoi die Nacht hindurch verfolgt. Durch das Periskop sah er eine Scheibe aus trübem Himmel und schwarzer See, die schwachen Umrisse von Schiffen. Er konzentrierte sich auf einen Zerstörer und gab einem Offizier Peilung und Winkel durch. Er musste nicht auf die Stelle zielen, an der das Schiff *war*, sondern auf die, an der das Schiff *sein würde*. Die Fahrtrichtung des Zerstörers war eine Linie auf dem leeren indigoblauen Ozean. Der Kurs seines U-Boots war eine weitere Linie; die Torpedos würden beide verbinden.

Obwohl die Morgendämmerung hereinbrach, war das Wasser noch von Nacht durchtränkt, als die drei Torpedos hindurchschossen. Alle verfehlten den Zerstörer (der Kapitän lag mit seiner Kursberechnung leicht daneben), doch zwei trafen Jamies Transporter. Der erste Einschlag tötete ihn nicht und auch nicht die Explosion, die den Rumpf durchbrach und einen Geysir aus Wasser aufsteigen ließ. Er überlebte lange genug, um zu spüren, wie er plötzlich zusammengequetscht und vom Salzwasser heftig aufgewirbelt wurde, wie sich andere Körper an seinen pressten, den Druck, der seine Lungen zermalmte und ihm die Trommelfelle zerriss. Hitze wehte wie ein Wind vorbei. Er glaubte, an die Oberfläche zu schwimmen, dass die gekräuselte Sonnenscheibe fast zum Greifen nahe sei, dass er gleich an die Luft emporschießen würde. Und tatsächlich sah er Licht, das näherkam, aber es war nur die aufblühende Glut der explodierenden Kessel. Er spürte kein Entsetzen, als er starb – ihm blieb nicht genug Zeit. Er spürte auch nichts, das sich wie Akzeptanz anfühlte, wie Frieden. Er dachte nicht an Marian oder Sarah oder Caleb oder seine Bilder oder Missoula, obgleich er es vielleicht getan hätte, wenn er ein paar Sekunden länger gelebt hätte. Er empfand keine Genugtuung, dass er Geist oder Wesen des Krieges endlich entdeckt hatte. Er war beinahe so verwirrt, als wäre er noch der Säugling auf der *Josephina*, der in eine unbegreifliche Welt aus Feuer und Wasser stürzte.

England
Dezember 1943
Einige Tage später

Gibt es den Jemand noch immer?«, fragte Caleb eines Abends, als sie miteinander tanzten. Es war ein zufälliges Rendezvous in London, glückliches Timing. Der Tanzsaal war weihnachtlich geschmückt.

»Ja.« In dem Monat seit Calebs Ankunft wäre Marians Leben deutlich einfacher verlaufen, wenn sie ihn Ruth hätte vorstellen können, doch er würde sicher ahnen, dass Ruth der *Jemand* war, und Ruth wäre trotz Marians Beteuerungen eifersüchtig und besitzergreifend. Daher waren die Wochen größtenteils von logistischen Überlegungen geprägt: Klatsch im ATA zu vermeiden und mit einem von beiden Zeit zu verbringen, ohne dass der andere etwas merkte. Ihr komplizierter Terminkalender und die allgemeine Kriegshektik boten einen gewissen Schutz, aber manchmal war es ganz schön knapp gewesen. Calebs Lager war in Dorset und damit näher als Ruths Posten in Ratcliffe, und darum sah sie ihn auch häufiger, obwohl Ruth gelegentlich einen Verbindungsflug nach Hamble oder eine Lieferung ans Spitfire-Reparaturdepot zugeteilt bekam und unerwartet auftauchte.

Nur in der Luft konnte Marian sich ganz entspannen. Beim Fliegen war sie, wo sie sein sollte, und tat, was sie tun sollte. Niemand konnte sie erreichen oder etwas von ihr verlangen.

Andererseits hatte sie überrascht festgestellt, dass der Gegensatz zwischen einer gegenwärtigen und einem früheren Geliebten ihre Zärtlichkeit für beide noch verstärkte. Was schadete es denn, wenn sie von beiden geliebt wurde? Wie sollte sie diesem Überfluss den Rücken kehren, nachdem sie nie zuvor genügend Liebe erfahren hatte? Und wer wusste schon, wie lange sie alle noch zu leben hatten. Caleb würde mit den Invasionstruppen nach Europa gehen, und die Todesrate der ATA-Pilotinnen war ähnlich trostlos wie die der RAF.

Er fand ein Plätzchen in der Menge, drehte sie von sich und wieder zu sich hin. »Wenn er so wichtig ist, warum kann ich ihn nicht kennenlernen?«

Das Lied endete, und ein neues begann, anschwellende Holzbläser, darüber schimmernde Blechbläser. Sie drehten sich meist auf der Stelle, dicht umringt von anderen Paaren.

»Warum solltest du das wollen?«

»Ich bin neugierig.«

»Nein, bist du nicht. Du glaubst, du würdest im Vergleich gut dastehen. Du glaubst, niemand könnte dir das Wasser reichen.«

Sie spürte sein Lächeln an ihrer Schläfe. »Das auch.«

Als das Lied zu Ende war, wollte sie sich von ihm lösen, doch er zog sie zurück. Er zog sie zurück, aber sie war es, die ihn küsste. Sie war in ihm gefangen, spürte sein Verlangen in der Stärke seines Griffs und dachte blitzartig an Barclay, wie er sie verschlungen und ausgelöscht, zu einem Nichts zerdrückt hatte. Der Unterschied war, dass Caleb ihre Panik spürte und sie augenblicklich losließ. Sie floh, drängte sich durch die Menge. Caleb ließ sie gehen.

Am zweiten Weihnachtstag drangen Worte durchs Telefon im Büro der Überführungsgruppe, und nachdem Marian begriffen hatte, dass Jamie getötet worden war, reagierte sie zuerst mit Angst. Was für eine erschreckende Vorstellung, dass Jamie tot sein sollte. Warum hatte man ein so furchtbares hypothetisches Ereignis als Tatsache formuliert? *Falls* so etwas passieren, *falls* Jamie getötet würde, könnte sie es nicht ertragen. Sie schrak vor dem Gedanken zurück.

Doch da war wieder Jackie Cochrans Stimme von jenseits des Atlantiks. »Marian? Marian? Hast du mich gehört?«

»Warum sagst du das?«, fragte Marian. »Das ist unmöglich. Er ist ein Künstler, kein Soldat. Er malt den Krieg.«

Es folgte Stille, in der Jackie sicher nach einer Entschuldigung für den schlechten Scherz suchte. »Ich kann dir gar nicht sagen, wie leid es mir tut«, sagte sie, und einen Moment lang war Marian erleichtert. »Aber es ist leider wahr. Sein Schiff wurde versenkt.«

Marian legte den Hörer auf.

Jemand klopfte an die Tür der Telefonzelle. Marian zuckte erschrocken zusammen. Draußen stand ein Mann, ein ATA-Pilot. Bei ihrem Anblick wich er zurück. »Tut mir leid«, sagte er. »Ich habe mich nur gefragt, ob Sie fertig sind.«

Sie spürte, wie sich ihre Lippen bewegten, aber es kam nichts heraus. Sie stieß gegen die Tür, konnte sie aber nicht öffnen, weil sich ihr Körper in Dampf verwandelt hatte.

»Alles in Ordnung mit Ihnen?«, fragte der Mann und öffnete die Tür.

Sie glitt an ihm vorbei, vielleicht durch ihn hindurch, wie ein Geist.

Sie hatte wegen des Wetters den ganzen Morgen festgesessen. Sie ging in den Bereitschaftsraum, zog den schweren Fliegeroverall und die pelzgefütterten Stiefel an, nahm

Tasche und Fallschirm. Wie benommen ging sie zu der Spit, die sie nach Cosford bringen sollte, kletterte hinein und startete ohne Vorflugkontrolle, wobei sie auf abstrakte Weise registrierte, dass die Lichter am Ende der Landebahn nicht grün, sondern rot waren. Sofort war sie in den Wolken. Im trüben Nebel pulsierten Lichtkreise wie jene, die sie sah, wenn sie auf ihre geschlossenen Augenlider drückte. Plötzlich merkte sie, dass sie die Augen tatsächlich geschlossen hatte, und öffnete sie. Die Luft blieb unbarmherzig grau. Flog sie kopfüber oder kopfunter? Spielte es eine Rolle? Sie hatte kein Gefühl dafür, wo sie sich befand, kein Interesse an dem, wogegen sie womöglich prallen würde. Dann brach sie durch und flog nun zwischen einer blauen Kuppel und einer durchgehenden Schicht aus flauschigem Weiß.

Jamie war tot. Sie schrie im Cockpit. Das Flugzeug fiel nicht vom Himmel, zurück in die Wolken, obwohl es das hätte tun müssen. Das Fliegen selbst hätte sich als Illusion erweisen müssen. Doch das Flugzeug flog weiter, das große Merlin-Triebwerk dröhnte gleichgültig vor sich hin. Sie drehte hart nach Westen, die Tragflächen senkrecht zu den Wolken, ging wieder in die Waagerechte. Sie zog den Gashebel nach oben, bis ein Heulen das Dröhnen durchbrach. Sie spürte nur den einen Impuls, im Meer zu ertrinken. Wenn sie früher zu hoch oder zu weit geflogen war, hatte sie nicht wirklich geglaubt, sie könne ihren eigenen Tod herbeiführen, doch nun spürte sie eine Grenze am Himmel, eine Linie, die sie überschreiten konnte und von der sie nie mehr zurückkehren konnte.

Keine Lücken in den Wolken. Sie konnte nicht erkennen, ob sie über Land oder Wasser flog. Es war auch egal. Irgendwann wäre sie über dem Atlantik. Nach Westen zu fliegen war naheliegend. Montana lag im Westen. Alaska lag im Westen. Jamie im Pazifik lag im Westen, fast genau auf der anderen Seite der Welt. Andererseits lag all das auch im Osten. Das Wasser war es, was sie suchte, Weite und Vergessen. Vielleicht würde sie nicht allzu fern der *Josephina* abstürzen. Es war ihr und Jamie schon immer bestimmt gewesen, gemeinsam im Ozean zu enden.

Tu das nicht.

Klar und deutlich, als machten die Triebwerke keinen Lärm, als gäbe es nur die Stille der Atmosphäre. Jamies Stimme, unverkennbar.

Flieg zurück.

»Ich will nicht«, sagte sie laut.

Dreh um.

Sie war wieder über der Gletscherspalte. Ihr Körper verdichtete sich in sich selbst, übertraf ihre eigentliche Dichte, wurde schwer, von Angst erfüllt. Sie war schwerer als ein Berg, schwerer als alles Wasser im Ozean. Obwohl sich etwas so Schweres nicht bewegen können sollte, drückte sie – ganz langsam – auf den Schubhebel, trat das Ruder, als wäre ihr Bein ein unendlich schwerer, langsamer Kolben. Das Flugzeug drehte um.

Nun musste sie noch einen Landeplatz finden. Als der Tank fast leer war, erschien dort, wo die dicken Wolken wie Watte am nördlichen Horizont zerfaserten, ein dunkler Fleck. Sie sank hinab auf eine hügelige, mit Schnee bestäubte Landschaft. In der tief stehenden Sonne leuchteten Bäche und Teiche grellgelb, als hätte man eine Lage Blattgold unvollständig weggerissen. Sie entdeckte einen Bauernhof mit einem flachen, offenen Feld ohne Kühe oder Schafe und setzte die Maschine auf, stellte den Motor ab. Sie öffnete die Kabinenhaube zum Abend hin, und obwohl über ihr nur kalte Luft war, spürte sie die Last von tausend Metern Wasser.

Glitzer

Siebzehn

Adelaide Scott rief schließlich doch an. Mein Gespräch mit Siobhan war gerade unterbrochen worden, und ich nahm an, dass sie auf einer anderen Leitung zurückrief, sodass ich »Wer?« fragte, als eine Stimme »Hier ist Adelaide Scott« sagte.

»Wir haben bei Redwood Feiffer zusammen gegessen. Ich bin die Künstlerin. Offenbar habe ich keinen bleibenden Eindruck hinterlassen.« Sie habe schon früher anrufen wollen, aber, nun ja, sie habe es nicht getan. Weil sie sich unsicher gewesen sei. »Aber dann haben mir meine Assistenten von Ihrem … sie haben erzählt, dass Sie in letzter Zeit in den Nachrichten waren, und da habe ich beschlossen, anzurufen.«

»Okay. Gut. Ich hatte mich schon gefragt, warum Sie meine Nummer haben wollten.«

»Verständlich. Der Grund ist wie folgt: Ich besitze einige Briefe, die Marian Graves gehört haben, Briefe an sie und von ihr, und ich dachte, die würden Sie vielleicht interessieren.«

Der Moment, in dem ich von der Künstlerin mit den Informationen über Marian Graves fasziniert gewesen war, schien zu einem anderen Leben zu gehören. »Ich bin mir ehrlich nicht sicher, was ich damit machen soll. Wie können den Film an diesem Punkt nicht mehr grundlegend ändern.«

»Das dachte ich mir«, sagte sie. »Aber darum geht es wohl auch nicht. Ich bin mir nicht sicher, warum ich den Drang verspüre, sie Ihnen zu zeigen. Sie – das klingt jetzt seltsam, aber Sie stehen für etwas. Wofür, weiß ich noch nicht genau. Sie sind eine Art Stellvertreterin. Nicht für *sie*, sondern für etwas Abstrakteres, für die Art, in der die Leute über sie denken.«

Nachdem Adelaide mich vor Redwoods Toilette angesprochen hatte, war ich nach Hause gefahren und hatte mir auf YouTube eine körnige Doku aus den achtziger Jahren angesehen, in der es um eine Skulpturenserie ging, für die sie »bootsähnliche Objekte« erschaffen hatte, baufällige Holzkonstruktionen, die zum Sinken bestimmt waren, manchmal von selbst, manchmal erst, nachdem sie sie in Brand gesetzt hatte. Sie hatte sie an verschiedenen Stellen entlang der kalifornischen Küste zu Wasser gelassen und war zehn Jahre lang jedes Jahr getaucht, um sie zu filmen. Als Titel hatte sie lediglich römische Zahlen von I bis X vergeben. Ich betrachtete eine jüngere Adelaide im Neoprenanzug, die sich einen Tank auf den Rücken hievte, den Atemregler in den Mund schob und rückwärts ins Wasser rollte. Damals hatte sie noch lange Haare. Nach und nach wurden die versenkten Objekte von Korallen und Schwämmen überdeckt, von winzigen Lebewesen überkrustet. Türme von Seetang wogten sanft über VII und IX wie die Gliedmaßen ertrunkener Ungeheuer.

Waren meine Eltern Knochen? Oder waren ihre Knochen verschwunden? War ihr Flugzeug von winzigen Muscheln überkrustet, mit einem Algenpelz überzogen? In der letzten Szene von *Peregrine* würde ich im Cockpit eines Flugzeugs sitzen und zum schwindenden Licht emporblicken, während ich auf den Grund des Ozeans sank. Ich würde Marian so darstellen, wie ich mir meine Eltern vorstellen musste: nicht ängstlich, nicht kämpfend.

»Worum geht es in den Briefen?«, fragte ich Adelaide.

»Verschiedene Dinge. Sie wurden über Jahrzehnte hinweg geschrieben. Ich habe sie Carol Feiffer nicht gezeigt, als sie für ihr Buch recherchierte, weil – nun ja, Carol bereits zu wissen schien, welche Geschichte sie erzählen wollte, und ich sie nicht aus der Bahn werfen wollte. Oder ich habe ihr nicht wirklich zugetraut, mit der Komplexität der Briefe umzugehen. Sie scheint Wert darauf zu legen, dass alles säuberlich zu Ende gebracht wird. Die Briefe deuten auf einige komplexe Beziehungen hin …« Sie verstummte. Dann: »Carol ist eine sehr nette Frau, aber sie ist nicht Proust.«

»Ich auch nicht.«

»Sie wollen sie also nicht sehen?«

Wollte ich? Oder schmeichelte es mir nur, dass sie mich ausgewählt hatte? »Ich fahre morgen für fünf Wochen nach Alaska. Können Sie sie mir schicken? Einscannen oder so?«

»Lieber nicht. Sie können nicht zufällig heute kommen?«

»Heute geht gar nichts.«

»Na ja. Dann eben, wenn Sie zurück sind. Sie haben ja meine Nummer.« Sie klang immer noch gebieterisch, wenn auch ein wenig ernüchtert. »Kommen Sie auch nach Anchorage?«

»Zwischendurch.«

»Eins meiner Werke ist im Stadtmuseum ausgestellt. Sie könnten es sich ansehen.«

Ich wollte gerade okay sagen, mich verabschieden und auflegen, ohne ernsthaft zu erwägen, mir ihre Kunst anzusehen oder mich nach meiner Rückkehr bei ihr zu melden, als mir etwas Sonderbares auffiel. »Wie kommen Sie eigentlich an Marians Briefe?«

»Sie hat mir einiges vererbt. Gemälde und Familienerbstücke. Ein Bäcker in Missoula hatte ihr einen Gefallen getan und die Sachen in seinem Keller gelagert, bevor sie verschwand. Die Anwälte sagten, er solle alles an meine Mutter schicken. Die Briefe waren bei dem ganzen Kram. Möglich, dass es ein Versehen war. Möglich, dass sie nicht dazugehörten.«

Ganz verstand ich es noch immer nicht. »Aber warum hat sie Ihnen etwas hinterlassen?«

Adelaide schwieg so lange, dass ich mich vergewissern musste, ob sie noch in der Leitung war. Schließlich sagte sie: »Ich möchte Sie bitten, es vorerst für sich zu behalten, auch wenn es keine große Rolle spielt, aber Jamie Graves war mein leiblicher Vater.«

Der Krieg

England
Dezember 1943
Am nächsten Tag

Wie sich herausstellte, war das Feld, auf dem Marian gelandet war, nur knapp fünfzig Kilometer von der Überführungsgruppe 2 in Whitchurch entfernt. Der Treibstoff müsste reichen. Falls nicht, würde sie sich ein anderes Feld suchen. Sie verbrachte die Nacht im Bauernhaus auf dem kalten Küchenboden, von der Bauersfrau misstrauisch beäugt, und schaffte es am nächsten Morgen, die Spit in die Luft zu bekommen, in Whitchurch aufzutanken und die Maschine in Cosford abzuliefern. Das Wetter, erklärte sie im Einsatzbüro. Das Flugzeug war heil geblieben, man mahnte sie nur flüchtig, es werde vermerkt. Schön, sagte sie. Als sie in einer Taxi-Anson nach Hamble zurückkehrte, dämmerte es bereits. Sie stieg wie betäubt auf ihr Motorrad und tastete nach dem Zündschloss. Ohne zu überlegen, ohne genau zu wissen, was sie tat, fuhr sie zu Calebs Lager, hatte nach drei Kilometern kein Benzin mehr und ging den Rest zu Fuß.

Am Tor wiederholte sie immer wieder ruhig, sie müsse Caleb Bitterroot sprechen, während der Militärpolizist ihr erklärte, dass sie nicht einfach so auftauchen könne, dass das Lager geschlossen sei, dass ihr wie auch immer geartetes Problem mit diesem Bitterroot nicht das Problem der US-Armee sei, dass sie unbefugt militärisches Gelände betreten habe und strafrechtlich verfolgt würde. Schließlich gab er es auf und sagte, sie solle sich setzen und warten, er werde sehen, was er tun könne.

Die Zeit verhielt sich seltsam. Marian schien aus ihr herauszutreten und kehrte erst zurück, als Caleb neben ihr im Torhaus kauerte. Er verstand sofort, dass Jamie tot war. Er hatte sie nur ansehen müssen. Sie war dankbar, dass sie die Worte nicht aussprechen musste. Nachdem sie einmal angefangen hatte zu weinen, konnte sie nicht mehr aufhören.

Ein anderer Mann erschien – vermutlich ein Sanitäter. Er gab ihr zwei Tabletten und einen Pappbecher mit Wasser.

Danach hielt die Zeit an und startete wieder, stotterte wie ein Flugzeug, dem der Treibstoff ausgeht. Da waren verdunkelte Scheinwerfer und beschattete Steinmauern zwischen mondbeschienenen Feldern und uralte Bäume, die finstere Tunnel über der Straße bildeten, und das harte Rumpeln eines Jeeps. Irgendwie lotste sie den Fahrer zu ihrem Motorrad, das er und Caleb auf die kleine Ladefläche des Jeeps klemmten. Dann die Drehtür des Polygon, Calebs Arm um ihre Schultern, das gelbe Licht der Lobby hinter den Verdunkelungsvorhängen und Ruth in ihrem ATA-Overall, die in einem Ohrensessel auf sie wartete, die aufstand, als sie hereinkamen, und wissen wollte, was passiert war, die Caleb fragte, wer er sei, und erfahren wollte, was los war. Marian staunte, dass Ruth so grausam war, sie danach zu fragen, sie zu zwingen, es zu sagen. Sie erinnerte sich, dass sie im Aufzug gefahren war und beide sie gestützt hatten. Ruth zog sie aus, Caleb brachte sie ins Bett. Ihre eigene, raue Stimme, mit der sie Ruth wegschickte und sagte, sie wolle nur Caleb.

Als sie aufwachte, schlief Caleb im Sessel, und Ruth war

gegangen. Sie fragte sich, was er in ihrem Zimmer machte, und erinnerte sich und streckte die Arme aus, erst um das Wissen abzuwehren und dann, damit er zu ihr kam.

Die himmlische Brise

Achtzehn

Ich stieg aus dem Flugzeug und ging zu dem Mann, der neben einem Hangar auf mich wartete: Barclay Macqueen, der Alkoholschmuggler, der mein Ehemann werden würde. Ich fühlte mich machtvoll und kompetent, hatte den ganzen verdammten Himmel unter meinem Kommando. Er habe gehört, ich könne fliegen. Er brauche einen Piloten.

Schnitt.

Hadley, bitte noch mal.

Wir drehten in Alaska, das im Film nicht nur sich selbst spielte, sondern auch Montana, so wie Theaterdarsteller mehrere Rollen spielen, um Geld zu sparen und sich zu profilieren.

Ich stieg aus dem Flugzeug und ging zu dem Mann, der neben einem Hangar auf mich wartete: Er habe gehört, ich könne fliegen. Er brauche einen Piloten. Er habe – bedeutungsschwere Pause – Ware, die in Kanada abgeholt werden müsse.

Ich wusste, er würde mein Leben verändern, und hatte Angst. Ich ließ die Angst in meine Augen. Wir waren von Bergen umgeben, die Bäume rosteten herbstlich vor sich hin.

Ich hatte gedacht, als Marian Graves würde ich jemanden spielen, der keine Angst hatte, doch darum ging es nicht. Es ging darum, jemand zu sein, der Angst nicht wie einen Gott behandelt, den man besänftigen muss.

Da Filme in der falschen Reihenfolge gedreht werden, war es, als hätten wir das Leben von Marian Graves genommen und aus großer Höhe auf eine harte Fläche fallen lassen, und jeden Tag hoben wir andere Stücke auf und drückten sie an ihren Platz, um den Weg zurück zum Anfang zu bereiten, der Marians Tod und damit auch das Ende war. Dass wir die letzte Szene – den Absturz – auch zuletzt drehten, war nur dem Zufall und der Verfügbarkeit der Tonbühne geschuldet, doch ich war froh darüber. Ich wollte einen Abschluss. Ich wollte, dass das Ende das Ende war. Bart hatte recht, als er sagte, dass wir Anfänge nicht immer bemerken. Enden sind gewöhnlich leichter zu erkennen.

Doch je weiter ich Marian zusammenfügte, desto stärker spürte ich die Leere auf der anderen Seite, den leeren Raum, der die Wahrheit enthielt, aber nicht eingrenzen konnte. Jamie Graves hatte eine Tochter gezeugt, und Marian hatte es gewusst. Es war eine Wahrheit, die niemand kannte und an die darum niemand glaubte.

Meine Liebe, du bist eine Offenbarung, schrieb Hugo eines Abends, nachdem er das aktuelle Material gesehen hatte. *Ich sehe dich kaum, nicht mal, wenn ich die Augen zukneife.*

An einem freien Vormittag ging ich ins Anchorage Museum. Die Installation von Adelaide Scott hatte einen Raum für sich allein. Temporäre Ausstellung, stand auf dem Schild, darunter eine Liste der Förderer, die sie ermöglicht hatten, auch Carol Feiffer war dabei. In der Mitte des hellen Holzfußbodens stand unter einem Oberlicht ein riesiger weißer Keramikzylinder von etwa drei Metern Höhe und sechs Metern Durchmesser, dessen Oberfläche von zahllosen winzigen, schwarz gepunkteten Linien durchzogen war, die zusammen ein Bild des Meeres ergaben, geprägt von Licht, Strömung und Wind. Am oberen Ende befand sich ein sanft geschwungener Horizont, darüber angedeutete Wolken und ferne Vögel.

Von der Decke hing ein glatter, kreisrunder Vorhang aus steifem, perlweißem Kunststoff, der den Zylinder umgab und mit demselben Bild, demselben getüpfelten Meer, bedruckt war. Ich ging durch den Zwischenraum, bewegte mich zwischen zwei Versionen der gleichen Sache. Ich wollte zurücktreten, um das Ganze zu betrachten, doch das war nicht möglich. Man musste darin gefangen sein.

Die Bar im Obergeschoss des Hotels in Anchorage, in der ich mit Redwood saß, bestand nur aus Holz, Messing und Fenstern. Unter uns grenzte der löchrige Asphalt der Stadt an weites, flaches Wasser, jenseits des Wassers lag eine bewaldete Anhöhe, und dahinter, dreihundert Kilometer entfernt und doch so gigantisch, dass sein weißer Gipfel über den Horizont lugte, ragte der Denali empor.

»Adelaide Scott hat mich angerufen«, sagte ich.

»Tatsächlich? Warum?«

Ich verspürte eine dumpfe Beklemmung, fuhr aber fort. »Sie sagte, sie habe einige Briefe von Marian, die mich interessieren könnten.«

Er schien fast beleidigt. »*Dich*? Warum dich?«

Das hatte ich mich natürlich auch gefragt, sagte aber gereizt: »Das musst du *sie* fragen.«

»Was steht drin?«

»Das weiß ich nicht. Sie hat es mir nicht gesagt.« Ich spielte mit dem Olivenspieß in meinem Drink.

»Tut mir leid, es ist nur – könnte etwas drinstehen, das alles verändert? Beim Abendessen hat sie ziemlich nachdrücklich gesagt, dass sie nichts Nützliches beitragen kann. Das kommt ein bisschen spät.«

Ich wollte ihm eigentlich erzählen, dass Jamie Graves Adelaides Vater war, brachte es aber nicht über mich. Ich hätte es nur wegen des Dopamin-Kicks getan, um mich wichtig zu fühlen, eine Bindung herzustellen. Sowie ich die Worte ausgesprochen hätte, würde die Information nicht mehr nur mir, sondern auch Redwood und damit unweigerlich auch Carol und *allen anderen* gehören. Es war sinnlos, eine Tatsache als Besitz zu betrachten, die nichts mit mir zu tun hatte, und doch tat ich genau das. Adelaide hatte mir nicht verboten, es zu erzählen. Sie hatte gesagt, sie sei es leid, Geheimnisse zu hüten, und erwarte nicht, dass ich diese Aufgabe übernahm. Es mir zu sagen fühle sich an wie russisches Roulette, und das sei nicht negativ gemeint. Ich verstand, was sie meinte. Immerhin hatte ich Gwendolyn den USB-Stick hingeknallt.

»Meine Mutter weiß sicher nicht, dass Adelaide die Briefe hat«, sagte Redwood aufgeregt. »Weiß sonst jemand davon? Wir sollten sie für den Film kennen. Warum hat sie uns das nicht erzählt? Hat sie wirklich *gar nicht* erwähnt, was drinsteht?«

»Vielleicht sind sie nicht wichtig.«

»Oder sehr wichtig. Scheiße. Wärst du bereit, sie zu fragen, ob ich sie lesen darf? Es kränkt mich ein bisschen, dass sie sie meiner Mutter nicht gezeigt hat. Was, wenn eine Sensation drinsteht und sie die Katze aus dem Sack lässt, nachdem der Film fertig ist? Wäre sie dazu fähig? Könnten wir sie bitten, das nicht zu tun?«

»Ihr könnt sie bitten, um was immer ihr wollt«, sagte ich.

»Aber sie hat offenbar beschlossen, sich dir anzuvertrauen.«

Ich hätte es ihm nicht sagen sollen. Seine Neugier trieb mich dazu, mich von ihm abzuwenden und an meinen kleinen Wissensschatz zu klammern. *Meins, nicht deins.*

Ich hatte herausgefunden, wie ich Marian sein konnte – und es war mir wichtig, Marian zu sein –, doch mit jedem Drehtag lag mir weniger an dem Film. Mir war nicht mehr so wichtig, ob er gut war. Ich hatte aufgehört, von dem Oscar zu träumen. Dieses kleine Fünkchen Wahrheit – dass Marian Graves ihre Nichte getroffen hatte, bevor sie verschwand –, hatte alles ins Wanken gebracht, das Konstrukt durchbrochen, so wie in Zeichentrickfilmen die ganze Fassade eines Gebäudes nach vorn kippen und alles zermalmen kann außer dem Helden, der durch ein perfekt platziertes Fenster gerettet wird. Ich kam mir dumm, aber auch befreit vor, als ich inmitten der Trümmer stand.

»Du weißt, dass der Film nicht wahr ist, oder?«, fragte ich Redwood.

»Die Leute werden sich wünschen, er wäre es.«

»Ich weiß nicht, ob es sie wirklich *interessiert*. Sie wollten auch, dass *Archangel* wahr ist, gerade weil sie wussten, dass es das nicht ist. Es ist jetzt schon wie stille Post. Es gibt Marians wirkliches Leben und ihr Buch und das Buch deiner Mutter und den Film. Und so weiter, und so fort.«

»Ich will nur weniger Chaos«, sagte er und tippte sich an die Schläfe. »Hier drin. Ich will wissen, was läuft.«

»Klar, das verstehe ich.«

»Ich bin mir nicht sicher, ob Liebe etwas ist, das man findet«, hatte ich geantwortet, als mich die Reporterin von *Vanity Fair* fragte, ob ich auf der Suche nach Liebe sei. »Ich glaube, Liebe ist etwas, an das man glaubt.«

»Wollen Sie damit sagen, dass Liebe eine Illusion ist?«

»Ich hatte mal einen Psychiater, der mir sagte, ich solle mir einen leuchtenden Tiger vorstellen, der alle meine Zweifel auffrisst. Das Verrückte daran ist, dass es funktioniert, wenn man daran glaubt. Aber heißt das auch, dass der Tiger echt ist? Oder heißt es, dass meine Zweifel es nicht sind?«

Dann erzählte ich ihr, dass ich in einer Höhle gewesen war und Glühwürmchen nicht von Sternen unterscheiden konnte, und dass für eine frisch geschlüpfte Fliege das Ding, das sie verschlingt, *tatsächlich* ein Stern ist.

Weit hergeholt, sagte sie, und ich ahnte schon, dass sie mich als gewaltige Spinnerin präsentieren würde.

Ich sagte, wenn man nicht glaube, man liebe jemanden, liebe man ihn nicht.

»Sollen wir einfach miteinander schlafen und sehen, wie es so ist?«, fragte Redwood in der Hotelbar, immer noch verärgert über Adelaide und ihre Briefe. Sein Ärger machte ihn mutig; er wünschte sich ein Gefühl von Ordnung und dachte, er würde es bekommen, indem er mit mir schlief.

»Was für ein anmutiger Tanz der Verführung«, sagte ich.

»Ich bin direkt«, sagte er. »Ich schätze Direktheit. Ich mag dich. Ich fühle mich zu dir hingezogen. Ich kenne dich jetzt gut genug, um mich nicht zu fühlen, als ginge ich mit einer Fremden ins Bett. Ist es falsch, wenn ich zugebe, dass ich auch nervös bin?«

»Du meinst ambivalent.«

»Bist du mir gegenüber etwa *nicht* ambivalent?«, fragte er. »Wir haben beide guten Grund, vorsichtig zu sein. Wir sind beide nicht romantisch veranlagt. Was, wenn wir uns bewusst darauf einließen, radikal ehrlich, nach einem experimentellen Verfahren?«

»Du hast recht. Das ist nicht romantisch.«

»Aber es *könnte* zu romantischen Ergebnissen führen. Das mit dem großen Sprung hat bei mir nicht funktioniert. Ich möchte etwas anderes ausprobieren.«

Der Sonnenuntergang hatte den Gipfel des Denali erdbeereisrosa gefärbt. Einige Leute taten, als machten sie Selfies, fotografierten in Wahrheit aber uns. Ich stellte mir vor, wie ich Redwood mit nach unten nahm und im schwindenden Licht mit ihm ins Bett ging, wobei unsere Rüstungen klirrend aneinanderstießen.

»Vielleicht«, sagte ich. »Aber nicht heute Nacht.« Ich deutete aus dem Fenster. »Am Samstag habe ich frei. Sollen wir zu dem Berg dort fahren?«

»Man fühlt sich ganz schön klein, was?«, sagte der Pilot durch unsere Kopfhörer, seine knappe Stimme erhob sich über die Motoren.

Das Flugzeug war rot mit zwei Propellern und zwei Kufen. Redwood und ich saßen hinter dem Piloten. Neben ihm bewegte sich ein zweites Steuerhorn, als würde es von einem geisterhaften Co-Piloten bedient. Wir waren über einen verzweigten Fluss, über kiefernbestandene Ebenen und herbstliche Pappelwäldchen geflogen, die so grell mandarinorange waren, dass mir bei ihrem Anblick die Augen wehtaten. Dann waren wir in eine Welt aus Schnee und Fels getaucht. Meine Augen nahmen nichts mehr wahr, weil alles zu groß und gleichzeitig zu einfach war, nur Eis, nur Schnee, nur Fels, und die Klippen und Grate, die Risse und Falten des Gletschers, die schroffen Granitwände ließen uns sehr klein erscheinen. Der Gipfel des Denali war in Wolken gehüllt. Nirgendwo war Leben.

»Wissen Sie, wer Marian Graves war?«, fragte Redwood in sein Headset.

»Kann ich nicht behaupten«, antwortete der Pilot.

»Sie war Pilotin in Alaska«, sagte ich. »Vor dem Krieg.«

»Bester Job überhaupt«, sagte er.

»Mein Vater ist früher geflogen«, sagte ich. »Als Hobby. Er hatte eine Cessna.«

»Ach, ja?«, fragte der Pilot.

»Ja.«

»Fliegt er nicht mehr?«

»Nein. Ich habe mal eine Flugstunde genommen. Es hat mir nicht gefallen.«

»Was hat Ihnen nicht gefallen?«

»Das Gefühl, nehme ich an?«

»Das beste Gefühl der Welt.«

»Das hat der andere Pilot auch gesagt.«

Er lachte.

Ich sagte: »Ich dachte wohl, ich würde es versauen.«

»Aber nein«, sagte der Pilot. »Sie müssen dem Flugzeug vertrauen. Es will fliegen.«

Er landete auf einem Gletscher in einem Kessel aus Eis und Gipfeln, einem gefrorenen Amphitheater, das, wie er sagte, größer war als Anchorage. Er schaltete die Motoren ab, und wir stiegen hinaus in die Stille. Die Landschaft war gewaltig und wunderschön, so wie das Konzept des Todes gewaltig und wunderschön war – ihre Schönheit betraf einen nicht. Als ich in den Schnee trat, überkam mich ein schwebendes, unsicheres Gefühl, als könnte ich geradewegs in die Tiefe stürzen. *So*, wollte ich zu dem Piloten sagen, *so hat es sich angefühlt*. Aber er würde nur sagen, ich solle dem Gletscher vertrauen.

Redwood war ein Stück gegangen, kam nun aber zurück und reichte mir die Hand. Ich ergriff sie. Die Landschaft war das Gegenteil von Adelaide Scotts Skulptur. Hier sah man nur das Ganze. Man konnte es nicht auf einen sinnvollen Maßstab herunterbrechen. Die Stille fühlte sich riesig wie der Himmel an, und wir waren so winzig, dass das, was wir taten, unmöglich von Bedeutung sein konnte. Und so küssten wir uns schließlich dort im Schnee, und ich schloss die Augen und versteckte mich vor dem, was uns umgab.

D-Day

England
Juni 1944
Sechs Monate nach dem Torpedo

15. Mai 1944

Hallo Kleine,

ich wette, Du bist überrascht, von mir zu hören, so wie wir auseinandergegangen sind. Ich verspreche, ich schreibe nicht, um zu schmollen oder zu schimpfen, auch wenn es aggressiv wirken mag, wenn ich Dir Deine Briefe zurückschicke. Ich dachte nur, Du möchtest sie vielleicht haben. Ich bin in [**geschwärzt**] und schleppe Zielscheiben für die Artillerieausbildung, falls Du es noch nicht gehört hast. Cochran hat getan, als wäre es ein großer, streng geheimer Spezialeinsatz, aber es macht ungefähr so viel Spaß, wie eine Tontaube zu sein, und ist nur halb so glamourös. Der Wartungsbereich ist beschissen. Ausrangierte [**geschwärzt**] soweit das Auge reicht und weder Ersatzteile noch Zeit, um sie zu reparieren.
[**Geschwärzt**].

Ich weiß nicht, was die Jungs von der Artillerie von uns Mädchen halten (die wissen offensichtlich nicht, ob sie auf die Zielscheibe oder das Flugzeug schießen sollen), aber die Piloten sind ganz schön frostig. Ein Haufen Teufelskerle frisch von der Flugschule, die mit Kampfeinsätzen rechnen und stattdessen bei den Blechbüchsen gelandet sind. Das war schon schlimm genug, bevor wir aufgetaucht sind und jetzt auch noch den gleichen Job machen wie sie. Ich sage nur: Heult doch.

Die Mädchen sagen, es sei besser als am Anfang, vor allem seit die Jungs gemerkt haben, dass sie nun, da wir da sind, mehr Zeit mit Kartenspielen verbringen können und weniger damit, beschossen zu werden. Wir melden uns immer freiwillig, weil wir was beweisen müssen. Ich habe versucht, mich mit den Mechanikern anzufreunden, denn wenn ich sie auf meiner Seite habe, ist das wohl die beste Chance, zu überleben.

Bevor ich herkam, ist ein Mädchen namens Mabel abgestürzt. Sie hätte es geschafft, aber die Kabinenhaube ließ sich nicht öffnen, und sie ist bei lebendigem Leib verbrannt. Die klemmende Verriegelung war auf dem Formular vermerkt, aber keiner hatte sich drum gekümmert.

Es gab noch einen Absturz, bei dem ein Mädchen starb – auf dem Formular stand Problem mit Gashebel, aber [**geschwärzt**]. Jackie ist persönlich hergekommen, um es zu untersuchen, hat sich danach aber bedeckt gehalten. Sie hat sich sehr bemüht, uns den Job hier zu verschaffen, und wenn wichtige Leute auf den Gedanken kommen, dass wir Ärger machen, sind wir ihn bald wieder los.

Einige Jungs haben sich ein bisschen zu sehr mit mir angefreundet. Ich habe einen Verehrer. Einen hartnäckigen. Ich erzähle ihm ständig, dass ich verheiratet bin, dass mein Mann in Kriegsgefangenschaft ist, und er sagt, du weißt, dass Krieg ist, oder? Als müsste ich, nur weil Krieg ist, einen Mann begehren, dessen Gesicht wie ein verfaulter Pilz aussieht.

Vielleicht stört Dich diese Art von Aufmerksamkeit weniger als mich. Ich schätze, Dir haben Männer doch gefehlt. Eine lustige Geschichte – ein paar von unseren Mädchen, die Bomber überführen, mussten wegen schlechten Wetters in einem Provinznest landen und wurden in den örtlichen Knast gesteckt, weil Frauen dort nach Einbruch der Dunkelheit keine Hosen tragen dürfen. Der Sheriff wollte nicht glauben, dass sie Pilotinnen waren. Na ja, vielleicht doch keine so lustige Geschichte. Wenn man Männer unter Druck setzt, kommt man irgendwann zum Kern des Ganzen, nämlich dass sie sich für was Besseres halten. Und sie haben uns in diesen Krieg geführt. Ich hab darüber nachgedacht. Wir werden wütend, und nichts passiert. Männer werden wütend, und die Welt gerät in Brand. Und wenn wir dann unseren Beitrag leisten wollen, versuchen sie, uns aus der Gefahr herauszuhalten. Denn Gott verhüte, dass wir selbst entscheiden. Ihre größte Angst ist, dass wir eines Tages so über unser Leben bestimmen wie sie.

Verzeih mir, dass ich so loswettere, aber ich sammle Mut, um Dir zu sagen, dass Du mir furchtbar wehgetan hast, auch wenn Du in einem schrecklichen Zustand warst. Ich wollte, dass Du zu mir kommst, und als Du stattdessen zu ihm gegangen bist, wollte ich nicht das fünfte Rad am Wagen sein. Es kommt mir unfair vor, dass ich mich schlecht fühle, weil ich gegangen bin, aber so ist es. Fühlst Du Dich schlecht? Es würde mir viel bedeuten. Wie dem auch sei, ich wollte Dir nur eins sagen: Falls einer von uns etwas zustößt, sollst Du wissen, dass von mir aus alles gut ist. Ich weiß nicht, ob ich sagen kann, dass ich Dir alles verzeihe, das meiste aber schon. Nach dem, was passiert war, konnte ich nicht bleiben, aber Du fehlst mir immer noch, und ich sende Dir meine Liebe.

Für immer
Deine Ruth

Marian hatte Ruth nach der Nacht im Polygon, in der sie sich für Caleb entschieden hatte, nicht mehr gesehen und bis zu diesem Brief auch nichts von ihr gehört.

Tausende von Schiffen klebten wie eine graue Algenblüte an der Südküste und verstopften die Häfen. Wochenlang hatte Marian zugesehen, wie es immer mehr wurden. Alles schien gegen den Kanal zu drücken und zu drängen, drohte überzulaufen.

Zur Vorbereitung auf die Invasion hatte man Calebs Lager abgeriegelt.

Man gab ihr in Hamble eine Vultee Vengeance, die sie nach Hawarden bringen sollte. Von dort aus sollte sie einen Wellington-Bomber nach Melton Mowbray überführen, doch bevor sie starten konnte, zog ein Sturm auf.

Sie nahm sich ein Zimmer über einem Pub. Als der Regen am Morgen immer noch herunterpeitschte, rief sie in Hamble an und wurde angewiesen, vor Ort zu bleiben. Nach einem trostlosen Tag im Kino trank sie am zweiten Abend mit einem anderen gestrandeten ATA-Piloten, einem Engländer, der zu alt für die RAF war. »Ich habe gehört«, sagte er, »dass die Invasionsflotte heute Morgen ausgelaufen ist, aber wegen dem hier umkehren musste.« Er schaute vorwurfsvoll zum Fenster, auf den prasselnden Regen. »Ich beneide das arme Schwein nicht, das für die Wettervorhersage zuständig ist.«

Marian nickte. Sie hatte wenig Interesse an der Invasion, obwohl sie wusste, dass sie nötig war, wenn der Krieg jemals enden sollte. Sie fühlte sich außerstande, Angst um Caleb zu haben, Jamies Tod hatte alles betäubt. Nur im Bett mit Caleb regte sich Leben in ihr und gelegentlich beim Fliegen, wenn sie auf die leblose Pracht hinunterblickte: Wolken, deren Unterseite pelzig vom Regen war, eine fette Kugel rosafarbenen Lichts, die sich am Horizont verdickte und gelb färbte und zum Mond wurde, ferne Wolken voller Blitze, Dinge, die unabhängig vom Krieg geschahen und auch geschehen würden, wenn keine Menschen existierten. Über das Leid der Vergangenheit konnte sie bestenfalls sagen, dass es vorbei war. Und irgendwann wäre auch die Invasion vorbei.

»Ich bin im Großen Krieg geflogen«, sagte ihr Begleiter. »Ich hätte nie gedacht, dass ich einen noch größeren erlebe.«

Marian ärgerte sich über die Bezeichnung – groß, größer –, obwohl sie wusste, dass es ihm nur um das schiere Ausmaß ging.

»Ich muss dir schrecklich alt vorkommen«, sagte er verzweifelt und kokett zugleich. Sie warf einen Blick auf seinen Ehering.

»Nein«, sagte sie. Das Alter spielte keine Rolle mehr. Die Jungen lebten näher am Tod als die Alten.

Er drehte sein Bierglas auf dem Pappuntersetzer, und sie vermutete, dass er Anlauf nahm, um sie auf sein Zimmer zu bitten. Es war Krieg, warum nicht. Vielleicht konnte sie das Gefühl von Leben aus seinem Körper ziehen. »Willst du mit nach oben kommen?«, fragte sie.

Er sah abrupt auf. »Sollte ich? Zur Feier des Tages?«

Sie war jetzt schon müde, bereute die Einladung, aber ein leeres Zimmer wäre noch schlimmer.

Am folgenden Nachmittag lichtete sich die Wolkendecke. Nachdem sie die Wellington endlich abgeliefert hatte, nahm sie eine Taxi-Fairchild zurück nach Hamble. Sie flogen nach Süden, und auf allen Flugplätzen standen endlose Reihen von Maschinen, deren Tragflächen mit frischen schwarzweißen Streifen versehen waren.

An der Küste erstreckten sich die Reihen der Schiffe weit in den Kanal, ihr Kielwasser zeichnete Pfeile in Richtung Frankreich. Panzer, Lastwagen und Jeeps verstopften die Straßen, rollten über Gangways und wurden von Schiffen verschluckt.

In der Nacht dröhnten stundenlang Motoren. Am Morgen war alles verschwunden.

Sternbilder

Neunzehn

Adelaide Scott wohnte in Malibu, nicht typisch strandhausmäßig, sondern landhausmäßig mit Shabby Chic, Richtung Norden auf dem Pacific Coast Highway, vorbei am Fischerpier und dem Moonshadows-Restaurant, in dem Mel Gibson sich betrunken hatte, bevor er den Polizisten, der ihn anhielt, mit einer Nazi-Schimpftirade überzog, vorbei am Nobu, vorbei an den beliebten Stränden, dann vom Highway ab und bergauf bis über die dunstig-blaue Ebene des Ozeans. Die Luft roch nach Salbeisträuchern, Staub und Salz. Adelaides drei gefleckte Promenadenmischungen stürmten aus dem Haus, als sie die Tür öffnete, bellten mich an und schnüffelten dann an den Sträuchern. »Wie war die Fahrt?«, fragte Adelaide.

Vorhang auf für den rituellen Los-Angeles-Smalltalk über beste Strecken und Verkehr.

»Früher hatte ich mein Atelier in Santa Monica«, sagte sie. »Aber das Pendeln wurde unerträglich, also bin ich nach Oxnard gezogen, was den Vorteil hat, dass es viel billiger und besser zu erreichen ist. Meine Assistenten werden es mir nie verzeihen, aber ich habe jetzt ein ganzes Lagerhaus für mich.«

Innen war das Haus von dunkelgrünen Kacheln und rotgoldenem Holz und den vielfach unterteilten Fenstern geprägt, durch die man auf Hänge blickte, die mit dem papiertrockenen kalifornischen Gestrüpp bewachsen waren, das für sein Leben gern in Flammen aufgeht. »Ich mache Tee«, sagte sie und ging voran, die Hunde folgten. »Warten Sie hier. Ich kann es nicht ertragen, wenn mir jemand in der Küche zusieht.« Sie winkte mich in ein großes Wohnzimmer mit rot-goldenen Deckenbalken.

Über dem Kamin hing ein seltsames spiralförmiges Horn, das etwa zwei Meter lang und an einem Ende sehr spitz war.

Adelaide lehnte sich in einem Eames-Sessel zurück, die Füße auf dem Hocker. Sie trug eine Lesebrille um den Hals, neben ihr auf dem Boden stand eine Dokumentenbox, in der sich, wie ich annahm, Marians Briefe befanden. Ich saß auf einem Ledersofa mit Blick auf den grün gekachelten Kamin und das spiralförmige Horn. Ein Hund sprang neben mich aufs Sofa und schlief sofort ein, das Hinterteil an meinen Oberschenkel geschmiegt, offenbar nicht ahnend, dass ich ein großer Filmstar, eine Leinwand-Ikone war.

»Was ist das für ein Ding?«, fragte ich und deutete auf das Horn.

»Ein Narwal-Stoßzahn«, sagte sie.

»Was ist ein Narwal-Stoßzahn?«

»Wenn Sie es nicht wissen, zeige ich Ihnen besser ein Bild.« Sie holte ein Buch mit Tierfotografien und blätterte zu einem Foto, das offenbar Narwale zeigte, die in einem von Eis umgebenen offenen Gewässer auftauchten. »Sie gehören zu den Walen.« Ihre abgerundeten Köpfe waren braun und grau gesprenkelt, glatt und nichtssagend bis auf die irrsinnig langen einzelnen Stoßzähne, die wie Turnierlanzen emporragten.

»Soweit ich weiß«, sagte Adelaide, »hat Addison Graves, Marians Vater, den Stoßzahn auf irgendeiner Reise gekauft. Ich habe auch noch andere Dinge – exotische Souvenirs, von denen ich glaube, dass sie ihm gehörten. Auch die alten Bücher dort drüben. Und dieses Bild« – sie zeigte auf ein Ölgemälde mit schemenhaften Werften – »stammt von Marians Onkel Wallace. Einige Gemälde von Jamie und Wallace sind bei mir gelandet. Jamies bessere Bilder hängen zumeist in Museen. Carol Feiffer hat sich sehr für den ganzen Schnickschnack interessiert, obwohl ich die Geschichten dahinter nicht kenne.«

Sie nahm ein kleines Skizzenbuch aus der Dokumentenbox und reichte es mir. »Das könnte Sie interessieren.«

Im vorderen Einband steckte ein Blatt Papier. Ich entfaltete es. *Genau genommen ist der Block Eigentum der amerikanischen Marine …*

Adelaide sagte: »Diese Nachricht hat Jamie an meine Mutter geschickt.« Ich las weiter. *… ist der Grund, warum ich zurückkommen werde, dass ich dich liebe, und was ich dir von mir hinterlassen habe, kann niemals zurückgefordert werden.*

Ich faltete das Papier wieder und blätterte in dem Buch. Die Seiten waren vergilbt und mürbe und voller Skizzen in Kohle, Bleistift und Wasserfarben. Berge und Meer. Flugzeuge und Schiffe. Die Hände von Soldaten. Zelte in einem verschneiten Tal. Dann wurden die Zeichnungen abstrakt: chaotische Linien und Kleckse und Kritzeleien. Das ging etwa ein Dutzend Seiten lang so. Der Rest des Buches war leer.

Adelaide beobachtete mich. »Beunruhigend, nicht wahr? Die letzten Seiten?«

»Was ist das?«

Sie ignorierte meine Frage. »Mich hat interessiert, was Sie beim Essen gesagt haben, dass sich alles verflüchtigt, wenn wir sterben. Hatten Sie sich so ausgedrückt? Jedenfalls hallt es in mir nach. Und ich versuche, auf Nachhall zu achten.«

Ich erinnerte mich, das gesagt zu haben, wusste aber nicht, was ich noch hinzufügen könnte. »Wenn ich ehrlich bin, habe ich mich wohl über diese Leanne geärgert und wollte tiefgründig wirken.«

»Tun Sie Ihre Gedanken nicht als Hochstapelei ab«, sagte sie scharf. »Das ist ermüdend.«

Ich war verblüfft. »Tut mir leid.«

»Sie sollten sich auch nicht entschuldigen. Zumal Sie aus Erfahrung sprechen. Ihre Eltern. Sie plappern nicht einfach drauflos. Sie wissen genau, wie viel verloren geht.« Ein Hund legte den Kopf in ihren Schoß, und sie streichelte ihm die Ohren. Sie schaute mich schräg an und hatte wieder dieses glitzernde, mineralische Flackern in den Augen. »Für Sie muss es noch viel schlimmer sein, aber die Leute glauben auch, mich zu kennen, weil ich in der Welt herumgekommen bin und über mich geschrieben wurde und so weiter. In Wahrheit kennen die allermeisten nur wenige verstreute Datenpunkte und verbinden diese Punkte, wie es ihnen passt.«

»Mein Gott, das stimmt«, sagte ich und beugte mich vor. »Und sie machen sich Vorstellungen über einen, die für sie Sinn ergeben und ihnen daher wahr erscheinen, im Grunde aber rein willkürlich sind.«

»Ja, *genau*. Wie Sternbilder. Es ist unmöglich, sich wirklich zu erklären, solange man am Leben ist, und wenn man tot ist, hat es sich erledigt – dann ist man den Lebenden ausgeliefert.« Sie deutete auf das Skizzenbuch in meinem Schoß. »Meine Mutter sagte, Jamie habe die letzten Seiten während einer Schlacht gezeichnet. Er hatte geglaubt, realistische Skizzen anzufertigen, und erst später entdeckt, dass es Kritzeleien waren.« Sie trank von ihrem Tee. Die Tasse war aus grüner Keramik wie die Kacheln des Kamins. »Ich bin froh, dass er nicht gezeichnet hat, was er zu zeichnen glaubte. Es wären Lügen gewesen. Kunst ist Verzerrung, aber eine Art der Verzerrung, die Klarheit schaffen kann, wie eine Korrekturlinse.«

»Ich kann Ihnen nicht ganz folgen.«

»Ich will damit nur sagen, es ist gut, dass manche Dinge verloren gehen. Es ist ganz natürlich.«

»Aber Sie wollen sie mir trotzdem zeigen«, sagte ich und deutete auf die Dokumentenbox, »statt sie verloren gehen zu lassen.«

»Ja-aa.« Sie dehnte das Wort, vielleicht aus Unsicherheit. »Ich frage mich, ob die Briefe nicht eher Lücken aufzeigen als sie füllen.«

»Nun, wie ich am Telefon sagte, kann ich am Film nichts mehr ändern. Vor allem nicht jetzt. Wir sind fast fertig.«

Sie machte eine Handbewegung. »Der Film ist nur eine weitere Verschleierung. Es geht um die Wahrheit als solche.«

»Absolut«, sagte ich und war seltsam erleichtert. »Ich habe lange gebraucht, um zu erkennen, dass der Film letztlich nicht von Bedeutung ist, aber nachdem ich es begriffen hatte, konnte ich endlich – wie soll ich sagen – *spielen.*« Ich hielt inne. »Sie sollten wissen, dass ich Redwood von den Briefen erzählt habe. Er will sie lesen.«

»Wollen Sie, dass er sie liest?«

»Nein.«

»Dann muss er es auch nicht. Ich habe mich entschieden, sie Ihnen zu zeigen, gerade Ihnen, aber wie ich schon sagte, habe ich nicht unbedingt vor, sie öffentlich zu machen.« Sie schien zu überlegen. »Ich frage mich, ob ich eine Art Installation inszeniere.« Dann spöttisch: »Vielleicht ist es mein erster Versuch in Sachen Aktionskunst.«

Ich wusste nicht, was ich dazu sagen sollte. »Ich habe

Redwood übrigens nicht erzählt, dass Jamie Ihr Vater war.«

»Leiblicher Vater. Nein, ich hätte wohl längst von Carol gehört, wenn Sie das getan hätten. Warum haben Sie es ihm nicht gesagt?«

Nun war es an mir, zu überlegen. Redwood und ich waren vom Denali zurückgekommen und miteinander ins Bett gegangen, und es war sehr nett gewesen, richtig nett, aber ich wurde das bedenkliche Gefühl nicht los, dass sich etwas aufzulösen begann. »Zuerst dachte ich, ich wäre nur besitzergreifend«, sagte ich, »aber es geht wohl eher darum, dass Informationen über mich bekannt gemacht wurden – auch von mir selbst – und ich mir nicht sicher bin, ob es eine Rolle spielt, wie viel Fremde über mich wissen. Denn sie wissen immer noch nichts. Also spielt es auch keine Rolle, wie viel Wahrheit in *Peregrine* steckt. Vielleicht ist es besser, wenn es einfach nur ein Film ist.«

»Nur mal aus Neugier, was müssen Sie noch drehen?«

»Wir fliegen mit einer Minimalbesetzung nach Hawaii, um ein paar Szenen vor Ort zu drehen, und dann kommt nur noch der Flugzeugabsturz.«

Sie sah mich eindringlich an. »Es ist fast eine Art konfrontative New-Age-Therapie, wenn Sie eine Szene drehen, in der ein Flugzeug ins Wasser stürzt.«

»Vielleicht ist es Aktionskunst.«

»Ha. Wenn Sie in Hawaii sind, sollten Sie den Jungen besuchen, der von Caleb Bitterroot aufgezogen wurde. Er ist jetzt alt, genau wie ich, aber ich bin mir ziemlich sicher, dass er noch in demselben Haus auf Oahu lebt, in dem Marian während des Fluges Halt gemacht hat. Wir schreiben uns Weihnachtskarten.« Es fiel mir schwer, zu glauben, dass diese Frau Weihnachtskarten schrieb. »Er heißt

Joey Kamaka«, fuhr sie fort. »Ich habe ihn mal getroffen, als ich Caleb besucht habe.«

Dümmlich wiederholte ich: »Sie haben Caleb besucht? Marians Caleb?«

»In meinen Zwanzigern habe ich eine lange Suchphase durchlebt. Seit ich vierzehn war, wusste ich, dass mein Vater nicht mein leiblicher Vater war, hatte aber nicht wirklich versucht, mich dem zu stellen. Das habe ich dann nachgeholt.«

Als Onkel Mitch gestorben war, war ich aus New York nach Hause gekommen, um seine Sachen durchzugehen, bevor ich das Haus verkaufte, und hatte eine Mappe mit Briefen meines Vaters gefunden. *Wir machen einander unglücklich,* hatte er über meine Mutter geschrieben, noch bevor ich geboren wurde, *aber wir haben beschlossen, dass wir unser ganz besonderes Elend und die Euphorie unserer Versöhnungen einer beständigen stumpfsinnigen Zufriedenheit vorziehen.*

Nach meiner Geburt waren die Briefe noch düsterer geworden, weil mein Vater erkannt hatte, dass ein Baby ihre Probleme nicht lösen würde. Ich weiß nicht, wie irgendjemand glauben kann, Babys würden irgendetwas einfacher machen. Nachdem ich seine Worte gelesen und gewissermaßen zum ersten Mal seine Stimme gehört hatte, begann ich mich zu fragen, ob mein Vater den Absturz absichtlich herbeigeführt hatte. Später hatte ich einen Privatdetektiv beauftragt und ihn gefragt, ob er einen erweiterten Selbstmord für möglich halte, und er hatte geantwortet, natürlich sei alles möglich. Aber hinzugefügt, dass mein Vater mich in diesem Fall mitgenommen hätte. Diese Typen nähmen normalerweise die ganze Familie mit.

Ich sagte zu Adelaide: »Wie haben Sie herausgefunden, dass Jamie Ihr …?«

»Leiblicher Vater war? Meine Eltern haben es mir erzählt. Meine Brüder waren zu der Zeit schon auf dem College, und sie setzten sich einfach mit mir zusammen und haben es mir erzählt. Mein Vater war Arzt. Er war als Sanitäter in Europa gewesen, als ich gezeugt wurde. Die Geschichte war nicht sonderlich dramatisch. Jamie kam während des Krieges durch Seattle, er und meine Mutter trafen sich wieder. Es war nur eine Affäre. Sie schrieb meinem Vater, sowie sie erfahren hatte, dass sie schwanger war, und gestand ihm alles. Er war ein sehr verständnisvoller Mann. Er liebte sie, obwohl meine Existenz sicher eine Belastung für ihn war. Sie schrieb auch an Jamie, doch er war schon tot. Also schrieb sie schließlich an Marian, aber es dauerte eine Weile, bis sie den Brief bekam.«

»Ich habe den Dokumentarfilm über Ihr Projekt mit den versunkenen Booten gesehen –«

»Bootsähnlichen Objekten.«

»Ging es dabei um Jamie?«

»Damals wollte ich das nicht glauben. Ich nannte es *Verwandlungen des Meeres*. Kennen Sie die Zeilen aus *Der Sturm*? ›Fünf Faden tief dein Vater liegt‹?«

Ich kannte sie nicht.

»›Sein Skelett wird zu Koralle, seine Augen Meerkristalle, nichts Lebendiges versiegt, geht Verwandlungen des Meeres ein in Seltsames und Hehres.‹« Sie lächelte verschmitzt. »Man lässt sich von dem Bild unwillkürlich verführen. Ich glaube, es geht weniger um den Körper als vielmehr darum, dass unsere Vorstellungskraft sich nach Kräften müht, mit dem Tod fertig zu werden, und dabei scheitert.«

Ich dachte daran, wie ich das Steuerhorn der Cessna in den Händen gehalten hatte, als wäre es eine Bombe. Ich dachte daran, wie ich ein unechtes Flugzeug in einen unechten Ozean stürzen ließ, Ende. Ich fragte: »Wie war Caleb?«

»Charmant, trank ein bisschen zu viel. Ich habe nur wenige Tage mit ihm verbracht. Er konnte ausgelassen sein und plötzlich düster werden. Er hatte Marian zweifellos geliebt, doch schien ihr Verlust ihn nicht tief zu erschüttern. Manchmal sprach er sogar im Präsens von ihr, weshalb ich mich fragte, ob er ihren Tod je wirklich verinnerlicht hatte. Oder aber er hatte sehr viele Menschen gekannt, die gestorben waren. Ich weiß es nicht. Wir haben eher über Jamie als über Marian gesprochen. Wie gesagt, Sie sollten Joey Kamaka aufsuchen. Womöglich weiß er mehr.«

»Warum ich, das verstehe ich immer noch nicht. Warum nicht *Sie*? Warum glauben Sie, *ich* sollte es tun?«

»Mein persönlicher Weg, nach der Wahrheit zu suchen, besteht nicht darin, Informationen zusammenzufügen. Das deprimiert mich. Was aber nicht heißt, dass ich nicht an der Wahrheit interessiert wäre. Und warum Sie, weiß ich auch nicht. Es ist nur eine Idee, die mir gekommen ist. Mich interessieren die Verbindungen. Sie, die Marian spielen. Ihre Eltern.« Sie stellte die Dokumentenbox auf den Hocker und nahm den Deckel ab. »Schauen Sie rein.«

»Vielleicht gehe ich schnell auf die Toilette. Wo ist sie?«

Ich hatte vor, zu pinkeln und zur Tür hinauszugehen, ohne zurückzublicken, ohne Verantwortung zu übernehmen, ohne zu entscheiden, was mit dem Inhalt der Briefe geschehen sollte, ohne weiter eine Schachfigur in Adelaides Kunstinstallation zu sein, doch als ich von der Toilette kam und zur Flucht ansetzte, schaute mir das Original der Kohlezeichnung von Marian Graves entgegen, das ich von der Inspirationswand der Kostümbildnerin kannte. Seltsam, dass sie echt war, ein wirklicher Gegenstand in dieser Welt, etwas, das man einrahmen und aufhängen konnte. Die Hand ihres Bruders hatte diese Linien gezeichnet, ihr Gesicht von einem leeren Blatt heraufbeschworen.

Plötzlich verspürte ich etwas, das ich nur als Ahnung bezeichnen kann. Es gab mehr zu erfahren, und ich wollte es erfahren. Es gab etwas in Adelaides Dokumentenbox und darüber hinaus, draußen in der Leere. Ich spürte es, so wie ich die Gegenwart der gigantischen Schneelandschaft gespürt hatte, als ich Redwood küsste.

Ich ging zurück ins Wohnzimmer.

Es gibt da einen Typen, der alle paar Jahre auftaucht und behauptet, er habe auf Satellitenbildern der Antarktis etwas entdeckt, das die *Peregrine* sein könnte, oder auf entlegenen subantarktischen Inseln Hinweise gefunden – Wrackteile oder eine alte Lippenstifthülse, die angeblich Marian gehört hat, oder ein Stück Knochen, das menschlich sein und von Eddie stammen könnte –, und er verspricht, dorthin zu fahren und das Rätsel ein für alle Mal zu lösen, wenn Leute ihm nur genügend Geld schicken. Er verspricht es mit hundertprozentiger Garantie.

Vielleicht war ich dabei, mich in diesen Typen zu verwandeln. Vielleicht war ich wie die Möchtegern-Detektive, die verschwommene alte Fotos online stellen und behaupten, sie zeigten Marian und Eddie im Australien der 1950er Jahre oder die *Peregrine*, die im Kongo zu einer Fracht-DC-3 umgerüstet wurde. Vielleicht war ich wie die Flat Earthers, die glauben, die Antarktis sei eine Eiswand, die die Erde umgibt, und dass die *Peregrine* von der Air Force abgeschossen wurde, damit Marian es nicht herausfand. Auch sie hatten Ahnungen. Sie alle wollten unbedingt das Gefühl haben, die Wahrheit zu sagen, wollten an ihre Durchbrüche und Enthüllungen glauben. Vielleicht war ich eine Spinnerin oder ein Scharlatan; vielleicht versuchte auch ich nur, mich in ein unergründliches, längst abgeschlossenes Drama zu drängen.

Oder aber die Vergangenheit hatte mir etwas zu sagen.

Ich setzte mich auf Adelaides Couch und griff müde, beinahe unwillig nach der Box mit den Briefen.

Der Flug

Wo soll ich anfangen? Am Anfang natürlich. Aber wo ist der Anfang? Ich weiß nicht, wo in der Vergangenheit ich eine Markierung einfügen soll, die besagt: hier. Hier hat der Flug begonnen. Denn der Anfang liegt in der Erinnerung, nicht auf einer Landkarte.
– MARIAN GRAVES*

New York City
40°45'N, 73°58'W
15. April 1948
0 Seemeilen geflogen

Matilda Feiffer, fast siebzig, seit zehn Jahren verwitwet, geht flott die 42. Straße entlang. Sie ist ganz in Schwarz gekleidet, nicht weil sie Witwe ist, sondern weil sie das Strenge daran mag. Schmaler schwarzer Rock, taillierte schwarze Jacke mit einer Emaille-Brosche in Form eines Leoparden am Revers, schwarze Pumps, schwarze Baskenmütze auf stahlgrauem Bob, eine riesige runde Brille mit dickem schwarzem Gestell. Mit einer knochigen Hand, an der Ringe und Armbänder blitzen, drückt sie ein winziges, flauschig weißes Hündchen an die Brust.

---

* Aus: *Das Meer, der Himmel, die Vögel dazwischen: Das Logbuch von Marian Graves*, erschienen bei D. Wenceslas & Sons, New York 1959.

Als Lloyd starb, überraschte es niemanden mehr als Matilda, dass er ihr nicht nur sein gesamtes Vermögen, sondern auch so große Kontrolle über die Firma hinterlassen hatte. *Um damit zu tun und lassen, was sie für richtig hält.*

Nur Clifford, ihr unfähiger zweiter Sohn, hatte getobt und gewütet, womöglich weil er wusste, dass er es von den vier lebenden Feiffer-Jungs am wenigsten verdient hätte. Lloyd war sentimentaler gewesen als sie und hatte Clifford zumindest offiziell die Verantwortung für die Schifffahrtsbeteiligungen übertragen, die er, obwohl er keine echte Macht besaß, in den Sand gesetzt hatte. Also hatte sie ihn sobald wie möglich gefeuert. Natürlich hatte sie ihn nicht mittellos zurückgelassen, sondern ihm einen Haufen Geld gegeben, versehen mit der Warnung, dass er nicht mehr zu erwarten habe, und der Empfehlung, sich irgendwo im Ausland halbwegs bescheidenen Ausschweifungen hinzugeben. (Sie vermutete, dass Lloyd ihr auch deshalb die Verantwortung übertragen hatte, weil sie tun würde, was er nicht übers Herz brachte.) Clifford war nach St. Thomas gezogen, hatte ein karibisches Mädchen geheiratet und drei Kinder mit ihr bekommen, doch Matilda verweigerte ihm die Genugtuung, darüber schockiert zu sein.

Henry, der älteste und klügste ihrer Söhne, war schon vor Lloyds Tod Vizepräsident von Liberty Oil geworden. Es war ihr weitaus größtes Unternehmen, und sie hatte ihn in Ruhe gelassen. Er war jetzt sechsundvierzig, mit einer Frau verheiratet, die Matilda nicht verachtete, und hatte vier Söhne.

Gott segne Henry.

Robert, der dritte, arbeitete ebenfalls bei Liberty Oil. Er war weder brillant noch eine Bürde, höflich in Gesellschaft, ohne zu glänzen, und hatte nie geheiratet, obwohl er dreiundvierzig war. Sie vermutete, Robert könnte vom anderen Ufer sein.

Danach wäre Leander gekommen, doch er bekam Diphtherie, daher konnte man nicht wissen, wie er sich entwickelt hätte.

Und dann war da noch George, der liebe Georgie, das Baby, das aus der dunklen Erde ihrer Trauer um Leander hervorgesprossen war. Er war erst vierundzwanzig gewesen, als Lloyd starb, war als einziger ihrer Söhne in den Krieg gezogen und schloss gerade sein Geologiestudium an der Columbia University ab, war mit einem netten Mädchen verheiratet und hatte zwei Kinder. Ihre Dankbarkeit, dass er den Pazifik überlebt hatte, war grenzenlos wie der Kosmos. Sie hätte es nicht ertragen, noch einen Sohn zu verlieren, und wusste nur zu gut, dass der Krieg Lloyd getötet hatte. Deutschland war im September 1939 in Polen einmarschiert, und er war wenige Tage später mit vierundsiebzig Jahren im Schlaf gestorben. Matilda vermutete, dass sein Herz dem gewaltigen Zorn auf das Land seines Vaters einfach nicht standgehalten hatte.

So viele Frauen waren bei seiner Beerdigung schwarz verschleiert. Matilda hatte versucht, die Geliebten ihres Mannes zu erkennen, dann aber reumütig und genervt aufgegeben.

Es hatte einige Monate gedauert, bis sie sich einen Überblick über Lloyds komplexe finanzielle Beteiligungen verschafft hatte, und sie musste dabei immer wieder Angriffe von Rivalen abwehren. Als sie das Gefühl hatte, alles im Griff zu haben, hatte sie einige Vermögenswerte verkauft und andere neu geordnet und dann D. Wenceslas & Sons, einen ums Überleben kämpfenden Verlag, gekauft.

»Warum Bücher?«, hatte Henry gefragt. »Warum nichts

Philanthropisches? Ich kenne viele Stiftungen, die dich mit Kusshand nehmen würden.«

»Ich mag Bücher«, hatte sie gesagt. »Ich mache mir nichts aus Gremien.« Außerdem hatte sie fünf Söhne geboren und vierzig Jahre mit einem Schürzenjäger verbracht und war nun frei zu tun, was immer sie wollte. Vielleicht hatte Lloyd ihr *darum* die Verantwortung vererbt. Vielleicht war es eine seiner indirekten Entschuldigungen.

Nach Pearl Harbor hatte sie die Idee gehabt, Tausende billiger Taschenbücher von der Wenceslas-Backlist zu drucken und für die Truppen zu spenden. Es war eine Geste des guten Willens, doch wie insgeheim erhofft, wollten die Jungs auch nach ihrer Rückkehr Bücher lesen. Die Verkaufszahlen waren hoch. Auch dank ihr galten Taschenbücher nicht mehr als Schund, sondern als praktisch und erschwinglich.

Sie wohnt in der Nähe des Bryant Park und kommt gerade von dort, biegt dann abrupt von der 42. Straße und tritt durch die Glastür des Gebäudes, in dem sich die Geschäftsräume von Wenceslas befinden. Vom Aufzug marschiert sie geradewegs in ihr Büro, ohne auf die Begrüßungen der Sekretärinnen und Schreibkräfte zu achten, die sich wie Piepsen aus einem Vogelnest erheben. Sie hat sich ein Büro im fünften Stock bei den Lektoren ausgesucht, nicht im vierten Stock bei den Vertriebs- und Zahlentypen, und kann einige von ihnen durch halb geöffnete Türen sehen, wie sie lesen und manchmal gleichzeitig lesen und telefonieren.

»Sie hat doch nicht abgesagt, oder?«, fragt Matilda ihre Sekretärin Shirley, die ihr ins Büro gefolgt ist. Sie wirft die Baskenmütze auf ein Bücherregal und setzt Pigeon, den Hund, achtlos auf den Boden. Auf allen verfügbaren Flächen überragen Büchertürme das allgemeine Chaos aus

Papier: verschnürte Manuskripte, Umschlagentwürfe, Zeitungsausschnitte, Briefe.

Shirley stellt Pigeon eine silberne Wasserschale hin und legt die Baskenmütze behutsam auf den Hutständer. »Nein, noch nicht.«

Nach Lloyds Tod hatte Matilda sich Gedanken über Addison Graves gemacht. Sie erinnerte sich vage, dass Lloyd ihr erzählt hatte, Addison sei aus Sing Sing entlassen worden, aber danach … nichts.

Es schien niemanden zu geben, den sie fragen konnte. Selbst die dienstältesten Angestellten von L&O hatten keine Ahnung, und der Anwalt, Chester Fine, war tot. Als Addison im Gefängnis war, hatte Lloyd ihn irgendwann nicht mehr erwähnt. Matilda hatte das Ende ihrer Freundschaft als natürliche, bedauerliche Folge des Verlusts der *Josephina* und der Ungewissheit bei der Verteilung der Schuld betrachtet. Vielleicht wäre es mutiger gewesen, wenn Lloyd Addison entschiedener verteidigt hätte, doch er musste an sein Unternehmen denken, an Tausende von Angestellten. Und was war mit den Passagieren und der Besatzung, die ertrunken waren? Gewiss brauchten ihre Familien einen – nicht einen Sündenbock. Aber sie verdienten Gerechtigkeit. Dass Addisons seltsame junge Frau umgekommen war, war tragisch, doch immerhin hatte man die Kinder gerettet.

»Er hat es dir nie erzählt?«, fragte Henry bestürzt. Sie waren allein in den Geschäftsräumen von Liberty Oil, saßen einander an einem Tisch gegenüber, auf dem sich Akten und Kontenbücher türmten.

»Was erzählt?«

Und so hatte Henry berichtet, was ihm sein Vater gestanden hatte: dass er Kisten mit Kugeln, Granaten und Nitrocellulose geschmuggelt hatte, dass er praktisch ohne jeden

Zweifel für den Untergang des Schiffes verantwortlich gewesen war und zugelassen hatte, dass Addison die Schuld auf sich nahm. »Er hat kleine Versuche unternommen, es wiedergutzumachen«, sagte Henry, »wollte aber nie öffentlich reinen Tisch machen, vermutlich das Einzige, was Addison Graves etwas bedeutet hätte. Die Ladung an Bord zu nehmen war mehr als töricht. Für die Kriegsanstrengungen hätte es kaum etwas gebracht, es war eine rein symbolische Geste. Und für die musste er sich schämen, bis er starb.«

Matilda starrte ihren Sohn an und sagte schließlich: »Was ist aus seinen Kindern geworden? Sie wurden zu ihrem Onkel geschickt, nicht wahr? Nach Wyoming?«

»Minnesota, glaube ich.«

»Haben wir irgendwo die Adresse?«

»Ich denke schon. Irgendwo.« Ein wachsamer Blick. »Warum?«

»Ich würde gern etwas für sie tun. Ich weiß nur nicht, was.«

»Vielleicht finden wir sie gar nicht. Sie sind erwachsen.«

»Ich würde es gern versuchen.«

»Ich bin mir nicht sicher, ob wir das wieder ausgraben sollten.«

»Henry«, sagte sie mit der vollen Wucht ihrer Missbilligung.

Bis eine alte Adresse von Wallace Graves in Missoula, Montana, auftauchte, war aus 1939 bereits 1940 geworden. Deutschland besetzte Dänemark, Norwegen, Holland, Belgien und Frankreich. Matilda schrieb einen Brief und schickte ihn ab. Es kam keine Antwort, aber der Brief kam auch nicht zurück. Sie schrieb noch einmal. Während des Krieges schrieb sie alle paar Monate und immer ungefähr das Gleiche: Sie versuche, die Kinder von Addison und Annabel Graves ausfindig zu machen, weil sie wissen wolle, was aus ihnen geworden sei, und um zu versuchen, eine Schuld zu begleichen. 1945 hörte sie auf zu schreiben.

1947 bekam sie eine Antwort.

Und jetzt klopft Shirley an die Tür und führt eine große, dünne, blonde, argwöhnisch wirkende Frau in Wollhosen und langem Baumwollmantel ohne Gürtel herein, während Pigeon kläffend umherflitzt. »Scht!«, sagt Matilda, hebt ihn hoch und gibt Marian die Hand.

Marian hat einen festen Griff. Sie sieht älter aus, als sie wirklich ist, dreiunddreißig oder vierunddreißig, etwas älter als Georgie. Sie hat Blinzel- und Sorgenfalten im Gesicht und verströmt eine Aura der Erfahrung. Das knochige Gesicht des Vaters hat in ihr überlebt, aber auch die ungewöhnlich hellen Haare und Augen ihrer Mutter, wie von der Sonne ausgebleicht.

»Tee? Kaffee?«, fragt Shirley. »Darf ich Ihnen den Mantel abnehmen?«

»Nein, danke«, sagt Marian.

»Sie sehen wirklich danach aus«, sagt Matilda.

»Wonach?«

»Mach bitte die Tür zu, Shirley.« Als sie allein sind und einander gegenübersitzen, sagt sie: »So, da wären wir.«

Marian sieht sich schweigend im Büro um. Matilda hat keine Angst vor Stille und wartet, bis Marian sagt: »Ich war noch nie in einem Passagierflugzeug.«

»Und?«

»Es war okay. Komisch, selbst die Fracht zu sein. Danke für das Ticket.« Sie rutscht auf dem Stuhl hin und her und schlägt die Beine übereinander, die so lang sind, dass Matilda sich fragt, wo sie passende Hosen findet. »Das war nicht nötig.«

Matilda winkt ab, worauf der ebenso wachsame wie dümmliche Pigeon ihre klappernden Armbänder anbellt. Um ihn zu besänftigen, holt sie eine offene Dose mit geräucherten Muscheln aus der Schublade und füttert ihn mit einer Gabel.

Marians Briefe sind nicht sehr ausführlich, aber Matilda weiß von Jamies und Wallaces Tod und Addisons kurzem, lang zurückliegendem Besuch und seinem anschließenden Verschwinden. Sie verspürt nicht mehr das Bedürfnis, über die Vergangenheit zu sprechen, hat aber beschlossen, Marian bei passender Gelegenheit die Wahrheit über den Sprengstoff im Bauch der *Josephina* zu sagen. In ihren ersten Briefen hatte sie nur Fragen gestellt und Marian später mitgeteilt, sie sei zu der Überzeugung gelangt, dass die Feiffers beträchtlich in der Schuld der Familie Graves stünden (sie ließ offen, um welche Art von Schuld es ging, und Marian im Glauben, sie fühle sich einfach schlecht wegen Addisons Schicksal), und dass sie diese Schuld begleichen wolle. Da die ursprüngliche Schuld nicht monetärer Natur gewesen sei, könne sie diese nicht tilgen, aber Geld sei nun mal, was sie habe und anbieten könne.

Nein, hatte Marian zurückgeschrieben, sie wolle kein Geld. *Ich habe auf die harte Tour gelernt, dass Protektion gefährlich sein kann.*

Was wollen Sie dann?, hatte Matilda gefragt. *Sie würden mir einen Gefallen tun, wenn Sie mein Angebot annähmen. Wenn Sie mir erlaubten, die Last meiner Schuld zu verringern, wären Sie die Wohltäterin, nicht ich.*

Ein Monat war vergangen, bis sie Marians Antwort erhielt. *Ich habe über Ihre Frage nachgedacht und möchte in Nord-Süd-Richtung um die Welt fliegen, über die Pole.* Es sei noch nie gemacht worden. Es sei sehr schwierig und gefährlich, vielleicht sogar unmöglich. Sie brauche natürlich

Geld, um ein geeignetes Flugzeug zu kaufen und umzubauen und einen Navigator zu bezahlen, der sie begleitete, dazu kämen weitere Ausgaben. Sie brauche Treibstoff, und zwar eine ganze Menge, den Liberty Oil wohl bereitstellen könne, und sie brauche diesen Treibstoff an entlegenen Orten, die Liberty Oil wohl erreichen könne. Außerdem würde sie Hilfe bei der Beschaffung erforderlicher Genehmigungen und weitere Unterstützung benötigen.

Kommen Sie nach New York, hatte Matilda geantwortet. *Ich würde Sie gerne treffen. Dann können wir weiterreden.*

Und hier ist Marian nun. Irgendwie ist diese zurückhaltende Frau dasselbe Wesen wie eins der Bündel, die Addison auf den Zeitungsfotos die Gangway des Rettungsschiffs hinuntertrug.

Matilda hält nichts von Smalltalk. »Ich habe beschlossen, Ihnen bei dem Flug zu helfen, habe aber eine Frage.«

Marian wird misstrauisch. »Na gut.«

»Schauen Sie nicht so entrüstet. Eine Frage zu beantworten scheint mir ein geringes Zugeständnis zu sein.«

»Ich dachte, Sie schulden *mir* etwas.« Nicht feindselig, aber auch nicht spielerisch. Marians Körper ist entspannt, aber dass sie noch ihren Mantel trägt, lässt vermuten, sie könnte jeden Moment aufstehen und gehen.

Matilda setzt Pigeon auf den Boden, schiebt die Muscheldose beiseite. »Es kann ermüdend sein, ständig zu bedenken, wer wem etwas schuldet. Ich hatte gehofft, wir könnten zusammenarbeiten.« Marian legt den Kopf ein wenig schief, was Matilda als Nicken deutet. Sie sagt: »Ich möchte wissen, warum.«

»Warum was?«

»Warum dieser Flug, was sonst.« Matilda zählt beim Sprechen an den Fingern ab. »Wie Sie selbst sagen, ist er sehr gefährlich. Vermutlich auch sinnlos. Man war an den Polen. Sie sind kartografiert. Es gibt nichts mehr zu entdecken. Die Idee ist geradezu absurd. Selbst wenn Sie wie durch ein Wunder überleben, ist es eine Art Himmelfahrtskommando zu dem Ort, von dem Sie losgeflogen sind.« Sie lehnt sich zurück. »Also: warum?«

Marian wirkt verärgert. »Die Frage interessiert mich nicht.«

»Weil Sie die Antwort nicht kennen?«

»Nicht genau.«

»Kennen Sie die Antwort nicht genau, oder meinen Sie es anders?«

»Beides. Das Zweite.«

»Die Leute werden wissen wollen, warum.«

»Welche Leute?«

»Wenn Sie das machen, können Sie ein Buch darüber schreiben.«

Marian lacht. »Ich kann kein Buch schreiben.«

»Mit ein bisschen Hilfe kann jeder ein Buch schreiben.«

»Ich wüsste nicht, was ich sagen soll.«

Matilda holt einen Stapel gebundener Bücher aus dem Regal und legt sie vor Marian auf den Schreibtisch. Antoine de Saint-Exupéry. Beryl Markham. Amelia Earhart. Charles Lindbergh, den sie nur widerwillig dazunimmt, da sie ihm seine Bewunderung für die Nazis nicht verziehen hat. »Haben Sie die gelesen?«

Marian dreht den Kopf zur Seite und liest die Titel. »Ja.«

»Dann wissen Sie, was Sie zu sagen haben. Schreiben Sie auf, was Sie sehen, was Sie denken, was passiert. So furchtbar kompliziert ist es nicht. Die Erfahrung ist das Entscheidende. Sie. Nicht irgendeine imaginäre Linie um den Globus. Wenn das Buch ankommt, tun sich womöglich weitere Chancen auf. Vortragsreisen. Vielleicht dreht man sogar einen Film über Sie.«

Marian schwankt zwischen Belustigung und Schrecken. »Vielleicht möchte ich mich lieber für mich behalten.«

Matilda macht Pfft. »Tun Sie nicht so bescheiden und naiv. Wenn Sie das wären, würden Sie das Kunststück gar nicht planen.«

Marian lehnt sich zurück. »Ich habe auch eine Frage an Sie.«

»Nur zu.«

»Sie lautet genauso: warum?«

»Das habe ich Ihnen doch gesagt – ich versuche, etwas zu sühnen.«

»Was denn? Was für eine Schuld ist es, von der Sie gesprochen haben?«

Nun ist der Moment unübersehbar gekommen.

Matilda erklärt, wie Lloyds Abneigung gegen seinen Vater seinen Hass auf Deutschland geschürt hatte. Mit fester Stimme schildert sie, was Henry ihr über die Kisten auf der *Josephina* erzählt hat. »Ihr Vater wusste nichts davon«, sagt sie. »Jedenfalls nicht ausdrücklich. Ich wusste es auch nicht, hätte es mir aber denken können. Ich wollte es nicht wissen, so viel ist klar.«

Marians Gesicht ist vor Konzentration angespannt. Matilda kann sich jetzt vorstellen, wie sie aussieht, wenn sie durch einen Sturm fliegt.

»Ich weiß nicht, was ich davon halten soll. Ich bin wohl vor allem erleichtert, weil ich weiß, was passiert ist.«

»Sind Sie nicht wütend? Ich war sehr wütend.«

»Das wäre ich gewesen, zu einer anderen Zeit. Aber es ist so lange her.«

»Ihr Leben wäre ganz anders verlaufen.«

»Ja. Aber ich kann nicht wissen, wie.«

Nach einer langen Pause beschließt Matilda, wieder zur Sache zu kommen. »Was wäre der nächste Schritt? Für Ihren Flug?«

»Das richtige Flugzeug zu finden.« Marian beugt sich eifrig vor. »Ich denke, eine ausrangierte Dakota wäre die beste Wahl. Sie haben Tausende davon gebaut. Sie sind nahezu unverwüstlich. Sie können überall landen und recht einfach mit Kufen ausgestattet werden. Im Krieg wäre die Besatzung größer, aber ich sollte es mit einem Navigator schaffen. Mit Zusatztanks käme ich so gerade auf die nötige Reichweite, vorausgesetzt, ich könnte in der Antarktis zweimal tanken, was ein Problem darstellt, aber kein unüberwindliches. Auf der Rossmeer-Seite gibt es ein Treibstofflager, aber auf der anderen Seite ... das habe ich noch nicht herausgefunden. Es könnte sinnvoll sein, in Australien oder Neuseeland eine Maschine zu suchen und von dort aus loszufliegen. Ich denke da in verschiedene Richtungen. Es geht darum, sich zwischen einer Saison und der nächsten hineinzuschleichen. Die Arktis ist ein geringeres Problem als die Antarktis.« Sie ist lebhaft geworden, deutet auf eine imaginäre Karte, fasst sich aber, wird wieder wachsam. »Es gibt noch viel zu planen.«

Wieder Stille, etwas spannt sich behutsam zwischen ihnen an, testet seine Stärke. Matilda nickt. »Also schön.«

Marian sieht sie fragend an.

»Besorgen wir ein Flugzeug«, sagt Matilda.

Sie reden noch eine Stunde lang, schmieden die Anfänge eines Plans, stochern am Rand einer gewaltigen Aufgabenliste herum. Als Marian aufsteht, erhebt sich auch Matilda und überreicht ihr ein in Leinen gebundenes Buch.

Marian blättert in den leeren Seiten. Gelbes Papier mit hellblauen Karos. »Was ist das?«

»Darin können Sie schreiben.«

»Was schreiben?«

»Über den Flug.«

Marian klappt es zu und hält es ihr hin. »Ich habe schon ein Logbuch.«

»Nennen Sie es, wie Sie wollen. Ein Journal, ein Tagebuch. Meinetwegen auch *Die Verzauberten Chroniken der Allmächtigen Marian*. Machen Sie sich keine Gedanken. Schreiben Sie einfach auf, was passiert, und entscheiden Sie später, was Sie damit machen wollen.« Sie staunt selbst über den Ernst, mit dem sie Marian an den Schultern packt und sie sanft schüttelt. »Sie müssen alles tun, um sich zu erinnern. Nicht nur an das, was Sie sehen, sondern auch daran, was es bedeutet. Und zwar für *Sie*.«

Warum überhaupt fliegen? Ich habe keine Antwort außer der Gewissheit, dass ich es muss.
– MARIAN GRAVES

Long Beach, Kalifornien
33°47'N, 118°07'W
30. Juni 1949
0 Seemeilen geflogen

Der flüchtige goldene Moment zwischen Nachmittag und Abend. Die Sonne steht friedlich am westlichen Himmel und wärmt den breiten, hellen Strand, die hölzerne Achterbahn und die palmengesäumte Promenade, die ordentlichen Reihen kleiner Häuser, die sich landeinwärts zwischen grünen Baumkronen erstrecken, Marian Graves, die auf dem Rücken im wuchernden Gras hinter dem gemieteten Bungalow liegt. Ein Buch, aufgeschlagen und umgedreht auf ihrem Bauch, das leere Tagebuch, das Matilda Feiffer ihr vor einem Jahr geschenkt hat. Ein Windhauch zerzaust ihr kurzes Haar, weich und fein und so hell, dass es fast grünlich wirkt, wie der Flaum im Inneren einer Artischocke.

Sie schaut auf die Uhr. 18.17 Uhr. Eddie hatte gesagt, er werde mit dem Auto aus Florida kommen. Er sei in der Stimmung für eine Reise. Das will ich hoffen, hatte Marian über die knisternde Fernleitung geantwortet. Der Flug wird etwa dreiundzwanzigtausend Seemeilen umfassen.

In einem Brief hatte er ihr vor drei Wochen mitgeteilt, er werde heute, am 30. Juni, um 18.30 Uhr ankommen, und da er Navigator ist, hatte sie ihn beim Wort genommen.

Sie dreht sich auf die Seite, streicht das Buch glatt, nimmt den Stift. Sie schreibt nur selten und dann sehr zögerlich, lässt verirrte Gedanken wie Krümel zwischen den Seiten liegen. Sie staunt, dass sie überhaupt schreibt. Sie kann sich nicht vorstellen, dass aus ihren kleinen Kritzeleien (und es sind Kritzeleien – sie hat eine fürchterliche Handschrift) je ein richtiges Buch werden soll, aber irgendein wechselhafter, unbegreiflicher Impuls drängt sie immer wieder dazu, den Stift in die Hand zu nehmen.

Ich habe viel zu oft darüber nachgedacht, ob es möglich wäre, allein zu fliegen. Die Idee ist absurd, aber ich zupfe an der Frage herum, bis die Vernunft ein Machtwort spricht und sagt Nein, das kannst du nicht.

Ich will Eddie nicht kränken; kein Mensch auf der Welt wäre mir ganz und gar willkommen. Der Gedanke, allein zu fliegen, sollte mich erschrecken, denn allein zu fliegen, würde den Tod bedeuten, doch wenn ich es mir vorstelle, verspüre ich keine Angst, sondern wehmütige Sehnsucht. Heißt das, ich möchte sterben? Ich glaube nicht, dass ich das möchte. Aber die reine und absolute Einsamkeit, in der wir die Welt verlassen, zieht mich an. Ein Alleinflug wäre wohl der einzig denkbare Versuch, der diese Reinheit besitzt. Aber warum? Da ist wieder Matildas Frage. Die Antwort liegt da wie ein Kieselstein, knapp außerhalb meiner Reichweite, träge und unscheinbar und unbedeutend, nur seine Unerreichbarkeit macht ihn interessant.

Oder das Problem besteht darin, dass ich keinen anderen Navigator als Eddie will, Eddie aber auch nie mehr gegenübertreten möchte.

Ein Hupen ertönt, dreimal schnell und hell.

Was hatte sie als Letztes im Polygon-Hotel zu Ruth gesagt? Sie kann sich nicht genau erinnern – die Beruhigungstabletten, die ihr der Sanitäter aus Calebs Lager gegeben hatte, waren stark gewesen –, hat aber die schreckliche Befürchtung, dass sie *Geh weg* gesagt hat. Die Trauer hatte sie grausam gemacht. Sie musste Ruth verletzen, ihr zeigen, dass sie lieber Caleb um sich hatte und sie vertreiben wollte. Jamies Tod war ihr wie eine direkte Strafe erschienen, weil sie so töricht und selbstsüchtig gewesen war, ihre Ecke des Krieges zu genießen, die Freiheit, die sie darin fand, und Ruth war untrennbar damit verbunden.

Marian hatte Ruths Brief beantwortet, aber zu spät. Der Umschlag kam zurück. Im September 1944 hatte Ruths Flugzeug in North Carolina beim Abheben Feuer gefangen und war abgestürzt. *Sie ist tot*, hatte Zip in Hamble zu Marian gesagt. *Es tut mir leid. Ich weiß, dass ihr euch nahestandet.*

Marian hatte Zip angestarrt und darauf gewartet, dass es sie überwältigte, aber nur Druck und Schwere gespürt und dann nichts mehr. Jamies Tod hatte sie so zerrissen und zerfetzt, dass sie wie durchlässig geworden war; ihre Gefühle liefen aus und ließen sie leer zurück. So verging ihre Trauer um Ruth – sie war zu zerstört, um sie in sich zu halten. Die Schuldgefühle aber blieben. Zum ersten Mal, seit sie zu fliegen begonnen hatte, bot die Luft ihr keinen Trost. Sie holte ihre Auftragszettel, sammelte ihre Flugzeuge ein, brachte sie an den gewünschten Ort. Ihre eigene Existenz bedrückte sie.

Nachdem Caleb mit den Invasionstruppen aufgebrochen war, hatte sie begonnen, Geld zu sparen, ohne zu wissen, warum. Sie nahm den Bus, statt mit dem Motorrad zu fahren. Sie zog aus dem Polygon Hotel in eine billigere Unterkunft. Als die Deutschen auf dem Rückzug waren, machte sie Überführungen auf den Kontinent und betrieb eine kleine Schmuggeloperation. Wenn sie nach Belgien flog, verzichtete sie auf den Fallschirm und füllte die Tasche stattdessen mit Dosen voller Kakao, der in England nicht rationiert, bei den befreiten belgischen Bäckern jedoch knapp war. Sie verkaufte den Kakao, kaufte Dinge, die in England rationiert oder nicht erhältlich waren – Zucker, Kleidung, Lederwaren –, und verkaufte diese in Großbritannien auf dem Schwarzmarkt.

Nach Ruths Tod erkannte sie, wofür sie sparte: Sie wollte ihr altes Leben nicht mehr, konnte sich aber noch kein neues vorstellen.

Sowie sie die Tür öffnet, hebt Eddie sie hoch und schwingt sie wie das Pendel einer gigantischen Glocke hin und her. Als er sie wieder auf die Füße stellt, blinzelt sie im grellen Sonnenlicht, will sehen, ob er sich verändert hat. Es ist sechs Jahre her.

Er berührt ihren kurz geschorenen Kopf mit seiner großen, sanften Hand. »Nun sieh dir das an.«

»Du bist zwei Minuten zu früh.«

»Meine Uhr geht vor.«

»Ist das deins?« Ein königsblaues Cadillac Coupé-Cabrio glänzt am Bordstein, das Verdeck ist offen. Seine polierten, langgestreckten Kurven sehen aus wie vom Wind geformt.

»Ein Willkommensgeschenk für mich selbst. Ein alter Freund hat mir ein gutes Angebot gemacht. Bevor wir losfliegen, verkaufe ich den Wagen wieder.«

Sie bemerkt eine Spur von Traurigkeit in seinem Gesicht. »Tu das nicht! Stell ihn irgendwo unter.«

»Nein, ich will nicht, dass er einsam ist. Moment, ich hole meine Taschen.«

Drinnen plaudern sie allzu fröhlich über Dinge, die vor kurzem passiert sind, die gerade erst durchquerte Vergangenheit, noch aufgewühlt wie das Kielwasser eines Schiffes. Sein eckiges Pferdegesicht und die langen, kräftigen Unterarme sind gebräunt. Er hat sich auf der Fahrt Zeit gelassen, ist Launen und Umwegen gefolgt. Er wirkt umgänglich und charmant wie früher, aber etwas ist anders, unklar und doch unübersehbar. Er erinnert sie an eine Statue, die zerbrochen und geklebt wurde und noch die gleiche Form hat, deren Oberfläche aber von Rissen durchzogen ist.

Sie erzählt, dass sie Frachtflüge macht, um in Übung zu bleiben. Sie steht immer ganz unten in der Hierarchie, man hat ihr gesagt, sie könne keine Passagiere fliegen, weil der Gedanke an eine Pilotin die Leute nervös mache. All das ist nichts wert: die Tausenden Flugstunden, die Spitfires, Hurricanes und Wellington-Bomber, die sie geflogen hat, die Landungen auf hohen Gletschern, zugefrorenen Seen und schmalen Sandbänken. Die Fracht beschwert sich nicht darüber, dass sie eine Frau ist. Den Triebwerken und der Hydraulik, an denen sie arbeitet, macht es nichts aus. (Sie ist jetzt auch eine ausgebildete Mechanikerin.) Hat er gehört, dass Helen Richey sich im Januar umgebracht hat – mit Tabletten. Angeblich, weil sie keine Arbeit als Pilotin fand.

Er hat es nicht gehört. Er weiß noch, dass Ruth Helen mochte.

(Die erste Erwähnung von Ruth, ganz beiläufig.)

Sie führt ihn ins Schlafzimmer, sagt ihm, es sei für ihn. Sie duldet keinen Widerspruch, besteht darauf. »Du passt nicht mal zur Hälfte auf die Couch.«

»Ich will dich nicht vertreiben.«

Sie geht schon den Flur entlang. »Komm und sieh dir die Kommandozentrale an.«

Eigentlich war es ein zweites Schlafzimmer, und sie hatte den Vermieter beim Einzug gebeten, das Bett mit ihr in die Garage zu tragen.

»Was ist, wenn Ihre Mutter Sie besuchen kommt?«, hatte er im Rückwärtsgehen von seinem Ende der Matratze aus gefragt. »Oder eine Freundin?« Er machte einen netten Eindruck. Buschige Augenbrauen und Hängebacken, Hawaiihemd mit Hula-Mädchen-Muster.

»Ich habe keine Mutter«, hatte sie gesagt, und er hatte es dabei belassen.

Die Wände sind mit Landkarten tapeziert, der kleine Esstisch, den der Vermieter ihr geliehen hat, ist unter Bergen von Papier begraben. Aufgerollte Karten lehnen dicht wie Bambus in Kisten und Papierkörben. Es herrscht ein allgemeines Chaos: Checklisten, Rechnungen, Luftaufnahmen, Notizen über Wind und Wetter, Bestandslisten, Kataloge, Avis, Überlebenshandbücher, Korrespondenz mit Kontakten bei der Marine, Korrespondenz mit norwegischen Forschern und Walfängern, Korrespondenz mit den Leitern der norwegisch-britisch-schwedischen Antarktisexpedition (die Treibstoff für sie transportieren werden), Listen von Radiosendern und Signalstationen, Korrespondenz und Verträge mit Liberty Oil, Bestellformulare für Flugzeugersatzteile, Adressen und Telefonnummern von Kontakten an allen Orten, an denen sie Kontakte brauchen können, Visa-Unterlagen, Schnipsel und Kritzeleien und so weiter und so fort.

»Du lieber Gott«, sagt Eddie.

»Es gibt eine zugrunde liegende Ordnung.«

»Chaos zählt eigentlich nicht als eine eigene Form der Ordnung.«

In einer Ecke steht eine Seekiste. Sie räumt Papiere vom Deckel und klappt ihn auf. Darin braunes Fell, wie der gewölbte Rücken eines Tieres.

»Nehmen wir einen toten Bären mit?«

Sie holt einen Kapuzenparka, passende Hosen und Fellstiefel heraus. »Rentier. Es gibt nichts Besseres gegen Kälte. Wir besorgen dir in Alaska die gleiche Ausstattung.«

»Nanuk und Nanuk fliegen in die Lüfte. Übrigens, ich habe mich mit den Hohen Breiten beschäftigt. Ein Bekannter aus dem Krieg ist bei einer Aufklärungsstaffel in Fairbanks. Er hat mir ein Handbuch und einige Karten geschickt, ich musste nur versprechen, sie nicht an die Russen zu verkaufen.« Eddie tritt vor die größte Karte an der Wand, eine Mercatorprojektion der Erde mit dem Pazifik in der Mitte, Amerika auf der rechten und den restlichen Kontinenten auf der linken Seite. Marian hat darauf mit Bleistift ihre Route eingezeichnet.

»Ich wollte mit dir sprechen, bevor ich sie mit Tinte eintrage«, sagt sie und stellt sich neben ihn.

Er macht ein unverbindliches Geräusch, beugt sich nah heran, um die Bleistiftlinie und die Landstriche, die sie verbindet, zu betrachten. Er berührt den leeren Ozean unterhalb von Kapstadt. »Die machen sich nicht mal die Mühe, die Antarktis einzuzeichnen.«

»Ich wüsste nicht, wie das auf einer flachen Karte gehen soll.«

»Manchmal gibt es einen kleinen weißen Streifen, oder? Um die Leute daran zu erinnern, dass sie existiert.«

Sie zieht aus dem Durcheinander auf dem Tisch eine fast unbeschriftete Karte der Antarktis, auf der nur wenige verstreute Erhebungen und Berge eingezeichnet sind. »Da wäre das hier.« Sie dreht sich um sich selbst. »Irgendwo habe ich noch bessere Karten.«

»Ich dachte, es gäbe eine zugrunde liegende Ordnung.«

»Manchmal liegt sie tiefer, als mir lieb ist.«

Eddie betrachtet die weiße Fläche. Schließlich sagt er: »Was gibt es hier zu trinken?«

Sie nehmen Gin und Tonic mit nach draußen, fegen Laub von den gepolsterten Liegen am Rand des Rasens. Sie pflückt eine Limette vom Baum des Nachbarn, der über den Zaun wächst, und schneidet mit einem Taschenmesser Scheiben davon ab.

Er stößt mit ihr an. »Auf wiedervereinte Freunde.«

Sie trinken. Das goldene Licht ist verschwunden. Sie weiß nicht, was sie sagen, wo sie anfangen soll. Sie waren nie ohne Ruth zusammen, und ihre Abwesenheit steht zwischen ihnen, eine Leere, aber auch das, was sie überbrückt.

»Weißt du«, sagt er, »ich habe tatsächlich Bammel. Hast du nicht das Gefühl, wir wären frisch verheiratet? Wie bei einer arrangierten Ehe?«

»Ich war nervös, weil du kommst. Ich wusste ja nicht …«

»Ob es noch wie damals ist? Ist es nicht. Nichts ist wie damals. Aber jetzt hast du mich monatelang am Hals. Was macht das Flugzeug?«

Sie war im Frühjahr nach Auckland geflogen und an einer Reihe von sechs oberflächlich identischen, stupsnasigen dschungelgrünen Dakotas aus Kriegsbeständen vorbeigegangen, doch eine hatte sich klar und deutlich von den anderen abgehoben. Sie hatte sie sofort als ihre Maschine erkannt.

»Ein bisschen abgenutzt«, sagt sie, »aber nichts Wildes. Sie war hauptsächlich in Neuguinea.«

»Hast du ihr einen Namen gegeben?«

»Ich wollte auf dich warten, aber ich dachte an *Peregrine*.«

Er nickt zufrieden. »Das gefällt mir. Eine Stunde nach unserer arrangierten Hochzeit, und schon sind wir Eltern.«

Die Zuneigung, die sie für ihn empfindet, erleichtert sie und bestätigt ihr, dass nicht alles von damals verschwunden oder irreparabel beschädigt ist. Sie war sich nicht sicher gewesen, ob sie ihrer Erinnerung trauen konnte, nach der sie Eddie sehr gemocht hatte. »Eddie«, sagt sie, »ich wollte mich bei dir bedanken.«

»Wofür?«

»Dass du bereit warst, zu kommen.«

»Ich bin geschmeichelt, dass du mich gefragt hast.«

»Nein, wirklich. Ich bin dir dankbar. Es gibt sonst niemanden, dem ich vertraue.«

»Ich hoffe, dein Vertrauen ist gerechtfertigt. Ich habe in letzter Zeit ja nicht gerade weiße Flecken auf der Karte erobert.« Er hat in Florida als Navigator für National Airlines gearbeitet und ist zwischen Miami, Jacksonville, Tallahassee, New Orleans und Havanna geflogen. Ab und zu auch nach New York.

»Ich vertraue auch darauf, dass du mir vertraust«, sagt sie. »Wir sind noch nie zusammen geflogen, aber ich glaube, du wirst nicht versuchen, die Führung zu übernehmen, oder mich wie eine Kuriosität behandeln.«

»Nein«, sagt er leise, »das werde ich nicht.«

Vom Meer zieht Nebel auf. Sie fröstelt, lässt aber das Eis in ihrem Drink kreisen und nippt daran. »Eigentlich hatte ich gedacht, du würdest nein sagen.«

»Zum Flug?«

Sie nickt. »Warum hast du zugesagt?«

»Ich hatte nichts Besseres zu tun.«

»Komm schon.«

»Es ist die Wahrheit. Zuerst war ich zu Hause in Michigan, dann habe ich es in Chicago versucht, dann in Miami.

Nichts hat richtig gepasst.« Er schüttet mehr Gin in ihr Glas, dann in seins. »Vielleicht bin ich einfach ruhelos. Erzähl mir nicht, dass du aus dem Krieg zurückgekommen bist und dich sofort eingelebt hast.«

»Nein, das kann ich wirklich nicht behaupten.«

Auf ihre Art war sie desertiert. Zwei Monate nach dem Tag der Befreiung, im Sommer 1945, hatte sie ein Flugzeug nach Frankreich überführt und war, statt mit einem Verbindungsflug nach Großbritannien zurückzukehren, in einem Jeep nach Paris getrampt und von dort aus weitergefahren. Die ATA brauchte sie nicht mehr. Sie hatte ihren Notgroschen vom Sparen und Schmuggeln, trug die Geldscheine in ihrem Rucksack und am Körper versteckt. Sie ließ sich ostwärts nach Deutschland treiben, lief und trampte durch ein ausgebombtes Land, bevölkert von Vogelscheuchenmenschen und den verkohlten Leichen von Panzern und Lastwagen, kam durch Orte, Dörfer und sogar Städte, die unberührt erschienen. Soldaten in zerfetzten Uniformen trotteten am Straßenrand entlang, Familien schleppten ihr gesamtes Hab und Gut mit sich. Die Besatzungszonen waren noch offen, und sie gelangte nach Berlin, wo sie Frauen mit Kopftüchern beobachtete, die Trümmer wegräumten.

Von Deutschland aus war sie in die Schweiz gegangen, deren ungestörte Neutralität idyllisch wirkte und in Herbstfarben erstrahlte. Sie hatte den Winter in Italien verbracht, das Mittelmeer überquert und war ein Jahr lang durch Afrika gereist, durch Wüste und Dschungel und entlang breiter, schlammiger Flüsse.

Sie ließ sich mit einem Mann in Betschuanaland ein. Eines Abends beobachteten sie in der Wüste Namib eine Reihe Wüstenelefanten, die über den Grat einer Sanddüne zogen. Die Tiere und der Himmel hinter ihnen waren rot vom Staub. Marian freute sich darauf, ihr Lager aufzuschlagen, etwas zu trinken und ein Feuer zu machen, mit dem Mann ins Bett zu gehen. Die Süße, die sie durchströmte, verriet ihr, dass sie den Krieg hinter sich gelassen hatte. Sie war nicht frei davon, doch das würde nie sein.

In Kapstadt nahm sie ein Schiff nach New York. Als sie ausliefen, stand sie an Deck und schaute nach Süden, in Richtung Antarktis, und staunte, dass zwischen hier und dort nur Wasser war.

»Ich habe lange gebraucht, um heimzukehren«, sagt sie zu Eddie, »aber das ist eine andere Geschichte. Als ich schließlich zurück war, bin ich nach Missoula gefahren, um nach einem Freund zu suchen, und fand stattdessen Matildas Briefe. Die Post hatte sie aufbewahrt.« Sie hatte auch einen Brief von Sarah aus Seattle bekommen. Nachdem sie von Jamies Tochter gelesen hatte, faltete sie die Blätter zusammen und legte sie beiseite, schockiert von der Wucht der Trauer. Sie war in Calebs Hütte gewesen. Natürlich war er der Freund, nach dem sie gesucht hatte, aber er war nach Hawaii gereist. Niemand wusste, ob er zurückkäme.

»Dein Körper ist also zurückgekommen«, sagte Eddie, »aber dein Geist war schon wieder auf der Flucht.«

»Ich weiß nicht, ob ich es als Flucht bezeichnen würde.«

»Was ist es denn dann? Warum der Flug?«

»Alle wollen wissen, warum. Ich weiß es nicht.«

»Komm schon.«

Wenn sie beide außerordentliches Glück haben und immer nur die bestmöglichen Entscheidungen treffen, werden sie ihr Ziel erreichen. Oder sie scheitern. Oder sie sterben, was etwas anderes als Scheitern ist. Sie werden irgendwo gegen einen Berg oder auf eine harte Sandfläche oder gegen einen zerklüfteten Gletscher prallen oder, was am wahrscheinlichsten ist, auf der Oberfläche des Ozeans sterben, die mit ihrer Härte tötet und dann nachgibt und alle Spuren verschluckt. Manchmal denkt sie, dass der Flug für sie eine ausgeklügelte Form des Selbstmords ist. Manchmal hält sie sich für unsterblich.

Sie trinkt. »Also gut. Hier kommt das Beste, was ich zu bieten habe. Als Matilda fragte, was ich wolle, kam mir als Erstes diese ... *Vision*, die Pole zu überfliegen, in den Sinn. Wann immer ich daran dachte, explodierten meine Nerven, als hätte ich eine Stromleitung berührt. Aber ich hätte – und das gestehe ich nur dir – nie damit gerechnet, dass sie *zustimmt*. Und jetzt muss ich es tatsächlich machen.«

Er sagt vorsichtig: »Du musst nicht. Nicht unbedingt. Du könntest es dir anders überlegen.«

»Nein, das kann ich nicht. Du schon – und ich würde es verstehen, wirklich. Aber ich kann das nicht.«

»Doch. Matilda könnte das Flugzeug verkaufen.«

»Ich mache mir keine Gedanken um Matilda. Es geht um die Stromleitung. Sie ist immer noch da. Vielleicht gleicht sie eher einem Viehtreiber. Ich *will* den Flug machen, habe aber auch Angst davor. Ich denke ständig, was alles schiefgehen könnte. So viel könnte schiefgehen, und jetzt habe ich dich auch noch da hineingezogen.«

»Ich habe einen freien Willen. Ich hätte nicht kommen müssen.«

»Aber ...« Sie weiß nicht, ob sie von ihm freigesprochen werden oder ihre Schuld bestätigt haben möchte. »Nach dem, was mit Ruth passiert ist ...«

Sie will sagen, sie könne es nicht ertragen, wenn ihm etwas zustieße, aber natürlich wäre ihr Schicksal an seins geknüpft. Falls ihm etwas zustieße, würde sie es wohl nicht ertragen müssen, weil sie auch tot wäre.

Er stellt seinen Drink ab. »Sprechen wir es aus und akzeptieren es in beiderseitigem Einverständnis als Tatsache. Wir können es nicht länger mit uns herumtragen, und außerdem ist es die Wahrheit. Marian, du bist nicht schuld an Ruths Tod. Ich sage das nicht aus Freundlichkeit. Ich habe viel darüber nachgedacht. Ich habe mich manchmal hinreißen lassen und dir die Schuld gegeben, aber es hat nicht funktioniert.«

»Wenn sie in England geblieben wäre -«

»Wäre sie womöglich mit einem anderen Flugzeug abgestürzt oder bei einem Autounfall gestorben oder von einer V1 getroffen worden. Das ist im letzten Kriegsjahr oft passiert. Du kannst nicht wissen, was gewesen wäre. Sie war eine erwachsene Frau. Sie hat ihre eigenen Entscheidungen getroffen. Wenn du immer damit rechnest, einen Menschen zu töten, nur weil du ihn enttäuschst, bist du wie gelähmt. Weißt du eigentlich, wie viele Männer im Krieg versehentlich ihre Freunde getötet haben? Wie viele Menschen durch zufällige, beiläufige Entscheidungen gestorben sind?« Sie blickt über den kleinen, ungleichmäßigen Rasen. Im Nebel wirkt alles unnatürlich still. Eddie sagt: »Ich mache es zur Bedingung für meine Dienste als Navigator, dass du mir zustimmst. Ich habe sie auch geliebt. Und ich sage, lass es gut sein. Okay? Sag okay. Sag okay, und wir reden nicht mehr darüber.«

Marian begreift, dass niemand sie je freisprechen kann. Sie sagt okay.

Letztlich war es einfach, anzufangen.
– MARIAN GRAVES

Flugplatz Whenuapai, Auckland, Neuseeland,
nach Aitutaki, Cookinseln 36°48'S, 174°38'O nach
18°49'S, 159°45'W
31. Dezember 1949
1725 Seemeilen geflogen

Das langsame Gluckern des Treibstoffs beim Tanken in der Morgendämmerung, der Rundgang, das Überprüfen der Checklisten, der hustende Start des einen und dann des anderen Triebwerks, der röhrende Anlauf, das starke Beschleunigen beim Auftrieb. Über den überlappenden Dreiecken von Start- und Rollbahn kreisen, die Tragflächen neigen. Matilda Feiffer auf dem Flugvorfeld, sie winkt mit beiden Armen, neben ihr eine Schar Zeitungsreporter und Fotografen, die sie herbestellt hat und die zu einem Nichts zusammenschrumpfen. Einmal war sie ohne Vorwarnung aufgetaucht, als Marian und Eddie von einem Testflug zurückkamen, hatte mit einem Kameramann auf dem Flugplatz gewartet, um ihre Landung zu dokumentieren und damit in die Wochenschau zu kommen. Sie hatten neben dem Flugzeug gestanden und unbeholfen in die laufende Kamera gegrinst, und dann hatte Matilda sie zum Abendessen nach Auckland ins Hotel eingeladen.

Die Stadt breitet sich unter ihnen Richtung Süden aus; Buchten und Meeresarme fressen sich in den langen nördlichen Finger der Nordinsel. Farmen, durch Erlen- und

Eukalyptusgürtel voneinander abgegrenzt, ziehen vorbei, grüne Hügel, die Küste, breit gerüschte Brandungswellen. Danach Wasser, nur noch Wasser.

Sie starten an Neujahr, überqueren auf dem Weg zu den Cookinseln jedoch die Datumsgrenze und kehren ins Jahr 1949 zurück. Beide haben nur eine kleine weiche Reisetasche dabei, um Gewicht einzusparen. Eddie wird seine Winterausstattung in Alaska kaufen, zusätzliche Antarktisausrüstung wurde bereits nach Südafrika geschickt. Marians Rentieranzug ist hinter einem der Zusatztanks verstaut, die den Rumpf ausfüllen.

Das Flugzeug ist jetzt silbern, weil sie durch das Entfernen der dschungelgrünen Farbe fast fünfhundert Pfund Gewicht einsparen konnten, die Glasfenster wurden gegen Plexiglas ausgetauscht, Kunstgummi gegen Naturgummi, das in der Kälte nicht so leicht bricht. Unzählige weitere Änderungen. (»Es ist wirklich sehr schick«, hatte Matilda Feiffer gesagt, als sie die polierte Silberhaut des Flugzeugs sah.)

Leichter Wind. Harmlose Wolken, locker verstreut wie Popcorn. Eddie bewegt sich zwischen Pult, Cockpit und Plexiglaskuppel hin und her, schaut durchs Visier, rechnet lässig und selbstsicher wie ein Tennisprofi seine Lobs schlägt. Er fängt die Sonne im Sextanten ein, reicht Marian Zettel mit Kurskorrekturen, pflückt erst Norfolk Island aus der blauen Leere, dann Nadi auf den Fidschi-Inseln und Apia auf Samoa. Lagunen wie türkisfarbene Amöben. Die Landstückchen sind so spärlich über den Pazifik verstreut, dass die Existenz jeder einzelnen Insel überraschend, verwirrend, nahezu beunruhigend erscheint. *Wie ist die von allein hierhergekommen? Was soll aus ihr werden?*

Sie hatten einen Testflug zu den Cooks unternommen,

daher kennt er diesen Teil des Ozeans bereits und hat ein Gefühl dafür entwickelt, das tiefer reicht als der mit Bleistift auf der Karte eingezeichnete Kurs. Er kennt das Flugzeug und sein ohrenbetäubendes Dröhnen und den Benzingestank. Er kennt die Form von Marians Ellbogen und Knien, die durch die Cockpit-Tür zu sehen sind. Er schreibt mit Bleistift sein ordentliches Zahlenprotokoll, aktualisiert zurückgelegte Strecken und Ankunftszeiten. Entfernung ist gleich Geschwindigkeit mal Zeit. Zeit ist gleich Entfernung durch Geschwindigkeit. Er spürt, wie die Breitengrade gleich Leitersprossen unter ihm hindurchgleiten, betrachtet die Schaumkronen durch den Abdriftmesser, prüft die Differenz zwischen dem Kurs, auf dem sie sind, und dem, auf den sie wollen. Darin liegt das Leben, in diesem Keil der Diskrepanz.

Das Autohaus war mitten in Raleigh und daher leicht zu finden. Halliday Cadillac stand auf dem großen Drehschild.

»Ich würde gern den blauen Probe fahren«, hatte er zu Leo gesagt. »Das Coupé.«

»Sehr wohl, Sir«, sagte Leo. »Warten Sie bitte, ich hole die Schlüssel.« Bruce Halliday war Leos Schwiegervater.

1945 waren sie im Stalag Luft I beinahe verhungert, nur einige Rot-Kreuz-Pakete hatten sie gerettet. Als das Donnern der Artillerie von Osten näher rückte, hatten die Deutschen die Kriegsgefangenen gezwungen, Gräben und Schützenlöcher auszuheben. Man hatte gemunkelt, es seien ihre Gräber.

An einem Tag im Mai tönte vor der Morgendämmerung eine amerikanische Stimme aus dem Lautsprecher: *Wie fühlt es sich an, frei zu sein, Männer?* Die Deutschen waren weg, die Russen noch fünf Kilometer entfernt. Sie waren alle aus ihren Baracken gestürmt. Eddie hatte Leo inmitten des Trubels entdeckt, umarmt und ihm zugeflüstert, dass er ihn liebe. Leo schien es nicht zu hören.

Die Russen waren wild und betrunken, sie kamen in Wagen, auf denen sich geplünderte Wäsche, Porzellan und Silber türmten. Sie zogen von Haus zu Haus, nahmen sich, was sie wollten, und zerschlugen mit ihren Gewehrkolben die Hitlerbilder. Sie hatten Mädchen dabei, die für die Kriegsgefangenen tanzten.

»Jetzt bin ich arbeitslos«, hatte Leo gesagt, als sich drei russische Mädchen in kurzen Röcken auf einer behelfsmäßigen Bühne drehten, während ein Mann dazu Ziehharmonika spielte, in die Hände klatschten und sich in das Sehnsuchtsgeheul der Kriegsgefangenen wickelten wie Garn um eine Spule.

»Dann hab ich mehr von dir«, sagte Eddie.

Leo hatte flüchtig gelächelt. »Du glaubst doch nicht, dass die uns weitermachen lassen, oder?«

»Wer sind die?«

Leo hatte verblüfft ausgesehen und vage auf die ganze Welt hinter dem halb niedergerissenen Gefängniszaun und den zerstörten Wachtürmen gedeutet.

»Ich finde, wir haben uns das Recht verdient, von jetzt an zu tun, was wir wollen.«

»Schön wär's«, hatte Leo gesagt, und Eddie hatte Angst bekommen.

Man hatte sie in ein Durchgangslager außerhalb von Le Havre geflogen. Leo verhielt sich distanziert und ging Eddie aus dem Weg. Eines Tages verschwand er einfach, vermutlich auf ein Schiff nach Hause. Bald darauf wurde auch Eddie heimgeschickt.

Wie fühlt es sich an, frei zu sein, Männer?

Ein Jahr später, als er in New York lebte, erhielt Eddie

einen Brief. Leo heiratete seine Highschool-Liebe und würde für ihren Vater arbeiten. Es tue ihm leid, dass er sich nicht habe verabschieden können.

»Warum bist du hergekommen?«, hatte Leo gefragt, als sie in dem blauen Coupé am Autohaus losfuhren.

»Ich bin auf der Durchreise. Ich habe einen neuen Job bei einer Fluggesellschaft in Florida.«

»Ich meine, was *willst* du von mir? Bieg hier links ab.«

»Ich wünschte, du hättest mir gesagt, was du vorhast. Das ganze langweilige Theater.«

»*Du* hast eine Frau.«

»Sie ist übrigens gestorben. Bei einem Flugzeugabsturz. Ich habe es erst erfahren, als ich nach Hause kam. Und du weißt, das war etwas anderes.«

Leo berührte flüchtig seine Schulter. »Das tut mir leid. Eddie, es tut mir *so* leid.«

»Wir müssen nicht darüber reden.«

»Halt mal an. Hier kommt niemand vorbei.«

Die schmale Straße führte durch einen Wald. Eddie, der zu groß für das kleine Auto war, drehte sich, so gut er konnte, herum und betrachtete Leo mit seinem unmodernen Anzug, der Krawattenklammer, dem Ehering und dem beinahe militärisch kurzen Haarschnitt. »Weiß deine Frau Bescheid?«

Leo sah durchs Fenster auf die Bäume. »Sie ist ein tapferer Soldat. Wir haben zwei kleine Mädchen.« Er rutschte herum, zog die Brieftasche aus der Gesäßtasche und holte einen Schnappschuss heraus: zwei Kleinkinder in Kleidchen und Sandalen.

»Sie sind wunderschön«, sagte Eddie und gab ihm das Foto zurück.

»Stimmt.«

»Ich wollte dich einfach wiedersehen.« Eddie schob die

Hand über den Sitz und hielt inne, kurz bevor er Leo berührte. »Du hattest recht. Die Dinge haben sich nicht geändert. Nicht so, wie ich gehofft hatte. Alle bemühen sich so verzweifelt, zu tun, als hätten wir uns nicht gerade eben noch gegenseitig umgebracht, dass nur Platz für Lattenzaun und Kinderwagen bleibt. Wir sollen gefälligst die Zähne zusammenbeißen und glücklich sein.«

»So sieht es aus.«

»Du bist nicht überrascht. Ich beneide dich. Ich wünschte, ich hätte mir keine Hoffnungen gemacht.«

Leo legte seine Hand auf Eddies. »Wer hätte gedacht, dass ich in einem deutschen Gefangenenlager den größten Spaß meines Lebens haben würde?«

»Könntest du nicht weg? Nur für ein paar Tage?«

Leo zögerte. Gerade als er antworten wollte, fuhr ein Auto vorbei, und er riss die Hand weg. »Du willst eigentlich gar kein Auto kaufen, oder?«

Die Korallenlandebahn auf Aitutaki wurde im Krieg angelegt, ist ziemlich lang und verfügt über eine Funkbake. »Zu einfach«, sagt Eddie, als sie gelandet sind. »Vielleicht wird das gar kein Abenteuer.«

»Das bleibt nicht so«, sagt Marian.

»Nein«, stimmt er zu.

Sie haben Zimmer in dem strohgedeckten, auf Pfählen stehenden kleinen Gasthaus an der Lagune, in dem sie während des Testflugs übernachtet haben. »Gehen Sie heute Abend aus?«, fragt der Wirt. »Silvester? Die Straße runter gibt es eine Kneipe.« Er war Marine-Pionier, hatte beim Bau der Landebahn geholfen und war nach dem Krieg zurückgekommen. *Es ist das Paradies*, hatte er geantwortet, fassungslos, dass jemand tatsächlich nach dem Grund fragte.

Eddie geht nicht in den Pub.

Bei Sonnenuntergang schwimmt er in der Lagune. Die Wasseroberfläche ist flach wie Glas, darüber der grell rosa und violette Himmel, die ersten Sterne spiegeln sich darin. In der Ferne bricht sich weiß zuckend die Brandung am Riff, und er hört gedämpft und mit Verzögerung das Donnern, mit dem der Ozean Einlass begehrt. Aus dem sandigen Boden der Lagune ragen die Zacken toter Korallen und so viele schwarze Seegurken, dass er kaum einen Schritt tun kann, ohne eine zu zertreten.

Er hatte das blaue Coupé an einen aalglatten kalifornischen Anwalt verkauft, der nun ahnungslos in einem Totem verlorener Liebe durch Long Beach düst.

Er steht bis zu den Hüften im Wasser und schließt die Augen. Vor dem Schwimmen hat er etwas Rum getrunken. Er glaubt zu spüren, wie sich der Planet dreht. Die Unermesslichkeit des Ozeans verstört ihn. Das kann er Marian nicht sagen. Im Krieg hatte er sich am meisten vor dem Ertrinken gefürchtet, mehr als vor dem Verbrennen oder einem kaputten Fallschirm.

Er schaut nach Osten und überlegt, was das nächste Land sein könnte. Vielleicht eine winzige Insel, eher aber Südamerika, Tausende von Kilometern entfernt.

Ein Navigator, hieß es im Handbuch des Army Air Corps, *lenkt ein Flugzeug von Ort zu Ort über die Erdoberfläche, eine Kunst, die man Flugnavigation nennt.* Ihm hatte das Wort *Kunst* gefallen und dass es unterstrichen war. Ihm hatte die Vorstellung gefallen, das Flugzeug selbst zu *lenken*. Nachdem er die Pilotenausbildung abgebrochen hatte, war er wenig begeistert in einem Navigationskurs gelandet, hatte dann aber weitere Wörter gehört, die ihm gefielen. Himmelsbeobachtung. Koppelnavigation. Abdrift. Vektor. Orientierungspunkt.

Die Karten waren mit Symbolen übersät. Städte. Flugplätze. Bahnstrecken und stillgelegte Bahnstrecken. Seen und ausgetrocknete Seen. Ovale für Rennbahnen und kleine Bohrtürme für Bohrtürme. Rote Sterne für Orientierungsfeuer. Säuberlich verkleinert, angenehm einfach. Bis zum Abschuss hatte er an seine Kunst geglaubt, dass es eine tatsächliche Beziehung zwischen dreidimensionalem Raum und gedruckten Karten gab, die Möglichkeit, exakt zu sagen: *Ich bin hier*. Nach dem Krieg konnte er reisen, so weit er wollte, aber er fühlte sich festgefahren, gestrandet, unbeweglich. Es muss eine andere Flugbahn geben, die er noch nicht kennt, andere Gleichungen als jene, die er kennt, eine andere, schwer fassbare Dimension, die der kartografierbaren Welt zugrunde liegt.

Wir werden unweigerlich fast alles auslassen. Wenn wir Afrika der Länge nach überfliegen, decken wir einen Streifen ab, der nur so breit wie unsere Tragflächen ist, und erblicken nur einen von vielen Horizonten. Arabien, Indien und China ziehen ungesehen im Osten vorbei, ebenso das langgestreckte sowjetische Ungeheuer mit der europäischen Schnauze und dem asiatischen Schwanz. Wir werden nichts von Südamerika sehen, nichts von Australien oder Grönland oder Burma oder der Mongolei, nichts von Mexiko oder Indonesien. Wir werden vor allem Wasser sehen, flüssig und gefroren, denn davon ist am meisten da.

– MARIAN GRAVES

Oahu, Hawaii
21°19'N, 157°55'W
3. Januar 1950
4141 Seemeilen geflogen

Caleb hat die Haare wieder wachsen lassen, trägt sie aber nicht mehr geflochten, sondern bindet sie im Nacken zu einem Pferdeschwanz. Lose Strähnen fliegen ihm ins Gesicht, während er seinen Truck die Windward Coast hinauflenkt und dabei vor sich hin singt. Marian kann den Text nicht verstehen. Vor ihrem Fenster streift schwarzes Lavagestein zum Meer hinunter und zerkratzt die Wellen zu weißen Fetzen. Sie hält die Hand nach draußen, und der Wind wölbt sich unter ihr wie ein Katzenbuckel. Auf Calebs Seite: eine geriffelte Felswand, das steile grüne Rückgrat der Insel.

Mauka. Zum Berg. *Makai*. Zum Meer. Hawaiianische Begriffe, die Caleb sie gelehrt hat.

Sie und Eddie hatten vorgehabt, von Aitutaki nach Hawaii durchzufliegen, dann aber auf halber Strecke einen Zwischenstopp auf der Weihnachtsinsel eingelegt, die zu den Linieninseln gehört, einem riesigen, flachen, T-förmigen Atoll, fast kahl bis auf Kokospalmen, ein paar Dörfer und eine Landebahn aus dem Krieg. Überall wimmelte es von Landkrabben. Sie hatten dort übernachtet und waren vor Sonnenaufgang weitergeflogen. Sie ist froh, dass Oahu stark und hoch und mit einem üppigen grünen, struppigen Pelz bewachsen ist.

Caleb fährt mit ihr zu der Ranch, auf der er als Cowboy, als Paniolo, arbeitet. Zuerst war er auf einer Taro-Plantage gewesen, doch das hier ist ihm lieber. In seinem Haus hatte sie ein Foto von ihm auf einem Pferd entdeckt, eine Girlande aus rosa Blumen um den Hut gewickelt.

Er hält vor einem Tor mit fünf Querstangen. Sie steigt aus, öffnet und schließt es hinter dem Truck. Als sie wieder eingestiegen ist, sagt er: »Eddie scheint es gut zu gehen.«

Eddie hatte erklärt, er wolle ein Nickerchen machen, und war in Calebs kleinem blauen Haus geblieben, das auf Pfählen fast am Wasser stand. Marian glaubt, dass er es aus Rücksicht tut, damit sie allein sein können. Außerdem ist er wohl nicht scharf darauf, Zeit mit dem Mann zu verbringen, den Marian Ruth vorgezogen hat.

»Er hält mich auf Kurs.« Sie lächelt selbstzufrieden.

»Navigatorwitze. So weit ist es also gekommen?« Ein Reiter überquert vor ihnen den Feldweg, hebt die Hand. Sein Vaquero-Sattel ist klein und flach und mit einer Wolldecke gepolstert. »Der war in Utah Beach«, sagt Caleb. »Sein Hut sitzt komisch, weil sie ihm ein Ohr abgeschossen haben.« Alle anderen Paniolos seien hawaiianische Ureinwohner, aber sie tolerieren ihn, weil er etwas von Pferden versteht und nur zur Hälfte weiß ist und seine Kriegserlebnisse sich herumgesprochen haben.

Das lange, niedrige Ranchgebäude ist aus Korallenblöcken errichtet, mit roten Ziegeln gedeckt und steht am Fuß der Berge, umgeben von einem welligen Rasen in leuchtend elektrischem Grün. Die Äste gewaltiger Regenbäume wölben sich zu perfekten Kuppeln.

Caleb fährt daran vorbei in ein enges Tal, durch ein Labyrinth aus Pferdekoppeln und hält an einer Scheune.

Caleb legt den Pferden Zaumzeug aus Seilen an, aber keine Sättel. Er zieht die Stiefel aus, bevor er aufsteigt, und lässt Marian das Gleiche tun. Den Grund erkennt sie, als sie den Weg, den sie gekommen sind, zurückreiten, die Straße zum Strand hin überqueren, *makai*, und geradewegs ins Meer reiten. Die Schultern ihrer kleinen, eigenwilligen Rotschimmel-Stute bewegen sich vor Marians Knien. Ihre nackten Füße baumeln unter dem Bauch des Tieres hin und her. Die Stute fällt in einen hastigen, ruckartigen Trab, als wollte sie nicht hinter Calebs Pferd zurückbleiben, und jagt wiehernd hinter ihm her ins Wasser. Marian ist nicht mehr geritten, seit sie Barclay verlassen hat. Sie gerät ins Rutschen, richtet sich wieder auf. Die Stute watet durch die flache Brandung, stemmt sich gegen die Strömung, weiße Gischt bricht sich an ihrer Brust. Als Marian bis zur Hüfte eingetaucht ist, spürt sie, wie das Tier an Auftrieb gewinnt. Ihr Unterkörper hebt sich, sie liegt ausgestreckt auf dem Pferderücken, die Zügel locker, die kupferfarbene Mähne fest umklammert. Der Kopf der Stute ragt aus dem Wasser, und sie schnaubt leise im Rhythmus ihrer strampelnden Beine.

»Sie schwimmt!«, ruft Marian übermütig.

Caleb dreht sich um. Unter seinem Hut blitzt die alte Belustigung hervor, die Gewissheit, dass sie ihn liebt. »Wie hast du das gemerkt?«

Sie spürt die Rippen, die Muskeln und das schlagende Herz des Pferdes, vertraut aus Kindertagen. Sie ist immer noch dieses Kind, reitet immer noch auf dem lieben, alten, toten Fiddler in die Berge, allein oder an ihren Bruder gedrückt, dessen Herz ebenfalls schlägt, dessen Lungen arbeiten. Es ist ein völlig anderes Selbst, das in den kühlen Pazifik eintaucht, an dem sanft, aber beharrlich das Wasser zerrt, sie vom Pferd hebt, von dem Tier löst, das so ernsthaft, so fleißig schwimmt. Wohin will die Stute? Dorthin, wohin Calebs Pferd ist. Sie schwimmen parallel zum Ufer. Bald wird Caleb umkehren.

Ihr Körper ist wie eine Wegkreuzung. Zum Meer. Zum Berg. Zum Himmel. Zum Pferd. Zum Mann.

Calebs Schlafzimmer ist unter einem Spitzdach mit nackten Dachsparren. Draußen wiegen die Palmen ihre langen, schweren Wedel; die Brandung rauscht am Riff. Die dunkle Welt kräuselt sich um das kleine blaue Inselhaus.

»Glaubst du, ich bin weich geworden?«, fragt Caleb.

Marian liegt quer im Bett, auf der Seite, nackt in der Brise, die durch die Jalousien dringt. Sein Kopf ruht auf ihrer Hüfte. »Nach dem Krieg kommt einem alles weich vor.«

Drei Jahre im schlimmsten Kampfgetümmel – Nordafrika, Italien, D-Day, Frankreich, Deutschland – ohne einen Kratzer überstanden. Ein so wundersames Glück, dass es wie ein dunkler Fluch auf ihm gelastet hatte. Neue Männer berührten ihn, weil sie hofften, sein gespenstischer Voodoo-Schutz werde auf sie abfärben, und wurden gleich am ersten Tag getötet, manchmal direkt neben ihm. Er hatte erzählt, dass er sich irgendwann für seinen unversehrten Körper geschämt hatte. Wäre er angeschossen oder in die Luft gesprengt worden, hätte er wenigstens aufhören können, ob nun lebendig oder tot. Aber so machte er immer weiter, bekam nicht einmal Fußbrand, wartete auf irgendein Ende. Er war leichtsinnig geworden, aber es hatte nichts geändert. Der Krieg wollte ihn weder verschlingen noch ausspucken.

Sie fügt hinzu: »Ich finde, weich sein ist in Ordnung.«

»Manchmal fehlt mir der Krieg, und ich hasse mich dafür.«

»Vielen Leuten fehlt das eine oder andere aus dem Krieg.«

»Dir auch?«

»Manchmal.«

Ohne den Krieg, sagt er, hätte er wohl sein ganzes Leben in Montana als Jäger verbracht. Es wäre ihm nie in den Sinn gekommen, von dort wegzugehen. Doch nach seiner Rückkehr hatte er festgestellt, dass er nicht mehr gern in den Bergen wanderte. Er fror nicht gern, schlief nicht gern draußen und schoss nicht gern. Von all dem hatte er genug. Manchmal war er verwirrt.

»Gerade noch war ich auf Elchjagd«, sagt er, »dann plötzlich kauerte ich irgendwo, versteckte mich vor den Deutschen, Vergangenheit und Gegenwart gerieten durcheinander.«

»Zeit, *makai* zu gehen.«

Er lacht. »Du bist praktisch eine Einheimische. Ja, es war wohl an der Zeit. Habe ich dir gesagt, warum ich hergekommen bin?«

»Nein.«

»Ich habe viel getrunken und so weiter, aber auch viel

gelesen, weil ich nichts anderes zu tun hatte, und habe mir ein Buch aus der Bibliothek ausgeliehen, in dem Zeichnungen von den Inseln waren, und plötzlich *musste* ich Hawaii sehen. Ich *musste.*« Er fährt mit den Fingern an ihrem Knöchel entlang. »Ich habe eine Tasche gepackt und bin in den Zug gestiegen und habe dann ein Schiff genommen. So war das.«

»Ich beneide dich«, sagt Marian. »Einen Ort zu finden, an dem du bleiben kannst. Irgendwo zufrieden zu sein.«

»Nein, tust du nicht. Wenn es so wäre, würdest du den Ort finden. Aber du lässt nicht mal die Möglichkeit zu.«

Er spricht wohl nicht mehr nur von Geografie. »Eines Tages vielleicht.«

Im Nu nimmt das Polarlicht große Teile des Himmels ein. Gerade noch spannt sich ein Lichtbogen von Horizont zu Horizont, blutet zu den Sternen hinauf, dann ist er verschwunden. Es ist, als empfinge man Botschaften eines unbekannten Absenders, deren Bedeutung nicht entzifferbar, deren Macht jedoch unbestreitbar ist.

– MARIAN GRAVES

Barrow, Alaska, nach Longyearbyen, Spitzbergen
71°17'N, 156°46'W nach 78°12'N, 15°34'O
31. Januar bis 1. Februar 1950
9102 Seemeilen geflogen

In Barrow warten sie vier Tage. Als die Vorhersage günstig ist, fliegen sie abends los, um mittags in Spitzbergen anzukommen, wenn der südliche Himmel im arktischen Zwielicht blau erstrahlt. Die Sonne geht erst in zwei Wochen auf, aber so müssen sie immerhin nicht in absoluter Finsternis landen. Hier kommt ihnen die Verspätung zugute, dass sie sechzehn Tage auf Hawaii geblieben sind und nicht wie geplant nur zwei: mehr Licht im Norden. Andererseits fragt sich Marian, was es bedeutet, wenn sie die Antarktis so spät im südlichen Sommer erreichen, vorausgesetzt, sie erreichen den Kontinent überhaupt.

Die *Norsel*, das Schiff, das die norwegisch-britisch-schwedische Antarktisexpedition (und auch den Treibstoff für die *Peregrine*) nach Königin-Maud-Land in der Ostantarktis bringt, war in Verzug geraten, was die Expedition mindestens zwei Wochen, vermutlich mehr kosten würde. Auf dem Flughafen von Honolulu hatte Marian ein Telegramm erhalten. Das Fazit: keine Eile.

Wir können uns ebenso gut hier einnisten, hatten sie und Eddie gesagt, und es war beiden gar nicht unrecht. Eddie hatte sich eine Unterkunft in Honolulu gesucht, statt bei Caleb zu wohnen. Er war es auch, der vorgeschlagen hatte, sich wegen der abnehmenden Polarnacht Zeit zu lassen. Sie gingen davon aus, dass sie von Barrow bis zum norwegischen Festland durchfliegen und damit die Reichweite der *Peregrine* bis zum Äußersten nutzen mussten, da es auf Spitzbergen keinen richtigen Flugplatz und kaum Navigationshilfen gab. Bei gutem Wetter und ein wenig Zwielicht wären die Aussichten besser. Marian hatte die Idee begierig aufgegriffen und sich, während sie in Calebs Bett verweilte, eingeredet, dass sie eigentlich nur warten konnten.

Als die *Peregrine* in Barrow, schwer beladen mit Treibstoff, widerwillig abhebt, ist nicht zu erkennen, wo das gefrorene Land aufhört und das gefrorene Meer beginnt. Im Norden ist nur Dunkelheit, mit Sternen übersät. Grüne Polarlichter kräuseln sich wie Lichtstrahlen in bewegtem Wasser.

Extreme Kälte verhindert generell Bewölkung, doch sie haben besonderes Glück. Meist ist der Himmel nicht nur wolkenfrei, sondern transparent, als gäbe es keine Luft. Am Pol schweben die Sterne vor dem Schwarz des Universums. Der gefrorene Ozean unter ihnen wird von Sternenlicht und einer hauchdünnen Mondschale erhellt, seine platingraue Oberfläche türmt sich zu zerklüfteten Dünen, in den Tälern dazwischen kräuseln sich die Schatten. Noch nie hat Marian eine Landschaft gesehen, die so von Stille durchdrungen, so einfarbig und ohne Leben ist.

Die Frau, die in Long Beach ihre Landkarte markiert hat, erscheint der anderen Frau, die durch diese Weite dunkler Klarheit fliegt, so fern, so kindisch, nahezu unerkennbar. Was hatte die Karte mit diesem Ort zu tun?

Wenn sie abstürzen, können sie unmöglich überleben, doch es gibt noch andere Gefahren. So weit im Norden irrt der Kompass umher. Die Längengrade verengen sich wie Gitterstäbe am Dach eines Vogelkäfigs. Um sich hier zurechtzufinden, müssen sie die Vorstellung des rechtweisenden Nordens vergessen und auch, wie sie sich bisher am Planeten orientiert haben. Sie müssen den Vogelkäfig beiseitestellen und anhand spezieller Karten mit abgeflachtem Raster navigieren, auf denen der Norden künstlich festgelegt ist und die Längengrade ins Parallele gezwungen sind.

In Kodiak hatten sie das Flugzeug mit Kufen ausgerüstet, in Fairbanks für Eddie einen Rentierparka besorgt. Als sie sich umdreht, sieht sie seine zottelige braune Gestalt, die sich über das Pult beugt, so als hätte sich ihr einziger Begleiter in diesem Polarnachttraum auf magische Weise in ein Tier verwandelt. Als sie in Hawaii losgeflogen sind, hatte er ein blaues Auge, das inzwischen verblasst ist, illusionär und traumähnlich wie ihre ganze tropische Auszeit. Woher er es hatte, weiß sie nicht. Die Aufklärer aus Fairbanks, die fast täglich in hohen Breiten unterwegs sind, hatten Eddie in letzter Minute ein paar Tipps gegeben, aber er hatte nur mit einem Ohr hingehört, völlig sorglos. Die Tricks und Täuschungen der Arktis scheinen ihn kaltzulassen. Er handhabt Karten, Tabellen und Astrokompass mit der ruhigen Gewissheit eines Priesters, der die Kommunion vorbereitet.

Als sie sich Spitzbergen nähern, zerbrechen lange, schwarze, gekrümmte Rinnen offenen Wassers das Eis zu einem scharfkantigen silbernen Puzzle aus dahintreibenden Schollen. Noch hält das Wetter. Es ist fast Mittag; im Süden wird der Horizont von schwachem, trübem Licht erhellt. Die Umrisse von Inseln tauchen auf, Schatten vor Schatten.

Auf Hawaii hatte Caleb sie an einem Nachmittag überredet, mit ihm auf die große Insel zu fliegen. Sein Freund Honi, der im Pazifik gewesen war und auch als Paniolo arbeitete, hatte sie am kleinen Flughafen von Kona abgeholt und mit auf sein altes, rostiges Boot genommen. Als sie abends vor der Küste trieben und Bier tranken, hatte Honi ihnen Masken und Schnorchel gegeben, die er bei der Marine hatte mitgehen lassen.

»Sie mögen die Stelle«, hatte er gesagt und auf das tintenschwarze Wasser gezeigt. Marian hatte gewusst, dass sie mit einer Frage rechneten, den Köder aber nicht geschluckt und war hineingesprungen.

Leere unter ihr, aus Kobaltblau wurde Schwarz. Caleb hatte ihr Handgelenk ergriffen. Ein heller Lichtstrahl fiel schräg nach unten: Honi leuchtete mit einer großen Taschenlampe ins Wasser und lockte die schwebenden Seemotten an. In der Tiefe glitzerten silbrige Fische wie Münzen in einem Brunnen. Der erste Mantarochen war als Welle im trüben Wasser aufgetaucht, tief unten, kaum sichtbar. Er wölbte sich nach oben, das Maul öffnete sich, die Kiemen spannten sich, die Unterseite leuchtete weiß. Als er sich unter ihr nach oben bog, Bauch an Bauch, hatte sich das Wasser zwischen ihnen wie Wind bewegt. Beim Tauchen verwandelte er sich in einen geflügelten Schatten, verschwand kurz und schlängelte sich wieder hoch. Wieder und wieder zog er fressend seine Runden durch den schrägen Lichtstrahl, und sie war durch eine Lücke in der Zeit gefallen und hatte die gleiche schwindelerregende Schwerelosigkeit gespürt wie damals, als sie im Stearman-Doppeldecker Loopings über Missoula geflogen war.

Eddie reicht ihr einen Zettel. *Könnten in Reichweite vom Sender Isfjord sein. Versuche es.*

Als sie ihren Flugplan von Barrow aus funkte, hatte Spitzbergen ihr jede Unterstützung zugesagt, und der Funker teilt Eddie nun mit, dass der Himmel klar ist und ganz Barentsburg und Longyearbyen die Lichter für sie eingeschaltet haben.

Die Nazis hatten Spitzbergen zweimal eingenommen, weil sie die Wetterstationen brauchten. Norwegische Exilsoldaten waren auf Ski über die Gletscher geglitten, auf der Spur der Funksignale, die wie Irrlichter kamen und gingen, hatten sie manchmal zu den Deutschen zurückverfolgt und sie getötet, manchmal auch nicht. Es kamen immer mehr Deutsche, die von U-Booten auf den nördlichen Inseln abgesetzt wurden. Die Deutschen in Spitzbergen hatten als Letzte kapituliert, vier Monate nach dem Tag der Befreiung. Sie hätten sich schon früher ergeben, aber niemand hatte sich die Mühe gemacht, sie abzuholen.

Marian nähert sich von Westen, tief über dem Meer, fliegt in die gefrorene Mündung des Isfjord, gesäumt von flachen weißen Bergen. Sie kommen an den Lichtern der sowjetischen Bergbausiedlung Barentsburg vorbei. Die gefrorene Oberfläche des Fjords schimmert auf, wo der Schnee davongeweht wurde. Sie wollen versuchen, taleinwärts von Longyearbyen im Adventdalen zu landen, wo die Luftwaffe eine Landebahn gebaut hatte.

Die Mantarochen waren Calebs Liebeserklärung gewesen. Er hatte gewusst, was er tun musste, damit sie ihn verstand. Sie und Eddie waren am 20. Januar aufgebrochen, dem Tag, an dem die verspätete *Norsel* endlich den südlichen Polarkreis überschritten hatte und sich dem Kontinent näherte. Caleb arbeitete auf der Ranch, als sie zum Flughafen gefahren war. Kein Abschied, wie immer. Ihre Liebe zueinander bedeutete ihnen alles und änderte nichts. Sie würden weiter ihrer Wege gehen, nicht davon abgelenkt werden.

Sie biegt in einen kleinen Arm des Isfjord, fliegt über die gelben Lichter von Longyearbyen und die wackligen Holzaufbauten und Kabel der Grubenhunte. Der Flug über den Nordpol, Sterne, Polarlicht und Eis zerfallen bereits zu einem fremdartigen Traum.

Das enge Tal ist dunstig. In einer Grube glüht noch ein Kohlebrand, entfacht durch die Granate eines deutschen Kriegsschiffes. Sie landen auf glattem Schnee, der mit Feuertöpfen markiert ist. Eine Menschenmenge hat sich versammelt, um sie zu begrüßen.

Wenn du wirklich Angst hast, überkommt dich der dringende Wunsch, dich von deinem Körper zu lösen. Du willst dich von dem Ding entfernen, das Schmerz und Schrecken erfährt, bist aber dieses Ding. Du befindest dich an Bord eines sinkenden Schiffes und bist das Schiff selbst. Doch beim Fliegen ist keine Angst erlaubt. Deine einzige Hoffnung ist, ganz in dir zu wohnen und darüber hinaus das Flugzeug zu einem Teil deiner selbst zu machen.

– MARIAN GRAVES

Malmö, Schweden
55°32'N, 13°22'O
2. Februar 1950
10 471 Seemeilen geflogen

Eddie liegt in einem dunklen Hotelzimmer unter einer dicken weißen Daunendecke. Wie durch ein Wunder ist er sicher, warm und am Leben. Draußen vor dem Fenster fällt Schnee auf einen kleinen Platz, eine glatte Schicht, die nach oben wächst, buttergelb im Licht der Straßenlaternen. Die Häuser sind schmal, mit steilen Dächern und ordentlichen Fensterreihen, auf deren Fensterbänken Schnee liegt.

Eigentlich hatten sie nach Oslo gewollt, aber ein Sturm hatte die Landung dort unmöglich gemacht. »Wohin jetzt?«, hatte Marian über das Krachen und Rattern des Flugzeugs hinweg gerufen, und er hatte seine Karten konsultiert und die Fingerspitze auf Malmö an der Südspitze Schwedens gelegt. Wenigstens waren sie nicht über dem

Wasser. Wenn sie schon abstürzten, dachte er, dann bitte auf festem Boden. Er hatte trotz Rauschen über Funk herausgefunden, dass die Bedingungen in Malmö schlecht, aber nicht mörderisch waren. Irgendwie hatte er den Flugplatz gefunden. Irgendwie hatte Marian die Maschine gelandet. Flughafen Bulltofta. Er erinnert sich, dass er im Krieg von beschädigten Bombern gehört hatte, die dort notgelandet waren, statt den ganzen Weg zurück nach England zu fliegen.

Die sanft herabfallenden Schneeflocken, die winzigen Stücke gefrorener Spitze, die vor den Straßenlaternen hinunterrieseln, wirken so zart, so unschuldig, sind aber Abgesandte einer schwarzen, blinden Wut, die selbst jetzt noch über den ordentlichen Dächern, den frommen Kirchtürmen und akkuraten Uhrtürmen hängt. Er hatte gesehen, wie die Flocken um das Flugzeug wirbelten und schwärmten, böswillig darauf zuschossen, doch nun schweben sie friedlich auf den Platz herab und sammeln sich dort wie harmloser Staub, den der Himmel ausgeschüttelt hat.

Eigentlich müsste sein Körper vom Sturm eine Narbe tragen, eine Spur außer der Kälte, die hartnäckig in ihm verweilt. Er hatte eine Stunde lang fast brühheiß gebadet und sie nicht vertreiben können. Wie konnten jener Ort und dieser so eng beieinander sein, der eine auf dem anderen? Alles um ihn herum, die Bettwäsche und das heiße Wasser und die Lichtschalter und Heizkörper sind Teil einer kunstvoll konstruierten, angenehm überzeugenden, völlig unsinnigen Illusion von Sicherheit und Logik.

In Honolulu hatte er sich ein billiges Hotel am Rand von Chinatown gesucht. Verblichene Anker und Hula-Mädchen pflasterten die Schaufenster der Tattoo-Studios. In den

Lebensmittelgeschäften und Gewürzläden waren knorrige Wurzeln und Gläser mit unbekannten Pulvern ausgestellt, beschriftet mit fremdländischen Zeichen. Ein fauliger Gestank hing in der feuchten tropischen Luft: verrottendes Obst, vom Fluss her roch es leicht nach Abwasser.

Ein Barkeeper sagte, er hätte den Ort während des Krieges sehen sollen. Matrosen in Sechserreihen an der Theke, Schlangen vor den Bordellen, alle ließen am helllichten Tag die Sau raus. »Es ging nicht anders, wegen der Verdunkelung«, sagte er. »Aber die Bordelle wurden geschlossen. Jetzt gibt es da draußen Zuhälter, die kaum besser sind, aber ich könnte dir ein nettes Mädchen vorstellen, wenn du magst.«

»Nein, danke«, sagte Eddie und hielt dem Blick des Mannes stand. »Nicht mein Stil.«

Der Typ senkte die Stimme und beugte sich vor. »Versuchs im Coconut Palm, wenn du was anderes willst.«

Als er zum zweiten Mal ins Nut ging, wie die Leute das Lokal nannten, nahm er einen Typen mit in sein Hotel. Andy, der am D-Day die linke Hand verloren hatte, studierte auf Staatskosten an der Universität von Hawaii und bot Eddie an, ihn herumzuführen. Sie lagen an puderweißen Stränden, kletterten auf Hügel mit roter Erde, um sich die Geschützbunker aus dem Krieg anzusehen, und aßen dicke Macadamia-Pfannkuchen mit Passionsfruchtsoße.

»Warum gondelst du schon wieder durch die Welt?«, fragte Andy, als sie sich auf einem Bunker sonnten, der Beton heiß unter ihren nackten Rücken. Andy hatte die Arme über dem Kopf verschränkt. Der Anblick des Stumpfes überraschte Eddie bisweilen noch immer.

»Sie brauchte einen Navigator. Mir war langweilig.«

»Langweilig. Sicher doch. Man geht ins Kino, wenn einem langweilig ist. Willst du das *wirklich* machen?«

Unter ihnen erstreckte sich der Ozean bis zum Horizont. Er fürchtete sich vor den langen Flügen übers Wasser, die ihm bevorstanden: nach Kodiak, nach Norwegen, in die Antarktis, nach Neuseeland.

Den Menschen fehlt der sechste Sinn, der Seevögel über Tausende von Kilometern weglosen Ozeans zu führen scheint. Das war der erste Satz im Handbuch des Army Air Corps gewesen. Und doch hatte es Zeiten gegeben, in denen er vermutete, er könne diesen fehlenden Instinkt besitzen. In der Luft wusste er sicher, wo er sich befand, auch wenn er nicht hätte beweisen oder erklären können, woher das Wissen stammte.

»Ich wollte etwas wirklich Schwieriges machen«, sagte er zu Andy, »aber im praktischen Sinn, nicht im menschlich-emotionalen. Man ist immer *irgendwo*, man muss nur herausfinden, wo. Der Ort, an den du willst, *existiert*. Du musst ihn nur finden.«

Als sie eines Abends aus dem Nut kamen, waren ihnen ein paar Matrosen gefolgt. Eddie hatte zu Andy gesagt, er solle sich nicht umdrehen, und das hatte er auch nicht getan. Dann aber hatte ein Matrose eine Flasche geworfen und Eddie am Rücken getroffen, und dann war er es gewesen, der sich umgedreht hatte. Andy war weggelaufen, was Eddie ihm nicht übel nehmen konnte.

Er hatte ein paar gute Treffer gelandet, nach seinen Fingerknöcheln zu urteilen, doch ein Matrose hatte ihn mit etwas Schwerem am Kopf getroffen, und irgendwann war er in einer schmutzigen Gasse zwischen einem chinesischen Buchladen und einem Fischgeschäft zu sich gekommen. Als er die geschwollenen Augenlider öffnete, hatte er einen grünen Fleck gesehen, der allmählich zum Spiegelbild eines Neonpapageien in einer nach Fisch stinkenden Pfütze gerann, wenngleich er weder das Wort *Papagei* denken noch begreifen konnte, warum ein solches Tier auf dem Boden schimmern sollte.

Als sie auf dem Weg von Spitzbergen in den Sturm geraten waren, hatte er sich gefürchtet, wird sich aber wohl nie wieder so fürchten wie in jenem Augenblick, da er in der Gasse in Chinatown aufgewacht war. Im Sturm hatte er sich an das Netz der Längen- und Breitengrade geklammert, das den Planeten zusammenhielt, doch in der Gasse war er so orientierungslos gewesen, als hätte man ihn eingepackt, mit Ketten umwickelt und in dunkles Wasser geworfen, so ganz und gar verloren. Selbst wenn ihn der Sturm getötet hätte, wäre er ihm nicht so ausgeliefert gewesen wie dieser Gasse.

Er gleitet langsam in den Schlaf, erwacht ruckartig aus einem Traum von grünen Lichtern, die Polarlicht oder Neonpapagei sein könnten.

Am Morgen wird er sich um sein Bad und seinen Kaffee kümmern und welche schwedische Marmelade er sich auf den Toast schmiert. Er wird sich auf distanzierte, verblassende Weise daran erinnern, dass Eis das Flugzeug wie eine unerwünschte Rüstung überzogen hatte, wie eine bösartige kristalline Zwangsjacke, dass die *Peregrine* träge und schwerfällig geworden war, dass die Triebwerke sich mühten. Ihre Lage war so bedenklich gewesen, als hätte die Last einer einzigen weiteren Schneeflocke sie ins Verderben stürzen können, doch stattdessen waren sie in Bulltofta gelandet. Dann das warme Hotel, das weiße Bett, der unschuldige Schnee.

Ihm war eine Woche geblieben, um sich in seinem schäbigen Zimmer in Honolulu zu erholen, bevor er Marian begegnete, und da ging es ihm schon besser, nur noch ein blaues Auge und Kopfschmerzen, die unerwartet seinen Kopf durchzuckten. Sie hatte ihn besorgt angesehen und gefragt, ob alles in Ordnung sei, und ihn dann in Ruhe gelassen. Vermutlich war sie mit Caleb beschäftigt. Er war nicht mehr ins Nut gegangen, hatte Andy nicht mehr gesehen.

Von Malmö fliegen sie nach Rom, von Rom nach Tripolis, dann nach Süden in die feuchte Hitze des Äquators, wo die Tage immer länger werden.

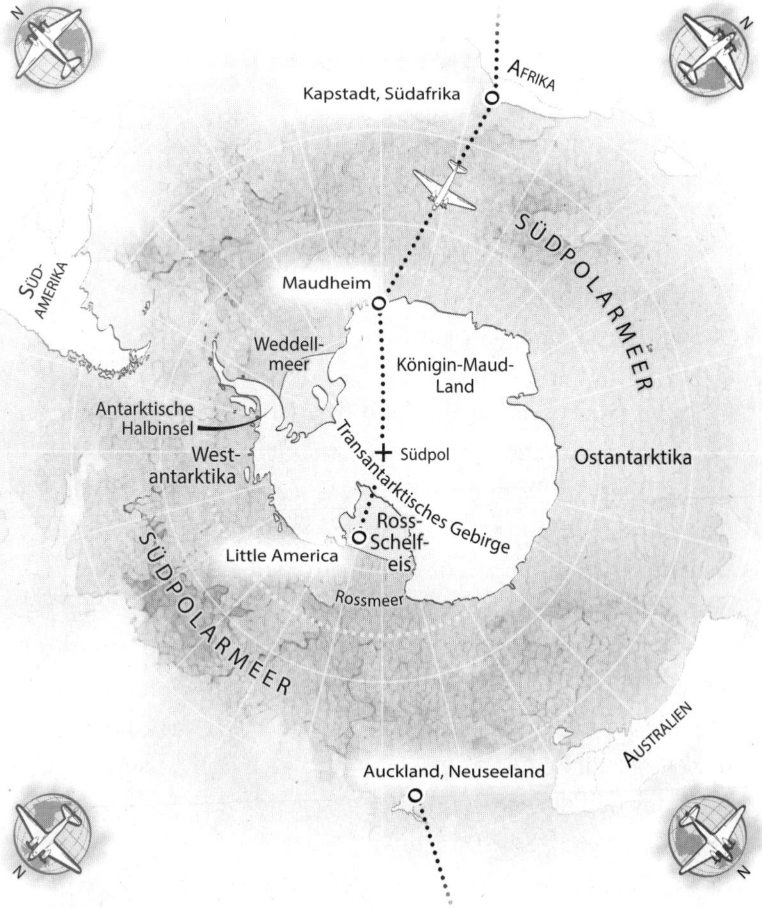
Afrika
Kapstadt, Südafrika
Südpolarmeer
Süd-
amerika
Maudheim
Weddell-
meer
Königin-Maud-
Land
Antarktische
Halbinsel
West-
antarktika
Transantarktisches Gebirge
Südpol
Ostantarktika
Ross-
Schelf-
eis
Little America
Rossmeer
Südpolarmeer
Australien
Auckland, Neuseeland
N
N
N
N

Antarktis

Ich schaue nach vorn, und da ist der Horizont. Ich blicke zurück. Horizont. Was vergangen ist, ist verloren. Für meine Zukunft bin ich schon verloren.

– MARIAN GRAVES

Kapstadt, Südafrika, nach Maudheim,
Königin-Maud-Land, Antarktis
33°54'S, 18°31'O nach 71°03'S, 10°56'W
13. Februar 1950
18 331 Seemeilen geflogen

Der Anruf kommt um halb drei Uhr morgens. Marian hat ihr Zimmer im ersten Stock eines kleinen Hotels beim Flugplatz Wingfield, doch das ferne Klingeln des Telefons weckt sie auf. Selbst im Schlaf hat sie gewartet. Als der Nachtportier an ihre Tür klopft, ist sie bereits angezogen. Draußen vor dem Fenster eine klare Sommernacht.

»Der Mann vom Flugplatz hat angerufen«, sagt der Nachtportier. »Er sagt –« Er schaut auf den Zettel in seiner Hand. »Er sagt, der Morsel hat gefunkt, dass das Wetter einigermaßen ist.« Er schaut auf. »Ich hoffe, Sie wissen, was das heißt, denn das hat er gesagt.«

»Die *Norsel*. Sonst noch was?«

»Er sagte, der Morsel sagt, es sieht aus, als würde es einigermaßen bleiben, soweit sie es sagen können, aber nicht gut, und dass ich das unbedingt sagen soll, und wenn Sie immer noch loswollen, empfehlen sie Ihnen, es so schnell wie möglich zu machen. Obwohl er persönlich nicht empfehlen würde, es überhaupt zu machen.«

»Rufen Sie bitte zurück und sagen Sie, wir sind unterwegs. Bitten Sie ihn auch, Schiffe im Süden zu orten und einen Bericht über die Bedingungen einzuholen.«

Der Nachtportier notiert es sich, die Zunge im Mundwinkel, und geht wieder die Treppe hinunter. Eddies Zimmer ist nebenan, und Marian drückt das Ohr an die Wand, um zu hören, ob sich etwas regt. Er muss doch aufgewacht sein, aber es herrscht absolute Stille. Bitte, denkt sie, betet sie beinahe, sei bitte da drin.

Sie waren am 9. Februar in Kapstadt angekommen, und am nächsten Tag hatte die norwegisch-britisch-schwedische Antarktisexpedition, die immer wieder vom Packeis zurückgedrängt worden war, endlich Land erreicht. Davor, in Rom und Tripolis und Libreville und Windhoek, war Eddie untergetaucht. Der Sturm von Spitzbergen hatte ihn vielleicht erschüttert, oder aber seine Veränderung hat mit den Ereignissen in Honolulu zu tun, denen er das blaue Auge verdankt. In Alaska war alles gut, über dem Nordpol war er in Hochform gewesen, doch seit Malmö schleicht er sich aus ihren Unterkünften und bleibt mitunter die ganze Nacht weg. Sie ist sich nie ganz sicher, ob er wiederkommt.

Sie hatte versucht, ihn in die letzten Planungen für die Antarktis einzubinden, hatte ihn bei ihren endlosen, nervösen Berechnungen von Ladung und Treibstoff um Rat gebeten (die Ski und ihr Luftwiderstand sind eine lästige Unbekannte), doch seine Antworten waren immer oberflächlich, gleichgültig, sogar barsch, als belästigte sie ihn mit albernen, belanglosen Sorgen. Es schien, als wollte er nichts mit ihr und ihren Karten und ihrem kritzelnden Stift zu tun haben, und in Kapstadt hatte sie gesagt, er müsse mit seinen Wanderungen aufhören. Die Saison neigte sich dem Ende zu. Sie mussten jederzeit bereit sein.

Sie klopft an seine Tür. »Komm rein«, sagt er sofort. Er sitzt vollständig bekleidet auf dem Bett. Das Bett wirkt unberührt.

»Hast du geschlafen?«, fragt sie von der Tür aus.

»Keine Ahnung. Nein. Nicht viel. Und heute Nacht hatte ich so ein Gefühl. Ist es so weit?«

»Das Wetter ist einigermaßen.«

Er schaut zu Boden, faltet und verdreht die großen Hände. »Vorerst. Etwa drei Stunden bis zum Abflug. Vielleicht dreizehn in der Luft. Es könnte einen Whiteout geben, bis wir dort sind. Alles Mögliche könnte passieren.«

Sie kämpft gegen die Ungeduld. Glaubt er, sie wüsste das nicht? »Irgendwann müssen wir springen.«

Er sieht zu ihr auf, unglücklich, flehend. »Ich weiß nicht, ob ich das kann.«

»Du meinst, du willst nicht mitkommen?« Sie ist verblüfft.

Er schüttelt den Kopf. »Ich meine, ich weiß nicht, ob ich den Weg finde.«

Sie setzt sich neben ihn. »Wenn es jemand kann, dann du.«

»Das ist keine Garantie.«

»Die gab es nie. Jeder von uns muss akzeptieren, dass der andere versagen kann.«

»Etwas hat mich erschüttert.«

»Der Sturm?«

»Der war nicht gerade hilfreich, aber da kommt eins zum anderen. Ich dachte, ich gewöhne mich an die langen Flüge über Wasser, aber das kann ich nicht.« Er drückt vorsichtig die Finger an die Schläfen, Schmerz durchzuckt sein Gesicht.

»Geht es dir gut?«

»Nur Kopfschmerzen. Die gehen vorbei.« Er nimmt eine Flasche Aspirin aus der Tasche, kaut zwei Tabletten.

»Du hast uns so gut nach Spitzbergen gebracht«, sagt sie, als erinnerte sie ein unwilliges Kind daran, dass es ein bestimmtes Gericht gestern noch gemocht hat.

»Das war etwas anderes.«

Das lässt sich nicht leugnen. In der Nähe des Nordpols galten zwar andere Navigationsregeln, aber sie hatten brauchbare Karten, eine Menge Ratschläge, Funksprüche aus Barrow und Thule, Leute, die in Longyearbyen auf sie warteten. Sie hatten auch das Glück gehabt, dass der Himmel klar war und Eddie sich an den Sternen orientieren konnte. Im Süden wird er nur lückenhafte Karten, keine Orientierungsfeuer und keine Sterne außer der Sonne haben, die zudem häufig durch das grausame, rasch wechselnde Wetter verdeckt sein dürfte.

»Ich habe lange darüber nachgedacht, was alles schiefgehen kann. Aber ich habe auch darüber nachgedacht, was passiert, wenn nichts schiefgeht. Denkst du auch an das Danach?«

»Ich versuche, von einem Tag zum anderen zu denken. Jede Etappe, jede Landung.« Sie spürt, dass Eddie zusammenzubrechen droht, kann aber nicht einschätzen, wie ernst das Problem ist, so wie die strukturelle Schwäche eines Flugzeugs je nach Belastung in einer Katastrophe endet oder auch nicht. Er sitzt vornübergebeugt, die Ellbogen auf die Knie gestützt, den großen Kopf in den großen Händen. Sie fragt: »Habe ich dich da hineingezogen?«

»Nein.« Wieder schüttelt er den Kopf. »Nein, ich habe mich dafür entschieden. Ich brauchte ... ich brauchte etwas und dachte, das könnte es sein.«

»Wir sind schon so weit gekommen«, sagt sie leise, flehend. »Es ist nur noch mehr Fliegen. Über Land, Wasser, Eis – letztlich ist es immer gleich.«

Das ist natürlich gelogen. Sie begeben sich in große Gefahr. Das weiß er ebenso gut wie sie – aber ihr ist es egal. Ihr ist fast alles egal. Sie hat sich innerlich verhärtet. Nur das Fliegen zählt.

Sie weiß, dass er weiß, dass sie lügt, doch er sagt: »Du hast recht.«

Es drängt sie, zum Flugplatz zu kommen. »Bist du bereit?«

Er hebt den Kopf. Er sieht erschöpft aus. »So bereit, wie ich nur sein kann.«

Sie starten in der Morgendämmerung, fliegen in einem Bogen nach Süden und erhaschen im schrägen, rosigen Licht der aufgehenden Sonne einen letzten Blick auf den Tafelberg. Ein großer Zug von Schaumkronen bewegt sich über das Meer. Die *Peregrine* schaukelt im Wind. Bis sie an Höhe gewinnen, ist es Marian in ihrer Wollkleidung viel zu warm. Sie kann sich nicht vorstellen, dass sie den Rentierparka, die Finnesko-Stiefel und die dicken Socken, die sich auf dem Kopilotensitz türmen, braucht, doch bald wird sie sich nicht mehr vorstellen können, sie nicht zu brauchen.

Nach zwei Stunden erscheint unter ihnen ein dünner, teils durchbrochener Nebelschleier. Vor ihnen erhebt sich eine feste graue Wolkenwand, zu hoch, um sie zu überfliegen. Sie gleiten in die fahle Dunkelheit.

Von Zeit zu Zeit reicht Eddie ihr einen Zettel mit einer Kurskorrektur. Seine teilnahmslose Miene verrät nichts. Sie versucht, ihm ihre eigene Botschaft zu senden, eine Botschaft des Glaubens: Er kann den Weg finden. Vielleicht heilt das, was in ihm zerbrochen ist, wenn sie den Kreis vollenden.

In der sechsten Stunde lichten sich die Wolken, werden von oben her dünner, ein weißes Rütteln und Rattern, und sie ploppen prachtvoll in den offenen Himmel, der Bauch des Flugzeugs streift das Weiß. Eddie reicht ihr einen Zettel. *PNR -30*. Point of no return in dreißig Minuten.

Er will nicht umkehren, weist sie nur wie üblich darauf hin, dass die Gelegenheit dazu bald vorbei sein wird. Doch sie hat den Punkt schon lange überschritten. Ihr Anfang und ihr Ende liegen vor ihnen.

Die Wolken verziehen sich. Der PNR verflüchtigt sich. Unter ihnen liegt eine dunkelblaue, von Wellen geriffelte Fläche. Die Temperatur im Flugzeug sinkt. Marian sitzt in angenehmer Langeweile da, der vertrauten Trance des Fliegens, beobachtet Instrumente und Triebwerke, wechselt von einem Tank zum nächsten, folgt Eddies Empfehlungen. Mehr kann sie nicht tun.

Der erste Eisberg taucht auf, eine flache Insel von der Größe eines Häuserblocks, an den Seiten blaue Höhlen, hineingegraben von den Wellen. Weiße Vögel kreisen darüber. Durchs Wasser schimmert türkis ein Rand aus Eis. Dort unten ist natürlich noch mehr Eisberg, viel mehr, eine riesige gefrorene Wurzel.

Der Kompass beginnt zu wandern, verwirrt von so viel Süden. Die Kälte macht der Heizung der *Peregrine* zu schaffen. Sie ziehen dicke Pullover an. Irgendwann in der elften Stunde erscheint ein leuchtend weißer Fleck am Horizont: eine Eisblänke, der bedeckte Himmel reflektiert Eis, das sie noch nicht sehen können. Das Wasser ist jetzt schwarzglänzend wie Obsidian, und dann erscheint ein Band aus Packeis, eine wüste Masse aus Schneematsch, Eisplatten und Eisbergen. Mancherorts ist das Wasser mit durchscheinenden Eisscheiben gesprenkelt, die wie Quallen aussehen. Auf einer Scholle liegt eine Gruppe Robben, die sich regen und herumwälzen und zum Lärm hinaufschauen. Eine andere ist mit Pinguinen getupft, die wie Mohnsamen aussehen.

Die Wolkendecke senkt sich, drückt sie auf hundertzwanzig Meter. Eddie beugt sich still über sein Pult und rechnet und rechnet. An den Tragflächen bilden sich Eisflecken, verklumpen wie von den Wolken verwehte Spucke. Marian bläst die Enteisungsmatten auf, um die Krusten zu zerbrechen. Zwölfeinhalb Stunden.

Etwas Seltsames taucht zwischen dem schwarzen Meer und den weißen Wolken auf: eine dünne silberne Linie, vertikal gestreift wie eine gedehnte Klebenaht, erstreckt sich in beide Richtungen soweit das Augen reicht. Marian ruft Eddie, tippt ihm auf die Schulter, als er neben sie tritt. Das Schelfeis. Diesen Gesichtsausdruck hatte sie nicht erwartet – ein Mann, der Zeuge eines heiligen Wunders wird. Ihm kommen die Tränen. Er hat sich wohl so gegen die Tatsache dieses Fluges gewehrt, dass ihn seine eigene Ehrfurcht überrascht.

Sie fliegen tief, folgen der Kante des Schelfs. Nach zwanzig Minuten meldet sich die Expeditionsbasis Maudheim auf Eddies wiederholte Funksprüche. Sie haben eine Landebahn mit Flaggen markiert. Nach vierzig Minuten: ein Schiff, das vor dem Eis ankert, aufgestapelte Fracht und Reihen angeketteter Hunde, Spuren im Schnee vom Schiff bis zu der Stelle, an dem die Hütten errichtet werden, kleine Gestalten, winkende Arme. Flaggen und ein Windsack markieren einen flachen Streifen Schnee. Marian kreist, setzt dann die Ski auf.

Das Geräusch des Windes ist jetzt meine Vorstellung von Stille. Echte Stille würde schwer auf meinen Ohren lasten, wie der Druck des Grabes.
– MARIAN GRAVES

Maudheim, Königin-Maud-Land,
nach Little America III, Ross-Schelfeis
71°03'S, 10°56'W nach 78°28'S, 163°51'W
13. Februar bis 4. März 1950
20 123 Seemeilen geflogen

Man bietet ihnen eine Unterkunft auf der *Norsel* an, aber das Schiff stinkt so nach Walfleisch, Hunden und Männern, dass Marian und Eddie nach dem Abendessen nur zu gern aufbrechen und ihr Zelt beim Flugzeug aufstellen, das sie mit Seilen verankert und dessen Kufen sie zusätzlich mit Schneeblöcken beschwert haben. Bei Richard Byrds erster Expedition im Jahr 1929 wurde eine Fokker vom Wind aus der Verankerung gerissen, rückwärts geweht und zerstört. Sollte so etwas mit der *Peregrine* passieren, nachdem sie Maudheim verlassen haben, wäre es wohl das Beste, denkt Marian, sich in den Schnee zu legen und zu warten. Rettung spielt in ihren Plänen keine Rolle. Rettung wäre unmöglich. Um Gewicht zu sparen, haben sie nur genug Essen dabei, um eine oder zwei längere Schlechtwetterphasen zu überstehen.

In ihren Knochen vibriert noch die Erinnerung an die Triebwerke. Bevor sie im Schlaf versinkt, schaut sie noch einmal nach draußen. Natürlich ist es hell, obwohl später

Abend ist. Die Wolken haben sich verzogen, um das Flugzeug schimmert ein Miasma aus Eiskristallen. Die Antarktis war ihr immer fantastisch erschienen, doch nun scheint sie der einzig mögliche Ort zu sein, vor dem die übrige Welt wie ein unerhört greller Traum verblasst.

In der Nacht weckt sie ein Geräusch wie Gewehrfeuer. Nach kurzem Staunen sagt Eddie: »Das ist nur das Eis, das sich bewegt.« Beim Abendessen war er lebhaft gewesen, erinnerte so sehr an den charmanten jungen Mann, den sie in London kennengelernt hatte, dass es sie verstört, geradezu geängstigt hatte. Piloten, die in der Antarktis geflogen waren, hatten sie vor Fata Morganas gewarnt, vor Gebirgen oder Eisbergen, die über dem Horizont schwebten, ein unbedeutendes Landschaftsmerkmal verdoppelten oder vergrößerten, und sie fragt sich, ob dieser Eddie auch eine Fata Morgana ist.

Am Morgen ist die Sonne weg, die Wolken hängen zu tief. Der Meteorologe sagt, sie sollen warten.

Sie helfen, so gut sie können, beim Bau von Maudheim. Die Expeditionsmitglieder laden Kisten, Ausrüstungsgegenstände und Treibstofffässer von Liberty Oil auf Weasel-Kettenpanzer, die knirschend die zweieinhalb Kilometer über das Eis zu den Hütten tuckern. Männer bauen Fundamente aus Eis und richten Fachwerk auf. Männer graben Höhlen für Lager und Werkstätten, bauen Durchgänge aus Kisten und Planen, stapeln Ölfässer als Windschutz. Bald wird all das unter Schneeverwehungen begraben sein. Dutzende Schlittenhunde sind rund ums Lager angebunden und sorgen für einen ständigen Chor aus Bellen und Geheul.

Der Expeditionsleiter erzählt Marian, er habe noch nie so glückliche Hunde gesehen wie ihre bei der Ankunft an Land. Während der Fahrt waren die Tiere an Deck in ihren

Zwingern angeleint, hatten in Gischt, in Blut, das aus dem aufgetürmten Walfleisch strömte, und ihrer eigenen Scheiße gelegen, doch als sie endlich auf dem Eis waren, wälzten sie sich sauber und trocken, bellten und tobten und waren wie neugeboren. Vielleicht ist Eddie doch keine Fata Morgana; vielleicht hat ihn die Reinheit dieses Ortes einfach nur erfrischt.

Nach einem Tag und einer Nacht voller Wolken klart der Himmel auf. Treibstofffässer werden herangerollt, die Tanks der *Peregrine* gefüllt. Die Triebwerke werden unter Segeltuchhauben aufgetaut und mit einem Frühstück aus warmem Öl versorgt.

Trotz der schweren Ladung und des Gashebels, der in der Kälte klemmt, heben die Kufen sauber vom festgedrückten Schnee ab. Marian dreht die Maschine weg von den winkenden Männern und bellenden Hunden, weg vom Meer, ins Nichts.

Nach einer Stunde überfliegen sie Berge, die nicht auf ihren Karten verzeichnet sind. Wahrscheinlich hat sie niemand je gesehen. Steile Grate aus schwarzem Fels und einsame Nunataks ragen aus dem Eis.

Dann eine verblüffende Unendlichkeit von Weiß.

Die Textur der Eisoberfläche verändert sich ständig, genau wie das Meer. (Marian vermutet, dass es *tatsächlich* eine Art freistehendes Meer ist, das Tausende Meter tief reicht.) Windgangeln kräuseln sie wie gefrorene Wellen; Risse durchziehen sie wie Strömungen. Selbst mit Sonnenbrille bohrt sich das grelle Licht in ihren Schädel. Nach vier Stunden bildet sich ein hauchdünner Dunst, der immer dichter wird: eine Wohltat nach dem Licht, aber auch ein Problem. Eis sprenkelt die Tragflächen. Sie steigt auf dreitausendsiebenhundert Meter, in klare Luft, keine tausend Meter über dem Plateau, das stetig in Richtung Pol ansteigt. Die Sonne wirft den Schatten des Flugzeugs auf die transparenten Wolken, eine perfekte Miniatur, umrahmt von einem Regenbogen – es nennt sich Glorie. Laut Vorschrift sollten sie Sauerstoff zuführen, doch Marian beschließt, ihn aufzusparen. Wer weiß, wie lange der Nebel anhält, wie hoch sie steigen müssen.

Südpol jetzt steht auf dem Zettel, den Eddie ihr wenig später reicht. *PNR -30.* Er lächelt, strahlt Begeisterung aus. Er wirkt beschwingt. Der Boden der Welt schimmert schwach durch den Dunst, weiß und weglos, nicht vom übrigen weglosen Weiß zu unterscheiden. Marian betrachtet ihn emotionslos. Der einzige Ort, an den sie möchte, ist vor ihr, weg von hier. Sie begreift jetzt, dass dieser Ort, weit und leblos, ebenso gut der Tod sein könnte.

Der Öldruckmesser ist ausgefallen, vermutlich wegen der Kälte, doch die Triebwerke brummen munter vor sich hin. Auch die Heizung hat den Geist aufgegeben, und das Metall der Kabine ist kalt genug, um nackte Haut aufzureißen.

Sie zögert, denkt an den PNR. Doch warum zögert sie? Es ist doch alles in Ordnung.

Sie ruft Eddie zu: »Was meinst du?«

Er sieht sie ausdruckslos an und brüllt zurück: »Wozu?«

»Sollen wir weiterfliegen?«

Er lugt unter der Kapuze seines Rentierparkas hervor. »Warum nicht?«

»Nur so.«

Er grinst und reckt den Daumen hoch. »Alles gut.«

Hatte sie sich den verängstigten Mann in dem Hotel in Kapstadt eingebildet, den Mann, der sie angesehen hatte, als wollte sie ihn zum Galgen führen? Wie konnte derselbe Mann nun so unerschrocken und übermütig sein? Aber es ist auch logisch: Für eine Umkehr gibt es keine besseren Gründe als für den Weiterflug. Die Sicht ist nicht perfekt, könnte aber schlechter sein. Mit dem Flugzeug ist alles in Ordnung. Würden sie zurückfliegen, immer vorausgesetzt, sie schafften es bis Maudheim, hätten sie keinen Treibstoff, um es noch einmal zu versuchen, sondern müssten die Saison abwarten, sich auf die Vorräte und die Gastfreundschaft der Expedition verlassen und mit dem Schiff abholen lassen.

Ein weiterer Sprung muss gewagt werden. Handle gegen deinen Instinkt, hatte Trout zu ihr gesagt. Gib nach, wenn du widerstehen willst, hatte sie in London zu Eddie gesagt. Widerstehe, wenn du nachgeben möchtest. Sie fliegt weiter.

Himmel und Eis verschmelzen zu einer nahtlosen Hülle, sind nicht voneinander zu trennen. Als flöge man in einer Schüssel Milch, wie Piloten sagen. Der Horizont ist verschwunden. Um sie herum, über und unter ihnen ist leerer Raum, aber sie kann nicht einschätzen, wie viel davon. Der Höhenmesser zeigt dreitausenddreihundertfünfzig Meter, aber über dem Meeresspiegel. Sie weiß nicht, wie dick das Eis ist. Sie könnten auch nur dreihundert Meter darüber sein. Sie sieht nichts als einen verschwommenen Wirbel aus wehendem Schnee. Eddie bückt sich und schaut hinaus.

In Alaska hatte sie einmal einen Mann zu einer Kupfermine geflogen, einen Stadtmenschen, Manager aus San Francisco, der eine Inspektion durchführen sollte. Sie waren in eine Wolke geraten, konnten sie weder über- noch unterfliegen, mussten hindurch. Nach einer Weile bemerkte sie, dass der Mann sein Ohrläppchen mit zwei Fingern eingeklemmt hielt. Als sie ihn fragte, ob ihm die Ohren wehtäten, flüsterte er trocken, er habe ein ganz seltsames Gefühl. Er denke ständig, sie seien vielleicht abgestürzt und gestorben und das unförmige, dröhnende Weiß sei das Fegefeuer. Wenn er sich kneife, mache es ihn zuversichtlicher, noch am Leben zu sein.

Jetzt versteht sie ihn. Wo ist die Grenze zwischen Leben und Vergessen? Warum sollte sich irgendjemand anmaßen, sie zu erkennen?

Sie beschreibt eine flache Kurve, dreht in der Hoffnung auf bessere Sicht ab. Sie glaubt, einen schwachen Blick auf das Eis unter ihr zu erhaschen, dann ist es verschwunden. Sie müssen bald landen und möglichst ohne Treibstoff zu verschwenden. Beinahe blind, knapp über Mindestgeschwindigkeit, lässt sie die Maschine sinken. Der Wind rüttelt sie durch. Die Triebwerke heulen. Eine Bö, und sie sieht das Eis, zieht die Maschine hoch. Ein furchtbares Kratzen und Rütteln, das Flugzeug rutscht zur Seite.

Ihr Zelt schwebt im Nichts. Der Wind kreischt unablässig, kann jeden Moment die flatternde Plane zerreißen. Marian würde ihn gnadenlos nennen, doch Gnade ist ein fremdartiges Konzept, ohne Bedeutung.

Das heftige Gestöber draußen blendet und erstickt. Alles ist weiß. Sie scheint frei zu schweben, kann den Schnee, in dem sie steht, nicht von der Luft um sie herum unterscheiden. Sie kann das Flugzeug nicht sehen, das eingegraben und festgebunden ist, kann nur hoffen, dass es nicht weggeweht wurde. Sie kann nicht hingehen. Würde sie mehr als ein paar Schritte in das Weiß tun, fände sie nie wieder zum Zelt zurück.

Es ist ein Wunder, dass sie die Landung mit einem verbogenen Propellerblatt und einer beschädigten Kufe überstanden haben. In Alaska hat sie zahllose Propellerblätter mit einem Vorschlaghammer zurechtgebogen und eine Kufe mit Klebeband geflickt und geschient. Wie durch ein Wunder hatte der Schneesturm nicht die volle Kraft erreicht, als sie landeten, und es war ihnen (mit viel Mühe) gelungen, das Flugzeug zu sichern, das Zelt aufzustellen und den Ofen anzuzünden, sodass sie schweigend und unter qualvollen Schmerzen ihre Hände und Füße auftauen lassen konnten.

Sie schlafen und wachen in ihren Rentierschlafsäcken, schlafen und wachen, liegen meist still da, wenn sie wach sind. Als der Wind nach zwei Tagen endlich nachlässt, kann Marian nur noch an das Flugzeug denken. Leise, um Eddie nicht zu wecken, krabbelt sie aus dem Zelt. Wo das Flugzeug stand, ist nur ein Schneehügel zu sehen. Sie stürzt in ihren schweren Stiefeln los und hat höchstens ein Dutzend Schritte gemacht, als der Schnee unter ihrem rechten Fuß etwas Seltsames tut.

Noch bevor sie begreift, was passiert, verlagert sie ihr Gewicht instinktiv nach links und fällt auf die Knie.

Wo sie gestanden hat, ist schwarzer Raum, als hätte sie eine fußgroße Öffnung aus der weißen Welt in eine unterirdische Leere getreten. Etwa ein Meter senkrechtes Eis glüht blau in der Spalte, darunter eine vertraute Dunkelheit. Sie verfolgt Marian seit ihrem ersten Flug nach Kanada, vielleicht seit dem Untergang der *Josephina*. Sie sitzt auf einer dünnen Membran zwischen einer weißen und einer schwarzen Leere. Zwei Hälften einer Kugel, die beide aus Abwesenheit bestehen: der Abwesenheit von Farbe, der Abwesenheit von Licht.

Sie kriecht auf Händen und Knien zum Zelt zurück. Eddie rührt sich, als sie hineinkommt, murmelt, dass der Wind abflaut. Sie kann nur einen kehligen Laut hervorstoßen, den er hoffentlich als Zustimmung wertet. Draußen lauert der Abgrund, untergetaucht wie ein Krokodil. Falls das Flugzeug noch da ist, könnte es auf einem Abgrund stehen, das Zelt auf einer Schneebrücke, die jeden Augenblick zusammenbrechen kann. Wenn sie an das kleine schwarze Loch im Schnee denkt, überkommt sie Entsetzen, aber auch Mitgefühl mit ihrem Körper – seiner unglückseligen, ungeschickten Verletzlichkeit, seiner Kleinheit, seinem dumpfen Gewicht. Sie kann nichts tun. Der Wind nimmt wieder zu. Sie zieht sich in den Schlaf zurück.

Schneetreiben begräbt und dämmt das Zelt. Alle paar Stunden legen sie den Eingang frei, um nicht dauerhaft begraben zu werden. Als Marian Eddie von der Gletscherspalte erzählt hatte, war er die unerschütterliche antarktische Version seiner selbst geblieben. Fürs Erste können wir nur vorsichtig sein, hatte er gesagt, und wenn der Sturm nachlässt, werden sie sehen, was zu sehen ist. Wenn das Flugzeug weg ist, ist es weg. Er glaubt aber, dass es noch da und nur im Schnee begraben ist.

Das Wetter muss besser werden. Selbst an einem lebensfeindlichen Ort wie diesem müssen Sonne und Himmel wiederkehren. Marian sagt sich das, glaubt es aber nicht so ganz. Sie denkt wieder an den Passagier in Alaska, der sich davon überzeugen wollte, dass er nicht tot war. Könnten sie tot sein? Alles scheint möglich, aber auch nichts, außer Weiß und Kälte. Nein, denkt sie, das Vergessen muss rein sein, und ihre Gegenwart trübt die Reinheit dieses Ortes. Sie sind das Fleckchen Unvollkommenheit, das Leben beweist.

Noch haben sie Essen und Kerosin, doch nach einer Woche ist der Tod sehr nah, kein Sprung mehr, nur noch ein kleiner Schritt zur Seite. Die Kälte knabbert ständig an Marians Händen und Füßen, will in sie hinein, sucht nach einem Loch in ihrem Panzer. Taubheit ist nicht die Abwesenheit von Gefühl, sondern gefühlte Abwesenheit. Wenn sie zu lange draußen bleiben, färben die Erfrierungen ihre Gesichter weiß wie Totenmasken. Sie reiben sich Wangen, Nasen und Zehen, ertragen den Schmerz, wenn sie zum Leben erwachen.

Das Kondenswasser ihres Atems überzieht als schuppiger Reif Schlafsäcke und Zeltwände. Eddie lässt eine feuchte Socke auf dem Zeltboden liegen, und als er sie aufhebt, bricht sie knackend wie Schokolade.

Die Kälte ist in ihr Innerstes gedrungen und lässt sich kaum noch vertreiben. Sie wird die verkrusteten gelben Flecken auf Nase und Wangen nicht mehr los, den Nebel in ihrem Kopf – der Tod hat sich in ihr eingerollt und wartet; der Tod marschiert an ihren Grenzen auf. Sie hat wilde, bunte Träume, die ihr wie kleine, lebhafte Rebellionen gegen das Leichentuch des Nichts vorkommen.

Manchmal ertappt sie sich bei dem Gedanken, Jamie nach dem Flug zu besuchen. Wenn sie sich an die Wahrheit erinnert, explodiert in ihr die Trauer.

»Es ergibt keinen Sinn«, sagt sie aus dem Schlafsack heraus zu Eddie, »aber manchmal macht mir der Tod meines Bruders Mut. Ich ertappe mich bei dem Gedanken, dass, wenn er sterben, wenn er es ertragen konnte, ich es auch kann, obwohl mir natürlich keine Wahl bleibt und es nicht etwas ist, das man *erträgt*. Es ist das genaue Gegenteil davon.«

»Ich finde, du solltest dir Mut holen, wo immer du ihn finden kannst«, sagt Eddie. »Was schadet es denn?«

Sie ist Eddie grenzenlos dankbar, und doch gibt es Momente, in denen sie ihn wegwünscht. Ihr Instinkt sagt, dass sie das Wesen der Antarktis nur erfassen kann, wenn sie ihr allein gegenübertritt. Oder das Wesen des Ortes ist zu groß und leer, als dass irgendjemand es erfassen könnte, so direkt man ihm auch gegenübertreten mag. Vielleicht liegt darin der Reiz der Antarktis, ihre Verlockung. Sie denkt an Jamie, der den unendlichen Raum malte, wohlwissend, dass der unendliche Raum sich nicht malen lässt.

Wenn sich der Wind legt und sie nach draußen gehen, kehrt Eddie ihr den Rücken, starrt über die weiße Scheibe und scheint sie nicht zu hören, wenn sie spricht.

Im Zelt sagt er, er möge die Antarktis, weil sie vom Krieg unberührt geblieben sei. Es gefalle ihm, dass es nichts aufzubauen gebe. »Der Wiederaufbau deprimiert mich fast so sehr wie die Zerstörung. Die Trümmer waren immerhin wahrhaftig.«

Sie erinnert sich an Städte, reduziert auf flache Flecken aus rosa-grauem Staub und Haufen Mauerwerks. Er meint wohl, dass die Toten nicht zurückkehren, trotz aller aufrichtigen Friedensversprechen, trotz aller aufgesammelten und zusammengeklebten Trümmer. Eine Rückkehr in die Welt, wie sie einmal war, ist unmöglich; die einzige Chance besteht darin, eine neue Welt zu erschaffen. Aber eine neue Welt zu erschaffen scheint trist und ermüdend.

Der Himmel ist klar, und sie graben den blutleeren silbernen Rumpf des Flugzeugs aus dem Schneehügel. Sie haben eine Tragfläche und den größten Teil des Hecks freigelegt. Auch das Innere ist voller Schnee. Ihre Hände in den Handschuhen sind schon ganz wund, aber sie müssen weitergraben. Eddie hat die Gletscherspalte sorgfältig mit einer Zeltstange abgetastet und einen sicheren Weg markiert. Er hält das Eis vor dem Flugzeug für tragfähig. Sie graben wie im Fieber und hoffen, dass das Wetter hält.

Wolken verdichten sich, reißen auf, schließen sich wieder. Sie graben einen ganzen Tag, und sobald sie aufhören, friert ihre verschwitzte Kleidung ein. Nachdem sie den Rumpf ausgegraben haben, legen sie das Innere frei und hämmern das Propellerblatt einigermaßen gerade, flicken die Kufe einigermaßen zusammen.

Dann müssen sie nur noch den letzten Schnee von der Motorhaube kratzen und ängstlich darauf warten, dass die Triebwerke unter den Abdeckungen warm werden. Sie wünschen sich nichts sehnlicher als Schlaf, doch kann jederzeit der nächste Schneesturm aufziehen und die ganze Arbeit zunichtemachen.

Die Propeller drehen sich kraftlos, bleiben stehen. Marian versucht es mit dem Hilfstriebwerk. Die Treibstoffleitungen husten; die Triebwerke erwachen knurrend zum Leben; die Propeller drehen sich, drehen sich weiter. Als es so weit ist, muss sie kräftig Gas geben, um die Kufen vom Eis zu brechen, und schon dabei schmerzt der müde Arm. Der Schnee fliegt immer schneller aus den Cockpitfenstern. Die Maschine hüpft und ruckelt, und sie betet, dass sie keine große Windgangel oder Gletscherspalte treffen. Sie heben ab; sie steigen auf. Die Eisfläche, auf der sie gefangen waren, und die verborgene Gletscherspalte verschwinden augenblicklich, sind vom übrigen Weiß nicht mehr zu unterscheiden.

Eddie schaut durchs Visier und zeigt ihr auf der Karte, wo sie waren. Nur ein leerer Fleck wie alle anderen. Das Adrenalin verfliegt, das Fliegen lullt sie ein. Der Schlaf drückt schwer auf sie. Ihr Kopf sinkt nach unten, schießt ruckartig hoch.

Das Transantarktische Gebirge durchbricht die weiße Haut des Kontinents: pyramidenförmige Gipfel und schwarze, gezackte Grate und blaue Felder aus zerbrochenem Eis. Marian fliegt auf viertausend Metern, steuert über die Pässe. Sie würde es mit Sauerstoff versuchen, weil sie hofft, er könnte sie wach machen, aber ein Ventil ist zugefroren. Charles Lindbergh war über fünfzig Stunden wach, als er den Atlantik überflog, mahnt sie sich. Aber, entgegnet das Selbstmitleid in ihr, er musste sein Flugzeug auch nicht aus dem Schnee freigraben.

Der Treibstoff geht zu schnell zur Neige. Sie dreht sich um, entdeckt einen schillernden Sprühnebel hinter der Tragfläche. Sie war so schläfrig gewesen, dass sie es beim Start nicht gemerkt hatte, und kann nur hoffen, dass das Leck nicht größer wird. Landen und es reparieren ist ausgeschlossen. Womöglich hat sich bei der harten Landung eine Leitung gelöst, oder eine Dichtung ist in der Kälte porös geworden.

Sie erreichen den Axel-Heiberg-Gletscher. Dahinter, unter ihnen, eine Wolkenschicht zum Horizont. Die Sorge macht sie wach. Eddie reicht ihr eine Kurskorrektur, sie wechseln ernste Blicke. Was kann man schon sagen? Unter den Wolken fällt der Gletscher über zweitausendsiebenhundert Meter von den Bergen zum Ross-Schelfeis ab, einer schwimmenden Eisplatte, die größer ist als Spanien. Sie sehen jedoch nur eine niedrige graue Wolkendecke.

Das Schelfeis zu überfliegen, ist ihre einzige Chance. Sie fliegt immer weiter, während der Treibstoff schwindet, bis sie über offenem Wasser sein müssten. Auf Eddies Zeichen taucht sie in die Wolken. Tiefer und tiefer durchs blendende Weiß. Dann plötzlich wird es von unten her dunkel, und sie fliegen in klarer Luft, über schwarzem Wasser mit einem Dunst aus Nebel. Nicht weit entfernt reicht ein gewaltiger, flacher Eisberg bis fast zu den Wolken. Sie wendet die Maschine, und da ist die Kante des Schelfeises, die Grenze, eine schiere blaue Wand, die aus dem Meer emporragt. Eddie hat sie punktgenau ans Ziel gelenkt.

Hier errichtete Roald Amundsen seinen Stützpunkt Framheim, bevor er auf Ski zum Südpol aufbrach. Hier sind die Lager von Richard E. Byrd, Little America I-IV, unterirdische Labyrinthe aus Wohnräumen, Laboratorien und Werkstätten mit Treibstoff- und Vorratslagern im Schnee versunken. Marian hatte an Männer geschrieben, die an den Expeditionen teilgenommen hatten; Eddie hatte eine Karte der relativen Positionen erstellt. Sie hatten Vermutungen angestellt, was noch aus dem Schnee ragen könnte, wonach sie Ausschau halten sollten.

Doch das Eis ist immer in Bewegung, wird von der aufgetürmten Masse im Inneren des Kontinents nach außen gedrückt, rutscht immer Richtung Meer, bricht ab, treibt davon. Sie sieht die Überreste von Little America IV nahe der Eiskante, näher als erwartet, bestürzend nah, die Dächer der Quonsethütten, die 1947 für ein Marinemanöver mit viertausendsiebenhundert Männern, dreizehn Schiffen und siebzehn Flugzeugen errichtet wurden. Stattdessen steuert sie eine Ansammlung von Ventilatoren und Masten einige Kilometer nordöstlich an: Little America III.

Es fühlte sich seltsam an, warm zu sein. Als der Generator zum Leben erwachte, waren sie vor Schreck zurückgesprungen und dann lachend, unter Tränen und erschöpft auf dem Boden eines Tunnels durchs Eis zusammengebrochen. Eddie hatte ihn versuchsweise, fast im Scherz, in Gang gesetzt, doch Admiral Byrds Männer mussten Kerosin in der robusten Maschine gelassen haben, denn sie ratterte und dröhnte und machte sich brummend an die Arbeit. Das Hauptgebäude ist so konstruiert, dass der Generator warme Luft zwischen die Schichten eines doppelten Bodens bläst, und schon bald verliert die Kälte ihre Schärfe. Im Zelt auf dem Plateau hatte Marian irgendwann schon die geringste Abschwächung der Kälte als Wärme empfunden, doch als sie nach unendlich langem Schlaf in ihrer Koje liegt, begreift sie, dass diese Wärme echt ist. Sie muss nicht mehr kämpfen.

Als sie das Flugzeug verankert und die Triebwerke abgedeckt und überlegt hatten, wo sie am besten graben sollten, war sie sich körperlos wie Nebel vorgekommen. Sie hofft, dass sie nie wieder Schnee schaufeln muss. Ihre Hände sehen aus wie rohes Rindfleisch, erst gefroren, dann aufgetaut. Ein Veteran der Byrd-Expeditionen hatte ihr eine handgezeichnete Skizze des Stützpunkts geschickt, anhand derer sie sich in das unterirdische Lager aus Hütten und Eistunneln gegraben und gemeißelt, den Generator gefunden und Schnee geschmolzen hatten. Dann waren sie in ihren Schlafsäcken zusammengebrochen.

Sie erwacht in völliger Finsternis. Langsam, aller anderen Sinne beraubt, verspürt sie zuerst den durchdringenden Schmerz in Armen und Rücken und das Stechen in ihren Händen, dann Durst und Harndrang und zuletzt ein schwaches, kaum wahrnehmbares Schaukeln: Das Schelfeis biegt sich mit dem Wellengang. Sie zündet eine Kerosinlaterne an. Ihre Armbanduhr zeigt vier, aber sie weiß nicht, ob es Nacht oder Tag ist. »Guten Tag«, sagt Eddie irgendwo in der Nähe.

»Ist es Nachmittag? Wann sind wir schlafen gegangen?«

»Ich glaube, gestern Abend.«

Der Raum ist voller Kojen, es türmen sich Vorräte und Ausrüstungsgegenstände, ausrangierte Wollsachen und abgetragene Stiefel, die Hinterlassenschaften von dreiunddreißig Männern. Bücher liegen aufgeschlagen, wo man sie vor zehn Jahren zurückgelassen hat. In Wände und Balken sind Namen und kryptische Botschaften geritzt. Lachende Pin-up-Girls auf Zehenspitzen. Hier ist keine Katastrophe geschehen, und doch wirkt alles geisterhaft. Es liegt an der Kälte, die alles in der Schwebe hält und die Verwesung bremst. Es gibt kein Wasser, das irgendetwas angreifen, keine Schädlinge, die knabbern und nagen könnten, keine Fäulnis, nichts, was den Lauf der Zeit markiert. Ein Tunnel durch das Eis ist eingebrochen, und das Dach hängt etwas durch, doch ansonsten könnte der Ort gestern erst verlassen worden sein.

Sie geht an die Oberfläche und freut sich ausnahmsweise über die tiefhängenden Wolken. Sie sind immer noch so verzweifelt müde, dass sie es kaum ertragen könnten, schon wieder aufzubrechen.

Unterirdische Eistunnel führen zu weiter entfernten Hütten und Iglus. Sie entdecken die Maschinenwerkstatt, den Skikeller und den Funkraum. Im Fleischraum wartet ein Haufen ausgeweideter Robbenkadaver darauf, zerlegt zu werden. In den Tunneln stehen Kisten mit Lebensmitteln und Kerosinkanister. Im Hundetunnel hält Marian die gefrorenen Scheißhaufen im Laternenlicht zuerst für riesige, glänzend braune Kröten.

Aus einer Fülle perfekt konservierter, tiefgefrorener Zutaten kochen sie eine Mahlzeit aus Schinken und Maiskolben (laut Verpackung angebaut im Jahre 1938). Eddie wagt sich immer wieder in die Tunnel und kehrt mit unerwarteten Schätzen zurück. Er findet eine Zigarre, dann ein Grammofon, spielt Benny Goodman und Bing Crosby. Die Musik hallt von den Balken und den kahlen Wänden wider, schallt nach draußen übers Eis, wird von den Robben, die darunter schwimmen, gehört.

Der Himmel bleibt bedeckt. Immer wieder klettert sie nach oben, um das Wetter zu prüfen, und immer ist es bewölkt, manchmal weht Schnee. Es ist ihr gar nicht so unrecht, das muss sie ehrlich zugeben. Unten vergisst man leicht, dass es nicht so bleiben kann, dass sie wieder springen müssen. Das Eis knackt, um sie daran zu erinnern.

Sie haben Benzinfässer gefunden und das Flugzeug aufgetankt. Jeden Tag schaufeln sie den Schnee weg, der sich um die Maschine auftürmt. Sie haben jeden Schlauch, jedes Ventil und jede Dichtung überprüft, sollten alle Lecks beseitigt haben, doch die Zweifel lassen Marian nicht los. Und Eddie verhält sich wieder seltsam. Er verbringt mehr Zeit oben als sie, wandert nachdenklich umher, doch wenn er nach unten kommt, macht er sich eifrig daran, aufzuräumen und die Vorräte zu überprüfen.

Die Antarktis ist eine Trickbetrügerin. Je nach Lichtverhältnissen erweist sich ein ferner Berg als schulterhoher Schneehaufen, der nur fünfzehn Meter weit entfernt ist. Dutzende hoher schwarzer Gestalten, die aus dem Nebel auf sie zukommen, entpuppen sich als fünf kniehohe Adelié-Pinguine, die durch eine Luftspiegelung vergrößert und vervielfacht werden und sich entlang eines unsichtbaren Horizonts wie eine Armee ausbreiten.

Sie sind in der *Peregrine*, als Eddie ihr sagt, dass er nicht mitkommt. Das Wetter hat aufgeklart, sie haben wieder einmal den Schnee weggeschaufelt, der durch die Ritzen hereingeweht wurde. Sie hört nicht richtig zu, geht in Gedanken durch, was noch getan werden, was überprüft werden muss.

»Die Sache ist die«, sagt er fast beiläufig, »selbst wenn ich mitkäme, glaube ich nicht, dass wir es schaffen, und ich will nicht ertrinken. Das Einzige, wofür ich im Krieg je dankbar war, ist, dass ich nicht ertrunken bin.«

Sie ist abgelenkt, glaubt zunächst an einen seltsamen Scherz. »Was?«

»Ich bleibe hier«, sagt er noch einmal.

Ungläubig und verwundert sagt sie nein, natürlich nicht. Sie braucht ihn. Sie werden es schaffen. Es gibt keinen Grund, aus dem sie es nicht schaffen sollten. Sie haben das Leck geflickt. Sie sind schon so weit gekommen.

»Nein«, sagt er ruhig. »Ich glaube nicht, dass wir es schaffen. Für mich ist es das Risiko nicht wert.«

»Hast du etwa eine *Vorahnung*?«

»So könnte man es nennen.«

Sie sucht immer noch nach dem Streich, dem Witz, fragt, warum er sich die Mühe gemacht habe, das Flugzeug freizuschaufeln, wenn er nicht mitfliegen will, und er sagt, immer noch gelassen, er habe gedacht, sie wolle es auch allein versuchen.

»Aber du glaubst nicht, dass ich es schaffe. Du glaubst, ich werde ertrinken.«

»Du könntest hierbleiben.«

»Das kann ich nicht. Was redest du da? Willst du hierbleiben und auf ein Schiff hoffen, das uns rettet? Es ist zu spät in der Saison. Wir müssten ein Jahr warten, und es gibt sowieso keinen Grund dafür.«

»Das meine ich nicht. Ich weiß, du wirst fliegen. Aber ich will nicht. Wenn ich hierbleibe, weiß ich, was passiert.«

Sie ist fassungslos, empört, panisch. »Du wirst erfrieren oder verhungern oder in eine Gletscherspalte stürzen und dort erfrieren oder verhungern.«

»Mag sein«, sagt er. »Oder ich warte bis zum Winter und gehe in einer klaren Nacht raus und lege mich unter das Polarlicht.«

Sie schreit, dass er irrational und verrückt sei, dass er sein Versprechen breche, sie zum Tode verurteile, und er lässt sie ausreden und erklärt dann, dass er das Chaos der Welt da draußen nicht mag und nichts mehr damit zu tun haben will.

»Ist es Rache?«, fragt sie. »Für das, was mit Ruth passiert ist?«

»Bitte beleidige mich nicht«, sagt er leise.

Sie beruhigt sich, spricht vorsichtig. »Es gibt ein Leben danach für dich«, sagt sie. »Du wirst es finden. In der Antarktis bist du nicht weniger einsam.«

»Aber ich bin hier nicht einsam. Das ist der springende Punkt. Und für mich gibt es kein Leben da draußen.« Er deutet auf das Wasser, die nördliche Masse des Planeten. »Keines, das ich will. Ich habe es versucht. Wirklich. Ich finde meinen Weg nicht mehr.«

»Doch, das *kannst* du. Du bist Navigator.«

»Das ist nur ein Job«, sagt er. »Eine Aufgabe.«

Sie kann nicht gleichzeitig fliegen und navigieren. Nicht auf einem solchen Flug. Sie wird es ohne ihn nicht schaffen. »Ist es das, was du willst?«

»Was ich will, spielt keine Rolle.«

»Wie kannst du so was sagen?«

»Wir schaffen es nicht. Das Ende ist dasselbe, aber ich will nicht im Wasser sein.«

»Wir *schaffen* es. Wir müssen es *versuchen*. Warum kannst du es nicht zu Ende bringen und danach über alles nachdenken? Du könntest irgendwo ein Stück Land kaufen und dort in Ruhe leben, wenn du dir Abgeschiedenheit wünschst.«

Er sieht sie mitfühlend an. »Es gibt kein Danach. Es tut mir leid, Marian, ich weiß, es ist schwer für dich, aber ich entscheide selbst, wie ich gehe. Das kannst du auch. Und ich möchte wissen, wie es ist, hier allein zu sein. Ich sehne mich danach.«

Sie versteht es – er gibt ihr sogar, was sie zu wollen geglaubt hat, nämlich allein zu fliegen –, und doch sagt sie: »Das ist das Egoistischste, was ich je gehört habe.«

Mag sein, sagt er. Aber in der Antarktis gehört er sich selbst, weil es nichts anderes gibt. Oder nichts mehr geben wird, wenn Marian weg ist. Er hat die Route für sie geplant, vielleicht kann sie ihr allein folgen. Aber er glaubt, wie gesagt, dass sie am Ende ihres Weges angekommen sind. Sie kann in der Antarktis oder im Südpolarmeer sterben. »Du entscheidest selbst, was du tust«, sagt er, »aber ich habe mich entschieden.«

Sie will wissen, warum er der Reise zugestimmt hat, wenn er sie ohnehin im Stich lassen, sie sabotieren wollte.

Weil er bis jetzt geglaubt hat, dass sie es schaffen, aber Angst gehabt hat. Jetzt weiß er, dass sie es nicht schaffen, und seine Angst ist verschwunden. Alles hat zu diesem einen Punkt geführt. Er musste Angst haben, um zu merken, wenn er keine mehr hat.

Sein abergläubischer Starrsinn werde sie umbringen, er könne ruhig Todessehnsucht haben, solle sie aber bitte damit in Ruhe lassen. Ruth würde nicht wollen, dass er das tut. Er könne sie nicht allein lassen, sagt sie mit brüchiger Stimme.

»Das tue ich auch nicht. Du bist es, die mich allein lässt.«

Sie schreibt einen letzten Eintrag in ihr Logbuch, atemlos, krakelig. *Ich habe mir ein Versprechen gegeben: Mein letzter Anflug wird kein hilfloser Taumel sein, sondern der scharfe Tauchgang eines Tölpels.* Falls sie es nach Neuseeland schafft, nachdem sie Eddie auf dem Eis zurückgelassen hat, wird sie nichts über den Flug, den vollendeten Kreis zu sagen haben, wird nicht ertragen können, dass jemand die Worte eines Menschen liest, der so etwas Schändliches getan hat.

Er lässt mir keine Wahl, denkt sie, fragt sich aber auch, ob sie ihn nicht überreden konnte, weil sie einfach nicht gut genug mit Menschen umgehen kann. *Ich bedaure nichts,* schreibt sie, *aber wenn ich es zulasse, werde ich genau das tun. Ich darf nur an das Flugzeug denken, den Wind, das Meer und die so ferne Küste, an der das Land wieder beginnt.*

Doch falls sie stirbt, soll eine Version der Geschichte weiterleben, auch wenn sie bruchstückhaft und unvollständig sein mag, auch wenn die Chance, dass sie gefunden wird, verschwindend gering ist. *Wir haben das Leck so gut es geht repariert.* Sie zögert, schreibt schließlich ich, nicht wir. *Bald breche ich auf.*

Wahrscheinlich wird das Eis kalben und Little America mitsamt dem Logbuch aufs Meer hinaustragen.

Was ich getan habe, ist töricht, aber mir blieb keine andere Wahl.

Vermutlich wird der Schnee es so tief begraben, dass es nie gefunden wird.

Niemand sollte dies je lesen. Mein Leben ist das Einzige, was ich besitze.

Vermutlich.

Und doch, und doch, und doch.

Sie schließt das Buch, wickelt es in Eddies Schwimmweste und lässt es im Schlafraum von Little America III.

Bis zu ihrem Tod wird sie sich fragen, ob sie ihn hätte überreden können. Bis zu ihrem Tod wird sie sich an Eddies kleine, dunkle Gestalt auf dem Eis erinnern, die mit beiden Armen winkte, als sie in Schleifen aufstieg. Sie wird immer fürchten, dass sich seine Abschiedsgeste, als sie es nicht mehr erkennen konnte, verwandelt und er sie stattdessen angefleht hatte zurückzukommen.

Sitting-in-the-Water-Grizzly

Zwanzig

Ich klopfte an die Tür des blauen Hauses. Joey Kamaka öffnete und brach in Gelächter aus. Er lachte so sehr, dass er sich vorbeugte und die Hände auf die Oberschenkel stützte. »Sie sind es wirklich«, sagte er, als er sich erholt hatte. »Ich war sicher, dass mir jemand einen Bären aufbindet.«

Er war um die sechzig, drahtig und barfuß, trug Boardshorts und T-Shirt und hatte einen kurzen grauen Pferdeschwanz. Ein kleines Mädchen, etwa acht Jahre und ebenfalls mit Pferdeschwanz, hatte die Arme von hinten um seine Taille geschlungen und schaute mich aus riesigen Cartoon-Hasenaugen an.

»Das ist meine Enkelin Kalani«, sagte er. »Sie hat nur den ersten *Archangel*-Film gesehen, weil die anderen zu gruselig waren, aber sie hat alle *Katie McGee*-DVDs. Sie liebt *Katie McGee*.«

Er winkte mich herein, und ich zog die Flip-Flops aus und legte sie auf den Haufen neben der Tür. Das Haus war klein und hell, mit Wänden und Decken aus weiß gestrichenen Brettern und abgewetzten dunklen Bodendielen. Ich war zum ersten Mal in einem Raum, von dem ich wusste, dass auch Marian Graves darin gewesen war. Alle anderen Orte waren nur Kulissen und Ersatzlösungen gewesen. Es gab ein mit Spielzeug übersätes Wohnzimmer mit geflochtenem Teppich, durchhängendem Sofa und großem

Flachbildfernseher, und dahinter erhaschte ich einen Blick auf ein Badezimmer und eine chaotische Höhle in Rosa und Lila, vermutlich Kalanis Zimmer. Eine Treppe führte durch eine offene Luke nach oben. An der Wand hing leicht schief ein Landschaftsgemälde, spitzwinklige Berge, dicht bedeckt mit Bäumen und Schatten. Ich trat näher, um es mir anzusehen.

»Ist das …?«, fragte ich.

»Von Jamie Graves«, sagte Joey. »Caleb hat es vom Festland mitgebracht. Ich weiß, dass es eine Menge wert ist und ich es verkaufen oder zumindest ein Sicherheitssystem oder so was anschaffen sollte, aber es war irgendwie schon immer da. Es kommt mir immer noch vor, als gehörte es Caleb und nicht mir.«

Gestern Abend hatte ich in einer größeren, schöneren Version dieses Hauses, das ein Locationscout gefunden hatte, eine Szene gedreht, in der Marian und Eddie bei Caleb übernachten, während ein Sturm tobt und Marian Eddie verrät, indem sie zu Caleb geht und mit ihm fickt, während Eddie sich im Zimmer darunter schlafend stellt. Der Film-Caleb und ich hatten heiße Leidenschaft gespielt, mit fleischfarbenen Stofffleckchen im Schritt und umgeben von einem Haufen Leute, die Tonangeln und Reflektoren in Händen hielten, und der Intimitätscoach hatte Dinge gesagt wie: *Hadley, wäre es in Ordnung für dich, wenn er die Hände an deiner Taille statt an deinen Hüften hätte*? Bart hatte gebrabbelt, dass die Szene vielleicht besser und authentischer wäre, wenn man meine Brüste sehen könnte. Ich hatte erwartet, dass ich wie immer Ja sagen würde, sagte aber stattdessen: »Niemand muss Marians Titten sehen, Bart.« Womit die Sache gestorben war.

Zum Glück hatte ich Adelaide Scotts Briefe erst gelesen, als die Dreharbeiten fast abgeschlossen waren, denn nun musste ich doppelt schauspielern: 1) Marian in einer Weise darstellen, die mit allem anderen, was wir gedreht hatten, übereinstimmte, und 2) so tun, als ob ich nicht wüsste, was ich jetzt wusste, nämlich dass Eddie schwul und Marian in seine Frau verliebt gewesen war.

In Adelaides Wohnzimmer hatte ich die Briefe zunächst wie ein riesiges Puzzle auf dem Boden ausgebreitet und dann bis spät in die Nacht gelesen, bevor ich auf ihrer Couch eingeschlafen war. Einige Briefe waren an Marian gerichtet, andere stammten von ihr.

Es kommt mir vor wie eine Schlinge. Ich habe ihm gesagt, ich kann mir nicht vorstellen, eins zu haben und schon gar nicht in naher Zukunft. Ich habe geglaubt, er hätte es verstanden, aber – nein, verstehen tut er es schon, es ist ihm nur egal. Er will mir eine Schlinge um den Hals legen.

Bitte halte mich weiter auf dem Laufenden, auch wenn meine Antworten so blutleer ausfallen werden wie diese. Momentan bin ich nicht ich selbst.

Der Arzt sagt, es gehe mir gut, und ich habe seit einem Monat nichts mehr getrunken. Ich weiß, dass es wenig zählt, aber ich hoffe, mein kleiner Erfolg ist besser als nichts.

Ich weiß, dass Du und Caleb eine Geschichte habt, aber ich glaube, Du hast Männer letztlich doch vermisst.

Ich schreibe Ihnen, weil ich erfahren habe, dass mein verstorbener Mann, Lloyd Feiffer, zugelassen hat, dass Ihrem Vater großes Unrecht widerfahren ist.

Joey führte mich in eine enge Küche mit Furnierschränken und einem alten beigefarbenen Kühlschrank. »Ich mache gerade Mittagessen für Kalani. Danach können wir reden. Kann ich Ihnen etwas anbieten?« Er beugte sich in den Kühlschrank. »Wasser, Fruchtpunsch, Milch, Bier?«

»Ich liebe Bier bei Tag«, sagte ich. Es war kein richtiger Witz, aber er reichte mir lachend eine Dose und machte sich auch eine auf. Sein Lachen schien immer knapp unter der Oberfläche zu brodeln. Kalanis Mittagessen bestand aus einem unterteilten Plastikteller mit einem in Dreiecke geschnittenen Sandwich, Babykarotten und irgendeinem lila Klecks. Joey gab ihr den Teller und führte mich nach draußen.

Auf der Veranda standen Rattanmöbel mit verblichenen Kissen, die mit großen grünen Blättern bedruckt waren. Ein Deckenventilator kreiste träge über unseren Köpfen. Der kleine, verkümmerte Garten wurde von einem Maschendrahtzaun begrenzt, der mit Ranken überwuchert war. Neben einem Kinderspielhaus aus verblasstem rosa Plastik lag ein rosa Fahrrad mit weißen Reifen auf der Seite. In einer Ecke hing ein Neoprenanzug über einem Hibiskusstrauch. Dahinter erstreckten sich ein steiniger schwarzer Strand, flache, schäumende Wellen und eine unermessliche Wasserfläche.

»Meine Frau war sich übrigens so sicher, dass man mich auf den Arm nimmt, dass sie zum Supermarkt gegangen ist. Sie wollte nicht Zeuge meiner Erniedrigung werden.« Joey lachte leise, eine Art polterndes Warnbeben vor der Eruption, und ließ sich auf einen Zweisitzer plumpsen. »Ich hoffe, sie kommt rechtzeitig zurück, sonst glaubt sie mir das nie.«

Kalani stand in der Tür, den Teller in beiden Händen, und beäugte mich mit einer Mischung aus Begehrlichkeit und Angst, als wäre sie Indiana Jones und ich ein legendäres, vermutlich verfluchtes Artefakt. Joey klopfte auf das Kissen neben sich. »Kalani, komm, setz dich zu deinem Opa. Hadley beißt nicht.« Zu mir: »Hier kommen nicht so viele Filmstars vorbei.«

Ich winkte Kalani mit dem kleinen Finger, und sie stürzte zurück ins Haus, dass es Babykarotten regnete. Joey brach vor Lachen fast zusammen. »Oh, Mann«, sagte er schließlich. »Das ist wahrscheinlich die richtige Reaktion, wenn man seine Helden trifft. Einfach wegrennen.«

»Sie lebt bei Ihnen?«

»Vorerst.« Sein Gesicht wurde düster. »Ihre Eltern haben ein paar Probleme.«

»Tut mir leid.«

»So ist das Leben. Und Sie spielen also in einem Film über Marian Graves mit?«

»Nein, Caleb hat nie geheiratet«, sagte Joey. »Er war auch nicht der Typ dafür. Aber er hatte ein paar nette Freundinnen. Er war eine Zeit lang mit einem Hippie-Mädchen namens Cheryl zusammen, die mit meiner Mutter befreundet war, und als meine Mutter in meinem zweiten Highschool-Jahr mit einem Typen nach Arizona durchbrannte und ich in Schwierigkeiten geriet – das muss etwa '70, '71 gewesen sein –, haben Caleb und Cheryl mich aufgenommen und wieder auf den rechten Weg gebracht. Ein paar Jahre danach haben sie sich getrennt, und Cheryl ist weggezogen, aber ich bin geblieben. Ich hatte nie einen richtigen Vater gehabt, daher hatten Caleb und ich unsere Krisen, aber wir waren immer wie ein kleines Team, wissen Sie? Ich bin erst ausgezogen, als ich geheiratet habe. Als Caleb krank wurde, sind meine Frau und ich mit den Kindern wieder eingezogen, um ihm zu helfen. Nicht, dass ich ihm je hätte vergelten können, was er für mich getan hat.« Er deutete auf den Ozean. »Genau dort habe ich seine Asche verstreut.«

»Er fehlt Ihnen sicher.«

»Ja, manchmal, auch wenn es einundzwanzig Jahre her ist. Man versteht es erst, wenn es passiert – dass manche Menschen einem immer fehlen werden, wissen Sie?«

Ich dachte an Mitch. »Ja, ich weiß.«

Er sah mich neugierig an. »Adelaide Scott hat Ihnen also von ihrer, ähm, *Verbindung* zu Jamie Graves erzählt.«

Ich nickte. »Sie sagte, sie sei einmal hier gewesen.«

»Ja, vor langer Zeit. Sie war auf einem großen Familienentdeckungs-Trip und hat versucht, einige Dinge herauszufinden.«

»Was zum Beispiel?«

»Das Übliche, schätze ich. Wer bin ich? Was fange ich mit meinem Leben an? Ich war ziemlich jung und nicht besonders gut darin, Leuten bohrende Fragen zu stellen, also habe ich sie nicht wirklich ins Gebet genommen. Außerdem war ich total verknallt in sie, weil sie wirklich heiß und auch unheimlich war. Sie wirkte so erwachsen, aber ich glaube, sie war erst in den Zwanzigern. Sie ist sehr erfolgreich geworden, oder? Eine große Künstlerin? Sie ist eher mit Caleb in Kontakt geblieben als mit mir. Wir hatten nicht so viel gemeinsam.«

Mir fiel keine Frage mehr ein. Ich nippte an meinem Bier, um die Verlegenheit zu überspielen. Die Briefe bei Adelaide zu lesen hatte sich gut angefühlt – aufregend und aufschlussreich, fast wie Begehren. Ich schätze, es war wohl Begehren. Ich wollte mehr erfahren. Nun aber erschien mir die Wahrheit über Marian zu groß, zu amorph, um sie zu erfassen. Sie hatte sich ausgebreitet wie die

Trümmer eines Wracks, dahintreibender Krimskrams, der nicht zusammenpasste.

Joey schien nicht zu bemerken, dass mir die Worte fehlten. »Caleb war wirklich der Beste. Sicher, er konnte streng sein und gab sich nicht gut gelaunt, wenn er es nicht war, aber er war, wie soll ich sagen, anständig. Man konnte ihm vertrauen. Er hat vielleicht ein bisschen viel gefeiert, aber er dachte sich wohl, Scheiß drauf, ich hab den Krieg überlebt. Er arbeitete auf einer Ranch, bis er alt wurde, und dann in der kleinen Bibliothek am Ende der Straße. Er hat gern gelesen. Er sprach nicht viel über den Krieg, aber er sagte, der Krieg habe ihn dazu gebracht, Bücher zu lesen. Als er krank wurde, saß er den ganzen Tag hier draußen und las. Als er zu krank war, um zu lesen, hielt er einfach ein Buch im Schoß und schaute aufs Meer. Er war schon kein junger Hüpfer mehr, als er mich aufgenommen hatte. Er muss damals ungefähr so alt gewesen sein wie ich jetzt.« Er schaute ins Haus, in die Richtung, in die Kalani verschwunden war. »Aber das Leben steckt voller Überraschungen.«

»Hat er oft über Marian Graves gesprochen?«

»Ehrlich gesagt, er war nicht sehr gesprächig. Er hat wenig mit einem *geteilt*. Aber ja, er erwähnte sie gelegentlich. Er sagte, sie sei wirklich mutig und eine wirklich gute Pilotin gewesen. Ich habe mal eine Fernsehsendung über sie gesehen und versucht, ihr Buch zu lesen, bin aber damit nicht warm geworden. Ich bin kein großer Leser. Caleb hat immer versucht, mich zum Lesen zu bringen. Marian hat Adelaide Scott ihre persönlichen Sachen hinterlassen, aber ihr Geld – es war nicht viel – ging an Caleb, und er bekam die Tantiemen aus dem Buch, nachdem sie es am Südpol oder so gefunden hatten. Das Geld hat sich summiert. Ich wusste gar nicht, wie viel es war, bis er starb. In seinem Testament ging es um viel Geld, und ich habe gefragt, woher das kommt. Die Anwälte sagten, es wäre von dem Buch, das damals wohl wirklich ziemlich bekannt war. Es kam mir gelegen, denn mein Sohn wollte auf dem Festland aufs College, und jetzt haben wir Kalani.«

»Hat Caleb gesagt, ob er und Marian jemals ... eine Beziehung hatten?«, fragte ich. »Romantischer Natur?«

Er blies nachdenklich die Wangen auf und starrte zum Deckenventilator. »Ich glaube nicht, aber überraschen würde es mich nicht. Warum? Hatten sie denn eine?«

Ich erzählte ihm von Adelaides Briefen. Es waren nur wenige von Caleb darunter und ganz sicher keine Liebesbriefe, doch ich wusste, dass er sie in Alaska besucht hatte, und in Ruths Brief wurde angedeutet, ein Mann sei dazwischengekommen. Carol Feiffer hatte Marian und Caleb eine Romanze angedichtet, und die Day-Brüder hatten sie übernommen, doch schien es reine Mutmaßung zu sein. Während ich redete, schlich Kalani sich nach draußen und kletterte neben Joey, ohne mich anzusehen. Sie spielte mit einer Meerjungfrauen-Puppe aus Plastik.

»Kein Witz«, sagte Joey, als ich fertig war. Ein Glucksen stieg aus seinem Bauch empor. »Der alte Hund. Wissen Sie, wenn ich so über ihn nachdenke ... er schien nie nach einer Partnerin zu suchen. Er hatte Beziehungen, die ein, zwei Jahre dauerten und zwanglos und intensiv zugleich waren, und dann gingen sie wieder auseinander. Danach blieb er eine Zeit lang allein und suchte sich eine neue Frau, wenn ihm danach war. Er hatte fast bis zum Schluss Freundinnen. Sie kamen und hingen mit ihm ab und kochten für ihn. Vielleicht war es mit Marian ganz ähnlich. Wenn sich ihre Wege kreuzten, wunderbar. Dann machten sie da weiter, wo sie aufgehört hatten.« Er zog Kalani auf den Schoß. »Oder sie war die Nummer eins.

Vielleicht ist er nie bei einer geblieben, weil er sie nicht ersetzen wollte.«

»Es klingt verrückt, nach jemandem zu schmachten, der seit Jahrzehnten tot ist.«

»Vielleicht hat er nicht aufgehört, sie zu vermissen. Aber ich habe mich immer gefragt, warum er nie bei einer Frau geblieben ist.«

»Haben Sie ihn je danach gefragt?«

»Nein. Er hätte nur einen Witz gemacht. Ich wünschte, ich könnte Ihnen mehr erzählen. Ich habe aber einige von Calebs Sachen aufgehoben, falls Sie die sehen wollen. Ich habe sie nach Ihrer E-Mail rausgesucht.« Er stellte Kalani auf den Boden, ging ins Haus, wobei ihm das Mädchen folgte, und kam mit einem offenen Karton wieder heraus.

Obenauf in Joeys Karton lagen wild durcheinandergewürfelte Fotos. Ich nahm sie nacheinander heraus und machte einen Stapel. Er setzte sich neben mich und zeigte auf das Schwarz-Weiß-Foto eines dunkelhaarigen, leicht asiatisch aussehenden Mannes in Armeeuniform, der auf einer Mauer saß. »Das ist Caleb.«

Ich drehte das Foto um. *Sizilien* stand auf der Rückseite.

»Geh spielen, Kalani«, sagte Joey und schob das Mädchen in den Garten, wo sie in das Plastikspielhaus huschte wie ein Erdhörnchen in ein Loch.

Es gab auch Farbfotos, einige davon verblasst: Caleb auf einem Pferd, den Hut mit Fuchsienblüten geschmückt. Caleb mit einer Frau am Strand, mit einer anderen Frau auf einem Hochzeitsempfang, mit einer dritten Frau auf einer Betonkonstruktion an einem Hang, beide baumelten mit den Beinen. »Das ist Cheryl, von der ich erzählt habe«, sagte Joey und deutete auf die dritte Frau. Sie hatte langes, welliges blondes Haar. »Das ist ein Aussichtsbunker aus dem Krieg. Den gibt es immer noch.« Caleb auf einem Pferd, das bis zur Brust im Meer stand. Das sehr alte schwarz-weiße Studioporträt eines blassen Mädchens mit dunklem, hochgestecktem Haar in einem angelaufenen Silberrahmen. Sie trug ein Kleid mit Spitzenkragen, das Bild war geisterhaft und vom Alter verwaschen. »Ich glaube, das ist seine Mutter«, sagte Joey. »Alles, was er je über sie erzählt hat, war, dass sie trank und Pech im Leben hatte.« Drei Kinder in Latzhosen, die lächelnd auf einem Zaun saßen: Caleb mit Marian und Jamie Graves. Die Rückseite war unbeschriftet. Joey als Teenager, grinsend in gestreiftem T-Shirt an einem qualmenden Grill, während Caleb mit einem Bier in der Hand zusah. Ein weiteres Schwarz-Weiß-Foto von Caleb in Uniform, Zigarette in der Hand, wie er in einer ledergepolsterten Nische lehnte. Cocktailgläser, die im Blitzlicht glitzerten. Neben ihm Marian Graves in ihrer blauen ATA-Uniform, das Gesicht abgewandt. Auf der Rückseite: *London 1944*.

Unter den Fotos lag ein Bündel Briefe, die ordentlich mit einem Schnürsenkel zusammengebunden waren. Joey griff verlegen danach. »Die sind von mir, als ich mit Hanako eine Reise aufs Festland gemacht habe. Wir waren nur einen Monat weg, aber ich habe ihm jeden Tag geschrieben.«

Unter den Briefen fand sich eine Papiermappe, die weich vom Alter war. Sie enthielt achtlos gefaltete Zeitungsausschnitte über Marians Flug, von vor und nach ihrem Verschwinden. »Die hat Caleb gesammelt«, sagte Joey. »Ich war überrascht, als ich sie gefunden habe. Normalerweise hat er nichts aufgehoben.«

Ich faltete das brüchige Papier auseinander. »Ich glaube, manche Leute hoffen, dass sie nur genügend Schnipsel sammeln müssen, um irgendwann ein klares Bild zu bekommen.«

»Versuchen Sie das auch?«

»Ich weiß nicht, was ich versuche.«

In den Zeitungen tauchte immer wieder das gleiche Foto auf: Marian und Eddie neben der *Peregrine*, vor dem Abflug aus Auckland, lächelnd, beinahe schüchtern, die Arme vor der Brust verschränkt. Später, nachdem die Reporter in Marians Vergangenheit gewühlt hatten, brachten sie das alte Foto von Addison Graves, der die Zwillinge die Gangway der SS *Manaus* hinunterträgt. Dann gab es ein Foto von Marian in ihrer ATA-Uniform, wie sie in eine Spitfire stieg. Und ihr Hochzeitsfoto neben einem oberflächlichen Artikel über ihr »schillerndes« Leben.

Ich klappte die Mappe zu. Darunter entdeckte ich eine Dankesurkunde der Bibliothek, in der Caleb gearbeitet hatte, und das Programm seiner Trauerfeier. Dann eine Zeitschrift, in der ein Artikel über die Ranch mit einem Zettel markiert war und zu dem das Foto von Caleb beim Reiten im Meer gehörte.

Ganz unten im Karton lag ein weißer Umschlag, der an Caleb adressiert und mit mehreren ausländischen Briefmarken frankiert war. Die Absenderadresse war ein Postfach in Neuseeland. »Darf ich …?«

»Sicher«, sagte Joey. »Ich habe mir nie einen Reim drauf machen können. Er lag aus irgendeinem Grund in dem Schließfach, in dem er seine Geburtsurkunde und andere wichtige Dinge aufbewahrte. Ich weiß nicht mal, warum ich ihn behalten habe.«

Es war nur ein kleines Stück Papier, ein weiterer vergilbter Zeitungsausschnitt, klein gefaltet. Ich löste die Lagen voneinander und strich ihn glatt. An den Rändern blätterten

Stückchen ab. Es war ein Foto aus einer Zeitung namens *Queenstown Courier* vom 28. April 1954. Vier Männer mit Hüten saßen oder lümmelten auf einer grasbewachsenen Anhöhe, jeder hielt eine Bierflasche in der Hand. Im Hintergrund weideten Schafe. »Schäfer aus dem Hochland genießen nach dem Zusammentreiben eine wohlverdiente Erfrischung«, lautete die Unterschrift. Jemand hatte mit schwarzer Tinte einen Pfeil gezeichnet, der auf einen der Männer zeigte, und etwas an den Rand gekritzelt. Die Handschrift war nahezu unleserlich, doch diese ganz spezielle Unleserlichkeit war mir so vertraut, dass es in mir zischte, als hätte ich eine Wunderkerze verschluckt. Ich kniff die Augen zusammen. *Sitting-in-the-Water-Grizzly.* Als ich das Papier ablegte, hob es sich und faltete sich entlang der Falzlinien zusammen, als wäre es lebendig. Ich strich es wieder glatt.

»Sitting-in-the-Water-Grizzly«, sagte ich zu Joey. »Sagt Ihnen das was?«

»Überhaupt nichts. Ich habe es mal im Internet nachgeschaut und nur was über eine indianische Frau gefunden, die als Mann gelebt hat. An Einzelheiten kann ich mich nicht erinnern.«

Der Mann unter dem Pfeil stützte sich auf einen Ellbogen, die langen, dünnen Beine ausgestreckt, das Gesicht von der Kamera abgewandt und vom Schatten des Hutes verdeckt. Ich wusste nicht, ob ich es Joey verraten sollte, konnte aber nicht anders. Ich holte mein Handy heraus und vergrößerte das Foto, das einen der Briefe zeigte, die Marian an Ruth geschrieben hatte. Ich hielt Marians Reihen krakeliger, spitzer Wörter dicht an die gekritzelte Notiz neben dem Pfeil. »Sehen Sie sich das mal an.«

Joey trat hinter mich, beugte sich vor und betrachtete mein Handy. »Was ist das?«

»Ein Brief von Marian Graves.«

»Das gibt's doch nicht«, sagte er, als es ihm dämmerte. »*Niemals*.«

»Es ist dieselbe Handschrift, oder? Ich bilde mir das doch nicht ein?«

»Es sieht *wirklich* so aus.«

»Hat er noch mehr Briefe aus Neuseeland bekommen?«

»Mann, er ist *hingefahren*! Ein paar Mal sogar! Ich hatte es nicht erwähnt, weil ich dachte, er hätte Neuseeland einfach gemocht. Viele Leute sind wirklich begeistert von dem Land.« Joey ließ sich aufs Sofa fallen und hielt sich mit den Händen den Kopf. »Niemals«, sagte er noch einmal.

Die Funken in meinem Bauch breiteten sich aus. Es kam mir vor, als müsste mein Skelett sichtbar werden und durch meine Haut leuchten. »Wann ist er hingefahren?«

»Ich erinnere mich an kein bestimmtes Datum, aber er fuhr meist nach einer Trennung hin. Nicht nach allen, aber vielleicht alle fünf Jahre oder so? Ich weiß, dass er schon ein paar Mal dort gewesen war, bevor ich bei ihm eingezogen bin. Er hat nie jemanden mitgenommen. Er sagte, das sei eine Sache, die er gern allein machte, und ja, er hat weitere Briefe bekommen, aber die hat er nicht aufbewahrt. Vielleicht hat er sie sogar *verbrannt*. Ich erinnere mich, dass ich Fetzen in der Kaffeedose gesehen habe, die er als Aschenbecher benutzte, und es irgendwie dramatisch fand. Es war ja nicht so, als wenn er seine ganze Post verbrannt hätte.«

»Haben Sie ihn je gefragt, wer ihm geschrieben hat oder warum er hingereist ist?«

»Er sagte nur, ein Kumpel aus dem Krieg lebe dort.«

»Erinnern Sie sich sonst noch an etwas? Hat er Fotos mitgebracht?«

»Nein, keine Fotos. Mal überlegen.« Er schloss die Augen. Ich wartete. Die Sonne lag weiß auf dem Meer. Kalani spähte aus dem Fenster des Spielhauses und verschwand, als ich sie ansah. Schließlich öffnete Joey die Augen und schüttelte den Kopf. »Nein. Tut mir leid. Mir fällt nichts mehr ein. Ich bin alle seine Sachen durchgegangen, und Sie haben so ziemlich alles gesehen, was ich aufgehoben habe. Es ist immerhin über zwanzig Jahre her. Meinen Sie wirklich, er könnte sie besucht haben?«

Was hatte ich? Das sechzig Jahre alte Foto eines gesichtslosen Schäfers, den gekritzelten Hinweis auf – vielleicht – eine Ureinwohnerin, die womöglich nie existiert hatte. *Bald breche ich auf*, hatte Marian am Ende ihres Logbuchs geschrieben. *Ich*. Ich hatte nie darüber nachgedacht, dass dort Ich und nicht Wir stand. Was war mit Eddie? Was war mit dem Flugzeug? Wie hätte Marian es nach Neuseeland schaffen sollen, ohne dass jemand davon erfuhr? War es überhaupt möglich, als Mann durchzugehen? Was war mit Adelaide Scott? Falls Marian überlebt hatte, hatte sie beschlossen, ihre Nichte nie wiederzusehen.

»Ich weiß nicht, was ich denken soll«, sagte ich.

Die Brise in den Palmen und das Geräusch der Wellen verliehen der Stille eine bewegte, samtige Textur.

»Was werden Sie tun?«, fragte Joey.

»Was denken Sie, was ich tun sollte?«

»Keine Ahnung, Mann. Sagen wir, Sie gehen raus und erzählen den Leuten, Sie hätten da diese verrückte Theorie, dass sie überlebt hat, und was dann? Wenn Sie *recht* haben und sie *überlebt* hat, wollte sie offensichtlich nicht, dass jemand es erfährt. Wenn Sie sich irren, stehen Sie wie ein Depp da oder als wollten Sie Aufmerksamkeit erregen. Mein erster Impuls wäre, keine schlafenden Hunde zu wecken.«

Kalani stürmte aus dem Spielhaus und rannte zu einer kleinen grauhaarigen Frau mit großem Sonnenhut, die unter einem Arm eine riesige Plastiktüte mit Brezeln und unter dem anderen eine Großpackung gefrorene Waffeln trug. »Joey«, rief sie, »kannst du mir bitte beim Auspacken helfen?«

»Okay«, rief er zurück, »aber du musst auch unseren Gast bewirten.«

Sie sah hoch und entdeckte mich. Ihr Mund öffnete sich vor Schreck, und ich konnte sehen, dass sie wahrhaftig nicht geglaubt hatte, mich auf ihrer Veranda zu sehen. Und dennoch war ich hier. Joey konnte sich vor Lachen kaum halten.

Der Flug

Unser Flug widersetzt sich der Sonne und ihrem täglichen Lauf. Komm nach Westen, sagt die Sonne. Sie zerrt an uns, rennt los wie ein Kind und verlockt uns, ihr zu folgen. Aber wir müssen nach Norden und das Licht hinter uns lassen.
– MARIAN GRAVES

Little America III, Ross-Schelfeis, nach Campbell Island
78°28'S, 163°51'W nach 52°34'S 169°14'O
4. März 1950
21 785 Seemeilen geflogen

In den ersten Stunden quält es sie am meisten, dass sie glaubt, Neuseeland zu erreichen. Der Tag ist blau und ziemlich klar. Eddie hatte ihr Karten mitgegeben, auf denen er bereits Peilungen und Winkel für den Sextanten eingetragen hatte. Er hatte sie fest umarmt und heftig auf die Wange geküsst, ihr die Hand geschüttelt und sie in den Tod geschickt, das behauptete er jedenfalls. Sie hatte ihm versprechen müssen, niemanden nach ihm zu schicken, falls sie entgegen allen Erwartungen Land erreichen sollte. Es habe keinen Sinn, sie solle den Leuten sagen, er sei in eine Gletscherspalte gestürzt. Sie stellt sich vor, wie er in einer klaren Nacht im Schnee liegt und auf den Tod wartet. Sie denkt an Barclay, der sich in der Nacht nach ihrer ersten Begegnung fast dem Schnee hingegeben hatte, an Caleb, der sich als Junge im Schneesturm verirrt hatte.

Beide hatten sich fast der Kälte ergeben und es sich dann anders überlegt. Sie hofft verzweifelt, dass Eddie es sich nicht anders überlegt, dass Sterne und Polarlicht ihn zu sich winken. Vielleicht hat sie mit Eddie und dem Logbuch auch die Wahrheit hinter sich gelassen.

Sie ist über den PNR hinaus, als die Tankanzeige rasch zu sinken beginnt. Dampf strömt unter der linken Tragfläche hervor. Im ersten Moment ist sie erleichtert. Eddie entgeht dem Schicksal, das er am meisten fürchtet.

Der Tauchgang eines Tölpels. Ihr fällt ein, was sie geschrieben hat. Sie beobachtet, wie der Treibstoff fällt und beschließt, ihr Wort zu halten. Sie entscheidet sich und fliegt dennoch weiter. Begreift sie in diesem Augenblick, dass sie leben will? Die Erinnerung bleibt seltsam leer und widersetzt sich allen Versuchen, ihr die Wahrheit zu entreißen. Später wird sie erkennen, dass sie viele widersprüchliche Wünsche hatte: zu leben, zu sterben, ihr Leben noch einmal zu leben und alles anders zu machen, ihr Leben noch einmal zu leben und nichts anders zu machen.

Sie weiß nicht, wie viel Zeit vergeht, bevor sie sich zusammenreißt. Sie denkt nicht nach, sondern drückt den Schubhebel hinunter, geht in den Sturzflug. Die Triebwerke heulen auf. Das Wasser rast ihr entgegen.

Als sie damals mit einer Spitfire ins Meer fliegen wollte, hatte Jamie, der bereits tot war, sie davon abgehalten. Damals hatte sie auf ihn gehört. Deshalb hatte sie den Krieg überlebt. Sie hatte Trümmer und Flüsse und Elefanten auf roten Dünen gesehen. Sie hatte Mantarochen und die Polkappen gesehen. Sie hatte mit Caleb auf Oahu im Bett gelegen und den Passatwinden gelauscht. Jetzt hört sie keine Stimme, nur das Heulen der Triebwerke und das Rauschen des Windes, zieht die Maschine aber hoch. Knapp über den Wellen ist sie wieder in der Horizontalen. Große, gleitende Vögel, Albatrosse mit ihren gewaltigen Schwingen, durchschneiden die Luft. Sie gehört nicht hierher, zu ihnen. Sie fliegt hoch, zurück in den Himmel. Ihre Hände zittern. Sie zieht die Karten auf den Schoß.

Der Tankanzeige ist es egal, dass sie es sich anders überlegt hat. Die Nadel fällt weiter. Dampf strömt unter der Tragfläche hervor. Sie sucht in Eddies Bleistiftmarkierungen auf dem blauen Millimeterpapier nach einem Geheimgang zurück ins Leben. Zuerst findet sie die Macquarieinsel, dreißig Kilometer lang und fast perfekt von Nord nach Süd ausgerichtet. Dort gibt es eine Wetterstation, die das ganze Jahr besetzt ist. Aber sie liegt weit im Westen, gegen den Wind. Dafür reicht der Treibstoff nicht. Weiter nordöstlich liegt ein anderer Fleck. Campbell Island.

Der Süden zupft immer noch am Kompass. Leerer Ozean umgibt sie. Selbst wenn ihre Navigationskenntnisse nicht so eingerostet wären, hätte sie Mühe, die Insel zu finden. Vielleicht scheitert sie, aber sie wird es versuchen.

Sie wird sich daran erinnern, dass sie in den nächsten Stunden die Sonne im Sextanten eingefangen, Berechnungen gekritzelt, mit sich gekämpft hat. Ihre Angst wird fast erstickt von der Notwendigkeit, sich zu konzentrieren, zu handeln. Sie wird sich nicht daran erinnern, wie sie zu dem Schluss gelangt ist, dass sie das Flugzeug aufgeben, es opfern muss, dass sie ihr Überleben möglichst geheim halten muss, dass sie das Weiterleben nur ertragen kann, wenn sie ein neues Leben beginnt. Diese Entscheidungen werden zu schlichten Fakten der Vergangenheit, zu Zwischenstationen, an denen sie abbiegt und das Ziel justiert. Jede Ambivalenz, die sie spürt, jedes Gegenargument, das sie vorbringt, wird verloren gehen, ausgelöscht von der Unveränderlichkeit ihres Handelns.

Als die Silhouette der Insel unter einer hohen Wolkendecke den Horizont durchbricht, zieht sie den Rentierparka aus, legt Fallschirm und Mae West an. Die Insel rückt stetig näher. Sie befestigt das Steuerhorn, so gut es geht. Das Flugzeug muss nur *halbwegs* ruhig sein, und auch nur für die wenigen Minuten, die sie braucht. Als sie über Land ist, geht sie zum hinteren Teil des Rumpfes, stemmt die Tür auf und springt.

Sie ist noch nie mit dem Fallschirm abgesprungen. Sie war immer stolz darauf, zu landen, wo andere gesprungen wären, doch als sie durch den Raum stürzt, wird ihr klar, dass etwas Übung nicht geschadet hätte. Sie zieht die Reißleine. Mit einem heftigen Ruck öffnet sich der Fallschirm.

Die *Peregrine* fliegt weiter, blind für ihre neue Unabhängigkeit, ihr bevorstehendes Ende im Wasser. Ein plötzlicher Schmerz. Sie wendet sich ab. Zwischen ihren Füßen schwankt ein mit Tussockgras bewachsener Berg.

Eine Wahrheit: Sie versteckt sich lieber, gibt Marian Graves lieber gänzlich auf, als sich dem zu stellen, was sie Eddie angetan hat. Es kümmert sie nicht mehr, dass der Kreis unvollendet bleibt. Sie schämt sich nicht dafür. Doch sie glaubt, dass sie Menschen, die ihr nahe sind, den Tod bringt. Vor ihrem Aufbruch war sie nach Seattle gefahren, um Jamies Kind zu treffen. Sie hatte vorgehabt, das Mädchen nach dem Flug ab und an zu besuchen, sie kennenlernen, sie aufwachsen zu sehen, weiß nun aber, dass sie ihr nur Unglück bringen würde. Adelaide sollte ruhig etwas ganz anderes werden. Keine Graves.

Der Wind treibt Marian über einen langen, schmalen Meeresarm mit schwarzem Wasser. Ein Albatros gleitet zischend vorbei und dreht den Kopf, um sie zu betrachten. Sie hatte sie auf dem Berg mit dem Tussockgras nisten sehen: riesige, blendend weiße Vögel, die wie Schneetupfen im windverwehten Gras ruhten. Zwischen ihren Stiefeln glänzt noch immer schwarzes Wasser. Sie zieht an den Griffen des Fallschirms, versucht zu lenken, doch der Wind drängt sie hinaus zur Mündung des Meeresarms, aufs Meer hinaus. Kurz vor einem felsigen Strand löst sie das Gurtwerk, um nicht weiter vom Ufer wegzutreiben, und lässt sich fallen.

Die Kälte des Wassers. Seine Gewalt. Sie erlebt nun doch den Tauchgang eines Tölpels, wenn auch mit den Füßen voran. Sie sieht verschwommene Dunkelheit, eine silberne Decke. Betäubt wie ein Fisch, dem man eins übergezogen hat, schaut sie gelassen zu, wie die Oberfläche zurückweicht, bis ihr einfällt, dass sie an den Schnüren der Mae West ziehen muss, um sie aufzublasen.

Sie wird sich an Luft und Wellen erinnern, wie schwer Stiefel und Kleidung waren, an die betäubende Kälte, an den verblüffenden Delfin-Sprung, mit dem ein kleiner Pinguin aus dem Wasser schoss. Die Brandung kracht. Schwarze Seile aus Seetang, lang und dick wie Feuerwehrschläuche, winden sich in der Strömung, als sie auf die Felsen geschleudert wird – von dem Ereignis bleibt nur ein scharfkantiges Fragment: eine Kaskade aus Schaum, ein harter Aufprall. Ihre Mae West wird durchbohrt, ihr Gesicht übel zerkratzt, ihre Nase gebrochen. Ein letzter wirbelnder Sturz, dann spürt sie groben Sand unter den Fingern.

Sie zieht sich aus dem Wasser, gönnt sich einen Moment der Ruhe in durchweichter Kleidung, bevor ihre klappernden Zähne sie weitertreiben. Dichtes, sprödes Gebüsch greift nach ihren Knöcheln, Schlamm saugt an ihren Stiefeln. (Sie hat Glück mit den Gezeiten. Später, als sie eine Weile auf der Insel ist und ihren ersten Gang zurückverfolgt, gibt es keinen Strand, nur eine Klippe.) Sie muss sich oft setzen und ausruhen, erreicht schließlich stolpernd und unterkühlt eine Hütte mit Funkmast und kreisendem Windmesser, aus dem Schornstein steigt Rauch auf. Mit letzter Kraft klopft sie an die Tür.

Gewollter Sturzflug

Einundzwanzig

Bevor ich in L. A. den Absturz filmte, nahm ich eine weitere Flugstunde. Diesmal hatte ich eine Fluglehrerin, eine resolute Frau in Wrangler-Jeans, mit einem strengen, orangefarbenen Bob und Fliegerbrille. »Ich hatte schon mal eine Flugstunde«, erzählte ich, während sie mich ums Flugzeug führte und mir die einzelnen Teile erklärte, »aber ich bin ausgeflippt, als ich selbst fliegen sollte.«

»Was meinen Sie mit ausgeflippt?«

»Ich wollte die Maschine einfach nicht fliegen. Ich habe das Steuer losgelassen. Etwa so.« Ich hob die Hände, als hätte jemand eine Waffe auf mich gerichtet.

»Möchten Sie es denn jetzt fliegen?«

»Möglicherweise nicht«, sagte ich, »aber ich will es versuchen.«

»Alles klar«, sagte sie.

Diesmal war es Nachmittag, und es gab keinen Meeresnebel, sondern nur den offenen, vom Smog verfärbten Himmel. Catalina suhlte sich vor der Küste, der Meereshorizont war weich und dunstig. In alle anderen Richtungen dehnte sich die Stadt unendlich aus. Als ich die Jets sah, die mit hoch erhobenen Nasen vom LAX heraufsegelten, bekam ich beinahe Mitleid mit unserer tapferen kleinen Cessna. »Okay«, sagte die Pilotin, als wir mühsam in Richtung Malibu strudelten, »übernehmen Sie das Steuer. Fliegen Sie einfach ruhig und gerade.«

Nachdem ich Joey Kamakas Haus verlassen hatte, war ich zurück ins Hotel gegangen, hatte mich aufs Bett gelegt, das Gesicht in der Decke vergraben und geweint. Ich hatte geweint, weil Marian Graves nicht ertrunken und für einen Menschen nicht verloren gegangen war. Ich hatte geweint, weil Joey so freundlich zu mir war, weil ich eifersüchtig auf Kalani war, die eine Kindheit hatte, weil ich ein Arschloch war, das eifersüchtig auf ein kleines Mädchen war, dessen Eltern sich nicht um ihr Kind kümmern konnten. Ich weinte um Mitch und meine Eltern. Ich weinte, weil ich in Fahrt gekommen war und man die Tränen manchmal einfach laufen lassen muss.

Jenseits meines Balkons, jenseits von Waikiki Beach, ging mitten über dem Pazifik langsam die Sonne unter. Ein paar Surfer saßen auf ihren Brettern. Kinder spielten im seichten Wasser. In einem Film wäre dies der Moment, in dem ich nach draußen stürmen und mich kathartisch ins Meer stürzen würde. Ganz neu, für immer verändert, würde ich auf dem Rücken dahintreiben und selig lächelnd in den Himmel schauen.

Da mir nichts Besseres einfiel, zog ich meinen Badeanzug an, fuhr mit dem verspiegelten Aufzug hinunter in die Tiki-Chic-Lobby und joggte in Flip-Flops nach draußen, wo ich mich durch den perfekten, pudrigen Sand mühte. Ich ließ den Hotelbademantel fallen, ging ins Wasser und tauchte unter.

Als ich mich dort unten mit geschlossenen Augen von der Brandung wiegen ließ, stellte ich mir vor, wie der Sand in die Dunkelheit abfiel, in versunkene Wüsten, Canyons und Gebirgszüge, die wieder zu den Kanten der Kontinente emporwuchsen. Ich dachte an Schiffe und Flugzeuge und an Knochen, die von Rost und winzigen knabbernden Wesen zerfressen, von Korallen und Schwämmen überwuchert und von Krebsen überkrabbelt wurden. Ich dachte an die *Peregrine* und dass niemand sie je finden würde. Niemand würde jemals wissen, wo man suchen musste. Als ich auftauchte, hob mich eine Welle hoch und schob mich zurück ans Ufer. Ich schwamm wieder hinaus. Ich hatte ganz vergessen, dass die Sonne Feuer, dass sie *geschmolzen* war, bis ich sah, wie sie wankte und sich rot färbte, als sie hinter das Meer glitt, ja geradezu hinuntertroff.

Das Wasser verdunkelte sich, die Wolken erröteten. Ich wusste nicht, was ich nach dem Film machen würde. Mir kam der Gedanke, nach Neuseeland oder in die Antarktis zu fahren und weiter Detektiv zu spielen, aber nein, ich musste nicht die ganze Geschichte kennen. Keine Geschichte ist jemals ganz. Als ich Sitting-in-the-Water-Grizzly recherchierte, hatte ich erfahren, dass er starb, nachdem jemand in ihn hineingegriffen und ein Stück aus seinem Herzen geschnitten hatte, doch sein Körper war nicht verwest, als hätte er sich ohne sein ganzes Herz nicht mehr verwandeln können, nicht einmal in Staub. Ich hoffte, dass Marian ihr ganzes Herz behalten hatte.

Ich legte die Hände aufs Steuerhorn. Der Kunststoff war warm von der Sonne, und ich spürte, wie der Motor vibrierte. Die Pilotin zeigte mir, auf welche Instrumente ich achten musste, was der Horizont und was die Tragflächen sein sollten und wie ich sie auszurichten hatte. »Alles in Ordnung?«, fragte sie.

»Ich glaube schon«, sagte ich.

»Wenn Sie es ein bisschen zurückziehen, geht die Nase hoch.«

Ich zog das Steuerhorn zurück. Die Windschutzscheibe füllte sich mit Himmel.

Los Angeles, 2015

Zweiundzwanzig

Als das Flugzeug auf dem Wasser aufschlägt, ertönt nur ein schwaches Klingeln. Zuvor waren der Wind, die Triebwerke und mein verstärkter Atem zu hören, doch im Augenblick des Aufpralls verstummt das alles. Aus der Ferne betrachtet: ein gewaltiger, lautloser Platscher in einem leeren Meer. Das Flugzeug schaukelt auf den Wellen. Die Nase taucht unter, der Rest gleitet hinterher. Der Ozean schließt sich. Riesige weiße Vögel gleiten über die Wellen, und man hört das hohe, anhaltende Klingeln, so leise, dass es Einbildung sein könnte. Dann sind wir unter Wasser und schauen auf mich und Eddie im Cockpit. Aus meiner Nase steigen Blasen, meine kurz geschnittenen Marian-Haare umwehen meinen Kopf. Eddie ist bewusstlos, seine Stirn blutig. Ich beuge mich vor und blicke wehmütig, aber entschlossen zur schwindenden Oberfläche empor. Ich schließe die Augen. Dann, als wollte man mich ungestört ertrinken lassen, blenden wir von oben auf die *Peregrine*, die allmählich in der Schwärze versinkt.

Ich erwarte eine schwarze Leinwand, doch dann dringt Licht herein, frisst sich durch die Dunkelheit wie Schimmel und füllt den ganzen Bildschirm.

»Das war Barts Idee«, flüstert Redwood, obwohl wir allein im Vorführraum sind. »Das Weiß.« Musik setzt ein. Der Abspann beginnt.

Redwoods Gesicht ist hell vom reflektierten Licht. Er

zeigt auf etwas. »Da!« Sein Name erscheint auf der Leinwand, dann ist er verschwunden.

Ich suche nicht nach meinem. »Fertig?«, frage ich, und wir stehen auf und treten durch eine Seitentür in den blendend hellen Nachmittag.

Es war kein großer Triumph, dass ich nicht ausgeflippt bin, als ich die Cessna steuerte, dass ich sie hoch und runter, nach links und rechts fliegen ließ. Ich war vor allem erleichtert. Und spürte einen Anflug von Erstaunen. Und dann muss ich in die Rolle von Marian Graves zurückgefallen sein, denn eine Sekunde lang fühlte ich mich frei.

Das Ende

Sie ist jetzt im Ozean, wie es ihr immer bestimmt war. Das meiste von ihr liegt auf dem kalten südlichen Meeresboden verstreut, doch einige ihrer kleinsten, leichtesten Fragmente, schwimmender Staub, werden noch von den Strömungen getragen. Fische haben ein paar winzig kleine Partikel gefressen, ein Pinguin hat einen dieser Fische gefressen und für sein Küken hochgewürgt, und so war ein unendlich kleines Stückchen von ihr eine Zeit lang wieder in der Antarktis, als Guano in einem Nest aus Kieselsteinen, bis ein Sturm sie wieder aufs Meer hinausschwemmte.

Sie stirbt zweimal, das zweite Mal sechsundvierzig Jahre nach dem ersten. Sie stirbt im Südpolarmeer; sie stirbt auf einer Schaffarm im Fjordland von Neuseeland.

Der Mann, der die Tür der Hütte auf Campbell Island öffnet, heißt Harold und ist, wie er als Meister der Untertreibung sagen würde, ein bisschen überrascht, dort eine durchnässte, halb bewusstlose Frau vorzufinden. Sie murmelt, redet wirr. Sie scheint ihn anzuflehen, er solle niemandem erzählen, dass sie da ist. *Aber wer sind Sie?*, fragt er, hievt sie hoch und führt sie nach drinnen. Da ist sie schon nicht mehr in der Lage, zu antworten.

Es gibt noch einen Mann auf der Insel, John, und einen Border Collie namens Swift. Man hatte die Hütte und ein paar kleine Nebengebäude im Krieg für die Küstenwächter errichtet, die dort stationiert waren, um das Festland vor feindlichen Schiffen zu warnen. Dazu kam es nie, aber ihre meteorologischen Beobachtungen erwiesen sich als so nützlich, dass die Station nach dem Krieg weitergeführt wurde. Ein einjähriger Einsatz für einen bestimmten Typ Mann. Einen bedächtigen, akribischen Mann, der wenig Gesellschaft brauchte und sich damit begnügte, tagtäglich die gleichen Aufgaben zu erledigen, die gleichen Messungen durchzuführen, die gleichen Daten aufzuzeichnen und an einen unsichtbaren Empfänger zu morsen, damit sie von Menschen genutzt werden konnten, denen er nie begegnen würde, denen er auch nicht begegnen wollte.

Es ist einer der wichtigsten Wegpunkte in Marians Leben, dass Harold und John solche Männer sind.

Sie liegt mehrere Tage in einem fiebrigen Delirium. Als sie wieder zu sich kommt, fürchtet sie sich vor den stillen, bärtigen Gestalten und stellt sich vor, was viele Männer, die monatelang abgesondert auf einer Insel leben, mit einer Frau anstellen könnten. Doch Harold und John berühren sie nur mit unaufdringlicher Fürsorge – legen ihr die Hand auf die Stirn, wechseln den Verband in ihrem Gesicht, das sie sich an den Felsen aufgeschnitten hat, stützen ihren Nacken, wenn sie Brühe nippt – und werden nie anzüglich oder aufdringlich, selbst wenn sie ihr helfen müssen, in den Eimer neben dem Bett zu pinkeln. Beide haben Frauen und Kinder in Christchurch, doch mit der Zeit beschleicht sie der Verdacht, dass ihnen die Insel lieber ist und sie mit ihren Barometern, Windrädchen und Wetterballons zufrieden sind. Als sie wieder bei Kräften ist, erzählt sie erst ein bisschen von sich und später dann alles, weil sie glaubt, dass sie ihr Geheimnis am ehesten bewahren, wenn sie seine ganze Landschaft überblicken und selbst entscheiden können, ob sie ein Recht darauf hat. Nur dass sie Eddie zurückgelassen hat, kann sie ihnen nicht sagen. Sie erzählt, ihr Navigator sei in eine Gletscherspalte gestürzt, und brennt dabei vor Scham statt Fieber.

Sie hören ernst und wortlos zu und ziehen sich nach draußen zurück, um miteinander zu reden. Danach erfährt Marian, dass sie eine Woche vor ihrer Ankunft über Funk aufgefordert wurden, sich umgehend zu melden, sollten sie eine als verschollen geltende C-47 Dakota sichten. Sie wollen wissen, wer sie vermisst. Sie sagt: »Niemand.« Caleb würde ihr die Lüge verzeihen. Sie sagt, sie habe keinen Ehemann, keine Kinder, keine Eltern, keinen Bruder. Die beiden wollen ihre Wünsche respektieren und sie nicht melden, doch das Schiff, auf dem sie hergekommen sind, kehrt erst im Januar, also in fast zehn Monaten, zurück. Bis dahin kann sie es sich anders überlegen. Fürs Erste haben sie nichts dagegen, dass sie bleibt.

Wieder schämt sie sich. Sie ist in ihre Zweierkolonie eingedrungen und hat ihnen das friedliche Jahr verdorben. Sie verspricht, sich nützlich zu machen, und beide nicken gleichgültig. Als sie nach den Essensvorräten fragt, sagen sie, es müsste genug da sein, außerdem gebe es Seevögel und deren Eier, den Kohl, den sie anbauten, und auch Schafe, die von einem gescheiterten Experiment übrig geblieben seien, bei dem die Regierung die Insel an Bauern verpachtet habe. Ihr Kommen bedeute keine Not.

Finden sie es falsch, dass sie ihr Selbst hinter sich lassen will? Sie wechseln unergründliche Blicke. Schließlich sagt Harold: »Wir finden, es ist deine Sache.« Aber – fragt sie – was ist mit dem Schiff, wenn es kommt? Sie werden ihre Anwesenheit erklären müssen; dann werde sie auffliegen, und die ganze Mühe sei umsonst gewesen. Sie sagen, darüber könnten sie später noch nachdenken. Kein Grund zur Eile.

Von der Form her gleicht Campbell Island einem von Insekten zerfressenen Eichenblatt; die Küste ist von Meeresarmen und zwei langen, schmalen Häfen eingebuchtet: Perseverance, in dessen Mündung Marian geplatscht ist, und Northeast. Die Hänge wirken sanft, doch Tussockgras, Schlamm und dichtes Gestrüpp, das laut John, dem botanisch interessierteren ihrer Gefährten, *Dracophyllum longifolium* heißt, machen das Gehen mühsam. Außer den Bärten, wie sie Harold und John bei sich nennt, Swift, dem Hund, und ihr selbst wird die Insel von Schafen, Ratten, verwilderten Katzen, Seelöwen, Seebären, Seeelefanten, vereinzelten Seeleoparden, einer Reihe Albatrosarten, anderen See- und Landvögeln und zwei kleinen Pinguinarten bewohnt: dem stark vertretenen Felsenpinguin, der in den Felsen nistet, und dem geheimnisvolleren Gelbaugenpinguin, der im Gebüsch nistet und den man gewöhnlich nur sieht, wenn er verstohlen über den Strand huscht.

Sie fragt sich, ob Eddie es sich anders überlegt hat. Falls ja, könnte er mit den Vorräten in Little America und der Jagd auf Robben und Pinguine noch eine ganze Weile durchhalten. Sie fragt sich, ob er hofft, dass sie doch noch Hilfe schickt, ob er sich wirklich so sicher war, dass sie es nicht schafft. Sie fragt sich, ob er schon tot ist.

Es tut ihr leid, dass sie Matilda und Caleb und vielleicht auch Jamies Sarah traurig macht, doch sie sollen ruhig trauern, denn sie ist tatsächlich weg.

Die männlichen Seelöwen haben sich für dieses Jahr zurückgezogen, erklärt Harold. Die Weibchen haben sich ins Landesinnere begeben, um zu werfen, wo sie den Tieren häufig begegnet. Sie stürzen brüllend aus dem Gebüsch, in dem sie ihre Jungen versteckt haben, oder schlittern bäuchlings auf schlammigen Wegen die Hügel hinunter in Richtung Meer. Harold führt eine Bestandsaufnahme der Südlichen Königsalbatrosse durch, und Marian geht mit, um Nester und Küken zu zählen, hält die massigen Vögel in den Armen, eine Hand um den Schnabel, während er an ihren rosafarbenen, ledrigen Knöcheln Kennringe befestigt.

Sie wandern selbst in den grausamen Winterwinden über die Insel und verzeichnen insgesamt neunhundertachtunddreißig Vögel in Harolds Register. Am Boden sind die Vögel unbeholfen und leicht zu fangen. Die erwachsenen Tiere sind prächtig weiß mit vergnügten schwarzen Knopfaugen, dicken rosafarbenen Schnäbeln und einer Flügelspannweite von zwei Männern Länge.

Bei ihrer Ankunft sitzen die Vögel noch auf ihren Küken, doch allmählich wachsen die Jungen zu hungrigen weißen Flauschkugeln heran, die kräftig genug sind, um allein zu bleiben, während die Eltern im Meer nach Futter suchen. Als sie Federn haben, richten sich die Küken auf und strecken ihre Flügel in den Wind, und etwa zu der Zeit, als Marian die Insel verlässt, fliegen die ersten los, unternehmen schwankende, experimentelle Sprünge in den Wind. Harold sagt, wenn sie erst flügge sind, betreten sie jahrelang kein Land. Sie umfliegen die Antarktis und kehren eines Tages aus der entgegengesetzten Richtung nach Campbell zurück, um hier zu brüten.

Marians Aufgabe sind die Schafe. Vor dem Krieg hatte man die Landwirtschaft auf der Insel als hoffnungslos unrentabel aufgegeben und die Schafe der Wildnis überlassen. Die Tiere, die überlebt und sich fortgepflanzt haben, sind widerstandsfähig und gerissen, und sie fühlt sich zu ihnen hingezogen. Swift, der Hund, teilt ihr Interesse an den Schafen, und allmählich und nach vielen Fehlschlägen lernen die beiden, die Schafe von einem Ort zum anderen zu treiben, nur um zu sehen, ob sie es können.

In einem verlassenen Farmgebäude findet sie alte Schermesser. Sie flickt einen baufälligen Pferch und arbeitet tagelang geduldig mit Swift, bis sie es tatsächlich schaffen, ein einzelnes Schaf hineinzutreiben. John hat in seiner Jugend mit Schafen gearbeitet und gibt ihr ab und zu Ratschläge, überlässt sie aber meist sich selbst. Das Scheren ist harte Arbeit; sie vermasselt es bei vielen Schafen, bis sie den Dreh raushat. Es gibt eigentlich keinen Grund, die unverbesserlich wilden Campbell-Schafe zu scheren, doch ihr dämmert allmählich, dass sie noch etwas anderes als Fliegen können muss, um ein neuer Mensch zu werden.

Als sie sechs Monate auf der Insel ist, setzen sich die Bärte mit ihr zusammen und verkünden, dass sie vielleicht eine Möglichkeit gefunden haben, sie unbemerkt aufs Festland zu bringen. »Wir hätten es dir schon früher gesagt«, meint John, »wussten aber, verzeih bitte, anfangs nicht so recht, was wir von dir halten sollten.« Wie sich herausstellt, ist Harolds Bruder ein begeisterter Segler und hat davon gesprochen, im Frühsommer Campbell zu besuchen, bevor das Schiff im Januar frische Bärte bringt und die alten mitnimmt. Falls der Bruder einverstanden ist, könnte sie mit ihm segeln. Sie wollen ihn nicht über Funk fragen, weil jemand mithören könnte, und müssen daher abwarten, was er davon hält, falls er überhaupt kommt. Sollte er oder sie nicht einverstanden sein, werden sie sich weiter Gedanken machen. »Aber du bist dir immer noch sicher«, fragt Harold, »dass du nicht mehr du selbst sein willst?«

Sie ist sich sicher, und der Bruder (der noch wortkarger als Harold ist) erklärt sich einverstanden, und so verlässt sie nach langem schweigsamem Abschieds-Händeschütteln Campbell Island und erreicht im Januar 1951 mit gehissten Segeln Invercargill.

Nachdem sie zehn Monate in der Kleidung verbracht hat, die sie sich von den Bärten geliehen hat, erscheint es ihr ganz natürlich, sich weiter wie ein Mann zu kleiden. Sie fühlt sich wie in ihrer Jugend, als sie in Latzhose und tief ins Gesicht gezogener Mütze durch Missoula geschlichen war, doch mit der gebrochenen Nase und der wettergegerbten Haut, den rauen Händen und den vom Scheren gestählten Schultern ist ihre Verkleidung noch überzeugender.

Sie geht nach Norden in die Gegend um Mount Cook und sucht sich im Hochland Arbeit als Schäfer. Sie bleibt für sich, was nicht weiter schwer ist, wohnt in einer Hütte am Berghang und kümmert sich um widerspenstige, blökende Merinos. Sie sind weniger scheu als die Campbell-Schafe und nicht ganz so widerstandsfähig, aber keineswegs fügsam. Sie wird besser im Umgang mit Schäferhunden und beim Scheren, aber nie besonders schnell. Sie spricht wenig, beklagt sich nicht, kann Alkohol vertragen und wird deshalb respektiert. Den Bärten verdankt sie einen passablen Kiwi-Akzent, der ihr allmählich in Fleisch und Blut übergeht; sprachliche Abweichungen erklärt sie damit, dass ihre Mutter Amerikanerin gewesen sei, was nicht gelogen ist. Später werden einige behaupten, sie hätten bezüglich ihres Geschlechts Verdacht geschöpft, doch zu dieser Zeit hat es niemand ausgesprochen, zumindest nicht direkt. Sicher, sie wird wegen ihrer schmalen Gestalt gehänselt – im Scherschuppen nennt man sie den Zweig –, doch die gebrochene Nase, das Pilotenblinzeln und die Narben von den Erfrierungen und der Landung an der felsigen Campbell-Küste lassen sie hart und rau aussehen. Sie hatte nie viel Brust, und das, was da ist, können ein festes Elastikband und mehrere Hemden übereinander gut verbergen. Sie nennt sich Martin Wallace.

Marian glaubt, sie habe es verdient, isoliert und unbekannt zu sein, hält die Einsamkeit für eine angemessene Strafe. Doch mit der Zeit gerät ihre Entschlossenheit ins Wanken. Ihre Selbstvorwürfe werden sanfter. Nach drei Jahren als Schäfer druckt eine Zeitung in Queenstown ein Foto von ihr (das Gesicht im Schatten), und sie schneidet es spontan aus und schickt es Caleb. *Sitting-in-the-Water-Grizzly* schreibt sie dazu und fragt sich, ob er sich an die Geschichte erinnert, die er ihr damals erzählt hat. Sie kann sich nicht dazu durchringen, die nackte Wahrheit aufzuschreiben, überlässt es lieber dem Zufall. Im Grunde ist sie dazu übergegangen, jede starre Vorstellung von Wahrheit aufzugeben. Sie ertappt sich dabei, dass sie sich daran erinnert, wie Eddie in eine Gletscherspalte gestürzt ist, obwohl es nie geschehen ist. Oder erst später. Woran sie sich wirklich erinnert, ist ihr eigener Fuß, der den Schnee durchbricht, zwischen einem weißen und einem schwarzen Nichts schwebt.

Caleb besucht sie an Weihnachten 1954, und es entsteht eine Brücke zwischen ihren beiden Leben. Als sie ihn in Auckland vom Schiff abholt, ist es ihr erster Besuch, seit sie mit Eddie von dort nach Aitutaki aufgebrochen ist, und so schließt sich endlich und ohne Aufsehen der Kreis, den sie fünf Jahre zuvor begonnen hat. Mit Caleb kehrt sie für zwei Wochen in ihren Körper zurück. Er wird nicht bleiben, davon war nie die Rede, aber auf jeden Fall wiederkommen.

Auf Hawaii hatte sie gesagt, sie beneide ihn, weil er einen Ort gefunden habe, an dem er zufrieden sein und bleiben könne. Sie hatte nicht geglaubt, je einen solchen Ort für sich zu finden, und hat ihn nun in Neuseeland gefunden. Vielleicht wurzelt ihr Frieden in diesem Land, vielleicht ist sie einfach nur erschöpft. Sie sehnt sich danach, wieder zu fliegen, aber nicht, hinter den Horizont zu schauen. Und ihr ist, als müsste sie Opfer bringen, um dafür zu sühnen, dass sie überlebt und Eddie zurückgelassen hat. Sie wird nicht fliegen. Sie wird Jamies Tochter nicht kennenlernen.

Dass ihr eigenes Buch in ihrem Regal steht, ist wie ein schlechter Witz. Sie hatte nie wirklich vorgehabt, es zu schreiben, und doch steht es da mit seinem senfgelben Schutzumschlag. Wäre sie erfolgreich gewesen, wäre alles planmäßig verlaufen, wären sie triumphierend in Auckland angekommen, hätte sie es nie veröffentlicht, so wie es war. Sie hatte es als trotzige Geste in der Antarktis gelassen, als Zeichen ihrer Existenz, so wie einen Steinhügel. Aber sie hatte weder Erfolg gehabt, noch war sie gestorben.

In den Jahren, bevor das Logbuch gefunden wurde, hatte sie selten daran gedacht. Doch dann entdeckte sie es 1958 auf einem Zeitungsfoto, in den behandschuhten Händen eines Eisforschers, der in Little America III arbeitete. Sie war schockiert und verängstigt bei dem Gedanken, dass es Aufmerksamkeit erregen, dass ihr Foto gedruckt und nachgedruckt und die Welt daran erinnert würde, dass Marian Graves einmal existiert hatte. Jahrelang hatte sie befürchtet, jemand könne sie erkennen, doch es war nie passiert. Sie hatte sich sehr verändert und zudem in einer Ecke der Welt niedergelassen, in der man verschollenen amerikanischen Pilotinnen wenig Aufmerksamkeit schenkte.

Als man das Buch fand, hatte sie sich gefragt, ob Eddie auch gefunden würde, ob es überhaupt möglich war, dass er nach acht Jahren noch lebte, denn selbst wenn er es geschafft hätte, sich zu ernähren und warmzuhalten, hätten ihn wohl die Einsamkeit, die äußerste Not gebrochen.

Doch die Frage war irrelevant – er hatte nicht überleben wollen.

Wie hatten seine letzten Tage ausgesehen? Wie viele waren ihm geblieben? Hatte er bis zum Winter überlebt? War er letztlich doch in eine Gletscherspalte gestürzt? Seine Leiche war nicht in Little America, sonst hätten die Wissenschaftler sie gefunden. An seiner Stelle hätte sie getan, was er gesagt hatte: sich in einer Winternacht vom Lager entfernt und in den Schnee gelegt, unter die Sterne und das Polarlicht. Oder auch nicht – denn ihr ist durchaus bewusst, dass sie sich zweimal gegen den Tod entschieden hat. In ihrem Logbuch hatte sie geschrieben, ihr Leben sei das Einzige, was sie besitze. Sie hatte es behalten; sie hatte es gewollt.

1963 wird die Besatzung eines Marine-Eisbrechers zermalmte Gebäude entdecken, der Belag zwischen den Sandwichhälften eines großen, flachen, tafelförmigen Eisbergs, der fünfhundert Kilometer vom Ross-Schelfeis treibt: Little America III ist mitsamt den Kojen und dem Grammofon, den gefrorenen Hundehaufen und Maiskolben aufs Meer hinausgedriftet.

Auch Eddie würde, wo immer er war, letztlich in einem Eisberg ins Südpolarmeer kalben, an Bord seines prachtvollen Totenschiffs nach Norden segeln, ein Scheiterhaufen, der nicht brennt, sondern schmilzt. Er würde letztlich doch im Ozean enden, doch das musste er gewusst haben.

Caleb kommt ein zweites Mal nach Neuseeland. Sie streiten um Geld. Er will, dass sie alle Tantiemen aus dem Buch bekommt. Schließlich überzeugt sie ihn, dass vierzig Prozent genug sind. Mit ihrem neuen, wenn auch bescheidenen Vermögen kann sie noch einmal ihre Identität wechseln. Sie geht für fast ein Jahr auf die Nordinsel, wird wieder eine Frau und nennt sich Alice Root. Die notwendigen

Dokumente besorgt sie sich bei einem Fälscher in Auckland. Als sie bereit ist, kehrt sie auf die Südinsel zurück, kauft eine Farm, hat Erfolg. Sie bildet Pferde und Schäferhunde aus. Sie stellt die richtigen Leute ein. Sie setzt als eine der Ersten Hubschrauber beim Viehauftrieb ein – das Land ist zerklüftet; die Schafe gelangen an Orte, zu denen man tagelang laufen würde – und gönnt sich den Luxus, sie fliegen zu lernen.

Anfangs trifft sie gelegentlich jemanden aus ihrer Schäferzeit. Die meisten erkennen sie nicht oder trauen sich nicht zu fragen, doch wenn jemand sagt, sie gleiche einem Mann namens Martin Wallace, gibt sie fast beiläufig zu, dass sie sich eine Zeit lang als Mann ausgegeben hat, weil sie Arbeit brauchte und die Schafzucht von Grund auf lernen wollte. Einige sind empört, andere bewundern nach kurzem Erstaunen ihren Mumm. Nach und nach spricht es sich in der Branche herum, und alle wissen Bescheid. Obwohl einige prüde Seelen sich weigern, mit ihr Geschäfte zu machen, und alles daransetzen, bösartige Gerüchte zu verbreiten, ist sie mittlerweile so etabliert und unabhängig, dass es ihr kaum schadet. Es gibt eine lange Tradition von Frauen, die sich als Männer ausgegeben haben, um Soldaten oder Matrosen oder sogar Piraten zu werden. Wen also sollte ein einsamer Schäfer kümmern?

Lämmer werden geboren, Lämmer werden geschlachtet, Schafe werden geschoren, es geht um die Wollpreise. In den späten Sechzigern werden Abenteuertrips nach Campbell Island angeboten, und 1974 fahren sie und Caleb hin. Als das Schiff in Perseverance Harbor einläuft, zeigt sie ihm die Stelle, an der sie gegen die Felsen geschleudert wurde, an der sie sich den Hang hinaufgeschleppt hatte, bevor sie auf die Bärte traf. Er sieht die Robben und die Pinguine. Es gibt immer noch Schafe auf der Insel, doch in den achtziger Jahren werden die verbliebenen Tiere gekeult und nur eine Handvoll zu genetischen Studien aufs Festland gebracht. Sie sind ungewöhnlich widerstandsfähig und zäh. Sie und Caleb sitzen im Tussockgras, inmitten von Touristen in Anoraks, und beobachten Gruppen junger Königsalbatrosse, die sich mit gespreizten Schwingen zur Schau stellen und mit ihren rosafarbenen Schnäbeln in den Himmel schreien. Man nennt es *gamming*, erklärt sie Caleb, ein alter Begriff der Walfänger, die ihre Schiffe auf See nebeneinander steuerten, damit sie sich unterhalten konnten.

Sie ist sechzig Jahre alt.

Sie zeigt Caleb, in welche Richtung die *Peregrine* zuletzt geflogen, den Horizont, hinter dem sie irgendwo, ungesehen, ins Meer gestürzt war. Und so kehrt sie an einen weiteren Anfangspunkt zurück, vollendet einen weiteren Kreis.

Sie ist froh, dass sie sich im Alter nicht um einen Haufen Nachkommen sorgen muss. Die Welt wird tun, was ihr gefällt, auch ohne Blutsverwandte. Als sie erfährt, dass man im Internet nach Menschen suchen kann, sucht sie nach Adelaide Scott und findet heraus, dass sie Künstlerin ist. Darüber hätte Jamie sich gefreut.

Caleb kommt zum letzten Mal, als sie fünfundsiebzig ist. Ein paar Jahre später schreibt er, dass er krank sei. Er werde sich nicht verabschieden.

Manchmal flattert ihr Herz in der Brust. Ihre Knochen sind brüchig. Die Schwerkraft scheint gieriger als früher, will sie zu Boden ziehen. Der letzte Aufprall. In ihrem Testament bedenkt sie ihre Verwalterin, die länger als alle anderen für sie gearbeitet hat. Die Verwalterin wollte immer in die Antarktis reisen, und Marian hinterlässt ihr Geld für eine Schiffstour ins Rossmeer, zusammen mit der Bitte,

Marians Asche irgendwo südlich von Campbell Island zu verstreuen.

Marian kann sich vorstellen, wie sie als Wolke auf dem Westwind über das Südpolarmeer reitet, wie Zahn- und Knochensplitter sofort sinken und sich als körniger grauer Film auf die Wasseroberfläche legen, bis der Wellengang sie untermischt. Aber sie weiß nicht, was mit dem Teil geschehen wird, der nicht ihr Körper ist. Sooft sie auch dem Tod begegnet ist, hat sie doch nie darüber nachgedacht, was danach kommen könnte. Nun tut sie es. Sie vermutet, dass wohl nichts kommt. Sie vermutet, dass jeder von uns die Welt zerstört. Wir schließen die Augen und löschen alles aus, was jemals war und jemals sein wird.

Doch wenn sie wählen könnte, würde sie um Auftrieb bitten. Sie würde aus ihrem Körper steigen wollen, so wie damals, als sie zum ersten Mal mit Trout geflogen war, getragen von purer Möglichkeit, als würde sie nun *alles* sehen.

Danksagung

Dies ist der dritte Roman, den ich mit Jordan Pavlin, meiner Lektorin bei Knopf, geschrieben habe. Meine Wertschätzung und Bewunderung für ihre unnachahmliche Mischung aus radikaler Offenheit und scharfsinniger Präzision wächst mit jedem Buch. Ein unhandliches, tausend Seiten langes Manuskript in diese schlanke Form zu bringen, war kein einfacher Prozess, und ich hätte mir dabei keine bessere Begleiterin und Ratgeberin wünschen können.

Mein Dank an meine Agentin Rebecca Gradinger ist ebenso tief wie umfassend. Ihre Freundschaft, Fürsprache, Geduld und Zusammenarbeit sind seit vielen Jahren von wesentlicher Bedeutung für meine Arbeit und mein Leben. Ich danke der einzigartigen Grainne Fox bei Fletcher & Co., ein geschätztes Leuchtfeuer gesunden Menschenverstandes, wie auch Melissa Chinchillo, Christy Fletcher, Veronica Goldstein, Liz Resnick und Brenna Raffe. Meine Liebe und mein Dank gelten auch Michelle Weiner bei CAA.

Danke an meine Mutter, die erste und hingebungsvollste Leserin dieses Buches, deren Zuversicht ich in schwierigen Momenten wie eine Schiene getragen habe. Danke an meinen Bruder Matthew, der für immer Pilot bleiben wird, auch wenn er nicht mehr fliegt, und der vor fast sieben Jahren mit mir auf eine Landkarte geschaut und angesichts der Routenoptionen für eine Nord-Süd-Umrundung im Jahr 1950 das Gesicht verzogen und die C-47 vorgeschlagen hat. Danke an meinen Vater für seinen unerschütterlichen Stolz und die Liste mit Tippfehlern und an meinen Onkel Steve für die herzerwärmende Bereitwilligkeit, mit der er das Buch gelesen und Marian dann ganz und gar ins Herz geschlossen hat.

Ich bin dankbar, dass ich in der Ära der verstorbenen Legende Sonny Mehta zu Knopf gekommen bin. Auch bin ich dankbar, dass ich den Beginn der Ära seines würdigen Nachfolgers Reagan Arthur miterleben darf. Danke an Paul Bogaards, Emily Reardon, Sara Eagle, Ruth Liebmann, Cameron Ackroyd, Nicholas Thomson, Cassandra Pappas, Kristin Fassler und Ellen Feldman. Kelly Blair hat einen wunderbaren Umschlag entworfen, in den sich alle auf den ersten Blick verliebt haben, was eigentlich unmöglich ist. Meine verlegene Entschuldigung und mein heißer Dank an die Korrektorin Karla Eoff und die Korrekturleserinnen Annette Szlachta-McGinn und Susan VanOmmeren.

Danke an Jane Lawson bei Doubleday in Großbritannien für Wärme, Energie und Verständnis und an Bill Scott-Kerr bei Transworld für sein Vertrauen wie auch an Tabitha Pelly, Ella Horne und Laura Ricchetti. Danke, Jo Thomson, für das hinreißende Coverdesign.

Ich hatte das Glück, mit vielen brillanten Zeitschriftenredakteur*innen zusammenzuarbeiten, die mir ungeheuer viel über das Schreiben beigebracht und mich auf weite Reisen geschickt haben, die meinen Eindruck von der Welt geprägt und die Entstehung dieses Romans entscheidend beeinflusst haben. Danke daher an Jesse Ashlock, Lila Bttis, Jeffries Blackerby, Erin Florio, Deirdre Foley-Mendelssohn, Jacqui Gifford, Pilar Guzman, Alex Hoyt, Chris Keyes, Thessaly LaForce, Michelle Legro, Peter Jon Lindberg, Nathan Lump, Alex Postman, Julian Sancton,

Melinda Stevens, Flora Stubbs, John Wogan und Hanya Yanagihara.

In der Zeit, in der ich *Kreiseziehen* geplant und überarbeitet habe, erfreute ich mich der unschätzbaren Unterstützung in Form von Stipendien, Residencys und eines Auftritts als Visiting Writer durch die National Endowment for the Arts, Brush Creek, Bread Loaf, The Arctic Circle und die University of Tennessee. Auch hatte ich das Glück, zufällig eines Nachmittags im Museum of Mountain Flying am Flughafen Missoula herumzuhängen, als zwei Männer eine Runde mit einer Travel Air 6000 von 1929 drehen wollten und mir anboten, mich mitzunehmen. Leider weiß ich ihre Namen nicht mehr, bin aber zutiefst dankbar für diesen glücklichen und ungeheuer hilfreichen Flug.

Auch möchte ich der Hoover Institution in Stanford danken, die die Unterlagen zahlreicher Pilotinnen des Zweiten Weltkrieges hütet, darunter die American ATA-Pilotinnen Ann Wood-Kelly, Roberta Sandoz und Jane Spencer. Der Zugang zu ihren Briefen war für mich von unschätzbarem Wert. Meine Recherchen wurden auch vom Montana Memory Project und Brian Lankers PBS-Doku *They Drew Fire* unterstützt, durch die ich erstmals auf William F. Drapers Kriegsgemälde von den Aleuten stieß. Ich habe so viele Bücher und andere Quellen herangezogen, dass ich nicht alle aufführen kann. Dennoch möchte ich einige wesentliche Texte nennen: *Aloft: Thoughts on the Experience of Flight* von William Langewiesche, *Spitfire Women of World War II* von Giles Whitell, *The Flying North* von Jean Potter, *Little America* und *Alone* von Richard E. Byrd, *Those Wonderful Women in Their Flying Machines* von Sally Van Wagenen Keil, *Spreading My Wings* von Diana Barnato Walker, *The Stars at*

Night von Jacqueline Cochran, *Lindbergh* von A. Scott Berg, *Fly the Biggest Piece Back* von Steve Smith und *Antarctica* von David Day. Alle Fehler stammen von mir.

Es mag seltsam anmuten, wenn ich mich bei einem unbelebten Etwas bedanke, aber ich hätte die organisatorischen Herausforderungen dieses Romans niemals ohne das Schreibprogramm Scrivener bewältigt.

Ich kann mir nicht vorstellen, wie ich die letzten Jahre ohne die Freundschaft anderer Schriftsteller*innen überstanden hätte. Ich schätze das tägliche Nachrichtenschwätzchen mit Manuel Gonzales, Margaret Lazarus Dean und Ted Thompson, ohne deren Witz und Einsicht ich verloren wäre. Ich danke Aja Gabel, Emma Rathbone, Joe Waechter und Erica Lipez, Herzstücke meines Lebens in Los Angeles, sowie Kirstin Valdez Quade und Jennifer duBois, Freundinnen für immer.

Und zuletzt gilt mein ewiger und tief empfundener Dank Rodney Russ, der mir die Antarktis geschenkt hat.